Axel S. Meyer, 1968 in Braunschweig geboren, studierte Germanistik und Geschichte. Heute lebt er in Rostock, wo er als Reporter und Redakteur der *Ostsee-Zeitung* tätig ist. Nach seinen erfolgreichen Romanen «Das Buch der Sünden», «Das Lied des Todes» und «Das weiße Gold des Nordens» folgt nun sein vierter Wikinger-Roman.

«Meyers Stärke liegt nicht nur in seinem Erzählstil, sondern auch in seiner Dramaturgie.» *Histo-Couch*

«Wie in den Vorgängerromanen wartet er mit einer kraftvollen Sprache auf und schildert die Szenen äußerst detailgetreu.» *Lübecker Nachrichten*

«Ein epischer Kampf des Guten gegen das Böse. Garniert mit einer spannenden Rahmenhandlung, schildert der Autor kenntnisreich und detailliert diese Entwicklung.» *General-Anzeiger*

«Die Figuren wirken lebensecht und psychologisch gut ausgearbeitet, sodass der Roman ein rundum gelungenes Lesevergnügen ist.» *Focus*

Axel S. Meyer

Das Schwert der Götter

Historischer Roman

Rowohlt Taschenbuch Verlag

Originalausgabe
Veröffentlicht im Rowohlt Taschenbuch Verlag,
Reinbek bei Hamburg, Juli 2016
Copyright © 2016 by Rowohlt Verlag GmbH,
Reinbek bei Hamburg
Redaktion Katharina Rottenbacher
Karte auf Seite 8–9 © Peter Palm
Umschlaggestaltung any.way, Walter Hellmann
Umschlagabbildung akg-images/Erich Lessing
Satz aus der Quadraat, InDesign,
bei Pinkuin Satz und Datentechnik, Berlin
Druck und Bindung CPI books GmbH, Leck, Germany
ISBN 978 3 499 27154 0

Für Birgit

Siegrunen schneide, wenn du Sieg haben willst.
Schneide sie auf des Schwertes Griff.
Auf die Seiten einige, andere auf das Stichblatt.
Und ruf zweimal zu Tyr.

Sigrdrifomal. Die Erweckung der Walküre

Prolog

Frühjahr 969

Ingelreht lief um sein Leben. Er rannte auf den Wald zu, tauchte ins Dunkle ein und schlug gleich hinter den ersten Bäumen einen Haken. Er stürmte dorthin, wo die Bäume dicht standen und Büsche und Sträucher die Sicht in der Dämmerung verdeckten. Unter seinen Füßen raschelte feuchtes Laub.

Er rang nach Luft. Das Laufen bereitete ihm Qualen, denn die regelmäßigen Mahlzeiten im Kloster hatten ihn träge werden lassen. Doch die Todesangst weckte ungeahnte Kräfte in ihm. Er war langsamer geworden, ja, aber noch immer körperliche Anstrengungen gewohnt, und zumindest seine Hände und Arme waren kräftig durch die Arbeit mit dem Schmiedehammer.

Aber ein Läufer war er nie gewesen.

Sein Herz raste, und sein Hals brannte wie Glut in einer Esse, als er durch Büsche und herabhängende Äste brach. Zweige und Dornen griffen nach ihm, peitschten sein Gesicht und zerrten an seiner Kutte. Er rannte tiefer in den Wald, der sich wenige Meilen vom Kloster entfernt in dem Land ausbreitete, in das er gekommen war, um sein Glück zu suchen. Um Einzigartiges zu vollbringen und Göttliches zu schaffen.

Er blieb kurz stehen und lauschte in die Walddunkelheit, während er stoßweise Luft pumpte und sein Atem in der kalten Luft helle Wölkchen bildete. Er lehnte sich gegen einen Baum, hörte das Blut in seinen Ohren rauschen und sein Herz pochen. Sonst nichts.

War er ihnen entkommen?

Dann hörte er wieder die Hunde bellen, und seine Hoffnungen erstarben. Er lief weiter.

Das alles hatte er sich selbst zuzuschreiben. Warum hatte er nicht genug bekommen können? Habsucht war eine Todsünde, vor der im Kloster gewarnt wurde. Vor wenigen Tagen erst hatte der Abt eindringlich auf die Folgen der Gier und auf die dafür drohenden Höllenstrafen hingewiesen. Obwohl Ingelreht sich mit dem Christenglauben schwertat, war er darüber entsetzt gewesen.

Und nun hatte er sich selbst vom Teufel verführen lassen.

Am Rand eines steilen Abhangs war seine Flucht jäh zu Ende. Beinahe wäre er hinabgestürzt, konnte sich aber gerade noch am Stamm einer krummen Lärche festhalten. Durch seinen keuchenden Atem hörte er das Bellen. Die Laute kamen näher. Sein Herz raste, und als er sich umdrehte, sah er zwischen den Bäumen huschende Schatten.

Sie waren dicht hinter ihm.

Er hatte zwei Möglichkeiten, nein, eigentlich waren es drei: Entweder versuchte er sich an den Bäumen den Hang hinunterzuhangeln; zwischen den Felsen wuchsen in unregelmäßigen Abständen kleine Kiefern und Birken. Oder er lief weiter, oben am Abhang entlang, um nach einem Pfad zu suchen, der ihn auf Umwegen zum Kloster zurückführte. Oder er gab auf.

Er entschied sich für die erste Möglichkeit und machte sich an den Abstieg.

Er ging in die Hocke und rutschte auf dem feuchten Laub ein Stück weit den Hang hinab, bis zu einer Felskante, wo eine Kiefer sich mit ihren Wurzeln an das Gestein krallte. Ingelreht griff nach der Kiefer, deren dünner Stamm sich knirschend unter seinem Gewicht bog. Langsam ließ er sich daran herunter, bis seine Füße auf einem Felsvorsprung Halt fanden.

So arbeitete er sich weiter nach unten und hatte bereits die

Hälfte der Strecke hinter sich gebracht, als neben ihm ein Stein aufschlug. Von oben hörte er die Hunde bellen. Schnell drückte er sich an den Felsen und schaute hinauf. Über der Abbruchkante tauchten die mit dunklen Mänteln bekleideten und mit Schwertern bewaffneten Männer auf. Graue Wolfshunde zerrten an den Stricken, mit denen sie gehalten wurden.

Er versuchte, sich in Erinnerung zu rufen, wie viele Männer in der vergangenen Nacht bei ihm am Tisch in der Schenke gesessen hatten. Waren es vier? Oder fünf? Und dann war da noch der hagere, hochgewachsene Mann, der sich die meiste Zeit im Schatten gehalten hatte, während ein beleibter Mann mit dunklem Bart auf Ingelreht einredete. Erst als Ingelreht sich beharrlich weigerte, war der Hagere ins Licht gekommen, das Gesicht unter einer Kapuze verborgen. Er hatte die Kapuze auch nicht abgenommen, während er Ingelreht beschwor, für ihn zu arbeiten, und schließlich einen mit Münzen prallgefüllten Lederbeutel auf den Tisch gelegt hatte. Das war der Moment, in dem der Dämon der Habsucht sich in Ingelrehts Nacken festbiss. Er nahm das Geld – und damit den Auftrag an. Doch in der Nacht, die er auf einem Strohlager in der Schenke verbrachte, überkamen ihn Gewissensbisse.

Er hatte lange dafür gekämpft, in das Kloster aufgenommen zu werden. Hier wollte er etwas erschaffen, wovon er immer geträumt hatte. Das Kloster war für einzigartige Schmiedekunst bekannt und bot die Möglichkeit, mit reinstem Erz zu arbeiten. Dafür ließ Ingelreht sich taufen und versuchte, sich mit dem Christenglauben anzufreunden, auch wenn er nur halbherzig bei der Sache war.

Er wollte schmieden, und er wollte der beste Schmied werden!

Er hielt den Atem an. Hatten die Männer ihn gesehen? Hatten die Hunde ihn gewittert? Eine Weile war nur ihr Scharren und heiseres Kläffen zu hören. Dann – Ingelreht konnte es kaum glauben – wurden die Geräusche leiser.

Er versuchte, sich einzureden, dass er sich täuschte. Dass all das, was gerade mit ihm geschah, nur ein böser Traum war, aus dem er gleich erwachte. Gleich im Anschluss an die heruntergeleierten Psalmen zur Prim, der ersten Hore, würde er sich wieder in die Schmiede verziehen. Allein die Gedanken an den Geruch des Essefeuers, an Schwefel und glühendes Eisen, an sprühende Funken und die metallischen Klänge bereiteten ihm ein Wohlgefühl, das ihm in seiner misslichen Lage neue Kräfte verlieh.

Das Gebell war im Wald verklungen.

Doch waren die Männer wirklich fort? Hatten die Hunde seine Spur verloren?

Er harrte noch eine Weile in der unbequemen Stellung an den Felsen gedrückt aus, während er angestrengt lauschte. Die Vögel hoben zu neuen Gesängen an, und der Wind rauschte durch kahle Bäume unter ziehenden grauen Wolken.

Ingelreht tastete nach dem mit Münzen gefüllten Lederbeutel an seinem Gürtel. Als er überzeugt war, dass die Verfolger tatsächlich aufgegeben hatten, setzte er den Abstieg fort. Es schien eine Ewigkeit zu dauern, bis er den Boden erreichte. Er hauchte in seine klammen, von spröden Borken und scharfen Felskanten aufgerissenen Hände.

Er befand sich in einer Senke, in der die Buchen, Birken und Nadelbäume dicht an dicht standen. Um zu Atem zu kommen, lehnte er sich mit dem Rücken gegen die Felswand, während er die Bäume im Blick behielt – und erstarrte.

Irgendwo zerbrach ein Zweig.

Sein Herz trommelte. Er redete sich ein, dass das Geräusch von einem Tier stammte, vielleicht von einem Wildschwein oder einem Hirsch.

Wieder knackte ein Ast, dieses Mal ganz in der Nähe.

Ingelreht versuchte, die aufsteigende Panik zu unterdrücken. Nur wenige Schritte von ihm entfernt trat eine Gestalt zwischen den Bäumen hervor. Der hagere Mann kam näher und streifte im Gehen die Kapuze ab. Ingelreht starrte in ein bartloses Gesicht mit harten Zügen. Der Mann sah gepflegt aus, sein dunkles Haar war mit einer Paste getränkt und streng nach hinten gekämmt. Beim Lächeln leuchteten seine ebenmäßigen Zähne. Der Mann sah aus wie ein Wolf. Wie ein kalt lächelnder Wolf, der seine Beute in die Enge getrieben hatte. Bei den Bäumen hob erneut Hundegebell an.

Für Ingelreht gab es kein Entrinnen.

«Komm mit uns», sagte der Mann freundlich und reichte ihm eine Hand.

1. Teil

Spätsommer – Herbst 969

❧

Weit ist gespannt zum Waltode Webstuhls Wolke;
Wundtau regnet.
Nun hat an Geren grau sich erhoben Volksgewebe
der Freundinnen mit rotem Einschlag des Randwertöters.

Darraðarljóð. Das Walkürenlied

I.

Lidandisnes, Nordmeer

Als Ulfar beschloss, einen Menschen zu töten, prasselten dicke Regentropfen auf die Planken des Schiffs. Es war ein knörr, ein Handelsschiff, dem Ulfar den Namen *Windhengst* gegeben hatte, obwohl der Hengst so schwerfällig im Wasser lag wie ein trächtiger Ackergaul. Wellenschwein, *unnsvin*, wäre ein besserer Name gewesen.

An diesem Abend lag der *Windhengst* in einer von Felsen umgebenen Bucht bei der Landzunge von Lidandisnes vor Anker. Böiger Wind trieb dunkle Wolken vom Meer über die südliche Spitze des Nordwegs. Aber so plötzlich, wie der Regen angefangen hatte, hörte er wieder auf. Dann kamen die Möwen und kreisten über dem Mast, während sich ein glutroter Sonnenstrahl durch Wolkenfetzen bohrte wie eine göttliche Schwertklinge.

Ulfar war Däne. Er war ein Seemann, der es liebte, die Meere zu befahren, und niemals etwas anderes tun wollte. Sein Vater war Seefahrer gewesen, ebenso wie dessen Vater. Ulfar hatte viele Länder gesehen, sogar ein wenig schreiben und lesen gelernt, und nun musste er, den man den Klugen und Weitgereisten nannte, einen Mord begehen.

Sein Vater hatte ihn gelehrt, dass, wer lange leben wollte, bisweilen unangenehme Angelegenheiten erledigen musste. Dreckige, blutige Angelegenheiten. Ulfar wollte lange leben – und dafür musste er töten.

Sein Opfer war ein junger Mann, fast noch ein Knabe, vielleicht sechzehn Jahre alt. Er saß auf einer Kiste auf der Plattform vorn im Bug. Wenn er nicht gerade schlief, saß er dort eigentlich immer, anstatt der Mannschaft an den Riemen oder dem Segel zur Hand zu gehen.

Der Junge hatte mit Silbermünzen bezahlt, damit Ulfar ihn dorthin brachte, wohin er wollte. Doch nun hatte Ulfar entschieden, dass er das nicht tun würde. Es nicht tun konnte. Der Ort war ihm von Anfang an nicht geheuer gewesen, und der Junge war es auch nicht, so wie er da hockte, schweigend, mit diesem ausdruckslosen Gesicht, mit diesem kalten, irren Blick und dem roten Haar, das ihm regenfeucht vom Kopf abstand.

Er hatte seinen Namen nicht genannt, als er in Haithabu auf dem *Windhengst* aufgetaucht war. Eigentlich wollte Ulfar keinen weiteren Mann an Bord nehmen. Die Mannschaft bestand aus fünf Seeleuten. Acht seefeste Männer wären besser gewesen, denn der Knörr hatte ebenso viele Riemen. Aber Seeleute kosteten Geld. Und Geld hatte Ulfar nie genug. Natürlich wäre er gern reich, obwohl die Christen predigten, ein Reicher würde nur schwer in den Himmel kommen.

Durch die Taufe war Ulfar an den neuen Glauben gebunden, nachdem Harald Blauzahn Gormsson, der Dänenkönig, es selbst getan und allen Dänen befohlen hatte, nur noch den Christengott anzubeten. Ulfar war so eifrig in dem Glauben, dass er sich ein Kreuz auf seine Glatze hatte tätowieren lassen, das sich von der Nase bis hinauf zum Scheitelpunkt und von einem Ohr zum anderen erstreckte.

Der blassgesichtige Knabe hatte jedoch ein überzeugendes Argument gehabt: einen Lederbeutel, gefüllt mit Silbermünzen. Mehr Silber, als jeder andere für eine solche Fahrt bezahlte. Als der Junge Ulfar das Geld in die Hand drückte, hatte er nur ein einziges Wort gesagt. Nur einen Namen: Karmøy. Dabei hatte der Junge ihn mit einem irren Blick angestarrt. Und Ulfar hatte gedacht, soll er doch heißen, wie er will. Er brauchte das Geld.

Jetzt hätte er den Namen seines Opfers aber doch gern gekannt. Vielleicht aus Aberglauben.

Schon in Haithabu hätte er den Knaben vom Schiff jagen oder ins Hafenbecken werfen sollen. Ja, verdammt! Doch er hatte nur das Silber gesehen, all die herrlichen, klingenden Münzen, und dabei die Geschichten vergessen, die Seefahrer sich erzählten. Geschichten über diese Insel am Nordweg. Karmøy.

Der Junge wollte direkt in die Hölle gebracht werden.

Der Wind frischte auf und ließ Ulfar in seinen feuchten Kleidern frösteln.

Der *Windhengst* begann leicht zu schwanken, als Torfinn, einer der Seeleute, unter dem Segeltuch hervorkroch, unter dem die Mannschaft das Ende des Schauers abgewartet hatte. Torfinn schlurfte zu einem Eimer, ließ die Hose herunter, setzte sich und machte ein gequältes Gesicht, bis er fertig war. Dann schleppte er den Eimer hinauf zum Bug, wo er sich provozierend vor dem Jungen aufbaute und auf ihn herabschaute. Als der Junge den Blick nicht erwiderte, holte Torfinn aus und schüttete den Inhalt des Eimers dicht an ihm vorbei über Bord. Auch darauf reagierte der Junge nicht.

Als es allmählich dunkler wurde, schlief der Wind ein. Unter den Wolken blitzte das weiße Gefieder schreiender Möwen auf. Wellen plätscherten gegen den Rumpf und ließen den Knörr sanft schaukeln.

Ich bin ein Narr, dachte Ulfar und berührte mit der linken Hand das Christenkreuz auf seiner Glatze und mit der rechten Hand das Kruzifix, das an einem Lederband um seinen Hals hing. Mord ist eine Sünde, erinnerte er sich. Doch eigentlich war es kein Mord. Denn wenn sie am Leben bleiben wollten, musste der Junge sterben. Und manchmal musste man eben unangenehme Angelegenheiten erledigen. Musste sich die Hände schmutzig machen. Das würde der Herr Jesus schon verstehen. Denn

Sünde hin oder her – der Junge war nicht normal, der stand doch mit dunklen Mächten im Bunde. Warum sonst wollte er nach Karmøy, zu dieser Hölleninsel? Und warum war die Fahrt vom Unglück verfolgt, seit der Junge an Bord war? Er hatte kaum Gepäck dabei, nur einen Leinenbeutel und eine Decke für die Nacht, und unter dem mit Fell besetzten Mantel trug er am Gürtel ein Kurzschwert in einer Lederscheide.

Und er hatte das Silber gehabt. Blendwerk.

Von Haithabu war der *Windhengst* nach Norden zum Handelsplatz Kaupang gesegelt. Zunächst verlief die Reise so gut, dass Ulfars anfängliche Bedenken wegen des Abstechers nach Karmøy bald vergessen waren. Karmøy lag zwar am Nordweg und somit nicht auf Ulfars geplanter Strecke, aber der Junge hatte im Voraus bezahlt. Hin und zurück würde der Umweg vier oder fünf Tage dauern, bei günstigem Fahrtwind vielleicht einen Tag weniger. Danach würde Ulfar seine eigentliche Reise fortführen: an der jütländischen Westküste südwärts nach Ribe und weiter durch das Wattenmeer vor der friesischen Küste und über das Nordmeer nach Lundene. In der Zwischenzeit würde er genug Geld eingenommen haben, um mit der Mannschaft in Lundene zu überwintern und Essen, Bier und Huren bezahlen zu können, während der *Windhengst* überholt und die von Würmern zerfressenen Planken erneuert wurden. Im nächsten Jahr wollte er dann bis ins Mittelländische Meer segeln, wo die Frauen dunkle Haut und schwarzes Haar hatten. Das war Ulfars Traum.

Er war Seemann und Händler. Er kaufte in einem Hafen Waren – Kleider, Weizen, Honig, Wein oder Tongefäße –, um sie woanders weiterzuverkaufen, mit reichlich Gewinn, versteht sich. So wäre es auch dieses Mal gewesen, wenn er den rothaarigen Bettpisser nicht an Bord genommen hätte.

Das Unheil begann einige Seemeilen vor Kaupang, als ein Seemann, der Däne Busa Ranisson, plötzlich zusammenbrach.

Er verdrehte die Augen und wälzte sich zuckend zwischen den Ruderbänken. Dabei japste er wie ein Dorsch, während aus seinem Mund eine gelbe, stinkende Flüssigkeit sickerte, bis er sich nicht mehr regte. In der Nacht übergaben sie Busas Leiche dem Meer und leerten, wie es unter Seeleuten Sitte war, in seinem Andenken einige Becher Met aus einem Fass, das Ulfar in Kaupang verkaufen wollte. Busa war ein guter Kerl gewesen, stark, fleißig, gehorsam und gesund, ohne ein Anzeichen von Krankheit. Bis zu jenem Abend.

Nun gut, hatte Ulfar damals gedacht, so ein plötzlicher Tod kam vor, selten, aber es geschah. Die Wege des Herrn waren unergründlich.

Doch die Geschäfte in Kaupang liefen so schlecht, dass sich Ulfars Vorahnungen verstärkten. Er hatte in Haithabu Tonwaren geladen, Schüsseln, Becher, Krüge, und gut dafür bezahlt, weil die Nordmänner für Keramik aus dem Slawen- oder Dänenland reichlich Silbermünzen springen ließen. In Kaupang feilschte und feilschte Ulfar, doch niemand interessierte sich für seine Tongefäße. So konnte er schließlich nur mit erheblichem Verlust ein paar Krüge und Becher loswerden. Für die Münzen des Jungen erstand er dann einige Kisten Speckstein und Elchgeweih und hoffte, wenigstens diese Waren später in Ribe mit Gewinn zu veräußern. Außerdem kaufte er Räucher- und Trockenfisch, etwas Getreide, Bier und Met.

Und vielleicht wäre die Reise weiterhin so verlaufen, wie Ulfar sie geplant hatte, wenn er nicht in einer Bierschenke in Kaupang mit anderen Schiffsführern und Händlern ins Gespräch gekommen wäre, die noch ganz andere Geschichten zu berichten wussten.

«Karmøy?», hatte ein Händler geraunt, dabei nervös seine Finger geknetet und Ulfar dann gefragt, ob er wahnsinnig geworden sei.

Dass die Insel zum Seeräubernest verkommen war, hatte Ulfar bereits gehört. Noch vor einigen Jahren war die Siedlung Ögvaldsnes sehr reich gewesen, was sie ihrer Lage am Inneren Seeweg verdankte. Die Insel war vom Festland nur durch einen schmalen Sund getrennt. Wer also über Karmøy herrschte, kontrollierte den Handel mit den Ländern am Nordweg, von Rogaland und Hördaland über Thrandheim bis hinauf ins Halogaland und noch weiter. Doch der Glanz von Ögvaldsnes war verblichen, nachdem der König eine große Schlacht und somit Ansehen und Herrschaft verloren hatte.

Jetzt, so erzählten die Händler, hausten auf der Insel keine Seeräuber mehr, sondern Geister und Dämonen. Ulfar erfuhr auch, dass der König, der einst über viele Nordländer herrschte, nun als Wiedergänger mit einem Heer ruheloser Untoter herumgeisterte.

«Als der König und seine Sippe noch am Leben waren», erzählte ein Mann in der Schenke, «haben sie zuerst ihr Vieh gegessen, bis zum letzten Schaf, und als alle Vorräte aufgebraucht waren, aßen sie Baumrinde und Seetang.» Der Mann holte Luft, bevor er fortfuhr: «Dann haben sie sich gegenseitig getötet. Sie haben sich geschlachtet und gefressen, bis nur noch der König und seine greise Mutter übrig waren, die dann auch gestorben sind.»

Die anderen Schiffsführer hatten andächtig genickt. Am Tisch war es still geworden, und die Trinkbecher blieben unangetastet.

«Man weiß nicht, was danach geschah», sagte der Händler. «Gewiss ist aber, dass ihre Geister als Wiedergänger über die Insel wandern und nach Schiffen Ausschau halten. Wenn sich eins dorthin verirrt, sei es durch Unwissenheit oder weil Seeleute sich im Nebel verirren, überfallen die Geister es und metzeln die Menschen nieder ... alle ... und sie weiden sie aus wie Schlachtvieh. Das ist die Sünde, das ist der Fluch, der Fluch der Menschenfresser.»

«Ja, und deswegen machen seither alle Seefahrer einen großen Bogen um Karmøy», ergänzte jemand, «und jeder, der nach Norden fährt, segelt so weit aufs Meer hinaus, bis man am Horizont nur noch die obere Hälfte der Berge sieht. Denn so weit reicht die Macht der Geister nicht.»

Diese Worte rief sich Ulfar an diesem Abend ins Gedächtnis, an dem der *Windhengst* in der Bucht bei Lidandisnes vor Anker lag, und je länger er darüber nachdachte, desto überzeugter war er, dass der Mord an dem Jungen keine Sünde war. Er musste sterben, weil er Unheil über die Mannschaft gebracht hatte und sie zu den Untoten nach Karmøy locken wollte.

Außerdem versteckte der Junge unter seinem Mantel bestimmt noch mehr Münzen, die Ulfar nach den verlustreichen Geschäften in Kaupang zustanden.

Die Nacht brach an.

Als Ulfar die Seeleute in seinen Plan eingeweiht hatte, hatte niemand dagegen Protest eingelegt. Sie dachten wie er. Schließlich waren sie dabei gewesen, als Busa so elend verreckt war wie vergiftetes Vieh.

Nun warteten Ulfar und seine Seeleute in der Dunkelheit, bis der Junge wie jeden Abend seine Decke ausbreitete und sich darin einrollte. Er hatte keine Ahnung, dass er ein Opfer war.

Natürlich konnten sie ihn auch morgen oder übermorgen draußen auf dem offenen Meer einfach ins Wasser werfen. Ganz schnell würde das gehen, ohne das Deck mit Blut zu besudeln. Der Junge war klein und schmächtig wie ein Mädchen. Obwohl er ein Schwert besaß, würde es Torfinn, den stärksten der Seeleute, nur ein Lächeln kosten, ihn zu packen und über Bord zu stoßen. Aber der Junge hatte etwas Unheimliches an sich, etwas Dunkles, das Ulfar zur Vorsicht mahnte.

Die Wolkendecke öffnete sich und ließ den Mond fahles Licht auf den *Windhengst* herunterschicken.

Leise erhoben sich die Seeleute von ihren Lagern. Ulfar nahm ein Messer in die rechte Hand. Nachdem sich die anderen Männer mit Beilen und Knüppeln bewaffnet hatten, stiegen sie durch die mit Kisten, Ballen und Fässern vollgestellte Ladefläche zum Bug. Planken knarrten unter ihren Füßen. Jemand stieß gegen einen Riemen. Doch der Junge schien die Geräusche nicht zu hören. Als Ulfar sich neben ihn hockte und sich über ihn beugte, schlief er tief und fest. Wie ein Kind sah er aus, wie ein unschuldiges Kind, das sich in die Decke gerollt und sie bis unter das Kinn hochgezogen hatte. Er lag auf dem Rücken, das Gesicht war Ulfar zugewandt. Friedlich sah er aus, gar nicht unheimlich, und bei dem Anblick meldeten sich wieder Ulfars Zweifel.

Machte er wirklich etwas Rechtes?

Sollte er den Jungen vielleicht lieber von einem der Seeleute töten lassen? Nein, er war der Schiffsführer, daher traf er die Entscheidungen. Der Junge hatte den Tod verdient. Oh ja, den hatte er verdammt noch mal verdient! Entweder starb der Junge jetzt, oder die ganze Mannschaft würde zugrunde gehen.

Die nächtliche Stille wurde von Möwengeschrei zerrissen.

Ulfar sah, wie die vollen roten Lippen des Jungen sich von dessen bleicher Haut abhoben. Der Mond schien jetzt so hell, dass auf den Wangen Sommersprossen und auf dem Kinn der Bartflaum zu erkennen waren.

Ulfar umklammerte das Messer und gab Torfinn das verabredete Zeichen, woraufhin der sich am Kopf des Jungen bereit machte. Torfinn war seit vielen Jahren in Ulfars Diensten. Er schätzte den grobschlächtigen Mann, auch wenn er etwas langsam im Denken war. Aber er war kräftig und sollte den Jungen festhalten, damit der sich nicht wehrte, wenn Ulfar ihm das Messer ins Herz stieß. Dann würden sie warten, bis der Tod kam, und Ballaststeine in seine Kleider stecken, um ihn in der Bucht zu versenken.

Ulfar berührte das Christenkreuz, holte Luft und wechselte einen Blick mit Torfinn. Die anderen Seeleute atmeten schwer. Wie Blei lag ihre Anspannung in der frischen Nachtluft.

Sie waren bereit, einen Menschen zu töten.

Ulfar senkte den Blick – und sein Herz setzte einen Schlag aus, als er direkt in zwei weit geöffnete, funkelnde Augen schaute. Ehe Ulfar oder Torfinn reagieren konnten, rollte der Junge sich aus der Decke und kam auf die Füße. In derselben schnellen Bewegung blitzte die Schwertklinge auf.

Vor Schreck entglitt Ulfar das Messer, als der Junge das Schwert auf ihn richtete.

Die Seeleute polterten aufgeregt umher, als Torfinn mit einem Mal einen gurgelnden Laut ausstieß. Plötzlich war da Blut, viel Blut. Es strömte aus einer klaffenden Wunde in Torfinns Hals und ergoss sich wie ein Sturzbach über sein graues Leinenhemd. Torfinn wankte und torkelte, bevor er auf die Planken krachte.

«Er hat ihm die Kehle durchgeschnitten», rief jemand.

Die Klinge war noch immer auf Ulfar gerichtet. Als er aus den Augenwinkeln sah, wie die anderen Seeleute mit ihren Waffen näher kamen, hob er die rechte Hand, um sie zurückzuhalten. Innerhalb weniger Tage waren jetzt zwei Männer gestorben. Ulfar begriff, dass ein Fluch auf dem *Windhengst* lag. Und dass er selbst den Teufel an Bord geholt hatte.

Der Junge stand wie ein lauerndes Raubtier mit leicht gebeugten Knien vor Ulfar. Niemals zuvor war er jemandem begegnet, der so schnell mit dem Schwert war. Es schien eine Ewigkeit zu dauern, bis der Junge sich regte. Aber nicht um Ulfar den Todesstoß zu versetzen, sondern nur um sein Gewicht vom linken auf das rechte Bein zu verlagern. Dann bewegten sich seine Lippen und formten ein Wort, nur ein einziges Wort. Der Name der Hölleninsel.

Karmøy.

2.

Insel Karmøy

Sobald die Morgendämmerung einsetzte, glitt der *Windhengst* aus der Bucht. Der Knörr war gebaut, um Lasten zu transportieren, und mit jedem Mann weniger wurde das Manövrieren anstrengender. Das Schiff war zum Segeln ausgelegt und hatte lediglich Riemen auf den erhöhten Decks vorn und achtern. Doch nun bestand die Besatzung nur noch aus den drei Seeleuten Ragi, Vali und Arinbjörn, während Ulfar das Ruder bediente. Er musste neue Männer anheuern, die Torfinns und Busas Plätze einnahmen. Ja, das würde er tun müssen, irgendwann, wenn diese ungeplante Reise überstanden war.

In der Nacht hatten sie Torfinn mit den Ballaststeinen beschwert, die für den Jungen vorgesehen waren, bevor sie den Seemann dem Meer übergeben hatten. Die anderen Seeleute standen unter Schock, während der Junge einfach die mit Torfinns Blut besudelte Decke auf die andere Seite gewendet und sich darauf ausgestreckt hatte, als wäre nichts geschehen. Als hätte er nicht kurz zuvor einen Mann getötet. Nachdem Torfinns Leiche im schwarzen Wasser versunken war, saßen die Seeleute zusammen, tranken Met und ehrten den Toten. Dabei war zwischen ihnen kein einziges Wort gefallen. Auch jetzt, am Morgen danach, an dem der frische Himmel blau schimmerte und der Fahrtwind günstig war, war ihre Furcht vor dem Jungen allgegenwärtig.

Und was machte diese Schlangenbrut? Saß auf der Kiste und starrte ins schaumgekrönte Nirgendwo.

Als sie das offene Wasser erreichten, half Ulfar, das Rahsegel zu setzen, bevor er wieder seinen Platz am Ruder einnahm und den *Windhengst* die Küste des Landes Agdir hinaufsteuerte, die sich zunächst nach Nordwesten und dann nach Norden erstreckte. Auf einen Lotsen war Ulfar nicht angewiesen, da er den Nordweg schon einige Male bereist hatte.

An Steuerbord zogen hoch aufsteigende Felsenküsten vorbei, bis sich am zweiten Tag der Hafrsfjord öffnete. In der Mündung hatte einst König Harald *Harfagri*, Schönhaar, einen legendären Sieg errungen. Es war eine erbitterte Schlacht gewesen, von der die Skalden sangen, dass Hunderte Männer gefallen waren. Von den wenigen Kriegern, die überlebt hatten, war kaum einer unverletzt geblieben. Nach dem Sieg wagte niemand mehr, sich Harald Schönhaar entgegenzustellen, als er die Herrschaft über die Länder am Nordweg an sich riss. Skalden dichteten ihre Drapas, die Preislieder, auf Harald Schönhaar und priesen ihn noch heute als den ersten Gesamtherrscher über die Nordländer, die er mit harter Hand regierte.

Die alte Geschichte kam Ulfar in den Sinn, weil Karmøy nur noch wenige Meilen entfernt war und weil es König Schönhaar gewesen war, der auf Karmøy den Palas Ögvaldsnes errichtet hatte. Außerdem stammte der Geist von Harald Graufell, der jetzt über die Insel wanderte, vom alten König ab: Graufell war der Sohn von Eirik Blutaxt und der Enkel von Harald Schönhaar.

Über dem Hafrsfjord zeigte der Himmel sich blau und nahezu wolkenlos. Kein Wind kräuselte die Wasseroberfläche, sodass das Segel schlaff von der Rah hing, als der Knörr im Gezeitenstrom an einer felsigen Insel vorbeitrieb. Über der Insel sah Ulfar dünne Rauchfahnen in den Himmel steigen, was ihm merkwürdig vorkam. Er hatte nicht damit gerechnet, in dieser Gegend noch Spuren menschlichen Lebens vorzufinden. Es war unwahrscheinlich, dass Wiedergänger Feuer entzündeten. Ein lebender

Toter, ein *draugr*, brauchte weder Essen noch ein wärmendes Feuer. Ein Draugr tötete, bis man die böse Macht überwand, indem man ihm den Kopf abschlug, den Schädel auf sein Gesäß legte und den Kadaver verbrannte.

Auf der nördlichen Seite der Fjordmündung tauchten die dunklen Umrisse von Karmøy wie eine böse Vorahnung auf.

Während der Knörr an der kleinen Insel vorbeiglitt, sah Ulfar mit einem Mal ein kleines Ruderboot auftauchen. In dem Kahn saßen zwei Männer, ob alt oder jung, war auf die Entfernung nicht zu erkennen. Aber sie wirkten äußerst lebendig, wie sie mit ihren Langleinen hantierten, und wurden noch lebendiger, als sie den *Windhengst* bemerkten. Hastig holten sie die Leinen aus dem Wasser und legten die Riemen ein. Während Ulfars Knörr nach Norden abtrieb, flohen die Fischer zwischen die Schären und verschwanden.

Bald darauf näherte der *Windhengst* sich der Meerenge, wo der Innere Seeweg zwischen der Insel Karmøy und dem Festland hindurchführte und das Fahrwasser schmaler wurde.

In Ulfars Ohren rauschte das Blut. Niemand an Bord sprach ein Wort.

Der Junge war aufgestanden, an den Vorsteven gegangen und richtete den Blick auf Karmøy. Den Mantel hatte er hinter die Lederscheide mit dem Kurzschwert zurückgeschlagen.

Ulfar griff nach dem Kruzifix und hielt es mit der linken Hand fest, während er mit der rechten Hand das Ruder ausrichtete. Seine Glatze juckte, als der Knörr Kurs auf eine unter Bäumen im Schatten liegende Bucht am Fuß einer Landzunge nahm, die wie ein mahnender Finger ins Wasser ragte. In der Bucht gab es mehrere Landebrücken, hinter denen auf einer leicht ansteigenden Wiese eine Schiffshalle stand.

Ulfar hoffte, dass die Wiedergänger die Helligkeit des Tages scheuten und nur in der Dunkelheit hervorkamen. So hieß es zumindest in den Geschichten, aber nicht alle Geschichten entsprachen der Wahrheit.

Einer der Seeleute kam zu ihm an den Steuerstand. «Was wird uns auf der Insel erwarten?», fragte Ragi mit Blick auf Karmøy.

«Nichts», sagte Ulfar leise und ließ das Kruzifix los. «Gar nichts erwartet uns dort. Wir legen an, lassen den Jungen von Bord gehen, und dann legen wir wieder ab.»

Er bemühte sich, dies so zu sagen, als habe er alles im Griff. Wenn er seine Angst zeigte, wäre er ein schlechter Anführer.

Ragi zupfte sich am Ohrläppchen. «Was der Junge hier wohl will?»

«Geh doch hin und frag ihn», erwiderte Ulfar. Dann gab er das Kommando, das Schiff zum Anlegen bereit zu machen.

Das Segel wurde eingeholt, die Riemen ausgelegt, und der *Windhengst* glitt in die von Felsen gesäumte Bucht. Beim Näherkommen erkannte Ulfar, in welch schlechtem Zustand die Hafenanlage war. Auf den Landebrücken fehlten Planken, einige Stützpfeiler waren eingeknickt, und die Wände der Schiffshalle auf der von Gräsern und Brennnesseln überwucherten Wiese waren marode.

«Ich habe kein gutes Gefühl bei der Sache», sagte Ragi.

Ulfar rieb sich den Nacken, bevor er den Männern zurief, sie sollten das Rudern einstellen. Der Klang seiner Stimme hallte durch die Bucht.

Der Knörr glitt über das Wasser, auf dem sich das Sonnenlicht gleißend hell spiegelte, sodass es Ulfar blendete. Als er mit einem Mal glaubte, zwischen den Bäumen oberhalb der Wiese eine Bewegung gesehen zu haben, kniff er die Augen fest zusammen. Da hatte sich doch etwas bewegt! Oder hatte er sich das nur eingebildet? Er beschattete seine Augen mit der Hand. Nein, bei den Bäumen regte sich nichts.

Damit das Schiff zum Stehen kam, wurden die Riemen wieder ins Wasser getaucht. Doch als es an einer Landebrücke hielt, stellte sich heraus, dass die Brücke nicht zu betreten war. Die Planken waren so morsch, dass jeder Mann sofort hindurchbrechen würde. Also mussten sie näher ans Ufer heran. Die Riemen wurden durchgezogen, und Ulfar steuerte auf eine Stelle zu, an der das Ufer flach ins Wasser auslief. Dort hoffte er, den Kiel aufsetzen zu können, ohne gegen scharfkantige Steine zu stoßen.

Ein harter Ruck fuhr durch den Rumpf, als der Kiel des *Windhengsts* aufsetzte.

Ulfars Herzschlag beschleunigte sich. Eigentlich hatte er vermeiden wollen, dem Ufer zu nah zu kommen, doch nun mussten sie die Insel betreten, um das Schiff ins tiefere Wasser zurückzuschieben.

Als der Knörr stillstand, warf der Junge sein Gepäck, die blutverschmierte Decke und den Leinenbeutel, an Land und sprang hinterher.

«Nimm Vali und Arinbjörn mit», sagte Ulfar zu Ragi. «Ihr müsst das Schiff schnell wieder freibekommen.»

Die Planken erbebten unter den Füßen der Seeleute, die zum Bug liefen und an Land sprangen. Der Junge war inzwischen einige Schritte die Wiese hinaufgegangen, von wo aus er die Baumreihe beobachtete.

Da setzte Ulfars Herz einen Schlag aus. Er hatte sich vorhin nicht getäuscht, nein, verdammt, zwischen den Bäumen huschten Schatten umher.

«Beeilt euch», rief er.

Dann sah er etwa ein Dutzend Männer aus dem Wald kommen. Obwohl er niemals zuvor Untote gesehen hatte, war er überzeugt, dass diese Gestalten aus Fleisch und Blut waren. Sie sahen zwar heruntergekommen aus, wirkten aber äußerst lebendig und waren mit Schwertern, Äxten und Bögen bewaffnet.

Wie hungrige Raubtiere liefen die Wilden durchs Brennnesselgestrüpp. Ihre Kleider waren dreckig und zerschlissen, die Haare fettig und strähnig und die Gesichter von Wundmalen gezeichnet.

Ulfar spürte den Knörr unter seinen Füßen rucken, als die Seeleute sich gegen den Rumpf stemmten. Schnell schickte er ein Stoßgebet zum Himmel und flehte den Herrgott an, damit der ihnen half, das Schiff freizubekommen.

Noch waren die Angreifer dreißig, vierzig Schritt entfernt, als Ulfar sah, wie zwei von ihnen stehen blieben, Pfeile einlegten und die Bögen spannten. Instinktiv zog Ulfar den Kopf ein. Hatten Ragi und die anderen die Angreifer noch nicht bemerkt? Warum beeilten sie sich nicht? So fest konnte der Kiel doch nicht aufsitzen.

Wieder ruckte das Schiff, dieses Mal kräftiger, war aber noch immer nicht frei. Ulfar fluchte. Hatte der Kiel sich unter der Oberfläche zwischen Steinen festgekeilt?

«Pfeile», rief er und ruderte mit den Armen. «Sie haben Pfeile!»

Erst jetzt drehten die Seeleute sich um. Doch es war zu spät. Die Pfeile zischten durch die Luft, und einer bohrte sich in Valis Hals.

Bei den Bäumen tauchten weitere Wilde auf, darunter noch mehr Bogenschützen, die den Hang hinunterstürmten. Wieder flogen Pfeile. Ragi stemmte sich gegen den Bug, doch er war jetzt allein, denn Arinbjörn floh aufs Deck.

«Zurück mit dir», brüllte Ulfar. «Hilf Ragi, du verdammter Hohlkopf.»

Arinbjörn drehte sich zu Ragi um. Doch als wieder Pfeile flogen, sprang er in den Laderaum und versteckte sich hinter Kisten und Ballen. Dieser dumme, feige Mistkerl!

Als die Wilden Ragi erreichten, wollte der sich ergeben, doch eine zerlumpte Gestalt sprang vor und hieb ihm eine Axt in den Hals. Inzwischen waren an die zwei Dutzend Männer am Ufer. Sie reckten die Waffen und zeigten jubelnd auf das Schiff, ihre Beute. Nein, das waren wirklich keine Untoten, das waren Krieger. Hungrige Krieger.

Da fiel Ulfar der Junge wieder ein, dem er das alles zu verdanken hatte. Der Kerl stand scheinbar ungerührt von dem Überfall etwas abseits. Den Beutel und die Decke hatte er vor sich ins Gras gelegt. Als ein hochgewachsener Mann mit dichtem, schwarzem Bart auf das Kurzschwert zeigte, legte der Junge es nicht ab, sondern zog stattdessen etwas unter seinem Mantel hervor, das wie ein eingerolltes Pergament aussah. Er reichte es dem Schwarzbart, der einen Blick darauf warf und es dann hinter seinen Gürtel steckte.

Auf dem Knörr zogen sich Ulfar und Arinbjörn zum Steuerstand zurück, während mehrere Angreifer an Bord kletterten und sich wie eine Meute ausgehungerter Hunde näherten.

Ulfar wurde klar, dass er Lundene in diesem Herbst nicht erreichen würde, und auch im nächsten Herbst nicht mehr.

«Hoch mit deinem dreckigen Hintern, Seefahrer!»

Ulfar bekam einen Stoß gegen die Schulter und blinzelte ins Halbdunkel. Sofort begannen sich wütende Schmerzen in seinem Kopf zu regen. Das Letzte, an das er sich erinnerte, war, wie er und Arinbjörn von den zähnefletschenden Wilden an den Hintersteven gedrängt wurden. Ulfar hatte zu dem Zeitpunkt mit seinem Leben abgeschlossen und fieberhaft überlegt, wie er sich am schnellsten selbst töten konnte, bevor ihn die Bestien bei lebendigem Leib zerfleischten. Wahrscheinlich wäre es genauso gekommen, wäre der Schwarzbart nicht aufgetaucht und hätte die Krieger zurückgerufen. Dann hatte er Ulfar eine Keule über den Schädel gezogen, und er hatte das Bewusstsein verloren. Bis jetzt.

Neben ihm kauerte Arinbjörn, der grauenvoll zugerichtet war. Sein Gesicht war mit Schnittwunden überzogen, seine Augen waren zugeschwollen.

«Hoch mit dir», knurrte jemand.

Wasser klatschte in Ulfars Gesicht. Er erschrak und musste husten, woraufhin die Schmerzen in seinem Kopf heftiger wüteten. Dann richtete er den Blick auf den vor ihm knienden Mann. Es war der Schwarzbart, der wie ein Aussätziger stank, der wochenlang kein Waschwasser gesehen hatte.

«Bist du der Anführer?», fragte er.

Ulfar nickte, und der Schwarzbart zog ihn auf die Füße und stieß ihn vor sich her in eine stickige Halle. Für einen Moment dachte Ulfar, dass der Ort der Vorstellung, die er sich von der Hölle machte, nahekam: Es stank nach Kot, Urin und Fäulnis. In der von Feuern erhellten Halle hockten Menschen wie Vieh zusammengepfercht am Boden und schlangen Essen herunter. Überall lagen Sachen vom *Windhengst* verstreut zwischen rülpsenden und furzenden Menschen herum: Kisten, Ballen, Körbe und Fässer. Den anderen Waren – den Elchgeweihen, Specksteinen und dem Tongeschirr, davon vieles zerbrochen – schenkten die Leute keine Beachtung. Sie hatten den Knörr geplündert und die Ladung in ihr Drecklich gebracht, wo sie sich nun um die Vorräte stritten: Zwiebeln, schrumplige Äpfel, Brot, Hartkäse und Grütze, die sie aus Ulfars Gerste angerührt hatten. Und um sein Bier und seinen Met.

Der Schwarzbart schob ihn durch die schmatzende Menge zum anderen Ende der Halle, wo hinter einem Tisch ein gebeugtes Weib saß und Grütze aus einer Holzschale löffelte. Das graue Haar hing der Alten wie Spinnweben vom Kopf, der mit Schorf überzogen und an einigen Stellen kahl gekratzt war. Ihr Gesicht war faltig wie ein alter Apfel. Die Lippen und das borstige Kinn waren mit Grütze beschmiert.

Als sie zu Ulfar aufblickte, war ihr Blick glasig, aber auch hart und zornig.

Sie griff zu einem Becher, leerte ihn und hielt ihn dann hoch, bis eine dunkelhäutige Frau herbeieilte. Das Gesicht der nicht mehr ganz jungen Frau war so schwarz, dass Ulfar in dem schummrigen Licht zunächst nur das Weiße in den Augen sah. Als sie näher kam, sah er, dass sie schön war. Ulfar hatte Menschen mit so dunkler Haut auf Sklavenmärkten gesehen, wo sie gute Preise erzielten. Die Frau nahm der Alten den Becher ab und füllte ihn an einem Fässchen mit Ulfars Met.

Neben der Alten saß in einem Hochstuhl ein Mann, dessen Gesicht im Schatten verborgen war. Er bewegte sich nicht, aber Ulfar spürte den starrenden Blick.

«Nenn mir deinen Namen, Seefahrer», nuschelte die Alte. Ihr zahnloser Mund war mit Grütze gefüllt.

«Ulfar ... Ulfar Thormodsson.»

Die Alte häufte Grütze auf den Löffel. Doch statt sie zu essen, schleuderte sie Ulfar die Grütze ins Gesicht. «Herrin! Ich bin eine Herrin, Seemann!»

«Ja, Herrin», erwiderte Ulfar.

«Er behauptet, der Anführer der Seefahrer zu sein», erklärte der Schwarzbart.

«Ulfar Thormodsson», wiederholte die Alte. «Den Namen habe ich noch nie gehört. War Thormod auch so ein undankbarer Ziegenfurz wie du?»

«Undankbar? Ich verstehe nicht, Herrin?»

Die Alte spuckte einen Klumpen aus Schleim und Grütze vor Ulfars Füße. «Wäre dein Vater Thormod genauso unverschämt gewesen wie du? Hätte er auch versucht, die Hafengebühr zu prellen? Dann pisse ich auf den Bastard, der dich gezeugt hat, so wie ich auf dich pisse.»

Sie hob die rechte Hand und streckte einen von Gicht gekrümmten Zeigefinger in Ulfars Richtung. «Weißt du, wer ich bin?»

«Ich denke ... ja.»

«Dann sollte dir auch klar sein, dass ich dir den Kopf abschlagen und auf einen Pfahl spießen werde, damit dir die Möwen und Krähen die Augen aushacken.»

Der Mann neben der Alten beugte sich vor und berührte sie leicht am Arm, woraufhin sie sich etwas zu beruhigen schien. Ulfar kannte viele Geschichten über diese Leute. Die letzten Geschichten hatte er in Kaupang gehört, und darin hieß es, die Königsmutter Gunnhild sei tot, ebenso wie ihr Sohn, König Harald Eiriksson, den man *gráfeldr*, Graufell, nannte. Die Alte mochte stinken wie verwesendes Fleisch, aber tot war sie nicht, ebenso wenig wie ihr Sohn, der sich jetzt an Ulfar wandte.

«Nur aus einem einzigen Grund lebst du noch, Schiffsführer.»

Ulfar vermied es, dem König in die Augen zu schauen. Er hatte gehört, dass Graufell jeden Mann, der ihn unaufgefordert ansah, mit glühendem Eisen blendete.

«Kennst du den Grund?»

Ulfar schüttelte den Kopf. «Nein, Herr.»

«Schau mich an, Schiffsführer!»

Ulfar zwang sich, den Blick auf das vom Feuerschein erhellte und von Hunger und Krankheit gezeichnete Gesicht zu heben, das von fettigem Haar und einem struppigen Bart umrahmt wurde. Vorsichtig hob Ulfar den Blick weiter zu Graufells Augen. Sie waren hell und stahlhart. Der Zorn der ganzen Welt schien darin zu liegen.

«Der Grund sitzt hinter dir», sagte er.

Ulfar drehte sich um und sah den Jungen. Der rothaarige Bursche saß auf einem Schemel inmitten der Wilden und starrte auf irgendeinen Punkt in der Ferne.

Ulfar wandte sich wieder zum Tisch.

«Sag mir, wer er ist», forderte ihn der König auf.

«Ich ... weiß es nicht.»

Die rechte Faust des Königs krachte so hart auf die Tischplatte, dass aus der Holzschüssel Grütze auf den Tisch schwappte, was die Alte mit einem meckernden Laut kommentierte.

«Lüg mich nicht an, Seefahrer», donnerte der König. «Er war auf deinem Schiff.»

Ulfar hob abwehrend die Hände. «Er spricht nicht, Herr. Ich habe ihn in Haithabu an Bord genommen, aber das Einzige, was er gesagt hat, war der Name Eurer Insel. Er hat für die Fahrt mit Silber bezahlt, daher habe ich ihn mitgenommen ...»

Das Silber! Ulfar hätte es beinahe vergessen. Er tastete an seinem Gürtel nach dem Beutel.

«Suchst du das hier?» Der König zog Ulfars Beutel hervor, öffnete ihn und ließ Münzen auf den Tisch fallen.

«Ja, Herr.»

«Und das soll ich dir glauben? Dass du den weiten Weg von Haithabu bis hierher fährst, um einen Knaben herzubringen, dessen Namen du nicht kennst und von dem du nicht weißt, was er hier will? Obwohl sich die halbe Welt das Maul über mich zerreißt? Oder machen die Hurensöhne das etwa nicht?»

Ulfar schluckte gegen den Kloß in seinem Hals an.

«Rede!»

«Ja ... Herr. Man erzählt sich Geschichten über Euch.»

«Geschichten?» Der König verzog das Gesicht. «Ich liebe Geschichten – und vor allem liebe ich Lügengeschichten. Berichte mir, was die Nichtsnutze und Speichellecker sich über Harald Eiriksson erzählen. Was sie sich über den König erzählen, der seinen Schmuck verkaufen musste, obwohl er von den mächtigsten Männern abstammt, die jemals am Nordweg geherrscht haben: von Halfdan dem Schwarzen und von dessen Sohn Harald Harfagri und von dessen Sohn Eirik Blutaxt, dessen rechtmäßiger Erbe ich bin. Das Erbe ist der Thron über alle Länder am Nordweg, und nur ein Mann hat ein Anrecht darauf – nur ein einziger Mann.»

Der Kloß in Ulfars Hals fühlte sich an, als sei er auf die Größe einer Männerfaust angewachsen, weswegen er befürchtete, nur ein Krächzen hervorzubringen. Was sollte er dem König sagen? Die Wahrheit? Oder ihm eine Lüge auftischen?

Ulfar spürte den bohrenden Blick, und ihm war klar, dass der König eine Lüge sofort durchschauen würde. Also entschied er sich für die Wahrheit. Was hatte er denn noch zu verlieren? Seinen Kopf? Den würden sie ihm sowieso abschlagen.

Auch die Alte starrte ihn an, während sie den Metbecher umklammerte und Flüssigkeit aus ihren Mundwinkeln sickerte.

«Man sagt ... Ihr überfallt Schiffe, die Karmøy zu nahe kommen, Herr», begann Ulfar. «Dass Ihr die Schiffe plündert und die Seeleute tötet. Deswegen wagen sich die Schiffsführer nicht mehr in diese Gegend. Und es gibt Geschichten, dass Ihr gar nicht mehr am Leben seid. Dass Euer Geist ruhelos über die Insel streift und Ihr mit anderen Untoten über die Schiffe herfallt. Und es heißt, Ihr wärt besiegt worden und seid nun ein gefallener König, ein König ohne Reich ...»

Da stieß die Alte einen Schrei aus und sprang auf. «Ich verfluche ihn! Ich verfluche den Jarl, der das Unglück über unsere Sippe gebracht hat. Ich verfluche ihn! Verfluche ihn!»

Dann sank sie so kraftlos auf den Stuhl zurück, als sei das Leben aus ihrem Körper gewichen. In der Halle wurde es still. Die Wilden kamen näher. Gunnhild griff nach dem Becher und trank.

«Das erzählt man sich also über mich», sagte der König. An seinen Fäusten traten die Knöchel weiß hervor. Er lachte freudlos. «Ja, es ist durchaus etwas dran an den Geschichten, Seefahrer.»

«Bring ihn um», knurrte Gunnhild, nachdem ihr von der schwarzen Sklavin Met nachgeschenkt worden war.

«Noch nicht», sagte der König, während seine Finger mit Ulfars Silbermünzen spielten. «Wir überfallen Schiffe, Seefahrer, weil wir es tun müssen. Schau uns an. Sag mir, welche Geschichte du über den König und seine Sippe erzählen würdest, wenn wir dich laufen ließen.»

«Ich würde sagen, dass Ihr Hunger habt, Herr.»

«Hunger? Und was noch?»

«Dass Ihr keine ... Macht mehr habt.»

«Deine Offenheit gefällt mir. Komm her!»

Ulfar trat an den Tisch, über den der König sich nach vorn beugte.

«Riechst du das?», fragte er. «Riechst du, dass meine Kleider wie Marderpisse stinken? Mein Kettenhemd hat Rost angesetzt, meine Schwertklinge ist stumpf geworden, und in meinem Helm nisten Mäuse. Die Geschichten sind wahr, Seefahrer: Ich bin ein sabbernder Krüppel. Riechst du, dass die Scheiße an meinen Beinen herunterrinnt? Siehst du, dass ich bereits tot bin?»

«Was redest du da?», fuhr die Alte dazwischen. «Du lebst, aber der da ist tot. Lass mich ihn umbringen. Ich schlachte ihn und pisse auf seine dänischen Eingeweide ...»

Ohne darauf einzugehen, zog der König etwas unter seinem Umhang hervor. Es war ein Pergament, vermutlich das, welches der Junge dabeigehabt hatte. Das rote Wachssiegel war gebrochen. Als der König das Pergament auseinanderrollte, sah Ulfar die lateinischen Schriftzeichen.

«Der andere Seemann, der von deiner Mannschaft noch übrig ist, hat behauptet, man würde dich den Klugen nennen, weil du lesen kannst», sagte der König. «Nun kennst du den Grund, warum dein Kopf noch auf deinem Hals steckt statt auf einem Pfahl.»

Er reichte das Pergament über den Tisch an Ulfar weiter, der es aufnahm. Seine Finger zitterten, und er betete im Stillen, dass ihm nach all den Jahren die Bedeutung der Schriftzeichen wieder einfallen würde.

3.

Jarlshof, Hladir

Der dunkle Mann stand wenige Schritte von ihr entfernt. Den Kopf tief in den Nacken gelegt, schaute er in den Nachthimmel, auf dem sich ein grün leuchtendes Band von den Bergen über den Fjord und bis über das Nordmeer zog. Die kantige Gestalt des Mannes verschmolz beinahe mit der Dunkelheit, in der die Sterne funkelten und sich auf dem Fjord widerspiegelten.

Auf ihrer Haut spürte Malina den Hauch einer vom Wasser heraufwehenden Böe und sah, wie der Wind sich in seinem offenen Haar fing und im Gefieder des Raben auf seiner Schulter.

Es war eine Nacht der Götter.

Malinas Herz pochte hart. Sie kauerte hinter dem Karren, der mit Pfählen beladen war, mit denen die Männer morgen einen Zaun ausbessern wollten. Sie wusste, dass sie nicht hier sein durfte. Dass sie ihn nicht belauern durfte wie eine Diebin, die seine Geheimnisse stahl. Geheimnisse, an denen sie nicht teilhaben durfte.

Dennoch war sie ihm gefolgt, als er vorhin im Jarlshaus aus dem Bett gestiegen, in Hose, Hemd und Stiefel geschlüpft war und das Haus verlassen hatte. Es war mitten in der Nacht, und sie hatte gewusst, wohin er ging.

Sie hörte eine Stimme durch die Nacht dringen. Eine Stimme, die Worte sang, die Malina nicht verstand und die klangen wie raue Tierlaute.

Der Mann, den Malina liebte, bewegte sich etwas, als er sein Gewicht von einem Bein aufs andere verlagerte und sich der

Stimme zuwandte. Sie kam von dem mit Gras bewachsenen Dach einer Hütte am Rande des Jarlshofs. Zu sehen war die Sängerin nicht, aber bei dem Gesang zog sich Malinas Magen zusammen.

Der Rabe plusterte das Gefieder auf. Sein Kopf zuckte aufgeregt.

Malina betrachtete das am Nachthimmel pulsierende, grüne Licht, während der Gesang anschwoll. Vor Aufregung biss sie auf die Knöchel ihrer rechten Hand. Ihr Herz schlug schneller, weil sie wusste, was gleich geschehen würde und was sie nicht verhindern konnte. Weil sie es nicht verhindern durfte. Weil sie selbst es gewesen war, die ihn gebeten hatte, die Zauberin zu rufen.

Der Mann straffte den Rücken, und Malina spürte die Tränen kommen. Sie senkte den Blick. Liebte er sie wirklich? Er behauptete das, aber war es auch die Wahrheit? Vielleicht tat sie ihm unrecht, doch in diesem Moment hatte sie das Gefühl, niemals ganz zu seinem Herzen vorgedrungen zu sein. Ihn niemals wirklich verstanden zu haben. Was dachte er? Was fühlte er? Was plante er?

«Du beobachtest mich?» Das war seine Stimme, ganz nah.

Malina zuckte zusammen, als habe sie sich an kochendem Wasser verbrüht. Sie war doch vorsichtig gewesen. Nun war es ihr ausgesprochen peinlich, dass er sie entdeckt hatte. In diesem Augenblick hatte sie Angst vor dem Mann, vor ihrem Mann.

Die dunklen Augen funkelten wie die des Raben auf seiner Schulter. Malina fühlte sich elend, als habe er sie einer Lüge überführt. Er hatte ihr niemals verboten, ihm zu folgen, wenn *sie* auf dem Hof war, aber es war ein unausgesprochenes Gesetz: Nur er durfte *sie* besuchen. Nur er.

«Warum beobachtest du mich?», fragte er kalt.

Das Haar hing ihm strähnig ins Gesicht. Die Lippen in dem dunklen, kurz geschnittenen Bart waren zu einem grimmigen Strich zusammengepresst.

Sollte sie eine Ausrede erfinden? Irgendeine dumme Geschichte, warum sie hier war und nicht im Bett? Nein, er würde sie durchschauen, weil er genau wusste, warum sie hier war.

«Du kannst deine Eifersucht nicht ablegen», sagte er.

Sie schüttelte heftig den Kopf, aber natürlich glaubte er ihr nicht.

«Ich bin aufgewacht, als du aufgestanden bist, und war neugierig, wohin du gehen würdest, mitten in der Nacht», versuchte sie es mit der halben Wahrheit und deutete zum Himmel. «Dann habe ich die Lichter gesehen. Sie sind so schön, so geheimnisvoll. Ich konnte mich nicht von ihrem Anblick trennen.»

Das war nicht einmal gelogen. Vielleicht wäre sie tatsächlich längst wieder ins Haus gegangen, wenn der hellgrüne Himmelsschleier sie nicht in den Bann gezogen hätte.

Hakon schaute zum Himmel.

«Die *valkyrjar* rücken aus», sagte er. «Sie sammeln erschlagene Krieger von den Schlachtfeldern. Die Valkyrjar sind die Schlachtengöttinnen. Das Licht spiegelt sich auf ihren Rüstungen, auf Helmen, Brünnen und Waffen und scheint vom Halsschmuck der Göttin Freyja wider. Wenn die Göttinnen ausziehen, gibt es Krieg. Irgendwo gibt es immer Krieg.»

Er hatte ihr von den Totendämonen erzählt, die wie hungrige Wölfe über Schlachtfelder zogen, um Krieger für Walhall auszuwählen. Die Vorstellung, dass die Valkyrjar am Nachthimmel auszogen, ließ Malina erschauern.

«Wo wird die Schlacht geschlagen?», fragte sie. Es war eine naive Frage, aber Malina war erleichtert, dass Hakon von dem Himmelsleuchten abgelenkt wurde. Sie hoffte, dem Gespräch eine andere Richtung geben zu können, erhob sich und kam hinter dem Karren hervor.

Der Gesang der Seherin war verstummt.

«Das weiß ich nicht», erwiderte Hakon.

«Befürchtest du, die Valkyrjar könnten zu den Throendern kommen, weil ihr wieder in eine Schlacht ziehen müsst?»

«Das befürchte ich jeden Tag und jede Nacht.»

«Gibt es einen Grund für deine Sorgen? Es geht uns doch gut. Nach der reichen Ernte sind die Vorratskammern gefüllt. Wir haben Getreide, Bohnen und Zwiebeln, Rauchfleisch und Trockenfisch, Käse und ...»

«Es war die beste Ernte seit langem», schnitt er ihr das Wort ab. «Wir haben den Odinsbecher für den Sieg über unsere Feinde geleert und die Becher für die Götter Njörd und Frey für gute Ernte und Frieden.»

«Dennoch bist du beunruhigt.»

Er schien zu überlegen, ob er weiterreden sollte. Dann sagte er: «Ich habe mich mit unseren Verbündeten aus den Ostlanden getroffen, mit den Königen Tryggvi Olavsson und Gudröd Björnsson. Wir haben uns Freundschaft und Treue geschworen und werden uns beistehen im Kampf gegen die Gunnhildssöhne. Doch Graufell verhält sich schon zu lange still.»

«Aber wir haben den Hafen ausgebaut», entgegnete Malina. «Wir haben die Palisaden verstärkt, und nach allem, was wir wissen, hat Graufell seine Macht eingebüßt. Du selbst hast gesagt, er habe weder ein Reich noch ein Volk oder Krieger.»

Hakon wischte eine Strähne aus seiner Stirn. «Das habe ich gesagt, aber die Götter spielen ihre Spiele. Es ist kaum vorhersehbar, was sie im Schilde führen.»

«Kann *sie* das nicht sehen?» Kaum hatte sie die Frage ausgesprochen, ärgerte sie sich darüber, die Seherin wieder ins Gespräch gebracht zu haben.

«Manchmal», erwiderte er. «Manchmal kann sie es sehen.»

«Weiß sie auch, dass du hier stehst und sie beobachtest?»

«Ja.»

«Und dass ich hier bin, obwohl ich nicht hier sein darf?»

Er nickte, und der Rabe ließ einige seiner merkwürdigen Klopflaute hören. Der Vogel war ungeduldig, als könne er nicht erwarten, zu der Hütte zu fliegen, wo *sie* wartete. Als Malina hinüberschaute, sah sie die Seherin auf dem Dach stehen. Sie hatte nichts an, obwohl es kühl war. Das helle Haar fiel ihr über den nackten Rücken. Ihr Blick war in den Himmel gerichtet. Die Arme waren ausgestreckt zu den grün schimmernden Lichtstreifen.

Da stellte Malina die Frage, die ihr nicht aus dem Kopf ging, obwohl sie wusste, dass es sie nichts angehen durfte: «Warum gehst du heute Nacht zu ihr?»

«Weil ich erfahren muss, was die Götter vorhaben.»

Malina schluckte gegen einen Widerstand in ihrem Hals an. «Wirst du mit ihr auch über mich reden? Werdet ihr darüber sprechen, worum ich dich gebeten habe?»

Er wandte sich ihr so abrupt zu, dass sie einen Schritt zurückwich. Sein Blick hatte sich verändert, war dunkler und härter geworden. «Es steht mir nicht zu, darüber zu entscheiden. Sie wird es tun, wenn sie es für richtig hält. Du wirst davon erfahren, und jetzt geh schlafen.»

Malina nickte verkrampft. Sie brachte keinen Ton mehr heraus. Es hatte sie große Überwindung gekostet, Hakon noch einmal auf das leidige Thema anzusprechen. Er behauptete, sich längst damit abgefunden zu haben, dass sie kein Kind von ihm bekam. Eigentlich hatte auch sie das irgendwie akzeptiert. Hatte sie zumindest gehofft.

Dennoch schwelte tief in ihr der Wunsch nach eigenen Kindern. Der Wunsch war wieder gewachsen, ohne dass sie das wollte. Immer größer war ihr Verlangen in den vergangenen Wochen geworden, je stiller Hakon wurde und je weiter er sich von ihr und allen anderen zurückzog, als laste etwas Schweres auf seiner Seele. Dabei ging es ihm und seiner Sippe, so wie überhaupt allen Throendern, so gut wie selten zuvor, seit Malina in Hladir lebte.

Der Feind hatte sich verkrochen, es herrschte Frieden, die Fische füllten die Netze, und das Vieh war fett und kräftig. Ja, es schien, der Schatten über Hakons Seele wurde düsterer, je besser es den Menschen ging, die ihn zu ihrem Jarl gewählt hatten.

Glaubte Malina wirklich, sie könne ihn glücklicher machen, wenn sie ihm ein Kind schenkte? Oder dachte sie dabei nur an sich? War die Schwangerschaft nicht ihr ureigener Wunsch? Er hatte zwei Kinder von anderen Frauen, betonte aber immer, es seien auch Malinas Kinder.

Sie hatte keine Antwort auf ihre Fragen. Sie wusste nur, dass sie ein Kind haben wollte. Haben musste. Daher hatte sie vor einigen Tagen ihren Mut zusammengenommen und ihn gebeten, die Seherin um Hilfe zu bitten. Es war nicht das erste Mal, dass die Seherin die Götter für Malina mit einem Ritual umzustimmen versuchte. Doch es sollte das letzte Mal sein. Malina hatte sich vorgenommen, sich endgültig damit abzufinden, wenn die Götter sie erneut nicht schwanger werden ließen.

Sie nickte, weniger, um seine Worte als vielmehr ihre eigenen Gedanken zu bestätigen.

Der Rabe krächzte heiser, bevor er sich von Hakons Schulter erhob, die Flügel durchschlug und zur Hütte davonflog. Die Seherin war vom Dach verschwunden.

Hakon wandte sich von Malina ab und folgte dem Raben in die Dunkelheit. Die Himmelslichter, dieser schimmernde Glanz der Schlachtengöttinnen, leuchteten heller als je zuvor in dieser Nacht.

4.

Brimillhof, Thrandheim

Signy stampfte durch die Halle, stieß erst einen Tonkrug vom Tisch, der scheppernd zerbrach, und dann eine Holzschüssel, die über den Boden rollte, bis sie vor den Füßen ihres Vaters Steinolf liegen blieb. Der alte Mann kochte vor Wut, genauso wie seine hitzköpfige Tochter.

In der Halle war es still geworden. Mägde und Knechte verzogen sich wie vor einem nahenden Gewitter. Nur das unterdrückte Kichern von Bödvar war zu hören, der mit Fafnir am Tisch saß. Die beiden waren Signys ältere Brüder.

«Den Krug wirst du ersetzen», fuhr Steinolf sie an. «Räum die Scherben weg und hör auf, Ärger zu machen. Du musst ihn heiraten!»

Steinolfs dunkle Augen funkelten. Signy, die dicht vor ihm stand, stemmte die Fäuste in die Hüften und wich dem finsteren Blick ihres Vaters nicht aus.

Sie war ein zartes, schlankes Mädchen. Das strohblonde Haar trug sie noch offen, ihre Haut war sehr hell, aber ihre Augen waren dunkel wie die ihres Vaters, der jetzt die rechte Hand hob.

«Schlag mich doch», fauchte sie.

Bei jeder anderen Gelegenheit hätte er es wohl getan, so wie jeder Vater seine Kinder mit Schlägen zum Gehorsam erzog. Aber dieses Mal würde er das nicht wagen, nicht jetzt, kurz vor der verfluchten Hochzeit. Er würde nicht riskieren, seine Tochter mit blauem Auge oder geschwollener Wange zum Hochzeitsfest ziehen zu lassen.

Signy war sechzehn Jahre alt, also längst im heiratsfähigen Alter, und genau das hatte ihr Vater vor: Er wollte sie verheiraten – mit Ljot, dem Sohn des alten Konal vom Buvikahof, der einen halben Tagesmarsch von Steinolfs Brimillhof entfernt lag. Signy hasste Ljot, und weil ihr Vater sich nicht erweichen ließ, hasste sie auch ihn.

Steinolfs Nasenflügel bebten, und sein Bart zitterte, als er die Hand wieder sinken ließ und zu Bödvar und Fafnir herumfuhr. «Haltet eure Mäuler! Hier gibt es nichts zu lachen, wenn eure Schwester sich meinem Willen nicht beugt.»

«Ich habe doch gar nicht gelacht», protestierte Fafnir, während Bödvar schnell wegsah.

Steinolf kreuzte einen weiteren Blick mit Signy, bevor er sich umdrehte und vor sich hinrummelnd durch die Halle in den hinteren Bereich stapfte, wo die Pferde und Ziegen in Ställen untergebracht waren.

Signy bückte sich nach den Tonscherben und begann, sie einzusammeln. Tränen traten ihr in die Augen.

«Also ich freue mich schon auf das Gelage», sagte Bödvar, hämisch grinsend. «Ljot und Konal werden jede Menge gutes Essen und Bier auftischen. Sie mögen verrotzte Schafsköpfe sein – wie alle vom Buvikahof –, aber sie sind nicht halb so geizig wie Steinolf ...»

«Untersteh dich, so über deinen Vater zu reden, Bödvar.»

Signys Mutter Herdis war in die Halle gekommen, in der rechten Hand das Brautkleid, eine blau gefärbte, weite Tunika, die mit Stickereien versehen war, an denen sie lange gearbeitet hatte. In der anderen Hand hielt sie den Schleier aus feingewebtem Leinen, den Signy während der Hochzeitszeremonie tragen würde.

Signy trug die Scherben zum Tisch und ließ sie vor Bödvar fallen. Unwillkürlich zog er den Kopf ein. Seine Schwester war mit zwei Brüdern aufgewachsen und hatte gelernt, sich durchzusetzen.

«Du denkst nur ans Essen und Saufen», zischte sie. «Dass ich gezwungen werde, Ljot zu heiraten, ist euch allen egal.»

«Stell dich nicht so an», entgegnete Bödvar. «Du hättest es schlechter treffen können. Ljot ist ein gesunder Mann, groß und stark und ...»

«Und gewalttätig und brutal. Ihr lasst zu, dass ich so einem Unmenschen zu Willen sein muss. Er wird mich schlagen und sich an mir vergehen.»

«Wahrscheinlich wird er das tun, aber nur, wenn du ihm einen Grund dafür gibst. Was erwartest du, Signy? Eine Frau hat dem Mann zu dienen, so war es schon immer, und so wird es immer sein.»

Ihr Herz trommelte vor Aufregung. Bödvar redete genauso einen Unsinn wie Steinolf.

Hilfesuchend schaute sie zu Fafnir, dem jüngeren ihrer beiden Brüder. Sie mochte Fafnir, der anders war als die meisten Männer. Doch er wich ihrem Blick aus.

«Es tut mir leid», sagte er nur, kehrte die Scherben mit den Händen vom Tisch und erhob sich, um sie wegzubringen.

Signy seufzte tief. Warum stand ihr niemand bei? Warum ließen alle zu, dass sie mit diesem Mistkerl verheiratet wurde? Einmal hatte sie mit ansehen müssen, wie Ljot einen Knecht verprügelte, der einen Korb mit Vogeleiern fallen gelassen hatte. Wie von Sinnen hatte Ljot auf den Knecht eingeschlagen und hätte ihn vermutlich totgetreten, wenn Ljots Vater Konal nicht dazwischengegangen wäre. Damals war Ljot dreizehn Jahre alt.

Auch wenn Signy sich damit nicht abfinden konnte, war die Hochzeit längst abgemacht. Im vergangenen Winter hatte Steinolf rechtmäßig die Zeugen benannt. Als man das Brautgeld, *mundr*, ausgehandelt hatte, hatte Steinolf sich wie gewohnt knauserig gezeigt. Zusätzlich zur angemessenen Menge Silber hatte er zähneknirschend zugestimmt, der Mitgift eines seiner beiden Mastschweine beizusteuern.

Für beide Parteien stand viel auf dem Spiel. Seit Generationen wurde das Verhältnis zwischen den Bewohnern des Brimillhofs und des Buvikahofs durch heftige Auseinandersetzungen vergiftet. Dabei ging es meist um die Aufteilung und Nutzung der Fisch- und Jagdgründe und der Weiderechte. Die Streitereien waren zwar wiederholt vor dem Frostathing ausgetragen worden, aber es war dennoch zu Gewalttaten gekommen, bei denen Menschen ihr Leben gelassen hatten. Die Morde hatten sich noch vor Signys Geburt ereignet und waren mit Blutgeld und Landesverweisen geahndet worden. Dennoch hatten die Bonden Steinolf und Konal sich vorgenommen, die Fehden zu beenden, indem zum ersten Mal zwischen den Sippen familiäre Bande geknüpft wurden. Und der Preis für den Frieden war Signy.

Herdis bestand darauf, dass Signy die Tunika anzog, und schob sie zu einem Hocker, auf dem sie sich niederlassen musste. Herdis legte den Schleier auf dem Tisch ab. Während sie leise vor sich hinsang, begann sie, Signys weiches Haar zu kämmen und es zum Knoten zu winden.

«Wie schön du bist, Kind», sagte sie.

Ja, viel zu schön für den Mistkerl, dachte Signy und sagte: «Musst du das wirklich tun? Bis zur Hochzeit ist es doch noch eine Weile hin.»

«Je früher du dich daran gewöhnst, dein Haar nicht mehr offen zu tragen, desto einfacher wird es dir später fallen. Für die Feier werde ich dein Haar mit einem Blumenkranz schmücken, so wie meine Mutter es damals bei mir gemacht hat ...»

«Das ist eine gute Idee», rief Signy. «Ich werde gleich ein paar Blumen suchen.»

«Bleib sitzen – draußen blühen nur noch Disteln», befahl Herdis, die den Haarknoten im Nacken mit einer Spange befestigen wollte. Doch da war Signy bereits aufgesprungen und lief zur Tür.

«Du sollst hierbleiben», rief ihr Herdis hinterher.

An der Tür drehte Signy sich noch einmal um. Die Spange war abgefallen, und der Knoten hatte sich gelöst. Sie reckte das Kinn und fuhr sich mit einem herausfordernden Blick mit den Fingern durchs blonde Haar, bevor sie sich umdrehte und nach draußen verschwand.

Auf dem Hof sog sie tief die frische Luft ein, die vom Fjord herüberzog. Bald würde die Dämmerung einsetzen. Signy dachte ernsthaft darüber nach fortzulaufen, ganz weit weg. Für immer. Um Ljot zu entgehen.

Mit diesen Gedanken kam sie hinter die Scheune, wo sie die beiden Schweine ungewöhnlich laut quieken hörte. Sie glaubte, ihren Augen nicht zu trauen, als sie zum Gatter schaute, in dem ein Schwein für Jul und ein zweites für das Hochzeitsfest gemästet wurden. Dort stand ein dunkelbärtiger Mann, den sie nie zuvor gesehen hatte, und winkte zu Signy herüber. Über seine Schulter hatte er eine Streitaxt gelegt.

«Ich werde deine Schweine schlachten, Mädchen», rief er lachend. «Und *dich* mache ich zu meiner Schweinebraut.»

Dabei griff er sich zwischen die Beine und schnalzte anzüglich mit der Zunge. Sein dreckiges Lachen hallte in Signys Ohren wider.

Signy stürmte zurück zum Wohnhaus und riss die Tür auf. In der Halle waren Fafnir und Bödvar damit beschäftigt, Aalspeere, Reusen und anderes Fischfanggerät für die Ausfahrt am nächsten Morgen vorzubereiten. Als Fafnir Signy sah, ließ er einen Speer fallen und lief seiner Schwester entgegen. Bödvar verdrehte nur die Augen und murmelte: «Wenn der arme Ljot wüsste, was auf ihn zukommt.»

«Da ist jemand bei den Schweinen», rief Signy aufgelöst.

Ihre laute Stimme lockte Steinolf, Herdis und die Mägde und Knechte aus dem hinteren Bereich des Hauses hervor.

«Wer ist bei meinen Schweinen?», stieß Steinolf aus. Er schien sich nicht sicher zu sein, ob er seiner Tochter glauben konnte oder ob das wieder einer ihrer widerspenstigen Anfälle war.

«Ein Mann – er will die Schweine schlachten», sagte Signy.

«Niemand schlachtet meine Schweine», knurrte Steinolf.

«Aber er hat eine Axt.»

«Wer ist der Mann? Kennst du ihn?»

Signy schüttelte den Kopf so heftig, dass ihr Haar herumwirbelte. Steinolf befahl den Frauen, im Haus zu bleiben. Dann bewaffneten die Männer sich mit Knüppeln und Beilen. Steinolf nahm die Lanze mit dem Eschenschaft von der Wand.

Signy folgte ihnen auf den Hof, ungeachtet der Proteste ihrer Mutter. Als sie hinter die Scheune kam, waren die Männer bereits am Gatter, in dem der Unbekannte noch immer stand, während die Schweine zu seinen Füßen im Dreck wühlten.

«Verschwinde von meinem Hof!» Steinolf hob drohend die Lanze.

Der Mann lachte, die Axt noch immer auf der Schulter. «Du bist der Bonde Steinolf, nicht wahr?»

«Geh von meinen Schweinen weg!»

«Deine Schweine? Das sind nicht mehr deine Schweine, alter Mann.»

Steinolf war bis ans Gattertor gegangen, zögerte aber, es zu öffnen. Es wäre ihm und den anderen ein Leichtes gewesen, den Kerl zu überwältigen. Dennoch mahnte dessen Dreistigkeit sie zur Vorsicht.

«Wer bist du?», fragte Steinolf.

Der Mann gab keine Antwort, sondern grinste nur. Dann

holte er mit der Axt aus und hieb sie einem der Schweine in den Nacken. Das Tier stieß panische Quieklaute aus und versuchte zu fliehen. Der Mann riss den Axtkopf aus Muskeln, Knochen und Fleisch und spaltete dem Schwein mit einem zweiten Schlag den Schädel. Blut spritzte auf seine Hose, während das Schwein sich im Todeskampf wälzte.

Da vergaß Steinolf alle Vorsicht. Er wollte das Tor gerade öffnen, und die anderen drängten hinter ihm her, als Signy andere Männer hinter die Scheune kommen sah, ein halbes Dutzend Männer, und sie wurden rasch mehr. Es waren Krieger, einige mit Schwertern, andere mit Äxten und Bögen bewaffnet.

Signy rief nach ihrem Vater, der sich am Gattertor zu ihr umdrehte.

Der Unbekannte wartete grinsend ab. Vor ihm zuckte das Schwein im blutverschmierten Dreck. Das zweite Schwein war in die hinterste Ecke des Gatters geflüchtet.

Steinolfs Blick wanderte von Signy zur Scheune. Ihm entglitten die Gesichtszüge, als auch er die inzwischen etwa zwei Dutzend Männer bemerkte. Sie sahen heruntergekommen aus mit ihren verdreckten Gesichtern, ungepflegten Bärten und zerschlissenen Kleidern. Helme trugen sie nicht, auch keine Schilde oder Brünnen. Aber es konnten unmöglich Räuber sein. Solche Banden waren in Thrandheim nicht mehr aufgetaucht, seit der Jarl seine Krieger durchs Land streifen und für Recht und Ordnung sorgen ließ.

Steinolf ließ die Lanze sinken. Auch Signys Brüder und die Knechte machten keine Anstalten, mit den Knüppeln oder Beilen gegen die Männer vorzugehen.

«Was wollt ihr?», rief Steinolf. Da er keine Antwort bekam, machte er einige Schritte auf die Scheune zu, bis er zwischen den Männern und Signy stand.

«Lauf ins Haus», befahl er ihr mit leiser, aber scharfer Stimme. «Nimm deine Mutter und die anderen Frauen mit und versteckt euch in den Bergen.»

Signy bewegte sich nicht. Sie war wie gelähmt vom Anblick der Horde.

«Hol die Frauen», zischte Steinolf.

Endlich löste Signy sich aus ihrer Starre, kam jedoch nicht weit, als ihr der Weg zum Hof von weiteren Männern versperrt wurde.

Ein hochgewachsener Mann trat vor die Menge. Er hatte einen dichten, grauen Bart. Über seinen breiten Schultern hing ein Pelzmantel, unter dem er ein rostiges Kettenhemd trug. In der Lederscheide an seinem Gürtel steckte ein langes Schwert.

Der Mann kam Signy bekannt vor, auch wenn ihr in dem Moment unklar war, wo sie ihn gesehen hatte.

Ihr Vater schien ihn hingegen wiederzuerkennen. «Ihr ... seid hier?», stammelte er.

«Wo sollte ich sonst sein, Bauer?» Der Mann machte eine ausholende Handbewegung. «Das alles gehört mir – die Berge, die Fjorde und Flüsse und alles, was hier läuft und schwimmt und sich vor Angst gerade in die Hose macht. Zweifelst du daran, Steinolf? Richtest du deshalb eine Lanze auf deinen König?»

Da fiel Signy ein, wer der Mann war. Sie hatte ihn vor einigen Jahren in Hladir gesehen. Damals waren schlimme Zeiten über Thrandheim hereingebrochen, weil dieser Mann die Herrschaft an sich gerissen hatte.

Steinolfs Mund öffnete und schloss sich wieder. Er ließ die Lanze neben sich ins Gras fallen, auch Signys Brüder und die Knechte streckten die Waffen.

«Deine Freude über unser Wiedersehen scheint sich in Grenzen zu halten», sagte der Mann. «Du hast deine Ernte eingefahren, die Scheune mit trockenem Heu gefüllt und deine Fleischvorräte haltbar gemacht. Und ich hoffe, dass du ein gutes Bier gebraut hast. Denn nun werde ich mir nehmen, was mir zusteht. Mit deinem Schwein habe ich ja schon angefangen.»

Er trat vor Signy, packte sie mit festem Griff am Kinn und begutachtete sie wie ein Händler ein neues Pferd.

«Auch dein Silber werde ich mir nehmen», sagte er, den Blick auf Signy gerichtet. Sein Atem roch unangenehm. Das breite, gerötete Gesicht war mit Kratzwunden übersät. «Und ich nehme mir deine Tochter. Sie ist jung, trägt ein Brautkleid und wird einen guten Preis erzielen.»

Signys Herz raste vor Angst. Steinolf sank neben dem Mann auf die Knie. Niemals hatte Signy ihn so verzweifelt erlebt.

«Bitte, Herr», stieß er aus. «Bitte, Herr, wir sind arm. Ich habe kein Silber.»

Doch der König lächelte und schien in Signys Augen zu versinken.

5.

In den Bergen von Thrandheim

Der Rabe flog mit schwerem Flügelschlag voraus und drehte mehrere Runden über dem Fluss Nid, bevor er sich auf einem Baum niederließ. Malina, Asny und Aud stiegen aus dem Ruderboot, das Hakon unterhalb des Wasserfalls ans Ufer zog.

Sogleich begann die Seherin, sich für das Ritual zurechtzumachen, was Malina als merkwürdig empfand. Die Hütte lag noch ein gutes Stück entfernt oben in den Bergen. Dort lebte sie, wenn sie nicht in der Hütte war, die Hakon auf dem Jarlshof für sie bereithielt. Sie warf sich einen Umhang aus weißem Fuchsfell über und verbarg ihr blondes Haar unter einer Pelzkappe. An ihren Ohren hingen große, mit Perlen besetzte Ringe.

Malina musste sich überwinden, der Seherin ins Gesicht zu sehen. Einerseits war ihr Aussehen unheimlich, andererseits übten die Tätowierungen eine gewisse Faszination aus. Mittlerweile hatte die Seherin überall im Gesicht Tätowierungen, auch auf dem Hals und über dem Ausschnitt waren bunte Muster zu sehen.

Sie forderte Malina auf, sich auf einen Stein am Flussufer zu setzen, und nahm aus einer Tasche ein kleines Tongefäß. Sie öffnete es, spuckte hinein und rührte mit dem Zeigefinger darin herum. Dann schmierte sie Malinas Gesicht mit der grauen, klebrigen Masse ein.

Hakons Tochter Aud war auf Asnys Wunsch mitgekommen, worüber das Mädchen außer sich vor Freude war. Aud verehrte die Seherin, was ganz in Hakons Sinne war. Malina war jedoch nicht wohl dabei, denn das Ritual würde vermutlich so ablaufen wie die anderen Versuche zuvor, bei denen Malina schwanger werden sollte. Um zu den Göttern zu reisen, nahm die Seherin Kräuter und getrocknete Pilze zu sich, bis sie davon berauscht war und Zaubersprüche murmelte, während Malina nackt auf dem Boden lag und Hakon zu ihr kam.

Und dieses Mal sollte das Mädchen dabei zuschauen. Es gehörte für die Kinder zwar zum Alltag, dass Männer und Frauen sich vor ihren Augen liebten, aber eine solche Zeremonie war etwas anderes.

Nachdem die Seherin Malina geschminkt hatte, gab sie ihr einen Umhang aus rot gefärbtem Leinen, den Malina über ihre Schultern legte und mit zwei Fibeln an ihrer Tunika befestigte.

Währenddessen verfolgte Aud mit großen Augen, wie die Frauen sich für das Ritual vorbereiteten.

Als sie fertig waren, zeigte die Seherin auf Malina und Aud und sagte: «Ihr beide geht voraus.»

Malina war irritiert. Warum gingen sie nicht alle gemeinsam zur Hütte?

Sie kannte Asny seit vielen Jahren und hatte ihre Veränderung von einem zarten Mädchen zu einer Seherin miterlebt, zunächst im Sachsenland, dann hier in Hladir. Asny eiferte ihrer Mutter Velva nach, die eine berühmte Zauberin gewesen war, aber auch der tief in ihr verwurzelte Hass auf die Christen trieb sie an. Es waren Munkis gewesen, die ihr und ihrer Familie übel mitgespielt hatten. Früher war Asny sanft und gutherzig gewesen, und Malina hatte sie gemocht. Doch mit den Jahren war sie ihr fremd geworden. Asny gab sich wortkarg, hart und abweisend und mied die meisten Menschen. Nur Hakon ließ sie nahe an sich heran, viel zu nahe, wie Malina glaubte, was ein weiterer Grund war, dass sie keine Zuneigung für Asny mehr empfand.

Ihre Zauberkunst war weit über Thrandheim hinaus bekannt. Viele Menschen verehrten und fürchteten sie zugleich. Sie kamen von weit her, damit Asny ihnen die Zukunft vorhersagte. Oder für eine gute Ernte betete, Flüche von ihnen nahm oder andere Menschen verfluchte.

Oder um die Götter um Fruchtbarkeit zu bitten, damit sie die Kinderlosigkeit heilten. So wie bei Malina.

«Was wirst du in der Zwischenzeit tun?», fragte sie.

«Wir werden nachkommen.»

«Wir?», entgegnete Malina.

Hakon schien davon ebenfalls überrascht, nahm aber den leeren Korb, den Asny ihm reichte.

«Er hilft mir beim Kräutersammeln», erklärte sie und wandte sich zum Gehen.

«Und wann kommt ihr nach?», fragte Malina.

«Bald. Wartet in der Hütte auf uns.»

Dann schob sie Hakon weg und ging mit ihm am Ufer entlang, bis sie die Böschung hinaufstiegen und im Wald verschwanden. Der Rabe flog auf und folgte ihnen.

Malina spürte, wie ihr Magen sich zusammenzog. Sie glaubte der Seherin kein Wort. Der Korb war nicht groß, den konnte sie allein tragen, sogar wenn er randvoll mit Kräutern war. Überhaupt machte die Seherin doch den ganzen Tag über nichts anderes, als Kräuter zu sammeln. Ihre Hütte musste voll damit sein.

Sie will mit Hakon allein sein, dachte Malina.

«Du siehst aus wie ein Gespenst», bemerkte Aud kichernd. «Ob Asny mich auch mal so anmalt?»

Malina strich dem Mädchen über das weiche Haar. Aud trug eine blaue, mit Stickereien versehene Tunika. «Bestimmt wird sie das tun. Du magst sie sehr, nicht wahr?»

«Ja! Sie ist die mächtigste Frau der Welt, und bald werde ich so sein wie sie.» Aud strahlte übers ganze Gesicht und warf ihr langes Haar über die Schultern zurück.

«Was ist mit deinem Ohr?», fragte Malina.

Auds rechtes Ohr war rot und auf die Größe einer Zwiebel angeschwollen. Schnell wich sie vor Malinas Blick zurück und bedeckte das Ohr unter ihrem Haar.

«Es ist nichts», murmelte sie.

«Hast du versucht, dir ein Ohrloch zu stechen?»

Aud schob die Unterlippe vor und schaute weg, wie es ihre Angewohnheit war, wenn sie nichts mehr sagen wollte. Dann hatte es keinen Zweck, sie zu bedrängen. Sie war wie ihr Vater. Malina dachte an Asnys schöne Ohrringe und ihre Tätowierungen. Und dass es nicht mehr lange dauern würde, bis auch Aud ihre Haut mit Mustern verzierte.

Sie folgten einem Pfad den Berghang hinauf, bis sie nach einer Weile zu Asnys Opferplatz kamen, einer kleinen Lichtung, auf der über einem Holzgerüst ein Pferdekadaver hing. Der von Fliegen umschwärmte Pferdeschädel war nach Süden ausgerichtet, dorthin, wo die Feinde lebten.

Aud war fasziniert von dem Kadaver und wollte ihn sich anschauen, doch Malina schob das Mädchen weiter. Der Ort behagte ihr nicht, ebenso wenig wie Asnys Hütte, die sie kurz darauf erreichten. Als Malina sah, was vor der Hütte stand, erschauerte sie. An einem Galgen baumelte ein Mensch oder das, was davon noch übrig war, und das war nicht viel: Von Hanfseilen zusammengehalten, hing dort ein Skelett mit einem unheimlich grinsenden Totenschädel und ausgebleichten Knochen.

Im Gegensatz zu Malina hatte Aud keine Scheu, hüpfte zu dem Skelett und tippte dagegen, sodass die Knochen sich klappernd bewegten.

«Was ist das?», fragte Aud.

«Das ist ... war ein Mensch.»

«Und wer war das?»

«Ich weiß es nicht», sagte Malina, aber das stimmte nicht. Hinter dem Galgen steckte ein Stab im Boden, ein Stab, dessen oberes Ende gekrümmt war, wie ihn Christenführer besaßen, die man Bischöfe nannte.

Aud zog an einem Beinknochen und kicherte, als die Knochen gegeneinanderschlugen. «Hat Asny den Menschen getötet?»

«Komm weiter», forderte Malina sie auf. «Wir warten drinnen auf die anderen.»

Sie war dabei gewesen, als die Seherin den Mann mit glühendem Eisen gefoltert hatte. Als die Leiche später verschwand, hatte niemand danach gesucht. Offensichtlich hatte Asny sie mitgenommen, das Fleisch abfaulen lassen und nun die Knochen wie eine Trophäe aufgehängt.

Aud ließ vom Skelett ab und lief zu der von Bäumen gesäumten Hütte, hinter der eine Felswand aufragte. Als Malina dem Mädchen folgte, glaubte sie, irgendwo im Wald einen Ast brechen zu hören.

Sie blieb stehen, drehte sich um und lauschte. Mit einem Mal schien es seltsam still geworden zu sein, nicht einmal Vogelgezwitscher war noch zu hören. Vielleicht streifte zwischen den Bäumen ein Tier umher. Aber vielleicht hatte Malina sich das Geräusch auch nur eingebildet.

Sie ging weiter zur Hütte, vor der Aud auf sie wartete. Malina stieß die unverriegelte Tür auf, und als sie eintrat, sah sie im hereinfallenden Licht unter dem Dachbalken Bündel mit getrockneten, würzig duftenden Kräutern hängen.

Warum hatte die Seherin behauptet, sie müsse Kräuter suchen?

An den Wänden aus geschälten Baumstämmen hingen Fellmasken, Tierschädel, Holzrasseln und kleine, mit Tierhäuten bespannte Trommeln. Auf Hängeborden lagerten Tongefäße, die mit Salben, Tränken, Pilzen und Zaubersteinen gefüllt waren, und überall auf dem Boden standen Körbe, Kisten und Fässer herum.

Aud staunte mit offenem Mund. Ihre Wangen glühten vor Aufregung. Als sie einen Holzstab entdeckte, der an einem Ende mit einem Lochstein beschwert war, nahm sie den Stab und fuchtelte damit herum wie mit einem Schwert.

«Stell das weg», sagte Malina scharf. «Den Stab darf nur die Seherin anfassen. Hilf mir lieber, ein Feuer anzuzünden.»

Aud gehorchte widerwillig. Nachdem Malina Zunder gefunden hatte, dauerte es nicht lange, bis Flammen emporzüngelten und der Rauch sich in der Hütte ausbreitete.

Aud nahm an der Feuerstelle Platz, schob die Beine über Kreuz und sagte: «Vater hat erzählt, dass Asny dir helfen soll, ein Kind zu bekommen. Warum willst du denn unbedingt ein Kind haben? Du hast doch mich und Eirik.»

«Ja, ich habe euch.» Malina lächelte matt.

«Warum bist du trotzdem traurig?»

«Hat Hakon das gesagt? Dass ich traurig bin?»

«Nein ... oder vielleicht. Ich kann mich nicht daran erinnern. Aber ich habe gemerkt, dass du nicht so glücklich bist.»

Malina wusste nicht, was sie darauf erwidern sollte. Aud war ein kluges Kind, das vermutlich mehr mitbekam, als die Erwachsenen annahmen. Aber ein Gespräch mit Fragen, die Malina sich nicht einmal selbst beantworten konnte, ging ihr zu weit. Sie hatte sich eigentlich damit abgefunden, kein Kind zu bekommen, dennoch wollten sie noch einen Versuch unternehmen, einen letzten Versuch.

«Macht es dich denn glücklicher, wenn du noch ein Kind hast?», bohrte Aud nach.

«Ja, ich denke schon ...»

Malina verstummte, als sie von draußen ein Geräusch hörte. Sie erhob sich, um nachzuschauen, ob Hakon und Asny schon da waren, kam jedoch nur einen Schritt weit, als in der geöffneten Tür ein Junge auftauchte. Er hatte rotes Haar und Sommersprossen und schien in Eiriks Alter zu sein. Über den Schultern trug er einen Fellmantel und am Gürtel ein Kurzschwert. Das Haar stand ihm wirr vom Kopf ab. Seine Lippen waren leicht geöffnet, sodass es aussah, als wolle er etwas sagen. Aber er stand nur da und betrachtete Malina mit einem durchdringenden Blick, der ihr einen Schauer über den Rücken jagte.

«Wer bist du?», fragte sie, während sie sich vorsichtig nach etwas umschaute, das sie als Waffe verwenden konnte – aber sie entdeckte nichts dergleichen. Nicht einmal ihr Messer hatte sie dabei.

Die Körperhaltung des Jungen wirkte nicht bedrohlich. Dennoch hatte er etwas an sich, das so unheimlich war wie dieser verzauberte Ort.

Warum sagte er nichts? Ob er ihre Sprache nicht verstand?

Malina spähte an ihm vorbei nach draußen in der Hoffnung, dass Hakon und Asny auftauchten, sah aber nur das leicht im Wind schwingende Skelett.

«Wer ist denn das?», fragte Aud von hinten.

Der Junge starrte Malina an. Auf seiner linken Wange zuckte ein Muskel.

Da fiel Malina ein, wie abschreckend sie mit der grauen Paste im Gesicht auf ihn wirken musste. Bestimmt hatte er Angst vor ihr. Sie sah ja aus wie ein Geist.

«Hast du Hunger?», fragte sie freundlich. «Möchtest du etwas essen?»

Doch der Junge blinzelte und rief: «Voelva!» Nur das eine Wort.

Dann zog er das Schwert, ein Sax. Er war so schnell, dass Malina die Bewegung nicht kommen sah. Er holte aus und hieb den Sax in ihre Richtung. Doch die Klinge verfing sich in einem Kräuterbündel unter dem niedrigen Dachbalken.

Malina wirbelte herum, sprang über das Feuer und griff nach Aud, die sie hochzog und in eine Ecke stieß. Aud kreischte, und Malina rief: «Versteck dich!»

Allerdings gab es in dem engen Raum kein Versteck.

Die Kräuter fielen zu Boden, und der Junge stürmte hinter Malina her in die Hütte. Die Klinge blitzte im Feuerschein auf.

Doch als sein Blick auf Aud fiel, die versuchte, sich zwischen zwei Fässer zu zwängen, blieb er wie erstarrt stehen. Das gab Malina die Gelegenheit, nach dem Zauberstab mit dem Lochstein zu greifen und damit nach dem Jungen zu schlagen. Der faustgroße Stein traf ihn an der Schläfe, sofort quoll Blut aus der Wunde. Aber der Junge wankte nicht, sondern drehte sich nur langsam zu Malina um, als erwache er aus einem bösen Traum.

Sein Blick wanderte von dem Stab zu Malina, bevor das Leben in ihn zurückkehrte. Er drehte sich um die eigene Achse und schlug ihr den Stab aus der Hand, dann traf sie etwas an der Hüfte. Malina verlor den Halt und fiel zwischen Körbe und Kisten, die krachend über ihr zusammenbrachen.

Sofort war der Junge über ihr und hob das Schwert.

Da tauchte Aud hinter ihm auf, in der rechten Hand ein brennendes Holzscheit. Malina wollte sie fortschicken. Wollte ihr zurufen, sie müsse fliehen, brachte aber keinen Ton heraus. Aud traf den Jungen mit dem Scheit am Rücken. Der Hieb war nicht sehr hart. Als der Junge sich zu dem Mädchen umdrehte, versuchte Malina, sich hochzustemmen, konnte sich aber nicht bewegen. Als sie an sich herunterschaute, sah sie das Blut auf ihrer Tunika.

Sie rief und schrie nach Aud und hörte das Mädchen kreischen. Sie sah die Flammen lodern. Roch den Geruch verbrannter Kräuter. Überall war mit einem Mal beißender Rauch. Aud kreischte noch immer, und dann wurde Malina schwarz vor Augen.

6.

In den Bergen von Thrandheim

«Es wird kein weiteres Ritual geben», sagte Asny bestimmt.

Sie saß neben Hakon auf einem umgestürzten, mit weichem Moos bewachsenen Eichenstamm, vor dem er den leeren Weidenkorb ins Laub gestellt hatte.

«Aber du hast versprochen, ihr zu helfen», erwiderte er.

Asny schüttelte den Kopf. An ihren Ohrringen bewegten sich die Perlen. «Ich habe gesagt, dass ich darüber nachdenken werde, und das habe ich getan. Ich kann ihr nicht helfen, Hakon. Wenn die Götter es nicht wollen, wird sie kein Kind bekommen. Damit muss sie sich abfinden.»

«Ich glaube, das hatte sie bereits getan, bevor sie doch wieder anfing, davon zu reden.»

«Sie ist nicht die einzige Frau, die keine Kinder gebären kann.»

Hakon schaute Asny irritiert an. «Du bist eine Seherin, das ist etwas anderes.»

«Und was ist das?» Sie nahm seine rechte Hand und legte sie auf ihre Brust.

Er versuchte, in ihrem Gesicht zu lesen, sah jedoch nur die tätowierten Linien und Muster, mit denen die Haut auf Stirn, Wangen und Kinn überzogen war. Hakon war einige Male dabei gewesen, wenn sie sich mit Pilzen und Kräutern betäubte, damit sie die schmerzhafte Prozedur ertrug, wenn sie ihre Haut ritzte und dann Galltinte und Asche in die Wunden tat. So wie es Asnys Mutter Velva früher gemacht hatte, die die mächtigste Seherin im

Norden gewesen war. Nun war Asny eine große Seherin, die die Fähigkeit des Wahrsagens, des *seidr*, besaß, und von einflussreichen Männern und Frauen aufgesucht wurde, die nach dem Rat der Götter fragten.

Durch den Stoff der Tunika hindurch fühlte er ihre Brust, während er versuchte, sich das Mädchen, das sie früher war, in Erinnerung zu rufen. Wie sie ausgesehen hatte, damals, als er sie kennenlernte. Jung war sie gewesen, jung, schön und anmutig. Das schien eine Ewigkeit her zu sein. Jetzt war ihr Körper mit dunklen und farbigen Mustern und Sonnen verziert. Er kannte jede Linie, denn es hatte hinreichend Gelegenheiten gegeben, bei denen er die Tätowierungen betrachten und sie mit seinen Fingern nachzeichnen konnte.

Auch Asny war nicht schwanger geworden, aber sie war ja auch keine Frau wie Malina. Kein menschliches Wesen. Asny trat nicht nur mit den Göttern in Kontakt, sie war – davon war Hakon überzeugt – selbst göttlich.

Er zog die Hand zurück.

«Du erinnerst dich sicher an meine Mutter», sagte Asny.

«Natürlich ...»

«Hast du dich einmal gefragt, wie sie zu ihren Kindern gekommen ist?»

«Velva hat damals erzählt, es seien die Götter gewesen. Warum sollte das nicht so sein? Die Götter lenken die Geschicke der Welt. Sie bestimmen über die Schicksale der Menschen. Sie haben die Macht, Königreiche zu zerschmettern oder aufleben zu lassen ...»

«Velva hat dir nicht die Wahrheit gesagt.»

Hakon war überrascht. Niemals zuvor hatte Asny so über ihre Mutter gesprochen.

«Ich weiß, dass es anders war», sagte sie leise. «Dass es einen Mann gab.»

«Ein Mann hat dich und deine Geschwister gezeugt?», fragte Hakon irritiert. Asny war ein Zwillingskind. Sie hatte einen Bruder, Aki, und die kleinere Schwester Gyda gehabt. Hakon war überzeugt gewesen, dass Velva ihre Kinder von den Göttern geschenkt bekommen hatte.

«Warum sollten Seherinnen und Götter keine Kinder bekommen?», sagte Asny. «Odin hat Kinder, sogar Freyja hat eine Tochter. Warum sollte ich also nicht ebenfalls ein Kind gebären können?»

«Wer war der Mann, der euch gezeugt hat?», fragte Hakon.

«Ich möchte nicht darüber reden. Noch nicht.» Sie wiegte den Kopf. «Liebst du Malina?»

«Ja, ich liebe sie. Und deshalb möchte ich, dass sich ihr Wunsch erfüllt.»

«Malina leidet nicht nur darunter, dass sie kein Kind von dir bekommt. Sie leidet meinetwegen. Das spüre und sehe ich, wenn sie mich anschaut, und damit hängt ihr Wunsch nach einem Kind zusammen. Sie glaubt, du kommst zu mir, weil sie dir kein Kind schenken kann.»

«Ach was! Sie ist einfach eifersüchtig. Sie war eifersüchtig auf Auds Mutter Thordis, und sie ist es auf dich.»

«Weil du Malina einen Grund gibst, eifersüchtig zu sein.»

«Ich? Nein! Sie versteht das eben nicht. Sie braucht nicht eifersüchtig auf dich zu sein. Du bist eine Seherin ...»

«Irgendwann wirst du dich entscheiden müssen. Sie ist schon einmal fortgelaufen. Ein zweites Mal wird sie nicht zurückkommen.»

Hakon seufzte. «So wird es wohl sein. Ich werde eine Entscheidung treffen, aber erst nachdem ich die andere Sache erledigt habe.»

«Du sprichst von Graufell.»

«Solange er lebt, ist er eine Gefahr, auch wenn die Throender das nicht einsehen wollen. Ich muss ihn in seinem Palas Ögvaldsnes ausräuchern, doch dafür brauche ich die Throender. In meiner Haustruppe dienen zwar vier Dutzend Krieger, die ich in Lohn und Brot halte, obwohl Frieden herrscht. Aber das könnten zu wenige sein, denn ich weiß nicht, wie stark Graufell noch ist. Bislang sind meine Bemühungen gescheitert, die Throender dazu zu bewegen, ein Heer aufzustellen. Der Frieden macht die Menschen bequem und gleichgültig ...»

«Wenn du sie nicht von der Bedrohung durch Graufell überzeugst, werden sie sich nicht auf einen Krieg einlassen. Ohne Not wird das Thing nicht zustimmen, dass die Bonden ihre Söhne in die Schlacht schicken. Aber ist es nicht ihr Recht, sich von den vergangenen Kriegen auszuruhen? Selbst wenn du Graufell vernichtest, wer kommt nach ihm? Sein Onkel, der Dänenkönig Harald Blauzahn? Du bist ein Mann, der große Schlachten geschlagen und viele davon gewonnen hat. Du herrschst über ein reiches, fruchtbares Land – und du bist der Mann, der Malina zur Frau genommen hat. Die Sorgen um dein Land machen dich blind für das, was du tun musst: Geh zu ihr und sag ihr, dass es kein Ritual mehr für sie geben wird, weder heute noch an einem anderen Tag. Dass sie keine Kinder bekommen kann – und dann triff deine Entscheidung: Willst du ihr weiterhin zumuten, dass ihre Eifersucht auf mich berechtigt ist, weil du manchmal zu mir kommst, ohne dass ich für dich den Rat der Götter einhole?»

Hakon wollte darauf etwas erwidern, aber ihm fiel nichts ein. Es war einfacher, im Schwertsturm einer Schlacht zu bestehen, als mit einer eifersüchtigen Frau über solche Dinge zu reden. Und eine Entscheidung zu treffen.

Der Rabe stieß im Baum über ihnen einen glucksenden Laut aus, als mache er sich über Hakon lustig.

Hatte Asny recht? Schob er seine Sorgen wegen Graufell nur vor, um Malina hinzuhalten? Vor zweieinhalb Jahre hatte er sie zur

Frau genommen und seither versucht, den Gefühlen zu widerstehen, die er auch für Asny empfand. Den Kampf hatte er verloren.

Aber jetzt wollte er nicht mehr darüber sprechen und bückte sich nach dem Korb. Es war an der Zeit, zur Hütte zu gehen. Sollte Asny doch Malina sagen, dass es kein weiteres Ritual gab ...

Da hob der Rabe zu einem Krächzen an, das schnell lauter wurde. *Kek-kek-kek!* Es waren Warnlaute, die der Rabe in rascher Folge ausstieß, und dabei aufgeregt auf einem Ast hin- und herhüpfte.

Und dann hörte Hakon andere Geräusche, Schreie. «Hast du das auch gehört?»

Asny war bereits aufgestanden. «Das ist Aud!»

Hakon sprang auf, kletterte über den Baumstamm und lief in die Richtung, aus der die Schreie kamen. Asny folgte ihm. Er sprang über Büsche und Baumstämme. Äste peitschten ihm ins Gesicht, während der Rabe mit hartem Flügelschlag durch die Bäume flog und sein Krächzen durch den Wald hallte.

Der Weg führte nun bergauf. Hakon brach durchs Unterholz, bis er endlich die Lichtung mit der Hütte erreichte. Rauch quoll aus der offen stehenden Tür. Weder Malina noch Aud waren irgendwo zu sehen.

Mit wenigen Sätzen war Hakon bei der Tür, hinter der er in dem Rauch nichts erkennen konnte. Er rief nach Aud und Malina, rief immer wieder ihre Namen in die Hütte, hörte aber keine Stimmen, keine Schreie mehr, da waren nur noch die Geräusche der fauchenden Flammen.

Asny stürmte über die Lichtung, bog an der Hütte ab und verschwand dahinter, um gleich darauf mit einem gefüllten Wassereimer von der Quelle hinter der Hütte zurückzukehren. Sogleich zog Hakon sein Hemd aus und zerriss es. Asny tränkte die Leinenfetzen mit Wasser, die sie sich vor Mund und Nase hielten, als sie in die Hütte stürmten. Die Hitze schlug ihnen brutal entgegen und brannte auf Hakons nacktem Oberkörper. Außer flackerndem Feuerschein war in dem Rauch kaum etwas zu erkennen. Hakon tastete sich zur Feuerstelle vor, hinter der Körbe und Kisten lichterloh brannten. Es würde nicht mehr lange dauern, bis die Hütte zur tödlichen Falle wurde.

Wo waren Aud und Malina?

Der Rauch brannte in seinen Augen. Hinter ihm hustete Asny gedämpft, während sie Fässer und Körbe umtraten und den Boden absuchten. Es war Asny, die den leblosen Körper fand. Als Hakon zu ihr kam, sah er, dass es Malina war. Er hielt die Luft an und steckte den Stofffetzen hinter den Gürtel. Er nahm Malinas Schultern, Asny ihre Füße. Rasch brachten sie sie nach draußen und legten sie ins Gras.

«Wo ist Aud?», rief Hakon.

Aber Malina regte sich nicht, und nun sah er das Blut, mit dem ihre Tunika über der Brust getränkt war.

Aus der Hütte drang ein lautes krachendes Geräusch, als darin etwas zusammenbrach. Als Hakon aufschaute, sah er die Flammen durchs Dach schlagen. Er sprang auf. Musste zurück in die Hütte, um Aud zu suchen.

Doch Asny hielt ihn zurück. «Sie ist nicht in der Hütte!»

Hakon stieß ihre Hand weg. «Woher willst du das wissen?» Er war wie von Sinnen. Sein Kopf drehte sich, und der giftige Rauch, den er eingeatmet hatte, drohte ihn zu betäuben.

«Du Narr», fuhr Asny ihn an.

Sie zeigte zu dem Weg, der hinter dem aufgehängten Skelett im Wald verschwand. Dort kreiste der Rabe und stieß seine heiseren Warnlaute aus. Hakon verstand, dass der Vogel ihn zu etwas führen wollte.

«Kümmere dich um Malina», rief er und rannte los.

Als er einen Blick zurückwarf, sah er das Dach einstürzen und betete, dass Aud wirklich nicht in der Hütte war.

7.

In den Bergen von Thrandheim

Hakon jagte hinter dem Raben her durch den Wald, den Berghang hinunter, am Opferplatz vorbei und weiter zum Flussufer, wo das Boot noch immer lag. Wer auch immer Malina und Aud überfallen hatte, war nicht über den Fluss entkommen. Zwischen Treibholz und Steinen entdeckte Hakon im feuchten Sand Stiefelabdrücke, die stromaufwärts zum Wasserfall führten. Die tief in den Boden gedrückten Spuren waren zu groß für Auds Kinderfüße, schienen aber auch nicht von einem erwachsenen Mann zu stammen. Hakon schloss daraus, dass jemand das Mädchen getragen hatte.

Er folgte den Spuren am Fluss entlang, wo sie unterhalb der Felsen endeten, über die der Wasserfall donnernd in die Tiefe stürzte. Das Geräusch des brüllenden Wassers in den Ohren, zog er sich an Kanten, Wurzeln und Sträuchern die Felswand hinauf, während der Rabe über ihm in der Luft enge Kreise flog.

Hakons Brust brannte vom eingeatmeten Rauch. Es schien eine Ewigkeit zu dauern, bis er die Felskuppe erreichte. Allerdings wäre auch jeder andere kaum schneller hinaufgekommen, vor allem nicht, wenn er ein Kind bei sich hatte.

Hakon zog sich das letzte Stück nach oben, als er den Raben zum gegenüberliegenden Ufer fliegen und über Baumwipfeln kreisen sah. Der Wind war stärker geworden und rüttelte an den Bäumen.

Oberhalb des Wasserfalls bildete der Fluss eine Ausbuchtung, in der Steine und Felsbrocken durch die vom Wind gekräuselte

Oberfläche ragten. Das Wasser floss hier gemächlich dahin, aber dort, wo es auf einer Breite von etwa fünfzehn Schritt tosend in die Tiefe stürzte, gab es reißende Stromschnellen.

Am anderen Ufer stieg das Gelände steil an. Oberhalb der Böschung führte ein Wildpfad in den dunklen Wald. Hakon stieg vorsichtig auf die rutschigen Steine, über die er sich zum Wasserfall vortastete, der rechts neben ihm fünfzig Fuß in die Tiefe stürzte. Als er den Fluss zur Hälfte überquert hatte, hörte er den Raben schreien und sah, wie er sich aus der Höhe auf eine rothaarige Gestalt stürzte, die über der Böschung aufgetaucht war. Es schien ein Junge zu sein, der zurückwich, als er den Raben bemerkte. Der Vogel schlug die Flügel durch und drehte über ihm ab, bevor er sich in einem Baum niederließ.

Der Stein, auf dem Hakon gerade stand, kippelte unter seinen Füßen. Er griff nach dem Messer an seinem Gürtel, um sicherzugehen, dass er es nicht verloren hatte. Dann stieg er mit langen Schritten weiter von Stein zu Stein und näherte sich dem gegenüberliegenden Ufer, wo der Junge auf ihn zu warten schien. Erst als Hakon die Uferkante beinahe erreicht hatte, bewegte sich der Junge und verschwand hinter einem Felsen. Als er gleich darauf wieder auftauchte, hatte er Aud bei sich. Hakon sah die Angst im Gesicht seiner Tochter, die an Händen und Füßen gefesselt war. Der Junge schob sie vor sich her. Er hatte ihr den linken Arm um den Hals gelegt. In der rechten Hand hielt er ein Kurzschwert.

Hakon sprang auf den nächsten Stein.

Während er langsam näher kam, starrten der Junge und Aud ihn an. Im Uferbereich war das Wasser flach genug, dass Hakon hineinsteigen und die letzten Schritte an Land waten konnte. Dabei hob er die Hände, um dem Jungen zu zeigen, dass er nicht kämpfen wollte. Dass er verhandeln wollte, um Auds Leben nicht zu gefährden.

Der Junge wartete oberhalb der Böschung. Noch war Hakon

fünf, sechs Schritte entfernt und konnte nun erkennen, dass Auds Augen vor Angst geweitet waren. Bei dem Anblick zog sich vor Wut und Sorge sein Magen zusammen.

Über dem Jungen und seiner Geisel lauerte der Rabe mit geöffneten Flügeln auf einem Ast. Doch solange Aud in Gefahr war, würde er nicht angreifen. Der Rabe lebte bei Hakon, seit er ihn als Jungtier in den Bergen gefunden hatte. Nach Auds Geburt war der Vogel immer in ihrer Nähe gewesen und hatte versucht, sie mit Fröschen und Mäusen zu füttern.

Hakon dachte fieberhaft darüber nach, wie er den Jungen überwältigen und zugleich Aud befreien konnte. Doch der Junge war in einer günstigeren Position. Er sah zwar wie ein *skræling*, ein Schwächling, aus, hatte aber ein Schwert und Hakon nur ein Messer. Und er hatte Aud.

«Ich weiß nicht, wer du bist», rief Hakon zu ihm hinauf, «und warum du das Mädchen entführt hast. Aber ich nehme an, du willst Geld. Ist es das? Willst du Lösegeld?»

Der Junge zeigte keine Reaktion. Seine linke Schläfe war geschwollen und mit getrocknetem Blut verklebt.

«Oder willst du mich?», rief Hakon. «Wir machen einen Tausch – mein Leben gegen das des Mädchens.»

Hakon wusste, dass es Männer gab, die viel Silber für seinen Kopf bezahlen würden.

Aber der Junge ging nicht auf das Angebot ein, sondern schwieg beharrlich.

Mach dein verfluchtes Maul auf, dachte Hakon. Sprich mit mir! Die Ungewissheit, was der Junge im Schilde führte, war schlimmer als das Gefühl, dem Skræling unterlegen zu sein.

Hakon musste handeln, bevor der Junge Aud etwas antat. Also stieg er aus dem Wasser, setzte vorsichtig einen Fuß auf die Böschung und wich zur Seite. Erst dann bewegte er sich langsam den Hang hinauf, um auf Abstand zu dem Jungen zu bleiben und ihn nicht zu einer unüberlegten Reaktion herauszufordern. Er musste ihn von Aud fortlocken.

Der Rabe oben im Baum gab keinen Laut von sich. Vielleicht hatte der Junge den Vogel vergessen.

Schritt für Schritt stieg Hakon mit erhobenen Händen die Böschung hinauf und passte auf, nicht auf dem Geröll auszurutschen. Der Junge folgte seinen Bewegungen mit starrem Blick. Als Hakon den Rand der Böschung erreichte, blieb er stehen.

«Ich ergebe mich. Hörst du – ich ergebe mich. Lass das Kind laufen.»

Der Junge hielt Aud wie einen Schutzschild vor sich. Ihre Unterlippe zitterte. Tränen rannen über ihre Wangen.

«Ich lege jetzt mein Messer ab», sagte Hakon. «Siehst du? Ich lasse meine Waffe fallen.»

Er ließ die rechte Hand an den Gürtel sinken.

Der Junge beobachtete ihn aufmerksam, ohne dabei angespannt zu wirken, und als Hakon das Messer aus der Scheide zog, löste sich der Griff um Auds Hals. Zugleich hob der Junge sein Schwert. Er schien auf Hakons Angebot eingehen zu wollen.

Hakon schaute schnell zu Aud und hoffte, dass sie klar denken und das Richtige tun würde. Sie war zwar nie zuvor in einer ähnlichen lebensbedrohlichen Situation gewesen, handelte aber wie eine Kriegerin: Mit einer schnellen Drehung, die die Fesseln gerade noch zuließen, schlüpfte sie aus dem Arm des Jungen, warf sich auf die Seite und ließ sich die Böschung hinunterrollen, wo sie am Rand des Wassers liegen blieb.

Da sprang der Junge vor und schlug mit dem Schwert zu. Der Hieb war schnell ausgeführt und Hakons Rückwärtsbewegung zu langsam, um der Klinge auszuweichen, sodass sie über seine nackte Brust schnitt. Hakon hatte das Messer noch nicht fallen gelassen und stach damit zu. Doch der Junge drehte sich leichtfüßig um die eigene Achse. Der Sax beschrieb einen Bogen und traf Hakons Oberschenkel. Er verlor den Halt und im Fallen das Messer, bevor er die Böschung hinunterstürzte und sein Kopf gegen einen Stein schlug. Blitze zuckten auf, und er wurde von dem Schwung weiter in den Fluss getrieben. Er tauchte unter, rang nach Luft und schluckte Wasser. Kam wieder nach oben. Doch durch den Aufprall war er so benommen, dass er hintenüber ins tiefere Wasser kippte, wo die Strömung ihn erfasste und weiter vom Ufer wegzog.

Dennoch gelang es ihm erneut, den Kopf an die Oberfläche zu bringen. Er musste mit ansehen, wie der Junge die Böschung zu Aud hinunterstieg. Der Rabe war zu ihr geflogen und zerrte mit dem Schnabel an ihren Fußfesseln, konnte das Seil jedoch nicht schnell genug lösen.

Das Letzte, was Hakon sah, war, wie der Junge mit dem Schwert ausholte und nach dem Raben schlug. Schwarze Federn wirbelten auf. Dann wurde Hakon in die Tiefe gezogen.

8.
⋅◆⋅

Brimillhof, Thrandheim

Als der Morgen dämmerte, saß der König auf einer Bank vor dem Wohnhaus des Brimillhofs, während frühe Sonnenstrahlen durch den Nebel schnitten. Der Tag klarte allmählich auf, auch Graufells Blick auf das, was kommen würde, wurde deutlicher.

Wie das Schicksal sich doch wandeln konnte. Nur wenige Tage war es her, dass er zur Untätigkeit verdammt gewesen war. Er hatte keine Freude mehr empfunden, nur noch Leid und Zorn. Er, der Nachfahre ruhmreicher Männer, war im Begriff gewesen, sich aufzugeben. Das war kein Leben mehr, das war nur noch der Tod. Abgestorben war er wie ein alter Baum, dessen Wurzeln gekappt worden waren. Doch nun trieb der alte Baum neue Wurzeln aus, und er spürte, wie er wuchs und an Kraft und Größe gewann. Wie er wieder ein starker Baum wurde, mit mächtigen, weitreichenden Ästen.

Die Tür des Wohnhauses wurde geöffnet. Höskuld, der Hauptmann von Graufells Haustruppe, trat heraus. Höskuld war einer der letzten Getreuen der armseligen Horde einer einst stolzen Streitmacht. Etwa drei Dutzend zerlumpte Krieger waren bei Graufell geblieben. Die besten Kämpfer hatten sich längst davongemacht und dienten neuen Herren, die sie mit Silber, gutem Essen, Bier und Weibern entlohnen konnten. Bei Graufell gab es nur Läuse, Dreck und Hunger. Dennoch würden die letzten Männer seiner Kriegerschar an seiner Seite stehen, während die Wurzeln fester wurden.

Höskuld kratzte sich unter dem dunklen Bart, gähnte und pinkelte einen dampfenden Strahl gegen die Hauswand.

In der Nacht hatten die Krieger gefeiert, nachdem Graufell ihnen erlaubt hatte, sich über die Vorräte des Brimillhofs herzumachen. In den ersten Tagen hatten sie sich mit Grütze, Brot und Dünnbier begnügen müssen. Doch gestern wurden die beiden geschlachteten Schweine aufgetischt und alles, was die Vorratskammern sonst noch hergaben: geräuchertes Robbenfleisch, in Salz eingelegte Heringe, Skyr, Ziegenkäse und Bier. Die Männer waren satt und betrunken, aber nach dem Fest kam die Arbeit, denn heute wollte Graufell wieder in See stechen.

Doch zuvor musste er einen Schatz finden.

Er rief nach Höskuld, der gerade die letzten Tropfen abschlug und erstaunt war, seinen König hier anzutreffen. «Ihr seid schon wach, Herr?»

«Ich bin *noch* wach. Weck die betrunkene Bande auf. Alles, was auf dem Hof von Wert und Nutzen für uns ist, soll auf mein Schiff gebracht werden.»

Sein Schiff war die *Seeschlange*, das letzte Langschiff, das ihm von seiner Flotte noch geblieben war. Viel zu lange hatte es im Bootshaus gestanden, war aber in einem wesentlich besseren Zustand gewesen, als Graufell befürchtet hatte. Sie hatten die Planken mit Werg abgedichtet, morsche Riemen ersetzt, das Segeltuch geflickt und mit Bienenwachs bestrichen. Nach wenigen Tagen war die *Seeschlange* wieder seetüchtig gewesen und hatte Graufell an den Thrandheimfjord gebracht. Denn so lautete der Auftrag.

Der glatzköpfige Schiffsführer des Knörr hatte die lateinische Schrift entziffert und in die Sprache der Nordmänner übersetzt. Eigentlich wäre das eine Aufgabe für den Christenpriester gewesen, den die Sachsen einst nach Karmøy geschickt hatten. Aber der Tölpel hatte nicht lange durchgehalten. Er war eben nur ein

Munki, der in irgendeinem Kloster zum Missionar ausgebildet worden war, um im Norden den neuen Glauben zu verbreiteten. Der Pater war ein Tölpel, der sich heimlich an den Vorräten in Ögvaldsnes bedient hatte. Zur Strafe hatte Graufell den Munki ins Meer geworfen und zugeschaut, wie er ertrank. Niemand war aus dem Sachsenland gekommen, um sich nach dem Mann zu erkundigen. Überhaupt hatte Graufell von dort lange keine Nachrichten mehr erhalten, obwohl er die Sachsen im vergangenen Jahr um kriegerische Unterstützung gebeten hatte. Immerhin war er einer der letzten Herrscher im Norden, die dem neuen Glauben nicht wieder abgeschworen hatten. Da konnte er wohl auf Hilfe hoffen.

Aber kein Bote hatte Graufell erreicht, bis vor wenigen Tagen der eigenartige Junge aufgetaucht war. Mit dem versiegelten Schreiben, dessen Inhalt vollkommen verrückt zu sein schien: Graufell sollte den Jungen nach Thrandheim bringen und in der Nähe von Hladir absetzen. Genau das stand in dem Schreiben, aber kein Wort über den Grund der Reise.

Der Seefahrer hatte das Schreiben dreimal vorlesen müssen. Zunächst war Graufell wütend, bevor er begann, über den Auftrag nachzudenken. Denn für den Irrsinn wurde ihm eine verlockende Belohnung angeboten: Er sollte viel Silber bekommen.

Doch um neue Krieger anzuwerben, brauchte Graufell mehr Silber, und als er sich an den Bonden Steinolf erinnerte, wurde ihm klar, wie er es bekommen konnte.

Er hatte die *Seeschlange* zu Wasser bringen lassen und war an die Mündung des Flusses Gaula gefahren. Hier hatten sie das Schiff an Land gezogen, den Mast niedergelegt und das Schiff unter Treibholz versteckt. Graufell hatte dem Jungen zwei ortskundige Krieger mitgegeben, die ihn dorthin bringen sollten, wo er hinwollte: auf die andere Seite des Berges Grakallen. Dann hatte Graufell sich um seine Angelegenheiten gekümmert. Den

Bonden und seine Sippe auf dem Brimillhof zu überwältigen, war einfach gewesen. Doch der alte Steinolf stellte sich störrischer an als gedacht.

«Wir fahren heute ab?», fragte Höskuld überrascht.

«Wir können nicht warten, bis andere Leute auf uns aufmerksam werden. Glaubst du, sie werden uns mit Bier und Weibern versorgen? Nein, sie werden den Jarl alarmieren, der uns seine Hauskrieger auf den Hals hetzt.»

«Aber der Junge ist noch nicht zurückgekehrt.»

«Vor vier Tagen ist er mit Sveinung und Floki aufgebrochen. Vier Tage waren die Frist, die ich ihnen gesetzt habe, und keinen Tag mehr.»

Als er dem Jungen gesagt hatte, wann er zurückkehren müsse, hatte der ihn zwar nur dumm angeglotzt. Dennoch war Graufell überzeugt, dass er ihn verstanden hatte. Außerdem würden Sveinung und Floki dafür sorgen, dass der Junge sich an die Frist hielt.

Graufell wusste nicht, was er von dem Burschen halten sollte, würde aber erleichtert sein, wenn er wieder in dem Loch verschwand, aus dem er hervorgekrochen war.

Er deutete auf das Wohnhaus. «Weck die Saubande auf, und dann kommst du zur Scheune.»

Nachdem Höskuld ins Haus gegangen war, wehte mit einer Böe der Gestank aus der Jauchegrube hinter dem Haus herüber und mischte sich in die frische Morgenluft. Graufell spuckte auf den Boden, erhob sich und ging über den Hof zu den beiden Männern, die die Scheune bewachten. Sie lagen vor dem Tor und schliefen in vollgepissten Hosen ihren Rausch aus. Er stieg über sie hinweg und spähte in die Scheune. Der Bonde war noch da.

Kurz darauf kam Höskuld und betrachtete grimmig die schlafenden Wachen.

«Du hast die Männer für die Wachen eingeteilt», sagte Graufell.

Höskuld trat einem Krieger in die Seite, der hochschreckte und zunächst wütend war, dass man ihn in seiner bierseligen Ruhe gestört hatte. Doch als er Graufell sah, zuckte er zusammen, zeigte auf den anderen Mann und lallte: «Er war's. Er hat immer nachgeschenkt ...»

«Halt dein Maul», schnaubte Höskuld. «Geh ins Haus und hilf, die Sachen zu verladen.»

«Nehmen wir die Frauen mit?», fragte der Krieger, der anscheinend an die Tochter des Bonden dachte. Alle Krieger sprachen kaum von etwas anderem als von der jungen Frau, von ihrem blonden Haar, ihrer Schönheit und dass sie unverheiratet war und somit noch Jungfrau sein musste.

Graufell hatte verboten, dass jemand das Mädchen oder eine der Mägde anrührte, obwohl die Krieger nach Frauen lechzten. In Ögvaldsnes gab es ein paar Sklavinnen und andere Weiber, die er den Männern hin und wieder überließ, um sie bei Laune zu halten. Doch es waren zu wenige Frauen für alle Männer.

«Nein, die Weiber bringt ihr noch nicht aufs Schiff», erwiderte Graufell.

Höskuld hob einen zur Hälfte mit Bier gefüllten Krug auf, nahm einen Schluck und verzog angewidert das Gesicht, bevor er dem anderen Krieger das Bier ins Gesicht schüttete und dann Graufell in die Scheune folgte.

Der Bonde Steinolf war mit den Handgelenken an ein Seil gefesselt, das an den Dachbalken über ihm geknotet war. Der Bauer hing an den ausgestreckten Armen mehr, als dass er stand.

Graufell trat vor den Bonden, den sie nackt ausgezogen hatten. Steinolfs Augen waren geschlossen, als sei er nicht bei Bewusstsein. Er roch so unangenehm wie die Jauchegrube hinterm Haus. Seit vier Tagen hing er in der Scheune und musste die Notdurft an Ort und Stelle verrichten, sodass seine Beine mit Dreck verschmiert waren.

Als Höskuld ihm mit der flachen Hand ins Gesicht schlug, stöhnte Steinolf, öffnete die verquollenen Augen und richtete sich mit knackenden Gelenken auf.

«Bist du bereit, mir zu sagen, wo du deinen Hort versteckt hast, Bauer?», fragte Graufell.

Steinolfs Blick flackerte. «Es gibt keinen ... Schatz, Herr.»

Graufell seufzte tief. «Meine Geduld ist erschöpft. Erledige den stinkenden Furz, Höskuld.»

Der Hauptmann zog ein Messer.

«Bitte ... Ihr dürft mich nicht töten», jammerte Steinolf.

«Warum denn nicht? Höskuld schneidet dir das kleine Ding ab, das zwischen deinen Beinen hängt, und füttert damit die Möwen. Und dich lassen wir verbluten, alter Mann.»

«Aber Ihr werdet meine Abgaben brauchen, Herr, wenn Ihr wieder über Thrandheim herrscht ...»

«Die Abgaben, die du nicht zahlst?»

«Doch, doch, Herr, das werde ich tun.»

«Ich habe einiges über dich gehört, Bauer. Man sagt, du bist ein Geizhals, der eher verreckt, bevor er das Versteck seines Horts verrät.»

«Wer behauptet denn das? Der verdammte Konal?»

«Wo ist der Schatz?»

«Bitte, Ihr müsst mir glauben, Herr. Das ist eine Lüge. Es gibt keinen Hort, ich bin so arm wie ...»

«Höskuld, die Möwen haben Hunger.»

Graufell wandte sich zum Gehen, aber bevor er am Scheunentor war, hörte er Steinolf flehen, er solle bleiben. Sein Blick war auf das Messer in Höskulds Hand gerichtet.

«Es gibt einen Hort, einen alten Hort», keuchte er. «Ich hatte ihn vergessen ... bitte nicht abschneiden ... bitte, bitte ... ich hatte den Hort vergessen. Mein Vater hat ihn vor langer Zeit versteckt. Er ist mir gerade wieder eingefallen.»

Kein Mann vergaß einen Hort, wenn nur eine einzige Silbermünze darin war. Graufell überlegte, ob der Alte ihn zum Narren hielt, entschied aber, es darauf ankommen zu lassen.

«Mach ihn los, Höskuld!»

Der Hauptmann schnitt die Handfesseln ab, und Steinolf sank in den stinkenden Dreck. Da er zu schwach zum Gehen war, legte Höskuld ihn auf einen Karren und schob ihn aus der Scheune auf den Hof, wo inzwischen ein reges Treiben herrschte. Männer schleppten Kisten und Truhen mit Kleidern und Geschirr, Jagd-, Feld- und Angelgeräten aus dem Haus, außerdem Körbe mit Räucherfleisch, Trockenfisch und Getreidesäcke. Die Beute stellten sie auf dem Hof für den Abtransport zusammen. Alle Sachen würde Graufell nicht mitnehmen können, ohne die *Seeschlange* zu überladen. Das Schiff war für Heerfahrten und nicht für den Lastentransport gebaut.

«Was macht Ihr mit meinem Hausrat, Herr?», stieß Steinolf aus.

«Wonach sieht es denn aus?», erwiderte Graufell.

«Ihr könnt mir nicht alles nehmen, Herr, ich führe Euch doch zum Hort.»

«Vielleicht lasse ich dich am Leben, Bauer. Das wäre mehr, als du verdient hast.»

Höskuld schob den Karren an Männern vorbei, die gerade Steinolfs Eheweib, die Kinder und das Gesinde aus dem Haus brachten. Die Frau rang entsetzt die Hände, als sie ihren nackten, ausgezehrten Mann auf dem Karren sah. Sie rief seinen Namen und flehte um sein Leben, woraufhin Steinolf beschämt das Gesicht wegdrehte und nicht sah, wie seine Frau weinend zusammenbrach.

Er leitete Graufell und Höskuld zu einem Hügel in der Nähe des Weges, der am Flussufer entlang ins Landesinnere führte.

«Dort, dort», rief er mit einem Mal überraschend munter und

zeigte auf einen Busch am Fuß des Hügels. «Schaut unter dem Stein nach.»

Höskuld stellte den Karren ab, rollte den Stein zur Seite und grub mit den Händen in der lockeren Erde, bis er darin einen Tonkrug fand, der mit einem Deckel verschlossen war. Graufell nahm ihm den Krug ab und zerschlug ihn an dem Stein. Zwischen den Scherben glitzerten kleine Münzen im Sonnenlicht, außerdem eine Silberspange und ein verbogener Armreif.

Graufell ballte die rechte Hand zur Faust und rammte sie Steinolf so hart ins Gesicht, dass er vom Karren geschleudert wurde.

«Aber ich habe Euch doch zum Hort geführt», jammerte der Alte.

«Willst du mich für dumm verkaufen?», brüllte Graufell. «Das soll alles sein? Wo ist der verdammte Schatz?»

«Das ist alles, was ich habe.»

«Höskuld!»

Doch als der Hauptmann sein Messer zog, sah Graufell Leute in ihre Richtung kommen. Es waren Sveinung, Floki und der Junge, der ein an den Händen gefesseltes Mädchen hinter sich herzog.

«Warte noch», befahl Graufell dem Hauptmann und winkte die Leute zu sich. Als sie bei ihnen waren, fragte er den Jungen: «Hast du die weite Reise von Haithabu gemacht, nur um ein Kind zu entführen?»

Der Junge starrte ihn an.

«Wir haben am Nid auf ihn gewartet», erklärte Sveinung. «Als er gestern Abend zurückkehrte, hatte er das Kind dabei. Wir haben ihn gefragt, was er damit will, aber er spricht ja nicht.»

Das blonde Mädchen war etwa acht Jahre alt, mit einer blauen Tunika bekleidet und schaute verängstigt zu Boden. Tränen hatten netzartige Muster auf den mit Staub und Ruß verschmierten Wangen hinterlassen.

Als Graufell einen Schritt auf das Kind zumachte, schob der Junge sich davor. Graufell glaubte, seinen Augen nicht trauen zu können: Der Rotzlöffel stellte sich ihm in den Weg? Ihm, dem König? Und dann legte der Bursche auch noch eine Hand an den Griff seines Schwerts. Er war eineinhalb Köpfe kleiner als Graufell, schien aber keine Angst vor ihm zu haben. Graufell verspürte den Drang, den Mistkerl totzuprügeln, beherrschte sich aber, als er an den Lohn für den Auftrag dachte und sich erinnerte, mit welchem Namen das Schreiben unterzeichnet war.

Der Junge stand so regungslos da, als habe er das Atmen eingestellt, und wich Graufells zornigem Blick nicht aus.

Da drehte Graufell sich zu Steinolf um und sagte: «Bringt den Lügner zurück.»

Auf dem Hof zwang Höskuld Steinolf auf die Knie neben seine gefesselte Sippe. Unterdessen begutachtete Graufell die Beute und wählte Sachen aus, die aufs Schiff verladen werden sollten. Mittlerweile war es Mittag und die *Seeschlange* fahrbereit. Das Schiff war auf Baumstämmen zum Fjord gerollt, der Mast aufgerichtet und die Takelage angebracht worden.

Graufell schickte einige Männer mit der Beute zum Schiff, bevor er Sveinung zur Seite nahm und mit ihm leise über Steinolf sprach. Sveinung hatte früher in der Haustruppe des Jarls von Hladir gedient, weswegen er sich in der Gegend auskannte.

«Der Alte ist als der geizigste Knochen bekannt, den es hier gibt», sagte Sveinung. «Freiwillig wird der niemals etwas abgeben oder mit anderen teilen.»

«Es heißt, er versteckt einen Schatz.»

«Davon weiß ich nichts. Aber der Jarl war ihm einmal auf die Schliche gekommen, weil Steinolf kaum Abgaben zahlte und dafür alle möglichen Ausreden fand. Daraufhin hat der Jarl ihn so lange bearbeitet, bis Steinolf alle Schulden beglichen hat.»

«Das würde dafür sprechen, dass Steinolf tatsächlich kein Silber mehr hat.»

Sveinung zuckte mit den Schultern. «Es ist schon einige Jahre her.»

«Dann könnte sich seither wieder Silber angesammelt haben.»

«Das ist möglich.»

«Was hat der Jarl mit ihm angestellt? Hat er ihn gefoltert?»

«Ich glaube nicht, dass er ihm Gewalt angetan hat.»

Graufell seufzte und rief Höskuld zu sich. Gemeinsam gingen sie zu Steinolf, der mit gesenktem Kopf am Boden hockte. Er war ein nackter, gedemütigter Mann, ein Haufen stinkender Dreck, der offenbar eher bereit war zu sterben, als das Versteck des Horts zu verraten. Es war Graufell nicht klar, wie er den Geizhals zum Reden bringen sollte.

Er trat Steinolf in den Rücken, sodass der in den Staub fiel. «Niemand belügt den König», brüllte er. «Niemand! Hörst du mich, alter Narr? Das ist das Letzte, was du hören wirst.»

«Ich habe nicht gelogen, Herr», nuschelte Steinolf mit Sand zwischen den Zähnen.

Als die anderen Gefangenen unruhig wurden, schickte Graufell Krieger zu ihnen, bevor er Steinolf im Genick packte. «Wo ist der Hort?»

«Es gibt nur den Hort, den ich Euch ...»

Graufell ließ den Bonden los und nickte Höskuld zu, der Steinolfs Kopf am Haar nach vorn zog, sodass dessen Nacken frei lag. Graufell nahm sein Schwert und berührte mit der Schneide einen hervortretenden Halswirbel.

Wie weit würde der Bonde gehen? Graufell war überzeugt, dass er log. Dass er reich war und einen zweiten Hort versteckte. Doch was hatte er von dem Schatz, wenn man ihm der Kopf abschlug? Glaubte er vielleicht, die Götter würden ihm das Silber nach Asgard nachtragen?

«Herr», hörte Graufell die Stimme einer Frau jammern.

Er hob das Schwert über Steinolfs Nacken an. Die Klinge war einst scharf und spitz gewesen, hatte Kettenhemden aufgebrochen und Männer gefällt. Jetzt war sie alt und stumpf und hatte Rost angesetzt, aber um damit dem Lügner den Kopf abzuschlagen, würde es reichen.

«Herr», rief die Frau wieder.

Er wandte sich der Stimme zu. Steinolfs Eheweib machte Anstalten aufzustehen, als sie von einem Krieger zurückgestoßen wurde. Sie stürzte zwischen die anderen Gefangenen und rief: «Herr, ich kann Euch zu seinem Hort führen.»

«Du weißt, wo der Schatz ist?», stieß Graufell aus und ließ die Frau zu sich bringen. Zitternd zeigte sie über ihre Schulter.

«Er ist im Wohnhaus?», fragte Graufell.

«Nein, hinter dem Haus», flüsterte sie, als wolle sie vermeiden, dass Steinolf hörte, was sie sagte

Graufell schob das Schwert in die Scheide, packte die Frau am Arm und zog sie hinter sich her über den Hof, während er Steinolf klagen hörte, seine Frau sei eine Lügnerin.

Hinter dem Haus pickten Hühner am Boden, die gackernd davonflatterten, als Graufell mit der Frau näherkam. Die Krieger folgten ihnen. Höskuld schleifte Steinolf hinter sich her zur Jauchegrube, wohin die Frau sie führte.

Graufell rümpfte die Nase. «In der Scheiße soll der Hort sein, Weib?»

Die Frau war leichenblass, und Steinolf zeterte, sie sei verrückt geworden, man dürfe ihr nicht glauben, bis Graufell ihm ins Gesicht schlug.

«Ich habe beobachtet, wie er einen Krug in der Grube versenkt hat», sagte seine Frau. «Ich habe mich nie getraut, ihn darauf anzusprechen, aber es könnte sein, dass ...»

«Halt den Mund», nuschelte Steinolf.

Graufell schaute in die Grube. Der Bonde konnte alles Mögliche hineingeworfen haben. Aber einen Hort? Nun, es kam auf einen Versuch an. Er zog Steinolf an die Grube und warf ihn hinein. Der Bonde versank in der Brühe, bevor er prustend und würgend wieder zum Vorschein kam.

«Sie lügt», stieß er aus.

Da trat die Frau vor und schrie: «Willst du, dass sie uns alle töten?»

Steinolf ächzte und keuchte, als er sich übergeben musste. Tränen flossen aus seinen Augen, aber dann gab er seinen Widerstand auf und tauchte die Hände so tief in den Dreck, dass die Arme fast darin verschwanden. Er drehte das vor Ekel verzogene Gesicht zur Seite und tastete den Grund ab, bis er einen mit Jauche überzogenen Klumpen heraufholte und auf dem Rand der Grube abstellte. Es war ein Tonkrug, der mit einem Deckel verschlossen war.

Graufell nahm eine Schaufel und zertrümmerte damit das Gefäß. Zwischen Tonscherben schimmerten Münzen, Armreifen, Fibeln, Ringe, Trinkbecher und Silberbarren. Mit Wasser spülten sie den Dreck ab, unter dem auch Schmuckstücke aus Gold zum Vorschein kommen.

Das war ein Schatz nach Graufells Geschmack – ein Schatz, mit dem er viele Krieger entlohnen konnte. Steinolf musste einer der reichsten Männer Thrandheims sein.

Als er aus der Grube kriechen wollte, trat Graufell ihn wieder hinein. Das Eheweib jammerte, der König habe doch nun das gefunden, wonach er suchte. Da zog er sein Schwert, und als Steinolf aus der Brühe auftauchte, schlug er ihm die Klinge in den Hals, bevor er auch die Frau tötete, weil sie nicht mehr aufhören wollte zu schreien. Als er seine Krieger jubeln und lachen hörte, fiel ihm ein, dass sie die anderen Gefangenen ohne Bewachung auf dem Hof zurückgelassen hatten.

9.

Hladir, Jarlshof

Malina hielt ihre Augen geschlossen und hörte Lachen, undeutlich und leise hörte sie es nur, aber es war Lachen. Es klang ungewöhnlich und fremd. Lachen gehörte nicht mehr in dieses Haus. Lachen verhieß Freude und Unbeschwertheit, doch über den Jarlshof hatte sich die Trauer wie eine Decke gelegt. Eine Trauer, die alles im Griff hatte, die in jeder Handbewegung, in jeder Geste allgegenwärtig war.

Dennoch hatte gerade jemand gelacht, nicht ausgelassen oder fröhlich, eher ein unterdrücktes Kichern, das sofort erstarb, als Malina wieder husten musste. Der Hustenanfall schüttelte sie und fühlte sich an, als stoße ihr jemand glühende Nägel in die Lunge.

«Kindchen», hörte sie eine Stimme flüstern. Eine feuchte Hand legte sich auf ihre Stirn. «Kindchen, Kindchen ...»

Malina öffnete die Augen. Durch einen Schleier aus Tränen sah sie, dass Dalla neben ihr auf dem Bett saß. Dalla war dick wie ein Fass und ebenso gutherzig wie umfangreich. Die Magd arbeitete seit Ewigkeiten auf dem Jarlshof. Hakon hatte einmal gesagt, wenn Dalla nicht wäre, würde der ganze Hof zusammenfallen.

«Jetzt hast du sie mit deinem Gelächter geweckt», knurrte jemand hinter ihr. Es war Ketil, ein Mann, groß und stark wie ein ausgewachsener Bär. Er stammte aus Island, aber vor vielen Jahren hatte es ihn zu den Sachsen geführt, wo er sich als Räuber durchschlug, bis er vor dem Galgen gerettet und Mönch wurde. Doch mit dem Christengott hatte er längst wieder gebrochen und verfluchte ihn bei jeder Gelegenheit. Ketil war Hakons Freund geworden, ein Freund wie ein Bruder, der sein Leben für den Jarl und dessen Familie geben würde. Nun lag auf dem freundlichen, breiten Gesicht ein Schatten der Trauer, die den ganzen Jarlshof lähmte.

Dallas Lachen war nur noch ein fernes Echo. Sie nahm ihre Hand von Malinas Stirn und legte stattdessen einen feuchten Lappen darauf.

«Du musst vorsichtiger mit ihr sein», sagte Ketil besorgt.

Dalla verdrehte die Augen. «Geh mir aus dem Licht, du Tölpel, und mach dich nützlich. Geh Holz hacken, statt deiner Frau kluge Ratschläge zu geben.»

«Ratschläge? Ich gebe dir gleich ein paar Schläge auf deinen prallen Hintern.»

Die beiden liebten sich innig. Aber es war gut, sich das manchmal in Erinnerung zu rufen, wenn man ihnen zuhörte.

Ketil verschwand aus Malinas Blickfeld, und sie hörte, wie gleich darauf die Haustür geöffnet und wieder geschlossen wurde. Aus der Halle drangen die Geräusche von klapperndem Tongeschirr, das Schaben der Mühlsteine und Frauenstimmen zu ihr herüber. Eine Magd warf beim Hausfeuer Gemüse in einen Topf, in dem immer eine Suppe köchelte. Das war der Alltag, das waren die vertrauten Geräusche, und doch klangen sie leiser und gedämpfter, alles verlief langsamer, als wäre die Welt in dichten Nebel gehüllt.

Kein helles Lachen erfüllte die Halle. Kein Kinderlachen.

«Kindchen, wie geht es dir heute?», fragte Dalla.

«Besser», erwiderte Malina matt und merkte, wie unangenehm es ihr war, anderen Leuten zur Last zu fallen. Daher bekräftigte sie: «Es geht mir schon viel besser.»

Dalla streichelte Malinas Wange. «Du wirst sehen, Kindchen, bald bist du wieder auf den Beinen.»

«Ja, das hoffe ich. Dalla, bitte sag mir, wo Hakon ist.»
Die Magd schaute sie fragend an.
«Ist er bei ihr?», setzte Malina nach.
«Nein, dort ist er nicht», hörte sie eine raue Stimme sagen.
Über Dallas Schultern hinweg sah Malina an einem Stützpfosten die Seherin lehnen, die wirkte wie ein unheimlicher Schatten. Wie lange stand sie schon da?

Das Schlafpodest ächzte unter Dallas Gewicht, als sie sich erhob, um der Seherin Platz zu machen, die ans Bett trat und sich neben Malina niederließ.

Malinas Lungen begannen zu rasseln wie mit Kies gefüllte Eimer, bevor der Husten zurückkam. Schnell schob ihr Asny eine Hand unter den Nacken und hob ihren Kopf an. Als der Anfall nachließ, hielt sie eine Tonschale an Malinas Lippen. Sie schmeckte einen süßen Trank, der den Husten lockerer werden ließ.

Sie spuckte Schleim aus, sank erschöpft aufs Lager zurück und dankte Asny.

«Es sind nur Fichtennadeln, Huflattich und andere Kräuter», erwiderte die Seherin. «Die sind in jedem Wald zu finden.» Sie zog das Schaffell, mit dem Malina zugedeckt war, zur Seite, beugte sich über ihren nackten Körper und betrachtete die mit Stofffetzen zusammengehaltenen Blätter, mit denen die Wunde verbunden war. Die Klinge hatte ihre linke Seite von der Hüfte bis zum Bauch aufgeschlitzt. Doch Malina hatte Glück gehabt, es war nur eine Fleischwunde.

An die Einzelheiten des Überfalls konnte sie sich kaum erinnern, nur an den merkwürdigen Jungen, und dass Aud geschrien und ihn angegriffen hatte. Dann war überall Feuer gewesen. Und dichter Rauch. Warum war Aud nicht geflohen, als sie die Gelegenheit dazu gehabt hatte? Diese Frage stellte Malina sich immer wieder. Als der Junge über Malina hergefallen war, hätte Aud fortlaufen und sich in Sicherheit bringen können. Stattdessen hatte sie Malinas Leben gerettet.

Als sie vor der niedergebrannten Hütte wieder zu Bewusstsein gekommen war, war die Seherin bei ihr gewesen und hatte ihr einen Trank gegeben.

Aber gegen die Trauer um Aud gab es kein Mittel.

Die Seherin nahm die Stofffetzen und Blätter ab und schnupperte an der Wunde, während Malina versuchte, in Asnys Miene zu lesen, wie es um die Wunde bestellt war. Aber das tätowierte Gesicht zeigte keine Regung. Dann strich Asny braune Paste auf den Schnitt, bevor sie ihn mit frischen Blättern bedeckte.

«Heilt die Wunde?», fragte Malina.

«Die Göttin Freyja wurde in Gestalt der Seherin Gullveig dreimal in Odins Halle verbrannt und dreimal wiedergeboren.»

«Ich bin weder eine Göttin noch eine Seherin. Glaubst du, Odin wollte, dass du verbrennst und wiedergeboren wirst?»

«Vielleicht.»

«Darf ich wieder aufstehen?»

«Ja – wenn du riskieren willst, dass die Wunde aufreißt und zu eitern beginnt.»

«Asny?» Malina berührte Asny vorsichtig am Arm. «Ich bin dir sehr dankbar für alles, was du für mich tust.»

Die Seherin schaute sie an, wie sie es niemals zuvor getan hatte. Ihre hellen, klaren Augen funkelten in dem ernsten Gesicht, bevor sie sich erhob und in den Tiefen der Halle verschwand.

10.

Hladir, Jarlshof

Hakon saß mit Eirik und dem Raben auf einer Bank und schaute zum Weg, der vom Jarlshof und dann weiter am Fuß des Adlerfelsens hinunter nach Hladir führte. Wenn die Krieger von der Suche nach Aud zurückkehrten, mussten sie über diesen Weg kommen.

Doch es kam niemand.

Heute Morgen hatte Asny Hakons Kopfverband gewechselt und darauf bestanden, dass er ihn weiterhin trug, obwohl ihm nur eine dicke Beule und Kopfschmerzen geblieben waren. Die Schmerzen waren auszuhalten, ebenso der Schnitt auf der Brust. Was Hakon nicht ertrug, war das Warten und dass er wegen der Verletzungen zum Nichtstun verdammt war.

Der Rabe hatte bei dem Kampf vor vier Tagen einige Federn verloren, konnte aber fliegen und schien auch sonst gut beieinander zu sein. Seine Zeit war noch nicht gekommen, Hakons auch nicht.

Noch spannen die Nornen kraftvoll die Schicksalsfäden. Die alten Leichenfresserinnen saßen an Webstühlen, die mit Menschendärmen bespannt waren. Die Webgewichte waren abgeschlagene Männerköpfe, Schwerter die Spulen und Pfeile die Kämme. Die Nornen hatten Hakon mit der Strömung zum Wasserfall treiben und ihn den Sturz überleben lassen. Nachdem er ans Ufer gespült worden war, hatte der Rabe ihn gefunden und ihn so lange am Ohr gezupft, bis er wieder zu sich kam. Hakon hatte sich zur Berghütte geschleppt, von wo aus er und Asny Malina, die es schlimmer erwischt hatte als ihn, zum Boot und dann nach Hladir gebracht hatten.

Gleich am folgenden Morgen waren der Hauptmann Skjaldar und zwei Dutzend Hauskrieger aufgebrochen, um nach Aud und dem Jungen zu suchen. Die Krieger waren ausgeschwärmt und einige inzwischen erfolglos zurückgekehrt. Hakon hatte sie wieder fortgeschickt. Irgendwo musste der Junge stecken, irgendwo in den Bergen oder Wäldern, in denen es so viele Verstecke wie Ringe an einem Kettenhemd gab.

«Wenn wir Auds Entführer gefunden haben, töten wir ihn», sagte Eirik.

Hakon nickte. «Ja, dann töten wir ihn. Aber erst nachdem wir erfahren haben, in wessen Auftrag er gehandelt hat.»

«Vielleicht war er einfach ein Räuber, der zufällig zu der Hütte kam.»

«Zufälle gibt es nicht, Junge. Es gibt das Schicksal, und es gibt Pläne, die von Menschen gemacht werden. Aber ob die Pläne gelingen, hängt davon ab, wie es den Göttern gefällt.»

«Dann war es also Auds Schicksal, von einem Räuber entführt zu werden?»

«Nein.»

«Warum nicht?»

«Weil der Junge gekämpft hat, wie es nur wenige Männer können. Ich bin selten einem Krieger begegnet, der so schnell mit der Klinge ist. Diese Kampfkunst erfordert eine lange Ausbildung. Wo sollte die ein Herumtreiber erhalten? Für so etwas braucht es erfahrene Lehrer und viel Geld. Nein, der Bursche war nicht von hier. Ich hätte erfahren, wenn es in Thrandheim oder einem Nachbarland einen solchen Kämpfer geben würde.»

«Wer steckt denn sonst hinter dem Überfall? Und warum hat er ausgerechnet Aud entführt? Sie ist erst acht, ein kleines Mädchen ...»

«Ich weiß es noch nicht, Eirik. Aber ich werde es herausfinden und jeden zur Strecke bringen, der damit zu tun hat. Ich werde deine Schwester nach Hladir zurückbringen. Das schwöre ich. Das schwöre ich bei meinem Leben!»

Eirik wandte den Blick ab. Aus Richtung Nordmeer führte der auffrischende Wind helle Wolken über das Land. «Wir Throender haben viele Feinde.»

«Ja, es kommen viele Männer in Frage. Aber oftmals ist der erste Verdacht der richtige.»

«Du meinst, dass Graufell dafür verantwortlich ist?»

«Wer sonst?» Hakon betrachtete seinen Sohn. Eine tiefe Falte hatte sich zwischen seinen Augenbrauen gebildet. Hakon konnte sich nicht erinnern, jemals zuvor so ein ernstes Gespräch mit seinem Sohn geführt zu haben.

«Ich weiß es nicht», sagte Eirik.

«Dennoch ist es eigenartig, dass der Junge nicht versucht hat, mich zu töten oder zu entführen. Die Gelegenheit dazu hatte er. Er hätte nur zu mir ins Wasser steigen müssen.»

«Vielleicht hat er geglaubt, dass du bereits tot warst?»

«Wenn er mich umbringen wollte, hätte er sich von meinem Tod überzeugen müssen.»

«Der Rabe hat ihn doch daran gehindert.»

«Der Rabe wäre beinahe selbst draufgegangen. Vielleicht wusste der Bursche gar nicht, wer ich bin.»

Eirik schüttelte den Kopf. «Jeder kennt dich, Vater.» Stolz schwang in seiner Stimme mit. «Und eines Tages werde ich so sein wie du.»

Hakon war versucht, seinem Sohn eine Hand auf die Schulter zu legen, ließ es aber bleiben. Eirik war fünfzehn Jahre alt, nach dem Recht zwar ein erwachsener Mann, aber auch noch ein Junge. Sein Haar und seine Augen waren dunkel wie bei Hakon. Auch seine Mutter Thora hatte diese Haare und Augen gehabt, und er hatte ihre schmale Statur. Doch als Eirik sich Hakon zuwandte und die beiden sich in die Augen schauten, sah Hakon in seinem Sohn die Entschlossenheit eines Kriegers. Und eines Herrschers.

«Ich will kämpfen», sagte Eirik.

«Es wird dir nichts anderes übrig bleiben, wenn du ein Krieger werden willst.»

«Ich werde im Schildwall stehen und unsere Feinde töten, so wie ich den Mann getötet habe, der damals in unser Haus eingedrungen ist.»

Eirik war dreizehn, als er dem Mann mit einer Axt den Schädel zertrümmert hatte.

«Natürlich», sagte Hakon. «Natürlich wirst du kämpfen.»

«Und wann werde ich endlich ein Krieger?»

«Ich habe euch beobachtet, dich und Skjaldar und die anderen Jungen, die er ausbildet. Du machst Fortschritte, Eirik. Du wirst eine Gelegenheit bekommen, dich in der Schlacht zu bewähren.»

Hakon würde viel dafür geben, wenn es nicht dazu käme, aber er dachte daran, wie er in Eiriks Alter gewesen war. Er hatte es nicht erwarten können, das Holzschwert gegen eine scharfe Klinge zu tauschen und mit Schwert, Schild und Helm in den Kampf zu ziehen. Er hatte vom stahlblitzenden Schlachtfeld geträumt, vom Schwertersturm und von Siegen, von Ruhm und Ehre. Aber das war der Krieg nicht. Der Krieg war Dreck und Gestank, mit verstümmelten Männern, die im Todeskampf nach ihren Müttern schrien und sich im Schlamm und Blut wälzten, während sie sich in die Hosen schissen, während Gedärme aus ihren aufgeschlitzten Bäuchen quollen, während Blut hervorspritzte und den Boden tränkte. Das war der Krieg, den er Eirik gern ersparen würde. Aber die Zeiten waren nicht danach, das Leben war nicht danach, und der Friede, der seit mehr als zwei Jahren herrschte, war trügerisch.

Vielleicht war der rothaarige Junge ein Vorbote dessen, was kommen würde – ein neuer Krieg mit Elend und Zerstörung. Solange die Götter ihren Spaß an bösen Spielen hatten, so lange würde es Zwietracht zwischen den Menschen geben. Die Götter lachten über die Friedfertigen, denn sie liebten den Krieg.

Und dann sah Hakon die Reiter kommen. Es hatte seit Tagen nicht mehr geregnet. Zuerst war es die Staubwolke, die Hakon über dem Weg aufsteigen sah. In dem Staub ritten seine Hauskrieger, angeführt von Skjaldar, der jemanden vor sich auf dem Pferd festhielt. Beim Näherkommen sah Hakon, dass es ein Mädchen war.

Er stand auf, erkannte aber im gleichen Augenblick, dass es nicht Aud sein konnte. Das Mädchen bei Skjaldar war älter, vielleicht sechzehn Jahre, eine junge Frau. Ihr Haar war blond. Sie war groß und schlank und trug eine Tunika, die wie ein Brautkleid aussah, wenn sie nicht so dreckig und zerrissen gewesen wäre.

Hakon ging den Reitern entgegen. Unter seinem Hemd spannten sich die Stofffetzen, mit denen Asny die Schnittwunde verbunden hatte. Eirik folgte ihm mit dem Raben auf der Schulter.

Aus den umliegenden Gebäuden kamen Männer und Frauen, die vom Hufschlag angelockt wurden. Alle warteten auf Nachrichten über Aud. Ketil trat aus einem Schuppen, in der Hand eine Axt zum Holzhacken, die er wegstellte, bevor er sich im Laufschritt näherte.

Skjaldar ließ sein Pferd halten und half der jungen Frau herunter, bevor er selbst abstieg. Die Frau hatte ein blasses Gesicht, dunkle Augen und eine gerade Nase. Ihr blondes Haar war strähnig und vom Schweiß verklebt. Sie zitterte am ganzen Körper.

Hakon fragte sie nach ihrem Namen.

«Signy, Herr», erwiderte sie leise. «Signy Steinolfsdottir.»

«Steinolf? Der Steinolf vom Brimillhof am Gaulafjord?»

«Ja, Herr!»

«Wir haben sie auf dem Grakallen entdeckt», erklärte Skjaldar. Sein schiefes, mürrisches Gesicht nahm einen ernsten Ausdruck an. Ihm war einmal der Kiefer gebrochen worden und nicht richtig wieder zusammengewachsen. «Sie hatte sich da oben versteckt und hielt uns zunächst für feindliche Krieger.»

«Feindliche Krieger?»

Skjaldar schwitzte, obwohl er weder Helm noch Kettenhemd trug und es ein klarer, kühler Herbsttag war. «Erzähl es dem Jarl, Mädchen. Erzähl, vor wem du geflohen bist.»

Sie senkte den Blick. Sie schien entkräftet zu sein und konnte sich kaum auf den Beinen halten.

«Vor wem bist du geflohen, Signy?», fragte Hakon.

«Er ... hat unseren Hof überfallen.» Sie begann zu weinen.

«Von wem sprichst du, Mädchen?»

Sie wollte etwas sagen, doch die Worte gingen in ihrem Schluchzen unter. Hakon wartete ungeduldig, bis sie endlich sagte: «Es war der König.»

In der Halle des Jarlshauses wurde es still, eine knisternde Stille, in der die Anspannung beinahe mit Händen zu greifen war. Signy saß in wärmende Decken gehüllt mit den anderen am langen Tisch. Nachdem sie berichtet hatte, was auf dem Brimillhof vorgefallen war, breitete sich unbehagliches Schweigen aus.

Hakon hielt einen Becher mit der rechten Hand umklammert und starrte in das schal gewordene Dünnbier, während er versuchte, das, was er soeben von der jungen Frau erfahren hatte, einzuordnen und mit seinen Erlebnissen in einen Zusammenhang zu bringen.

Es war Ketil, der das Naheliegende zuerst aussprach: «Dann steckt die stinkende Eiterbeule also doch hinter Auds Entführung.»

Ein Nicken wanderte um den Tisch, an dem auch Skjaldar, Eirik sowie einige Krieger saßen. Auch Dalla war dabei. Sie hatte sich sofort um Signy gekümmert und ihr frische Kleider und Decken gegeben. Jetzt saß sie neben Signy, hatte ihr einen Arm um die Schultern gelegt und drückte sie so fest an sich, dass das schmale Mädchen in ihren Fleischmassen fast verschwand.

«Wir werden Graufell den Kopf abschlagen und in seinen Hals pissen», knurrte Ketil. Hakon fand, dass das eine sehr verlockende Vorstellung war. Aber er wollte keine voreiligen Schlüsse ziehen, obwohl vieles dafür sprach, dass sein Verdacht richtig war und Graufell hinter der Sache steckte. Auch zeitlich passte Graufells Auftauchen auf dem Brimillhof mit dem Überfall des Jungen auf Malina und Aud zusammen. Die Strecke vom Brimillhof zur Berghütte war in einem Tag zu schaffen, wenn man sich beeilte.

«Wie lange ist es her, dass du geflohen bist?», fragte Hakon.

«Zwei Tage», antwortete Signy. «Die Krieger haben unsere Sachen auf ihr Schiff gebracht. Dann sollte Steinolf das Versteck seines Horts verraten.»

«Hat er das etwa getan?»

Steinolf war ein Geizhals, mit dem Hakon einigen Ärger gehabt hatte. Immer neue Ausreden erfand Steinolf, um weniger Abgaben zu zahlen.

«Nein, es war meine Mutter Herdis, die Graufell zum Versteck hinter dem Haus geführt hat.»

«Hatte er dort sein Geld versteckt?»

«Das weiß ich nicht. Plötzlich waren alle Krieger verschwunden, zusammen mit Steinolf und Herdis. Uns haben sie allein gelassen. Ich konnte meine Fesseln lösen, weil sie nicht so fest gebunden waren wie die der anderen. Mein Bruder Fafnir hat gesagt, ich soll fortlaufen. Doch ich wollte, dass sie mitkommen. Aber Fafnir hat mir befohlen, nicht auf sie zu warten. Sie beka-

men ihre Fesseln nicht auf, und dann bin ich davongerannt ...»
Sie befreite sich etwas aus Dallas Umklammerung und verbarg ihr Gesicht in den Händen. «Als ich bei der Scheune war, hörte ich die Krieger zurückkommen», schluchzte sie. «Dann bin ich weitergelaufen, immer weiter, bis ich auf den Grakallen kam.»

«Dort haben wir sie beim roten Moor entdeckt», erklärte Skjaldar.

Hakon nickte nachdenklich. «Hast du bei den Angreifern ein Mädchen gesehen? Acht Jahre alt, blondes Haar.»

Signy sah überrascht aus, als erinnere sie sich erst jetzt an dieses Detail. «Ja, da war ein Mädchen, aber erst am letzten Tag. Es war gefesselt. Sie haben es auf den Hof gebracht. Ich hatte es ganz vergessen.»

Hakons Herz schlug schneller. «War da auch ein Junge bei dem Mädchen, ein kleiner Bursche, schmächtig, etwa in deinem Alter, bekleidet mit einem Fellmantel? Rote Haare?»

«Da waren so viele Männer. Ich weiß nicht. Ich hatte Angst, so schreckliche Angst.»

Hakon nickte in die Runde. Vorerst hatte er genug erfahren und bat Dalla, Signy ins Bett zu bringen. Viel Zeit würde sie nicht bekommen, um sich zu erholen.

Dalla brachte sie zu dem Lager, auf dem auch Malina lag. Hakon sah, dass sie sich aufgerichtet und das Gespräch verfolgt hatte.

Er schickte die Krieger fort, damit sie sich ausruhten. Und damit nicht zu viele Ohren hörten, was nun zu besprechen war. Krieger mochten ihrem Herrn Treue schwören. Aber es war der Lohn, der sie an einen Herrn band, und es gab andere Herren, die bereit waren, mehr für eine solche Treue zu zahlen.

Nur Skjaldar, Ketil und Eirik blieben am Tisch. Hakon wollte Eirik dabeihaben, weil es sein größter Wunsch war, ein Krieger zu werden, wozu er bald Gelegenheit bekommen würde.

«Dann ist er also wieder da», murmelte Ketil.

«Er war niemals weg», knurrte Skjaldar. «Und so, wie das Mädchen ihn beschrieben hat, scheint er sehr lebendig zu sein.»

«Wenn er tatsächlich Steinolfs Schatz gefunden hat, ist er nicht nur lebendig, sondern auch reich», ergänzte Hakon. «Irgendetwas muss geschehen sein, das ihn aus seinem Trübsinn geweckt hat. Es ist noch nicht lange her, dass mir zugetragen wurde, Graufell habe nicht mehr lange zu leben. Es hieß, er saufe sich besinnungslos und esse kaum noch etwas.»

«Was könnte der Grund für den Wandel sein, Jarl?», fragte Skjaldar.

«Vielleicht hat es mit dem Jungen zu tun. Aber ich verstehe nicht, warum Graufell Aud entführen lassen sollte.»

«Es kann doch sein, dass er dich erpressen will», sagte Ketil.

«Das ergibt keinen Sinn. Warum sollte Graufell es so kompliziert machen? Der Junge hätte mich töten können. Hätte er in Graufells Auftrag gehandelt, hätte er das getan.»

Sie nippten an ihren Bieren und hingen ihren Gedanken nach.

«Ob Graufell Verstärkung bekommen hat?», warf Eirik ein.

«Signy hat erzählt, er sei nur mit einem einzigen Schiff unterwegs», erwiderte Hakon. «Das spricht dafür, dass er nicht mehr als drei oder vier Dutzend Krieger hat.»

«Warum hat er sich ausgerechnet den Brimillhof ausgesucht?», fragte Skjaldar.

«Dass Steinolf reich ist, ist bekannt», sagte Ketil. «Auch Graufell wird das gewusst haben.»

«Die Wachen an der Fjordmündung hätten sein Schiff sehen müssen», entgegnete Skjaldar.

«Wegen eines einzigen Schiffs schlagen sie keinen Alarm ...»

«Hakon?» Das war Malinas Stimme. «Bitte bring Aud zurück.»

Hakon drehte sich zu ihr und nickte, bevor er sich wieder den anderen zuwandte.

«Wir haben nur vier Dutzend Hauskrieger», gab Skjaldar zu bedenken. «Das sind kaum mehr, als Graufell offenbar hat. Auch wenn seine Männer nicht so gut ausgerüstet sein mögen wie unsere Leute, wissen wir nicht, ob auf Karmøy noch weitere Krieger sind.»

«Dann werden wir es herausfinden», sagte Ketil und ballte auf dem Tisch die Hände zu Fäusten. «Wir räuchern sie in Ögvaldsnes aus und zerquetschen sie wie Läuse: Graufell, seine Krieger und die alte Gunnhild.»

«Das tun wir», rief Eirik.

«Dafür brauchen wir mehr Männer», widersprach Skjaldar. Er war ein erfahrener Kriegsmann, der viele Schlachten geschlagen und den das Leben gelehrt hatte, keine voreiligen Entscheidungen zu treffen.

Hakon vertraute Skjaldars Rat und sagte: «Wir werden uns mehr Männer besorgen.»

«Wenn du ein Heer ausheben willst, brauchst du den Beschluss des Things», sagte Skjaldar.

«Dazu fehlt uns die Zeit.» Hakon erhob sich und schaute noch einmal zu Malina hinüber.

«Ich werde Aud zurückbringen», sagte er und wiederholte, was er schon zu Eirik gesagt hatte: «Das schwöre ich dir, Malina. Das schwöre ich euch allen bei meinem Leben!»

II.

Thrandheim, Brimillhof

Am frühen Abend erreichten sie den Brimillhof. Hakon hatte Signy auf sein Pferd genommen, Eirik ritt neben ihnen. Am Morgen waren sie in Hladir aufgebrochen, nachdem Hakon zuvor die Hauskrieger in die Bezirke von Thrandheim, die Fylki, geschickt hatte. Binnen einer Woche mussten so viele Männer wie möglich davon überzeugt werden, den Jarl beim Kriegszug gegen Graufell zu unterstützen – auch ohne einen Beschluss des Things.

Aber eine Woche war wenig Zeit, um ein Heer auszuheben, und es konnte zu viel Zeit sein, um Aud noch lebend aus der Hand ihrer Entführer zu befreien.

Zwischen grasbewachsenen Hügeln sah Hakon die Dächer des Brimillhofs an der Mündung des Flusses Gaula auftauchen. Die Gebäude waren in die friedliche Landschaft eingebettet. Nichts deutete auf einen Überfall hin, kein Rauch und kein schwelendes Feuer. Hakon nahm an, dass Graufell die Häuser verschont hatte, um niemanden auf sich aufmerksam zu machen. In diesem Teil des Landes lagen die Höfe zwar weit voneinander entfernt, aber der Rauch eines brennenden Gehöfts war auch aus der Ferne zu sehen.

Er schickte den Raben voraus, der zunächst in die Höhe flog und eine Runde über dem Hof drehte, bevor er im Sturzflug zwischen den Gebäuden verschwand. Gleich darauf stiegen dort Möwen auf, die vor dem Raben die Flucht ergriffen.

Die Anwesenheit einer so großen Schar Möwen war kein gutes Zeichen.

Der Weg führte Hakon, Signy und Eirik durch die Hügel bis zum Tor des Brimillhofs, wo sie die Pferde halten ließen und absaßen. An Eiriks Gürtel hing das Schwert, das Hakon ihm am Morgen gegeben hatte. Es war Eiriks erstes richtiges Schwert mit einer geschärften Klinge, einer tödlichen Klinge.

Als Hakon Signy vom Pferd half, spürte er die Schnittwunde unter dem Hemd. Er hatte lange darüber nachgedacht, ob er Signy überhaupt mitnehmen sollte. In der vergangenen Nacht hatte sie kaum Schlaf gefunden. Aber sie war die Einzige, die sich in dieser Gegend gut auskannte. Falls sie Tote fanden, musste sie ihnen sagen, wer die Leute waren, und bereits der Geruch verriet Hakon, dass sie Leichen finden würden.

Auch Signy musste den Geruch wahrgenommen haben. Steifbeinig ging sie unter dem Torbalken hindurch; jeder Schritt schien sie Überwindung zu kosten.

Der Rabe saß auf dem mit Birkenrinde gedeckten Dach des Wohnhauses und empfing sie mit einem Krächzen. Als Hakon näher kam und der Gestank unerträglich wurde, sah er die Leichen auf dem freien Platz zwischen dem Haupthaus und den Nebengebäuden liegen. Es waren fünf Menschen, alles Männer, von denen zwei enthauptet worden waren.

Hakon holte Signy ein und legte ihr einen Arm um die Schultern. Die Augen in ihrem bleichen Gesicht waren weit aufgerissen. Er hörte ein würgendes Geräusch, als Eirik sich, mit einer Hand an der Wand des Wohnhauses abgestützt, übergab.

Hakon hätte ihm den Anblick gern erspart. Aber das hier war der Krieg. Der Krieg waren die unnatürlich verrenkten Gliedmaße und die ausgestochenen Augen. Er war das getrocknete Blut auf dem staubigen Boden und die sirrenden Fliegenschwärme, und er war der Gestank des verwesenden Fleischs. Die Männer waren an Händen und Füßen gefesselt gewesen, als sie von ihren Mördern zerhackt und wie Vieh geschlachtet wurden.

Hakon spürte das Mädchen unter seinem Arm zittern. Er fragte, ob sie die Männer schon einmal gesehen habe. Sie nickte. Drei Knechte seien es, und ihren beiden Brüdern Bödvar und Fafnir habe man die Köpfe abgeschnitten. Sie erkannte sie an ihrer Kleidung.

Eirik kam näher. Auf seinem Hemd waren die Spuren von Erbrochenem zu sehen. Der stolze Ausdruck war blankem Entsetzen gewichen, das noch größer wurde, als Signy sie hinter das Wohnhaus führte. Dort fanden sie ihre Mutter Herdis, und sie fanden Steinolf in einer mit Jauche gefüllten Grube.

Eirik musste sich wieder übergeben.

Hakon gewährte ihm den kurzen Moment, bevor er ihm eine Schaufel in die Hand drückte. Dann nahm er selbst eine Hacke und forderte Eirik auf, ihm zu helfen, den Bonden aus der Grube zu fischen. Eirik schüttelte entsetzt den Kopf.

«Reiß dich zusammen», fuhr Hakon ihn an. «Du willst ein Krieger werden? Du willst aufs Schlachtfeld ziehen und im Schildwall kämpfen? Du willst töten und dem Tod ins Auge sehen? Dann fang hier damit an!»

Die scharfen Worte verfehlten ihre Wirkung nicht. Eirik war kreidebleich, aber zusammen gelang es ihnen, den mit einer braunen Schicht überzogenen Bonden hochzuhieven.

«Jetzt hol einen Karren und Wasser», sagte Hakon. «Und dann wäschst du den gröbsten Dreck von ihm ab.»

Eirik zog davon.

Signy war neben ihrer Mutter niedergesunken. Hakon ging zu ihr und sprach auf sie ein, ohne zu wissen, ob sie ihm zuhörte. Um sie zu trösten, versprach er, die Toten mit allen Ehren zu bestatten, obwohl in dem Moment nichts Signys Schmerz lindern konnte. Hakon fühlte sich hilflos und auch verantwortlich. Er war der Jarl, und es war seine Aufgabe, die Menschen in den Throender-Fylki zu beschützen.

Kurz darauf kehrte Eirik mit einem Eimer und einem Handkarren zurück. Sie schütteten Wasser über Steinolf, legten dann die Leichen des Bonden und seiner Frau auf den Karren und brachten sie hinter den Hof zu einem Gräberfeld, auf dem die Hofbewohner seit vielen Generationen bestattet wurden. Anschließend holten sie die anderen Toten, schichteten Holz auf und verbrannten die drei Knechte.

Signy stand schweigend bei den Flammen. Als der schwarze Rauch des Totenfeuers in den sich verdunkelnden Himmel aufstieg, nahm Hakon den Eimer und ging zum Fluss hinunter, wo der Rabe Möwen jagte. Dort entdeckte Hakon, wie er vermutet hatte, die fehlenden Köpfe von Fafnir und Bödvar. Sie steckten auf Stangen, die man in den Boden gerammt und auf die man Runen geschnitzt hatte. Als Hakon die Schriftzeichen las, wurden seine letzten Zweifel ausgeräumt. Graufell war nicht nur zum Plündern hergekommen. Er war gekommen, um Hakon den Krieg zu erklären. Die Runen bildeten seinen Namen, Jarl Hakons Namen, und die von Möwen ausgepickten, leeren Augenhöhlen zeigten in die Richtung, in der Hladir jenseits des Berges Grakallen lag.

Hakon zog Fafnirs und Bödvars Köpfe von den Schmähstangen und brachte sie im Eimer zum Gräberfeld, wo er sie zu ihren Körpern legte. Signy holte Kleider aus dem Wohnhaus und ließ sich von Eirik helfen, ihrem Vater die Sachen anzuziehen. Die verwesende Leiche stank fürchterlich. Hätte Eirik seinen Mageninhalt nicht bereits erbrochen, hätte er es jetzt getan.

Als sie damit fertig waren, wickelte Hakon dem Bonden ein Tuch um Augen und Mund, um das Böse in ihm einzusperren. Dafür kniete Hakon sich hinter Steinolfs Kopf, damit ihn dessen Blick nicht traf. Steinolf war zwar kein gewalttätiger Mensch gewesen, aber der übertriebene Geiz war keine Eigenschaft, die aus ihm einen guten Mann machte.

Anschließend legten sie Herdis und Steinolf nebeneinander nieder. Weil sie auf dem Brimillhof nichts Wertvolles fanden, das sie den beiden auf die letzte Reise mitgeben konnten, zog Hakon sein Messer vom Gürtel und legte es auf Steinolfs Brust. Im Leben hatte er den geizigen Bonden verachtet, mit den Toten musste man jedoch Frieden schließen. Einen seiner silbernen Armreife streifte er als Beigabe für Herdis ab, obwohl Signy protestierte, sie könne das kostbare Geschenk nicht annehmen.

«Nimm ihn», sagte er. «Nimm den Reif für deine Mutter. Der Abschied wird dir leichter fallen, wenn deine Eltern und Brüder nicht mit leeren Händen vor die Götter treten müssen.»

Signy nickte traurig.

Dann häuften sie über den Leichen die Erde zu einem kleinen Hügel auf. In der Nacht hielten Hakon und Eirik abwechselnd bei den Gräbern Wache, während Signy endlich Schlaf fand, bis sie sie im Morgengrauen weckten. Sie aßen Brot und Käse und tranken Wasser, bevor sie die Überreste der Knechte aus der Asche des heruntergebrannten Feuers sammelten und in Tongefäße füllten. Sie verschlossen die Urnen und vergruben sie.

Dann gingen sie schweigend zu den beiden Pferden. Hakon nahm Signy wieder auf sein Pferd und verkündete, wohin sie nun reiten würden.

Signy riss entsetzt die Augen auf. Es schien, sie habe davor noch mehr Angst, als die Leichen ihrer Eltern zu finden.

12.

Thrandheim, Buvikahof

Sie folgten dem Flusslauf stromaufwärts, bis sie ihn bei einer Furt überquerten und dann zum Ufer des Fjords ritten. Um die Mittagszeit tauchten die Dächer des Buvikahofs in einer Senke zwischen bewaldeten Hügeln auf.

Da bat Signy Hakon zu halten und sagte: «Ich möchte lieber hier warten, Herr, bis Ihr Eure Angelegenheiten erledigt habt.»

Als er sie nach dem Grund fragte, druckste sie herum, bis sie zugab: «Es ist wegen Ljot. Ich bin ihm versprochen worden.»

Hakon hatte sich bereits gefragt, ob Steinolf noch keinen Mann für sie ausgewählt hatte. Dass es ausgerechnet Ljot war, überraschte ihn. Er wusste von den gewaltsamen Auseinandersetzungen der beiden Nachbarsippen. Nach allem, was Hakon über diesen Ljot gehört hatte, würde Signy keine Freude an ihm haben.

«Ich kann ihn nicht heiraten», sagte sie.

Hakon sah auf dem Hof einen Mann, der einen mit Heu beladenen Karren zu einer Scheune schob.

«Wenn du ihm versprochen wurdest», entgegnete er, «wird es nicht einfach sein, das Versprechen zu brechen. Durch Steinolfs Tod mag eine neue Situation entstanden sein, dennoch hat Ljot ein Anrecht auf die Hochzeit. Es sei denn, du erwirkst vor dem Thing die Auflösung.»

«Ihr umgeht doch gerade auch einen Beschluss des Things, Herr.»

Damit hatte sie recht, und Hakon konnte ihre Abneigung

gegen Ljot nachvollziehen. Er war ein Mann, dem die Faust und das Mundwerk locker saßen. Die Sache mit der Hochzeit brachte Hakon in Bedrängnis, weil er sich vorgenommen hatte, Signy bei sich aufzunehmen. Er wusste aber auch, dass die Konalssippe in dieser Gegend großen Einfluss besaß, weswegen er sie nicht gegen sich aufbringen durfte. Er brauchte Konal für seine Kriegspläne, und vermutlich brauchte er dafür auch Ljot.

«Du wirst uns zu Konal begleiten», entschied Hakon. Als er Signys verzweifelten Gesichtsausdruck sah, fügte er hinzu: «Ich verspreche dir, dass Ljot dich nicht anfassen wird, bis eure Angelegenheit vor das Thing gebracht wird.»

Auf dem Hof saßen sie ab und gingen zu dem Mann, der das Heu inzwischen abgeladen hatte. Es war einer von Konals Knechten. Als er den Jarl erkannte, nahm er ihnen die Pferde ab und führte sie zur Tränke.

Doch als Hakon, Eirik und Signy zum Wohnhaus gingen, trat ihnen Konals jüngster Sohn Atli entgegen. Atli war etwas älter als Eirik und einen Kopf größer, war aber von den Göttern mit körperlichen Gebrechen geschlagen worden. Er hatte einen Klumpfuß und stotterte.

«Jarl Ha-a-akon», sagte er überrascht. Noch mehr schien ihn zu wundern, Signy zu sehen, die sich im Hintergrund hielt. «Warum b-b-bringt Ihr Steinolfs Tochter zu uns? Die Hochzeit ist erst in ei-ei-einigen Wochen ...»

«Ich muss deinen Vater sprechen», erwiderte Hakon, ohne auf die Frage einzugehen.

«Konal ist k-k-krank. Ohne Ljots Erlaubnis darf ihn niemand besuchen.»

Hakon glaubte, nicht richtig gehört zu haben. «Ist dein Vater nicht mehr in der Lage, eigene Entscheidungen zu treffen?»

Atli senkte den Blick. «Er ...»

«Bring uns zu Konal, Junge!»

Als Atli den Weg nicht freimachte, trat Eirik vor. «Hast du nicht gehört, was mein Vater gesagt hat? Er ist der Jarl.»

Eiriks forsches Auftreten schien den kräftigeren Atli zu belustigen. Er machte einen Schritt in Eiriks Richtung. «Trotzdem darf o-o-ohne Ljots Zustimmung n-n-niemand unser Haus betreten. Ich werde Ärger beko-o-ommen, wenn ich seine Befehle missa-a-achte ...»

Hakon drängte nach vorn, schob Atli zur Seite und stieß die Haustür auf. Atli protestierte lautstark, aber Hakon zog Signy und Eirik hinter sich her ins Wohnhaus. Seine Augen hatten sich kaum an das verräucherte Halbdunkel der Halle gewöhnt, als jemand rief, er müsse das Haus sofort wieder verlassen. Die Stimme gehörte zu einer gedrungenen Gestalt. Konals Frau Alöf stand beim Hausfeuer.

«Wer seid ihr?», zeterte sie. Sie war fast blind.

«Das ist Jarl Ha-a-akon», rief Atli von der Tür, wo er mit zwei Knechten auftauchte.

«Wer?», blökte Alöf. Schwerhörig war sie auch.

«Der Jarl?», rief eine andere Stimme. Sie klang alt, war aber kräftig und kam aus einer im Halbdunkel liegenden Nische hinter den Stützpfosten. «Der Jarl? Bringt ihn ...» Die Stimme erstickte in einem Hustenanfall.

Hakon nahm eine Tranlampe von einem Wandbrett und ging damit zum Schlafpodest, auf dem Konal unter einer Decke lag. Der Alte sah verändert aus, seit Hakon ihn das letzte Mal gesehen hatte. Konal war zäh, aber jetzt schien er dem Tode näher zu sein als dem Leben. Die Haut hatte eine gelbliche Farbe angenommen. Über seinem zahnlosen Mund waren die Lippen eingefallen.

Konal machte Anstalten, sich aufzusetzen, und röchelte dabei, als steckte eine Gräte in seinem Hals fest. «Bist du gekommen, Jarl ... um einem alten Mann beim Sterben zuzuschauen?»

«So wie du redest, scheinst du noch recht lebendig zu sein, Konal.»

«Er muss sich wieder hinlegen», fuhr Alöf dazwischen.

«Halt den Mund, Frau», knurrte Konal. «Der Jarl hat den weiten Weg bestimmt nicht gemacht, um sich von einem Weib anbrüllen zu lassen. Bring Bier! Für ihn und seine Begleiter. Und für mich auch.»

Alöf zog grummelnd ab. Aus der Kochnische waren ihre Stimme und die Stimmen anderer Frauen zu hören. Atli und die Knechte standen noch immer bei der Tür.

Konal lehnte sich mit dem Rücken an die Wand und deutete auf Eirik. «Wer bist du, Junge?»

«Mein Name ist Eirik Hakonsson. Ich bin kein Junge mehr, sondern ein Mann.»

«Mhm», machte Konal. Dann entdeckte er Signy. «Warum bringst du die künftige Frau meines ältesten Sohns zu mir, Jarl?»

Bevor Hakon darauf antworten konnte, kehrte Alöf mit einem Krug und Bechern zurück. Sie verteilte die Becher und schenkte reihum ein, auch Signy bekam Bier.

Sie tranken, dann sagte Hakon: «Dein Nachbar Steinolf ist tot.»

Konals Unterkiefer klappte herunter. Bier schwappte heraus, lief über seinen dünnen Bart und tropfte auf das Hemd und die Decke. ‹Tot? Ich habe nicht damit gerechnet, dass ich den Bastard überlebe.»

«Er wurde ermordet.»

«Ermordet?» Der Alte japste nach Luft.

Alöf stöhnte laut auf, ganz so schwerhörig war sie offenbar doch nicht. Atli und die Knechte kamen neugierig näher heran.

«Ja», sagte Hakon. «Steinolf ist tot, ebenso wie Herdis, die beiden Söhne und die Knechte.»

«Sie sind alle tot?», wiederholte Konal ungläubig.

Da drang eine andere Stimme an Hakons Ohren. «Wer hat das getan?»

Hakon drehte sich um und sah Ljot in der Halle stehen, der offenbar auf der Jagd gewesen war. Die vor seinen breiten Oberkörper gespannte Lederschürze war mit Schleim beschmiert. In der linken Hand hielt er eine kleine Robbe am Schwanz.

Ljot hatte ein kantiges Gesicht und war einen halben Kopf kleiner als Hakon, aber von kräftiger Statur. Hakon hatte ihn im Schildwall kämpfen sehen. Es war von Vorteil, einen solchen Kämpfer in den eigenen Reihen zu haben.

Ljot schaute zu Signy. «Wer hat deinen Vater getötet?»

Sie schluckte schwer.

«Es war Harald Graufell», antwortete Hakon für sie. «Der Gunnhildssohn hat Steinolf erschlagen und in die Jauchegrube geworfen. Er hat Herdis getötet und ihren Söhnen die Köpfe abschnitten ...»

Ljot sah irritiert aus. In der Halle war es still geworden.

«Warum Graufell?», fragte Ljot dann. «Der Hurensohn verreckt doch in seinem Loch auf Karmøy.» Als er sein Gewicht vom linken aufs rechte Bein verlagerte, bewegte die tote Robbe sich in seiner Hand.

«Graufell ist vor einigen Tagen mit Schiff und Mannschaft an die Gaulamündung gekommen», erklärte Hakon. «Ich nehme an, du hast nichts davon bemerkt, Ljot, oder?»

Ljot schüttelte den Kopf. «Und was geschieht nun?»

«Wir werden Graufell ausräuchern.»

«Ich habe nichts von einem Kriegsaufruf gehört. Du wirst wohl allein gegen deinen alten Freund kämpfen müssen, Jarl Hakon.»

Während Ljot redete, starrte er nur Signy an. Hakon ahnte, was der Mann dachte. Ljot mochte grobschlächtig sein, aber er war nicht dumm. Der Tod von Signys Familie kam ihm sogar sehr gelegen. Nun würde er nicht mehr warten müssen, bis Steinolf von allein starb, sondern als Signys Ehemann den reichen Brimillhof sofort erben und somit der Herr über die Ländereien, Weiden und Fischgründe sein. Dafür musste er allerdings Signy erst noch heiraten.

«Du solltest deine Ohren waschen, wenn sie verstopft sind», sagte Hakon. «Hast du nicht gehört, was ich eben gesagt habe? Wir werden Graufell angreifen.»

Ljot schaute Hakon an. Sein linkes Augenlid zuckte. «Woher willst du wissen, dass es Graufell war, der Steinolf überfallen hat? Das könnte jeder gewesen sein, sogar ich. Glaub mir, ich trauere nicht über den Tod dieses Mannes, der uns viel zu lange um unsere Jagd- und Fischgründe betrogen hat.»

«Es war Graufell», beharrte Hakon.

«Ach ja? Warum sollte der Gunnhildssohn mit einem Mal über ein Heer verfügen? Die Rogaländer haben sich von ihm abgewandt, ebenso die Hördaländer. Der Mann, der sich König über alle Länder am Nordweg nennt, besitzt kein Reich mehr, Jarl. Genau das waren deine Worte auf dem Thing.»

«Signy hat Graufell gesehen, außerdem hat er eine Nachricht für mich hinterlassen. Er fordert die Throender zum Kampf heraus.»

«Ich glaube dir kein Wort, Jarl. Und du wirst kaum genügend dumme Throender finden, die alles stehen und liegen lassen, um deinen Hirngespinsten nachzujagen.»

Hakon ballte die Hände zu Fäusten. «Hör gut zu, Ljot Konalsson. In einer Woche stechen wir in See. Ich erwarte von dir, dass du gleich morgen zu deinen Nachbarn reitest und vor Ablauf der Frist mindestens ein halbes Dutzend bewaffnete Männer nach Hladir führst.»

Ljot schaute Signy an und streckte die rechte Hand nach ihr aus. «Komm her, Weib! Du gehörst zu mir.»

«Die Hochzeit wird warten müssen», sagte Hakon.

«Nein», stieß Ljot aus. «Nichts wird warten oder aufgeschoben. Gar nichts. Das Weib ist mir versprochen worden. Ich werde Steinolfs Tochter zur Frau nehmen. So lautet das Gesetz des Frostathings. Daran wird mich niemand hindern, du nicht, Jarl, und auch kein Gunnhildssohn ...»

«Halt deinen Mund», fuhr Konal dazwischen.

Der Alte war vom Bett aufgestanden. Er stand auf wackligen Füßen, aber er stand. Die zitternde rechte Hand war auf seinen ältesten Sohn gerichtet. «Mach, was der Jarl von dir verlangt!»

Ljots Augen verengten sich zu schmalen Schlitzen. Er hob die Robbe in die Höhe, ließ sie einige Male hin- und herpendeln, bevor er die Hand öffnete und der Kadaver auf den Boden klatschte.

13.

Thrandheim, Hladir

Hakons kühnste Erwartungen wurden übertroffen, als der Heerbann sich in Hladir zusammenzog. Ketil und Skjaldar berichteten, dass ihnen allein die Erwähnung des Namens Graufell die Türen auf vielen Höfen geöffnet hatte. Die Boten fanden freundliche Aufnahme und wurden mit Bier und Fleisch bewirtet. Steinolf mochte unbeliebt gewesen sein, aber das zählte nicht mehr. Er war ein Throender, und daher nahmen die Landsleute ihre Schilde und Speere von den Wänden. Man war sich einig, dass die Waffen viel zu lange unbenutzt herumgehangen hatten. Sie wurden entstaubt, Klingen geschliffen und Schildbuckel poliert.

Die Schwertzeit brach an. Die Wolfszeit, die Zeit des Krieges.

Throender bewaffneten sich mit Beilen und Streitäxten, mit Messern und Lanzen. Wer sich ein Schwert leisten konnte, der gürtete die Klinge, wozu jedoch nur wenige Männer in der Lage waren. Das Schwert war die Waffe der Reichen, doch die Throender stellten ein Herr aus Bauern und Fischern, aus Handwerkern und Händlern. Aber es war ein wütendes und gut genährtes Heer, und ein satter Bauer wog mit seiner Streitaxt einen hungrigen Schwertkrieger allemal auf.

Natürlich gab es auch Männer, die murrten, weil Hakon ein Heer aushob, ohne das Thing zu Rate gezogen zu haben. Man warf ihm Eigenmächtigkeit vor, und dass er Gesetze missachtete. Aber diese Stimmen waren in der Minderheit; die meisten Männer unterstützten seine Kriegspläne.

An diesem Morgen machte Hakon sich in aller Frühe auf den Weg zum Hafen. Er war gerüstet mit Kettenhemd, Helm, Kurz- und Langschwert. Er war der Jarl und musste als Kriegsherr vor den Heerbann treten.

Malina hatte sich von ihren Wunden erholt. Sie begleitete Hakon zusammen mit Eirik und Signy. Das Mädchen war kaum wiederzuerkennen. Vor einer Woche war sie zu Tode geängstigt und in zerrissenen Kleidern auf den Jarlshof gekommen. Jetzt war sie mit roter Tunika und hellem Leinenumhang bekleidet. An den Fibeln hatte sie die bunte Perlenkette befestigt, die Malina ihr geschenkt hatte. Sie war eine schöne Frau und trug ihr helles Haar offen, wie es junge Frauen taten, bevor sie verheiratet wurden.

Eirik hatte sein neues Schwert dabei und einen Helm aufgesetzt. Aufrecht marschierte er mit erhobenem Kopf neben Signy her. Es war Hakon aufgefallen, wie sein Sohn in den vergangenen Tagen ihre Nähe gesucht hatte. Aber seine Bemühungen blieben erfolglos. Sie hielt ihn freundlich, aber bestimmt auf Abstand. Stattdessen bemerkte Hakon, dass Signy ihre Blicke auf ihn richtete, wenn Malina nicht in der Nähe war.

Als sie in den Hafen kamen, erfüllte es Hakon mit Stolz, dort an die dreihundert Krieger warten zu sehen. Die Männer schwenkten ihre Waffen, riefen den Namen des Jarls und bildeten eine Gasse für Hakon, Malina, Signy und Eirik.

Vier Langschiffe lagen an den Landebrücken zur Ausfahrt bereit: der *Fjordhengst*, der *Wolf des Meeres*, das *Brandungspferd* und Hakons Langschiff, der *Wogengleiter*, der das größte und prächtigste Schiff im Lande Thrandheim war, mit dreißig Riemenpaaren, hochaufgezogenen Steven und einer Länge von neunzig Fuß. Die Planken waren aus Eichenstämmen gespalten und der Mast aus Kiefer gefertigt worden. In das Segeltuch hatte man die Wolle von vierzig Schafen gesponnen. Das Schiff hatte ein Vermögen gekostet – und nun fuhr Hakon auf dem *Wogengleiter* zum Sieg über den Feind.

Am Fuß der Landebrücke stieg er auf eine Holzkiste und wartete, bis seine Schwurmänner Skjaldar und Ketil sowie weitere Krieger seiner Haustruppe bei ihm waren.

Männer und Frauen, die Waffen sowie Kisten und Körbe mit Zwiebeln, Hartkäse, Räucherfisch und Brot auf die Schiffe brachten, hielten inne und schauten zu ihrem Jarl auf.

In diesem Moment, als er bei seinem Schiff stand, über das bevölkerte Hafengelände schaute, die bewaffneten Männer sah und ihren Jubel hörte, vergaß er die Sorgen der vergangenen Tage. In dem Moment dachte er nicht daran, dass der Feind ihn durch Auds Entführung und den Überfall auf den Brimillhof zu einem Angriff provozieren und in eine Falle locken könnte. Jetzt dachte er nur an eins: an den bevorstehenden Sieg. Er verdrängte den Gedanken an das ungeschriebene Gesetz, einen Feind niemals zu unterschätzen.

Er spannte den Rücken an, richtete sich zu voller Größe auf und rief so laut, dass seine Worte bis hinauf zu den Fischer- und Vorratshütten gehört wurden: «Ich habe euch gerufen, und ihr seid dem Ruf gefolgt. Es erfüllt mich mit Freude, dass ihr die Notwendigkeit erkennt, unser Land zu verteidigen. Ich will euch nichts vormachen. Wir wissen nicht, was uns auf Karmøy erwartet oder ob der Feind in einer Bucht am Nordweg lauert. Wir wissen nicht, wie viele Krieger Graufell unter Waffen hat. Aber nach allem, was wir wissen, hat er kein Heer. Wir haben Handelsfahrer befragt, die Hladir angelaufen haben. Niemand hat von Heerbewegungen im Süden gehört. Obwohl die Seefahrer die Meerenge bei Karmøy noch immer meiden, wären Truppenaufmärsche im Rogaland oder Hördaland nicht verborgen geblieben ...»

Aus den Augenwinkeln sah er Signy einen Schritt zurückweichen. Ihr Blick war auf einen Mann in der Menge gerichtet. Es war Ljot. Seine Miene war finster wie ein Gewittertag. Bei ihm war ein Gefolge von einem halben Dutzend Männern, darunter sein kleiner Bruder Atli. Das gefiel Hakon gar nicht. Ein klumpfüßiger und schieläugiger Junge wie Atli war in einer Schlacht nur Ballast.

Hakon fuhr fort: «Es waren nicht mehr als drei Dutzend Krieger, die den Brimillhof überfallen haben. Das hat uns Steinolfs Tochter berichtet, die einzige Überlebende des Überfalls. Vielleicht sind diese drei Dutzend alle Männer, die Graufell folgen. Vielleicht auch nicht. Daher will ich, dass ihr wisst, dass es eine Fahrt ins Ungewisse wird. Es besteht die Möglichkeit, dass wir auf Widerstand treffen. Dass nicht alle Väter, Söhne und Knechte auf die Höfe zurückkehren werden. Dass es Verluste geben kann. Doch ihr seid freiwillig hergekommen, Throender. Ihr seid hier – ohne einen Kriegsaufruf durch das Thing. Das erfüllt mich mit Zuversicht. Viel zu lange haben wir gezögert und uns darauf verlassen, dass von dem Feind keine Gefahr mehr ausgeht. Steinolfs Tod und der seiner Sippe haben uns gezeigt, wie sehr wir uns getäuscht haben. Daher werden wir nun den Feind vernichten. Die Götter mögen auf unserer Seite stehen!»

Jubel rollte wie eine Woge über das Hafengelände. Hakon wartete, bis die Rufe verebbten, bevor er erneut seine Stimme erhob: «Wenn es unter euch dennoch jemanden gibt, der Bedenken hat, möge er sprechen.»

Als sich niemand meldete, rief er: «Dann trinkt nun das Abschiedsbier, bevor wir die Schiffe bemannen und in See stechen.»

Da sah er, wie Ljot die vor ihm stehenden Männer zur Seite drängte. Seine Gefolgsleute folgten ihm an die Landebrücke, an der Hakon stand. Ljot pumpte seinen Brustkorb auf und rief: «Mein Name ist Ljot, Sohn des Konal vom Buvikahof, und diese Frau hier ...» Er zeigte auf Signy, die sich hinter Hakon versteckte.

«Diese Frau ist mir von ihrem Vater Steinolf versprochen worden. Daher bin ich der rechtmäßige Erbe des Brimillhofs.»

«Das gehört nicht hierher», rief ein Bonde, der Geirröd hieß und in voller Rüstung und mit einem Dutzend Männer gekommen war. Er war ein Vertrauter von Hakons Vater Sigurd gewesen. Hakon wusste, dass auch er sich auf Geirröd verlassen konnte.

Ljot ließ sich nicht beirren. «Die Throender haben den Jarl zu ihrem obersten Richter gewählt. Daher muss er sich an Recht und Gesetz gebunden fühlen.»

«Das Thing wird entscheiden, ob du ein Anrecht auf Steinolfs Tochter und somit das Erbe hast», entgegnete Hakon.

«Der Jarl will mir mein Eigentum streitig machen ...», rief Ljot.

Hakon schnitt ihm mit einer herrischen Geste das Wort ab. «Ich habe gesagt, was es dazu zu sagen gibt, Ljot Konalsson. Das Thing wird entscheiden – und bis dahin wirst du Steinolfs Tochter nicht näher kommen, als ein Pfeil geschossen werden kann. Und jetzt verteilt das Bier!»

Die kurze Unterbrechung war schnell vergessen. Fässer wurden geöffnet und Becher gefüllt. Gelächter erfüllte das Hafengelände. Niemand scherte sich um Ljots Vorwürfe. Doch der Mann war nicht dumm. Er hatte einen für Hakon denkbar ungünstigen Moment gewählt, um seine Ansprüche auf Signy geltend zu machen. Auch wenn seine Rechnung dieses Mal nicht aufgegangen war, musste Hakon ihn im Auge behalten.

Er stieg von der Kiste, trat vor Ljot und sagte: «Wenn du gekommen bist, um Ärger zu machen, dann verschwinde wieder. Zieh dich auf den Buvikahof zurück – und lass dich einen Feigling schimpfen. Aber stell niemals wieder mein Urteil in Frage.»

Ljot verengte seine Augen zu schmalen Schlitzen. Seine Nasenflügel bebten, als er mit gedämpfter Stimme sagte: «Das ist dein Urteil, Jarl. Aber es ist nicht das Urteil des Things. Konal kannst du vielleicht blenden. Aber ich weiß, dass du selbst den Brimillhof und die Jagd- und Fischgründe haben und mein Weib bespringen willst. Aber nimm dich in Acht. Wenn sie bei der Hochzeit keine Jungfrau mehr ist, werde ich dich zur Rechenschaft ziehen.»

Ljot hatte so leise gesprochen, dass nur Hakon die Worte verstanden hatte. Signy, Malina, Skjaldar und die anderen waren zu weit entfernt, ebenso wie Ljots Gefolgsmänner. In jeder anderen Situation hätte Hakon Ljot für seine Frechheiten sofort zum Zweikampf herausgefordert. Aber hier ging es um Wichtigeres, er durfte sich nicht von gekränkten Gefühlen hinreißen lassen.

Er wandte sich ab.

Aber Ljot war noch nicht fertig. «Ich werde mit nach Karmøy fahren, Jarl. Und eins sollst du wissen: Niemand, der mich einen Feigling nennt, lebt lange. Hörst du – niemand!»

Dann stapfte er davon. Seine Männer nahmen Schilde, Waffen und Reisegepäck und folgten ihm zum nächsten Bierfass.

«Niem-m-and über-l-l-ebt das, wenn m-m-mein Bruder wü-ü-tend ist», sagte jemand hinter Hakon. Als er sich umdrehte, sah er Atli. Er hatte den Jungen ganz vergessen.

«Du solltest bei deinen Eltern bleiben, Junge», sagte Hakon.

«Ich w-w-werde kämpfen», stotterte er, bevor er davonhumpelte.

Da trat Malina zu Hakon und reichte ihm eine aus Holz geschnitzte, kleine Figur, die das Abbild eines vierköpfigen Slawengottes darstellte. «Er ist nicht so schön geworden, wie ich gehofft habe», sagte sie entschuldigend.

Hakon drehte ihn in seiner Hand hin und her. «Ist das Svantevit?»

Sie nickte. «Er soll dich beschützen.»

Hakon dankte ihr und steckte die Figur in die Tasche an seinem Gürtel, bevor er Malina in die Arme nahm.

«Ich werde für dich und Aud beten», flüsterte sie.

«Bete für Aud. Ich komme zurecht.»

«Die Seherin hat gesagt, dass du sie zurückbringen musst.»

Hakon löste sich. «Du hast mit ihr gesprochen?»

«Ja.»

Das wunderte ihn. In den vergangenen Tagen war er mehrere Male bei ihrer Hütte auf dem Jarlshof gewesen, aber sie hatte ihm nicht geöffnet. Sie allein entschied, wen sie empfing.

«Hat sie sonst noch etwas gesagt?», fragte er.

«Nein, nur, dass du Aud zurückbringen musst.»

«Das habe ich geschworen.»

«Ich weiß. Bitte gib acht auf dich.» Sie stellte sich auf ihre Zehenspitzen und küsste ihn auf die Wange, bevor sie sich von ihm abwandte und Signy zu sich winkte.

Hakon schaute ihnen nach, bis die beiden Frauen im Gewühl auf dem Hafengelände verschwunden waren. Dann gab er Skjaldar ein Zeichen, und der Hauptmann ließ die Hörner schmettern. In die Menge kam Bewegung, als sie ihre Becher leerten und auf die Schiffe zustrebten.

«Sorg dafür, dass Ljot auf meinem Schiff mitfährt», sagte Hakon zu Skjaldar. «Ich will ihn im Blick haben.»

14.

Der Innere Seeweg

Am dritten Tag ihrer Fahrt ballten sich über dem Nordmeer dunkle Wolken zusammen und türmten sich jenseits der Inseln und Schären wie Gebirge auf. Das Wetter wurde finster wie Skjaldars Miene, als er zu Hakon an den Steuerstand kam.

«Das wird ein ordentliches Unwetter geben», knurrte der Hauptmann.

«Wir können Karmøy heute Abend erreichen», erwiderte Hakon.

Skjaldar schaute in die heranziehende Wolkenwand. «Das Unwetter kommt schnell. Wir sollten eine Bucht anlaufen. Thor wird Blitze und Donner schicken ...»

«Nein», entgegnete Hakon scharf. Mit den Vorbereitungen hatte er schon zu viel Zeit verloren. Mittlerweile waren elf Tage vergangen, seit der rothaarige Junge aufgetaucht war. Elf Tage, seit Aud in der Gewalt des Feindes war. «Die Planken sind aus Eichenholz. Es sind gute Schiffe.»

«Das mag ja sein, Jarl, aber wir dürfen den Zorn der Götter nicht herausfordern.»

«Ich will Vergeltung. Werft ein Fass Bier über Bord, opfert es der Göttin Rán, damit wir ihr nicht in die Hände fallen.»

Die Göttin Rán herrschte über das Totenreich am Meeresgrund. Sie war die Frau des sanftmütigen Meeresriesen Ägir, aber Rán war bösartig. Sie lauerte mit einem Netz in der Tiefe und fing all jene ein, die über Bord gingen, um sie für immer in ihrem Totenreich festzuhalten.

Eine kräftige Böe fuhr in Hakons Haar und wirbelte es durcheinander. Das Wasser lag schäumend und grau vor ihm. Die Schiffe wurden von Wellen gerüttelt; die Wellen, das waren die Töchter der Rán und des Ägir, die Namen trugen wie Blóðughadda, Blutighaar, oder Kolga, die Kalte.

Der Rabe, der eigentlich weder Wind noch Wetter scheute, stieß einen Warnlaut aus und hüpfte vom Dollbord, der obersten Planke, auf die Decksplanken beim Steuerstand und verkroch sich im Windschatten.

«Wir sollten eine Bucht anlaufen, Hakon», wiederholte Skjaldar.

«Nein! Lass die Segel einholen und gib den anderen Schiffen das Zeichen, dass die Männer sich zum Rudern bereit machen.»

Sie fuhren über den Inneren Seeweg, der vor dem offenen Meer geschützt war, und waren auf Höhe der Insel Bømlo, als es schlagartig Nacht wurde. In der Dunkelheit blitzten die Wellenkämme der Ägirstöchter auf, während der Sturmwind durch die Takelage fauchte.

Skjaldar gab Hakons Befehle an die Mannschaft weiter. Er musste laut rufen, um das Sturmgetöse zu übertönen. Dann ließ er ein Horn blasen, damit auf den anderen Schiffen, die dem *Wogengleiter* dichtauf folgten, ebenfalls die Segel eingeholt wurden.

Eirik fuhr auf dem *Fjordhengst* und Ketil auf dem *Wolf des Meeres*. Das *Brandungspferd* wurde von Hakons Ziehbruder Skeggi geführt.

Die Männer auf dem *Wogengleiter* mühten sich an der Takelage, an Schot und Brassen ab, um das Segel aus dem Wind zu ziehen und es einholen zu können, als eine mannshohe Welle gegen den Bug krachte. Das Schiff erbebte. Gischt schäumte übers Deck. Mehrere Männer rutschten aus und stürzten auf die Planken. Immer heftiger wurde der *Wogengleiter* durchgeschüttelt, als die Wellen gegen den Rumpf schlugen.

Und dann kam der Regen. Vom Wind gepeitschte Tropfen brannten wie Nadelstiche auf Hakons Gesicht. Er betete, dass das Bieropfer Rán besänftigte und sie ihre wütenden Töchter im Zaum hielt, während er sich gegen das Ruder stemmte, um das Schiff auf Kurs zu halten. Links und rechts ragten umschäumte Felsbuckel aus den Wellen auf, als ein harter Ruck durch den Rumpf ging und der *Wogengleiter* an einem Felsen entlangschrammte.

Da begriff Hakon, dass er einen Fehler beging und die Götter ihm nicht wohlgesinnt waren. Er hätte auf Skjaldar hören sollen.

Er drehte sich nach den anderen Schiffen um, deren Umrisse schemenhaft zu erkennen waren. Zu seiner Erleichterung sah er, dass es den Mannschaften gelungen war, die Segel einzuholen. Hakon rief nach Skjaldar. Der Hauptmann wankte über das schlingernde Deck zu ihm. Zusammen drückten sie gegen das Steuerruder. Wasser tropfte aus Skjaldars Bart und Haaren. Hakon sah ihm an, dass er sich einen Kommentar verkniff. Unten im Schiff rollten die nicht festgezurrten Gegenstände hin und her. Es krachte und schepperte.

Als sie Kurs auf eine Insel nahmen, stand der *Wogengleiter* günstiger in Wind und Wellen, sodass der Druck auf das Steuerruder etwas nachließ.

«Habt ihr ein Fass für Rán ins Wasser geworfen?», rief Hakon.

Skjaldar wischte sich Wasser aus dem Gesicht. «Befohlen hatte ich es.»

Hakon richtete sich auf und sah das Fass noch immer zwischen den Ruderbänken stehen. Auf einer der beiden Bänke saßen Atli und Ljot, mit dem Hakon kein Wort mehr gewechselt hatte, seit sie in Hladir aufgebrochen waren. Die Konalssöhne und ihre Gefährten hatten sich vom Rest der Mannschaft ferngehalten, was Hakon nur recht war.

«Werft das verdammte Fass über Bord», rief Hakon in Richtung der beiden Brüder, bekam dafür aber nur einen finsteren Blick von Ljot zurück.

Der Hundesohn dachte nicht daran, Hakons Befehl auszuführen. Im Gegensatz zu seinem Bruder Atli, der kalkweiß im Gesicht war und nun seinen Riemen auf dem Deck ablegte. Er krabbelte nach hinten von der Bank und kroch zu dem Fass. Doch es reichte ihm bis an die Hüfte, war noch zur Hälfte gefüllt und viel zu schwer für einen Mann allein.

«Helft dem Jungen», brüllte Hakon, aber seine Worte gingen im Sturm unter.

Atli mühte sich mit dem Fass ab. Hakon wollte schon Skjaldar zu ihm schicken, als er sah, dass es Atli gelang, das Fass zur Bordwand zu hieven. In dem Moment krachte eine Welle gegen das Schiff. Der *Wogengleiter* kippte zur Seite. Wasser ergoss sich in einem Schwall über das krängende Schiff, sodass die Gischt Hakon für einen Augenblick die Sicht verdeckte. Als er wieder zu Atli sah, stand das Fass noch immer an Deck. Aber wo war der Junge? Und dann sah er ihn im Wasser treiben. Das bleiche Gesicht hob sich vor dem dunklen Hintergrund der tosenden Wellen ab. Atli reckte eine Hand aus dem Wasser, als wolle er nach etwas greifen, aber da war nichts, woran er sich festhalten konnte. Der *Wogengleiter* glitt weiter, und dann war Atli verschwunden. Ljot stieß einen Schrei aus.

«Bei den Göttern», raunte Skjaldar. «Den Jungen hat sich Rán geholt.»

«Wir müssen umdrehen und ihn suchen», rief Hakon.

«Bist du närrisch, Jarl? Wenn wir umdrehen, bringt uns die Strömung zum Kentern.»

Damit hatte Skjaldar natürlich recht, aber es fiel Hakon schwer, das einzusehen. Er konnte den Jungen nicht verloren geben. Er war für die Mannschaft verantwortlich, für jeden Einzelnen an Bord.

Er starrte in das schäumende Wasser hinter dem *Wogengleiter*, erkannte aber nur die vom fauchenden Wind verwirbelten Regenschleier und sich auftürmende Wellen. Nicht weit von ihnen entfernt rauschten die anderen Schiffe durchs Wasser.

«Vielleicht kann er schwimmen», hoffte Skjaldar.

Aber der Junge war verloren. Selbst wenn er schwimmen konnte, würden ihn die nassen Kleider in die Tiefe ziehen, wo Rán lauerte, die niemals ein Opfer freigab.

Hakon wandte sich wieder dem Ruder zu, als ihn etwas hart in die Seite traf. Der Schlag raubte ihm den Atem. Er glitt auf den rutschigen Planken aus. Als er aufschaute, sah er Ljot über sich stehen. Nasse Strähnen hingen ihm ins vom Hass verzerrte Gesicht.

Skjaldar wollte mit einer Hand nach Ljot greifen, aber der wich geschickt aus, und Skjaldar konnte das Ruder nicht loslassen, ohne das Schiff zu gefährden.

«Du hast meinen Bruder umgebracht», brüllte Ljot und hob die Faust. Hakon wusste, dass er Männer mit bloßen Händen getötet hatte.

Ein Schatten schoss an Hakon vorbei, als der Rabe mit wild schlagenden Flügeln über Ljot herfiel. Er verlor den Halt und fiel rücklings aufs Deck. Da ließ der Rabe von ihm ab und flog zurück in den Windschatten.

Hakon zog sich an der Bordwand hoch. Unter seinen Füßen zitterten die Planken. Er wankte zu Ljot und reichte ihm eine Hand, die der jedoch wegschlug.

«Du hast ihn umgebracht», schrie er. Seine Augen funkelten vor Zorn.

Hakon hörte den Wind rauschen und Regentropfen wie Hagelkörner aufs Deck prasseln.

«Geh zurück auf deinen Platz», befahl er. Was hätte er sonst sagen sollen? Dass es sie alle in Gefahr gebracht hätte, wenn sie umgekehrt wären? Oder dass es ihm um Atli leidtat? Das hätte Ljot ihm nicht geglaubt. Also sparte Hakon sich seinen Atem.

Kurz darauf erreichten sie eine Bucht, und im Schatten der Felswände ebbte der Sturm ab.

Sie zogen die Schiffe auf das flach auslaufende Ufer, bevor sie Schutz in Felsspalten und unter Segeltüchern suchten, auf die der Regen trommelte, während der Wind um die Felsen heulte wie der entfesselte Fenriswolf im Kampf gegen Odin. Die Wolfszeit war längst angebrochen, und Hakon hatte einen Mann verloren, noch ehe die Schlacht begann.

Die Männer zitterten vor Kälte in ihren durchnässten Kleidern und sehnten sich nach trockener Kleidung und einem wärmenden Feuer. Während sie gezwungen waren, das Ende des Unwetters abzuwarten, verlor in Hakons Gegenwart niemand ein Wort über Atli. Aber die Geschichte von seinem Ertrinken hatte längst die Runde gemacht. Dafür hatte Ljot gesorgt.

So plötzlich, wie der Sturm über sie gekommen war, so plötzlich zog er weiter. Die Männer krochen unter den Segeltüchern hervor. Es wurde wieder hell. Da erst früher Nachmittag war, hatten sie genug Zeit, um Karmøy noch an diesem Tag zu erreichen.

Als Hakon aus der Deckung trat, sah er einen Trupp über den Steinstrand in seine Richtung laufen. Die Männer schleppten einen noch lebenden Seehund mit sich, den offenbar der Sturm an Land gespült hatte. Die Männer wollten ein Feuer entzünden, um das Seehundfleisch zu braten. Doch Hakon befahl, die Schiffe sofort für die Weiterfahrt fertig zu machen.

«Warum gönnst du ihnen keine Rast, Jarl?», fragte Ketil, als er sich zu Hakon gesellte.

«Sie können so viel essen und trinken, wie sie wollen, wenn der Feind geschlagen ist.»

«Was ist los mit dir?»

Hakon starrte den Freund an. Was sollte diese Frage? Hatte Ketil nicht verstanden, worum es ging? Hatte das niemand verstanden?

«Wir haben ein fürchterliches Unwetter überstanden», beharrte Ketil. «Gib den Männern etwas Ruhe.»

«Nein!»

Ketil seufzte und zuckte mit den Schultern. «Du bist der Jarl. Aber vergiss nicht, dass du jetzt einen Feind in den eigenen Reihen hast.»

«Das ist mir bewusst.»

«Nimm dich vor Ljot in Acht», sagte Skjaldar, der zu den beiden trat. «Es ist gefährlich, in der Schlacht einen solchen Mann in seiner Nähe zu haben.»

«Ich habe keine Schuld, dass Atli ertrunken ist. Ljot hätte ihm mit dem Fass helfen müssen. So hat er seinen Bruder der Göttin Rán geopfert.»

«Das sieht Ljot anders», sagte Ketil.

«Er ist eine Gefahr», bekräftigte Skjaldar. «Er wird dir Ärger machen, wenn du es zulässt.»

«Was soll ich eurer Meinung nach tun?»

Ketil und Skjaldar wechselten einen Blick. «Du musst ihn töten, Hakon», sagte Ketil dann. «Ljot ist wie eine Zecke, die du aus deinem Fleisch ziehen musst, bevor sie sich festbeißt.»

Und mich tötet, dachte Hakon.

Er gab den Befehl zum Aufbruch, und die vier Langschiffe legten ab.

15.

Insel Karmøy

Die Dunkelheit ist die Zeit der Geister. Als die Nacht über das Rogaland hereinbrach, ließ Hakon die Drachenköpfe auf die Vorsteven der vier Schiffe setzen; es waren grimmige Dämonenschädel, mit spitzen, blutroten Zähnen. Schaurige Wesen, die Angst und Schrecken verbreiteten. Doch der Feind würde sie nicht zu Gesicht bekommen, wenn Hakon wie ein Geist in der Nacht angriff.

Er ließ den *Wogengleiter* die Führung übernehmen. Im fahlen Mondlicht folgten ihm die anderen Schiffe. Sie nahmen Kurs auf Karmøy.

Hakon stand am Steven, eine Hand am Drachenkopf, die andere am Griff seines Schwerts, das in der Lederscheide an seinem Gürtel steckte. Der Rabe saß auf seiner Schulter. Hakon hatte das Kettenhemd übergezogen und den Helm aufgesetzt. Alle Männer waren jetzt gerüstet. Ihre Waffen und Schilde lagen bereit.

Sie ruderten schweigend. Begleitet von gurgelndem Kielwasser, glitten die Schiffe nahezu lautlos in Richtung der Meerenge zwischen der Insel Karmøy und dem Festland. Hakon hörte das Wasser am Kiel rauschen und im Hintergrund keuchende Atemzüge, wenn die Riemen ins Wasser tauchten.

Skjaldar kam zu ihm und deutete zur Insel, wo bei einem Waldstück die Umrisse mehrerer Gebäude zu erkennen waren.

«Siehst du die Männer?», fragte Skjaldar.

Hakon nickte. Er hatte die Gestalten am Ufer unterhalb der Siedlung bereits bemerkt. Es schienen vier Männer zu sein, die regungslos auf ihrem Posten standen. Hakon musste davon ausgehen, dass auch sie die Schiffe sahen. Aber er konnte nicht warten, bis Wolken Finsternis bringen würden.

«Warum schlagen sie keinen Alarm?», fragte Skjaldar.

«Das weiß ich nicht.»

Es war nicht zu erkennen, ob die Wachen in ihre Richtung schauten. Oder waren die Götter wieder gnädig gestimmt und machten die Schiffe für die Feinde unsichtbar?

Sie hielten auf eine in den Sund ragende Landzunge zu. Als die Felsen an Steuerbord vorbeizogen, gab Hakon dem Mann, dem er den Platz am Steuerruder zugewiesen hatte, mit dem Arm ein Zeichen, woraufhin der *Wogengleiter* zur Insel abschwenkte. Sie glitten an Schären entlang, bis vor ihnen die Landestelle auftauchte. Hakon gab erneut ein Zeichen, und die Männer stellten das Rudern ein. Die Schiffe rauschten über die schwarze und glatte Oberfläche. Von den Riemenblättern tropfte Wasser.

Der Hafen war verwaist. Hakon sah weder Schiffe noch Wachen, nur zerfallene Landebrücken. Er lauschte in die gespenstische Stille. Stimmten die Geschichten über die Gunnhildssippe vielleicht doch? Die Geschichten über die Wiedergänger, die über die Insel wanderten? Die Geschichten über Menschenfresser und untote Schattenwesen?

Oder lauerte der Feind im Hinterhalt?

Als der *Wogengleiter* langsamer wurde, drehte Hakon sich zur Meerenge um. Ob der Feind darauf wartete, bis die Throender in der Falle saßen? Doch er konnte keine feindlichen Schiffe sehen. Das Wasser lag still da, bis das Spiegelbild des Mondes verzitterte, als eine Böe über den Seeweg strich und die Oberfläche kräuselte.

Vom Nordmeer zogen wieder Wolken heran.

Hakon wartete, bis die anderen drei Schiffe zum *Wogengleiter* aufschlossen, und schaute hinüber zu den anderen Schiffsführern: Ketil an Bord des *Wolf des Meeres*, Skeggi auf dem *Brandungspferd* und Eirik auf dem *Fjordhengst*. Sein Sohn war überrascht gewesen, dass Hakon ihm das Kommando über eine Schiffsmannschaft gegeben hatte, und schien unsicher zu sein, ob er einer solchen Aufgabe gewachsen war. Aber der Junge musste lernen, wie er eine Mannschaft führte, wie er ein Heer führte.

Hakon schickte den Raben voraus, dessen Schatten schnell mit der Dunkelheit über den schwarzen Bäumen verschmolz. Dann wartete er und lauschte auf Warnlaute, während die Schiffe nebeneinander in der Bucht trieben.

Doch der Rabe kehrte nicht zurück.

«Sie sollen die Schiffe zwischen den Brücken anlanden», sagte Hakon zu Skjaldar.

Die Riemen tauchten wieder ins Wasser und schoben die Schiffe zum Ufer, an dem bei Ebbe das Wasser abgelaufen war. Der Bug des *Wogengleiters* schrammte über Treibholz und Steine, bevor das Schiff mit einem harten Ruck zum Stehen kam. Schnell wurden die Riemen eingeholt. Die Männer griffen zu ihren Waffen. Hakon nahm seinen Schild und sprang als Erster an Land.

Schwertzeit. Wolfszeit. Die Zeit des Tötens!

Das Heer folgte dem Jarl. Die Krieger sprangen ins knietiefe Wasser, das unter ihren Schritten schäumte und spritzte. Immer mehr Männer sammelten sich auf der Wiese bei Hakon, der sein Schwert gezogen hatte und die Baumreihe oberhalb des ansteigenden Geländes beobachtete.

Doch niemand kam ihnen entgegen. Niemand brach aus dem Wald hervor und stürmte die Wiese hinab.

Vor einigen Jahren war Hakon einmal hier gewesen. Damals waren die Gunnhildssöhne noch außer Landes und hatten sich irgendwo in Northumbrien oder Irland verkrochen. Zu der Zeit war Hakon etwa so alt wie Eirik heute und mit seinem Vater Sigurd auf Handelsfahrt gewesen. Auf Karmøy hatten sie Wasser und Nahrungsmittel an Bord genommen, bevor sie weiter ins Ostmeer fuhren. Damals herrschte Frieden zwischen den Ländern im Norden, doch er war brüchig und bald wieder von einem Krieg abgelöst worden. Es war Hakons erste große Fahrt gewesen, und er hatte keine Waffen gehabt.

Nun stand sein Sohn neben ihm. Der Junge, der kein Junge mehr sein wollte, hatte sein Schwert gezogen und war gerüstet mit Kettenhemd, Helm und Schild. Eirik wollte ein Krieger sein; er hatte einen Mann getötet, ein Schiff geführt und musste sich nun im Kampf bewähren. In diesem Augenblick glaubte Hakon, sich in seinem Sohn wiederzuerkennen, in dem entschlossenen Blick, den angespannten Gesichtszügen und zusammengepressten Lippen. Für einen Mann war es eine Bestätigung seiner selbst, wenn er sich in seinem Sohn wiedererkannte, denn es gab ihm die Gewissheit, dass etwas von ihm weiterlebte. Dennoch war Hakon froh, dass Eirik von seiner Mutter Thora die weiche und sanfte Art mitbekommen hatte. Weil er nicht so werden sollte wie Hakon.

Mit einem Mal musste er an Aud denken. Der Gedanke holte ihn zurück auf die Wiese. Hinter ihm stiegen Männer keuchend den Hang hinauf. Am Ufer platschte es im Wasser, da noch immer Krieger an Land gingen.

«Die Besatzung vom *Brandungspferd* bleibt hier und hält Wache», sagte Hakon zu Skjaldar, der den Befehl weitergab.

«Wähl drei Männer aus, die ein Auge auf Ljot haben», ergänzte Hakon leiser. «Ich will ihn im Kampf nicht im Rücken haben.»

Skjaldar nickte. «Was hast du jetzt vor?»

«Jetzt greifen wir Ögvaldsnes an.»

«Und wenn sie in ihren Betten liegen, brennen wir die Gebäude nieder – mitsamt allen Flohbeuteln darin.» Skjaldar lachte gedämpft.

«Erst müssen wir zur Siedlung kommen.»

«Ich frage mich, warum die Wachen keinen Alarm geschlagen haben.»

«Das hätten sie getan – wenn sie uns bemerkt hätten», sagte Hakon.

Doch ihm kam noch ein anderer Gedanken, was es mit den Wachen auf sich haben könnte: dass nämlich Graufells Hinterhalt nicht auf See, sondern im Wald drohte. Aber er behielt es für sich. Von seinem früheren Besuch wusste er, dass ein Weg durch den Wald führte, der breit genug für die Ochsenkarren war, mit denen die Waren vom Hafen zur Siedlung transportiert wurden.

Hakon ließ die besten und erfahrensten Hauskrieger zu sich kommen. Er wollte diese Männer bei sich haben, falls sie auf Widerstand stießen. Dann übernahm er die Führung. Sie tauchten in den Wald ein. An seiner Seite war Skjaldar, hinter ihnen gingen Eirik und Ketil, gefolgt von den Kriegern, die sich bemühten, keinen Lärm zu machen. Jeder knackende Ast konnte sie verraten.

Vom Nordmeer schoben sich immer mehr Wolken heran, die den Mond aber noch nicht verdeckten. Fahles Licht fiel durch Astwerk und Blätter auf den Waldboden und wies ihnen den Weg, bis sie, ohne auf Widerstand zu treffen, an einen Graben kamen. Hakon ließ die Männer halten. Es war Ebbe und in der Furt kaum Wasser. Das erleichtete das Durchqueren des Grabens, dennoch konnte der rutschige Grund bei einem Angriff zur tödlichen Falle werden.

Hakon ließ seinen Blick über die gegenüberliegende Seite schweifen. Bei den Felsen und den mit Gräsern und Sträuchern bewachsenen Hügeln war keine Bewegung auszumachen. Keine Lanzenspitze blitzte verräterisch auf, auch kein Helm, auf dem sich das Mondlicht fing.

Als hinter ihm die Krieger nachdrängten, trat Hakon in den Graben, watete durch das flache Wasser und stieg über mit Algen und Seegras bewachsene Steine. Ungehindert erreichte er das andere Ufer, wo er wartete, bis sich die Krieger hinter ihm sammelten.

Jetzt schoben sich die Wolken vor den Mond. Leichter Regen setzte ein.

Hakon rief Skjaldar, Ketil und Eirik zu sich, mit denen er auf den Hügel kletterte, von wo aus die Siedlung und der Palas schemenhaft zu erkennen waren.

Er schirmte mit der Hand die Augen gegen den zunehmenden Regen ab. Noch immer hatte er keinen Hinweis, wo der Feind war, und sah nur die vier Wachposten, die unverdrossen am regenverhangenen Ufer ausharrten.

Bei dem Regen würden die Gebäude nicht einfach in Brand zu stecken sein. Aber darüber wollte Hakon sich erst Gedanken machen, wenn sie die Siedlung erreichten. Etwa zweihundert Schritt waren es noch bis Ögvaldsnes. Doch um dorthin zu gelangen, mussten sie zunächst die Wachen ausschalten. Sie standen etwa auf halber Strecke zur Siedlung an einer Stelle, wo der Weg einen Bogen machte und ein Stück weit oberhalb des abfallenden Ufers entlangführte.

«Wir nehmen ein Dutzend Krieger mit», sagte Hakon und forderte Skjaldar auf, die besten Männer auszuwählen sowie einen Mann, der ein Horn blasen konnte. Dann befahl er Eirik, bei der Nachhut zurückzubleiben.

«Aber ich soll doch kämpfen lernen», wandte sein Sohn ein.

«Dazu wirst du Gelegenheit bekommen. Ich habe eine andere Aufgabe für dich, die ebenso wichtig ist. Sollten wir in eine Falle laufen und Graufell uns alle töten, muss jemand das Heer führen – und das wirst du sein. Wenn du das Horn hörst, bringst du unsere Männer zu den Schiffen zurück.»

Eirik war irritiert, schien aber zugleich stolz zu sein, von seinem Vater mit dieser Verantwortung betraut zu werden.

Sie krochen rückwärts den Hügel hinab. Als sie unten waren,

berührte Hakon seinen Thorshammer, bevor er sich an die Spitze der Vorhut setzte. Er führte die Männer im Schutz der Felsen und Hügel über einen Pfad, bis das Gelände sich vor ihnen öffnete. Rechts lag das Wasser und links eine kleine Bucht.

Die Throender zogen ihre Schwerter.

Hakon beschleunigte seine Schritte und lief so schnell, wie es auf dem vom Regen rutschigen Weg möglich war. Die anderen folgten ihm dichtauf. Unter ihren Stiefeln spritzte das Wasser aus den Pfützen. Als sie sich den Wachposten näherten, sah Hakon, dass sie Schwerter in den Händen hielten, sich aber noch immer nicht bewegten. Hakon und seine Krieger griffen an. Er ließ seine Klinge in einen Mann fahren, der Stahl glitt durch Stoff und Fleisch und stieß auf Knochen. Er wollte gerade erneut zustoßen, als er vor dem Gegner einen dunklen Schatten aufsteigen sah. Der Rabe! Da ließ Hakon sein Schwert sinken. Ketil drängte vor und schwang seine Klinge. Mit einem Hieb schlug der Hüne einem Mann den Kopf ab, der durch die Luft flog und vor Hakons Füßen landete. Es war finster, und Regentropfen prasselten auf die Krieger, während sie auf die Wachen einhackten und sie verstümmelten. Die Männer wehrten sich nicht.

Denn hier gab es niemanden mehr zu töten.

Diese vier Männer waren bereits tot, und das offenbar schon länger. Hakon beugte sich über den abgeschlagenen Kopf. Die Augen waren tiefe dunkle Höhlen, ausgestochen oder von Vögeln ausgepickt. Der Kopf war kahl und von der Nasenwurzel bis über die Glatze mit einem Christenkreuz tätowiert.

Nun nahm Hakon auch den Geruch wahr. Es stank nach verwesendem Fleisch. Als er die Leichen näher betrachtete, stellte er fest, dass man sie auf Pfähle gespießt und Holzschwerter an ihren Händen festgebunden hatte.

Hakon sank auf einen Stein nieder. Aus seinen Haaren lief ihm das Regenwasser ins Gesicht. Der Rabe landete mit rauschendem Flügelschlag auf seiner Schulter, legte den Kopf schief und stieß Klopflaute aus. Hakon dachte an die Götter und daran, wie sie über ihn lachten. Sie machten ihre Spiele. Es waren böse Spiele, durchtriebene Spiele, die kaum vorherzusehen waren. Selbst Asny gelang das nur selten.

Der Rabe flog auf. Hakon schaute ihm hinterher, bis der Schatten in der Regennacht über Ögvaldsnes verschwunden war.

Schritte näherten sich.

«Der Bastard macht sich lustig über uns», knurrte Skjaldar.

Hakon wischte seine Klinge im nassen Gras ab, schob sie in die Scheide und forderte dann Skjaldar auf, zu den anderen zurückzugehen und das Heer nachzuholen.

Als er sich erhob, spürte er die Müdigkeit kommen. Er ging allein voraus und konnte nicht aufhören, an Aud zu denken. Seine Hoffnungen, sie retten zu können, schwanden mit jedem Schritt, der ihn der Siedlung näherbrachte. Er kam an eine hüfthohe, mit Moos bewachsene Feldsteinmauer, die den Palas und die Siedlung umgab. Als er die zerfallenen Gebäude dahinter betrachtete, wurde ihm klar, dass der Rabe vorhin nicht zurückgekehrt war, weil hier keine Gefahr drohte.

Ketil trat neben ihn. «Willst du dich abschlachten lassen?»

«Von wem denn?», erwiderte Hakon.

Ketil folgte Hakons Blick zu der Siedlung, auf die der Regen fiel. Nirgendwo waren Spuren von Leben zu sehen.

«Trotzdem sollten wir vorsichtig sein», sagte Ketil. «Der Feind kann überall sein.»

Auf dem Weg waren die Geräusche der nachrückenden Krieger zu hören. Dumpfe Schritte, unterdrückte Stimmen und das Klappern gegeneinanderstoßender Schilde.

«Die Männer sollen alle Gebäude durchsuchen», sagte Hakon zu Ketil.

Dann trat er durch einen Durchlass in der Mauer auf den Hof.

Er ging zum Palas, einem langgestreckten Gebäude, dessen mit Schindeln gedecktes Dach außen mit Balken gestützt worden war. Auf dem Dach wartete der Rabe. Hakon zog die unverriegelte Tür des Palas auf und trat ein. Das Schwert ließ er in der Scheide stecken.

Er hatte sich häufig geirrt und falsche Entscheidungen getroffen – Entscheidungen, die schwere Folgen gehabt und Menschen den Tod gebracht hatten, Menschen, die ihm nahestanden. Dennoch war er sich selten so sicher gewesen wie in diesem Moment. Der verwaiste Hafen mit den maroden Landebrücken, die gepfählten Leichen und nirgendwo eine Spur von Leben. Die Siedlung war geräumt worden. Dass Graufell auf der Insel war, war noch unwahrscheinlicher, als dass ein Hurensohn wie der Dänenkönig Harald Blauzahn dem Christengott abschwor.

In der Halle roch es nach kaltem Rauch. Aber der Geruch war dünn. Der Palas war lange nicht mehr beheizt worden. Hakon tastete sich voran. Unter seinen Füßen knirschten Tonscherben. Als jemand hinter ihm ins Haus trat, breitete sich Licht aus, das flackernde Schatten an die Wände zauberte, die einst mit Schilden und Lanzen, mit kostbaren Teppichen und Fellen behängt waren. Er hörte, dass Skjaldar nach ihm rief, und sah, dass die Einrichtung zertrümmert worden war. Überall lagen Teile zerschlagener Stühle und Bänke herum. Der Boden war übersät mit den Resten von Tongefäßen.

Skjaldar kam zu ihm. Es war ihm gelungen, trotz des Regens eine Fackel zu entzünden. «Die Ratten haben ihr Nest verlassen. Wir haben alle Hütten durchsucht – nichts.»

Weitere Krieger drängten in den Palas. Aufgeregte Stimmen. Wahrscheinlich hofften die Männer, wenigstens Beute zu finden, wenn es schon keinen Kampf gab.

Hakon hatte etwa die Mitte der langen Halle erreicht, als er stehen blieb und seinen Blick nach oben auf die Dachbalken richtete. Seine Nackenhaare richteten sich auf. Da oben war etwas, ein Schatten wie von einem Tier, einer großen zusammengerollten Katze. Dann blitzte etwas auf. Das Weiße in den Augen.

Er rief nach einer Lanze. Als ihm die Waffe gereicht wurde, drehte er die Eisenspitze nach unten und stieß mit dem stumpfen Ende des Schafts auf den Dachbalken. Was folgte, war ein gellender Schrei, bevor etwas herabfiel und mit einem dumpfen Aufprall zwischen dem Gerümpel landete.

Im Schein von Skjaldars Fackel sahen sie, dass es eine junge Frau war, die mit Ruß bestrichen worden zu sein schien. Doch es war ihre Haut, die so dunkel war, und ihr Haar war pechschwarz.

Die Frau sprang auf, wirbelte herum und schaute sich hektisch nach einem Fluchtweg um, doch die Krieger umringten sie, bis ein Mann sie einfing. Sie wand sich wie ein Aal in seinem Griff und schlug um sich, bis es dem Mann gelang, ihr die Arme auf den Rücken zu drehen und sie so auf die Knie zu zwingen.

Die Männer lachten. Es war ein befreiendes Lachen, das nach der Anspannung hervorbrach. Jemand rief, Graufell habe sich wohl in eine dunkelhäutige Frau verwandelt. Das Gelächter wurde lauter und lockte immer mehr Männer in den Palas.

Die Frau war von schlanker Statur. Ihre Kleider waren dreckig und zerrissen. Hakon schätzte ihr Alter auf sechzehn, vielleicht siebzehn Jahre. Als er sie eingehender betrachtete, sah er, dass ihre Haut zwar dunkel, aber nicht vollkommen schwarz war, wie bei den Menschen, die aus Ländern im Süden jenseits des Mittelländischen Meeres kamen.

«Verstehst du mich?», fragte er die junge Frau.

Sie wich seinem Blick aus. Als Hakon ihren Kopf anhob, flackerten ihre Augen.

«Sprichst du unsere Sprache?»

Sie reagierte wieder nicht, aber er ahnte, dass sie log, und befahl den Männern, sie zu fesseln.

«Was willst du mit ihr machen?», fragte Eirik.

Er hatte sich durch die Menge nach vorn gedrängelt und starrte die Frau mit großen Augen an, womit er nicht der Einzige war. Im Norden sah man nicht häufig so schöne, dunkelhäutige Frauen.

«Das weiß ich nicht», antwortete Hakon.

«Nehmen wir sie mit? Ich könnte auf sie aufpassen.» Eirik bemühte sich, beiläufig zu klingen.

Hakon schaute ihn von der Seite an und fühlte sich wieder an früher erinnert, als er selbst beim Anblick einer schönen Frau schier den Verstand verlor. Er hatte viele Frauen gehabt, bis er Eiriks Mutter Thora begegnet war. Sie war ermordet worden, so wie später Auds Mutter. Er dachte an Asny und an Malina, die ihm keine Kinder schenken konnte. Mit einem Mal verspürte er Sehnsucht nach ihr. Und nach Hladir und Aud.

«Hier gibt's nichts zu holen», knurrte Skjaldar. «Wir sollten das verfluchte Eiland verlassen und nach Hause fahren.»

Genau das sollten wir tun, dachte Hakon, schüttelte aber den Kopf. «Nicht bevor ich weiß, wo Graufell steckt.»

Und was mit Aud geschehen war.

16.

Insel Karmøy

Der nächste Tag brachte mildes Wetter, als am Morgen blasse Sonnenstrahlen durch die Wolkendecke brachen. Gleich nach Sonnenaufgang ließ Hakon die in den Hütten schlafenden Krieger wecken. Kurz darauf sammelte sich das Heer vor dem Palas. Skjaldar teilte die Männer ein, benannte Führer und schickte die Trupps in alle Richtungen davon. Sie sollten nach Inselbewohnern suchen, Bauern oder Fischern, die wussten, wo Graufell sich verkrochen hatte.

Hakon blieb mit Ketil und einigen Throendern in Ögvaldsnes, wo er Männer zu den gepfählten Toten schickte, damit sie die Leichen verbrannten.

Dann nahm er einen mit Wasser gefüllten Trinkschlauch und ging mit Ketil zum Palas. Er brauchte Antworten auf seine Fragen, auch wenn Graufell mit seiner Bande vermutlich längst das Weite gesucht hatte. Warum er Hakon trotzdem auf seine Spur gesetzt hatte, war unklar. Weil Hakon sowieso von dem Überfall auf den Brimillhof erfahren würde, nachdem Signy entkommen war? Oder hatte er Bödvars und Fafnirs Köpfe nur auf die Spieße gesteckt, um Hakon zu verhöhnen? Oder steckte etwas ganz anderes dahinter, irgendein Plan, den er nicht durchschaute?

Die Halle war in der Nacht gesäubert und das Gerümpel beiseite geschafft worden, damit die Krieger darin übernachten konnten. Hakon und Ketil gingen in den hinteren Bereich, wo es hinter einer verstaubten Kochnische mehrere offene Kammern für Vieh gab.

In einer der Kammern kauerte die Frau auf dem mit faulem Stroh bedeckten Boden. Ihre Hände und Füße waren gefesselt. Sie wurde von zwei Kriegern bewacht, die Hakon nun fortschickte. Nur Ketil sollte dabei sein, grimmig dreinschauen und ansonsten den Mund halten. Manchmal löste allein Ketils Anwesenheit die Zungen.

Hakon kniete vor der Frau nieder, während Ketil knurrend die Arme vor der breiten Brust verschränkte. Er war größer und stärker als die meisten Männer.

Die Frau schaute kurz auf. Je länger Hakon schwieg, desto unruhiger wurde sie.

Eine Maus flitzte zu ihren Beinen, schnupperte und verschwand in einer Ecke, als die Frau sich bewegte.

«Hast du Durst?», fragte Hakon schließlich.

Sie hatte in der Nacht weder zu essen noch zu trinken bekommen und musste Durst haben, doch sie starrte nur auf das Stroh. Ihr Gesicht war zerkratzt. Durch einen Riss in ihrer Tunika war eine schlecht verheilte Wunde auf der linken Schulter zu erkennen.

«Ich weiß, dass du mich verstehst», sagte Hakon und beobachtete sie.

Es dauerte einen Moment, bis sie den Kopf ein wenig hob und nickte.

Hakon reichte ihr den Trinkschlauch. Nachdem sie einige Schlucke getrunken hatte, fragte er sie nach ihrem Namen. Doch sie schwieg und warf einen scheuen Blick zu Ketil.

«Er tut dir nur etwas, wenn ich es ihm befehle», sagte Hakon. «Schau ihn dir an. Schau dir seine Hände an. Er kann einem Mann die Arme ausreißen, einen nach dem anderen. Ich weiß nicht, ob er Spaß dabei empfindet, aber ich befürchte es.»

Ihre Lippen öffneten sich, und sie sagte etwas. Aber sie sprach zu leise.

Hakon wiederholte seine Frage.

«Katla», flüsterte sie. «Ich heiße Katla, Herr.»

«Das ist ein Name aus dem Norden. Heißen die Frauen dort, wo du herkommst, auch Katla?»

«Ich war sehr klein, als man mich verkauft und dann so genannt hat.»

«Wer hat dir den Namen gegeben?»

«Die alte Frau.»

«Gunnhild?»

Sie nickte.

«Wo ist Gunnhild?»

«Ich weiß es nicht.»

«Und wo ist ihr Sohn Harald Graufell?»

«Sie sind alle fort.»

«Mhm, und wie lange schon?»

«Vier Tage, Herr ... oder fünf, ich bin mir nicht sicher ...» Sie schaute wieder zum knurrenden Ketil.

«Warum haben sie dich nicht mitgenommen?», fragte Hakon.

«Als sie ihre Sachen auf die Schiffe verladen haben, bin ich geflohen und habe mich im Wald versteckt.»

«Dann bist du eine entflohene Sklavin. Sie töten dich, wenn sie dich finden.»

«Ja, Herr ...» Ihre Augen weiteten sich. «Gehört Ihr zu ihnen?»

«Nein. Wohin sind die Schiffe gefahren?»

Sie senkte den Kopf.

«Weißt du es nicht, oder erinnerst du dich nicht mehr?»

«Ich weiß es nicht.»

«Vielleicht weißt du ja noch, wie viele Schiffe sie mitgenommen haben?»

«Der König hat ein Schiff, das aus dem Bootshaus unten am Hafen. Außerdem haben sie alle Fischerboote genommen. Und das Schiff der Fremden.»

«Die Fremden? Meinst du die Männer, die sie getötet und auf die Pfähle gespießt haben?»

Ihre Augen glänzten wie feuchte, schwarze Kieselsteine. «Die Männer sind mit dem Schiff auf die Insel gekommen. Eine Magd hat erzählt, es seien Dänen. Der König hat sie gefangen genommen ...»

«Und dann hat er sie getötet?»

«Ja, ich meine ... nicht gleich ... einer von ihnen hatte dem König etwas mitgebracht, eine Nachricht. Ein Pergament. Der König sollte ihn nach Norden bringen ...»

Hakon schluckte. «Wohin nach Norden?»

«In ein anderes Land.»

«Weißt du, wer ich bin?»

Sie schüttelte den Kopf, vielleicht etwas zu heftig. Hakon durfte sich seine Ungeduld nicht anmerken lassen. Die Frau hatte Angst, aber sie redete, und sie musste weiterreden.

In der hinteren Ecke raschelte es. Die Maus kam wieder hervor.

«Der Mann, der dem König die Nachricht überbracht hat», fuhr Hakon fort, «war er ein sehr junger Mann? Sah er aus wie ein Junge, klein und schmächtig, und hatte rotes Haar?»

«Ja, Herr.»

«Hat der König ihn getötet?»

«Nein, nur die anderen Männer. Ich habe gehört, sie seien Händler, dänische Händler. Dann hat der König sein Schiff aus dem Bootshaus holen lassen, und sie sind nach Norden gefahren.»

«Mit dem Jungen?»

«Ja, Herr.»

Hakon wiederholte in Gedanken, was die Frau ihm bruchstückhaft servierte. Dänische Händler waren mit dem Jungen und einer Botschaft nach Karmøy gekommen, wo sie in Graufells

Fänge gerieten. Dann hatte Graufell den Jungen nach Thrandheim gebracht, so wie es ihm irgendjemand aufgetragen hatte. Wer war das? Wer steckte hinter dieser Botschaft? Es musste ein mächtiger Mann sein, wenn Graufell nach dessen Anweisungen handelte.

Doch zunächst musste Hakon noch etwas anderes erfahren. «Haben der Junge und der König jemanden dabeigehabt, als sie aus dem Norden zurückkehrten? Vielleicht ein Kind?»

«Ja, Herr.»

«Ein Mädchen?»

«Ja.»

«Welche Haarfarbe? Wie war sie gekleidet?»

«Ihr Haar war hell, und sie trug eine blaue Tunika.»

Hakon schluckte. Damit konnte nur Aud gemeint sein, was bedeutete, dass sie noch lebte. Zumindest hatte sie zu dem Zeitpunkt gelebt, als Graufell nach Karmøy zurückgekehrt war.

«In welchem Zustand war das Mädchen? War es verletzt?»

«Ich glaube, es war gesund. Es war gefesselt, an den Händen und mit einem Strick um den Hals. Der Junge achtete darauf, es immer in seiner Nähe zu haben, auch an dem Abend nach ihrer Rückkehr, als sie gefeiert haben. Sie haben von der Reise Essen mitgebracht und Bier und Wein. Der König hatte viel Silber dabei. Er hat gelacht, so laut, wie er lange nicht mehr gelacht hat.»

«Und wann sind sie dann fortgefahren?»

«Zwei Tage später. Sie haben alle Häuser und Hütten ausgeräumt und alles, was sie nicht mitnehmen konnten, kaputt geschlagen, damit es niemandem in die Hände fällt ...»

Die Sklavin zuckte zusammen, als Ketil sich laut räusperte. Aus der Halle waren Schritte zu hören.

«Halt sie auf», sagte Hakon schnell.

Ketil knurrte noch einmal bedrohlich, offenbar gefiel er sich in der Rolle als Weiberschreck, und stapfte dann davon.

«Hat der König den Jungen und das Mädchen mitgenommen?», fragte Hakon.

«Ja, ich glaube, er wollte sie mit dem Schiff der Händler fortbringen lassen, dorthin, woher der Junge gekommen war.»

«Wo ist das? Sprich, Katla!»

Sie schaute ihn mit ihren dunklen Augen an, offenbar überrascht darüber, dass er sie bei ihrem Namen nannte.

Aus der Halle waren gedämpfte Stimmen zu hören. Die Maus huschte in ihre Ecke zurück.

«Ich werde dich in Ruhe lassen, Katla», sagte Hakon. «Du kannst gehen, wohin du willst. Du bist frei – wenn du mir sagst, woher der Junge kam und von wem die Nachricht stammt, die er dem König überbracht hat.»

«Aber ich weiß nicht, wohin ich gehen soll. Ich habe niemanden. Bitte, Herr, nehmt Ihr mich mit zu Euch?»

«Wenn du mir erzählst, was ich hören will, werde ich das tun.»

Sie wich seinem Blick aus, schaute an ihm vorbei und starrte eine Weile auf irgendeinen unsichtbaren Punkt hinter ihm, bevor sie endlich verriet, was Hakon wissen musste.

Bis zum Nachmittag waren die meisten Spähtrupps nach Ögvaldsnes zurückgekehrt. Es bestätigte sich, was Hakon vermutet hatte. Nicht nur die Gunnhildssippe und ihre Schergen hatten die Insel verlassen. Die Späher hatten niemanden angetroffen. Stattdessen hatten sie haufenweise Sachen mitgeschleppt, die sie auf den Höfen gefunden hatten und wovon sie hofften, sie gebrauchen zu können. Es war nicht viel, gab den Throendern aber zumindest das Gefühl, Beute gemacht zu haben. Sie waren ausgezogen, um einen großen Sieg zu erringen. Doch alles, was sie heimbrachten, waren ein paar Holztruhen, Tongefäße, Wollballen, alte Kleider, Fischernetze, die geflickt werden mussten, und ein halbes Dutzend abgemagerte Schafe und Ziegen. Die

Insel war eilig geräumt und kein einziges Boot zurückgelassen worden.

Die Throender hatten auch einige mit Bier gefüllte Fässer gefunden. Schon am frühen Abend war klar, dass kein Fass davon mit nach Thrandheim kommen würde. Besonders durstige Männer hatten sich bereit erklärt herauszufinden, ob das Bier vergiftet war, und das war es nicht. Es schmeckte zwar sauer, aber es war genug davon da, um die Throender in gelöste Stimmung zu versetzen. Bald lachten und sangen die Männer an diesem milden Herbstabend auf dem Hof.

Hoch und grell loderten die Flammen aus den Feuerstellen, die mit Holz und Stroh aus den umliegenden Hütten gefüttert wurden. Morgen früh würde Hakon alle Gebäude niederbrennen lassen, um die Siedlung unbewohnbar zu machen.

Er wandte sich von der feiernden Meute ab und wollte zum Tor gehen, als Skjaldar ihm nachkam.

«Du trinkst nicht mit uns, Jarl?» Der Hauptmann hielt ihm seinen Becher hin. Ein Grinsen legte sich über das schiefe Gesicht.

«Heute nicht.»

Skjaldar deutete mit dem Daumen hinter sich. «Soll ich das Treiben beenden? Sonst kotzen die Hosenhuster morgen früh ihre Seelen ins Meer, kein Wunder, bei dem miesen Bier. Wie will ein Hühnerschiss wie Graufell jemals König werden, wenn er so eine Pisse brauen lässt?»

«Die Männer sollen feiern», gab Hakon zurück.

«Werden wir morgen früh aufbrechen?»

Hakon nickte vage.

«Und wo gehst du jetzt hin, Jarl?»

«Ich muss nachdenken.»

«Nachdenken, natürlich, du bist ja der Jarl.» Skjaldar lachte. «Ich hoffe, ich bin nachher nicht so betrunken, dass ich mit Ljot anstoße.»

In der sternklaren Nacht begleitete das Gelächter vom Königshof noch eine Weile Hakons Weg, der ihn über eine mit Unkraut überwucherte Weide zu einem Hügel führte. Als Hakon damals mit seinem Vater Sigurd Karmøy besucht hatte, gab es hier eine Opferstätte. Aber das war zu einer Zeit gewesen, bevor die Herrscher sich dem neuen Glauben angeschlossen und die alten Opferfeste verboten hatten.

Der Rabe flog an Hakon vorbei und landete in einer Eiche, die ihre Äste über die Hügelkuppe ausbreitete. Hakon löste den Gürtel und legte sein Schwert ab. Dann setzte er sich an einen flachen Stein und lehnte den Rücken dagegen. Er legte die Beine über Kreuz und den Kopf in den Nacken und schaute hinauf zu den pulsierenden Lichtbändern, dem Widerschein der Rüstungen der Valkyrjar. Die Totendämonen zogen wieder aus, Odins *meyar*, seine Mädchen. Irgendwo auf der Welt tobte eine Schlacht, immer tobten Schlachten. So war es heute, so war es gestern, und so würde es immer sein. Die Valkyrjar hatten genug zu tun bis zum Endschicksal der Götter, die Ragnarök, wenn der Fimbulwinter die Erde zu Eis erstarren lassen würde, bevor Feuer die Welt vernichtete. Wenn die Midgardschlange die Meere aufpeitschte und die Erde darin versank und der Fenriswolf die Sonne verschluckte. Wenn die Menschen und die Götter fielen.

Doch zuvor verschonten die Götter niemanden, auch Hakon nicht. Auch Aud nicht.

Er dachte an sein Versprechen, an den Schwur, den er geleistet hatte. Er musste seine Tochter finden und heimbringen. Es waren nicht viele Hinweise, die die Sklavin ihm gegeben hatte. Doch es war genug, dass Hakon davon seine Entscheidung abhängig gemacht hatte, welcher Schritt als nächster zu tun war. Warum hätte die Sklavin ihn belügen sollen? Sie war eine Unfreie, die ihr Leben verwirkt hatte, als sie vor ihren Herren geflohen war. Jetzt war sie frei.

Nach dem Verhör hatte Hakon ihr die Fesseln abgenommen. Sie sollte nach Hladir gebracht werden, wo Eirik auf sie aufpassen würde.

Eine Böe rauschte durch die Eichenblätter, und Hakon hörte den Raben einen Warnlaut ausstoßen und Schritte den Hang heraufkommen.

Er zog das Schwert zu sich heran. Der Rabe krächzte lauter und begann, mit den Flügeln zu schlagen. Hakon zog die Klinge eine Handbreit aus der Lederscheide.

Die Schritte kamen näher. Atemgeräusche waren zu hören. Hinter ihm sagte eine belegte Stimme: «Zieh das Schwert ganz heraus, Jarl.»

«Geh zurück zu den anderen, du bist betrunken, Ljot», erwiderte Hakon, ohne sich umzudrehen.

«Ich fordere dich zum Zweikampf heraus – hier und jetzt. Nur wir beide. Vor den Augen der Götter. Und schick deinen verdammten Vogel weg!»

Hakon behielt die Hand am Schwertgriff und spannte den Rücken an. «Eine solche Herausforderung solltest du nicht leichtfertig aussprechen ...»

«Leichtfertig?», rief Ljot. «Ich habe das Recht, dich zu töten. Blut für Blut! Du hast meinen Bruder umgebracht. Dafür nehme ich mir jetzt dein Leben.»

Hakon drehte sich, bis er aus den Augenwinkeln Ljots Schatten hinter dem Stein sah. Er hatte die rechte Hand am Schwert, das noch in der Scheide steckte, und blickte zwischen Hakon und dem Baum, in dem der Rabe knarrende Laute ausstieß, hin und her.

«Ich habe Atli nicht getötet», gab Hakon ruhig zurück. «Daher hast du kein Recht, Blutrache für sein Leben zu fordern.»

Ljot keuchte schwer. Er war nicht dumm und kannte die Gesetze. Aber er war jähzornig und betrunken. Aus seiner Stimme klang der angestaute Hass. *Ljot ist wie eine Zecke, die du aus deinem Fleisch ziehen musst, bevor sie sich festbeißt.* Das waren Ketils Worte gewesen. Jetzt wollte Ljot Hakons Blut.

«Ich nenne dich einen Feigling, Jarl», stieß er wütend aus. «Einen Feigling! Und kein Mann, der einen Funken Ehre im Leib hat, lässt sich Feigling schimpfen. Zieh dein Schwert und kämpfe.»

Ljots Schatten bewegte sich. Mondlicht spiegelte sich auf der Klinge. Der Rabe krächzte immer lauter, als Hakon sein Schwert losließ und stattdessen beide Hände hob.

«Ich will nicht mit dir kämpfen.»

«Verdammter Feigling – steh auf!» Ljot schrie, vielleicht aus Wut, vielleicht aus Angst vor dem Raben.

Es war ein Fehler gewesen, die Hände zu heben, in der Hoffnung, Ljot dadurch zu besänftigen.

«Kämpfe! Steh auf und kämpfe», bellte Ljot.

Er sprang auf den Stein und war sogleich über Hakon, der schnell nach seinem Schwert griff und sich dann nach vorn aus Ljots Reichweite warf. In derselben Bewegung zog er die Klinge aus der Scheide und sprang auf die Füße. Er erwartete den Angriff und rechnete damit, dass Ljot vom Stein herunterspringen würde. Doch er stand wie erstarrt da oben, bevor das Schwert seiner Hand entglitt. Dann knickten seine Beine ein, und er stürzte zu Boden.

Der Rabe stieß im Baum meckernde Laute aus, die wie höhnisches Lachen klangen.

An der Stelle, an der Ljot gestanden hatte, erschien der Schatten eines riesenhaften Mannes. Ketil hatte die Faust noch erhoben, mit der er Ljot niedergeschlagen hatte.

«Kann man dich nicht allein lassen, Jarl?»

Ketil stieg von dem Stein herunter und trat mit dem Fuß gegen Ljot. Doch der bewegte sich nicht mehr. Hinter Ketil tauchte

Skjaldar auf, dem ein unausgesprochener Vorwurf ins Gesicht geschrieben stand.

«Ihr habt euch Zeit gelassen», sagte Hakon.

«Du konntest gar nicht wissen, ob wir deinen Hintern retten würden», entgegnete Skjaldar.

Das stimmte natürlich, erklärte aber, warum der Rabe nicht eingegriffen hatte. Der Vogel musste die beiden bemerkt haben.

«Wie lange seid ihr schon hier?», fragte Hakon.

«Wir sind dem nach Pisse stinkenden Schleimschiss gefolgt, als er vom Hof getorkelt ist», erklärte Ketil grinsend. «Es hat mich brennend interessiert, was du dir noch alles von ihm bieten lässt.»

«Lebt er noch?»

Ketil küsste seine Faust, die groß und hart wie ein Schmiedehammer war, und zuckte mit den Schultern. «Manche überleben es, manche nicht ...»

«Du wirst alt, Munki», sagte Skjaldar. «Der Kerl hier hat überlebt. Aber er hat auch einen besonders harten Schädel.»

Skjaldar setzte ein Messer an Ljots Kehle.

«Lass ihn», befahl Hakon.

Skjaldar und Ketil starrten ihn irritiert an.

«Du willst, dass er am Leben bleibt?», stieß Skjaldar aus. «Er hat dich von hinten angegriffen und den Tod verdient.»

«Wenn ihr früher eingegriffen hättet, wäre es nicht so weit gekommen.»

Skjaldar steckte das Messer weg. «Ich verstehe dich nicht, Jarl. Warum verschonst du einen Mann, der dich Feigling nennt und dich töten will?»

Hakon wusste nicht, was er darauf antworten sollte. Er hatte wirklich allen Grund, sich Ljot vom Hals zu schaffen. «Vielleicht weil er ein Throender ist und der Tag kommen wird, an dem wir jeden Mann gegen den Feind aufstellen müssen, oder ...»

Er schaute hinauf zu den grünen, pulsierenden Lichtfahnen. «Oder weil die Götter es so wollen.»

Ketil seufzte. «Aus dir wäre ein hervorragender Jesusanbeter geworden. Mein Herr Brun – der Christengott sei seiner Seele gnädig – wäre begeistert gewesen von deiner selbstlosen Gnade.»

Im Gegensatz zu Ketil war Skjaldar nicht zum Scherzen aufgelegt und sagte: «Jarl, wenn du Ljot am Leben lässt, begehst du denselben Fehler zum zweiten Mal.»

«Vielleicht ist das so, vielleicht auch nicht», entgegnete Hakon.

Dann teilte er den beiden seine Entscheidung mit. «Du, Skjaldar, wirst drei unserer Schiffe nach Hladir zurückführen. Auch den *Wogengleiter*. Graufell hat den Jungen zu den Sachsen bringen lassen. Er selbst versteckt sich aber irgendwo in den Fjorden. Das hat die Sklavin behauptet. Es gibt tausend Löcher, in denen er sich verkriechen kann. Noch hat er kein Heer, aber er wird versuchen, eins aufzustellen, denn er hat Steinolfs Silber ...»

«Das Silber reicht niemals für ein Heer», rief Skjaldar aufgebracht. Es kam äußerst selten vor, dass er es wagte, den Jarl zu unterbrechen.

Dieses Mal ließ Hakon es ihm durchgehen. Er konnte seine Entscheidungen ja selbst nicht alle nachvollziehen, hatte sie aber nun mal getroffen. Wer vermochte schon zu sagen, ob er die richtigen Schlüsse gezogen hatte? Die Götter? Odin, Thor, Frey und Freyja und all die anderen Götter hatten Freude daran, wenn die Nornen, die hässlichen alten Weiber, die Schicksalsfäden durchschnitten, so wie es ihnen gefiel.

«Du hast recht, Steinolfs Silber wird für Graufell nicht genug sein», sagte Hakon. «Aber er ist aus seiner Totenstarre erwacht und führt etwas im Schilde. Daher wirst du, Skjaldar, dafür sorgen, dass die Throender in Wehrbereitschaft sind. Ihr werdet Hladir abriegeln, bis ich zurückkehre.»

«Du kommst nicht mit uns?», erwiderte Skjaldar überrascht.

Ketil schien hingegen etwas zu ahnen und verdrehte die Augen.

«Ich muss einen Schwur einlösen», sagte Hakon. «Ich möchte, dass Ketil mich dabei begleitet. Wir fahren mit dem *Brandungspferd* nach Süden und nehmen eine Mannschaft mit, gerade so viele Männer, wie es braucht, um das Schiff zu führen, und den hier ...», er zeigte auf Ljot, der sich stöhnend regte, «den Mann nehmen wir auch mit. Ich muss ihn von Signy fernhalten.»

Skjaldar schüttelte den Kopf, und Ketil machte ein entgeistertes Gesicht.

«Natürlich begleite ich dich, Jarl», sagte Ketil. «Einer muss ja auf dich aufpassen. Ich hoffe, die Reise führt uns an einen Ort, an dem es besseres Bier gibt als hier.»

Das konnte Hakon ihm nicht versprechen, als er den beiden erzählte, wohin sie fahren würden. Und welchen Namen ihm die Sklavin genannt hatte.

2. Teil

Herbst 969

❦

*Geflochten ist's aus Fechterdärmen
Und stark gestrafft mit Streiterschädeln;
die Querstangen sind Kampfspeere,
der Webebaum Stahl, das Stäbchen ein Pfeil.
Schlagt mit Schwertern Siegesgewebe!*

Darraðarljóð. Das Walkürenlied

I.

Wagrien, Slawenland

Er wartete auf die Dämmerung, um den Mörder im Schutz der Dunkelheit zu jagen. Der Jäger hieß Adaldag. Er war ein Mann Gottes, ein Erzbischof. Sein Name bedeutete: der edle Tag. Er war ein stattlicher Mann, lang und hager. Sein Haar war mit einer Paste aus Bienenwachs und Öl getränkt und so streng zurückgekämmt, dass es auf dem Kopf klebte und seiner Erscheinung Würde und Erhabenheit verlieh. So saß er auch heute auf einem Pferd, den Rücken aufgerichtet und das Kinn vorgestreckt. Auf seiner Brust hing an einer Silberkette ein Kruzifix. Über der Kutte trug er einen dunklen Umhang und an den Stiefeln Sporen. Die Zügel lagen locker in seinen feingliedrigen Händen.

Bei ihm auf der Anhöhe, unter der sich der See als silberglänzende Fläche ausbreitete, war ein Dutzend sächsische Soldaten, gerüstet mit Helmen, Kettenhemden, Lanzen und Schwertern. Sie standen unter dem Kommando von Hergeir, dem Hauptmann, und sie waren Gottes Krieger, Gottes Rächer.

Auch den jungen Priester Wago hatte Adaldag mitgenommen. Wago war ein frommer, gottesfürchtiger Diener des Herrn, so eifrig im Glauben wie unerfahren in weltlichen Dingen. Denn das Böse lauerte jenseits der Klostermauern und Kirchen. Daher hatte Adaldag ihn in dieses Land gebracht. Ins Land der Slawen, in dem der Stamm der Wagrier lebte, nur wenige Tagesmärsche entfernt von den Grenzen des Sachsenreichs, aber dazwischen lagen Welten.

Es war ein angenehmer Herbsttag im Jahre des Herrn 969. Ein Tag, an dem das Gute und Göttliche die Welt berührte. Diese Welt lag Adaldag zu Füßen wie ein in der Wiege schlafendes Kind. Insekten tanzten in den Strahlen der untergehenden Sonne. Das Laub an den Bäumen leuchtete in bunten Farben. Kein Wind kräuselte die Oberfläche des Sees, auf dem ein einsames Fischerboot einen keilförmigen Wellenstrom hinter sich herzog, als es ans jenseitige Ufer zurückkehrte. Dort lag, versteckt unter Bäumen, die Siedlung.

Adaldag atmete tief ein, genoss den Duft von feuchter Erde, Moos und Laub und roch den Schweiß, den die Pferde nach dem scharfen Ritt ausdünsteten. Vor wenigen Tagen hatten sie den Limes Saxoniae überquert, das spärlich besiedelte Ödland zwischen den Sachsen im Westen und den Wagriern im Osten. Die Wagrier waren ein slawischer Stamm, der zum Stammesverband der Abodriten gehörte. Es waren Barbaren allesamt, Dreck und rohen Fisch fressende Barbaren, die nach Morast und Schweiß stanken und heidnische Götzen anbeteten.

Adaldag beobachtete, wie das Ruderboot angelandet wurde. Wie Menschen ans Ufer kamen und den Fischern beim Ausladen der Netze und Kisten halfen. Wie sie die Sachen verstauten, den Kahn aufs Land zogen und bald darauf in den Hütten verschwanden.

Er beugte sich im Sattel vor, tätschelte den Hals des Pferdes und gab ihm dann die Sporen. Der Tross setzte sich in Bewegung. Die Reiter ritten den Hang hinunter, an Wiesen und Bäumen vorbei, und folgten dem Weg, der sie am Seeufer entlang in den Wald und weiter bis zu der Siedlung führte.

In einiger Entfernung zu den Hütten ließ Adaldag den Trupp halten, absitzen und die Pferde an Bäume binden.

Am Seeufer ragte ein Steg ins Wasser. An Holzgerüsten hingen Netze zum Trocknen, in deren Maschen die Schuppen im letzten Tageslicht schimmerten. Die Siedlung bestand aus etwa einem Dutzend einfacher Hütten. Das Stroh auf den Dächern war dunkel und mit Moos bewachsen, und die mit Lehm verputzten Hüttenwände waren von Rissen durchzogen.

Adaldag hörte es auf dem See platschen, vielleicht war ein Fisch aus dem Wasser gesprungen, im Wald schrie ein Vogel, sonst war es still. Er nahm den allgegenwärtigen Fischgeruch wahr und den Rauch, der über den Hütten aufstieg.

Die eine Hälfte der Truppe schickte er hinter die Hütten, wo sie die Siedlung zum Wald hin abriegeln sollten, bevor er mit Hergeir, Pater Wago und den anderen Soldaten zur Siedlung marschierte. Die Hütten standen an einem Platz, dessen Boden grau und hart war. In der Mitte schwelte Glut in einer Feuerstelle, in der die Soldaten das Feuer neu entfachten und an den Flammen Fackeln anzündeten.

Adaldag nahm Pater Wago an seine Seite.

Nirgendwo regte sich etwas. Hatten die Barbaren noch nichts bemerkt? Schliefen sie vielleicht schon den Schlaf der Ahnungslosen?

Die Anspannung jagte ihm ein Kribbeln über die Haut, bevor er die Hände wie einen Trichter vor den Mund legte, tief Luft holte und in der Sprache der Wagrier nach dem Mann rief, dessen Namen man ihm genannt hatte: «Worlac, komm raus aus deiner Hütte!»

Nirgendwo regte sich etwas.

Unter den Bäumen wurde es allmählich dunkel, und über dem See breitete sich Nebel aus. Das Feuer auf dem Platz loderte hell auf. In den Händen der Soldaten zischten und flackerten die Fackeln.

«Ich weiß, dass du hier bist, Worlac», rief Adaldag. «Ich befehle dir im Namen von Gott, dem Allmächtigen, und im Namen des großen Kaisers Otto – zeig dich!»

Wieder geschah nichts. Die Sturheit machte Adaldag wütend. Während anderenorts allein die Erwähnung des Namens des mächtigen Sachsenherrschers für bedingungslosen Gehorsam sorgte, schienen diese Barbaren sich davon nicht beeindrucken zu lassen.

Vielleicht standen sie zitternd vor Angst hinter den Türen und beteten zu ihren Dämonen, dass die Sachsen einfach so wieder abzogen. Einfach so! Adaldag war überzeugt, dass sie ihn gehört hatten. Was bildeten diese Wilden sich eigentlich ein? Glaubten sie etwa, er sei irgendein dahergelaufener Strauchdieb, der ihre vergammelten Fische stehlen wollte?

«Ich bin Adaldag von der Hammaburg», rief er. «Ich bin Erzbischof Adaldag, euer Erzbischof.»

Erst vor einem Jahr waren Adaldags jahrelange Bemühungen gekrönt worden: In Starigard, der Hauptburg der Wagrier, einige Meilen nordwestlich von diesem verlausten Nest, war ein Bischofssitz eingerichtet worden. Das Bistum gehörte zum Erzbistum Hammaburg-Brema, dessen geistliches Oberhaupt Adaldag war. Nach erbitterten Kämpfen und Anstrengungen in der Missionsarbeit hatten die Fürsten der Abodriten sich dem Markgrafen Hermann Billung gebeugt. Seither waren die Wagrier den Sachsen tributpflichtig und hatten das Christentum angenommen. Doch nun drohten die Erfolge zunichtegemacht zu werden – durch einen heidnischen Hundsfott, der sich in einer dieser stinkenden Fischerhütten verkroch.

«Worlac, ich fordere dich zum letzten Mal auf: Komm heraus», rief Adaldag und gab den Soldaten ein Zeichen, die daraufhin mit den Fackeln zu einer der Hütten gingen.

Als Pater Wago das sah, trat er unruhig von einem Fuß auf den anderen.

«Zeig dich, Worlac», rief Adaldag, «oder wir brennen das Dorf nieder.»

«Ihr wollt Feuer legen?», fragte Wago entsetzt. Er war ein kluger Mann, der die Sprache der Slawen schnell gelernt hatte, ohne jemals zuvor einen Fuß auf diese dunkle Seite der Welt gesetzt zu haben.

«Du bist jung, Wago», entgegnete Adaldag. «Du musst noch viel lernen.»

«Ach, dann droht Ihr ihnen nur?» Der Pater schien erleichtert.

Adaldag legte ihm eine Hand auf die Schulter. «Wer Wind sät, mein Sohn, wird Sturm ernten. Du hast die heiligen Schriften studiert. Daher weißt du, dass es die Aufgabe unserer heiligen Mission ist, die Worte in die Tat umzusetzen.»

In einer Hütte wurde eine Tür geöffnet, aus der ein Mann hervorschaute. Kurz blieb er stehen, dann hinkte er ans Feuer. Er war alt und zahnlos und sein Körper gebeugt, wie von der Last langer und harter Arbeit. Vielleicht war er der Dorfälteste. Worlac, so viel stand fest, war er gewiss nicht, denn der war, nach allem, was Adaldag gehört hatte, jung und kräftig.

«Worlac ist nicht hier, Herr», nuschelte der Alte. «Er ist im Sommer fortgegangen, um Biber zu jagen, und nicht wieder zurückgekehrt.»

Die Soldaten warteten mit den Fackeln bei der Hütte auf weitere Befehle. Das alte und mit Moos bewachsene Dachstroh schien trocken zu sein und würde schnell Feuer fangen.

Irgendwo schrie ein kleines Kind.

«Auf Biberjagd ist er also gegangen?» Adaldag lachte trocken. «Was ist ihm denn dabei widerfahren?»

«Das wissen wir nicht, Herr. Wir haben nach ihm gesucht, tagelang ...»

«Und du erwartest wirklich, dass ich dir das glaube?»

«Wenn es doch so ist.»

Der Alte hielt den Kopf tief gesenkt und vermied den Blickkontakt. Wie Lügner es zu tun pflegen, dachte Adaldag bei sich.

«Er ist also verschwunden, der Worlac», sagte Adaldag. «Dann führe mich zu dem Haus, in dem er gelebt hat.»

Der Alte drehte sich um und zeigte auf eine windschiefe Hütte am Seeufer.

«Und wer lebt nun dort?», wollte Adaldag wissen.

«Seine Frau und die Kinder. Wir haben noch keinen anderen Mann für sie gefunden, Herr.»

Adaldag winkte die Soldaten zu sich. Zwei von ihnen hakten den Alten unter und schleiften ihn mit zu der Hütte, zu der Adaldag Hergeir vorschickte. Der Hauptmann war ein breitschultriger, kräftiger Kerl, auf dessen Gesicht der Ausdruck eines wütenden Ebers lag. Er hämmerte mit der Faust so hart gegen die Tür, dass sie in den Angeln bebte und der von innen vorgeschobene Riegel klapperte.

«Das Weib soll öffnen», forderte Adaldag den Alten auf, der ihm einen flehenden Blick zuwarf.

Dann rief der Alte: «Osika, bitte mach die Tür auf!»

Doch da holte Hergeir schon mit dem rechten Fuß aus und trat zu. Die Tür brach krachend in sich zusammen. Er zog sein Schwert und stieg über die Tür ins dunkle Innere. Adaldag nahm einem Soldaten die Fackel ab, folgte dem Hauptmann und leuchtete die Hütte aus. Unter dem Dachbalken hingen getrocknete Hechte und Brassen, die den Gestank von altem Fisch verströmten. In einer Ecke hockte hinter einem Tisch eine Frau an der Wand. Sie hielt zwei Kinder in den Armen, einen Jungen und ein Mädchen. Beide waren kaum älter als drei oder vier und ihre Kleider dreckig und zerschlissen.

Adaldag ging zu ihnen. Als er der Frau die Fackel vors Gesicht hielt, kniff sie die Augen zusammen. Am Haaransatz traten Schweißtropfen auf ihre Stirn.

«Bist du Worlacs Frau?», fragte er.

Die Frau nickte.

«Die Frau des Worlac, der in Starigard gearbeitet hat?»

Sie nickte erneut. Die Kinder begannen zu schluchzen.

«Herr», sagte der Alte von der Tür her, «lasst mich die Kinder rausbringen.»

«Verschwinde», zischte Adaldag.

Während die Soldaten den Alten aus der Hütte drängten, zog Adaldag einen Schemel heran und ließ sich darauf nieder. «Hat Worlac dir berichtet, was auf der Alten Burg geschehen ist?»

«Ja.» Ihre Stimme war nur ein leiser Hauch.

«Mach den Mund auf», fuhr Adaldag sie an. «Was ist auf der Burg vorgefallen?»

«Der Bischof, den die Sachsen geschickt haben ... ist gestorben ...»

«So, so, gestorben ist er. Hat dein Mann dir auch erzählt, auf welche Weise der selige Bischof Egward gestorben ist?»

Sie schluckte, hatte die Augen aber jetzt geöffnet, da die Fackel nicht mehr direkt vor ihrem Gesicht war. «Er wurde getötet ... sagen die Leute.»

«Das sagen die Leute also. Und sagen sie auch, dass man dem Bischof mit einem Knüppel den Kopf eingeschlagen hat?»

«Ja, Herr.»

Adaldag hielt ihr die Fackel wieder vors Gesicht, das rot angelaufen und von Schweiß überströmt war. Es ist die Hitze, dachte Adaldag, und es ist die Angst, ja, vor allem ist es die Angst, hervorgerufen durch das schlechte Gewissen. Die Kinder schluchzten immer lauter und versuchten, sich ganz klein zu machen und hinter ihrer Mutter zu verkriechen.

«Und was erzählen sich die Leute, *wer* dem seligen Egward den Schädel zertrümmert hat?»

«Er war es nicht», flüsterte die Frau. «Bitte, Herr, er hat es nicht getan ...»

«Wo ist dein Mann?», fuhr Adaldag sie an. «Wo ist der Mörder?»

Sie schlug sich die Hände vors Gesicht. Die Kinder hinter ihr waren kaum noch zu sehen. «Er wollte Biber jagen und kam nicht mehr zurück ...»

«Osika, Osika», stieß Adaldag aus. «So lautet doch dein Name, nicht wahr?»

Sie schniefte.

«Weißt du nicht, Osika, dass lügen eine Sünde ist? Ich könnte dich verbrennen lassen, dich und die Kinder, damit das Feuer euch von den Sünden reinigt und ihr reinen Gewissens vor euren Schöpfer treten könnt ...»

«Bitte, Herr – er hat es nicht getan.»

«Warum bist du dir da so sicher? Warst du dabei, meine Tochter? Ich werde dich nun wissen lassen, was ich erfahren habe. Dann wirst du mir sagen, wo dein Mann sich versteckt.»

Er wartete auf eine Reaktion, doch das Weib schluchzte nur vor sich hin.

«In Starigard hat es zwischen Bischof Egward und deinem Worlac Streit gegeben», begann Adaldag. «Worlac verlangte mehr Lohn für die Arbeit auf der Baustelle. Sie haben sich in der Kirche lautstark gestritten. Es gibt Zeugen, die gesehen haben, wie dein Mann aus der Kirche gelaufen kam. Als man daraufhin nach Egward schaute, lag er auf dem Altar. Sein Schädel war zertrümmert. Niemand außer dem Bischof – Gott hab ihn selig! – und deinem Mann waren in der Kirche.»

Die Geschichte entsprach nicht ganz der Darstellung, die Adaldag von den Boten gehört hatte. Sie hatten nur von einem Streit berichtet, bei dem die slawischen Arbeiter ihren Lohn einforderten, den ihnen Bischof Egward vorenthalten hatte; ob berechtigt oder nicht, ließ Adaldag dahingestellt sein. Ein Wagrier namens Worlac sollte demnach der Redeführer der Arbeiter gewesen sein. Dann hatte man Egward tot in der Kirche gefunden. Allerdings waren seit dem Streit einige Tage verstrichen, aber das war einerlei, fand Adaldag. Es gab einen Mord an einem Diener der heiligen Kirche, und der musste gerächt werden.

Adaldag war außer sich vor Trauer und Wut, als er die schreckliche Nachricht von Egwards Tod erhalten hatte. Zum einen schmerzte ihn der Verlust des Geistlichen, zum anderen war es ein verheerendes Signal an die Heiden in diesem dunklen Teil der Welt. Der Mord an einem Bischof, nur wenige Monate nach dessen Amtseinführung, würde für Widerstand und Unruhe sorgen bei jenen Kräften, die sich gegen die Ausbreitung des Christentums stemmten. Jenen bösen, dunklen Dämonen, die offenbar auch dieses Wagrierdorf noch im Griff hatten. Ein Kreuz hatte Adaldag hier zumindest nirgendwo gesehen.

«Wo ist Worlac?», fragte Adaldag, der nur noch mühsam seine Erregung unterdrücken konnte. Er brauchte den Mann, brauchte einen Sündenbock, den er verurteilen und vor den Augen der Wagrier hinrichten konnte. Es hatte so viel Mühe und Entbehrungen gekostet, sie unter das Joch Christi zu zwingen. Adaldag wusste aus den bitteren Erfahrungen, die er als oberster Missionar der Heidenländer im Osten und Norden gemacht hatte, dass ein solcher Mord ausreichen konnte, um das zarte Pflänzchen göttlicher Liebe und somit alle Bemühungen der vergangenen Jahre zunichtezumachen.

Adaldag hatte Erfolge erzielt, wofür der Kaiser ihn gelobt und mit Lehen ausgestattet hatte. Aber er hatte auch Verluste hinnehmen müssen, und die Verluste mehrten sich. Er durfte die Wagrier auf keinen Fall verlieren.

Er beugte sich zu dem Weib vor und dämpfte die Stimme. «Ich gebe dir Münzen, Weib, viele Silbermünzen. Damit wirst du für dich und deine Kinder neue Kleider und Essen kaufen können. Du wirst einen neuen Mann finden.»

«Ich ... weiß nicht, wo er ist ...»

Adaldag seufzte und erhob sich von dem knarrenden Schemel. Hier war nichts zu holen. Er winkte Hergeir heran. «Schaff das Weib raus, und die Kinder auch. Wenn das Weib nicht verrät, wo der Mörder ist, muss es dafür büßen.»

Pater Wago sah entsetzt aus, als Adaldag an ihm vorbei aus der Hütte schritt.

Auf dem Dorfplatz hatten sich inzwischen einige Dutzend Männer, Frauen und Kinder versammelt. Sieh an, dachte Adaldag, nun sind sie also doch aus ihren Löchern hervorgekrochen. Die Soldaten trieben sie ans lodernde Feuer.

«Ihr dürft das nicht tun!» Die Stimme kam von hinten.

Adaldag blieb stehen und drehte sich um.

«Ihr dürft das nicht tun», wiederholte Wago mit bebender Stimme, flackernde Schatten im erhitzten Gesicht.

Adaldag verspürte keine Lust, sich mit dem jungen Pater herumzuärgern. In diesem Augenblick bereute er es, ausgerechnet Wago bei einer so wichtigen Mission mitgeschleppt zu haben. Adaldag hatte ihn ausgewählt, weil er schnell die Sprache der Wagrier gelernt und auch sonst viel Eifer beim Verbreiten des Glaubens an den Tag gelegt hatte. Aber zu einer solchen Aufgabe gehörte mehr als das Aufsagen frommer Sprüche. Mitleid mit Heiden war hier fehl am Platz.

Adaldag rammte ihm den knochigen Zeigefinger gegen die Brust. «Die Mission», knurrte er, «ist eine heilige Aufgabe Gottes. Manchmal muss man zu drastischen Maßnahmen greifen, um Sünder von ihrem erbärmlichen irdischen Dasein zu erlösen. Oder um einen Mörder zu überführen.»

Wago öffnete den Mund, um zu widersprechen, doch Adaldag ließ ihn stehen. Soldaten hatten inzwischen die Pferde geholt. Sie würden noch heute Nacht weiterreiten. Er hatte ortskundige Führer dabei, die den Weg auch in der Dunkelheit finden konnten.

Er wartete beim Feuer auf Hergeir, der zusammen mit anderen Kriegern die Frau und die Kinder auf den Platz schleifte.

Als die Leute beim Feuer zusammengetrieben waren, rief er: «Ich bin Adaldag, der geistliche Führer des Erzbistums Hammaburg und Brema und somit auch der Diözese Wagrien. Ich bin durch Gott, den Allmächtigen, und durch euren Stammesführer Fürst Sigtrygg ermächtigt, Recht zu sprechen, es durchzusetzen und Urteile zu verhängen.»

Die Wagrier murrten, aber niemand wagte es, das Wort zu erheben.

«Und weil der Mörder des seligen Bischofs Egward nicht zu finden ist», fuhr Adaldag fort, «müssen die Angehörigen für das Blut büßen, das er vergossen hat. Daher werde ich das Weib und die Kinder nach Starigard bringen, wo ihnen der Prozess gemacht wird.»

Zugleich beschloss er, in dem Prozess, den er selbst führen würde, die Frau zum Tode zu verurteilen, die Kinder als Zeichen seiner Mildtätigkeit aber laufen zu lassen.

Er ließ die Gefangenen fesseln und zu den Pferden bringen. Dann schickte er Soldaten zu Worlacs Hütte, wo sie die Fackeln an das Dach hielten. Schnell sprangen die Flammen aufs Stroh über und fraßen sich zunächst knisternd, dann immer lauter fauchend nach oben. Die Wagrier wurden unruhig, riefen durcheinander, trauten sich aber nicht einzugreifen. Das Feuer ließ die Lehmwände platzen. Mäuse huschten aus dem brennenden Gebäude.

Adaldag saß auf sein Pferd auf. Als er sich noch einmal umdrehte, sah er in zornige Gesichter. Dann hörte er jemanden laut rufen. Ein Mann, an die dreißig Jahre alt, trat vor die Menge. Er breitete seine Arme aus und rief: «Ich bin Worlac!»

Adaldag glaubte, seinen Ohren nicht zu trauen. Doch er schickte Hergeir los, um den Mann zu holen. Der Hauptmann eilte im Laufschritt zum Platz zurück. Da kam ihm der Mann schon entgegen. Als der gebeugte Alte ihn aufhalten wollte, schlug er dessen Hand weg.

«Du willst Worlac sein?», fragte Adaldag ungläubig vom Pferd herunter.

«Ja, Herr. Ich bin der Mann, den Ihr sucht. Bitte lasst Osika und die Kinder frei.»

Adaldag schaute zu der Frau und sah, wie sie verschämt die Augen niederschlug. Einer muss büßen, dachte Adaldag, straffte den Rücken und befahl, den Mörder zu fesseln.

2.

Fluss Egidora, Nordalbingien

Als sie von Geräuschen geweckt wurde, begannen die Schmerzen in ihrem Kopf wieder heftig zu pochen. Sie öffnete die Augen. Über ihr bildeten kahle Äste ein wirres Muster vor dem grauen Himmel. Sie wusste nicht, ob es Tag oder Nacht wurde und wie lange sie geschlafen hatte.

Da hörte sie erneut die Geräusche, keuchende, schnaufende Atemzüge und Füße, die im Laub raschelten. Als sie ihren Oberkörper aufrichtete, rutschte die Decke, die er über sie gelegt hatte, von ihrer Brust in den Schoß. Ihre Augen brannten. Aus ihrer Nase lief der Rotz wie ein Wasserfall. Der Junge lag nicht mehr neben ihr, nur noch seine zerwühlte Decke auf dem mit Laub bedeckten Waldboden.

Ganz in der Nähe stieß jemand einen Schrei aus.

Aud setzte sich auf und sah durch einen Tränenschleier die sich bewegenden Schatten auf der Lichtung, auf der sie ihre Decken ausgerollt hatten. In ihrem Kopf drehte sich alles. Die Kleider klebten ihr schweißnass am Leib. Sie trug noch immer die blaue Tunika, die Malina ihr angezogen hatte, bevor sie mit dem Ruderboot zu Asnys Berghütte gefahren waren. Das war so unendlich lange her. Jetzt war das Leinen fleckig und eingerissen. Es tat Aud leid um die schöne Tunika.

Als sich ihre Augen an das Zwielicht unter den hohen Bäumen gewohnt hatten, zuckte sie zusammen, als greife eine eiskalte Hand nach ihrer Kehle. Auf der Lichtung leuchtete das rote Haar des Stillen, den sie so nannte, weil er immer schwieg. Aber da waren noch andere Männer, bärtige Gestalten in lumpigen Kleidern – und sie kämpften mit dem Stillen. Die Männer waren zu dritt. Sie hatten Knüppel und umringten den Stillen, der sein Kurzschwert gezogen hatte. Als einer der anderen Männer mit dem Knüppel zuschlug, wich der Stille geschickt aus und stieß dem Angreifer die Klinge in den Bauch. Der Knüppel fiel ins Laub. Der Mann sank auf die Knie, die Hände auf den Bauch gepresst. Dunkles Blut quoll zwischen seinen Fingern hervor. Sogleich wichen die anderen beiden zurück. Als der Junge ihnen nachsetzte, flohen sie in den Wald und verschwanden in der Dunkelheit zwischen den Bäumen.

Er blieb stehen, drehte sich um und ging zu dem verletzten Mann zurück, der sich stöhnend im Laub wälzte. Als der Stille das Schwert in die Scheide schob, stieß der Verletzte etwas in einer Sprache aus, die Aud nicht verstand.

Er ließ den Mann liegen, kam zum Lager zurück und rollte die Decken zusammen. Dann nahm er Aud auf seinen Rücken und schob seine Arme unter ihre angewinkelten Beine. Als sie ihren Weg fortsetzten, kamen sie an dem Verletzten vorbei, der sich stöhnend im Laub bewegte. Er schien stärkere Schmerzen als Aud zu haben. Sollte er doch sterben! Vermutlich war er ein Räuber, der sie töten und ausrauben wollte, obwohl bei ihnen nichts zu holen war. Nein, mit solchen Männern brauchte sie kein Mitleid zu haben.

Sie bemerkte, dass es heller wurde und schloss daraus, dass früher Morgen war. Das bedeutete, dass sie immerhin einige Zeit geschlafen hatte, auch wenn sie sich genauso erschöpft und elend fühlte wie am Abend zuvor. Sie fror, und die Bewegungen des gehenden Jungen machten sie wieder schläfrig. Sie sehnte sich nach dem Bett im Jarlshaus, nach den weichen Fellen und der Wärme des Feuers.

Vor einigen Tagen war ihr Schiff in ein Unwetter geraten. Der

Knörr hatte mit Mühe und Not einen Hafen erreicht, wo sie blieben, bis Regen und Sturm vorübergezogen waren, und dann zu der großen Hafenstadt weiterfuhren. Doch Auds Kleider waren nass geworden. Dabei hatte Malina sie immer ermahnt, trockene Kleider anzuziehen, damit sie nicht krank wurde. Aber Aud hatte keine trockenen Kleider. Sie hatte gar nichts mehr.

Aud vermisste Malina so sehr. Auch Hakon und Eirik fehlten ihr, so wie alle anderen in Hladir. Ketil, Dalla, Asny und ihre anderen Freunde, die immer gut zu ihr gewesen waren.

Der Rothaarige hatte ihr all das genommen.

Dafür hätte Aud ihn hassen müssen, denn er war ein Mörder, der ihren Vater und Malina umgebracht hatte. Und Aud hatte den Jungen sogar gehasst, zumindest in den ersten Tagen, nachdem er sie mitgeschleppt hatte. Doch es gab so viele andere böse Menschen, vor denen sie noch mehr Angst hatte. Vor dem großen Mann, den sie Graufell nannten, oder vor dem garstigen, alten Weib oder vor den Kriegern, die die armen Menschen auf dem Hof erschlagen hatten. Es war merkwürdig, aber vor diesen Leuten hatte sie mehr Angst als vor dem Stillen. Der sagte zwar nie etwas, aber er war auch nicht böse zu ihr. Er beschützte sie, und auch wenn Aud sich dagegen sträubte, war sie ihm irgendwie dankbar. Nun hatte er auch noch die Räuber in die Flucht geschlagen. Und seit sie in der Hafenstadt von Bord gegangen waren, trug er sie sogar auf seinem Rücken, weil sie krank und zu schwach war, um selbst zu gehen.

Das hätte er bestimmt nicht getan, wenn er böse wäre. Außerdem war er der einzige Mensch, den sie noch hatte. Obwohl sie ahnte, dass es nicht richtig war, und deswegen ein schlechtes Gewissen hatte, war sie ein bisschen stolz auf ihn, weil er so gut mit dem Schwert umgehen konnte.

Er schleppte sie den ganzen Tag durch dichten Wald, ohne dass die Räuber sich erneut zeigten. Am Nachmittag begann es zu regnen. Erst war es nur Nieselregen, der einsetzte, als der Weg sie aus dem Wald führte und sie auf einem Hügel stehen blieben.

Aud blinzelte und sah, dass der Weg zu einem Fluss hinunterführte, der sich durch die karge, graue Landschaft schlängelte. Auf der anderen Flussseite standen mehrere Häuser. Das waren die ersten Gebäude, auf die sie stießen, seit sie die Hafenstadt verlassen hatten. Die Stadt war sogar größer als Hladir. Dabei war Aud überzeugt gewesen, dass Hladir die größte Stadt war. Allerdings hatte sie auch niemals zuvor eine andere Siedlung gesehen.

Der Regen nahm zu und kühlte Auds Kopf, als der Stille sich in Bewegung setzte und durch die Pfützen den Hang hinunterstieg. Als sie den Fluss erreichten, wurde es bereits dunkel. Der Stille stieg ins Wasser, watete durch eine Furt ans andere Ufer und ging dann weiter zu den Hütten. Von nahem wirkten die Gebäude alt und heruntergekommen. Der Lehm an den Wänden war mit Rissen durchzogen und das Holz von Wind und Wetter dunkel verfärbt. Die Hütten standen um einen Platz herum, auf dem der Boden vom Regen aufgeweicht und von Karrenrädern und Spuren von Tieren und Menschen aufgewühlt worden war.

Als der Junge zum größten der Gebäude stapfte, machte der Schlamm unter seinen Schuhen schmatzende Geräusche. Vor der Tür blieb er stehen und ließ Aud von seinem Rücken heruntergleiten.

Sie schwankte, denn es war ein ungewohntes Gefühl, wieder auf den eigenen Füßen stehen zu müssen. Daher hielt er ihren Arm fest, bis sie wieder fest stand.

Irgendwo wieherten Pferde, und durch die angelehnte Tür drangen Stimmen und Gelächter nach draußen.

Der Stille wartete mit ausdruckslosem Gesicht vor der Tür. Aud hatte sich häufig gefragt, was er wohl dachte, sich aber nicht getraut, ihn danach zu fragen. Sie wusste gar nicht, ob er ihre

Sprache überhaupt verstand. Als er damals in die Hütte gekommen war, hatte er ja auch nicht auf Malinas Fragen reagiert.

Eine ganze Weile standen sie vor der Tür herum, während der Regen auf sie pladderte. Aud befürchtete schon, er würde es sich anders überlegen und weitergehen wollen, anstatt sie in die trockene Hütte zu bringen, als mit einem Mal die Tür von innen aufgestoßen wurde und ein Mann an ihnen vorbeidrängte, auf die Knie sank und sich in den Schlamm erbrach.

Da ging ein Ruck durch den Stillen. Er nahm Auds Hand und zog sie hinter sich her ins Haus. Es schien ein Gasthaus zu sein, wie es auch in Hladir welche gab. Auch hier saßen Männer auf Bänken an langen Tischen, aßen Brot, Grütze und Käse und tranken aus Bechern. Es war laut und die Luft stickig, aber immerhin war es warm und trocken und roch nach Rauch und Essen. Doch die lärmenden Männer machten ihr Angst.

Sie hielt sich ganz nah bei dem Stillen, der mit ihr zu einem Tresen ging, hinter dem ein kahlköpfiger Mann Bier in Krüge füllte. Über seinem dicken Bauch spannte sich eine fleckige Schürze. Er hob den Blick, schaute erst den Stillen, dann Aud und dann wieder den Stillen an und sagte etwas in einer fremden Sprache, woraufhin ihm der Stille eine Münze über den Tresen reichte. Der Glatzkopf nahm sie, sagte wieder etwas und zeigte dann auf den hinteren Bereich des Raums, der mit Tüchern abgehängt war. Dorthin schob der Stille Aud an den mit lauten Männern besetzten Tischen und Bänken vorbei. Als ein Betrunkener nach Auds Tunika griff, stieß sie vor Schreck einen Schrei aus. Andere Männer lachten.

Der Stille führte sie schnell weiter. Als sie beinahe den hinteren Bereich erreicht hatten, blieb der Junge plötzlich stehen und drehte sich um. Auch Aud drehte sich um und sah einen kleinen Mann hinter ihnen herkommen. Der Mann war alt und hatte ein weiches Gesicht mit geröteten Wangen. An dem Kreuz, das er an einem Lederband über der grauen Kutte trug, erkannte Aud, dass es ein Munki sein musste. Auch der böse Bischof, der damals in Hladir gewesen war, hatte so ein Kreuz getragen. Beim Näherkommen breitete er die Arme aus, um den Stillen zu umarmen. Doch der zog sich einen Schritt zurück. Er schien sich nicht über die Begegnung zu freuen, was den Munki nicht davon abhielt, auf ihn einzureden, während der Junge die Augen niederschlug und auf den Boden starrte.

Der Munki hatte nur wenige dunkle Zähne im Mund.

Er schien gar nicht mehr mit dem Reden aufhören zu wollen. Dann wandte er sich an Aud, doch sie verstand kein Wort und spürte, wie ihre Beine so weich wurden, dass sie sich kaum noch aufrecht halten konnte.

Da machte der Munki einen besorgten Gesichtsausdruck, streckte eine Hand aus und berührte Auds heiße Stirn.

Schnell nickte der Stille zweimal, bevor er den Munki stehen ließ und Aud hinter die Tücher drängte, die den Lärm aus dem Gastraum etwas dämpften. Im Schein brennender Tranlampen sah Aud, dass es hier mehrere offene Kammern gab.

Von einem Wandbrett nahm der Stille eine Tranlampe. Damit ging er an den Kammern vorbei, die wie Viehboxen aussahen, nur dass darin Leute in Decken gerollt auf Stroh schliefen. Ihre Schnarchgeräusche und das raschelnde Klopfen des Regens auf dem Strohdach mischten sich in den Lärm aus dem Gastraum.

Der Junge führte Aud zu der hintersten Kammer. Da sie leer war, ließ Aud sich sogleich auf dem Stroh nieder. Jetzt erst bemerkte sie, wie sehr sie fror und am ganzen Leib zitterte. Sie erinnerte sich an Malinas mahnende Worte und schlüpfte aus den nassen Kleidern, als sie bemerkte, dass der Stille ihr zuschaute, was ihr ausgesprochen unangenehm war. Dankbar nahm sie daher die Decke an, die er ihr hinhielt, und streckte sich auf dem piksenden Stroh aus.

Die Decke war feucht vom Regen. Es dauerte eine Weile, bis Auds Zittern nachließ und sie sich ein wenig entspannte.

Sie schloss die Augen, lauschte den raschelnden Regentropfen und wartete auf den Schlaf. Sie musste unbedingt schlafen. Malina hatte gesagt, wer krank ist, muss viel schlafen. Aud war krank und erschöpft. Dennoch fiel es ihr schwer, Ruhe zu finden, und mit einem Mal war sie zu Hause in Hladir. Aber sie wusste nicht, ob es ein Traum oder Wirklichkeit war. Es war Winter. Sie hatte glattgeschliffene Pferdeknochen unter ihre Stiefel geschnallt und schlitterte über den zugefrorenen Ententeich unterhalb der Felswand. Niemand war bei ihr, während sie so schnell wie niemals zuvor schlitterte, ohne dass sie neuen Schwung holen musste. Das war einerseits beängstigend, aber auch irgendwie wundervoll, bis das Eis unter ihren Schlittknochen zu knacken begann. Schnell wollte sie ans Ufer schlittern. Aber eine unsichtbare Kraft zog sie zurück auf die Mitte des Ententeichs. Es knackte immer lauter. Im Mondschein konnte sie netzartige, schnell größer werdende Risse erkennen. Und dann brach das Eis unter ihr. Sie stürzte und versank im eiskalten Wasser. Für einen kurzen Augenblick wurde es um sie herum ganz still, so angenehm still, dass sie sich wünschte, nie wieder aufzutauchen. Doch dann wurde sie von starken Händen nach oben gerissen und aufs Eis gezogen. Im ersten Moment glaubte sie, es sei ihr Vater Hakon, der sie gerettet habe, musste dann aber feststellen, dass es der Rothaarige war. Sie hörte einen gellenden Schrei, und als sie die Augen aufschlug, bemerkte sie, dass sie selbst geschrien hatte.

Es dauerte einen Moment, bis Aud sich erinnerte, wo sie war. Nicht auf dem Ententeich, sondern in einem Gasthaus in einem fremden Land. Links neben ihr saß der Junge mit überkreuzten Beinen. In einer Hand hielt er die Tranlampe im Schoß, während er Aud anschaute. Sie spürte, wie sich ihre Nackenhaare aufstellten, wagte aber nicht, seinen Blick zu erwidern. Er wirkte unheimlich im Licht der Tranlampe, die sein blasses, sommersprossiges Gesicht von unten beleuchtete. Dennoch hatte sie keine Angst vor ihm. Er sah merkwürdig aus, nicht so abwesend wie sonst, sondern nachdenklich und irgendwie auch ein bisschen traurig.

Da nahm Aud ihren Mut zusammen, stützte sich auf den Ellenbogen und fragte ihn nach seinem Namen. Er zuckte zusammen, offenbar überrascht, von ihr angesprochen zu werden. Da er jedoch weiterhin schwieg, beschloss Aud, ihm von sich zu erzählen, auch wenn sie nicht wusste, ob er sie verstand.

«Ich heiße Aud», sagte sie. Es war lange her, seit sie das letzte Mal geredet hatte. «Mein Name ist Aud Hakonsdottir. Mein Vater ist nämlich Hakon von Hladir. Er ist ein Jarl, ein mächtiger Mann. Du bist ihm ja begegnet, als ...» Sie spürte Tränen aufsteigen, dennoch zwang sie sich weiterzureden. «Als du mit ihm gekämpft hast.»

Der Stille betrachtete sie aufmerksam. Eigentlich war es ihr egal, ob er sie verstand. Sie wollte jetzt reden, musste reden. Der Traum hatte sie aufgewühlt, außerdem war der Stille nicht böse zu ihr gewesen.

«Ich habe einen Bruder», fuhr sie fort. «Er heißt Eirik. Früher, als ich klein war, konnte ich ihn nicht ausstehen, weil er mich immer geärgert hat. Aber nun ist er groß und nicht mehr so dumm wie früher. Er ist so alt wie du oder vielleicht ein bisschen jünger. Ich weiß ja nicht, wie alt du bist. Hast du auch eine Schwester oder einen Bruder?»

Der Stille sagte noch immer nichts.

Aud fand Gefallen am Reden. Eirik hatte sich manchmal über sie lustig gemacht, weil ihr Mundwerk angeblich niemals stillstand. Doch jetzt tat ihr das Reden so gut, dass sogar die Kopfschmerzen nachließen.

Sie wischte sich mit einem Deckenzipfel den Rotz von der Nase. «An meine Mutter kann ich mich kaum noch erinnern. Die anderen wollen nicht über sie sprechen, weißt du. Mein Vater sagt immer, ich werde später noch genug von ihr erfahren. Na ja, dann ist es eben so. Und nun ist ja auch Malina meine Mutter ...»

Der Gedanke an Malina tat so weh wie der Gedanke an ihren Vater. Aud spürte wieder die Tränen kommen, konnte aber nicht aufhören zu reden. Vielleicht tat es dem Stillen leid, wenn er erfuhr, wer die Leute waren, denen er die bösen Dinge angetan hatte.

«Du hast Malina auch kennengelernt», fuhr sie stockend fort, «als du in die Berghütte gekommen bist und Malina ...»

Da öffnete sich sein Mund. «Malina?»

Er konnte sie also doch verstehen!

«Ja, das war Malina in der Hütte. Wir hatten uns zurechtgemacht für das Ritual, weil Malina keine Kinder bekommen kann. Du hast sie umgestoßen, bevor alles zu brennen anfing. Dann habe ich dich mit dem Holzscheit geschlagen ...»

Hoffentlich wird er nicht wütend auf mich, dachte sie.

«Malina?», stieß er aus. «Ist sie die Seherin?»

«Nein, die Seherin heißt Asny. Aber die war mit meinem Vater in den Wald gegangen, um Kräuter zu sammeln. Ich war ganz aufgeregt, weil ich dabei sein durfte. Wenn ich groß bin, will ich auch eine Seherin ...»

Sie verstummte jäh, als der Stille so kraftlos mit dem Rücken gegen die Bretterwand sank, als habe jemand die Luft aus ihm gelassen. Die Tranlampe begann in seiner Hand zu flackern, kippte aber nicht um, da er sie festhielt. Er sah eigenartig aus, als sei er mit den Gedanken ganz woanders. Aud beschloss, lieber den Mund zu halten, obwohl sie ihm gern noch mehr erzählt hätte. Deswegen legte sie sich wieder hin, während der Stille mit aufgerissenen Augen vor sich hinstarrte, als ob Aud gar nicht mehr anwesend und etwas ganz Schlimmes geschehen wäre.

Sie zog die Decke hoch bis an ihre Nase und beobachtete den Stillen, bis die Müdigkeit zurückkehrte und sie in einen traumlosen Schlaf fiel.

Lange saß er einfach nur so da und versuchte, seine Gedanken zu fassen, die wirren Gedanken, die in seinem Kopf umhertobten wie Schneeflocken im eisigen Sturm. Die Tranlampe stand nun neben ihm. Er hatte das Schwert gezogen. Der Griff war in seiner rechten Hand warm und vom Schweiß feucht geworden.

Er betrachtete das Mädchen, das ihm im Schlaf das Gesicht zukehrte. Aus dem hellen Haar schaute die Spitze ihres rechten Ohrs hervor. Über ihrer Stirn kringelte sich eine blonde Strähne. Friedlich sah sie aus, unschuldig und ... schutzlos.

Sein Blick wanderte zu der Klinge in seinem Schoß. Sie schimmerte im Lampenschein. Deutlich waren die in sich verdrehten Muster zu erkennen. Die Klinge war eigens für ihn angefertigt worden. Der Schmied hatte die Länge sogar seiner Körpergröße angepasst. Es war ein kurzes Schwert, das beste, das er je in der Hand gehabt hatte.

Im Gastraum war es still geworden, auch der Regen hatte aufgehört. Hin und wieder drang das Schnarchen aus den benachbarten Kammern an seine Ohren, und er hörte den Atem des Mädchens leise gehen.

Dann traf er eine Entscheidung.

Er beugte sich im Sitzen vor, nahm die Lampe und stellte sie vor dem Mädchen ab. Dabei achtete er darauf, dass kein Strohhalm der Flamme zu nahe kam und Feuer fing. Unter ihm raschelte das Stroh, als er sich erhob. Er machte mit dem Schwert in der Hand einen langen Schritt über das Mädchen hinweg, bevor er sich hinter ihrem Rücken auf die Knie sinken ließ. Er legte die Decke, die das Mädchen bis unter die Nase gezogen hatte, behutsam zur Seite, damit ihr Hals freilag. Bei der Berührung stöhnte das Mädchen leise, aber es wachte nicht auf. Er senkte die Klinge, bis sie einen Fingerbreit über ihrem Hals schwebte.

Er hatte einen Fehler gemacht und kläglich versagt. Niemals hätte er das Mädchen mitnehmen dürfen. Es wusste zu viel.

Doch als er die Klinge an ihren Hals senkte, drängte sich ihm eine Erinnerung auf. Er dachte an das Blut, das in den Schnee getropft war. Seine Hände begannen zu zittern. Er legte das Schwert in das Stroh, führte seine Hände an ihren Hals, zögerte kurz, und dann drückte er zu.

In dem Moment schlug sie die Augen auf.

3.

Starigard, Wagrien

Das Pferd scheute vor dem teuflischen Grunzen und stieg wiehernd hoch, als der Dämon durch das Gestrüpp brach. Adaldag verlor die Zügel, rutschte vom Sattel und aus den Steigbügeln. Der harte Aufprall auf dem Knüppelpfad raubte ihm die Sinne. Sofort war das schwarzborstige Wesen über ihm. Es war ein Schwein, ein Eber, groß wie ein Kalb, und er raste und tobte. Wie Sicheln ragten die spitzen Hauer aus dem Kopf, zähflüssiger Speichel spritzte Adaldag ins Gesicht und brannte in seinen Augen. Das Tier dünstete den Gestank der Hölle aus. Adaldag hörte es grunzen und quieken und aus weiter Ferne entsetzte Stimmen. Wago schrie. Hergeir brüllte Kommandos. Die Hauer wischten an Adaldags Gesicht vorbei, als er versuchte, das Tier am Kopf zu packen, in dem er das Antlitz des Teufels zu erblicken glaubte, doch das Schwein war zu stark. Adaldag fragte sich, warum der Allmächtige ihn hier sterben ließ, wenige hundert Schritt von der Slawenburg entfernt, getötet von einem dreckigen Schwein.

Der Keiler schnappte nach ihm, als er plötzlich einen ohrenbetäubenden Laut ausstieß und über Adaldag zusammenbrach. Der Druck des schweren Tiers auf seiner Brust raubte ihm den Atem. Stimmen und Schritte näherten sich. Dann zogen die Soldaten das Schwein von ihm herunter. Der Druck auf seinem Brustkorb verschwand. Adaldag bekam wieder Luft, schaute auf und sah eine Lanze im Schweinekörper stecken.

Hergeir kniete besorgt neben ihm. «Seid Ihr verletzt, Herr?»

Adaldag setzte sich auf. Seine Brust brannte, als habe der

Eber ihm sämtliche Rippen gebrochen. «Es geht schon», knurrte er zwischen zusammengepressten Zähnen hervor.

Soldaten halfen ihm hoch, doch er schüttelte ihre Hände ab, als er wieder auf den Füßen stand.

«Wir müssen weiter», befahl er barsch.

Hergeir ging zu dem stoßweise atmenden Keiler, zog sein Schwert und schnitt ihm die Kehle durch. Dunkles Blut floss auf den Knüppelpfad, der durch das Marschland zur Burg führte. Die Aldinburg, die Alte Burg, die in der Sprache der Wagrier Starigard hieß, erhob sich auf einem Hügel, umgeben von Wiesen, Wäldern und ausgedehnten Schilfflächen.

Adaldag wischte mit dem Ärmel den Schweinespeichel aus seinem Gesicht. Da bemerkte er die Leute auf dem Weg, die zu ihm und den Soldaten herüberschauten. Sie hatten mehrere Schweine dabei, die sie mit Knüppeln hüteten. Die Viecher sahen aus wie der Eber, der vor Adaldags Füßen verblutete.

«Verdammtes Bauernpack», grunzte Hergeir angriffslustig.

Adaldag wartete, bis die Soldaten den tropfenden Kadaver auf ein Pferd gehievt hatten. Dann saß er auf und trieb sein Pferd auf die Leute zu. Die Soldaten folgten ihm, während Hergeir den Gefangenen Worlac an einem Strick hinter sich herzog.

Die Bauern schienen unschlüssig, ob sie weglaufen sollten. Schließlich hatte eins ihrer Tiere beinahe einen Mann getötet, der ihnen nun mit einer Horde schwer bewaffneter Krieger entgegenritt. Auf der Flucht hätten sie jedoch die anderen Schweine zurücklassen müssen, und die Tiere waren kostbar.

Adaldag ließ sein Pferd vor den Bauern halten und wartete, bis Wago nachgekommen war. Der junge Priester hatte seit gestern Nacht kein Wort mehr gesprochen. Man sah ihm an, wie tief der Schrecken nach den Ereignissen in dem Wagrierdorf saß. Daher beschloss Adaldag, ihm eine weitere Lektion in christlicher Mission zu erteilen.

«Ich glaube», begann Adaldag in der Sprache der Einheimischen, «wir haben da gerade etwas gefunden, das euch gehört.»

Die Bauern rückten dichter zusammen. Ihre Gruppe bestand aus zwei jüngeren Männern und einem Alten, vielleicht der Vater, sowie zwei jungen Frauen, deren Haar unter Hauben verborgen war. Die Leute trugen schlichte, grobgewebte Leinenkleider und waren bis auf die Messer an ihren Gürteln und die Knüppel unbewaffnet.

«Es tut uns leid, Herr», sagte der Alte. «Das Schwein ist fortgelaufen.»

«Recht lebendige Schweine habt ihr», erwiderte Adaldag und zeigte grinsend seine hellen, festen Zähne.

Wie zur Bestätigung seiner Worte begannen die anderen Schweine zu grunzen und sich gegenseitig anzurempeln. Die Bauern hatten Mühe, sie mit den Knüppeln im Zaum zu halten. Es waren kräftige Tiere mit gedrungenen, massigen Körpern. Die Eber hatten scharfe Hauer, tödliche Hauer.

«Wie lautet dein Name, Schweinehirt?», fragte Adaldag den Alten, der einen verstohlenen Blick auf den toten Eber auf dem Pferd warf.

«Plivnik, Herr.»

Adaldag drehte sich im Sattel um und gab den Befehl, dem Bauern den Eber zu bringen. Ein Soldat führte das Pferd heran, band das Schwein los und ließ es dem Bauern vor die Füße fallen. Sofort drängten die anderen Schweine heran und stießen den Kadaver mit ihren Schnauzen an. Als ein Tier begann, das Blut aufzuschlecken, trieben die Bauern es mit Knüppeln fort.

«Du solltest besser auf deine Schweine achtgeben, Plivnik», sagte Adaldag vorwurfsvoll, machte aber zugleich eine wegwerfende Geste, als sei der Vorfall nicht der Rede wert. «Ich will nicht nachtragend sein. Du kannst dein Schwein behalten.»

Die Bauern sahen überrascht aus. Sie schienen das Tier bereits verloren gegeben zu haben. Durch ihre Unachtsamkeit hätte es immerhin beinahe einen Mann schwer verletzt, wenn nicht getötet, und dieser Mann war ja offensichtlich von Amt und Würden.

Adaldag richtete sich im Sattel zu voller Größe auf, nannte den Bauern seinen Namen und ließ den Alten zu sich kommen. Als Plivnik vor ihm stand, schlug Adaldag das Kreuzzeichen über ihn.

«Dieser junge Mann hier», Adaldag deutete auf Wago, «hat eine weite Reise auf sich genommen, um euer neuer Priester zu werden. Er würde sich freuen, wenn ihr bald in die Kirche des heiligen Johannes in Starigard kommt und seiner Predigt beiwohnt.»

Der Alte glotzte zunächst Wago, dann wieder Adaldag an, bevor er kurz nickte und sich zu den anderen zurückzog. Während die Schweine ihre Grunzlaute ausstießen, steckten die Bauern tuschelnd ihre Köpfe zusammen.

Adaldag schenkte dem irritierten Wago ein Lächeln, bevor er dem Pferd die Sporen gab. Dann zogen sie mit ihrem Gefangenen nach Starigard, um einen Mord zu sühnen.

Starigard war die Hauptburg der Wagrier, ein Slawenstamm, der lange Zeit von dunklen Mächten beherrscht wurde, ebenso wie die anderen Stämme, die sich zu einem Bündnis zusammengeschlossen hatten. Die Vorherrschaft über den Verbund nahmen die Abodriten für sich in Anspruch und stellten auch den obersten Herrscher.

Kaiser Otto, der Reichseiniger und ruhmreiche Mehrer christlicher Macht, den man den Großen nannte, hatte keine Kosten und Mühen gescheut, die Teufelsbrut aus ihrem verdorbenen Dasein zu erlösen und auf den rechten Pfad des Glaubens zu führen. Wie ein Vater seinen Sohn an die Hand nahm, um ihm die Schönheiten zu zeigen, die das Leben bereithält, wenn man sich zum wahren und einzigen Gott bekannte. Die Slawen waren jedoch störrische Kinder, die sich dem Guten verweigerten, stattdessen wilde Götzen anbeteten und Opfer darbrachten. Adaldag hatte Geschichten gehört und würde beschwören, dass sie wahr waren, dass diese Menschen den Götzen bisweilen ihre eigenen Kinder opferten.

Als es dem Sachsenherzog Hermann Billung gelungen war, die Abodriten zu unterwerfen, drängte der Wagrierfürst Selibur auf die Abspaltung seines Landes aus dem Bündnis. Die Streitigkeiten unter den Slawen nutzte Billung geschickt, um mit einem vereinten Heer der Sachsen und Abodriten Selibur zu vernichten. An seine Stelle wurde dessen Sohn Sigtrygg als Fürst über die Wagrier eingesetzt. Dass Sigtrygg eine gute Wahl für das Amt war, bezweifelte Adaldag noch immer, doch Billung hatte sich für ihn ausgesprochen.

Adaldag war überzeugt, dass Sigtrygg ein falscher Hund war, eine gefährliche Natter, obwohl er eingewilligt hatte, dass der Erzbischof vor einem Jahr, im Oktober des Jahres des Herrn 968, Wagrien als Bistum seiner Erzdiözese einverleibte und Starigard zum Bischofssitz erhob. Dann war jedoch wieder die dunkle Macht über das Bistum hereingebrochen und Bischof Egward das Opfer heidnischer Umtriebe geworden.

Nun kam Adaldag nach Starigard, um die Ordnung wiederherzustellen.

Sie überquerten auf einer Holzbrücke einen Graben, hinter dem das Gelände zu der auf einem Hügel errichteten Burg anstieg, und folgten dem Weg, vorbei an einem von Hütten gesäumten Marktplatz. Die Burg war von einem Graben und einem mit einer Palisade bewehrten Erdwall umgeben. Die Slawen waren Meister im Burgenbau und ihre Festungen nahezu uneinnehmbar. Auch Billung und die Abodriten hatten nur siegen können, weil den Menschen in der belagerten Burg die Lebensmittel ausgegangen waren. Erst als viele Menschen vor Hunger wahnsinnig geworden waren, hatten die Wagrier ihren Widerstand aufgegeben.

Auf den Palisaden tauchten die Helme mehrerer Krieger über dem Tor auf. Adaldag nannte seinen Namen, und das Tor wurde von innen geöffnet. Die Sachsen saßen ab, traten an den Kriegern vorbei und mussten ihre Pferde bei den Stallungen zurücklassen. Wagrierkrieger, gerüstet mit Lanzen, Schwertern und Kettenhemden, begleiteten die Sachsen über die mit Holzbohlen befestigten Gassen zwischen dicht an dicht stehenden Hütten. In der Burg gab es einen schmalen Wasserlauf, der jedoch ausgetrocknet war, sodass der Gestank nach Verwesung und Fäkalien wie eine Glocke über der Burg hing.

Es wird Zeit für ein Gewitter, dachte Adaldag. Ein Gewitter, das den Dreck fortschwemmt und die Luft reinigt. Ein Gewitter, das den heidnischen Umtrieben ein für alle Mal ein Ende bereitet. Denn so, wie er den Gestank roch, den zu viele Menschen auf zu engem Raum ausdünsteten, so spürte er die Anwesenheit des Teufels, der hier hartnäckig die Stellung hielt.

Der Palas des Fürsten war ein langes Gebäude mit einem tief herabhängenden, reetgedeckten Dach, das außen durch Pfosten gestützt wurde. Das Holz war noch hell und das Reet frisch. Der Palas war erst vor kurzer Zeit an dieser Stelle über einem alten Gräberfeld errichtet worden, an der zuvor das aus Eisen gegossene Götzenheiligtum stand. Nach seinem Sieg hatte Billung den Götzen fortschaffen lassen. Auch den alten Palas im östlichen Bereich der Burg hatte man abgerissen, um Platz für die Kirche zu schaffen, die Adaldag vor einem Jahr in einer feierlichen Zeremonie Johannes dem Täufer geweiht hatte.

Beim Palas hatte man auch Ställe errichtet, in denen die berittene Gefolgschaft des Fürsten ihre Pferde hielt. Als Adaldag eintraf, führten Bedienstete die Tiere gerade über den Platz und legten ihnen Zaumzeug, Trensen und Sättel an.

Er hielt Ausschau nach den Kriegern des Sachsenherzogs, dem er eine Botschaft geschickt hatte. Doch die hatte den Herzog entweder nicht erreicht, oder er war verhindert. Denn die Sachsen waren noch nicht eingetroffen, was bedeutete, dass Adaldag sich allein mit dem störrischen Sigtrygg herumschlagen musste.

Die Wagrierkrieger, die die Sachsen begleiteten, sprachen mit den Wachen vor dem Palas, die daraufhin im Gebäude verschwanden, um gleich darauf zurückzukehren. Ein schnauzbärtiger Krieger baute sich vor Adaldag auf und fragte nach dem Grund seines Besuchs. Adaldag empfand diese Frage als Herabsetzung. Er war das geistliche Oberhaupt dieses Bistums. Sigtrygg verdankte seine Stellung allein dem guten Willen der Sachsen.

«Den Grund meiner Anwesenheit, Soldat, werde ich deinem Fürsten von Angesicht zu Angesicht mitteilen», entgegnete Adaldag.

Der Schnauzbart musterte die Sachsen. Sein Blick blieb einen Moment lang am gefesselten Worlac hängen, bevor er sagte: «Nur Ihr, Erzbischof, dürft eintreten. Eure Soldaten müssen draußen bleiben.»

«Er wird mich begleiten», beharrte Adaldag und deutete auf Wago, der blass geworden war. Offenbar hatte er sich den Empfang in seiner künftigen Wirkungsstätte anders vorgestellt.

«Wer ist das?», fragte der Schnauzbart.

Bevor Adaldag antworten konnte, ergriff Wago das Wort und nannte seinen Namen. «Ich habe die Ehre und Freude, den Wagriern künftig das Wort Gottes zu predigen und den Armen zu dienen ...»

«Er begleitet mich», unterbrach Adaldag ihn barsch. «Und der Gefangene ebenfalls!»

Er ließ sich von Hergeir den Strick geben und zog Worlac daran zu sich.

Der Schnauzbart zuckte mit den Schultern und ging voran zum Palas. Sie traten durch die Tür in eine weitläufige Halle, die von brennenden Feuern mit mattem Schein erhellt wurde. Diener liefen umher und bewirteten Männer, die an einem langen Tisch beim Essen zusammensaßen.

Fürst Sigtrygg thronte auf einem mit Fellen gepolsterten Stuhl am hinteren Ende des Tischs, in der einen Hand ein Messer, in der anderen Hand ein vor Fett triefendes Stück Fleisch. Der Schnauzbart ging zu ihm und besprach sich leise mit ihm. Ohne den Blick von den Ankömmlingen zu nehmen, hörte Sigtrygg kauend zu, was der Krieger zu sagen hatte. Dann nickte er.

Sigtrygg war Anfang zwanzig und strohblond. Er war ein gut aussehender Kerl, wirkte aber verschlagen und hatte einen wachen, stechenden Blick. Sein Name war nicht nur dänisch, sondern der Bursche war sogar ein halber Däne. Sein Vater hatte einst eine Frau aus der Sippe des Dänenkönigs Harald Gormsson Blauzahn geheiratet, wie es häufig zwischen Slawen und Dänen und anderen Nordvölkern vorkam. Durch die verwandtschaftlichen Beziehungen wurden die Bündnisse gefestigt. Sogar der Dänenkönig Blauzahn war mit einer Slawin verheiratet.

Der Schnauzbart kehrte zu Adaldag zurück. «Der Herr Sigtrygg empfängt Euch nach dem Essen.»

Adaldag glaubte, nicht richtig zu hören. Er war es nicht gewohnt, dass man ihn warten ließ. Der alte Selibur mochte ein heidnischer Narr gewesen sein, der lange nicht wahrhaben wollte, dass seine Zeit zu Ende gegangen war. Doch sein Sohn war ein weitaus größerer Narr.

Adaldags Laune sank mit jedem Bissen, den die Kerle in ihre Mäuler stopften. Sie kauten, redeten und lachten, bis Adaldag es nicht mehr aushielt und mit Worlac am Strick zum Tisch stampfte. Die Gespräche verstummten, und die Blicke richteten sich auf den Erzbischof und dessen Gefangenen.

Wago trottete zögerlich hinterher.

Sigtrygg musterte Adaldag und betrachtete gelangweilt dessen Kleider, die vom Kampf mit dem Schwein mit Dreck, Schleim und Blut beschmiert waren. Adaldag hasste den Wagrierfürsten für dessen Hochmut.

«Ich habe Euch gar nicht erwartet», sagte Sigtrygg herablassend. «Euer Besuch überrascht mich, weswegen ich Euch leider auf später vertrösten muss. Wir haben gerade Wichtiges zu besprechen.»

Er deutete auf die Männer am Tisch, die nickend seine Worte bestätigten.

«Ach ja?», schnaubte Adaldag. «Auch ich habe Wichtiges mit Euch zu besprechen, junger Fürst.» Es fiel ihm schwer, sich zu beherrschen. Er war einer der mächtigsten Männer im Sachsenreich und nicht gewillt, sich von dem nichtsnutzigen Halbdänen wie ein Bittsteller behandeln zu lassen.

Er zerrte Worlac am Seil vor den Tisch und befahl ihm, sich auf den Boden zu knien. Der Gefangene sank nieder. Unter dem Tisch kam ein grauer Hund hervor und fuhr Worlac mit der Zunge übers Gesicht.

«Dieser Mann», sagte Adaldag laut, «hat Bischof Egward getötet.»

Zum ersten Mal entglitten Sigtrygg die hochmütigen Gesichtszüge. «So? Und wer ist dieser Mann?»

«Er hat auf der Burg gearbeitet und Egward im Streit den Kopf eingeschlagen.»

«Hat er gestanden?» Sigtrygg wirkte ein wenig verunsichert.

«Zweifelt Ihr an meinen Worten?», gab Adaldag zurück. «Ja, er hat gestanden, jener Mann namens Worlac zu sein, den ich als Bischof Egwards Mörder gesucht habe.»

«Mhm», machte Sigtrygg und blickte fragend in die Runde.

«Warum habt Ihr den Mörder dann nicht verurteilt und hingerichtet?», fragte ein anderer Wagrier.

«Oh, das werde ich tun, guter Mann», entgegnete Adaldag. «Gleich morgen wird ihm der Prozess gemacht – und zwar auf dieser Burg. Von Euch, Fürst Sigtrygg, erwarte ich, dass Ihr noch heute Boten in die Dörfer und Höfe schickt. Die Wagrier sollen nach Starigard kommen, um bezeugen zu können, wie Gott, der Allmächtige, durch mich sein Urteil fällt.»

Er schaute Sigtrygg in die Augen. «Das Urteil wird all jenen eine Mahnung sein, die ihre Hand gegen einen Mann Gottes erheben und sich auflehnen gegen den gütigen Herrn Jesus und den wahren Glauben, den dieser Mann ...», er zeigte auf Wago, «den euer neuer Pater von nun an den Wagriern predigen wird.»

Im Saal war es fast still geworden. Nur das Knurren des grauen Hundes war noch zu hören.

4.

Haithabu

Eine Woche nachdem Hakon von der Insel Karmøy aufgebrochen war, erreichte er mit dem *Brandungspferd* und einer Besatzung von zweiundzwanzig Mann die Mündung des Slien. Der Fjord erstreckte sich von der sandigen Küste des Ostmeeres viele Meilen tief ins bewaldete, jütländische Hinterland. Das *Brandungspferd* war ein Langschiff und hätte der dreifachen Anzahl an Männern Platz geboten. Doch Hakon hatte die meisten Krieger nach Hladir zurückgeschickt, damit sie die Stadt absicherten.

Die Nacht verbrachten die Männer etwa auf halber Strecke zur Hafenstadt Haithabu in einer von Schilfgürteln gesäumten Bucht. Am nächsten Morgen frischte der Wind auf und bog das Schilf. Hakon musste die Riemen auslegen lassen, weil ihnen der Wind aus südwestlicher Fahrtrichtung entgegenkam.

Als er zum Steuerruder ging, kam er an Ljot vorbei, der auf einer Ruderbank saß. Ljot schaute angestrengt weg. Seit jener Nacht auf dem Opferhügel bei Ögvaldsnes hatte er kein Wort mehr mit Hakon gewechselt. An Bord war Ljot auf sich allein gestellt. Seine Gefolgsleute hatte Hakon mit den anderen nach Hladir geschickt. Die Mannschaft vom *Brandungspferd* bestand ausschließlich aus Hakons Hauskriegern.

Von Ljots Angriff wussten nur Ketil und Hakons Ziehbruder Skeggi, der die Hauskrieger in Skjaldars Vertretung anführte.

Am Nachmittag erreichten sie Haithabu und den Hafen, der an einer Ausbuchtung, einem Noor, lag. Hakon übergab Skeggi das Steuerruder und ging zum Vorsteven. Er vermisste den Raben, der bei solchen Fahrten gern auf seiner Schulter saß, neugierig darauf, welche Leckerbissen ihn in der Stadt erwarteten. Doch der Rabe war bei Malina und Eirik besser aufgehoben, da man auch hier die Geschichten vom Jarl mit dem Raben kannte. Hakon musste vermeiden aufzufallen, weswegen er nicht den *Wogengleiter* genommen hatte. Das prächtige Kriegsschiff hätte für zu viel Aufsehen gesorgt.

Als das *Brandungspferd* die Fahrt verlangsamte und zu einer der Landebrücken glitt, hörte Hakon hinter sich Ketil fluchen: «Ich habe geschworen, niemals wieder einen Fuß in das verdammte Dänennest zu setzen.»

«Die Stadt steht mittlerweile unter sächsischer Verwaltung», erklärte Hakon.

Ketil spuckte ins trübe Wasser. «Dänen oder Sachsen – was macht das für einen Unterschied?»

Da Hakon darauf nichts zu erwidern wusste, ließ er den Blick durch das Hafenbecken schweifen. An den Landebrücken lagen Fischerboote und Handelsschiffe, die mit Kisten, Körben und Ballen be- und entladen wurden. Arbeiter schleppten Waren in Speichergebäude auf den Brücken oder ans Ufer, wo mehrere Langschiffe lagen, die bereits winterfest gemacht worden waren.

«Woher willst du eigentlich wissen, dass er Aud ausgerechnet nach Haithabu verschleppt hat?», fragte Ketil.

Hakon zuckte mit den Schultern. Er wusste es nicht. Es war eine Vermutung. Eine Hoffnung. Er hatte von der Sklavin nur erfahren, dass der Junge zu den Sachsen gebracht worden sei. Und er wusste, dass der Mann, dessen Namen sie genannt hatte, auf der Hammaburg ein ranghoher Munki, ein Erzbischof, war. Auf der Herfahrt hatten sie daher mehrere Häfen angesteuert und waren in Thruma im Lande Agdir endlich auf einen Hinweis gestoßen. Der Hafenverwalter wollte tatsächlich einen rothaarigen

Jungen gesehen haben, der ein gefesseltes Mädchen bei sich hatte. Für ein paar Münzen ließ sich der Hafenverwalter entlocken, dass das Schiff, mit dem der Junge unterwegs war, nach Haithabu fuhr. Daher hatte Hakon seinen Plan geändert, auf direktem Weg über das Nordmeer und den Fluss Elba zur Hammaburg zu reisen.

«Vielleicht sind sie nach Haithabu gefahren und dann auf dem Landweg weitergezogen», überlegte er.

«Und Graufell?», fragte Ketil.

«Er muss sich von dem Jungen getrennt haben, sonst hätte man Graufells Namen in Thruma erwähnt.»

«Mhm», machte Ketil. «Aber ein Junge, allein mit einem Mädchen. Das ist doch gefährlich, wenn sie hier unterwegs sind. Räuber und anderes Gesindel lauern im Niemandsland zwischen der Dänenmark und Nordalbingien.»

Hakon dachte, dass sich wohl eher die Räuber Sorgen machen mussten. Schließlich hatte er am eigenen Leib erfahren, wie der Junge mit dem Schwert umging.

«Wenn man vom Teufel spricht», schnaubte Ketil und zeigte zur Landebrücke, auf die das Schiff zusteuerte, «dann sind die Räuber nicht weit.»

Auf der Brücke stand ein in einen Fellmantel gehüllter Mann. Er hatte die Arme über dem hervorquellenden Bauch verschränkt und wartete. Bei ihm waren mehrere Sachsensoldaten, die keine Anstalten machten, beim Anlegen des *Brandungspferds* zu helfen. Die Planken schrammten gegen die Brücke, bis das Schiff zum Stehen kam. Dann kletterten zwei Männer von Bord und vertäuten das Schiff. Als die Rampe ausgelegt wurde, kam der Dicke näher und stellte sich so breitbeinig davor, dass niemand an ihm vorbeikam. Sein Kopf war mit einer Fellkappe bedeckt. Unter dem Mantel lugten Hosenbeine hervor, die so rot waren wie die Wangen in dem teigigen Gesicht.

Skeptisch betrachtete er das *Brandungspferd*, auf dem die Riemen unter die Ruderbänke geschoben worden waren. Außer einigen Bordkisten war nichts zu sehen. Die Waffen hatten sie am Morgen unter dem zusammengelegten Segeltuch versteckt.

Hakon schickte Ketil vor, da er die sächsische Sprache besser beherrschte, und folgte ihm, als sie über die Rampe gingen, an deren Ende der Dicke wartete.

Der Sachse, der Ketil kaum bis zur Brust reichte, legte den Kopf in den Nacken. «Welche Waren habt ihr geladen, Seemann?»

«Keine Waren», erwiderte Ketil. «Wir wollen Lebensmittel an Bord nehmen ...»

«Und dann gleich wieder verschwinden?»

«Warum? Wir wollen uns einige Tage in deiner schönen Stadt ausruhen.»

«Einige Tage?», echote der Dicke und wippte auf den Füßen hin und her. «Wie lange ist für dich *einige* Tage?»

Hakon sah, wie Ketil sich anspannte. Er konnte es überhaupt nicht gut überspielen, wenn er jemanden verachtete.

«Einige Tage sind einige Tage», knurrte Ketil. «Gibt es ein Gesetz, das uns verbietet, in Haithabu anzulegen?»

«Ja, das gibt es, denn hier bin ich das Gesetz. Und ihr seht nicht aus wie Männer, die ich tagelang im Hafen haben möchte. Ihr seht aus wie Männer, die Ärger machen – und ich will keinen Ärger haben, verstehst du, Seemann. Wie ist dein Name?»

«Mein Name geht dich ...»

«Sein Name ist Grimar Grimsson», sagte Hakon schnell. «Und ich bin Eyvind Arnarsson.» Er schob sich vor Ketil und ärgerte sich, ihm überhaupt den Vortritt gelassen zu haben. Wenn der Hüne wütend wurde, was schnell gehen konnte, war er für Verhandlungen gänzlich ungeeignet. Hakon hoffte, dass sein Sächsisch gut genug war.

«Eyvind Arnarsson?», wiederholte der Dicke. «Seid ihr Nordmänner?»

«Wir kommen aus Gautland», log Hakon.

«Bist du der Schiffsführer, oder ...» Er schaute zu Ketil, der sich grummelnd zurückhielt. «Oder ist das der Riese?»

«Ich führe Mannschaft und Schiff», bestätigte Hakon, erleichtert darüber, dass ihm die sächsischen Wörter nach der langen Zeit noch recht flüssig über die Lippen kamen. Er nahm einen Lederbeutel aus der Tasche an seinem Gürtel. «Wie viel verlangst du für den Liegeplatz?»

Der Dicke betrachtete den gefüllten Beutel. Hakon hatte sich von Skjaldar, Ketil und anderen Männern Geld geliehen. Sie hatten ihm bereitwillig alles gegeben, was sie hatten. Der Dicke begann wieder, auf den Füßen zu wippen, ohne den Beutel aus den Augen zu lassen.

«Wie viel Geld hast du denn, Gautländer?»

Hakon reichte ihm drei Münzen.

Der Dicke prüfte mit seinen Zähnen die Härte der Geldstücke, bevor er sie einsteckte. «Drei Tage. Dann verschwindet ihr aus meinem Hafen.»

Hakon gab ihm noch mehr Münzen, was Ketil mit einem Knurren kommentierte.

Der Dicke wiegte den Kopf. «Zehn Tage, und keinen Tag länger. Ihr seid nicht die Einzigen, die einen Liegeplatz brauchen.»

«Du hast genug Platz in deinem lausigen Hafen», sagte Ketil.

Hakon griff noch einmal in den Beutel, der schon deutlich leichter geworden war.

Auch die nächsten Münzen verschwanden in der Tasche des Hafenverwalters, der den Rücken straffte, den Bauch rausdrückte und sagte: «Eyvind Arnarsson, oder wie du heißt. Mein Name ist Bocko. Man nennt mich den Schnellen. Bocko der Schnelle. Merk dir den Namen! Und merk dir, dass ich euch im Auge behalten werde. Wenn einer von euch klaut oder nach Einbruch der Dunkelheit noch das Schiff verlässt und in der Bierschwemme herumlungert, werde ich da sein. Dann wird es ungemütlich. Einundzwanzig Tage, das ist mein letztes Wort.»

Damit drehte Bocko sich um und stapfte, von den Soldaten gefolgt, davon.

«Bocko der Schnelle», stieß Ketil verächtlich aus. «Schnell mit dem Schwert oder schnell beim Scheißen?»

«Drei Wochen», rief eine Stimme vom Schiff. «Der Jarl will uns hier drei Wochen festhalten.» Es war Ljot, der über die Rampe auf die Brücke kam.

«Halt dein vorlautes Maul», fuhr Ketil ihn an.

Ljot bedachte ihn mit einem hasserfüllten Blick, sagte aber nichts mehr.

Hakon ging mit Ketil wieder an Bord, wo sie Messer und Decken einpackten. Die Schwerter ließen sie unter dem Segeltuch, da sie damit nur auffallen würden. Hakon stopfte noch etwas Essen in einen Beutel. Als Ketil sich einen Mantel überwerfen wollte, sagte Hakon, er solle auch den Mantel hierlassen.

«Aber die Tage sind schon kalt geworden und die Nächte erst, Jarl.»

Hakon schüttelte den Kopf. Er rief Skeggi zu sich und übertrug ihm das Kommando über die Mannschaft. Skeggi sollte einige Krieger auswählen, damit sie auf Ljot aufpassten, der sicher die erste Gelegenheit nutzen würde, um Ärger zu machen. Dann gab er Skeggi einige Münzen für Essen und Trinken.

«Und was sollen wir machen, wenn du nach drei Wochen noch nicht zurück bist, Jarl?», fragte Skeggi.

«Spar einige der Münzen auf. Dafür wird euch der Hafenverwalter Aufschub gewähren.»

«Was habt ihr beiden nun vor?»

«Aud suchen.»

«Und wenn ihr sie nicht findet?»

«Das werden wir, Skeggi, doch dafür brauchen wir erst einmal neue Kleidung.»

«Neue Kleidung?», sagte Ketil überrascht. «Der Jarl will neue Kleidung kaufen? Ich fürchte, das Geld wird schneller alle sein, als Bocko scheißen kann.»

«Wer spricht vom Kaufen?», erwiderte Hakon und verließ das *Brandungspferd* über die Rampe. Ketil eilte hinterher. Am Fuß der Landebrücke drehte Hakon sich noch einmal um und fragte sich, wann er das Schiff wohl wiedersehen würde.

5.

Starigard, Wagrien

Die Kirche war kaum wiederzuerkennen. Gerade einmal ein Jahr war vergangen, seit Adaldag das Holzgebäude mit einem schlichten Altar ausgestattet und es Johannes dem Täufer geweiht hatte. An jenem Oktobertag im Jahre des Herrn 968 war der Boden gefegt und vor der Kirche ein Holzgerüst mit einer kleinen, bronzenen Glocke errichtet worden, die Adaldag an jenem Morgen geläutet hatte. Er war glücklich gewesen, als der helle Klang weithin getragen wurde und die Menschen anlockte, die der Weihe beiwohnten.

Nun war die Glocke verschwunden, wahrscheinlich gestohlen. Der Boden war mit Dreck, Staub und Getreidekörnern übersät. Die Dachbalken der Kirche waren mit Spinnweben überzogen. An den Wänden stapelten sich Kisten und mit Getreide gefüllte Säcke, zwischen denen Mäuse hausten.

Die Barbaren hatten das Gotteshaus zum Lagerraum umgewandelt und es durch ihre irdischen, kleingeistigen Bedürfnisse entweiht.

Adaldag befahl den Soldaten, den Boden zu fegen, dann schleppten sie Kisten und Säcke nach draußen und stellten sie auf den Platz zum Glockengerüst. Unterdessen wischten Adaldag und Wago den Staub vom Altar, legten ein helles Leinentuch darüber und stellten ein Kreuz und eine Bienenwachskerze darauf.

Als sie fertig waren, war die Nacht angebrochen. Hergeir fand eine rostige Feuerschale, die er in die Kirche brachte und darin ein Feuer entzündete. Den Gefangenen fesselten sie an einen

Stützpfosten, und nachdem die Soldaten gegessen hatten, legten sie sich hin.

Auch Adaldag spürte die Müdigkeit, konnte aber noch nicht schlafen. Er nahm Wago mit zum Altar, auf dem sie die Kerze entzündeten, davor niederknieten und beteten. In sein Gebet schloss Adaldag auch Sigtrygg ein und bat Gott, den widerspenstigen Fürsten auf den rechten Pfad zu führen. Er betete auch für die Seele des Mörders, der kein Wort von sich gegeben hatte, seit sie ihn verschleppt hatten. Und Adaldag bat Gott um Mut und die Kraft, die er brauchen würde, um nicht nachzulassen in seinem Streben um die heilige Mission.

Er dachte an die Erfolge der vergangenen Jahre, an den getauften Dänenkönig Harald Blauzahn und an den Frieden, der seither an den nördlichen Grenzen des Sachsenreichs herrschte. Er dachte auch an den Nordmannkönig Harald Graufell, ein roher, grobschlächtiger Kerl zwar, aber dennoch, so wie seine Mutter, dem Glauben an Jesus zugewandt. Doch die dunklen Mächte hatten unerbittlich zurückgeschlagen und Graufell aus eroberten Gebieten zurückgedrängt. Adaldag wusste nicht, wie es in diesen Tagen um die Länder am Nordweg stand, und wartete sehnsüchtig auf Nachrichten.

Dann hatte auch die Mission im Osten durch Bischof Egwards Tod einen empfindlichen Rückschlag erlitten – und mit jeder Niederlage stieg der Druck auf Adaldag. Kaiser Otto förderte die Ausbreitung des Christentums mit all seinen Kräften und ließ sich in Italien regelmäßig Bericht erstatten. Doch die schlechten Nachrichten häuften sich. Deswegen musste der Mörder morgen sterben.

Adaldag hatte Sigtrygg aufgetragen, vor dem Palas einen Galgen zu errichten, und war überrascht gewesen von dem Eifer, den der Wagrierfürst mit einem Mal an den Tag gelegt hatte, als könne er Worlac gar nicht schnell genug hängen sehen.

Nach einer Weile beendete Adaldag seine Gebete. Er brauchte Schlaf. Morgen wartete Arbeit auf ihn, die er frisch und ausgeruht verrichten wollte. Doch er sah, dass Wago noch immer ins Gebet vertieft und sein Gesicht von Sorge überschattet war.

Als Adaldag ihm eine Hand auf die Schulter legte, schreckte Wago wie aus einem bösen Traum auf.

«Ich fürchte», sagte er mit feucht schimmernden Augen, «dass ich dieser Aufgabe nicht gewachsen sein werde.»

Adaldag nickte verständnisvoll und verdrängte den Gedanken an Schlaf. «Vertrau auf Gott, mein Sohn, vertrau auf Seine Stärke. Der Herr wird dir Kraft geben. Glaube mir, auch ich war nicht ohne Zweifel, als ich in deinem Alter war. Aber ich will dir erzählen, wie Gott mir ein Zeichen gegeben hat, dass ich mich auf dem richtigen Weg befinde. Ich bin nun fast siebzig Jahre alt. Es ist viele Jahre her, damals war ich Priester und hatte so viel Elend unter den Menschen gesehen, dass ich Gottes Güte in Frage stellte. Ich diente damals am kaiserlichen Hof. Es geschah auf der Quidilingaburg, am zweiten Tag des Monats Juli im Jahr 936.»

Er unterdrückte ein Gähnen. «Ich werde diesen Tag niemals vergessen, als die Kaisergemahlin Machthilt nach einem Priester suchte, der noch nichts gegessen hatte. Da ich Bauchschmerzen hatte und deswegen keine Speise anrühren konnte, meldete ich mich. Es stellte sich heraus, dass der alte Kaiser Heinrich gestorben war, und ich war es, der dem Dahingeschiedenen die Totenmesse sang. Machthilt schenkte mir dafür einen goldenen Armreif, und der damals noch junge König Otto dankte es mir, indem er mich zu seinem Kanzler erhob. Und bald darauf zum Erzbischof. Siehst du, mein Sohn, es war Gott, der mich an jenem Tag vom Essen abhielt. Er war es, der meinen Weg bestimmt hat, so wie Er deinen Weg bestimmt.»

«Und dieser Weg hat mich hierhergeführt?»

«Ja, daher wirst du in Starigard bleiben und den Wagriern Gottes Wort predigen.»

Wago schien nicht überzeugt zu sein. «Ist es auch der Weg des Herrn, wenn mich Egwards Schicksal ereilt oder das des Priesters, der vor ihm hier war? Ihr habt einmal angedeutet, dass er ebenfalls gestorben ist. Ich habe seinen Namen vergessen ...»

«Rothardt», erwiderte Adaldag scharf. «Heiden nennen es Schicksal, wir Christen sprechen von Gottes Fügungen.»

Damit wollte er das Gespräch beenden, aber Wago ließ nicht locker. «Was ist mit Pater Rothardt geschehen?»

«Nicht jetzt, es ist spät.»

«Ich muss es wissen. Wurde er auch von Wagriern ermordet?»

«Nein, er wurde hingerichtet. Ich erzähle dir später davon.»

Adaldag machte Anstalten zu gehen, doch Wago fasste nach seinem Mantel.

«Habt Ihr mir nicht versprochen, mir jede Unterstützung zu gewähren, wenn ich dieses Amt annehme?», fragte der junge Pater. «Ihr werdet bald abreisen und die Soldaten mitnehmen. Ich werde hierbleiben, allein unter Ungläubigen.»

Adaldag seufzte. Nun gut, dann sollte Wago eben die Wahrheit erfahren. Er würde hier sowieso von der Geschichte hören. Da war es besser, er hörte sie aus seinem Munde.

«Er wurde hingerichtet», sagte er, «weil *ich* es angeordnet hatte.»

«Ihr habt das getan?» Wagos Augen wurden riesig.

«Es ist mir nicht leichtgefallen. Ich selbst habe Rothardt damals zu den Wagriern geschickt, weil er der Sünde anheimgefallen war. Er hatte sich mehrfach an einer Frau vergangen und mit ihr zwei Kinder gezeugt. Deshalb gab ich ihm die Gelegenheit, seine Schuld vor Gott abzutragen. Doch dann kam der Winter des Jahres 964. Es war ein harter Winter, vielleicht erinnerst du dich daran. Auch bei uns türmte sich der Schnee mannshoch auf den Wegen. Wochenlang war die Welt eingeschneit. Rothardt war damals mit der Frau und den beiden Kindern in einer Hütte nicht weit von Starigard entfernt untergekommen. Als in dem Winter ihre Vorräte zur Neige gingen, litten sie schrecklich unter Hunger und Kälte, und das Weib starb. Rothardt blieb mit den Kindern allein in der Hütte – und verfiel dem Wahnsinn.»

«Dem Wahnsinn?», keuchte Wago. Er war wieder sehr bleich geworden.

«Erst später habe ich erfahren, dass der Hügel, auf dem Rothardts Hütte stand, früher ein Götzenheiligtum war, auf dem die Heiden ihrem Gott Prove opferten. Es muss dieser Dämon gewesen sein, der in Rothardt gefahren war.»

«Habt Ihr den Pater deshalb hinrichten lassen?»

«Ja ... und nein. Er musste wegen der Taten sterben, die er im Zustand der Geisteskrankheit begangen hatte. Denn in seinem Wahn hat Rothardt eines der Kinder getötet.»

«Er hat sein Kind getötet», echote Wago.

Adaldag legte einen Finger an den Mund, um ihm zu bedeuten, leiser zu sein. «Ja, er hat es getötet, zerteilt und die Stücke gekocht.»

Wago bekreuzigte sich einmal, zweimal und wieder und wieder. Es schien, als würde er nicht mehr damit aufhören wollen, bis Adaldag Wagos Hände in seine nahm und sie fest drückte.

«Menschenfleisch zu essen», sagte Adaldag ernst, «ist eine schwere, schwere Sünde.»

Am nächsten Morgen trieben graue Wolken vom Ostmeer über das Land und brachten leichten Regen. Aber das Wetter hielt die Wagrier nicht davon ab, nach Starigard zu eilen, wo ihnen das Burgtor weit geöffnet worden war.

Als Adaldag den Mörder durch die Gassen trieb, begleitet von den Soldaten und einem verunsicherten Wago, hatte sich vor dem Palas bereits eine große Menschenmenge versammelt. Sie drängte sich vor einem aus Holzbalken gezimmerten Podest, auf dem man den Galgen errichtet hatte. Die Leute wichen vor Adaldag und seinem Gefolge zur Seite und ließen sie zum Podest vortreten, wo sie auf Sigtrygg und andere Stammesführer warteten.

Als Adaldag die Stufen hinaufstieg, begrüßte Sigtrygg ihn mit einem Kopfnicken und den Worten: «Haltet die Leute nicht zu lange von der Arbeit ab.»

Der Erzbischof zog den Gefangenen vor die Menge und ließ ihm von Hergeir den Strick abnehmen. Adaldag schaute in die wütenden und aufgebrachten Gesichter der Menschen, die zu ihm hinaufstarrten. Sigtrygg hatte recht, sie sollten sich nicht zu lange mit der Hinrichtung aufhalten. Die Leute verhielten sich zwar ruhig, aber die Stimmung konnte rasch kippen.

Adaldag breitete die Arme aus und wartete, bis die Gespräche verstummt waren. «Viele von euch werden Bischof Egward gekannt haben», rief er. «Egward war ein gütiger und selbstloser Diener Gottes, der sein Leben für euch gegeben hat ...»

«Er hätte uns lieber einen anständigen Lohn für die Arbeit geben sollen», rief jemand und erntete zustimmendes Gemurmel.

Adaldag ging nicht darauf ein. Er kannte die Gerüchte, Egward habe das Geld, das für die Arbeiter bestimmt war, unterschlagen. Aber er war hergekommen, um einen Mörder zu richten und nicht, um der geldgierigen Meute nach dem Maul zu reden.

«Der brave Egward war reinen Herzens, als er von diesem Mann ...», er zeigte auf den Gefangenen, der aufrecht, aber mit gesenktem Kopf vor der Menge stand, «als er von ihm hinterrücks erschlagen wurde. Eine solche Tat an einem Diener Gottes kann nur durch eine Strafe gesühnt werden: Er wird sein sündiges, irdisches Dasein am Galgen beenden – und er soll von eurem Fürsten Sigtrygg hingerichtet werden.»

Als der Wagrierfürst seinen Namen hörte, entglitten ihm die Gesichtszüge.

«Warum soll ich ihn hängen?», protestierte er. «Der Bischof war Euer Mann. Ihr habt das Urteil gesprochen und die Strafe verhängt.»

«Nicht ich habe über Worlac gerichtet. Es ist ein Urteil Gottes. Daher sollte es Euch, Sigtrygg, eine Ehre sein, das Urteil in Seinem Namen zu vollstrecken.»

Sigtryggs Miene verfinsterte sich wie der Himmel über ihm. Der Regen wurde stärker.

«Er ist Euer Gott, Erzbischof», schnaubte der Fürst.

Da sah Adaldag einen Mann durch die Menge nach vorn drängen, der rief: «Das ist nicht Worlac!»

«Natürlich ist er das», entgegnete Adaldag. «Er hat alles zugegeben.»

«Mag ja sein, dass der Mann so heißt», fuhr der Mann fort. «Aber es ist ganz gewiss nicht der Worlac, der auf der Burg gearbeitet hat.»

Der Gefangene hatte den Kopf leicht angehoben, schwieg aber noch immer.

«Ja, unser Worlac sah anders aus», meldete sich ein anderer Mann zu Wort.

Jetzt kam Bewegung in die Stammesführer auf dem Podest. Adaldag sah, wie Sigtrygg den Kriegern winkte, die er am Rande des Platzes hatte aufziehen lassen und die dort hoffentlich standen, um die Wagrier im Zaum zu halten. Und nicht, um gegen die Sachsen vorzugehen.

Die Situation drohte Adaldag zu entgleiten. Er rief Hergeir zu sich und sagte leise: «Häng den Mörder schnell.»

Hergeir schleifte den Gefangenen zum Galgen, stellte ihn auf eine Holzkiste und legte ihm die Schlinge um den Hals.

Warum verteidigt der Bursche sich nicht, wenn er tatsächlich nicht der gesuchte Worlac ist?, dachte Adaldag – und hatte mit einem Mal einen Einfall, wie das Problem zu seinen Gunsten zu lösen war. Doch als er zu Hergeir eilen wollte, um ihm den Befehl zu geben, stellte Wago sich ihm in den Weg.

«Wir sollten noch einmal überprüfen, ob es wirklich Worlac ...»

«Jemand muss für Egwards Tod büßen», knurrte Adaldag. Für mehr Erklärungen war keine Zeit. Er rief: «Hergeir – weg mit der Kiste!»

Ein Aufschrei ging durch die Menge, als der Hauptmann gegen die Kiste trat. Der Gefangene fiel herab, das Seil straffte sich. Die Schlinge zog sich um seinen Hals zusammen.

Doch sogleich zog Adaldag das Schwert aus Hergeirs Scheide und schlug damit den Galgenstrick durch. Der Gefangene krachte auf das Podest. Schnell lockerte Adaldag die Schlinge und nahm sie dem würgenden und keuchenden Mann vom Hals.

«Warum gibst du dich als Worlac aus?», flüsterte Adaldag.

«Osika ... ist meine ... Schwester.»

Da erhob sich Adaldag, drehte sich zu der erstarrten Menge um und rief: «Gott, der Allmächtige, ist ein Gott der Gnade. Er begnadigt diesen Mann. Er kann nach Hause gehen.»

Jubel erhob sich, auch die Stammesführer sahen erleichtert aus. Nur Sigtrygg nicht, der wutentbrannt vom Podest stampfte und in seinem Palas verschwand.

Offenbar hatte der Fürst gehofft, die Sache mit dem Tod des falschen Worlac aus der Welt zu schaffen, dachte Adaldag. Dafür konnte es nur einen Grund geben: Sigtrygg selbst steckte hinter Egwards Tod. Aber wie sollte man ihm das jemals beweisen?

Zunächst einmal war Adaldag mit der Wendung zufrieden.

«Ich danke Euch», rief Wago. «Gott schützt die Unschuldigen.»

«So ist es, mein Sohn, so ist es», erwiderte Adaldag und fügte leise hinzu: «Ob der Mann unschuldig ist oder nicht, weiß Gott allein. Ich habe es für dich getan, denn nun werden sich die Wagrier an die Gnade Gottes erinnern.»

Als der Mann, der sich als Worlac ausgegeben hatte, benommen über das Podest davonwankte, zog Adaldag Hergeir zur Seite und befahl: «Bring den Lügner zum Tor und gib ihm einen Vorsprung. Jeder soll sehen, wie er fortgeht. Dann folgst du ihm. Schneid ihm seine Lügenkehle durch und lass ihn in irgendeinem Moorloch verschwinden.»

6.

Fluss Egidora, Nordalbingien

«Muss das wirklich sein, Jarl?», stieß Ketil aus.
«Du tust das nicht für mich, sondern für Aud.»
Ketil starrte Hakon mit flehendem Blick an, bevor er sich seufzend auf einem Stein am Wegrand niederließ. «Dann soll's so sein. Für das Mädchen tu ich das, nur für das Mädchen ...»
Jenseits der Anhöhe, die sie am späten Nachmittag erreicht hatten, schlängelte sich ein bleigrauer Fluss durch eine triste, hügelige Landschaft unter dunklen Wolkenfetzen. Vor drei Tagen waren Hakon und Ketil in Haithabu aufgebrochen. Bislang war ihre Suche nach Aud jedoch erfolglos geblieben. Daher wollte Hakon dieses Mal besser vorbereitet sein. Bei den vorherigen Versuchen, mit Leuten ins Gespräch zu kommen, hatte man sie für Herumtreiber und Wegelagerer gehalten.

Also begann er, mit seinem Messer Ketil das Haar abzuschneiden. Während es büschelweise vom Kopf rieselte, jammerte der Hüne vor sich hin. Als Hakon meinte, Ketil sehe nun einigermaßen gepflegt aus, beugte der sich über eine Pfütze und stieß beim Anblick seines Spiegelbilds einen heulenden Laut aus.

«Ich seh aus wie ein verdammter Munki.»
«Soll ich dir noch eine Tonsur verpassen?»
«Red keinen Unsinn und komm her. Jetzt bist du dran.»
Hakon setzte sich. Mit einigem Bedauern sah er seine langen, fast schwarzen Strähnen auf den Boden fallen. Er ahnte, wie Sif, die Frau Thors, sich gefühlt haben musste, nachdem der Gott Loki ihr im Schlaf das Haar abgeschnitten hatte. Anschließend

ließ Hakon sich den Bart stutzen, bevor er die Mönchskutten hervorholte. Er schlüpfte in das graue Leinen, während Ketil mit seiner Kutte kämpfte. Erst mit Hakons Hilfe gelang es ihm, sie über den Kopf und die breiten Schultern zu ziehen. Das Kleidungsstück spannte über seinem Oberkörper, und als er die Arme bewegte, knackten die Nähte. Dabei war es die größte Kutte, die sie aus einer Hütte bei der Kirche von Haithabu gestohlen hatten, wo sie in der ersten Nacht gewartet hatten, bis die Mönche sich zum Gebet versammelten.

Um ihre Hüften schlangen sie die aus Hanfseilen gedrehten Kordeln, die an den Enden in dicken Knoten ausliefen. Ketil band sie vor dem Bauch zusammen, wie er es damals bei den Mönchen gelernt hatte, während er knurrte: «Wir sind Munkis, wir sind gottverdammte Munkis.»

Als die Dämmerung einsetzte, zogen sie die Kapuzen über ihre Köpfe und folgten dem Weg den Hang hinunter zum Fluss, den sie an einer Furt durchwateten. Auf der anderen Seite standen nicht weit vom Ufer entfernt einige windschiefe Hütten, deren Dächer mit Moos und Flechten bewachsen waren. In einem offenen Stall sahen sie Pferde und drei Männer, die die Tiere bewachten. Hakon nahm an, dass es Sachsensoldaten waren, denn sie waren mit Schwertern bewaffnet und trugen Helme und Kettenhemden. An der Wand des Stalls lehnte eine Lanze mit einem weißen Banner, dessen Zeichen jedoch nicht zu erkennen war.

Als Hakon und Ketil näher kamen, traten die Soldaten ihnen entgegen.

Hakon forderte Ketil auf, das zu tun, was ein Munki tun würde.

«Woher soll ich wissen, was ein Munki macht?», entgegnete Ketil.

«Du warst doch selbst mal einer.»

Ketil stieß einen grummelnden Laut aus, bevor er den Soldaten zuwinkte und rief: «Gott ist mit euch! Der Herr liebt euch alle! Oh ja – er liebt euch in alle Ewigkeit! O Herr! O Herr ...»

«Übertreib's nicht», zischte Hakon.

Doch den Männern schienen die frommen Worte zu gefallen. Sie lachten und verzogen sich wieder in den Stall.

Ketil zeigte auf das größte Gebäude am Platz, ein Langhaus mit reetgedecktem Dach, das durch Wind und Wetter dunkel geworden war, und einem Anbau, in dem vermutlich der Abort eingelassen war. «Das muss der *Bierochse* sein, ein Gasthaus. Mir ist eingefallen, dass ich hier schon einmal war. Ist aber lange her.»

Vor der Tür nahmen sie die Kapuzen ab. Doch als Hakon hoffnungsvoll die Tür öffnete und eintrat, sah er seine Aussichten schwinden, hier einen Hinweis auf Aud zu bekommen. Außer einer Handvoll grölender Trinker mit Bierkrügen waren keine Gäste zu sehen. Hinter dem Tresen langweilten sich ein glatzköpfiger Mann und zwei Frauen, die beim Anblick von Hakon und Ketil ihre Gesichter verzogen. Offenbar gehörten Mönche nicht zur bevorzugten Kundschaft im *Bierochsen*.

Die Nähte an Ketils Kutte knackten, als er eifrig mit der rechten Hand das Kreuzzeichen Richtung Tresen in die Luft malte, bevor er und Hakon sich an einem Tisch in der Nähe der Trinker niederließen.

Der Wirt schlurfte heran, beäugte die beiden misstrauisch und sagte: «Ihr könnt Wasser haben. Und Grütze.»

«Sehen wir wie Pferde aus?», knurrte Ketil.

«Wie Pferde nicht, aber wie Bettelmönche, die sich das Haar mit stumpfen Messern schneiden.»

«Bring uns Bier, Brot und Käse, ach, und Gottes Segen sei mit dir.»

Als Hakon eine Münze auf den Tisch legte, wechselte der Gesichtsausdruck des Wirts von unfreundlich zu interessiert.

Er nahm die Münze und schob sie zwischen seine gelben Zahnstummel, um die Härte des Silbers zu prüfen.

«Gottes Segen und eine Münze», sagte er dann. «Das ist mehr, als man von so einem trüben Tag erwarten kann. Gebt mir noch eine Münze, und ihr bekommt Fleisch.»

«Nein, bitte nur Bier, Brot und Käse», erwiderte Hakon.

Der Wirt wollte zum Tresen zurückgehen, als einer der anderen Gäste aufsprang und lauthals einen Trinkspruch ausbrachte. «Betrunkene Dänen», grummelte der Wirt und stapfte davon.

Da spürte Hakon etwas gegen seinen linken Arm stoßen. Es war ein abgenagter Geflügelknochen, den die Dänen auf ihn geworfen hatten.

«He, Munki», rief einer von ihnen und zeigte stolz einen Thorshammer vor, der an einem Lederband um seinen Hals hing.

Als Ketil aufstehen wollte, legte Hakon ihm eine Hand an den Arm und zog ihn auf die Bank zurück.

«Die Saukerle werden gleich ein ordentliches Vaterunser erleben», knurrte Ketil.

«Du willst es mit fünf bewaffneten Männern aufnehmen?», entgegnete Hakon. «Wenigstens zwei von ihnen haben Schwerter.»

Der Wirt brachte einen Krug und zwei Becher und eine der Frauen eine mit Hartkäse und Brot beladene Holzplatte an den Tisch.

Hakon wartete, bis sie die Sachen abgestellt hatten, bevor er den Wirt aufforderte, sich ebenfalls einen Becher zu holen. Die Einladung schien den Wirt zu überraschen, aber dann nickte er, kehrte kurz darauf mit einem Becher zurück und setzte sich.

«Mein Name ist Bescelin», sagte er. «Bei mir gibt es das beste Bier in der ganzen Gegend, nicht so ein Gesöff wie in dem Gasthaus gegenüber. Habt ihr das gesehen?»

Hakon verneinte.

«Dann habt ihr Glück, dass ihr bei mir gelandet seid.»

«Mag sein», erwiderte Hakon und wollte eine Frage stellen.

Doch der Wirt plauderte munter weiter. «Ihr seid merkwürdige Brüder. Die Mönche, die sonst vorbeikommen, bestehen darauf, ausschließlich für fromme Worte mit Essen und Trinken bewirtet zu werden. Woher stammt ihr beiden?»

Hakon schenkte die drei Becher voll, und sie tranken. Das Bier war stark und schmeckte tatsächlich gut. So, wie der Wirt aussah, nahm er vermutlich reichlich davon zu sich. Sein Gesicht war aufgedunsen und fleckig, mit dunklen Ringen unter den Augen. Obwohl es im Gasthaus kühl war, glitzerten auf seiner Glatze Schweißtropfen. Er schien nervös zu sein, vielleicht wegen der betrunkenen Dänen.

«Wir sind mal hier, mal dort», antwortete Hakon ausweichend.

«Und bringen den Menschen Gottes Segen», brachte Ketil kauend hervor und stopfte sich mehr Käse in den Mund.

«Wandermönche?», fragte der Wirt misstrauisch. «Seid ihr auch Dänen? Eure Aussprache klingt fremd.»

«Ja», sagte Hakon.

«Hab ich mir fast gedacht.» Der Wirt prostete ihnen zu. «Aber es soll ja auch anständige Dänen geben, habe ich mal gehört.»

«Gehören die Dänen zu den Soldaten, die die Pferde im Stall bewachen?»

«Nein, das sind Sachsen, die im anderen Gasthaus untergekommen sind.»

Ein Däne rief nach neuem Bier, woraufhin die Frauen am Tresen Krüge abfüllten.

«Was macht ihr in unserer Gegend?», fragte der Wirt.

«Wir suchen jemanden», sagte Hakon. «Einer unserer Brüder hat unseren Orden verlassen und ist fortgelaufen.»

«Außer euch beiden habe ich hier seit Wochen keinen Mönch mehr gesehen ...»

Da hallte ein wütender Schrei durch den Gastraum. Als ein Däne versuchte, die jüngere der beiden Frauen auf seinen Schoß zu ziehen, zerbrach ein Krug scheppernd auf dem Boden. Der Wirt erhob sich, ging zu dem Dänen und redete beruhigend auf ihn ein. Unter dem lauten Gelächter der anderen Männer befreite die Frau sich und verschwand eilig hinter dem Tresen.

«Das Gelumpe kriegt kein Bier mehr», sagte der Wirt, als er sich wieder zu Hakon und Ketil setzte.

Inzwischen hatte Ketil Brot und Käse bis auf einen kleinen Rest verspeist und schob die Platte mit schuldbewusster Miene zu Hakon, der das Essen jedoch nicht anrührte.

«Unser Bruder trägt wahrscheinlich keine Kutte mehr», sagte er zum Wirt.

«Es kommen und gehen viele Männer», entgegnete der Wirt. «Tut mir leid, Freunde, aber ich kann euch nicht helfen. Wollt ihr mehr Brot und Käse? Oder doch ein Stück Fleisch?»

«Unser Bruder ist jung», beharrte Hakon. «Er ist klein und schmal und hat rote Haare.»

Der Wirt runzelte die Stirn. «Ihr sucht einen rothaarigen Jungen?»

«Ja, und wir haben gehört, er sei in Begleitung eines Mädchens.»

Nebenan kippte ein Däne rücklings von der Bank, woraufhin die anderen sich vor Lachen auf die Schenkel schlugen.

«Ein rothaariger Junge und ein Mädchen?» Der Wirt blickte verstohlen zur Tür, während er sich am rechten Ohrläppchen zupfte. Seine Stimme bebte merklich. «Nein, solche Leute waren hier nicht.» Er erhob sich. «Ich bringe euch frisches Bier, vom besten Fass, das ich habe.»

Hakon entging nicht, dass der Wirt seiner Frage auswich, und legte eine weitere Münze auf den Tisch, die er mit dem Finger antippte und zum Wirt hinüberschnippte. Der Glatzkopf starrte das Geldstück an, nahm es und steckte es ein. «Ihr hole euch das Bier.»

«Warte», sagte Hakon. «Ich gebe dir noch eine weitere Münze und denke, das sollte deinen Erinnerungen auf die Sprünge helfen.»

Doch da eilte der Wirt schon zum Tresen.

«Der Flohfurz ist ein schlechter Lügner», stellte Ketil fest und stopfte sich das restliche Brot in den Mund.

Die Dänen riefen wieder nach Bier und hämmerten mit den Bechern auf die Tischplatte, während Hakon den Wirt nicht aus den Augen ließ, der auf die ältere der beiden Frauen einredete. Anschließend verschwand er in einer vom Gastraum abgetrennten Kammer.

Die Frau wischte ihre Hände an der Schürze ab, schaute erst zu den Dänen, dann zu Hakon und Ketil und dann wieder zu den Dänen, bevor sie hinter dem Tresen hervorkam und steifbeinig durch den Gastraum Richtung Tür ging. Dabei richtete sie ihren Blick angestrengt nach vorn, bis sie die Tür erreichte und nach draußen verschwand.

Gleich darauf kehrte der Wirt mit neuem Brot und einem Krug zurück, schenkte unaufgefordert die Becher voll, setzte sich und sagte: «Dieses Bier müsst ihr unbedingt probieren, meine Freunde.»

Hakon nahm einen Schluck. Es schmeckte tatsächlich ausgesprochen würzig.

«Wo ist das Weib hingegangen?», knurrte Ketil und beugte sich über den Tisch zum Wirt.

«Es wird gleich Ärger geben», erwiderte der Glatzkopf. «Es gibt immer Ärger, wenn diese Dänen nichts mehr zu trinken bekommen.»

«Ach, und deshalb ist die Frau weggelaufen?»

«Sie holt die Sachsen, die mir die Kerle vom Hals schaffen

sollen. Ihr beiden könnt also unbesorgt sein. Die Dänen werden euch nicht mehr belästigen. Doch nun trinkt, meine Freunde. Jeder Schluck dieses herrlichen Bieres ist sein Geld wert.»

Hakon trank, aber nicht, weil er durstig war, sondern um dem Wirt einen Gefallen zu tun, der sein Bier so stolz anpries. Er musste ihn bei Laune halten. Ketil kaute auf einem Bissen Brot herum und rührte das Bier nicht an.

«Dein Bier ist gut, wirklich gut», lobte Hakon.

Kaum hatte er den Becher abgestellt, schenkte der Wirt bis an den Rand nach.

«Du hast zwei Münzen von mir bekommen, Bescelin», sagte Hakon. «Und ich gebe dir noch eine Münze, wenn du noch einmal genau darüber nachdenkst, ob du unseren Bruder nicht vielleicht doch gesehen hast.»

«Mhm», machte der Wirt und sagte: «Also, ein rothaariger Junge mit einem Mädchen.»

«An seiner Beschreibung hat sich in der Zwischenzeit nichts geändert.» Hakon hob eine Hand. «So groß ist unser Bruder etwa.»

«So groß?», murmelte der Wirt. «Also wohl eher ein kleiner Mönch, der ...»

Er beendete seinen Satz nicht, sondern sprang plötzlich auf und brüllte den Dänen zu: «Ihr kriegt gleich euer Bier, verdammt!» Schweiß rann ihm von der Glatze, als er sich wieder an Hakon und Ketil wandte. «Diese Satansbande dreht gleich durch. Entschuldigt mich, meine Freunde. Ich muss ihnen Bier bringen, um sie hinzuhalten, bis die Soldaten aufkreuzen. Wir reden gleich weiter.»

Unter dem Gejohle der Dänen eilte er zum Tresen, um mit der jungen Frau Krüge zu füllen.

Hakon leerte den Becher und schenkte sich Bier nach, das bereits seine Wirkung tat. Sein Kopf fühlte sich leichter an, außerdem musste er pinkeln. Auch in seinen Därmen rumorte es. Er hatte in den vergangenen Tagen kaum Schlaf gefunden und nur wenig gegessen. Es war also kein Wunder, dass er das starke Bier merkte.

«Ich verschwinde kurz», sagte er zu Ketil.

Am Tresen hantierte der Wirt mit den Krügen und ließ sich dabei augenscheinlich Zeit.

«Bestell mir noch was von dem Brot und Käse, wenn er zurückkommt», bat Hakon.

«Was ist mit dir los?», fragte Ketil besorgt. «Du bist bleich wie eine frisch gekalkte Wand.»

«Ich habe wohl zu schnell getrunken.» Als er aufstand, drehte sein Kopf sich so heftig, dass er sich am Tisch abstützen musste. «Bin gleich wieder da», murmelte er. Seine Zunge fühlte sich pelzig und wie in Blei gegossen an.

Auf dem Weg zur Tür schwankte der Boden wie ein Schiff bei stürmischer See. Sein Magen drehte sich schneller. Verfluchtes Bier, dachte er und war erleichtert, dass er die Tür erreichte, ohne das Gleichgewicht zu verlieren. Als er nach draußen trat, fuhr ihm aus der Dunkelheit eine frische, regenfeuchte Böe ins Gesicht.

Hinter ihm fiel die Tür zu. Er atmete tief ein und hoffte, dass die kühle Luft seinen Kopf beruhigte, doch er taumelte und fühlte sich so betrunken, als habe er nicht zwei Becher, sondern zwei Fässer Bier geleert.

So stark kann kein Bier sein, dachte er, als er spürte, wie sein Mageninhalt nach oben drängte. Er spie und würgte, bis nichts mehr herauskam, und dann gelang es ihm, sich hinter die Ecke des Gasthauses zum Abort zu schleppen. Doch kaum war er um die Ecke gebogen, wurde ihm klar, dass er es nicht mehr bis dorthin schaffen würde. Regentropfen trommelten auf seinen Kopf, während er mit der einen Hand versuchte, die Kutte hochzuziehen, um mit der anderen Hand an die Hose zu kommen. Das Wasser tropfte ihm aus dem kurz geschnittenen Haar und durchweichte seine Kleidung. Endlich gelangte er an die Hose, stützte sich mit einer Hand ab und begann zu pinkeln, als sich die Wand vor ihm mit einem Mal zu bewegen schien. Seine Hand glitt ab. Er prallte mit dem Kopf gegen den Lehm, rutschte daran herunter in eine Pfütze und schrammte sich an der rauen Wand die Stirn auf.

Als er versuchte, sich aufzurichten, wollte ihm sein Körper nicht gehorchen. Es gelang ihm lediglich, den Kopf aus der Pfütze zu heben und sich auf die Seite zu drehen, sodass er die Regenschleier über dem dunklen Platz tanzen sah. Und dann sah er Bewegungen, huschende Schatten und hörte aufgeregte Stimmen.

Er erinnerte er sich an die Soldaten, die die Frau holen sollte. Die Schatten kamen näher, es waren bewaffnete Männer, die im Laufschritt zum Gasthaus eilten. Er konnte nicht erkennen, wie viele Männer es waren, die nur wenige Schritte an ihm vorbei rannten, ohne ihn am Boden liegen zu sehen. Ihre Stiefel patschten durch Pfützen, dann verschwanden sie im Gasthaus.

Hakon wunderte sich noch, warum sie wegen einer Handvoll betrunkener Dänen ein solches Aufheben machten, als er drinnen jemanden schreien hörte. Dann krachte und schepperte es, als würde die Einrichtung zu Bruch gehen. Wieder schrie jemand, und Hakon erkannte die Stimme.

Es waren laute, wütende Schreie. Ketils Schreie.

7.

Fluss Egidora, Nordalbingien

Bescelin riss die Augen auf. Um ihn herum war es dunkel. Im ersten Moment wusste er nicht, wo er sich befand. Da nahm er einen unangenehmen Geruch wahr und spürte, wie etwas Hartes auf seinen Hals drückte. Panik stieg in ihm auf, und sein Herzschlag beschleunigte sich. Dann bemerkte er den Lichtschimmer, der auf sein Bett fiel. Da war jemand bei ihm in der Kammer. Ein Mann. Er saß an Bescelins Bett und hatte ihm die Hände um den Hals gelegt. Der Griff schnürte ihm den Atem ab.

Bescelin glaubte, sein Schädel müsse platzen. Die ganze Nacht hatte er getrunken, nachdem der riesige Mönch die Einrichtung zu Kleinholz verarbeitet hatte, bis die Sachsensoldaten ihn überwältigen und fortschleppen konnten. Bescelin hatte Blut gesehen, viel Blut. Einem Soldaten hatte der Mönch mit einer Sitzbank das Gesicht zertrümmert und mindestens einem weiteren Mann Knochenbrüche und offene Wunden zugefügt.

Zum Glück hatte Bescelin seine Tochter durch die Hintertür zu Nachbarn fortgeschickt, bevor im Gasthaus das Chaos ausgebrochen war. Auch seine Frau war schlau genug gewesen, gar nicht erst zurückzukehren, nachdem sie die Soldaten benachrichtigt hatte. Sogar die betrunkenen Dänen waren geflohen.

Hätte Bescelin doch besser den Mund gehalten. Nun hatte er Ärger, nichts als Ärger.

Nachdem die Sachsen den Mönch niedergerungen, gefesselt und aus dem Haus geschleift hatten, sah Bescelins Gasthaus aus wie ein Trümmerfeld. Er war darüber so entsetzt, dass er sich zwischen Holzsplitter und Tonscherben gehockt und ein Bier nach dem anderen getrunken hatte, um das Elend erträglicher zu machen. Was ihm nicht gelungen war. Wenn er geahnt hätte, in welchem Chaos die Nacht enden würde, hätte er die Mönche nicht verraten und auf die Belohnung gepfiffen. Die Münzen, die die Soldaten ihm gegeben hatten, reichten nicht ansatzweise für eine neue Einrichtung.

Und nun saß der andere Mönch an Bescelins Bett. Er stank wie eine Kloake, hatte die rauen Hände um Bescelins Hals gelegt und würgte ihn. Bescelin starrte in das Gesicht, das von einer Lichtquelle, vielleicht einer Tranlampe, beschienen wurde.

«Bitte ... töte mich ... nicht», stieß Bescelin gepresst aus.

Der Würgegriff lockerte sich leicht, blieb aber schmerzhaft.

«Was hast du in mein Bier getan?», japste der Mönch. Sein Gesicht mit den blutunterlaufenen Augen war zur Fratze verzerrt, die Haut mit Dreck und Schürfwunden überzogen.

Kurz nachdem die Soldaten den Hünen rausgeschafft hatten, waren sie noch einmal ins Gasthaus zurückgekommen. Sie hatten sich nicht um das Chaos geschert, das sie selbst mit angerichtet hatten. Stattdessen waren sie wütend gewesen, weil sie den zweiten Mönch nicht gefunden hatten. Sie gaben Bescelin sogar noch die Schuld daran, dass der andere Mönch entkommen war, weswegen sie ihm die volle Belohnung verweigerten.

Die Finger des Mönchs zitterten, aber der Druck war noch immer so stark, dass Bescelin es nur mit Mühe schaffte, ein paar Worte hervorzupressen. Ohne darüber nachzudenken, was er sagte, röchelte er: «Pilze, es waren Pilze.»

Der Mönch öffnete den Mund und schloss ihn wieder. Auch ihm fiel das Sprechen schwer. Offenbar stand er unter dem Einfluss der giftigen Pilze, die Bescelin von einer Kräuterfrau kaufte und in der Vorratskammer versteckte. Sie waren ein bewährtes Mittel, um Gäste auszuschalten, die Ärger machten. Die Wirkung des Gifts war verheerend. Bescelin hatte miterlebt, wie binnen weniger Augenblicke aus bulligen Männern sabbernde Wracks wurden, die sich in ihrem Erbrochenen wälzten. Einmal war ein Mann an dem mit Giftpilzen versetzten Bier gestorben. Bescelin hatte die Leiche in einem abgelegenen Waldstück vergraben müssen.

«Warum hast du das getan?», stieß der Mönch aus, und der üble Gestank, der von ihm ausging, strömte in Bescelins Nase.

«Es tut mir leid», jammerte er, weil ihm in seiner Todesangst nichts Besseres einfiel. «Die Soldaten haben es befohlen.»

«Haben *was* befohlen?»

«Jeden zu melden, der nach dem rothaarigen Jungen in Begleitung eines Mädchens fragt ...» Bescelin verstummte. Er hatte dem Mönch schon zu viel verraten. Der würde ihn umbringen, wenn er die ganze Wahrheit erfuhr. Andererseits sah der irre Kerl mit seinem teuflischen Blick sowieso nicht aus, als würde er Bescelin verschonen. Nicht zum ersten Mal fragte er sich, ob das überhaupt ein Mönch war. Eine solche Kutte konnte jeder tragen.

Als der Mönch immer heftiger zitterte, erkannte Bescelin seine Gelegenheit und entwickelte einen vagen Plan. Er musste den Mönch nur noch ein wenig hinhalten.

«Ich bekomme keine Luft mehr», japste er und jubelte innerlich, weil der Mönch tatsächlich die Hände fortnahm.

«Danke», keuchte Bescelin und rang um Atem. «Der rothaarige Junge, den du suchst, war hier, mit einem Mädchen.»

«Wann?» Der Mönch sog hörbar Luft ein.

«Vor einer Woche etwa. Er wollte eine Schlafgelegenheit für sich und das Mädchen. Er hat nicht viel geredet, eigentlich hat er gar nichts gesagt, sondern mir nur eine Münze gegeben. Damit war klar, was er wollte.»

«Was war mit dem Mädchen?»

«Es sah krank aus.»

Der Mönch griff sich an den Kopf und fuhr mit der Hand durch das kurzgeschnittene, dunkle Haar. Seine Bewegungen waren so fahrig, dass Bescelin es wagte, unter der Decke seine Muskeln anzuspannen. Jetzt brauchte er nur noch den richtigen Moment abzupassen. Vielleicht gelang es ihm, den Mönch zu überwältigen und dann die ganze Belohnung einzustreichen.

«Das Mädchen war krank?», murmelte der Mönch.

«Ja, sehr krank. Es hatte rote Augen und war erhitzt und überhaupt nicht gut beieinander.» Das war nicht einmal gelogen.

«Wohin hat der Junge das Mädchen gebracht?»

«Das weiß ich nicht. Aber dann kamen vor einigen Tagen die Soldaten. Sie haben mir befohlen, sofort jeden zu melden, der sich nach dem Jungen erkundigt.»

Der Mönch richtete den Oberkörper auf und wandte sich ab. Er schaute zu einer Tranlampe, die auf einem Schemel neben dem Bett stand. Als Bescelin sah, dass die Kutte mit übelriechendem Dreck verschmiert war, beschlich ihn ein Verdacht, wo der Mönch sich vor den Soldaten versteckt haben könnte.

Langsam schob er unter der Decke die Hände nach oben, während der Mönch nachdenklich ins flackernde Lampenlicht starrte. Dann riss Bescelin mit einem Ruck die Decke weg. Er wollte sich nach vorn werfen, um aus der Reichweite des Mönchs zu kommen. Die Tür zum Gastraum stand einen Spalt offen. Dahinter lag unter dem Tresen ein Knüppel.

Doch der Mönch reagierte überraschend schnell. Ehe Bescelin es sich versah, wurde er gepackt und zurück auf das unter ihm krachende Bett gedrückt. Der Mönch schlug ihm mit der Faust ins Gesicht. Bescelin sah Sterne zucken und schmeckte Blut. Ein Zahn hatte sich gelöst.

Er hatte den Mann unterschätzt.

Als der Mönch sich über ihn beugte, sah er eine Messerklinge aufblitzen.

«Ich werde dich aufschlitzen», zischte der Mönch, «und deine Eingeweide in deinem Giftbier baden.»

«Bitte, nein, hab Erbarmen. Du bist doch ein Diener Gottes. Ich flehe dich um Gnade an. Ich ... werde dir alles erzählen, alles, was ich weiß.»

«Wohin haben die Soldaten Ketil gebracht? Ich habe gesehen, wie sie in der Morgendämmerung mit ihm aufgebrochen sind.»

«Ketil?»

«Der Mann, der mich begleitet hat.»

«Wahrscheinlich bringen sie ihn zur Hammaburg.»

«Warum zur Hammaburg?»

«Weil sie von dort gekommen sind.»

Der Mönch nickte und fragte: «Wer führt den Befehl über die Soldaten?»

Bescelin konnte nicht anders, als die Augen zu schließen. Er ertrug den irren, starrenden Blick nicht mehr und war nun überzeugt, dass das kein Mönch war. Nein, das war der Teufel, der in eine menschliche Gestalt gefahren war.

Bescelin betete im Stillen und flehte den Herrgott um Hilfe und Beistand an, während er durch sein Leinenhemd den Druck der Messerspitze auf seinem Bauch stärker werden spürte.

Wenn herauskam, dass er den Namen des Auftraggebers verriet, war er ohnehin dem Tod geweiht.

8.

Hammaburg

Die Soldaten brachten Ketil nach Süden. Seine Hände waren mit Sklaveneisen zusammengekettet, und der stinkende Furz von einem Hauptmann hatte ihm einen Strick um den Hals gelegt. Weil Ketil zu Fuß gehen musste, kamen die Sachsen auf ihren Pferden nur langsam voran, während der Hauptmann sein Vergnügen daran hatte, Ketil mit Fußtritten vor sich herzutreiben. Die beiden Soldaten, die er im Gasthaus verletzt hatte, waren verbunden und notdürftig behandelt worden. Sie würden wohl überleben. Ketil bedauerte, nicht härter zugeschlagen zu haben. Immerhin war es ein schwacher Trost, dass der Soldat, dem er das Gesicht mit einer Sitzbank zerschmettert hatte, niemals mehr etwas anderes als Grütze zu sich nehmen konnte. Er hatte Zähne und Blut ausgespuckt.

Ketil fragte sich, warum Hakon mit einem Mal so betrunken gewesen war. Ob der Wirt ihm etwas ins Bier getan hatte? Ja, so musste es gewesen sein. Ketil konnte von Glück reden, so sehr mit Essen beschäftigt gewesen zu sein, dass er gar nicht zum Trinken gekommen war.

Der Weg, über den man in friedlichen Zeiten das Vieh und im Krieg die Heere trieb, führte durch ausgedehnte Wälder, die sich mit Wiesen, abgeernteten Äckern und Heideland abwechselten. Über weite Strecken war die Landschaft nahezu menschenleer. Nordalbingien war im Spannungsfeld zwischen Sachsen und Dänen immer ein umkämpftes Gebiet gewesen. Nur hin und wieder sah Ketil kleine Dörfer oder vereinzelte Gehöfte. Die verkohlten

Überreste der Brandruinen waren stumme Zeugen von Krieg und Verderben.

Als sie weiter nach Süden kamen, wurde das Gelände sumpfiger, und am vierten Tag sah Ketil zur Mittagszeit von einer Anhöhe aus die Hammaburg. Die Festung war kreisförmig angelegt und von einem mit Palisaden bewehrten Erdwall umgeben. Sie stand auf einer Landzunge, der *hamm*, nach der der Ort benannt worden war. Wolken trieben an diesem Tag über die Burg, deren Erdwall von Hütten und Grubenhäusern gesäumt war. Handwerkerhäuser erstreckten sich bis zu den Fischerhütten und Speichern an den mit Weidenzäunen und Stegen befestigten Ufern.

Seit vielen Jahren war Ketil nicht mehr in dieser Gegend gewesen. Er mochte die Hammaburg nicht. Das lag nicht an den nach Fisch und Abfall stinkenden Gassen, in denen der Unrat sich stapelte. Oder am dichten Rauch, der aus Hütten und Räucheröfen quoll und an windstillen Tagen die Siedlung unter dem Dunst zu ersticken drohte. Nein, der Grund für seine Abneigung waren die Christen, die an diesem Ort lebten. Ketil verabscheute alle Munkis, seit sie ihn damals zu ihrem Feind erklärt hatten und ihm nach dem Leben trachteten.

Sie näherten sich der Burg über einen Knüppelpfad durch mückenverseuchte Sümpfe. Hier gediehen die Biester auch im Herbst noch prächtig und stürzten sich auf alles, was vorbeizog. Ketil hörte die Soldaten fluchen. Aber sie hatten wenigstens ihre Hände frei, um nach den Mücken zu klatschen, während Ketil den Stichen ausgeliefert war.

Er konnte sich ja nicht einmal kratzen.

Kurz darauf tauchte hinter Büschen und einem kahlen Birkenwäldchen der hohe Wall auf. Die Hammaburg war eine Wehranlage, denn der Handelsplatz hatte schon immer Begehrlichkeiten anderer Mächte geweckt. Nordmänner, Dänen und Slawen hatten die Siedlung mehrmals niedergebrannt und verwüstet.

Daher hatten die Sachsen ihre Siedlung irgendwann mit einem Wall erweitert, der mit Gräben versehen und erhöht worden war. Der Wall wurde zur Festung ausgebaut, in der geistliche und weltliche Herrscher ihre Reichtümer horteten und die Siedlungsbewohner bei Angriffen Schutz fanden.

Der Hauptmann drängte Ketil am Wall entlang, als hinter der Palisade oben auf dem Wehrgang Soldaten mit Helmen und Lanzen auftauchten. Der Hauptmann rief ihnen etwas zu, woraufhin die Wachen zu einem etwas abseits gelegenen Platz zeigten, an dem kleine Hütten und eine hölzerne Kirche mit einem hohen Spitzdach standen. Vor der Kirche hing unter einem überdachten Gerüst eine bronzene Glocke.

Die Soldaten saßen ab. Während einige Männer die Pferde zum Burgtor führten, legten die anderen mit Ketil das letzte Stück zu Fuß zurück. Bei der Kirche standen mehrere Leute, die zu ihnen herüberschauten, als die Soldaten mit ihrem Gefangenen näher kamen. Ein in Ketten gelegter Mönch war kein alltäglicher Anblick.

Aus der Gruppe löste sich ein Mann, offenbar ein Priester, und trat ihnen entgegen. Er war alt und trug einen dunklen Mantel. An einer Kette hing über seiner Brust ein silbernes Christenkreuz.

Der Hauptmann reichte den Strick, der um Ketils Hals gelegt war, an einen Soldaten weiter, bevor er zu dem Priester ging und sich leise mit ihm unterhielt. Der Priester war ein fast zahnloser, alter Kerl mit weichen Gesichtszügen, der Ketil während des Gesprächs nicht aus den Augen ließ. Je länger der Hauptmann redete, desto tiefer wurden die Falten auf der Stirn des Priesters. Er nickte einige Male nachdenklich, bis er die anderen Munkis zu sich rief, die die beiden von Ketil verletzten Soldaten in eine Hütte brachten.

«Er betet in der Kirche», hörte Ketil den Priester zum Hauptmann sagen. «Ich werde nach ihm sehen.»

Der Priester ging zur Kirche, öffnete nach kurzem Zögern die Tür und verschwand dahinter. Eine Böe rauschte durch die Bäume und riss die letzten Blätter von den Zweigen.

Der Hauptmann baute sich vor Ketil auf. Er war groß und hatte breite Schultern, war aber dennoch einen Kopf kleiner als Ketil. Der Hauptmann holte aus und rammte seine Faust in Ketils Magen. Der Schlag raubte ihm den Atem. Er knickte vornüber, biss aber die Zähne fest zusammen, damit kein Laut über seine Lippen kam. Die Genugtuung wollte er dem Bastard nicht gönnen.

«Runter mit dir», befahl der Hauptmann. «Runter auf die Knie.»

Ketil richtete sich auf und bedachte ihn mit einem verächtlichen Blick. Der zweite Schlag war härter, aber dieses Mal war Ketil vorgewarnt und spannte die Bauchmuskeln an.

«Knie nieder», fauchte der Hauptmann.

Es gefiel Ketil, dass sich auf den Wangen des Hauptmanns rote Wutflecken bildeten.

«Wenn du willst, dass ich vor dir niederknie», gab Ketil zurück, «musst du mir die Beine abhacken.»

«Vor Hergeir brauchst du nicht zu knien, Bruder», hörte Ketil eine freundliche Stimme sagen und sah einen hageren Mann mit dem Priester aus der Kirche kommen. Der Mann hatte ein mausgraues Gesicht mit hervortretenden Wangenknochen, einem breiten Mund und schmalen Lippen. Er war mit einem schlichten Gewand bekleidet und sein dunkles Haar mit einer Paste eingeschmiert.

Ketil wusste sofort, wer das war: Adaldag, der geistliche Führer des Erzbistums der Hammaburg und der Stadt Brema, die im Westen am Fluss Wesera lag. Einst war die Diözese Brema dem Erzbischof von Colonia unterstellt, und dieser Erzbischof war Brun gewesen. Brun hatte Ketil vor dem Galgen gerettet, dafür hatte er Brun wie einen Vater geliebt. Er war ein mächtiger Mann gewesen, ein Bruder des Kaisers Otto. Aber Brun war auch ein gütiger Mann und der Grund dafür, dass Ketil sich hatte taufen lassen. Nach Bruns Tod im Jahre 965 hatte Adaldag sich die Diözese Brema einverleibt.

Der Hauptmann und die Soldaten verbeugten sich vor ihm.

Ketil war dem Erzbischof bislang nur ein Mal in Bruns Begleitung begegnet und hoffte jetzt, dass Adaldag sich nicht an ihn erinnerte. Allerdings war Ketil kein Mann, den man übersah und einfach wieder vergaß.

Der Erzbischof musterte ihn eingehend, bis er sagte: «Magst du deinem Bischof nicht die Ehre erweisen, die sich für einen Christen gehört?»

Adaldag sprach scharf, aber mit einem hintergründigen Lächeln. Er war alt und kein ansehnlicher Mann, im Kampf wohl kaum zu gebrauchen. Doch er strahlte eine Strenge aus, die die Luft knistern zu lassen schien. Als das Lächeln breiter wurde und die Haut sich über seinen Wangenknochen spannte, glaubte Ketil, das Böse hinter der Maske aus Fleisch und Muskeln zu erkennen.

Es widerstrebte ihm, vor dem Hurensohn herumzurutschen, dennoch überwand er sich und ließ sich auf die Knie sinken. Sich den Soldaten zu widersetzen war eine Sache, aus der er sich herausreden konnte, weil sie ihn angegriffen hatten. Vor dem Erzbischof musste er jedoch den Schein der Gottesfürchtigkeit wahren und sich darauf besinnen, was er einst im Kloster in Colonia gelernt hatte. Er hätte sich in seinen kühnsten Albträumen nicht ausmalen können, wieder einmal einen Christen geben zu müssen, und nun sollte er auch noch den Ring dieses Galgenvogels küssen.

Mach es für Aud, sagte er sich, mach es für das Mädchen und für Hakon.

Als der Erzbischof ihm die Hand mit dem Bischofsring hinhielt, versuchte Ketil, an etwas anderes zu denken, während er sich leicht nach vorn beugte und seine Lippen sich dem Ring näherten. Für einen Moment war er versucht, den Finger mitsamt Ring abzubeißen. Er konnte beinahe das Blut schmecken und das Geräusch des zwischen seinen Zähnen zersplitternden Knochens hören, als seine Lippen den Ring berührten.

Der Erzbischof zog die Hand zurück, und Ketil schaute in das verkniffene Gesicht, das so undurchsichtig war wie eine Nebelbank. Er rechnete damit, dass Adaldag ihn sofort auf den Vorfall im *Bierochsen* ansprechen würde. Doch der bat ihn nur, ihm in die Kirche zu folgen.

«Nimm ihm die Fesseln ab», sagte er zum Hauptmann. «Es ist unangemessen, dass ein Diener Gottes in Ketten vor seinen Herrn tritt. Wie lautet dein Name, Bruder?»

«Grimar Grimsson, Herr.»

«Grimar», wiederholte der Erzbischof. Seine Kiefer mahlten, als kaue er auf dem Wort herum. «Bist du ein Nordmann, Grimar?»

«Ein Däne, Herr.» Ketil wollte gar nicht erst versuchen, sich als Sachse auszugeben. Dafür klang seine Aussprache zu fremd.

Der Erzbischof nickte. «Das ist wundervoll. Gott sei gepriesen für diesen Christen aus einem Land, das noch weitgehend von Heiden bewohnt ist, obwohl der selige Bischof Poppo den Dänenkönig getauft hat. Aber du, mein Sohn Grimar, bist ein Beweis dafür, dass nicht alle unsere Anstrengungen und Mühen umsonst sind.»

Er beugte sich vor, streckte die rechte Hand aus und berührte Ketil am Arm. «Aber dein Name sagt mir nichts. Ich fürchte, wir sind uns noch nicht begegnet, und bitte dich um Nachsicht mit mir, sollte mein Gedächtnis mich trügen.»

Ketil hielt dem Hauptmann die Hände hin, der die Eisenfesseln mit einem kleinen Schlüssel öffnete. Als seine Hände frei waren, nahm Ketil sich selbst die Schlinge vom Hals.

«Ihr solltet Euch vor dem Mönch in Acht nehmen, Herr», sagte der Hauptmann. «Er hat beinahe zwei unserer Männer getötet.»

«Hat er das?», erwiderte der Erzbischof. «Es wäre schön, wenn du mit mir betest, Bruder Grimar.» Dann drehte er sich um und ging zur Kirche. Der rotwangige Priester folgte ihm.

Ketil blieb unschlüssig zurück, bis der Hauptmann ihm einen Stoß in den Rücken versetzte. «Mich kannst du nicht täuschen, Bursche. Mit dir stimmt doch etwas nicht.»

Ketil verkniff sich einen Kommentar und setzte sich in Bewegung. Der Hauptmann und die Soldaten kamen ihm nach. Als sie die Kirche betreten hatten, wurde die Tür hinter ihnen geschlossen.

Durch Ritzen in den Wänden drang Tageslicht in hellen Streifen herein. Fackeln, die in Halterungen an den Stützpfosten steckten, verbreiteten warmes Licht. Der Raum war lang und hoch und der Boden gefegt. Die Einrichtung bestand aus mehreren mit Schlössern versehenen Truhen, die an den Bretterwänden standen, einem Taufbecken aus Sandstein sowie einem Steinsarg. Ans Kirchenschiff schloss sich eine Apsis an, ein kleinerer, offener Raum, in dem der mit einem Tuch bedeckte Altar stand. An den Wänden hingen ein Holzkreuz und bestickte Teppiche. Die Kirche war kein prächtiges Gebäude, strahlte aber eine gewisse Erhabenheit aus, der Ketil sich wie schon damals in den von Brun errichteten Steinkirchen nicht entziehen konnte.

Er schüttelte die Erinnerung ab und beschloss, diesen Ort zu verabscheuen, so wie er alle Christen verabscheute.

Der Erzbischof stand am Altar, schaute in Ketils Richtung und hatte eine Hand wie zum Gruß erhoben. Ketil ging auf ihn zu, doch dann fiel ihm ein, dass er beinahe etwas vergessen hätte. Rasch bekreuzigte er sich.

«Wir möchten den Herrn um Vergebung bitten», sagte der Erzbischof und ließ sich nieder.

Auch der Priester und Ketil gingen vor dem Altar auf die Knie, wo alle drei die Hände vor der Brust falteten. Ketil hoffte, dass die Götter sein Verhalten nicht als Verrat verurteilten und Verständnis für seine missliche Lage hatten.

Auf dem Altar standen eine mit Elfenbeinschnitzereien und Gold verzierte Schatulle, ein Kruzifix und ein schweres Silberkreuz, an dem der angenagelte Sohn Gottes gemartert wurde und trotzdem dümmlich lächelte. Die Sachen waren ein Vermögen wert.

«Bruder Grimar», sagte der Erzbischof.

Ketil schaute ihn fragend an.

«Wir warten auf dein Gebet!»

«Mein Gebet ... ja ...» Ketils Herz pochte heftig. Es war Jahre her, seit er das letzte Mal zum Christengott gebetet hatte. Nun wollte ihm beim besten Willen nicht einfallen, was er sagen sollte.

«Dort, wo man dich im Dienst am Herrn unterrichtet hat», sagte der Erzbischof, «wird man dich wohl auch das Beten gelehrt haben. Lass uns einen Psalm hören – einen Psalm, mit dem wir Gott bitten wollen, dass er uns unsere Sünden vergibt.»

Der Erzbischof zeigte beim Grinsen seine hellen Zähne, als habe er einen Scherz gemacht, doch Ketil befürchtete, dass man ihn prüfen wollte. Er durfte sich von der Freundlichkeit des Erzbischofs nicht täuschen lassen und dachte angestrengt nach. Natürlich hatten die Mönche damals in Colonia den Christengott um Vergebung gebeten, doch im Moment wollten ihm die richtigen Worte einfach nicht einfallen.

«Wofür wollen wir den Herrn um Vergebung bitten?», fragte er, um Zeit zu schinden.

«Oh, es gibt so vieles, was wir dem Herrn anvertrauen sollten, mein Sohn. Kein Mensch ist unfehlbar. Kein Priester und kein Mönch ist das, nicht einmal ein Erzbischof.»

Da tauchte aus den Tiefen von Ketils Gedächtnis eine Erinnerung auf. Worte wie flüchtige Schatten. Er versuchte, sie in eine sinnvolle Reihenfolge zu bringen, bevor er sagte: «O Gott, sei mir gnädig nach deiner Güte. Tilge meine Übertretungen nach deiner großen Barmherzigkeit! Wasche mich rein von meiner Schuld ... von meiner Schuld ...»

Mehr wollte ihm von dem Psalm beim besten Willen nicht einfallen. Außerdem befürchtete er, der Erzbischof könne sein vor Aufregung hämmerndes Herz hören und ihn als Lügner entlarven.

Im Hintergrund hustete der Hauptmann.

«Denn ich erkenne meine Übertretungen, und meine Sünde ist allezeit von mir», übernahm der Erzbischof. «An dir allein habe ich gesündigt und getan, was böse ist in deinen Augen, damit du recht behältst, wenn du redest, und rein dastehst, wenn du richtest.»

Das letzte Wort betonte er so stark, dass Ketil sich fragte, ob das ein Zufall war. Dann leierte der Erzbischof den Psalm weiter bis zum Ende herunter und bekreuzigte sich. Ketil bekreuzigte sich ebenfalls und sah den Erzbischof nach der Schatulle auf dem Altar greifen. Er klappte den Deckel hoch und nahm daraus ein kleineres Kästchen hervor, das er öffnete und es Ketil hinhielt. In dem mit rotem Samt verkleideten Kästchen lagen mehrere kleine Knochen, die, so vermutete Ketil, von einem Finger stammten.

«Das, mein Sohn, ist eine der kostbarsten Reliquien», erklärte der Erzbischof. «Ich nehme an, du weißt nicht, worum es sich handelt?»

«Nein.»

«Dann will ich es dir gern sagen. Es sind die Knochen vom Finger des heiligen Lazarus, dem von Gott Auferweckten. Diese herrlichen Reliquien werden unsere Kirche zu einem Wallfahrtsort machen. Denn so wie Gott dich heute hergeführt hat, werden viele Männer mit aufrechtem Glauben folgen, und sie werden anschließend, berührt von der Allmacht Gottes, ausziehen, um die Heiden vom Irrglauben abzubringen. Schon zu Zeiten des heiligen Ansgar ging von diesem Ort die Mission in den Ländern des Nordens aus. Ansgar hat die Worte der Wahrheit in die Länder getragen, die von Götzen und Dämonen beherrscht wurden. Das war Ansgars Lebenswerk, so wie es das Werk meines bescheidenen Daseins ist. Auch du, mein Sohn, bist eine Pflanze, die aus Ansgars Saat aufgegangen ist – ein in Sünde geborener Däne, der nun auf dem Pfad des Glaubens wandelt.»

Der Erzbischof seufzte inbrünstig, bevor er das Kästchen wieder schloss und in die Schatulle zurücklegte. Ketil schätzte, dass man für den Gegenwert allein der Schatzkiste wohl ein ganzes Dorf kaufen konnte.

«Du musst noch viel lernen, mein Sohn», sagte der Erzbischof und erhob sich. «Doch nun wollen wir speisen. Dabei musst du mir alles erzählen, was ich von dir wissen will. Ich brenne auf Neuigkeiten aus dem Dänenreich.»

Er rief nach dem Hauptmann: «Hergeir! Bring Bruder Grimar jetzt in den Palas.»

Draußen hatte sich das Licht verändert. Die Wolkendecke war aufgerissen, und die untergehende Herbstsonne ließ die Oberfläche der Elba, einem breiten Strom, der an der *hamm* vorbei zum Nordmeer floss, wie Stahl schimmern. Ketil wurde zwar nicht erneut in Eisen gelegt, aber ihm entging nicht, dass die Soldaten ihn nicht aus den Augen ließen und sich dicht an seiner Seite hielten.

Der Erzbischof und der Priester gingen schnell voraus. Sie schienen es mit einem Mal sehr eilig zu haben, während die Soldaten Ketil zum bewachten Tor geleiteten und dann weiter in die Burg. Hier stießen sie auf Dutzende Soldaten, die Ketil anstarrten, als sei dessen Anwesenheit auf der Burg für irgendetwas wichtig.

Durch die Gassen gelangten sie zu einem Platz vor einem langen Gebäude. Ketil hörte aus einer Hütte metallische Schläge, die abrupt aufhörten, als er mit seinen Bewachern näher kam. Vor der Hütte standen zwei Soldaten, und als Ketil darauf zukam, trat ein beleibter Mann vor die Tür. Er trug eine verschmierte Lederschürze. Von seiner Stirn tropfte Schweiß, den er mit einem fleckigen Tuch abtupfte. Aus der Tür hinter ihm drang der Geruch von Feuer, Schwefel und glühendem Eisen.

«Zurück an die Arbeit mit dir», schnaubte der Hauptmann. Der Schmied bedachte ihn mit einem finsteren Blick und verschwand dann grollend in der Hütte.

Als sie zum Palas kamen, wurde ihnen die Tür geöffnet. Sie traten in eine geräumige Halle, die von Tranlampen und Hausfeuern beleuchtet und mit drückender Wärme erfüllt wurde. Die Wände waren mit Waffen, Pelzen und Tierschädeln behängt.

Hergeir brachte Ketil zu einem Tisch, an dessen Kopfende der Erzbischof Platz genommen hatte. Er grinste mit gefletschten Zähnen. Der Tisch war mit Bechern, Krügen und Holzplatten gedeckt, auf denen knusprig gebratenes Fleisch dampfte. Es roch so herrlich, dass Ketils Magen zu knurren begann. Die letzte ordentliche Mahlzeit hatte er im *Bierochsen* bekommen.

Der Priester saß übers Eck rechts neben dem Erzbischof und beobachtete Ketil, der aufgefordert wurde, sich links vom Erzbischof niederzulassen. Nachdem Ketil Platz genommen hatte, setzte Hergeir sich neben ihn, und die drei Soldaten stellten sich dahinter.

«Der Hausherr liebt die Jagd», erklärte der Erzbischof und deutete auf die Tierschädel. «Sein Name ist Herrmann Billung. Du wirst von ihm gehört haben.»

Das hatte Ketil. Billung verwaltete slawische Marken im Osten. Er war ein enger Vertrauter des Kaisers. Niemand hatte die Todesopfer unter den Slawen gezählt, die Billungs Kriegszüge forderten.

«Ein großartiger Mann, der Billung», sagte der Erzbischof. «Hart in der Sache und treu im Glauben. Vielleicht lernst du ihn noch kennen, mein Sohn.» Wieder dieses zähnefletschende Grinsen.

Ketils Magen knurrte immer lauter. Aber er war zu aufgeregt, um ans Essen denken zu können.

Der Erzbischof schnippte mit den Fingern, woraufhin Diener herbeieilten und Getränke ausschenkten. Der Erzbischof, der Priester und Hergeir hoben ihre Becher und warteten, bis auch Ketil seinen Becher nahm. Dann tranken sie von dem Wein, der schwer und süffig war.

«Wein aus roten Beeren», frohlockte der Erzbischof.

Ketil nippte nur daran. Er musste langsam trinken und bei Verstand bleiben.

Nachdem der Erzbischof seinen Becher in einem Zug geleert hatte, bekam er sogleich nachgeschenkt. «Einen solchen Wein können nur Franken herstellen. Das ist etwas anderes als der Honigwein, den du gewohnt bist, mein Freund, oder?»

Da war etwas in Adaldags Stimme, das Ketil alarmierte. Aber was war es, und worauf lief das Gespräch hinaus?

Er nickte bestätigend und wollte zum Fleisch greifen.

Doch Adaldag hob mahnend eine Hand. «Wir sind noch nicht vollzählig, mein Sohn.»

Er gab einem Soldaten einen Wink, der daraufhin im Schatten des hinteren Hallenbereichs verschwand, von wo er kurz darauf mit einem jungen Mann zurückkehrte, der sich gegenüber von Hauptmann Hergeir an den Tisch setzte.

Ketils Herz setzte einen Schlag aus. Er hatte den Jungen zwar noch nie gesehen, aber das musste er sein, ohne Zweifel. Das war Auds Entführer. Sein Haar war rot wie ein reifer Apfel, seine Wangen waren mit Sommersprossen überzogen. Er war hier, der Bursche saß mit Ketil an einem Tisch!

«Und Er demütigte dich und ließ dich hungern», hob der Erzbischof an, «und Er speiste dich mit dem Manna, das weder du noch deine Väter gekannt hatten, um dich erkennen zu lassen, dass der Mensch nicht vom Brot allein lebt, sondern dass er von all dem lebt, was aus dem Mund des Herrn hervorgeht. Und nun genießt die Speisen des Herrn.»

Auch wenn Ketils Magen sich zusammenballte wie eine Faust, zwang er sich, etwas von dem Fleisch zu essen, das gut gewürzt und zart war. Es gab Tage, an denen hätte Ketil für ein solches Mahl getötet. Im Moment schaffte er es nur mit Mühe, überhaupt einen Bissen hinunterzuwürgen, und beobachtete beim Kauen den Jungen aus den Augenwinkeln. Der Kerl schien Ketils Anwesenheit weder zu bemerken, noch beachtete er einen anderen Mann am Tisch.

Ketil hörte, wie der Erzbischof leise mit dem Priester sprach, konnte den Worten aber nicht folgen. Seine ganze Aufmerksamkeit gehörte dem Jungen.

Er beschloss, zur Entspannung mehr Wein zu trinken, und setzte den Becher gerade an, als der Erzbischof seinen Namen nannte. Und er hatte nicht Bruder Grimar gesagt. Ketil verschluckte sich, hustete und ließ den Becher sinken. Die Männer am Tisch starrten ihn an, nur der Junge nagte abwesend an einem Knochen.

«Ketil Kormakson», wiederholte der Erzbischof.

Hinter Ketils Rücken knirschten die Lederstiefel der Soldaten.

«Herr? Mein Name ist Grimar», sagte Ketil.

Der Erzbischof lachte tonlos. Alle Freundlichkeit war von ihm gewichen.

«Ja, Herr, mein Name ist Grimar Grimsson», bekräftigte Ketil, obwohl er ahnte, dass es sinnlos war. Warum hatte er dem Jarl nicht ausgeredet, ausgerechnet ihn, Ketil, mitzunehmen? Skeggi wäre nicht aufgefallen, den kannte hier ja niemand.

«Das ist Bruder Ketil, der Günstling des Erzbischofs Brun, Gott sei seiner Seele gnädig», erklärte der Erzbischof den anderen.

Die Soldaten standen dicht hinter Ketil. Er hörte, wie ihre Schwerter leise aus den Scheiden glitten.

«Wenn der von Gott abgefallene Bruder Ketil den weiten Weg aus dem hohen Norden angetreten ist, um uns einen Besuch abzustatten, muss es dafür einen besonderen Grund geben. Und wer war dann wohl der andere Mann, der dir entkommen ist, Hergeir?», fragte Adaldag.

«Ich weiß es nicht», antwortete der Hauptmann. «Wir haben alles nach ihm abgesucht, aber ...»

«Gleich morgen früh wirst du zurückreiten, um das Versäumte nachzuholen.»

«Ja, Herr.»

«Und nun zu dir, Bruder Ketil.» Die hellen Zähne kamen zum Vorschein. «Ich hatte davon gehört, dass du dich bei den Götzenanbetern aufhältst. Dass du ein enger Vertrauter des dunklen Jarls geworden bist. War es vielleicht der Jarl, der dich begleitet hat?»

Ketil zog die Hände langsam vom Tisch, legte sie auf seine Oberschenkel und ballte sie zu Fäusten. Es waren Fäuste, deren Schläge tödlich sein konnten. Aber was sollte er gegen eine Horde Soldaten ausrichten?

«Hat es dir die Sprache verschlagen?», fragte der Erzbischof. «Du und der andere Mann – ihr seid dem guten Drakulf also gefolgt. Warum? Um die Seherin zu rächen?»

Ketil bemerkte, dass der Junge leicht zusammenzuckte. Aber warum erwähnte der Erzbischof eine Seherin? Wen meinte er damit? Etwa Asny?

«Oder», fuhr Adaldag fort, «hat es vielleicht mit dem geheimnisvollen Mädchen zu tun, das Drakulf begleitet haben soll?»

Der Junge ließ die Hand mit dem abgenagten Knochen sinken und drehte den Kopf zum Erzbischof, als der das Mädchen erwähnte.

«Pater Ekberth», der Erzbischof deutete auf den eifrig nickenden Priester, «hat dich doch in dem Gasthaus getroffen, Drakulf, und mir berichtet, dass ein Mädchen bei dir war, ein Kind. Seither frage ich mich, wer das sein könnte. Daher hatte ich die Soldaten zum Gasthaus an die Egidora geschickt, damit sie es herausfinden. Doch statt des Mädchens bringen sie mir Bruder Ketil. Ich frage mich, wie das wohl zusammenhängen mag.»

Der Junge zuckte mit den Schultern.

Adaldag wandte sich wieder an Ketil. «Du musst entschuldigen, mein Sohn. Drakulf spricht nicht viel. Manchmal befürchte ich, dass in seinem Kopf nicht alles mit rechten Dingen zugeht, doch dann überrascht er mich immer wieder aufs Neue. Vielleicht kannst also du mir helfen und verraten, wer das Mädchen war, nach dem ihr in dem Gasthaus gefragt habt.»

Ketil presste die Lippen zusammen.

«Ach», sagte Adaldag und seufzte. «Ich bin von schweigsamen Menschen umgeben. Manchmal mag es angenehm sein, wenn einem vom ganzen Gerede der Kopf schwirrt, aber jetzt ...» Seine Fäuste krachten auf den Tisch. «Jetzt will ich endlich wissen, wer das Mädchen und der andere Mann sind!»

Was folgte, war eine erdrückende Stille, die nur von den Geräuschen der in den Feuerstellen knackenden Holzscheite durchbrochen wurde, bis der Junge mit einem Mal seinen Mund öffnete.

«Es ist tot.»

«Was?», fragte der Erzbischof. «Wer ist tot?»

«Das Mädchen.»

Aud lebte nicht mehr? Als Ketil das hörte, konnte er nicht mehr an sich halten und sprang von der Bank auf. Doch er zögerte einen Wimpernschlag zu lange, weil er nicht wusste, ob er sich auf den Jungen oder den Erzbischof stürzen sollte. Bevor er sich entschieden hatte, spürte er den kalten Stahl an seiner Kehle.

9.

Haithabu

Skeggi streckte die Beine auf der Ruderbank aus, legte den Rücken gegen das Dollbord und den Kopf tief in den Nacken. Über ihm blitzten Sterne zwischen den Wolkenfetzen am Nachthimmel. Er hatte den Becher in der rechten Hand auf seinem Bauch abgestellt. Der Becher war gefüllt mit schalem Bier aus dem letzten Fass, das sie noch an Bord hatten. Er nahm einen Schluck und gab sich kurz der irrigen Hoffnung hin, der Geschmack könnte sich seit gestern Abend verbessert haben. Was natürlich nicht der Fall war. Das Bier schmeckte wie Pferdepisse.

Es wurde still. Der Hafen und die Stadt kamen zur Ruhe. Auch die Möwen, die tagsüber über dem Hafen kreisten und das Boot vollschissen, hatten sich verzogen.

Trotz des dicken Mantels fror Skeggi. In der Luft lag der Geruch von Schnee, und die Kälte biss ihm durch die Lederstiefel in die Zehen.

Irgendwo auf dem Schiff hustete jemand, andere Männer schnarchten. Die Mannschaft lag in Decken gehüllt auf den Planken, so wie jede Nacht in den vergangenen zwei Wochen. Es wurde allmählich Zeit, dass der Jarl zurückkehrte.

Warum sie überhaupt nach Haithabu gefahren waren, war Skeggi ein Rätsel. Er nahm an, dass es mit dem Jungen zu tun hatte, der die Frau des Jarls überfallen und seine Tochter entführt hatte. Der Jarl hatte nicht darüber gesprochen, zumindest nicht Skeggi gegenüber, aber die Männer redeten, und es gab Gerüchte, von denen einige wahr sein mochten.

Skeggi wusste, dass der Jarl bisweilen recht eigenwillige Entscheidungen traf. Nicht alle endeten im Guten, manchmal endeten sie im Tod. Dass der Jarl beschlossen hatte, Graufell anzugreifen, um einem Überfall zuvorzukommen, konnte Skeggi aber nachvollziehen. Auch wenn Graufell Karmøy geräumt hatte, warum auch immer.

Einer musste die Entscheidungen treffen, und das tat der Jarl. Das hatte er immer getan, schon damals, als sie ihre Kindheit zusammen auf dem Hof von Skeggis Vater Skadi Skoptisson verbrachten. Hakon war von seinem Vater Sigurd als *fóstrsonr*, als Ziehsohn, in Skadis Obhut gegeben worden. Schon damals hatte Skeggi zu Hakon aufgeschaut, nicht nur, weil er älter war, sondern weil er etwas Besonderes an sich hatte, das Skeggi auch heute nicht fassen oder gar in Worte kleiden konnte. Der Jarl war ein guter Kämpfer und erfahrener Kriegsmann, sicher, aber er hatte auch diesen dunklen, starrenden Blick, als könne er anderen Menschen in die Seele schauen.

Nicht nur Skeggi war damals fasziniert von Hakon, sondern auch Skeggis Schwester Thora, die später Hakons erste Frau und die Mutter von Eirik wurde. Mittlerweile war es viele Jahre her, seit Thora ermordet worden war. Skeggi und Hakon hatten sich aus den Augen verloren, bis er im vergangenen Jahr von Raubzügen im Nordmeer zurückkehrte und sich Hakon andiente. Er schwor den Eid auf den Jarl, der ihn in seine Haustruppe aufnahm und Skjaldars Befehl unterstellte. Skeggi war Hakons Gefolgsmann und stellte keine Fragen, sondern befolgte die Befehle, oder er sorgte – so wie in diesen Tagen – dafür, dass Hakons Anordnungen eingehalten wurden.

Bald würde die Frist ablaufen, die ihnen der sächsische Stadtverwalter, dieser Bocko, gesetzt hatte. Noch waren einige der Münzen übrig, die der Jarl ihnen gegeben hatte. Vielleicht konnte Skeggi damit bei Bocko einen Aufschub aushandeln. Allerdings regte sich Unmut in der Mannschaft. Die Krieger langweilten sich. Tagaus, tagein saßen sie auf dem Schiff fest, wo sie ihre Zeit mit Würfelspielen oder Trinken totschlugen. Aber das Bier ging zur Neige, und ihre Blicke und Sprüche wurden anzüglicher, wenn Frauen auf der Landebrücke am *Brandungspferd* vorbeigingen.

Über diese Gedanken wäre Skeggi mit dem halbvollen Becher auf dem Bauch beinahe eingenickt, als er Schritte auf den Planken hörte. Er stellte den Becher neben der Ruderbank ab und drehte den Kopf. Zwischen den schlafenden Männern bewegten sich die Umrisse eines Mannes. Als er näher kam, erkannte Skeggi in ihm Thormar, den Dänen, den es auf verschlungenen Wegen nach Hladir geführt hatte und der noch nicht lange in Hakons Haustruppe diente.

Skeggi wurde nicht schlau aus dem Mann mit dem kurzen Haar, von dem er den Eindruck hatte, dass er viel redete, ohne dabei tatsächlich etwas zu sagen. Thormar war trinkfest, rauflustig und stellte den Weibern nach. Und er war ein guter Kämpfer, das musste man ihm lassen. Seine Waffe war eine Streitaxt, in seinen Händen eine tödliche Kriegswaffe, die er beherrschte wie kaum ein zweiter Mann. In den langen Schaft ritzte er für jeden getöteten Gegner eine Kerbe, und von denen gab es bereits etliche. Das waren keine schlechten Eigenschaften für einen Mann, zumal für einen Dänen, gegen die Skeggi so seine Vorbehalte hegte. Aber ihm war unklar, warum der Jarl neben Hrafn und Nollar ausgerechnet Thormar damit beauftragt hatte, auf die Mannschaft aufzupassen.

Nun, der Jarl würde sich etwas dabei gedacht haben.

«Leg dich wieder hin», knurrte Skeggi. Er war nicht in Stimmung, sich mit einem Dänen zu unterhalten.

«Sei nicht so unfreundlich», entgegnete Thormar. «Da gibt es etwas, das du wissen solltest: Er ist verschwunden.»

Skeggi richtete sich abrupt auf. «Verschwunden? Wer ist verschwunden?»

«Na, wer wohl? Ljot.»

Skeggi war schlagartig hellwach. «Bist du dir sicher?»

«Auf seinem Schlafplatz liegt niemand. Und ich kann mir nicht vorstellen, dass er zu einem anderen Mann unter die Decke gekrochen ist.»

«Vielleicht muss er pinkeln?»

Thormar schüttelte den Kopf. «Siehst du hier irgendjemanden ins Wasser pissen? Außerdem ist er nicht der Einzige, der fort ist.»

Skeggi nahm die Füße von der Bank und stellte sie auf die Planken. «Wer noch?»

«Özur Hroaldsson und Ref Skarf.»

Skeggi stieß einen unterdrückten Fluch aus. Ihm war nicht entgangen, dass die beiden in den vergangenen Tagen Ljots Nähe gesucht hatten. Ljot mitzunehmen war auch so eine fragwürdige Entscheidung gewesen. Er war ein hinterhältiger Bastard. Es wunderte nicht nur Skeggi, warum der Jarl den Kerl nicht einfach getötet hatte.

«Wie konnten die Sauhunde unbemerkt von Bord gehen?»

Thormar zuckte mit den Schultern. «Die Frage solltest du dir selbst stellen. Immerhin hast du die erste Wache übernommen. Anstatt dir die Sterne anzuschauen, hättest du lieber das Schiff im Blick behalten sollen.»

«Wie redest du mit mir, Däne? Der Jarl hat mir die Führung der Mannschaft übertragen.»

«Was offensichtlich nicht seine beste Entscheidung war.»

«Du stellst den Befehl des Jarls in Frage? Wen hätte er deiner Meinung nach damit betrauen sollen? Dich vielleicht? Einen Dänen?»

Thormar verschränkte die Arme vor der Brust. «Zumindest bin ich in der Lage, mir Respekt zu verschaffen.»

Skeggi rang mit sich, ob er Thormar für die frechen Worte maßregeln sollte. Aber der stinkende Däne hatte ja nicht einmal unrecht, denn Skeggi war sich mit einem Mal nicht mehr sicher, ob er nicht vielleicht doch eingeschlafen war.

«Weck Hrafn und Nollar», sagte er. «Aber lasst eure Waffen auf dem Schiff.»

Über die Landebrücke gingen sie zum Hafenufer und folgten einem Bohlenweg zum Stadtrand, wo sie sich rechts hielten. Sie bewegten sich leise und achteten auf Geräusche anderer Männer, um zu verhindern, Bockos Soldaten in die Arme zu laufen. Er hatte ihnen verboten, nachts das Schiff zu verlassen. Skeggi hielt es für ratsam, dem Befehl zu folgen, um die Sachsen nicht gegen sie aufzubringen. Nicht, bevor Hakon zurück war.

Es gab in Haithabu mehrere Schenken, mindestens ein halbes Dutzend. Da konnte die Suche die ganze Nacht dauern. Aber als Skeggi auf dem *Brandungspferd* eben die Seeleute befragt hatte, wollte einer gehört haben, zu welchem Gasthaus Ljot, Özur und Ref aufgebrochen waren. Das mit Reet gedeckte Haus lag versteckt hinter Speichern und Fischerhütten, vor denen sich Fässer und Kisten stapelten.

Bislang war ihnen niemand begegnet, und es war ungewiss, ob das Gasthaus überhaupt noch geöffnet hatte. Nach Einbruch der Dunkelheit durfte kein Bier mehr ausgeschenkt werden. Bocko achtete streng auf die Einhaltung seiner Anordnungen. Aber, so hatte Skeggi gehört, Bocko drückte bei den Schenken, die direkt am Hafen lagen, ein Auge zu. Seeleute waren durstig, und ihnen verdankte die Stadt Haithabu ihren Reichtum. Da war es unklug, es sich mit den Männern zu verscherzen, die das Geld brachten. Allerdings war längst der Herbst angebrochen. Da kamen kaum noch Handelsschiffe nach Haithabu.

Skeggi legte lauschend ein Ohr an die Gasthaustür und glaubte, dahinter gedämpfte Geräusche und Stimmen zu hören. Er gab den anderen ein Zeichen, dann öffnete er die Tür und trat ein. Thormar, Hrafn und Nollar folgten ihm. In der Schenke gab es nur wenig Licht. Die Luft war schwer vom Rauch und Schweiß und dem Geruch nach Essen.

«Haut ab – hier gibt's nichts mehr für euch», rief eine unfreundliche Stimme. Hinter dem Tresen war ein Mann damit beschäftigt, Becher und Krüge abzuwaschen.

Skeggi schaute sich in dem mit Tischen und Bänken vollgestellten Raum um, der bis auf den Wirt menschenleer war. Doch er bemerkte die Leiter, die zu einem Dachboden führte.

«Was ist da oben?», fragte er.

«Das geht euch nichts an», schnaubte der Wirt. «Kommt morgen wieder, dann könnt ihr Bier und Huren haben.»

Thormar deutete grinsend zum Dachboden hinauf. «Vielleicht sind die Huren ja noch da.»

Jetzt sah auch Skeggi den Staub durch die Ritzen rieseln und hörte Holz knarren.

«Das sind nur Mäuse», knurrte der Wirt. Er hatte die Becher abgestellt, sich das Tuch über die Schulter gehängt und kam hinter dem Tresen hervor. Aus seinen hochgekrempelten Hemdsärmeln ragten muskulöse Unterarme hervor.

Aber da war Thormar schon bei der Leiter und stieg hinauf. Sie ächzte unter seinem Gewicht. Skeggi nahm eine Tranlampe und eilte ihm hinterher. Die Blöße, dass ausgerechnet der Däne Ljot entdeckte, konnte Skeggi sich nicht auch noch geben. Thormar hatte Hrafn und Nollar bestimmt längst erzählt, dass Skeggi das Schiff schlecht bewacht hatte.

Die Bretter auf dem Dachboden waren mit einer Schicht Stroh bedeckt, aber es waren keine Mäuse, die im Stroh raschelten. Der flackernde Schein der Tranlampe fiel auf die Gestalten, die dort lagen. Er sah fünf Leute, genauer gesagt zwei Frauen und drei Männer, Özur, Ref und Ljot. Alle fünf starrten Thormar und Skeggi an. Die Weiber hatten sich aufgesetzt. Sie waren unbekleidet, ihre Gesichter kreidebleich geschminkt und die Augen schwarz umrandet. Sie sahen aus wie Geister.

Thormar lachte. «Kommt hoch! Hier sind Huren.»

Skeggi hörte Hrafn und Nollar unten lüstern grunzen.

«Ich habe gesagt, es gibt nichts mehr – weder Bier noch Weiber», protestierte der Wirt.

«Zieht eure Sachen an», befahl Skeggi.

Özur und Ref krochen sofort wie getretene Hunde von den Weibern weg.

Ljot blieb hingegen bei einer der kichernden Huren liegen und stützte sich auf den rechten Ellenbogen, die Hand zwischen ihren Schenkeln. «Ich habe bezahlt und bin noch nicht fertig», sagte er.

Skeggi war sprachlos über die Frechheit, ballte die linke Hand zur Faust und machte einen Schritt auf Ljot zu.

«Runter mit euch – alle», hörte er den Wirt rufen, und dann klatschte es. Der Wirt heulte auf.

«Halt den Mund», drohte Hrafn, bevor er nach oben rief: «Wie viele Weiber habt ihr da?»

«Zwei», entgegnete Thormar lachend. «Aber eins wird von Ljot belegt.»

Skeggi glaubte, nicht richtig zu hören. Was ging hier vor sich? Machten seine Männer jetzt gemeinsame Sache mit Ljot? War er der Einzige, der sich noch an die Befehle hielt? Es schien, als hätten die Weiber den Kerlen die Köpfe verdreht, aber wenn er es sich recht überlegte, würde auch er sich gern vergnügen. Die Frauen waren jung und drall, und es war Wochen her, seit Skeggi das letzte Mal bei einer Frau gelegen hatte.

Als die eine Hure auf allen vieren durchs Stroh zu ihm gekrochen kam, eine Hand ausstreckte und er ihre Finger durch die

Hose auf seinem Unterleib spürte, konnte er nicht anders, als einen stöhnenden Laut auszustoßen.

«Gib mir eine Münze», raunte sie, während sie sich mit der roten Zungenspitze über ihre Lippen fuhr.

Hinter ihm knarrte die Leiter. Hrafn und Nollar kamen auf den Dachboden.

Skeggi spürte, wie er auf die geschickt arbeitenden Finger der Hure reagierte. Doch als er unten die Tür zuschlagen hörte, verging seine Lust. Er stieß die Hure ins Stroh und stieg über sie hinweg zu Ljot, den er an den Füßen packte und von der Frau herunterzog. Ljot brüllte vor Wut und trat nach hinten aus, dabei gelang es ihm, einen Fuß zu befreien. Er wirbelte herum, und eine Messerklinge blitzte auf.

Skeggi wich zurück. Die Lampe entglitt seiner Hand und landete im Stroh, das sogleich Feuer fing. Er musste Ljots anderen Fuß loslassen, um die Flammen zu löschen. Obwohl er auf dem brennenden Stroh herumtrampelte, breitete sich schnell Rauch auf dem Dachboden aus.

Die Weiber kreischten, und endlich sprang Nollar Skeggi bei, mit dessen Hilfe es ihm gelang, die Flammen unter den Stiefeln zu ersticken. Ohne die Lampe war es auf dem Dachboden dunkel. Von unten drang nur ein schwacher Lichtschein herauf, in dem Thormar und Ljot zu erkennen waren, die im Stroh miteinander rangen, bis Nollar sich auf das verschlungene Knäuel aus Armen und Beinen warf. Zu zweit gelang es ihnen, Ljot niederzudrücken und ihm das Messer abzunehmen.

Die Huren waren inzwischen über die Leiter aus der Schenke geflüchtet.

«Der ... Dreckskerl hat mich angegriffen», stieß Skeggi fassungslos aus.

Thormar und Nollar hatten Ljot die Arme auf dem Rücken verdreht und hielten ihn fest, als Skeggi ihm die rechte Faust so hart ins Gesicht rammte, dass Ljots Kopf zur Seite gerissen wurde. Aus seiner Nase quoll Blut, dennoch starrte er Skeggi trotzig an.

«Jetzt schuldest du mir eine Münze für die Hure», sagte er.

Skeggi schlug erneut zu. Die anderen Männer lachten, verstummten jedoch jäh, als unten die Tür aufgerissen wurde und jemand in der Sprache der Sachsen rief: «Kommt da runter!»

Skeggi spähte hinunter. Der Raum war bereits voll mit bewaffneten Soldaten, in deren Mitte der Wirt und Bocko standen. Sofort schickte Skeggi seine Leute nach unten, bevor er selbst in die Schenke hinabstieg.

Bocko hatte die Daumen hinter seinen Gürtel gesteckt und wippte auf den Füßen. «Warum wundert es mich nicht, euch Gesindel hier anzutreffen? War es nicht zu erwarten, dass ein Haufen streitsüchtiger, ungewaschener Nordmänner sich über die Gesetze der Stadt hinwegsetzen würde?»

«Wir bringen unsere Leute auf das Schiff zurück», erklärte Skeggi. «Sie werden keinen Ärger mehr machen.»

Bocko beugte sich zum Wirt und wechselte leise einige Worte mit ihm, bevor er zunächst Skeggi, dann den blutverschmierten Ljot und dann wieder Skeggi anschaute. «Wie mir scheint, bist du es, der hier Ärger macht.»

«Nein, dieser Mann und zwei weitere haben unerlaubt das Schiff verlassen», erklärte Skeggi. Er zeigte auf Ljot, Ref und Özur.

Bocko zuckte mit den Schultern. «Meine Geduld mit euch Nordmännern ist erschöpft. Deshalb werdet ihr morgen früh aus Haithabu verschwinden.»

«Warum? Bislang haben wir uns nichts zuschulden kommen lassen», gab Skeggi zurück. «Außerdem haben wir die Liegegebühr für drei Wochen im Voraus bezahlt. Es bleiben uns noch weitere sieben Tage, bis ...»

«Den Rest der Vorauszahlung werde ich als Strafgebühr einbehalten», entgegnete Bocko. «Morgen früh verschwindet ihr – das ist mein letztes Wort.»

Skeggi fischte einige Münzen aus der Tasche an seinem Gürtel. Das waren die letzten Geldstücke, die Hakon ihm gegeben hatte. Jetzt reichte er sie Bocko.

«Fünf Münzen?», fragte Bocko.

«Mehr habe ich nicht», knurrte Skeggi und wünschte sich nichts lieber, als sein Schwert dabeizuhaben und den geldgierigen Bastard zum Zweikampf aufzufordern. Was natürlich Unfug war, denn Bocko hatte ein Dutzend mit Waffen und Helmen gerüstete Soldaten.

«Wenn du mir fünf weitere Münzen besorgst», sagte Bocko, «werde ich vielleicht über dein Angebot nachdenken. Vielleicht!»

10.

Hammaburg

Ein Lappen klatschte kalt und nass in Ketils Gesicht. Er öffnete die Augen und sah durch einen Schleier aus Wasser und Tränen die verkniffene Fratze des Erzbischofs über sich schweben.

«Er kommt zu sich», sagte der Erzbischof, bevor er aus Ketils Blickfeld verschwand.

Der beißende Geruch von Schwefel und Rauch stieg ihm in die Nase. Von irgendwoher waren fauchende Geräusche und gedämpfte Stimmen zu hören. Als er den Kopf etwas anhob, stellte er fest, dass er nackt war. Man hatte ihm die Kleidung ausgezogen und ihn mit Seilen an Händen und Füßen auf einen Tisch gefesselt. Undeutlich erkannte er die Gestalten von drei Männern, die bei einer Lichtquelle standen. Offenbar war es eine in den Boden eingelassene Esse. Eine Schmiede? War er in einer Schmiede gefangen? In dem pulsierenden Licht glaubte Ketil, den Erzbischof sowie den Hauptmann und den alten Priester zu sehen.

Der Hauptmann pumpte mit einem Blasebalg Luft in die glühenden Kohlen. Mit jedem Luftstoß flirrten Funken wie ein Schwarm tanzender, leuchtender Mücken umher.

Allmählich kehrten die Erinnerungen an den Abend im Palas zurück – und damit die grausame Gewissheit, die der rothaarige Junge beiläufig berichtet hatte: dass Aud nicht mehr am Leben war!

Wut stieg in Ketil auf wie bitterer Gallensaft. Hass auf Auds Mörder erfüllte ihn, und er war wütend auf sich selbst. Warum hatte er so lange gezögert? Dadurch hatte er den Soldaten die Gelegenheit gegeben, ihn zu überwältigen. Bevor Ketil sich auf den Jungen stürzen und ihm den Hals umdrehen konnte, hatte ihm irgendein Bastard eine Klinge an den Hals gehalten und ihm dann etwas über den Kopf gezogen, woraufhin Ketil das Bewusstsein verloren hatte. Wie viel Zeit inzwischen vergangen war, wusste er nicht.

Als er versuchte, sich in den Fesseln zu bewegen, knackte unter ihm der Tisch bedrohlich. Die Männer an der Esse mussten das Geräusch gehört haben, denn sie drehten sich zu ihm um.

«Ist das Eisen heiß genug?», fragte der Erzbischof.

Der Hauptmann nahm mit einer Zange ein rotglühendes Stück Eisen aus den Kohlen und nickte. Dann kam der Erzbischof mit dem Priester und dem Hauptmann an den Tisch.

Der Priester sah besorgt aus und murmelte vor sich hin, bis der Erzbischof ihn barsch unterbrach: «Wer sich gegen Gott stellt, wird umkommen, Pater Ekberth.»

«Es kann aber nicht Gottes Wille sein, das Blut eines Menschen zu vergießen», protestierte der Pater schwach.

«Welches Blut?», entgegnete Adaldag genervt. «Siehst du hier irgendwo Blut? Es wird kein Blut fließen, nicht wahr, Hergeir?»

Der Hauptmann hielt kopfschüttelnd das glühende Eisen wie eine Waffe in die Höhe.

Obwohl das Eisen noch eine Armeslänge von Ketil entfernt war, konnte er die Hitze spüren. Sein Herzschlag beschleunigte sich, während sich das Eisen über seine Brust senkte und er die verbrannten Haare roch.

«Der Kerl ist nicht nur so riesig, er hat auch ein Fell wie ein Bär», bemerkte der Hauptmann, der von Ketils Anblick beeindruckt zu sein schien. Das Eisen senkte sich weiter.

«Warte», befahl der Erzbischof und betrachtete Ketils Oberkörper. «Du trägst Narben, mein Sohn, viele Narben.»

«Weil ich mich mit einem Schwert gegeißelt habe, nachdem ich ein Dutzend Christen in die Hölle geschickt habe.»

Der Priester zuckte zusammen. Ketil wunderte sich selbst über seine harschen Worte. Die missliche Lage, in der er sich befand, war bestimmt nicht dazu geeignet, ein großes Maul zu riskieren. Aber es gehörte nicht zu seinen Stärken, vor dem Reden den Verstand zu gebrauchen.

Der Erzbischof lachte trocken. «Der falsche Bruder hat einen Scherz gemacht. Oder spricht er vielleicht die Wahrheit? Hast du gehört, was er gesagt hat, Pater Ekberth? Meinst du, ein solcher Christenmörder hat unsere Gnade verdient?»

«Warum hängt Ihr ihn nicht einfach auf?», entgegnete der Priester.

«Weil er mir vorher etwas erzählen soll, und das wird er wohl nicht freiwillig tun. Hergeir!»

Das Eisen schwebte von Ketils Brust über seinen Bauch zum Unterleib, bevor der Hauptmann es auf Ketils rechten Oberschenkel drückte. Der Schmerz war brutal und tief, als hätte ein Raubtier seine Reißzähne in ihn geschlagen. Ketil bäumte sich auf, wand sich in den Fesseln, zog und zerrte daran und biss die Zähne fest zusammen, um nicht zu schreien. Dennoch drangen gequälte, gurgelnde Laute aus den Tiefen seiner Kehle hervor, ohne dass er es verhindern konnte. Der Gestank verbrannten Fleischs strömte herauf und überdeckte den Geruch des Schmiedefeuers.

Der Erzbischof wartete lächelnd, bis Ketils Krämpfe nachließen. «Siehst du, Ekberth», sagte er dann. «Da ist kein Blut, nur ein kleines, hässliches Loch.»

Der Hauptmann ging zur Esse zurück, legte das Eisen hinein und begann wieder den Blasebalg zu betätigen.

«Nun zu dir, mein Freund», sagte der Erzbischof. «Es liegt in deiner Hand, ob deine Qualen lange andauern werden oder du von einem kurzen, schmerzlosen Tod erlöst wirst. Das ist deine Entscheidung.»

Wenn ich ja sage, wird er mich hinrichten, dachte Ketil. Und wenn ich nein sage, wird er mich so lange foltern, bis ich ja sage, und mich dann hinrichten. Es war einerlei. Daher schaute er den Erzbischof an, öffnete den Mund und bat um Wasser.

«Du wirst Wasser bekommen, mein Sohn. Aber zuvor verrätst du mir, wer das Mädchen war. Ihr habt doch sicher nicht grundlos nach ihm gesucht.»

«Wasser», krächzte Ketil.

Der Erzbischof stieß einen Seufzer aus. «Pater Ekberth! Gib dem störrischen Gaul zu trinken.»

Der Priester hielt Ketil einen Trinkschlauch an die Lippen.

«Nun?», drängte der Erzbischof. «Wer war das Mädchen?»

Ketil stöhnte, und als Adaldag sich über ihn beugte, spuckte Ketil ihm das Wasser ins Gesicht.

Der Erzbischof richtete sich auf, trocknete sich mit dem Ärmel ab und sagte: «Hergeir! Unser Freund möchte lieber leiden.»

«Gleich, Herr», kam es von der Esse zurück.

«Warum fragt Ihr nicht die rothaarige Ratte?», stieß Ketil aus.

«Weil ich mich ebenso gut mit einem Stein unterhalten könnte. Also noch einmal: Wer ist das Mädchen? Und wer ist der andere Mann, der sich als Mönch verkleidet hatte?»

Der Hauptmann kam mit dem glühenden Eisen an den Tisch zurück, als er plötzlich innehielt. Auch Adaldag und der Priester drehten sich zur Tür um, durch die von draußen laute Stimmen zu hören waren.

Die Tür knarrte. Ein Soldat, der vermutlich vor der Schmiede Wache geschoben hatte, trat ein. «Herr, da ist ...»

Bevor er den Satz beenden konnte, schlüpfte jemand an ihm vorbei. Als der andere Mann näher kam, erkannte Ketil in ihm den Schmied wieder, der jetzt keine Schürze trug, sondern ein weites Hemd und eine Hose. Er sah müde und verkatert aus und rief: «Was macht Ihr mitten in der Nacht in meiner Schmiede?»

«Deine Schmiede, Ingelreht?», entgegnete der Erzbischof ungehalten. «Ich bezahle dich, vergiss das nicht. Du bist auf meine Einladung hier.»

«Einladung nennt Ihr das?» Der Schmied funkelte den Erzbischof an und schien zu einer Widerrede ansetzen zu wollen, besann sich aber und zog es vor zu schweigen. Seitdem er aufgetaucht war, lag eine Spannung in der Luft, die Ketil trotz der stechenden Schmerzen in seinem Oberschenkel bemerkte. Warum ließ der Erzbischof den Schmied nicht einfach rauswerfen?

«Ich habe die Geräusche gehört», erklärte der Schmied und neigte den Kopf leicht zur Seite, um an den Männern vorbei zum Tisch schauen zu können. «Wer ist das?»

Der Erzbischof machte einen Schritt auf den Schmied zu. «Du hast eine Aufgabe bekommen, Ingelreht. Und solange du diese Aufgabe nicht zu meiner Zufriedenheit erledigt hast, wirst du mein Gast sein. Alles andere hat dich nicht zu interessieren.»

Der Soldat legte dem Schmied eine Hand auf die Schulter, doch er schüttelte sie ab und ging zu einer Ablage bei der Esse. Der Soldat wollte ihm folgen, aber der Erzbischof winkte ihn zurück. Von der Ablage nahm der Schmied einen langen, schmalen Gegenstand, den er eingehend und beinahe liebevoll betrachtete. Es schien eine noch nicht vollendete Schwertklinge zu sein.

«Diese Aufgabe wird wohl noch einige Zeit in Anspruch nehmen», sagte der Schmied und warf Ketil einen Blick zu. «Ihr habt versprochen, mich ungestört arbeiten zu lassen.» Dann legte er die Klinge auf die Ablage zurück.

«Morgen früh wird die Schmiede wieder dein Reich sein», sagte der Erzbischof. «Aber erst morgen früh, und nun geh schlafen.» Er gab dem Soldaten ein Zeichen, woraufhin der den Schmied am Arm ergriff, dieses Mal fester, und ihn zur Tür zog.

«Wie soll ich Euren Auftrag erfüllen, wenn hier jeder ein und aus geht wie auf dem Hühnermarkt?», schimpfte der Schmied, bevor er nach draußen verschwand.

Der Erzbischof wandte sich an den Hauptmann. «Ist das Eisen noch heiß genug?»

Der Hauptmann spuckte gegen das Eisen, auf dem die Spucke zischend verdampfte. «Ich glaube schon.»

«Dann mach weiter.»

Der Hauptmann grinste. «Und wo?»

«Dort, wo viele Sünden ihren Anfang nehmen.»

Der Hauptmann schaute ihn fragend an, während der Priester aufstöhnte, weil er offenbar schneller im Denken war.

«Bei Gott – begreifst du nicht?», schnaubte der Erzbischof. «Entmanne den Kerl!»

Ketil schoss der Schweiß auf die Stirn. Er befürchtete, dass der nächste Schmerz in nichts mit dem ersten zu vergleichen sein würde. Auch wenn das Eisen nicht mehr glühen sollte, würde es grauenvoll werden. Doch lieber wollte er alle Qualen dieser Welt erleiden, als Hakons und Auds Namen preiszugeben. Als er jedoch die Hitze näher kommen spürte, begann er zu zweifeln, ob er die Folter lange genug durchhalten würde. Er spannte die Muskeln an. Die Seile knirschten und schabten an der Tischplatte, vermutlich waren sie darunter an den Tischbeinen festgebunden.

«Warte noch», hörte er den Erzbischof mit einem Mal belustigt sagen. «Schaut doch, wie er sich windet und leidet. Ich glaube, wir haben an der Quelle allen Übels die Schwachstelle unseres falschen Mönchs gefunden. Möchtest du uns etwas erzählen, Ketil?»

Ketil kniff die Augen zusammen, schüttelte den Kopf und dachte an Dalla, an seine geliebte, zänkische Dalla. Er vermisste sie. Bei den Göttern, in diesem Moment vermisste er sie, wie er nie zuvor einen Menschen vermisst hatte. Er sehnte sich nach

Hladir, nach seinen Freunden, die seine Familie geworden waren, seine Sippe, sein Leben.

Und er erwartete den heißen, brutalen Schmerz.

Doch nichts geschah.

Stattdessen ertönten vor der Schmiede laute und aufgeregte Stimmen.

Ketil öffnete die Augen. Der Erzbischof und die anderen Männer hatten sich von ihm abgewandt. Und dann verstand er, was die Stimmen draußen riefen.

«Feuer! Feuer!»

II.
⋅◆⋅

Hammaburg

Hakon wartete, bis das Chaos ausbrach. Er duckte sich hinter einen Karren beim Burgtor und lauerte auf eine günstige Gelegenheit.

Mittlerweile hatte sich das Feuer in der Kirche so stark ausgebreitet, dass die Flammen durch das Spitzdach schlugen. Der Schein leuchtete hell in der Nacht. Auf den Palisaden des Burgwalls liefen Soldaten aufgeregt hin und her und riefen Kommandos. Hakon hörte, wie am Tor von innen der schwere Riegel zur Seite geschoben wurde, und sah Männer aus der Burg kommen. Sie rannten über den Weg, der unterhalb des Walls zur Kirche führte, und riefen nach Wasser.

Die Gewissheit, dass sie zu spät kommen würden, erfüllt Hakon mit Genugtuung.

Immer mehr Menschen quollen aus der Burg wie Ameisen aus ihrem zertretenen Haufen. Es dauerte nicht lange, bis der Lärm auch die Bewohner in der Siedlung weckte. Panik machte sich breit. Jede Stadt fürchtete sich vor feindlichen Angriffen. Doch für eine Stadt war kaum ein Gegner so furchtbar und verheerend wie das Feuer, das ein tückischer und hinterhältiger Feind war, der von innen herausbrach. Blitze entzündeten trockene Strohdächer, oder unvorsichtige Nachbarn vergaßen ein Hausfeuer zu löschen, bevor die Flammen binnen weniger Augenblicke eine Siedlung in ein brausendes Inferno verwandelten.

Das Feuer war der schlimmste Feind.

Hakon nahm den Leinenbeutel, der von dem verräterisch

klappernden Inhalt ausgebeult wurde, bevor er aus dem Versteck glitt und zum Tor huschte. In dem Durcheinander beachtete ihn niemand. Immer mehr Menschen kamen aus der Burg und eilten schreiend an ihm vorbei. Jemand drückte ihm sogar einen Eimer in die Hand, den er nahm und damit neben dem Tor abwartete, bis die nächste Gruppe hindurchgeeilt war. Dann stellte er den Eimer ab, spannte die Muskeln an und lief ins Dunkle der Burg, während die Menschen jenseits der Wallanlage einen aussichtslosen Kampf gegen das verheerende Feuer führten.

Die Sachsen hatten es Hakon leicht gemacht. In der Nacht war zur Bewachung der Kirche nur ein einziger Soldat abgestellt worden, den Hakon ohne Mühe überwältigen konnte. Auch die verriegelte Kirchentür hatte ihn nicht aufgehalten. Entweder waren sich die Munkis zu sicher, dass niemand es wagen würde, ins Gotteshaus einzubrechen, oder sie gingen davon aus, ihr Gott würde die Kirche und die Schätze darin beschützen. Was für eine Dummheit!

Die stinkende, mit Kot und Urin vollgesogene Kutte hatte er weggeworfen. Er konnte von Glück reden, dass ihm die genauen Erinnerungen daran fehlten, wie er in den Dreck unter dem Abort gestiegen war.

Drei Tage war Hakon fast ununterbrochen gelaufen. Er hatte kaum Ruhepausen gebraucht, was vielleicht eine Nachwirkung der Vergiftung war. Einen solchen Zustand hatte er erlebt, wenn Asny ihm Pilze und Kräuter gegeben hatte, damit sie beide zu den Göttern reisen konnten. Aber das taube Gefühl war vergangen, und als er die Hammaburg erreichte, waren seine Gedanken längst wieder klar.

Nachdem er die Wache vor der Kirche überwältigt hatte, steckte er das Heu in Brand – und wartete ab.

Und nun betrat er die Hammaburg.

Er war niemals zuvor hier gewesen. Daher war ihm nicht klar, wo er mit der Suche nach Aud und Ketil beginnen sollte. Die Burg wirkte wie ausgestorben. Nirgendwo sah er jemanden, dem er ein Messer an die Kehle halten könnte, um einen Hinweis auf das Versteck zu bekommen.

Er schlich durch die Gassen. Außer einem über den Palisaden aufsteigenden hellen Schein war hier vom Feuer nichts zu sehen, aber er hörte in der Ferne die aufgeregten Rufe, als ihm mit einem Mal jemand entgegenkam. Da waren Stimmen und Schritte auf dem Bohlenweg. Schnell schlüpfte er zwischen zwei Hütten in einen Spalt. Eine Armeslänge von ihm entfernt hasteten Soldaten vorbei. Nachdem die Schritte verklungen waren, streckte er den Kopf vor. Da in der Gasse niemand mehr zu sehen war, kam er aus der Deckung, hängte den Beutel über seine Schulter und setzte seinen Weg fort.

Die Gasse führte ihn zu einem Platz, um den sich die Umrisse der Gebäude vor dem Nachthimmel abzeichneten. Eines der Häuser war größer und länger als die anderen, vermutlich ein Palas, dort wollte Hakon zuerst nach Aud und Ketil suchen. Doch dann sah er vor einer Hütte einen Schatten. Offenbar ein Mann, der vor der Hütte auf- und abging, bevor er stehen blieb, zögerte, dann die Tür öffnete und darin verschwand.

Hakon lief geduckt über den Platz Richtung Palas und hatte ihn etwa zur Hälfte überquert, als aus der Hütte eine laute Stimme zu hören war. Er blieb stehen. Diese Stimme! Oder hatte er sich getäuscht? Nein, da war sie wieder, laut und kräftig. Kein Zweifel, das war Ketil.

Hakon hastete zu der Hütte und schob sich an der Wand entlang zu der einen Spalt offenstehenden Tür. Er lauschte angestrengt auf Ketils Stimme. Oder hatten seine Sinne ihm einen Streich gespielt?

Er nahm den Beutel von der Schulter und stellte ihn neben der Tür ab. Dann zog er das Messer aus der Lederscheide an seinem Gürtel, drückte die Tür auf und schlüpfte hinein. Er roch Schwefel und Kohle, schien also in einer Schmiede zu sein. Die in der Zugluft flackernde Flamme einer Tranlampe spendete ein wenig Licht. Vor ihm stand ein Amboss auf dem Boden, an den Wänden hingen Werkzeuge wie Hämmer und Zangen.

Ganz nah waren die Stimmen jetzt. Er sah die Gestalt eines Mannes, der mit dem Rücken zu ihm an einem Tisch stand.

Hakon schlich zu einer Esse, in der Kohlen knackten und Glut pulsierte. Wieder hörte er Ketils Stimme. Auf dem Tisch lag ein Mann, der nackt und sehr groß war. Das musste Ketil sein. Hakon näherte sich. Er richtete das Messer auf den stehenden Mann und achtete darauf, nicht gegen irgendetwas am Boden zu stoßen.

«Stell dich nicht so an», hörte er Ketil sagen. «Bind mich endlich los.»

«Dann wird er sofort wissen, dass ich dich befreit habe», entgegnete der andere.

«Du brauchst bloß meine rechte Hand zu lösen, den Rest erledige ich. Er wird glauben, ich hätte mich selbst befreit.» Als Ketil sich aufbäumte und an den Fesseln zerrte, wackelte und knarrte der Tisch.

«Das kann ich nicht ...», jammerte der Mann, verstummte aber abrupt, als Hakon ihm von hinten das Messer an den Hals drückte.

«Wenn du es nicht machst, mache ich es», zischte Hakon und drehte ihm den rechten Arm auf den Rücken, woraufhin der Mann auf die Knie sank und einen erstickten Schrei ausstieß.

Ketil hob den Kopf. «Ich dachte schon, dass ich dich niemals wiedersehen würde. Dich schicken die Götter.» Er richtete sich auf, so weit die Fesseln an Händen und Füßen es zuließen.

«Ihr müsst leise sein», keuchte der Mann. «Es wird ihm bald einfallen, dass er keine Wachen zurückgelassen hat ... und dann wird er Soldaten schicken ...»

Hakon lockerte den Griff und befahl dem Mann, sich auf die andere Seite des Tischs zu stellen, damit er ihn im Blick hatte. Der Mann gehorchte und machte keine Anstalten zu fliehen, während Hakon sich mit dem Messer an Ketils linker Fessel zu schaffen machte. Doch die Klinge war zu stumpf, und mit seinen steifen Fingern konnte er den Knoten nicht lösen. Wer Ketil hier festgebunden hatte, verstand sich aufs Fesseln.

«Versuch es hiermit.» Der Mann reichte ihm ein Messer mit langer Klinge, auf der feine Muster schimmerten und die aus geflochtenen Stahldrähten geschmiedet worden war. So ein Messer kostete ein Vermögen.

Hakon prüfte die Schneide mit dem Daumen.

«Sie ist sehr scharf», warnte der Mann.

Hakon saugte einen Bluttropfen weg und setzte das Messer am Seil an, durch das es fast widerstandslos hindurchglitt.

«Die Klinge habe ich hergestellt», sagte der Mann stolz.

«Er ist Schmied», ergänzte Ketil. «Und offenbar nicht der schlechteste.»

«Ich bin der beste Schmied», protestierte der Mann. «Niemand schmiedet so gute Klingen wie ich.»

«Sei still», knurrte Hakon, während er Ketil von den anderen Fesseln befreite.

Ketil setzte sich auf und rieb seine tauben Gelenke, während der Schmied sich über eine Truhe beugte und Hemd, Hose und Schuhe herausnahm.

«Meine Sachen würden dir nicht passen», erklärte er. «Wem diese Kleider gehören, weiß ich nicht. Sie lagen schon hier, als man mich herbrachte.»

Ketil stieg vom Tisch und verzog schmerzhaft das Gesicht,

schien jedoch bemüht zu sein, sich nichts anmerken zu lassen. Aber Hakon hatte das dunkle Loch in seinem Oberschenkel bereits gesehen und ahnte, was die Dreckskerle mit ihm gemacht hatten.

«Wo halten sie Aud gefangen?», fragte er.

Doch Ketil wandte sich ab, während er die Kleider anzog, und sagte: «Wir müssen von hier verschwinden.»

«Nicht, bevor ich Aud gefunden habe.»

Ketil schlüpfte in das Hemd, das so weit geschnitten war, dass es ihm beinahe passte. «Ich erzähle dir später alles, Jarl», sagte er und drängte an Hakon vorbei zur Tür.

«Erst müssen wir Aud ...», sagte Hakon.

«Jarl?», fragte der Schmied. «Seid Ihr etwa *der* Jarl? Also der Jarl Hakon? Der Nordmann? Ich hörte den Erzbischof von Euch sprechen ...»

«Ich weiß nicht, wer du bist», fuhr Hakon ihn an. «Aber ich weiß, dass du nicht mehr lange lebst, wenn du nicht sofort vergisst, was du hier gesehen und gehört hast.»

«Ihr seid es», raunte der Schmied. «Ihr seid es wirklich. Jarl Hakon! Selbst da, wo ich herkomme, kennt man Geschichten über Euch. Ihr seid ein großer Krieger, und nach allem, was ich erfahren habe, seid Ihr einer der wenigen Männer, vor denen der Erzbischof sich fürchtet ...»

«Hakon, beeil dich», zischte Ketil, der den Kopf durch die geöffnete Tür gesteckt hatte und sich draußen umschaute.

Der Schmied starrte Hakon an. «Jarl Hakon, behaltet das Messer, bitte, ich möchte es Euch schenken. Und betet für mich. Betet für mich zu den alten Göttern», hörte Hakon ihn noch sagen, bevor er Ketil aus der Schmiede folgte.

Der Feuerschein über den Palisaden war kleiner geworden. Hakon hängte den Beutel über seine Schulter, dann liefen sie los. Weil Ketil wegen der Brandwunde humpelte, kamen sie nur langsam voran. Niemand begegnete ihnen, auch das Tor war unbewacht. Dahinter wandten sie sich nach links Richtung Flussufer. Der mit Holzbohlen befestigte Weg verlief am Fuß des Walls entlang, dann durch die Siedlung zum Hafen.

Ketil wurde langsamer und sein Stöhnen lauter. «Verdammt, ich brauche etwas, worauf ich mich stützen kann.» Er wischte sich glitzernde Schweißperlen von der Stirn.

Doch sie konnten nicht anhalten. Von irgendwoher waren Schritte zu hören. Sie stolperten weiter, bis sie zu den Fischerhütten kamen, hinter denen das Ufer zum Wasser hin leicht abfiel. Dort ragten mehrere Landebrücken in den Fluss, bei denen der morastige Boden von Fußspuren aufgewühlt war.

Ketil hielt inne und rang nach Atem, bevor er sich auf einem kieloben liegenden Kahn niederließ. Unterdessen schaute Hakon sich um und sah im Mondschein einen Bootshaken an einem Gerüst lehnen, an dem Netze zum Trocknen hingen.

Er holte die Stange, gab sie Ketil und fragte: «Wo ist Aud?»

«Hakon, bitte», flüsterte Ketil. Er fuhr sich mit dem Hemdsärmel über die Augen.

Hakon war nicht entgangen, dass sie voller Tränen waren. «Du kannst hier bleiben, Ketil, und dich ausruhen. Sag mir nur, wo Aud ist. Ich werde allein in die Burg zurückgehen und sie holen, bevor das Feuer gelöscht ist ...»

«Hakon, ich muss dir etwas sagen ... etwas über Aud.»

«Ja?» Hakon stieß mit der flachen Hand gegen Ketils Schulter. Warum rückte er nicht endlich mit der Sprache raus, sondern ließ sich jedes Wort aus der Nase ziehen?

Erneut waren Schritte und Stimmen zu hören. Vielleicht waren die ersten Leute schon auf dem Heimweg.

«Dieser Junge ...» Ketil dämpfte die Stimme. «Er war im Palas, als man mich dorthin brachte.»

«Mit dem Burschen rechne ich später ab.»

«Hakon, hör doch ... er hat gesagt ... sie sei nicht mehr am Leben.»

Im ersten Moment glaubte Hakon, Ketil habe einen bösen Scherz gemacht, obwohl er genau wusste, dass der Freund so etwas niemals tun würde. Nicht, wenn es um Auds Leben ging. Warum redete er so einen Unsinn? Aud lebte, das spürte Hakon. Sie lebte und wurde auf dieser verdammten Burg festgehalten, vielleicht in dem Palas. Hakon musste sie finden, nach Haithabu bringen, und dann würden sie nach Hladir zurückfahren.

«Sie ist nicht mehr am Leben ...», schluchzte Ketil. Es war ein eigenartiger Anblick, den hünenhaften Mann weinen zu sehen.

«Das ist nicht wahr», stieß Hakon aus. «Sag, dass das nicht wahr ist, Ketil. Du bist mein Freund. Ich vertraue dir, und deshalb ...»

«Doch, es ist wahr.» Ketils Stimme war nur ein kehliges, schniefendes Flüstern.

Hakons Beine wurden weich. Er wankte einen Schritt zurück, fing sich wieder, ballte die rechte Hand zur Faust und schlug sie gegen Ketils Schulter.

Doch der bewegte sich nicht. Er schien den Hieb gar nicht bemerkt zu haben. Seine Augen schimmerten feucht, als er sagte: «Wir müssen von hier verschwinden.»

«Nein!» Hakons Schrei gellte über das Hafengelände.

Ketil griff nach Hakon, doch der schlug die Hand weg.

«Fass mich nicht an», schrie er. Sein Kopf drehte sich. Vor seinem inneren Auge sah er Aud durch die Halle des Jarlshauses tollen, mit Eirik Schwertkampf üben, sodass die Holzklingen gegeneinanderkrachten. Aud jubelte bei jedem Treffer. Hakon glaubte, ihre hohe, helle Stimme zu hören, die vertraute Stimme. Und dann sah er sie gefesselt auf dem Felsen über dem Nid. Neben ihr der Junge, der ein Schwert gezogen hatte, und Hakon kämpfte mit ihm, bis er den Felsen hinunterstürzte. Im

Fallen sah er das kleine, erstarrte Gesicht mit den aufgerissenen Augen. Und dann war mit einem Mal nur noch Finsternis in seinem Kopf, eine unendlich tiefe Leere, in der nur Platz war für ein einziges Gefühl, das heiß auflohte wie eine alles verzehrende Flamme: das Verlangen, seine tiefe Trauer und den Hass durch Rache zu stillen.

Ketil versuchte erneut, Hakon zu fassen zu bekommen, aber der drehte sich aus dem Griff. Dabei rutschte ihm der Beutel von der Schulter und fiel klappernd zu Boden.

Hakons Hand zitterte, als er das Messer des Schmieds aus seinem Gürtel zog, bevor er sich umdrehte und zu laufen begann. Ketil rief seinen Namen, aber Hakon lief zwischen den Fischerhütten hindurch. Seine Schritte hämmerten über die Bohlen, bis er zum Burgwall kam und dann zum Tor, wo er auf eine Gruppe Leute stieß, deren mit Ruß verschmierten Gesichter vorbeischwebten.

Als er den Platz vor der Kirche erreichte, wurde der Feuergeruch stärker und die Menschenmenge dichter. Die Kirche war nur noch ein Haufen verkohlter, qualmender Holzreste. Überall waren Menschen, einige hielten Fackeln, andere waren noch mit Löschen beschäftigt. Ihre Bewegungen waren wie gelähmt, während sie aus Eimern Wasser in die Brandruine schütteten. Da war nichts mehr zu retten.

Hakon schaute sich um – und dann sah er ihn. Sah das von einer Fackel angeleuchtete rote Haar nicht weit von ihm entfernt auftauchen, bevor es wieder in der Menge verschwand.

Seine Faust schloss sich fest um den Griff des scharfen Messers. Er verbarg es hinter seinem Rücken und drang tiefer in die Menge ein, dorthin, wo er das rote Haar gesehen hatte. Doch der Junge war zu klein, als dass er zwischen den Menschen auszumachen war.

Niemand beachtete Hakon. Die Leute waren viel zu aufgebracht. Er schnappte Satzfetzen auf, in denen die Menschen das große Unglück beklagten und von der Strafe des Herrgotts, von Teufelswerk, sprachen.

Dass der Teufel unter ihnen war, ahnten sie nicht.

Bald erreichte er die qualmende Brandruine. Überall lag dunkles Holz herum, der Boden war mit einer klebrigen, matschigen Schicht aus Asche und Löschwasser bedeckt. Jemand leerte einen Eimer. Wasser zischte und dampfte. Rauchschwaden waberten zwischen verkohlten Pfosten umher, die wie Finger aus dem Schutt ragten. Hier und da züngelten kleine Flammen.

Hakon drehte den Kopf und entdeckte den Jungen bei einem hageren Mann. Der Hagere raufte sich das kurze Haar und jammerte und klagte, während der Junge steif neben ihm stand. Beide starrten auf die Ruine und waren nur noch wenige Schritte von Hakon entfernt.

Er holte das Messer hinter dem Rücken hervor. Die scharfe Klinge, die mühelos die harten Seile durchtrennt hatte, würde durch Fleisch und Knochen des Jungen schneiden. Hakon würde ihn töten. Was danach geschehen würde, lag nicht mehr in seinen, sondern in den Händen der Götter. Oder in denen des Christengottes. Das war einerlei.

Er stieß einen Mann zur Seite und setzte sich in Bewegung. Noch trennten ihn etwa acht Schritte von seinem Opfer. In der Vorwärtsbewegung hielt er die Klingenspitze zu Boden. Rechts von ihm knackte und knisterte das verbrannte Holz, links ballte sich die Menschenmenge.

Noch sechs Schritte, als der Junge den Kopf langsam in seine Richtung drehte. Der ausdruckslose Blick erfasste Hakon, der sofort schneller lief. Noch vier Schritte. Da ging mit dem Knaben eine Veränderung vor sich. Die Lippen öffneten sich, die Augen wurden groß.

Er erkennt mich, wusste Hakon. Er weiß, dass er sterben

wird. Drei Schritte. Da drehte sich der hagere Kerl zu ihm um, hob eine Hand und rief etwas.

Doch Hakon holte schon mit dem Messer aus.

Ketil kam zu spät.

Er sah über der Menschenmenge die verkohlten Überreste der Kirche aufragen, in der er mit dem Erzbischof hatte beten müssen. Beim qualmenden Schutthaufen stand Adaldag, die Hände in einer verzweifelten Geste um den Kopf gelegt.

Und dann sah Ketil Hakon auf den Erzbischof zulaufen.

Ketil schätzte die Entfernung ab. Das würde er unmöglich rechtzeitig schaffen. Die Menschenmenge stand wie eine unüberwindbare Mauer zwischen ihnen. Dennoch warf er den Bootshaken fort und stürzte sich ins Gewühl. Mit jedem Schritt loderten die Schmerzen im Oberschenkel auf. Er schaufelte den Weg mit den Händen frei und bekam wütende Proteste zu hören. Doch er arbeitete sich wie besessen weiter vor, den Blick auf Hakon gerichtet, der gerade den Erzbischof erreichte. Ketil sah Adaldag zurückspringen und Hakon mit dem Messer zustechen. Und dann waren plötzlich fünf, sechs Männer bei Hakon, große Kerle, von denen einer mit einem Knüppel nach Hakon schlug und ihn am Kopf traf, andere schlugen mit Fäusten zu. Doch er stach erneut zu, bis noch mehr Männer hinzukamen und er in dem Knäuel aus Leibern nicht mehr zu erkennen war. Fäuste, Eimer und Knüppel flogen. Ketil hielt inne. Seine Augen füllten sich wieder mit Tränen, die über seine Wangen liefen und sich in den Falten an seinem Mund sammelten. Er schmeckte das Salz auf den Lippen.

Dann drehte er sich um und humpelte davon.

Ziellos irrte er durch die Gassen, bis er sich am Flussufer bei den Booten wiederfand. Es war die Stelle, wo Hakon ihn verlassen hatte. Der Beutel lag noch beim Fischerkahn auf dem Boden.

Er nahm den Beutel und ließ sich auf dem Kahn nieder. Sein Kopf war vollkommen leer. Es gelang ihm nicht, einen klaren Gedanken zu fassen.

Er drückte den Beutel an seine Brust, legte den Kopf tief in den Nacken und begann zu beten.

3. Teil

Spätherbst – Winter 969

☙

Hild und Hjörthrimul, Sangrid und Svipul
kamen zum Weben mit gezogenen Schwertern.
Schaft soll brechen, Schild soll krachen,
durch Rüstungen der Helmwolf dringen.

Darraðarljóð. Das Walkürenlied

I.

Sörfjord

Harald Graufell saß in der zugigen Halle am Tisch, tauchte einen Löffel in die Holzschale und rührte damit in dem schleimigen Inhalt herum, der aussah wie Erbrochenes. Dann häufte er Grütze auf den Löffel und schob ihn sich in den Mund. Grütze. Jeden Tag nur Grütze.

Und was aßen die Throender? Sie mästeten sich mit Wildbret, Schweinefleisch und Räucherfisch. Köstlichkeiten, die es bis vor einiger Zeit auf dem Hof, den Graufell von dem Besitzer beschlagnahmt hatte, auch gegeben hatte. Doch die Vorräte waren längst aufgebraucht. Nun gab es nur noch Grütze.

In der Halle lärmten Kinder. Viele Bälger waren es nicht, deren Mäuler gestopft werden mussten. Als sie Karmøy geräumt hatten, hatten sie ein Dutzend Kinder mitgeschleppt, die aber so ausgezehrt waren, dass die Hälfte davon den Winter kaum überstehen würde. Das eine oder andere Kind hatte Graufell wohl gezeugt, denn die Sklavinnen wurden schwanger, kaum dass sie ein Balg auf die Welt gebracht hatten. Wenn sie ihm wenigstens einen strammen Jungen gebären würden. Aber die wenigen Knaben stammten von anderen Männern. Das behaupteten die Weiber zumindest.

Graufell rammte den Löffel in die Grütze und gab sich den trüben Gedanken an die Feinde hin. An Tryggvi Olavsson und Gudröd Björnsson aus den Ostlanden, die dem Jarl ihre Treue geschworen hatten. Dem verdammten Jarl! Dabei hätte Graufell eigentlich stolz sein können, dass sein Plan aufgegangen war, indem er den Jarl fortgelockt hatte. Der Narr war tatsächlich ins Sachsenland gefahren. Doch er war nicht der Einzige, der Graufell daran hinderte, das Erbe seines Vaters Eirik Blutaxt anzutreten: die Herrschaft über die Länder am Nordweg. Die Ostlande waren noch immer in der Hand der Feinde, ebenso wie Thrandheim. Und die Menschen in Ländern wie Sogn, Agdir, dem Rogaland und dem Hördaland warteten auf eine Gelegenheit, mit Graufells Onkel, dem Dänenkönig Harald Blauzahn, zu paktieren.

Solange er kein Heer führte, solange er keine Reichtümer zu verteilen hatte und die Schmach der Niederlage gegen den Jarl an ihm haftete wie der Gestank einer Jauchegrube, so lange würde kein Bauer für ihn auch nur einen Krieger abstellen. Es war ohnehin fraglich, wie lange die Männer seiner kümmerlichen Haustruppe noch bei ihm blieben.

Der Lärm in der Halle schwoll an, als eines der Kinder zu blöken begann, weil Gunnhild aus ihrem Lager gekrochen und dem Kind auf die Hand getreten war. Sie gab dem Kind einen Klaps und rief nach den Sklavinnen, bevor sie zum Tisch schlurfte, sich neben Graufell niederließ und Grütze forderte.

Regen trommelte auf das Dach und tropfte aus Löchern herein. Durch Ritzen in den Wänden pfiff der Wind.

Draußen war es schon lange hell. Manchmal verschlief Gunnhild ganze Tage, und vielleicht wäre es besser, wenn sie gar nicht mehr aufwachte.

Während sie missmutig vor sich hinknurrte, wurde die Tür von außen geöffnet. Männer kamen von der Jagd zurück. Ihren langen Mienen war abzulesen, dass sie wieder keine Robbe erlegt hatten, nicht einmal einen Hasen. Die anderen Männer, die im Haus herumlungerten, schauten kurz auf, dann fuhren sie mit ihren Beschäftigungen fort, schnitzten Holzfiguren, polierten ihre Waffen oder stritten sich über Belanglosigkeiten.

Ein Tag war wie der andere. Das Warten zermürbte die Menschen, die noch Graufells Hofstaat bildeten. Vier Dutzend gelangweilte, von Läusen zerfressene Krieger sowie ein paar Weiber, Sklavinnen, die Grütze kochten und die Beine breit machten. Zwei Frauen gehörten Graufell allein, die anderen standen den Kriegern zur Verfügung. Irgendwie musste er die Männer ja bei Laune halten.

Bis etwas geschehen würde. Doch wann das sein würde, wusste Graufell nicht.

Den Schatz aus Steinolfs Jauchegrube hatte er auf die Männer aufgeteilt, die er zu einem Hafen an der Südküste geschickt hatte. Von dort sollten sie mit Schiffen zu Verwandten nach Irland und Northumbrien fahren, wo Graufells Vater Eirik Blutaxt einst als König regiert hatte. Er versprach den Verwandten reiche Ländereien am Nordweg, wenn sie ihm Krieger und Schiffe schickten. Ob die Narren sich darauf einließen, war jedoch ungewiss. Wahrscheinlich hatten auch sie von seiner Niederlage gehört.

Eine Sklavin brachte Grütze. Gunnhild stieß den Löffel hinein und aß, als wäre es ihr letztes Mahl. Speichel und Grütze tropften aus ihren Mundwinkeln und blieben in den Borsten auf ihrem Kinn hängen. Als die Alte mit dem Löffel schon am Boden kratzte und nach mehr Grütze schrie, war Graufells Schale noch zur Hälfte gefüllt.

«Ich bringe ihn um», knurrte sie dann.

«Ja, natürlich», erwiderte er, weil sie das jeden Tag verkündete.

«Ich steche ihm die Augen aus und schlitze seinen Bauch auf, und aus den Gedärmen knüpfe ich seinen Galgen ...»

Graufell schluckte Getreideschleim, der ihm wie zähflüssiger Eiter die Kehle hinunterfloss. «Hast du gut geschlafen?»

Sie starrte ihn mit einem Blick an, der einen Gewittersturm aus ihrem zahnlosen Mund ankündigte, sagte stattdessen aber ruhig: «Natürlich nicht. Ich hatte einen Traum, von dem ich dir erzählen muss.»

Es war allgemein bekannt, dass Gunnhild seherische Fähigkeiten besaß, woran auch der Christenglaube nichts geändert hatte. Und es konnte nicht schaden, sie in die Zukunft schauen zu lassen.

«Da war ein riesiger Abort mit Platz für elf Leute», begann sie. «Ich saß gleich beim Eingang, als ein Geist aus einem der hinteren Löcher hervorkam. Der Geist erzählte, er komme aus der Hölle. Dort sei auch der Jarl, der die Qualen der Hölle ohne Klage ertrage. Ich fragte, welche Marter er erleiden müsse, woraufhin der Geist behauptete, es sei die Aufgabe des Jarls, den Ofen anzuheizen. Ich meinte, dass das keine große Strafe sei. Doch der Geist gab zu bedenken, dass der Ofen mit dem Jarl selbst angezündet werde – und dass er die Qualen trotzdem wie ein Mann ertrug.»

«Und weiter?», drängte Graufell.

«Was denkst du wohl, wer die Qualen am schlechtesten ertrug?», fragte sie.

«Sag schon.»

«Der Geist nannte mir deinen Namen, Harald. Hörst du? Deinen Namen! Du würdest bis zu den Knöcheln im Feuer stehen. Ich meinte, dass das doch nicht so schlimm sein könne, da du ein so großer Krieger gewesen bist. Doch dann blähte der Geist seine Wangen, riss seine Kiefer auseinander und brüllte, dass es mir in den Ohren sauste. Er behauptete, so laut wie du würde kein anderer schreien.»

Graufell schaute Gunnhild aufmerksam an und wartete, ob noch etwas kam. Irgendein Satz oder nur ein Wort, das diesen Traum zu einem versöhnlichen Ende brachte. Doch die Alte beschäftigte sich schon wieder mit ihrem Essen. Hätte Graufell nicht vorher schon schlechte Laune gehabt, hatte er jetzt allen Grund dazu.

Als er seine Grütze fortschob, schnappte Gunnhild danach und machte sich darüber her. Währenddessen brütete Graufell darüber, welche Auswirkungen der Traum auf sein Schicksal haben könnte.

Doch er kam in seinen Überlegungen nicht weit, da mit einem Mal die Tür so hart aufgestoßen wurde, dass sie gegen die Wand knallte. Begleitet von einer fauchenden Windböe, stürmte ein Krieger herein. Er blickte sich um und eilte dann zu Graufell an den Tisch.

«Ich habe ein Schiff gesehen, Herr», stieß er keuchend aus. Er musste den ganzen Weg vom Fjord bis zum Hof gerannt sein, so wie er um Luft rang.

«Was für ein Schiff?», knurrte Graufell. «Ein Ruderboot? Ein Fischerkahn? Ein Handelsschiff...»

«Ein Langskip, ein Kriegsschiff!» In seiner Aufregung breitete der Wirrkopf die Arme auseinander, als könne er damit die Länge des Schiffs umfassen.

Gunnhild starrte den Mann an. Der Löffelstiel ragte aus ihrem Mund hervor wie ein stumpfer Narwalzahn. Auch die Krieger erhoben sich von den Bänken und kamen näher.

Graufell richtete sich im Stuhl auf. Es war höchst ungewöhnlich, dass sich ein Langschiff in den weit vom Nordmeer entfernten Sörfjord, einen Seitenarm des Hördangerfjords im Hördaland, verirrte, ohne ein bestimmtes Ziel anzusteuern. Kaum jemand kannte Graufells Versteck. In dieser Gegend gab es nur wenige entlegene Höfe. So wie das armselige, am südlichen Ende des Fjords gelegene Anwesen eines Bauern namens Igull, der nach Graufells Ankunft unfreiwillig in ein Nebengebäude ziehen musste. Was das Mindeste war, womit er seinem König die Ehre erweisen konnte.

Oder kehrte bereits einer der Boten zurück, dem es gelungen war, Krieger und ein Schiff zu besorgen? Dafür war es eigentlich zu früh. Aber wenn Graufell es genau bedachte, war es bei günstigem Fahrtwind vielleicht doch möglich, dass ein gutes Schiff die Strecke in so kurzer Zeit überwand.

Der Stuhl ächzte unter seinem Gewicht, als er sich erhob und die Männer zu den Waffen rief. Gunnhilds Traum hatte er schlagartig vergessen.

Sie liefen aus dem Haus und über einen Trampelpfad zur Steilküste, an der sich ein rutschiger Pfad zum Fjord hinunterwand. Auf halber Höhe des Abhangs hielten sie auf einem Plateau, von dem aus das Gewässer zu überschauen war – und sahen tatsächlich ein Langschiff, das sich der Bucht näherte. Von Steven zu Steven maß es etwa neunzig Fuß. Das Segel war eingeholt worden. Am Mast hing ein vom Regen durchnässtes Banner, auf dem nicht zu erkennen war, wessen Zeichen es trug. Graufell schätzte, dass das Schiff mit etwa drei Dutzend Männern besetzt war.

Er befahl den Kriegern, in Deckung zu bleiben, bevor sie in die Bucht hinabstiegen, wo sie sich hinter Felsen verbargen.

Kurz darauf landete das Schiff an. Der Kiel bohrte sich knirschend in den von Geröll und Kieselsteinen übersäten Strand und kam mit einem Ruck zum Stehen. Für einen Moment blähte sich das Banner, und Graufell glaubte zu erkennen, dass es das Zeichen seiner eigenen Sippe zeigte: die beiden gekreuzten Äxte auf blutrotem Grund.

Als Graufell sah, wer an Land sprang, stellten sich seine Nackenhaare auf. Der Mann war sein Bruder Ragnar Eiriksson, der von Gunnhild mit einem Fluch belegt und verstoßen worden war. Diese verfluchte Schlangenbrut! Ragnar hatte damals Gunnhilds Hort ausgegraben und Silber und Gold mit Bier, Wein und Huren verprasst. Das Letzte, was Graufell über Ragnar gehört hatte, war, dass er sich König Tryggvi Olavsson angedient hatte und mit ihm auf Heerfahrt gegangen war.

Ragnars Mannschaft sammelte sich auf dem Strand und lud Gepäck und Waffen aus. Es dauerte nicht lange, bis man die mit Treibholz bedeckten Schiffe entdeckte: Graufells *Seeschlange* und das Handelsschiff des dänischen Seefahrers, das hergebracht worden war, nachdem man den jungen Sachsen und die Boten abgesetzt hatte.

Graufell überlegte, was zu tun war. Er konnte seinen Bruder angreifen, was jedoch wenig erfolgversprechend war, da der mehr und besser ausgerüstete Krieger hatte. Oder er musste hoffen, dass Ragnar in friedlicher Absicht kam, aus welchem Grund auch immer. Aus der Not heraus entschied Graufell sich zähneknirschend für die zweite Möglichkeit. Lieber hätte er die Plage unter seinen Füßen zertreten.

Also ließ er sein Schwert in der Scheide, kam hinter dem Felsen hervor und rief den Namen seines Bruders. Ragnar schaute zu ihm herüber und schien nicht überrascht zu sein. Er hob die Hand zum Gruß, grinste, als würde er sich über das Wiedersehen freuen. Ebenso schnell verschwand das Grinsen wieder.

«Wo hast du deine Krieger versteckt?», rief er.

«Sie sind hier bei mir», erwiderte Graufell, gab den Männern aber ein Zeichen, hinter dem Felsen zu bleiben.

«Warum kommen sie nicht hervor?» Ragnar legte misstrauisch eine Hand an sein Schwert.

«Das werden sie tun – wenn ich es ihnen sage.»

Ragnar breitete die Arme aus, als wolle er sich ergeben, und grinste wieder. Um seine Schultern hing ein Fellmantel, der mit einer silbernen Ringfibel zusammengehalten wurde. Er trug neue Lederstiefel, und auch sonst schien seine Kleidung einiges wert zu sein. Er war jünger als Graufell, ein großer, stattlicher Mann, mit geflochtenem, dunklem Bart und feurigen Augen, die an den Blick eines Irrsinnigen erinnerten. Ragnar war die niederträchtigste Ratte der ganzen Sippe.

«Wenn sich deine Krieger hinter dem Felsen verkriechen, können es entweder nicht viele sein, oder es sind kleinwüchsige Zwerge», rief er belustigt.

Graufell ging nicht darauf ein. «Was willst du hier?»

«Unseren Streit beenden.»

Graufell traute dem Abschaum nicht weiter über den Weg, als er gegen den Wind pinkeln konnte. Er hatte erlebt, wie Ragnar, damals noch ein Kind, nach einem Streit einem Spielkameraden die Hand gereicht hatte, aber nur, um ihm dann einen Knüppel über den Kopf zu ziehen.

Graufell beschlich der Verdacht, Ragnar sei nur aus einem einzigen Grund hergekommen: Er witterte die Gelegenheit, den Bruder zu beseitigen, um selbst das Erbe des Vaters anzutreten. Bestimmt hatte auch Ragnar von Graufells Schmach gehört.

«Wie hast du erfahren, wo du mich finden kannst?», fragte Graufell.

«Ich habe Augen und Ohren.»

«Das haben alle Männer, bevor sie ihnen ausgestochen und abgeschnitten werden.»

«Und ich habe Verstand.»

«Ach?»

Begleitet von einigen Kriegern, näherte sich Ragnar dem Felsen bis auf zehn Schritt. «Fischer am Hafrsfjord bei Karmøy haben mir berichtet, sie wüssten, dass du dich bestimmt nicht am Hardangerfjord versteckst. Aber die Fischer waren schlechte Lügner. Leider fehlen ihnen nun die Augen und Ohren. Bedauerlich, wie schwer manche Männer sich mit der Wahrheit tun.»

Ragnar grinste und zeigte dabei seine Oberzähne, die er angefeilt und in deren Rillen er etwas Schwarzes gerieben hatte. Das verlieh seinem verschlagenen Gesicht einen angsteinflößenden Ausdruck.

«Nun, Bruder», fuhr Ragnar fort, «und dann habe ich mich an den Bauern Igull erinnert. Der bewirtschaftet hier einen Hof und war ein Gefolgsmann unseres Vaters, als das Hördaland noch unter der Herrschaft des großen Eirik stand ...»

In dem Moment schrie jemand.

Ragnars Miene verzog sich zu einer Grimasse. «Das alte Weib lebt also noch.»

«Das Weib ist deine Mutter», erwiderte Graufell.

«Sie ist meine Mutter, so wie ich ertragen muss, dass du mein Bruder bist.»

Gunnhild hastete über den Pfad den Hang hinunter und rannte in die Bucht, in einer Schnelligkeit, die für ihr Alter erstaunlich war. Beim Felsen blieb sie stehen und trat einem der dort versteckten Krieger in den Hintern.

«Warum sitzt ihr hier herum?», keifte sie. «Steht auf und tötet das Geschmeiß!»

Da die Krieger sich nicht rührten, riss sie einem Mann die Streitaxt aus der Hand und lief damit auf Ragnar zu. Seine Krieger brachen in Gelächter aus.

«Wie ich mich freue, dich zu sehen, Mutter», begrüßte er sie. Es war unklar, ob ihr forsches Auftreten ihn belustigte oder einschüchterte. Auf jeden Fall schien er beeindruckt zu sein, obwohl er Gunnhild um gut zwei Kopflängen überragte.

«Und wie ich mich freue, dir deinen Hohlkopf abzuschlagen», schrie sie.

Nun lachten Ragnars Krieger nicht mehr.

«Ich habe dir etwas versprochen», zischte Gunnhild. «Ich habe dir versprochen, dich zu töten, wenn du mir noch einmal unter die Augen kommst.»

Mit diesen Worten schwang sie die Axt. Doch Ragnar wich dem Hieb aus, griff nach der Waffe und nahm sie Gunnhild aus den Händen. Die Alte zeterte und schrie nach Graufell, nannte ihn und seine Krieger erbärmliche Feiglinge. Doch Graufell rührte sich nicht von der Stelle, sondern wartete ab.

Was dann geschah, überraschte ihn.

Ragnar warf die Axt fort, ging vor Gunnhild auf die Knie und beugte demütig das Haupt. «Ich bitte dich um Verzeihung, im Namen des Herrn Jesus.»

Auch Gunnhild war von dem Kniefall irritiert. Sie glotzte den verstoßenen Sohn an, ihr borstiges Kinn bebte.

Ragnar erhob sich und winkte einen Krieger heran, der ihm einen Holzkasten reichte. Er nahm ihn und hielt ihn Gunnhild hin. «Ein Geschenk für dich, Mutter.»

Ihr Mund klappte auf und zu. Sie war offensichtlich hin- und hergerissen zwischen Zorn und Neugier. Der Zorn gewann.

«Verschwinde!», bellte sie. «Ich habe eine Natter an meiner Brust genährt. Nimm deine lausigen Dreckskerle und fahr mit ihnen dorthin, woher ihr gekommen seid.»

«Du kränkst mich, Gunnhild», sagte Ragnar. «Warum bereitest du mir einen solchen Kummer? Wir kommen mit besten Absichten und haben Essen mitgebracht – und Bier und Wein.»

Gunnhilds Augen blitzten auf, als sie zum Ufer schaute, wo mehrere Kisten, Körbe und Fässer aufgestellt worden waren.

«Aber wenn es dein Wunsch ist», fuhr er fort, «werde ich wieder fahren. Doch verwehre mir nicht meine letzte Bitte und nimm mein Geschenk an.»

«Das Geschenk kannst du dir in deinen ungewaschenen Hintern schieben», fauchte Gunnhild.

Graufell trat neben seine Mutter und legte ihr beruhigend eine Hand auf die Schulter. «Schau es dir doch wenigstens an», sagte er.

«Nein! Die falsche Schlange lügt, wenn sie ihr Maul aufmacht. Die Lebensmittel, die er mitgebracht hat, sind alle vergiftet.»

Graufell stieß einen tiefen Seufzer aus.

Da klappte Ragnar den Deckel des Kastens hoch. Fette Fliegen schwirrten daraus hervor. Ragnar hielt den Kasten so, dass Gunnhild gar nicht anders konnte, als hineinzuschauen.

Ihre Augen weiteten sich, als sie die rechte Hand nach dem Kasten ausstreckte. Ihre Finger verschwanden darin, bevor sie einen abgeschlagenen Kopf an langen, hellen Haaren heraushob.

«Wer ist das?», fragte sie und rümpfte die Nase.

«Du kennst ihn, Mutter», erwiderte Ragnar. «Du kennst ihn gut, und schau nur, da ist noch ein zweiter Kopf.»

Sie langte mit der anderen Hand hinein und beförderte einen weiteren Schädel zum Vorschein. Die Männer, denen die Köpfe gehört hatten, mussten bereits eine Weile tot sein. Aus Mund und Nasenlöchern krabbelten Maden, und Fliegen schwirrten um die stinkenden Köpfe, die unter Gunnhilds Händen baumelten. Als sich deren leere Augen zu Graufell drehten, wusste er, zu wem die Schädel gehörten. Auch Gunnhild erkannte sie und stieß einen Jubelschrei aus. Da war klar, dass Ragnar mit seinen Geschenken das harte Herz seiner Mutter erweicht hatte.

Die Köpfe gehörten den Feinden Tryggvi Olavsson und Gudröd Björnsson.

Die Luft in der Halle des Bauernhauses wurde am Abend zum Schneiden dick. Alles, was sich als Tisch oder Sitzgelegenheit eignete, war in der Halle aufgestellt worden. Hausfeuer verbreiteten Wärme, und in der Luft hing der Geruch von gebratenem Fleisch. Gunnhild war bereits bei Einbruch der Dämmerung so betrunken und redselig, dass man befürchtete, sie könnte den gerade erst von Ragnar genommenen Fluch erneuern und ihren Sohn zum Zweikampf herausfordern.

Doch die Sorge war unbegründet, denn Gunnhild ließ Ragnar hochleben. Immer wieder musste er ihr seine angefeilten Zähne zeigen, für die er reichlich Anerkennung erhielt. Dabei wurde er nicht müde zu berichten, wie mannhaft er die grauenvollen Schmerzen ertragen habe.

Ebenso häufig wiederholte er die Geschichte vom Tod der beiden Könige Tryggvi und Gudröd. Gunnhild hatte die Schädel als stinkende Trophäen vor sich auf den Tisch stellen lassen, wo sie von nervösen Fliegen umschwirrt wurden. Zwischen die Kiefer hatte Gunnhild kleine Holzspieße gesteckt, sodass die Münder weit aufklafften, was die Schädel recht lächerlich aussehen ließ.

Graufell saß scheinbar teilnahmslos auf dem Hochstuhl und brütete vor sich hin, während er wieder über Gunnhilds Traum nachdachte. In der Hölle war er also der größte Schreihals, und den verstoßenen Ragnar feierte man im Hier und Jetzt als Helden.

Schon wieder begann Ragnar, von seinen Ruhmestaten zu berichten, die, das musste Graufell sich eingestehen, auch für ihn selbst von Vorteil waren. Zwei Feinde weniger waren zwei Feinde weniger. So einfach war das. Dennoch musste Graufell achtgeben, dass Ragnar ihm nicht den Rang ablief, und hörte genau hin, was er sagte. Er wurde den Verdacht nicht los, dass sein Bruder nicht die ganze Wahrheit erzählte.

Als Ragnar sein mit Bier gefülltes Trinkhorn hob, wurde in der Halle sein Name gerufen. Sogar Igull und dessen Sippschaft waren für das Gelage ins Haus geholt worden.

Nach Vik in den Ostlanden sei er gefahren, erzählte Ragnar und stellte das mit Goldplättchen beschlagene Trinkhorn in einem Silberständer ab. Graufell kam nicht umhin, die Sachen neidisch zu betrachten, während er sein Bier aus einem schlichten Becher trank.

Er habe von Tryggvi den Anteil eines gemeinsamen Raubzugs einfordern wollen, fuhr Ragnar fort. Tryggvi habe ihm die Beute jedoch verweigert. «Daraufhin habe ich einen Mann zu ihm gesandt. Der überbrachte Tryggvi die Botschaft, dass ich seine Unterstützung für eine Raubfahrt im Ostmeer brauchen würde, weil ich nur wenige Krieger hätte. Tryggvi schluckte den Köder und kam mit einem Schiff nach Sotenes bei Vägga. Doch dort lauerte ich mit meiner Mannschaft in einem Hinterhalt, und dann haben wir Tryggvi und alle seine Männer erschlagen.»

Jubelrufe erfüllten die Halle.

Gunnhild spuckte auf Tryggvis Schädel.

«Er brennt in der Hölle!», schrie sie und versetzte Ragnar einen zärtlichen Klaps auf den Hinterkopf. «Und jetzt, mein Junge, erzähl uns von Gudröd, diesem Misthaufen.»

Ragnar zeigte seine Zähne und berichtete, wie er in die Bucht von Vik gefahren war, wo sich Gudröd in der Nähe der Handelssiedlung Kaupang aufhielt. «Wir umstellten den Hof, setzten das Dach in Brand, und als es den Leuten im Haus zu warm wurde, kam Gudröd mit seiner Bande herausgelaufen, und wir haben sie getötet. Dann plünderten wir alle Vorratsgebäude. Wie ihr gerade feststellen könnt, hat Gudröd gutes Bier gebraut.»

Das Gelächter und die Rufe wurden mit jeder Wiederholung der Geschichte und mit jedem Bier lauter. Fäuste hämmerten auf die Tische. Betrunkene sprangen von den Bänken auf, um nachzuspielen, wie Ragnar Tryggvi und Gudröd niedermachte.

Da erhob Graufell sich, knallte seinen Becher auf den Tisch und rief um Ruhe. Es dauerte eine ganze Weile, bis sich herumgesprochen hatte, dass der König das Wort ergreifen wollte.

Graufells Miene war zu Eis gefroren. «Zwei Fragen habe ich an dich», knurrte er.

Ragnar schaute mit glasigem Blick zu ihm auf. Er war betrunken, aber sein Verstand schien noch zu arbeiten. «Nur zu, Bruder, stell deine Fragen.»

Graufell zeigte auf einen Schädel. «Tryggvi hatte eine Frau namens Astrit. Ich hörte, sie sei schwanger von ihm. Sollte sie einen Jungen zur Welt bringen, werden die Menschen in den Ostlanden

den Jungen zu Tryggvis rechtmäßigem Nachfolger küren wollen. Was wirst du dagegen unternehmen?»

Ragnars Miene verdüsterte sich. «Ich habe euch die stinkenden Köpfe gebracht.»

«Das beantwortet meine Frage nicht.»

«Ach nein?»

«Nein!»

Irgendwo in der Halle kippte ein Mann von der Bank und blieb liegen, ohne dass das übliche Gelächter ertönte.

«Nun», sagte Ragnar gedehnt, «wir fahren in die Ostlande, suchen Tryggvis Weib und töten es. Wenn Astrit bereits einen Jungen geboren haben sollte, töten wir auch den.»

«Wir?»

«Ist das die zweite Frage?»

«Nein! Also?»

Ragnar tippte mit den Fingerspitzen gegen das goldbeschlagene Horn und überlegte. Eine Fliege landete auf seiner Hand. Er scheuchte sie weg, nahm das Horn aus dem Ständer und hielt es Graufell hin.

«Lass uns trinken, Harald. Auf unseren Vater Eirik! Auf unsere großartige Mutter Gunnhild! Und auf uns! Mit deiner Unterstützung machen wir uns die Ostlande untertan.»

Da Graufell noch immer stand, musste Ragnar zu ihm aufschauen, was ihm sichtlich zuwider war. Graufell hob seinen Becher, doch als sein Bruder ebenfalls aufstehen wollte, ließ Graufell den Becher wieder sinken. Erst als Ragnar auf seinem Platz blieb, der ihm an diesem Abend zugewiesen war, trank Graufell in seine Richtung.

Nachdem sie die Becher geleert hatten und neues Bier eingeschenkt worden war, ergriff Graufell das Wort: «Du erwartest also, dass ich dich bei der Suche nach Tryggvis Weib unterstütze.»

«So ist es.»

«Dann stelle ich dir nun meine zweite Frage.»

In der Halle war es totenstill geworden. Sogar Gunnhild hatte aufgehört zu trinken.

«Wenn wir das Weib und alle möglichen Thronfolger Tryggvis getötet haben», sagte Graufell, «wer wird dann über die Ostländer herrschen?»

Ragnar bleckte die Zähne. «Das Recht dazu hat der Mann, der Tryggvi den Kopf abgeschnitten hat.»

«Über das Recht entscheidet ein Thing.»

«Ich werde ein Thing einberufen, und es wird mich wählen.»

Graufell wunderte sich nicht über Ragnars Absicht, die Macht über die Ostlande für sich zu beanspruchen. Der Abschaum hatte sein Geschenk aus purem Eigennutz mitgebracht. Er besaß ein Schiff und ein paar Krieger. Viel mehr Kriegsleute hatte zwar auch Graufell nicht aufzubieten. Aber Ragnar brauchte Graufell, weil er dessen Namen und dessen Ruf brauchte, und vielleicht brauchte Ragnar dafür auch Gunnhild.

Graufell hob erneut den Becher. «Ich werde dich unterstützen, Bruder. Doch zuvor wirst du mir einen Treuedienst erweisen.»

Ragnar zögerte. «Einen ... welchen Dienst?»

«Du wirst mir helfen, Thrandheim zu erobern.»

Jetzt erwachte Gunnhild aus ihrer Starre und rief: «Ja, der Jarl muss vernichtet werden!»

Als die Alte später in der Nacht mit dem Kopf auf dem Tisch schnarchte und auch alle anderen schliefen, waren nur noch Graufell und die Fliegen wach. Er war tief in den Stuhl gesunken und hielt den Blick auf die beiden Köpfe gerichtet.

Und er dachte über Gunnhilds Traum und sein eigenes Schicksal nach.

2.
◦◆◦

Hladir

Zu Beginn des Frostmonats *frermánuðr* brach der Winter über Thrandheim herein. Nach einigen klaren und kalten Tagen ballten sich Wolken über dem Nordmeer zusammen. Der Westwind schob sie wie ein dunkles Gebirge unaufhaltsam über das sich verfinsternde Land. Mit den Wolken kam der Schnee, und mit dem Schnee starben Malinas Hoffnungen.

Sie stand auf dem Adlerfelsen, hoch oben über dem Fjord, und die Kälte sprang sie an wie ein Wolf.

Vor einigen Tagen hatte sie Boten in die Fylki geschickt, damit sie die Bonden zur Versammlung nach Hladir luden. Denn Malina sorgte sich um die Wehrbereitschaft der Throender. Fast alle Sippen hatten die für den Kriegsdienst abgestellten Männer wieder abgezogen, weil – so lautete die einhellige Meinung – zu dieser Jahreszeit kein Angriff mehr zu erwarten sei. Ohnehin waren die Throender nur widerstrebend den Anordnungen des Jarls nachgekommen. Kaum jemand wollte glauben, dass von Graufell noch Gefahr ausging.

Die Kälte kroch in Malinas Schuhe und zog unter den Mantel und die Kappe, die aus dem Fell weißer Füchse hergestellt worden waren. Vorhin war Malina den mit Neuschnee bedeckten Weg vom Jarlshof auf den Adlerfelsen gestapft.

Dicke Flocken umwirbelten sie. Der Wind trieb den Schnee über den Fjord, dessen Oberfläche unter einem hellen Schleier verschwand.

Bei dem Wetter würde kein Bonde sein wärmendes Hausfeuer gegen einen eiskalten Sturm und verschneite Wege tauschen wollen. Das konnte Malina zwar durchaus nachvollziehen, aber Verständnis brachte sie dafür nicht auf.

Mit der Hand schirmte sie ihr Gesicht gegen die Flocken ab, als könnte das etwas daran ändern, dass der Fjord zunehmend vor ihren Augen verschwamm. Dennoch zwang sie sich hinunterzuschauen, so wie sie es jeden Tag machte, seit Hakon vor etwa einem Monat zu seinem Kriegszug aufgebrochen war. Das schien eine Ewigkeit her zu sein. Dann waren nur drei der vier Schiffe zurückgekehrt. Ohne Hakon. Skjaldar und Eirik hatten berichtet, dass der Feind verschwunden war. Und dass Hakon mit Ketil und kleiner Mannschaft zu den Sachsen gefahren war.

Seither kämpfte Malina gegen ihre bedrückenden Gefühle an, gegen die Sorgen, die sie sich um Hakon und Aud machte. Die Sorgen wurden mit jedem Tag größer, an dem sie vom Adlerfelsen Ausschau nach einem Schiff hielt, das ihren Mann und seine Tochter zu ihr zurückbrachte. Jeden Tag verbot sie sich, die Hoffnung aufzugeben. Denn die Hoffnung war das Einzige, das ihr geblieben war, und daran klammerte sie sich wie eine Schiffbrüchige.

In den vergangenen Wochen hatte sie sich in die Vorbereitungen für die Versammlung gestürzt. Sie hatte die Throender zu einem außerordentlichen Thing nach Hladir geladen. Für die Bonden und ihre Begleitungen mussten Unterkünfte, Essen und Getränke vorbereitet werden. Skjaldar und die anderen Männer hatten Malina tatkräftig unterstützt. Kein Wort des Zweifels war gefallen, dass es wohl keinen Sinn hatte, die sturen Throender von Malinas Absichten überzeugen zu wollen. Aber sie wusste, dass es diese Zweifel gab.

Skjaldar und Eirik sollten sich in Hakons Auftrag darum kümmern, dass das Land beschützt wurde. Es war für Malina selbstverständlich, sich nicht mit ihrem Kummer im Jarlshaus zu verkriechen. Stattdessen wandte sie ihre ganze Kraft auf, Hakons Befehle durchzusetzen und in seinem Sinne zu handeln. Weder Skjaldar noch irgendein anderer Krieger hatten Malinas Führungsanspruch in Frage gestellt. Es schien allen klar zu sein, dass sie jetzt die Entscheidungen traf.

Eirik war dafür zu jung und unerfahren. Außerdem hatte er andere Dinge im Kopf. Obwohl er nicht darüber sprach, waren seine Gedanken offensichtlich bei der jungen, dunkelhäutigen Frau, die sie von der Insel Karmøy mitgebracht hatten. Sie lebte nun mit im Jarlshaus, wo auch Signy untergekommen war. Warum Hakon Ljot mitgenommen hatte, war für Malina ein Rätsel. Zumal er Hakon angegriffen hatte, wie Skjaldar ihr erzählt hatte. Zu wissen, dass dieser Mann bei Hakon war, schmälerte Malinas Sorgen nicht gerade.

Schnee schmolz auf ihren Wangen, und das Wasser rann unter den zusammengeschlagenen Mantel. Die Flocken vollführten immer wildere Tänze. Da glaubte sie, durch das Windrauschen Stimmen zu hören. Vermutlich waren es die Krieger, die in dem Unterstand in der Nähe ausharrten. Dort wurde das Holz für das Signalfeuer gelagert, das bei einem Angriff entzündet wurde.

Die Stimmen wurden deutlicher. Waren es doch nicht die Wachen? Eine Stimme klang hell, wie von einer Frau. Malina schaute in die Richtung. Doch der eisige Wind blies ihr ins Gesicht und zwang sie, die Augen zu schmalen Schlitzen zu verengen. Undeutlich sah sie die Umrisse von zwei Menschen näher kommen. Wahrscheinlich bemerkten sie Malina nicht, weil sie in ihrer weißen Fellkleidung mit der verschneiten Umgebung verschmolz. Nur wenige Schritt von ihr entfernt stapften die beiden durch den Schnee, bis sie im Windschatten eines Felsvorsprungs stehen blieben.

Malina hatte die Stimmen erkannt. Obwohl sie ein schlechtes Gewissen dabei hatte, die beiden zu belauschen, siegte ihre

Neugier. Sie duckte sich hinter eine vom Schnee bedeckte Tanne und beobachtete, wie Eirik sich angeregt mit der dunkelhäutigen Sklavin, die nun eine freie Frau war, unterhielt. Eigentlich war es hauptsächlich Eirik, der redete, während Katla ihm zuhörte. Sie überragte ihn um eine halbe Kopflänge, und auch sonst wirkte er im Vergleich zu ihr wie ein zu groß geratenes Kind. Katlas Miene war verschlossen. Es war ihr nicht anzumerken, was sie davon hielt, mit Eirik im Schneegestöber herumzustehen. Sein Gesicht hingegen war rot angelaufen, als er unter seinen Mantel griff, etwas hervornahm und ihr hinhielt. Unter seiner Hand baumelte eine Kette. Katla betrachtete das Schmuckstück, ohne es anzunehmen.

Malina wartete gespannt auf Katlas Reaktion, als sich ein ziehender Schmerz in ihrem Unterleib bemerkbar machte. Das unangenehme Gefühl wurde schnell stärker, sodass ihr schwindelig wurde. Ihre Beine begannen zu zittern, ihr Kopf drehte sich. Sie sank auf die Knie, die tief in den Schnee eintauchten, presste die Hände gegen ihren Unterleib und versuchte, gleichmäßig zu atmen. Nicht zum ersten Mal hatte sie solche Krämpfe. Doch in diesem Moment waren die Schmerzen heftiger und anhaltender. Sie vergingen auch nicht, als Malina tief Luft holte. Ihr Kopf drehte sich immer schneller. Die Atemgeräusche verdichteten sich zu harten, keuchenden Lauten, bevor sie vornüber in den Schnee kippte.

Als sie aus ihrer Bewusstlosigkeit erwachte, schaute sie in die Gesichter von Dalla, Signy und Katla. Die Frauen saßen an Malinas Schlaflager im Jarlshaus, und ihre Mienen verrieten tiefe Besorgnis.

«Sie kommt zu sich», hörte sie Dalla sagen, die ihr mit einem feuchten Lappen über das erhitzte Gesicht wischte. «Kindchen, Kindchen, was machst du für Sachen?»

Als Malina zu Katla schaute, meldete sich ihr schlechtes Gewissen, weil sie das Mädchen und Eirik belauscht hatte. «Habt ihr beide mich gefunden?», fragte sie.

Katla drehte sich zur Halle um und rief nach Eirik, der sofort herbeigeeilt kam. Er ließ sich neben Malina nieder und ergriff ihre Hand. «Wir haben uns große Sorgen gemacht, Mutter.»

Malina konnte sich nicht daran erinnern, dass er sie jemals zuvor Mutter genannt hatte.

Er stieß einen Pfiff aus, woraufhin der Rabe herangeflogen kam und auf seiner Schulter landete. Malina musste wieder daran denken, wie ähnlich Eirik Hakon sah.

«Der Rabe hat dich entdeckt», erklärte Eirik. «Ich ... ähm ... also wir, ich meine, Katla und ich, haben vorhin einen Spaziergang gemacht und waren auf dem Rückweg zum Jarlshof, als der Vogel Lärm machte. Dann haben wir dich im Schnee liegen sehen.»

Eirik lächelte vage, während Katlas Miene ernst blieb. Ob sie ahnte, dass Malina die beiden beobachtet hatte? Um Katlas Hals hing eine mit Bernsteinen, Glasperlen und einer Silbermünze bestückte Kette, die, wenn Malina sich richtig erinnerte, einst Eiriks verstorbener Großmutter Bergljot gehört hatte.

Malina löste ihre Hand aus Eiriks Griff und berührte den Raben auf seiner Schulter, der bereitwillig den Kopf in den Nacken legte, wie eine Taube gurrte und sich von Malina die Kehlfedern kraulen ließ.

«Hast du einen solchen Anfall zuvor schon einmal gehabt?», fragte Dalla.

«Ja, aber nicht so heftig.» Malina legte eine Hand auf ihren Bauch. «Es hat hier unten gezogen. Dann wurde mir schrecklich übel. Wahrscheinlich kommt das noch von dem giftigen Rauch, den ich eingeatmet hatte.»

«Mhm», machte Dalla und sah nachdenklich aus. Sie reichte

den Lappen an Signy weiter und bat sie, ihn mit frischem Wasser auszuwaschen.

«Ich danke euch, aber es geht mir wieder besser», sagte Malina und stützte sich auf die Ellenbogen. Sie konnte nicht den ganzen Tag im Bett bleiben. In wenigen Tagen stand die Versammlung an, und bis dahin gab es noch viel zu erledigen. Ob die Bonden kamen oder nicht – noch hatte Malina ihre Hoffnungen nicht aufgegeben. Ein möglicher Erfolg der Versammlung durfte nicht dadurch gefährdet werden, weil den Bonden Essen oder Bier ausging.

«Nein, Kindchen!» Dallas Stimme klang scharf, und ihre Anweisung war unmissverständlich: «Du bleibst im Bett.»

Malina öffnete den Mund, um zu protestieren, schloss ihn aber wieder.

Dalla schickte die anderen fort. Sie selbst blieb noch eine Weile bei Malina und kühlte ihre Stirn mit dem Lappen, bis Malina den Kampf gegen ihre aufkommende Schläfrigkeit aufgab.

«Giftiger Rauch, soso», hörte sie Dalla noch murmeln, bevor sie einschlief.

Am nächsten Morgen fühlte Malina sich ausgeruht und wieder bei Kräften, weswegen Dalla ihr erlaubte aufzustehen. Jedoch nicht, ohne sie zu ermahnen, es ruhig angehen zu lassen. Dabei warf Dalla ihr einen Blick zu, den Malina nicht deuten konnte.

Den Tag über half sie den Mägden beim Mahlen des Korns, beim Brotbacken und dabei, die Sauermilch Skyr herzustellen. Sie begleitete die Knechte hinunter in die Siedlung, wo sie Räucherwaren und Trockenfisch kauften. Die Vorräte des Jarlshofs würden nicht ausreichen, um die Menge an Leuten zu bewirten, die Malina zum Thing geladen hatte. Vorausgesetzt, es kam überhaupt jemand.

Auch in den nächsten Tagen vertiefte sie sich so sehr in die

Arbeit, dass sie den Vorfall beinahe vergaß. Nur wenn sie abends zum Adlerfelsen hinaufging, um Ausschau zu halten, kehrte die Erinnerung zurück und damit die Angst, die Schmerzen könnten wieder über sie kommen. Doch sie spürte nichts dergleichen, und so verging die arbeitsreiche Zeit bis zu dem Tag, an dem die ersten Krieger auf dem Jarlshof eintrafen. Seit dem Sturm war zwar kein weiterer Schnee gefallen, aber es war noch immer eisig kalt und die Bergwege schwer passierbar. Was die Boten zu berichten hatten, ließ Malinas Hoffnungen wachsen, denn zumindest einige Bonden schienen bereit zu sein, nach Hladir zu kommen.

Zwei Tage, bevor die Versammlung stattfinden sollte, kehrte Skjaldar mit einem Trupp zum Jarlshof zurück. Mehrere Bonden mit ihren Gefolgen aus entfernten Fylki begleiteten sie, und bis zum Abend erreichten weitere Bonden den Hof.

In der Halle des Jarlshofs brannten die Hausfeuer. Die Speisen waren vorbereitet, Tische und Bänke zurechtgerückt. Malina wusste vor Aufregung nicht mehr, wo ihr der Kopf stand. Überall war sie dabei, kontrollierte das Essen und die Getränke, gab Knechten und Mägden Anweisungen und ignorierte dabei Dallas Warnung, sich nicht zu überlasten.

Signy und Katla halfen bei den Vorbereitungen. Sogar Eirik übernahm Arbeiten, die eigentlich den Frauen zugedacht waren. Er wollte in Katlas Nähe sein. Den Raben musste er vor die Tür bringen. Der Vogel hatte sich von der allgemeinen Beschäftigung mitreißen lassen und von jeder Speise probiert. Dabei hatte er sich den Magen verdorben und Fleisch- und Fischbrocken auf die abgewischten Tische gewürgt.

Dann war es endlich so weit. Die ersten Gäste kamen aus ihren Unterkünften in den Nebengebäuden zum Jarlshaus, wo sie von Malina, Skjaldar und Eirik an der Tür empfangen wurden. Viele Bauern hatten Familien und Gesinde mitgeschleppt. Malina beschlich der Verdacht, dass ein Grund für ihr Kommen war, sich die Bäuche vollzuschlagen, um die eigenen Wintervorräte zu schonen. Aber vielleicht, so hoffte Malina, hatte sie ja auch der eindringliche Appell an ihre Pflichten gegenüber der Gemeinschaft überzeugt. Und der Überfall auf den Brimillhof vor kaum sechs Wochen.

Alles in allem versammelten sich an diesem Abend an die fünf Dutzend Menschen auf dem Jarlshof, darunter etliche Bewohner Hladirs. Das waren insgesamt zwar weniger Leute, als Malina gehofft hatte. Aber es waren genug, um bei ihnen für Hakons Pläne zu werben, auch wenn vollkommen offen war, ob die Throender tatsächlich Krieger abstellen würden.

Es dauerte seine Zeit, bis die Bonden an den Tischen sowie die Frauen und das Gesinde ihre Plätze auf den Bänken an den Wänden eingenommen hatten. Draußen war längst die Dunkelheit hereingebrochen, als Malina die Versammlung eröffnete. Daraufhin trugen Dalla, Signy, Katla und die anderen Mägde Speisen und Getränke auf.

Malina setzte sich auf den mit Fellen gepolsterten Hochstuhl. Das sorgte unter den Gästen für einiges Gemurmel und irritierte Blicke. Sie hatte lange darüber nachgedacht, ob es eine Anmaßung war, Hakons Platz einzunehmen. Sie hätte auch Eirik auf dem Stuhl des Jarls sitzen lassen können oder niemanden. Eirik war mit seinen fünfzehn Jahren volljährig und somit Hakons Stellvertreter. Aber er hatte Malina gebeten, keine Rede halten zu müssen, geschweige denn die Versammlung zu leiten. Daher hielt Malina es für ihr gutes Recht, den Vorsitz zu führen. Schließlich würde sie in Hakons Sinne sprechen. Ob die Bonden das ebenfalls so sahen, war ungewiss.

Während das Essen aufgetragen wurde, verging allmählich die Anspannung unter den Gästen. Die Leute stopften Fleisch, Fisch und Käse in sich hinein, als hätten sie seit Tagen gehungert.

Malina hingegen war zu aufgeregt, um auch nur einen Bissen herunterzubekommen. Stattdessen ließ sie ihren Blick durch die Halle schweifen. Die meisten Bonden kannte sie von Thingversammlungen, die im Frühjahr und im Herbst auf der Halbinsel Frosta abgehalten wurden.

Noch größer als der Hunger war der Durst der Gäste. Offenbar schmeckte ihnen das Bier, das Malina für diesen Anlass hatte brauen lassen. Mit voranschreitendem Abend löste sich die Stimmung. Gelächter war zu hören, und Trinksprüche wurden ausgebracht. Die Mägde kamen mit dem Einschenken kaum nach. Nicht nur die Bonden, sondern auch die Frauen und das Gesinde langten kräftig zu.

Die Luft in der Halle wurde zunehmend stickiger vom Feuerrauch und den Ausdünstungen der Menschen, als der Bonde Geirröd Asbjörnsson seinen Trinkbecher mit einem Knall auf dem Tisch absetzte. Er erhob sich von der Bank, stützte die Fäuste auf den Tisch und schaute finster in die Runde, bis alle Gespräche verstummten.

Geirröd war ein einflussreicher Bonde aus dem Eyna-Fylke am inneren Fjord. Er war etwa fünfzig Jahre alt und gehörte zu den *dómandi*, den Richtern des Frostathings. Sein hellgrauer Bart hing ihm bis auf den Bauch. Zwischen den zusammengezogenen, buschigen Augenbrauen zeichnete sich eine tiefe Falte ab. Sein Blick wanderte durch die Halle, bis er an Malina haften blieb.

Skjaldar saß zu ihrer rechten und Eirik zu ihrer linken Seite. Sie war unsicher, ob nicht sie das Wort als Erste hätte ergreifen sollen. Dafür war es nun zu spät. Sie konnte den Bonden nicht einfach auffordern, sich wieder hinzusetzen. Immerhin war Geirröd ein enger Vertrauter des alten Jarls Sigurd gewesen, und meist trug Geirröd auch Hakons Entscheidungen mit.

«Ich danke der Jarlssippe für die Einladung», sagte Geirröd

trocken, ohne Malina aus den Augen zu lassen. «Aber ich muss gestehen, dass die Einladung überraschend kam. Ich hatte nicht vorgehabt, in diesem Winter meinen Hintern noch einmal weiter vom Hausfeuer fortzubewegen, als ich zum Abort laufen muss. Dennoch denke ich, dass wir alle genau wissen, warum wir hergekommen sind ...»

«Skål!», rief jemand und hob seinen Bierbecher. Es war Ulf Arnvidsson.

Andere Männer lachten und riefen nach mehr Bier.

«Lass mich ausreden», knurrte Geirröd.

«Warum denn?», entgegnete Ulf. «Wir sind nicht auf dem Thing, und du bist nicht der Hausherr.»

Geirröd überging den Einwurf und sagte: «Die Jarlssippe hat uns eingeladen, damit wir Männer abstellen, die Hladir und den Fjord bewachen und bei einem Angriff beschützen. Habe ich das richtig verstanden?»

Die Frage galt Malina. Es ärgerte sie, dass Geirröd es nicht für nötig hielt, sie mit Namen anzusprechen. Nun gut, es gab Wichtigeres.

Sie erhob sich aus dem Hochstuhl, flehte die Götter an, ihre Stimme nicht zittern zu lassen, und sagte: «Das ist richtig, Geirröd Asbjörnsson. Die Anordnung hat der Jarl getroffen, bevor er ins Sachsenland gefahren ist. Ich fordere euch alle daher in seinem Namen auf, dem nachzukommen. Jeder Hof soll zwei Männer abstellen, sie mit Waffen ausrüsten und nach Hladir schicken, wo sie Skjaldars Befehl unterstellt werden.»

Das waren in etwa die Worte, die Hakon Skjaldar auf Karmøy mitgegeben hatte.

Ein beleibter Bonde namens Ottar aus Strind am äußeren Fjord bat ums Wort. «Vielleicht magst du uns eine Frage beantworten, Jarlsfrau ...»

«Mein Name ist Malina, Ottar», unterbrach sie ihn freundlich, aber bestimmt. Allmählich hatte sie es satt, dass die Männer sie von oben herab behandelten.

Ottar glotzte sie an, als habe sie ihn zum Zweikampf herausgefordert. Ein Schatten legte sich über sein ledriges Gesicht. «Meine Frage lautet: Warum lässt der Jarl die Menschen im Stich, die ihn zu ihrem Führer gewählt haben, und fährt ins Sachsenland, statt auf seinem Hochstuhl zu sitzen, der nun von einer Frau beansprucht wird?»

Gemurmel erhob sich. Viele Männer stimmten Ottar zu.

Malina wechselte einen Blick mit Skjaldar, der ihr ermutigend zunickte. Es war zu erwarten gewesen, dass genau diese Frage gestellt werden würde.

«Wie ihr alle wisst, hat Graufell den Brimillhof überfallen», begann Malina zu wiederholen, was sie und Skjaldar sich als Antwort zurechtgelegt hatten. Sie zeigte auf Signy, die am Rand der Halle stand. «Die Angreifer haben ihren Vater, den alten Steinolf, getötet sowie den Rest der Sippe. Zusammen mit Graufell ist ein Sachse nach Thrandheim gekommen. Wir kennen seinen Namen nicht, nehmen aber an, dass der Sachse für Graufell wichtig ist. Deshalb hat Hakon beschlossen, ihn zu finden ...»

«Und seine Tochter», höhnte Ottar. «Ist es nicht vielmehr so, dass der Jarl sein Land und sein Volk schutzlos zurücklässt, um das Mädchen zu suchen?»

Das Gemurre wurde lauter. Ottar erhielt reichlich Zuspruch.

Malina wurde wütend, weil sie immer wieder unterbrochen wurde. Doch als sie fortfahren wollte, loderte der Schmerz in ihrem Unterleib auf. Schnell atmete sie einige Male tief ein, bis der Krampf verging. Dann sagte sie: «Ottar, ich möchte dich bitten, mich nicht noch einmal zu unterbrechen. Ich bin die Hausherrin. Daher hast du zu schweigen, bis ich ...»

«Ein Weib will mir den Mund verbieten?», ereiferte sich Ottar.

Der Schmerz kehrte zurück, als Malina etwas tat, was sie

selbst überraschte. Sie griff nach ihrem noch randvoll mit Bier gefüllten Becher und zerschlug ihn auf dem Tisch, sodass er zerbrach und Bier herumspritzte.

«Mein Name ist M-a-l-i-n-a!», fauchte sie, während das Ziehen vom Unterleib aus in ihren ganzen Körper ausstrahlte. «Ich bin die Herrin dieses Hauses. Du hast mein Bier getrunken und von meinen Vorräten gegessen, Ottar. Daher erwarte ich, dass du mir gegenüber den Respekt aufbringst, den ich verdiene.»

Sie sank in den Hochstuhl zurück. Die Krämpfe ebbten ab. Malina schalt sich innerlich dafür, die Haltung verloren zu haben. Was war nur in sie gefahren? Nun hatte sie alles verdorben. Wer würde noch auf eine Frau hören, die den Vorsitz beanspruchte, aber so verrückt war, einen angesehenen Bonden anzuschreien?

In der Halle war es still geworden. Ottar und alle Männer starrten Malina entgeistert an. Nur die Frauen auf den Außenbänken grinsten unverhohlen. Offenbar war Malinas Auftritt ganz nach ihrem Geschmack. Aber in solchen Angelegenheiten trafen die Männer die Entscheidungen. Das war immer so gewesen, und das würde Malina nicht ändern.

Ottar ließ sich auf der Bank nieder und tuschelte mit den Männern neben sich.

Eirik ergriff tröstend Malinas Hand, doch sie schüttelte sie ab. Sie wollte kein Mitleid.

Es war erneut der Bonde Geirröd, der sich erhob und das Wort ergriff. «Ottars Frage, warum der Jarl ins Sachsenland gefahren ist, ist berechtigt. Leider haben wir darauf von der Hausherrin Malina keine befriedigende Antwort erhalten ...»

Skjaldar beugte sich zu Malina und flüsterte: «Soll ich die Verhandlung übernehmen?»

Malina schüttelte den Kopf.

«Das ist nur das eine», hörte sie Geirröd sagen. «Das andere ist, dass der Jarl nicht wissen kann, ob von Graufell wirklich eine

Gefahr ausgeht. Was sollte mich also dazu veranlassen, meine Söhne nach Hladir zu schicken, anstatt von ihnen mein Vieh versorgen und Brennholz hacken zu lassen? Sag du mir, Malina, welchen Grund gibt es, warum ich das tun sollte? Nur weil der Jarl es gefordert hat?»

Malina richtete sich im Stuhl auf. Ihre Beine zitterten. Als sie sich erhob, musste sie sich am Tisch abstützen. Das ziehende Gefühl war zwar verschwunden, aber nun rumorte es in ihrem Magen so heftig, dass sie befürchtete, sich übergeben zu müssen. Noch schlimmer war, dass sie plötzlich nicht mehr wusste, was sie sagen sollte. War der Versuch, Hakons Plan durchzusetzen, nicht von Anfang an zum Scheitern verurteilt gewesen? Hatte Geirröd am Ende nicht sogar recht, wenn er es in Frage stellte, dass von Graufell eine Gefahr ausging?

Sie bemerkte, dass alle Blicke auf sie gerichtet waren, und senkte den Kopf. Der Tisch vor ihr war mit Scherben und Bier bedeckt.

«Nein, nicht weil der Jarl es fordert», sagte sie und bemühte sich, laut zu sprechen, auch wenn es ihre Übelkeit verstärkte. «Sondern du sollst es tun, Geirröd, weil ich dich und alle anderen darum bitte. Hakon ist nicht hier. Ich vermisse ihn, ebenso wie ich Aud vermisse. Hakon hat mir den Grund nicht genannt, warum er ins Sachsenland gefahren ist. Vielleicht will er den Mann umbringen, der mich und ihn beinahe getötet und Aud entführt hat. Vielleicht ist es eine Sache zwischen ihm und dem Sachsen. Vielleicht hat es aber tatsächlich mit der Bedrohung durch Graufell ... zu tun ...»

Ihre Stimme versagte. In ihrem Kopf drehte es sich immer schneller, und die Unterleibsschmerzen kehrten zurück. Doch sie biss die Zähne zusammen, hob den Blick und schaute die Throender an. Ottar krallte sich an seinem Becher fest und vermied, wie viele andere Männer auch, den Blickkontakt mit Malina. Geirröd, der noch immer stand, schien unschlüssig zu sein, was er von Malinas Rede halten sollte. Nur die Frauen starrten sie erwartungsvoll an. Doch Malina musste sie enttäuschen. Dieser Kampf war verloren, bevor er überhaupt begonnen hatte.

Und dann loderten die Schmerzen auf, als hätte ihr ganzer Körper Feuer gefangen. Das Bewusstsein drohte ihr zu entgleiten. Sie hörte Dalla nach ihr rufen. Hände griffen nach ihr und setzten sie im Hochstuhl ab. Dann sah sie Dalla auftauchen, die auf Malinas Unterleib starrte. Ihr Blick wanderte weiter nach unten, wo Malina an ihren Schenkeln etwas Feuchtes hinablaufen spürte.

Das Letzte, was Malina hörte, war Dallas Stimme, die rief: «Sie blutet!»

3.

Hammaburg

Der Erzbischof saß in der Palashalle und starrte in die Flamme der Bienenwachskerze, als würden sich im zuckenden Licht Antworten auf seine Fragen verbergen. Aber natürlich gab es keine. Adaldag senkte den Blick auf den Tisch. Vor ihm lag das Schreiben, das ihm gestern ein Bischof aus der Lombardei mitgebracht hatte und dessen Inhalt er längst auswendig kannte. Seine Augen folgten den lateinischen Schriftzeichen, bis er das Pergament sinken ließ und ein Seufzer seine Brust dehnte.

Adaldag war allein in der Halle. Bernhard Billung, der Sohn des Markgrafen Hermann Billung, der auf der Burg residierte, war zur Jagd aufgebrochen. Der junge Billunger erlegte alles, was ihm vor Pfeil oder Speer kam, Hasen, Rehböcke, Hirsche und Tauben. Während der Teufel an Macht gewann, hatte der Bursche nichts anderes im Sinn als die Jagd.

Dennoch war Adaldag nicht völlig allein in der Palashalle. In dem Steinsarg verrottete die Leiche von Papst Benedikt, der am 4. Juli 965, also vor knapp viereinhalb Jahren, auf der Hammaburg gestorben war. Hier, am nördlichen Ausläufer der zivilisierten Welt, in Morast und Dreck am schlammigen Ufer der Elba, hatte Benedikt nach seiner Verbannung aus Rom ein Jahr lang bis zu seinem Tod gelebt. Kaiser Otto hatte den in Ungnade gefallenen Papst auf die Hammaburg geschickt, damit der gelehrte Mann ihm in Rom nicht mehr in die Quere kam.

O Herr, betete Adaldag, o Herr, du schütz, was dir lieb und teuer ist.

Nur Benedikts sterbliche Überreste hatten den Kirchenbrand vor elf Tagen überstanden. Sie würden in der neu zu errichtenden Kirche, die der heiligen Maria geweiht werden sollte, ihre letzte Ruhestätte finden. Die Reliquien des heiligen Lazarus waren hingegen verbrannt. Das war für Adaldag ein herberer Verlust, als es die Gebeine Benedikts gewesen wären.

O Herr, warum sind die Reliquien nur zerstört worden?

Die Schatulle war den Flammen zum Opfer gefallen, die Knochen des heiligen Lazarus waren nur noch Staub und Asche, auch wenn nicht einmal die Silberbeschläge der Schatulle in den verkohlten Überresten gefunden worden waren. Das Feuer war schrecklich gewesen und die rohe Zerstörung der heiligen Stätte ein weiteres Zeichen für das Erstarken dunkler Mächte.

Doch weitaus mehr beunruhigte Adaldag das Schreiben.

Wieder nahm er den Brief zur Hand, zog die Kerze zu sich heran und wollte die Worte erneut lesen, als er hörte, wie die Tür zur Halle geöffnet wurde und jemand eintrat. Ein Lichtschimmer fiel herein, der wieder verschwand, als die Tür geschlossen wurde. Adaldag schaute nicht auf, er wusste, wer gekommen war. Er versuchte, sich auf den Inhalt zu konzentrieren. Wie bei den Malen zuvor, hatte er das Gefühl, als ziehe sich um seine Brust ein Gürtel aus Eisen zusammen, der ihm die Luft aus den Lungen presste.

Die Schritte näherten sich, dann, etwa in der Mitte der Halle, verklang das Geräusch.

Adaldag schaute abrupt hoch. «Nicht auf den Sarg setzen, Junge!»

Drakulf erhob sich vom Sarg, den Adaldag so in der Halle hatte platzieren lassen, dass jeder drum herumgehen musste, wenn er an den Hausfeuern und Stützpfosten vorbei zum Tisch gelangen wollte.

«Komm zu mir», sagte Adaldag scharf und legte den Brief ab.

Nun gab es andere Fragen zu klären. Er klopfte mit dem Mittelfingerknöchel auf die Tischplatte.

Der Junge blieb vor dem Tisch stehen.

«Wo warst du?», fragte Adaldag.

Der Junge zuckte mit den Schultern.

Seit der Nacht des Kirchenbrands war er verschwunden gewesen und – obwohl Adaldag überall nach ihm hatte suchen lassen – unauffindbar geblieben. Bis heute Morgen, als Soldaten berichteten, Drakulf sei auf die Burg zurückgekehrt. Sogleich hatte Adaldag ihn in den Palas bestellt. Die Kerze war seither fast um die Hälfte heruntergebrannt. Und er hatte den Brief Dutzende Male lesen müssen.

Jeden anderen Menschen hätte Adaldag für die Frechheit, ihn warten zu lassen, zur Rechenschaft gezogen. Aber das hier war der Junge, mit dem er Nachsicht üben musste.

Er rang sich ein Lächeln ab. «Doch nun bist du ja wieder da», sagte er. «Ich möchte von dir etwas wissen. Wenn du meine Fragen beantwortest, entlasse ich dich gleich wieder. Hast du mich verstanden?»

Der Junge starrte ihn ausdruckslos an.

«Ich hatte dich mit einem Auftrag in den Norden geschickt, habe aber bis heute nicht von dir erfahren, ob du ihn erledigt hast. Beim letzten Mal wurde unser Gespräch von dem falschen Mönch unterbrochen. Nun sind wir ungestört. Also?»

Der Junge wandte den Blick ab.

«Hast du den Auftrag ausgeführt?»

Der Junge suchte und fand irgendeinen Punkt in den Tiefen der Halle, auf den sich sein Blick heftete.

«Hast du sie unschädlich gemacht, diese Seherin, die mit ihren Worten und Taten die Herzen der Menschen vergiftet?»

Die Lippen des Jungen formten ein Wort.

«Sprich lauter», knurrte Adaldag.

«Ja.»

«Hast du sie getötet?»

«Ja.»

«Und wie hast du das getan?»

«Verbrannt.»

Adaldag beobachtete den Jungen und lauerte auf eine Reaktion. Bei den meisten Menschen konnte er einschätzen, ob sie die Wahrheit sprachen oder nicht. Der Junge blieb jedoch undurchschaubar.

«Sagst du die Wahrheit?», fragte Adaldag.

«Sie lebt nicht mehr.»

«So wie das geheimnisvolle Mädchen, von dem ich noch immer nichts weiß.»

«Ja.»

«Wie lautet ihr Name?»

«Weiß ich nicht.»

Adaldags Finger trommelten auf dem Tisch. «Du bringst also ein Mädchen in das Gasthaus, ohne seinen Namen zu kennen, und behauptest, es sei tot. Habe ich das richtig verstanden?»

Der Junge nickte.

«Stammt das Mädchen aus dem Norden? Gehört es zu den Leuten, zu denen ich dich geschickt hatte?»

«Mhm.»

«Steht der Mann, der dich in der Nacht des Kirchenbrands angegriffen hat, in Verbindung zu dem Mädchen?»

«Nein!»

Das *Nein* kam schnell, vielleicht etwas zu schnell, dachte Adaldag.

«Aber du weißt, wer der Mann ist, der dich angegriffen hat?»

«Nein!»

Wieder so eine ungewöhnlich schnelle Antwort.

«Du hast ihn also niemals zuvor gesehen?»

«Nein!»

«Ebenso wenig wie den falschen Mönch?»

Der Junge schüttelte den Kopf.

«Und wie erklärst du dir, dass der Mönch in Wut geriet, als er vom Tod des Mädchens erfuhr?»

«Weiß ich nicht.»

Adaldag stand auf, trat vor den Jungen und legte ihm die Hände auf die Schultern. Drakulf zuckte zusammen, körperliche Berührungen waren ihm unangenehm. Adaldag schob ihn zum Sarg, bat ihn, mit ihm zu beten, und beobachtete aus den Augenwinkeln, wie der Junge die Hände faltete.

Die Lüge, dachte Adaldag, ist eine Sünde, sie will die Wahrheit verbergen. Beweggründe dafür kannte er viele: Lüge aus Ehrgeiz, Prahlsucht, Bosheit, Selbstsucht, Eitelkeit, ebenso wie Notlügen aus Hilflosigkeit, vielleicht auch aus Angst. Aber Adaldag verdrängte den Gedanken an die Folter als legitimes Mittel, um Lügner zu entlarven und störrische Menschen zur Wahrheit zu zwingen. Nein, nicht bei dem Jungen.

Die Lüge war ein Werkzeug des Teufels. «Der Herr sprach zu ihnen: Ihr habt den Teufel zum Vater», begann Adaldag, «und was euer Vater begehrt, wollt ihr tun! Der war ein Menschenmörder von Anfang an und steht nicht in der Wahrheit, denn Wahrheit ist nicht in ihm. Wenn er die Lüge redet, so redet er aus seinem Eigentum, denn er ist ein Lügner und der Vater derselben ...»

In dem Moment wurde die Tür geöffnet. Ein Soldat erschien in der Halle.

«Du störst uns beim Gebet», fuhr Adaldag ihn an.

Natürlich störte der Mann nicht nur beim Beten. Adaldag hatte vielmehr gehofft, durch die heiligen Worte aus dem Johannes-Evangelium dem Jungen dessen Verfehlungen vor Augen zu führen. Was er nun vergessen konnte. Der Junge ließ die Hände sinken und wandte sich ab.

«Da sind Männer am Tor, Herr», sagte der Soldat. «Sie behaupten, eine wichtige Botschaft für Euch zu haben.»

«Kann eine Botschaft so wichtig sein, dass sie rechtfertigt, ein Gebet zu stören?»

«Ich wusste nicht ...»

«Wer will mich sprechen?»

«Sie sagen, der Nordmann Harald Eiriksson habe sie geschickt.»

«Graufell?»

«Ja, Herr. Sollen wir sie zu Euch bringen?»

«Ich will das verlauste Pack nicht im Palas haben», sagte Adaldag und forderte Drakulf auf, ihn zu begleiten.

Die Nordmänner lungerten vor dem Tor herum. Sie waren zu dritt. Bärtige, finster dreinblickende Gestalten mit Kurzschwertern an den Gürteln. Die Männer stanken nach Schweiß. Ihre Kleider waren ungewaschen und zerschlissen. Der Aufzug überraschte Adaldag nicht. König Graufell hatte seine Macht eingebüßt. Das Letzte, was Adaldag über den Nordmann gehört hatte, verhieß nichts Gutes. Wie sollte ein mittelloser Herrscher seine Untergebenen mit anständiger Kleidung ausstatten? Dieser Graufell gab zwar vor, dem Allmächtigen zu dienen, aber in Adaldags Augen war er ein wankelmütiger Bastard.

Um die Mission im Norden voranzutreiben, hatte Adaldag ihm über die Jahre so viel Geld in den Rachen geworfen, dass es für den Bau von drei Kirchen ausgereicht hätte. Doch Graufell hatte es für seine erfolglosen Kriegszüge verschwendet. Die Schätze hätte Adaldag also ebenso gut auf dem Grund der Elba versenken können. Aber hatte er eine andere Wahl? Nein. Graufell war unter den Barbaren im Norden derjenige, auf dem die Hoffnungen der Mission ruhten.

Daher hatte Adaldag Drakulf zu Graufell geschickt, damit der den Jungen dabei unterstützte, die Seherin unschädlich zu machen, die sich auf schändlichste Weise an der Christenheit vergangen und einen Geistlichen ans Kreuz geschlagen und gefoltert hatte.

Nun, vielleicht würde Adaldag von den stinkenden Nordmännern mehr darüber erfahren als vom maulfaulen Drakulf.

Er redete die Nordmänner in ihrer Sprache an und bat sie in ein Nebengebäude des Palas, wohin er Bier und Essen bringen ließ. Während die Kerle sich über Bier, Brot und Käse hermachten, stellte sich aber heraus, dass sie weder etwas von der Seherin noch vom dunklen Jarl berichten konnten. Stattdessen schilderten sie die Lage in den Nordländern in düstersten Farben. Offenbar war die Situation noch schlimmer, als Adaldag befürchtet hatte. Graufell habe seinen Palas räumen müssen, erzählten die Männer, und der Jarl habe alle Gebäude auf der Insel Karmøy niedergebrannt.

Adaldag war diesem Jarl Hakon niemals begegnet, der einer der schlimmsten Feinde der Christenheit war. Er betete grausame Götzen an, Dämonen, die der Teufel selbst waren, und umgab sich mit Höllenvögeln, hieß es, mit Raben, die darauf abgerichtet seien, mit messerscharfen Schnäbeln den Christen die Augen auszuhacken. Der Jarl war ein Handlanger des Satans, eine Bestie in Menschengestalt, und er war mächtig. Er war das alles Gute überwuchernde Unkraut, das nur vernichtet werden konnte, indem man die tief in der Erde steckenden Wurzeln herausriss.

Nachdem reichlich Bier geflossen war und die Nordmänner sich die Bäuche vollgeschlagen hatten, begannen sie zu erzählen, dass ihr Herr, König Graufell, sich an irgendeinen Fjord zurückgezogen und sich wieder mit seinem Bruder, einem Mann namens Ragnar Eiriksson, verbündet habe.

Und dann kamen die Nordmänner auf ihr eigentliches Anliegen zu sprechen.

«Der König bittet Euch um Unterstützung», sagte ein Mann, der sich als Guttorm vorgestellt hatte.

«Unterstützung? Er hat bereits genug Geld bekommen», sagte Adaldag.

Guttorm nickte eifrig. «Dafür sollen wir Euch ausdrücklich danken. Doch nun bittet er um kriegerische Unterstützung. Er braucht Soldaten.»

«Soldaten?», fuhr Adaldag auf. Das war keine Bitte, das war eine Frechheit! Doch er widerstand dem Drang, die Nordmänner in Ketten legen und auspeitschen zu lassen. «Woher soll ich Soldaten nehmen?»

Guttorm zuckte mit den Schultern, während er mit den Fingern zwischen den verbliebenen Zähnen nach Fleischresten grub. «Er meinte», nuschelte er an seinen dreckigen Fingern vorbei, «dass Ihr ihn unterstützen würdet, wenn Ihr erfahrt, was er vorhat.»

Guttorm berichtete, dass der Junge, der scheinbar teilnahmslos an der Wand lehnte, aus dem Lande Thrandheim ein Mädchen verschleppt habe. Und dass Graufell den Jungen zusammen mit dem Mädchen ins Sachsenland zurückgeschickt habe, um den Jarl vom Nordweg fortzulocken. Je länger Adaldag zuhörte, desto deutlicher entstand vor seinem inneren Auge ein vager Gedanke, aus dem schließlich ein Plan wurde.

Er lauschte den Worten mit geschlossenen Augen. Als die Männer endeten, erhob er sich und schaute zu Drakulf, der seine Hände wrang. Es war unklar, ob der Junge von der Unterhaltung etwas mitbekommen hatte. Eigentlich war er der Sprache der Nordmänner nicht mächtig. Allerdings hätte es Adaldag auch nicht gewundert, wenn der Junge sie gelernt hatte. Er lernte schnell. Erschreckend schnell, wie Adaldag bei Drakulfs Kampfübungen gesehen hatte.

Dann bat Adaldag die Nordmänner nach draußen. Sie kippten schnell das restliche Bier hinunter, und ihre Mienen hellten sich auf, als er ihnen ein Fass davon versprach.

Er wartete, bis Drakulf hinterherkam, bevor sie in den trüben Tag hinaustraten. Mit einem Mal erschien Adaldag das Wetter hell und freundlich, obwohl der Himmel dunkel war und es wohl bald Regen oder Schnee geben würde.

Er schritt munter aus und lauschte im Vorbeigehen den metallischen Klängen der Hammerschläge aus der Schmiede.

Der Tag hatte mit schweren Gedanken begonnen und mit dem Schreiben, das ihn mit Sorgen zu erdrücken drohte. Doch nun hatte der Herr ihm ein Zeichen gesandt in Form von drei verlausten Nordmännern. Durch diese Boten hatte der Herr ihm einen Weg aufgezeigt. Adaldag schalt sich innerlich, überhaupt gezweifelt zu haben. Natürlich prüfte der Herr seine Diener. Natürlich war mancher Weg steinig und voller Hindernisse. Doch er durfte nie die Hoffnung verlieren. Wo nichts zu hoffen war, blieb nur der Teufel.

Sie verließen die Burg durch das Tor, hielten sich dann rechts und gingen über den Bohlenweg unterhalb des Burgwalls zu dem Platz, hinter dem sich der Brandschutthaufen wie ein Mahnmal erhob. Bei den verkohlten Überresten stand ein Dutzend Leute um das Glockengerüst herum, vor dem der Gefangene kauerte. Die Glocke hatte Adaldag abnehmen und in Sicherheit bringen lassen. Sie würde ein neues Gerüst bekommen und ihr Geläut die Menschen bald zum Dienst am Herrn in eine neue Kirche rufen.

Unweit der Ruine lagerte das gelieferte Bauholz auf hohen Stapeln. In wenigen Tagen sollte der Schutt abgetragen und mit dem Neubau begonnen werden.

Zuversicht durchströmte Adaldag wie frisches Quellwasser.

Aus der Asche sollte Neues erwachsen – Neues und Herrlicheres. Gott hatte Adaldag einen Weg gewiesen, und Adaldag würde ihn beschreiten. Selbst das bedrückende Schreiben erschien ihm nun in einem anderen Licht.

Ein altes Weib trat aus der Menge, beschimpfte den in Ketten gelegten Mann, dessen Kleider zerlumpt waren, und spuckte ihn an. Die Soldaten, die ihn bewachten, ließen die Frau gewähren. Sie schritten auch nicht ein, als ein vergammelter Fisch nach ihm geworfen wurde. Jemand rief, der Gefangene solle das fressen. Die Leute klatschten Beifall. Der Boden um den Gefangenen war mit Holzstücken, verdorbenen Lebensmitteln und Steinen übersät. Jeden Tag pilgerten Menschen aus der Siedlung her, um ihrem Zorn Luft zu machen.

Adaldag hatte den Soldaten ausdrücklich befohlen, nur einzuschreiten, wenn das Leben des Gefangenen gefährdet war. Die Menschen forderten seinen Tod. Gleich am Tag nach dem Brand hatte eine wütende Meute auf die Herausgabe des Brandstifters bestanden. Unklar war, ob er das Feuer wirklich gelegt hatte. Er hatte bisher kein Wort gesprochen. Allerdings waren seine Hände mit Ruß verschmiert und das kurzgeschnittene Haar versengt. Für die Menschen war das Beweis genug für seine Schuld, an der auch Adaldag eigentlich nicht zweifelte.

Dennoch hatte er ihn am Leben gelassen und ihn stattdessen den Erniedrigungen, dem Regen und der Kälte ausgesetzt. Tief im Innersten hatte Adaldag geahnt, dass der Gefangene wertvoll für ihn sein könnte. Nun wusste er, warum. Nun wusste er, welches Pfand er in Händen hielt.

Als aus der Menge ein Stein auf den Gefangenen geworfen wurde, lachten auch die Nordmänner. Vermutlich hatten sie den Gefangenen noch nicht erkannt, sondern fanden einfach Gefallen daran, wenn ein Mensch erniedrigt wurde.

«Wer ist denn dieser Kerl?», fragte Guttorm.

«Ihr kennt ihn besser als ich», erwiderte Adaldag, wofür er ratlose Blicke erntete.

Er ging zu den Menschen, die forderten, der Brandstifter müsse endlich hingerichtet werden. Ein Mann rief: «Für den Frevel ist es eine viel zu geringe Strafe, den Mann nur verhungern oder erfrieren zu lassen. Er soll enthauptet oder gehängt oder bei lebendigem Leib verbrannt werden!» – «Oder alles zusammen», schrie jemand anderes.

Adaldag baute sich vor den aufgebrachten Leuten auf und rief: «Hört mich an: Bald wird er seine gerechte Strafe bekommen.»

Da schlüpfte ein dreckverschmierter Knabe von vielleicht sechs Jahren an Adaldag vorbei zu dem Gefangenen und trat ihm gegen das Bein. Der Gefangene nahm es regungslos hin. Adaldag hatte sich häufig gefragt, ob der Mann noch hoffte, mit dem Leben davonzukommen, oder ob er längst damit abgeschlossen hatte. Weil Adaldag nun wusste, wer der Gefangene war, hielt er die erste Möglichkeit für wahrscheinlicher. Der Mann würde niemals aufgeben. Der Satan war standhaft.

Der Junge lief triumphierend zu den anderen zurück und empfing für seinen Tritt lobende Schulterklopfer.

«Geht jetzt nach Hause», rief Adaldag. «Der Herr sei mit euch.»

Als die Menge sich murrend verzog, winkte er die Nordmänner zu sich. Drakulf war in einiger Entfernung stehen geblieben und schaute zu dem Gefangenen, der überraschend den Kopf leicht angehoben hatte. Die Wangen in seinem bleichen Gesicht waren eingefallen. Sein Bart wucherte struppig, doch der stolze Blick war ungebrochen. In den Augen glomm das Feuer des Hasses.

Ob Drakulf Angst vor dem Mann hatte? Ausgerechnet Drakulf?

Von dem Mann ging keine Gefahr aus. Man hatte ihm zusammengekettete Eisenmanschetten um Hals, Hände und Fußgelenke gelegt und die Ketten am Glockengerüst befestigt. Dennoch hielt Drakulf Abstand. Gab es überhaupt etwas auf dieser Welt, das dem Jungen Angst machte? Immerhin war er bereits in der Hölle gewesen.

«Erkennt ihr den Mann wieder?», fragte Adaldag Guttorm und die anderen beiden Nordmänner, die daraufhin den Gefangenen eingehend betrachteten.

Erst zuckten sie mit den Schultern. Doch als der Gefangene zu ihnen schaute, hellte sich Guttorms Miene schlagartig auf. Sein Unterkiefer klappte herunter.

«Das ist doch ...»

«Schweig», schnitt Adaldag ihm das Wort ab.

Die Leute waren noch in der Nähe. Sie sollten nicht erfahren, wen sie mit alten Fischen und Steinen beworfen hatten. Für das, was Adaldag mit dem Gefangenen vorhatte, mussten die Menschen ahnungslos bleiben.

«Du hast ihn also wiedererkannt?», fragte er leise.

Guttorm nickte und starrte den Mann hasserfüllt an. Auch die beiden anderen Nordmänner schienen Bescheid zu wissen. Einer griff zum Gürtel. Er hatte wohl vergessen, dass sie ihre Waffen bei den Torwächtern zurückgelassen hatten.

«Überlasst ihn uns», sagte Guttorm mit beinahe flehender Stimme. «Wir werden Graufell seinen Kopf bringen ...»

«Nein! Er ist mein Gefangener. Ich allein entscheide, was mit ihm geschieht.»

Guttorm brummelte in seinen Bart. Vermutlich hatte er sich bereits ausgemalt, mit welchen Versen die Dichter der Nordmänner, die Skalden, ihn besingen würden – ihn, den Auserwählten, der den schlimmsten Feind seines Königs tötete.

Doch diesen Gefallen tat Adaldag den Nordmännern nicht. Der Tod des dunklen Jarls war dazu bestimmt, einer höheren Sache zu dienen.

Die Nacht war weit fortgeschritten. In der Feuerstelle knackten frisch aufgelegte Scheite. Eine neue Bienenwachskerze spendete das Licht, in dem Adaldag das Schreiben betrachtete. Vor ihm standen auf dem Tisch außerdem zwei Becher, von denen nur einer gefüllt war, sowie ein Krug mit rotem Wein aus dem fränkischen Reich. Dort verstand man sich am besten auf die Herstellung dieses herrlichen Getränks, fand Adaldag. Wein war teuer, ein Getränk für besondere Anlässe. So wie in dieser Nacht.

In der Burg und der Siedlung war längst Ruhe eingekehrt. Die drei Nordmänner schliefen in einer Hütte, nachdem sie sich über das Bierfass hergemacht hatten. Adaldag hatte Wachen aufgestellt, damit die Nordmänner nicht auf dumme Gedanken kamen und sich, berauscht und leichtsinnig, zum Gefangenen schlichen.

Adaldag legte das Pergament zur Seite und presste mit Daumen und Zeigefinger die Müdigkeit aus seinen Augen. Er wollte gerade einen weiteren Schluck Wein trinken, als die unverriegelte Tür von außen geöffnet wurde. Ein Soldat erschien und hinter ihm der Mann, auf den Adaldag gewartet hatte. Die Tür wurde wieder geschlossen.

Der Mann war Bischof Iring. Er trat in die Halle und stapfte missmutig am Sarg und der Feuerstelle vorbei zum Tisch. Er sah müde aus. In seine linke Wange hatten sich Abdrücke vom Stroh seines Schlaflagers eingegraben. «Wenn Ihr mich wecken und um diese Zeit rufen lasst, Erzbischof, nehme ich an, dass Euer Anliegen wichtig ist.»

Adaldag wies auf die Bank am Tisch, auf der Iring sich seufzend niederließ. Er war an die vierzig Jahre alt, hatte dünnes Haar und hervorquellende Fischaugen in einem runden Gesicht.

«Wein?», fragte Adaldag.

Ohne eine Antwort abzuwarten, schob er den leeren Becher

zu Iring hin. Obwohl der Bischof den Kopf schüttelte, nahm Adaldag den Krug und schenkte ein.

«Es gibt für mich keinen ersichtlichen Grund, warum ein Diener des Herrn so spät in der Nacht Wein trinken sollte», sagte Iring spitz. Er legte die Überheblichkeit an den Tag, die vielen Geistlichen zu eigen war, die zu lange im römischen Gefolge des Kaisers umherkrochen.

Adaldag ließ den Krug erst sinken, als Irings Becher bis zum Rand gefüllt war. Dann nahm er selbst einen langen Schluck. Während er sich nachschenkte, rührte Iring seinen Wein noch immer nicht an.

«Ist Euch der Inhalt dieses Schreibens bekannt?», fragte Adaldag und tippte auf das Pergament, auf dem noch die roten Wachsspuren des Siegels klebten.

Iring gähnte hinter vorgehaltener Hand und schüttelte den Kopf. Dennoch war seine Neugier geweckt. «Was steht denn drin?», fragte er betont beiläufig.

«Möchtet Ihr es hören?»

«Wenn ich nun schon hier bin.»

Adaldag nahm das Pergament in beide Hände und begann die Worte vorzulesen, die er längst auswendig kannte. «Otto, durch Gottes Willen Kaiser und des Reiches Mehrer, erbietet dem Erzbischof Adaldag alle Ehre», las er. «Durch Gottes Willen steht es um unser Wohl und alle unsere Angelegenheiten gut und günstig ...»

Nach den üblichen Eingangsfloskeln führte Kaiser Otto aus, wie er in Apulien und Kalabrien gegen die Byzantiner gekämpft, aber zunächst verloren hatte. Erst einige Wochen später sei es ihm gelungen, die Byzantiner in Capua zu schlagen. Dann habe man fünfzehnhundert Griechen die Nasen abgeschnitten, bevor man sie laufen ließ. Weiter berichtete Otto, er habe einen Neffen des Markgrafen Gero als Erzbischof von Colonia eingesetzt.

Iring nickte hin und wieder. Der Inhalt des Schreibens schien ihn nicht besonders zu interessieren, da ihm die geschilderten Ereignisse sicher vertraut waren. Er hatte wohl davon gehört oder war selbst dabei gewesen, bevor er von Kaiser Otto auf die Reise in den Morast des sächsischen Nordens geschickt worden war. Iring war erst gestern Abend mit der Gesandtschaft auf der Hammaburg eingetroffen.

Adaldag hob die Stimme an, als er zu der Stelle kam, die ihm die größten Sorgen bereitete. Dass Otto bereits im vergangenen Jahr im neuen Erzbistum der Magathaburg einen Erzbischof eingesetzt hatte, war Adaldag natürlich bekannt. Was ihm jedoch Bauchschmerzen bereitete, war der Grund, warum Otto das Erzbistum Magathaburg stärken wollte: Otto sorgte sich um die Christianisierung der Slawen, und ihm war zu Ohren gekommen, dass Adaldag Rückschläge erlitten hatte. Daher sollte nun der Erzbischof der Magathaburg, der Adalbert hieß, das slawische Gebiet zurückgewinnen, das Adaldag angeblich an die Ungläubigen verloren hatte. Das kam seiner Entmachtung gleich, wie er zähneknirschend zwischen den Zeilen herauslas. Eine Katastrophe! Sogar von den Vorgängen in den Nordländern hatte der Kaiser erfahren und erkundigte sich besorgt nach Fortschritten bei der Christianisierung der Dänen und Nordmänner. Und Otto hoffte, dass Iring ihm bei seiner Rückkehr in Rom von Adaldags Erfolgen berichten könne.

Iring hörte schweigend zu. Es war nicht ersichtlich, was er über die in Ottos Worten mitschwingenden Vorwürfe dachte.

Das Fatale war, dass der Kaiser ja nicht einmal unrecht hatte. In Wagrien war Bischof Egward getötet und im Norden mit Graufell der Statthalter des Kaisers vertrieben worden. Auch aus der dänischen Mark war kaum Gutes zu berichten: Der Dänenkönig Harald Gormsson Blauzahn verhielt sich zwar ruhig, hatte aber mit Streitigkeiten der Dänen untereinander zu kämpfen. Daher wurden bei den Dänen wieder einmal jene Stimmen laut, die eine Abkehr von Christus forderten.

Die Misserfolge beunruhigten Adaldag. Aber was ihn noch mehr umtrieb, war Ottos indirekter Vorwurf, er, Adaldag, sei offenbar ungeeignet, das Christentum in den heidnischen Gebieten zu verbreiten. Dieser Vorwurf nagte an ihm. Schließlich war die Mission Adaldags Lebensaufgabe. Sie war sein Dienst am Herrn, und all das wollte der Kaiser in seinem Schreiben mit einigen Strichen Galltinte zunichtemachen.

Als Adaldag das Schreiben ablegte, zitterten seine Hände wieder. Er trank seinen Becher aus und schenkte sich nach. Iring hatte seinen Wein nicht angerührt.

«Was werdet Ihr als Nächstes tun?», fragte Adaldag.

Iring inspizierte gelangweilt seine Fingernägel. Er hatte die glatten, sauberen Finger eines Mannes, der seine Hände nicht schmutzig machte.

«In den nächsten Tagen werde ich zur Magathaburg weiterziehen», antwortete er. «Der Kaiser hat mir auch ein Schreiben für Erzbischof Adalbert mitgegeben.»

«Nein!» Adaldags Hände klatschten so laut auf die Tischplatte, dass die Becher und die Kerze wackelten.

Iring zuckte zusammen. «Nein? Wie meint Ihr das?»

«Ich habe eine andere Aufgabe für Euch vorgesehen, Bischof Iring.» Adaldag griff unter den Tisch nach dem Gegenstand, den er dort an das Tischbein gelehnt hatte, holte ihn aber noch nicht hervor.

Irings Blick verriet Unsicherheit. «Ihr könnt mir keine Anweisungen geben, der Kaiser ...»

«Der Kaiser hält sich seit fast vier Jahren jenseits der Alpen auf. Er ist darauf angewiesen, seine Entscheidungen aufgrund von Geschichten zu treffen, die ihm Dritte nach Hörensagen übermitteln. Es ist an der Zeit – und da wird der Kaiser mir zustimmen –, dass jemand ihm einen Bericht aus erster Hand erstattet, und das werdet Ihr sein, Iring.»

Der Bischof öffnete den Mund zum Widerspruch. Doch da holte Adaldag den Gegenstand unter dem Tisch hervor und legte ihn geräuschvoll darauf ab.

«Was ist das?», stammelte Iring.

«Wonach sieht es denn aus?»

«Nach ... einer Axt.»

Die Waffe hatte einen langen Holzschaft. Ihr Prunkstück war der aus Eisen geschmiedete glänzende Kopf, der innen durchbrochen und mit einer kreuzförmigen Aussparung versehen war.

«Diese Axt werdet Ihr mitnehmen, Iring.»

«Als Geschenk für den Erzbischof der Magathaburg?»

«Nein – als Geschenk für einen König.»

«Für welchen König?», fragte Iring irritiert.

Adaldag antwortete nicht und wartete, bis Iring von selbst darauf kommen würde. Irings Blick wanderte zwischen der Axt und Adaldag hin und her. Dann verstand er, dass er derjenige war, der in den Norden fahren sollte.

Er griff nach dem Becher und trank.

4.
Hladir

Komm zu mir, sang die Stimme, komm zu mir!

Es war ein lieblicher Gesang, eine vertraute Stimme. Malina überwand ihre Angst und näherte sich dem Fluss, der sich unter einem blauen Himmel bleifarben durch grasgrünes Land schlängelte.

Komm zu mir! Bei mir bist du in Sicherheit!

Malinas Füße waren ganz dicht am Saum des träge fließenden Wassers. Obwohl sie wusste, dass sie es nicht tun durfte, senkte sie den Blick und sah zwischen den Seerosen etwas Helles unter der Oberfläche schimmern. Es waren Haare, lange, blonde Haare, die in den sanft schwingenden Bewegungen der Strömung ein blasses Gesicht umrahmten. Ein Gesicht mit blutroten Lippen, die lächelten und sich öffneten und Luftblasen entließen, die nach oben schwebten, bis sie an der Oberfläche zerplatzten.

Komm zu mir!

Malina wollte sich abwenden, konnte dem Drang jedoch nicht widerstehen und kniete am Ufer nieder. Unter der Oberfläche sah sie ein Kind, ein Mädchen, es war nackt und die durchscheinende Haut hell wie das fließende Haar.

Komm herunter zu mir!

Bist du es, mein Kind?, fragte Malina verwirrt. Zugleich wusste sie, dass es nicht ihr Kind war, es nicht sein konnte. Es war eine *rusálka*, ein Wasserwesen, die Seele eines totgeborenen Kindes. Wer der Rusálka begegnete, der verging vor Sehnsucht und konnte der Verlockung nicht widerstehen. Malina hörte den lieblichen Gesang, und ihr Blut geriet in Wallung.

Ich habe auf dich gewartet, Malina, meine Mutter! Das Mädchen streckte eine dünne Hand aus. Schmale, kleine Finger stiegen aus dem Wasser empor. Winzige grüne Blätter von Wasserpflanzen blieben an der hellen Haut haften. *Nimm meine Hand!*

Ich darf dich nicht berühren, sagte Malina, während sie sich weiter nach vorn über das Wasser beugte. *Ich muss dich sehen. Du bist die Seele meines Kindes, meines toten Kindes. Lass mich dich anschauen, nur anschauen ...*

Da bewegte sich die Hand nach oben. Kalte, nasse Finger krallten sich um Malinas Hals. Sie verlor den Halt und kippte vornüber. Das Wasser schlug über ihr zusammen. Sie sank tiefer und tiefer, bis sie in einem Meer aus Dunkelheit schwamm. Sie hätte Angst und Panik empfinden müssen. Stattdessen fühlte sie sich geborgen. Unter ihr schimmerten die Umrisse der Rusálka, ihres Kindes, im schwarzen Wasser. Malina zog die Arme kräftig durch und tauchte tiefer, ihrem Kind hinterher. Vollkommene Stille umgab sie beide, was Malina als so angenehm empfand, dass sie niemals wieder auftauchen wollte. Nur hier wollte sie bleiben. Hier gab es nichts anderes, nur sie und ihr Kind ...

Dann verging mit einem Mal die Dunkelheit. Es wurde so gleißend hell, dass Malina davon geblendet wurde. Die Rusálka war verschwunden, ebenso das Wasser.

Malina hörte Stimmen. Helle Stimmen, die miteinander stritten.

«Was hast du ihr gegeben?»

«Das geht dich nichts an.»

«Oh doch – das geht mich etwas an! Ich kümmere mich um sie und werde dafür sorgen, dass sie wieder gesund wird. Und was tust du? Du erscheinst hier einfach so, nachdem du wochenlang fort warst, und machst sie mit deinem Gift krank.»

Malina öffnete die Augen. Vor dem Schlafpodest, auf dem sie unter Schaffellen lag, standen zwei Frauen. Dalla hatte die Fäuste in die ausladenden Hüften gestemmt, den Kopf in den Nacken gelegt und funkelte die Seherin wütend an. Niemals zuvor hatte Malina erlebt, dass jemand es wagte, der Seherin so feindselig gegenüberzutreten. Asny hatte sich einen Beutel über die Schulter gehängt. In der rechten Hand hielt sie eine Rassel. Sie sah furchterregend aus. Ihre Haare standen wirr von ihrem Kopf ab. Die mit Kohle schwarz umrandeten Augen blitzten in dem tätowierten Gesicht. Um den Hals der Seherin hing an einem Lederband ein blanker Knochen, der aussah wie eine Rippe. Vielleicht stammte der Knochen von einem Tier, aber dann erschauerte Malina, als sie an das Skelett vor der Berghütte dachte.

«Ich will wissen, welches Gift du ihr verabreicht hast», fauchte Dalla.

Die Seherin sagte nichts. Aber ihre Augen verengten sich zu schmalen Schlitzen, während sie zischelnde Laute ausstieß.

«Unterlass deine Zauberei», fuhr Dalla sie an.

«Was ist mit meinem Kind geschehen?», fragte Malina.

Dalla und die Seherin drehten sich zu ihr um.

Im Hintergrund waren vertraute Geräusche zu hören. Gedämpfte Stimmen, klappernde Becher. Die Steine der Handmühle schabten übereinander. Die meisten Bänke und Tische von der Versammlung waren fortgeräumt, und die Halle war gesäubert worden, nachdem die Bonden zu ihren Höfen aufgebrochen waren.

Malina musste tief geschlafen haben, wenn sie von alldem nichts mitbekommen hatte. Nachdem sie zusammengebrochen war, hatten die Bonden und ihre Frauen das Jarlshaus verlassen und waren in den Unterkünften verschwunden. Als man Malina zu Bett gebracht hatte, hatte Dalla ihr erklärt, das Blut habe ihren Verdacht bestätigt: Ihre Schwindelgefühle und die Unterleibsschmerzen könnten eigentlich nur eins bedeuten: dass sie schwanger war.

Nun ließ sich Dalla neben Malina auf dem mit Reisig und Stroh gepolsterten Podest nieder, das unter ihrem Gewicht ächzte. Dallas Augen schimmerten feucht, als sie ihre Hand auf Malinas Stirn legte. Ihre Unterlippe zitterte.

«Kindchen, ich habe einige Dutzend Frauen durch Schwangerschaften gebracht und ihren Kindern auf die Welt geholfen. Viele Frauen haben Krämpfe, verspüren Übelkeit und ...»

«Sag ihr, was es bedeutet, wenn sie blutet», sagte Asny. Sie war ans Fußende des Bettes getreten.

«Halt deinen Mund», zischte Dalla.

Wäre Hakon hier gewesen, hätte Dalla kaum gewagt, die Seherin so anzugehen. Dass die beiden sich nicht ausstehen konnten, hatte Malina schon früher bemerkt. Offenbar gehörte Dalla zu den wenigen Menschen, die keine Angst vor der Seherin hatten. Malina hatte einmal mit angehört, wie Ketil sich über Dalla lustig machte, weil sie den Christengott anbetete. Malina war egal, welchem Gott die Menschen vertrauten, aber das erklärte vielleicht, warum die Zauberei der Seherin keinen Eindruck auf Dalla machte.

«Was ändert es, wenn du ihr die Wahrheit verschweigst?», erwiderte Asny. «Sag ihr, dass das Kind abgeht.»

Malina erinnerte sich an den Traum von der Rusálka und ergriff Dallas Hand. «Stimmt es, was Asny sagt?»

«Es kann stimmen, muss es aber nicht», erwiderte Dalla ausweichend.

Malina dachte an die Seele des ungeborenen Kindes im Fluss. Das durfte nicht sein! So lange hatte sie sich ein Kind gewünscht, und nun war sie schwanger, obwohl es wegen des Überfalls nicht einmal zu dem Ritual gekommen war. Es musste also schon vorher geschehen sein.

«Lebt es noch?», fragte Malina vorsichtig.

«Wir ... müssen abwarten», erwiderte Dalla.

Die Seherin begann, die mit Kirschkernen gefüllte Rassel zu schwenken.

«Wirst du für das Kind beten, Asny?», fragte Malina.

Augenblicklich erstarb das Rasseln.

«Kindchen, du bekommst eine kräftige Brühe mit Hühnerfleisch», sagte Dalla. «Das wird dich zu Kräften kommen lassen und ...»

«Wirst du es tun, Asny?», fragte Malina erneut.

Die Seherin beugte sich vor zum Bett und ließ ihr gespenstisches Gesicht über Malina schweben. «Wenn es sein Kind ist», sagte sie kalt, «dann werde ich dafür beten.»

«Wessen Kind sollte es sonst sein?», erwiderte Malina überrascht.

Die Seherin starrte sie mit einem Blick an, den Malina nicht deuten konnte. Dann hob sie Malinas Kopf an und legte ihr ein Lederband um den Hals, an dem eine Wichtniere, eine *vettenyrer*, hing, eine getrocknete, kastanienbraune Meeresfrucht, die manchmal an die Küsten des Nordmeeres gespült wurden. Ein solches Amulett konnte die Krämpfe lindern.

Asny wandte sich an Dalla. «Gib mir eines der Tücher, mit denen du ihr das Blut abgewischt hast.»

«Nein! Deine Zauberei bringt nur Unglück.»

«Bitte, gib es ihr», flehte Malina.

Dalla erhob sich seufzend, verschwand in der Halle und kehrte gleich darauf mit einem blutverschmierten Lappen zurück, den sie der Seherin mit spitzen Fingern hinhielt. Asny nahm den Lappen, roch daran und ließ ihn in ihrem Beutel verschwinden. Dann wandte sie sich zum Gehen.

Da wurde die Tür von außen aufgestoßen. Skjaldar, Eirik und der wild flatternde Rabe kamen in die Halle.

«Ein Schiff kommt», rief Skjaldar. «Auf dem Fjord wurde ein Schiff gesichtet!»

Malinas Herz schlug schneller. Ihre Hoffnung erfüllte sich, denn die Männer beteuerten, es könne sich nur um das Schiff handeln, mit dem Hakon ins Sachsenland aufgebrochen war. Das *Brandungspferd*. Wenn Malina ehrlich war, hatte sie nicht mehr mit Hakons Rückkehr in diesem Winter gerechnet. Umso größer war ihre Überraschung. Sie überlegte, ob sie ihm von dem ungeborenen Kind erzählen sollte, bevor sie Gewissheit hatte. Aber er würde es sowieso von Dalla oder jemand anderem erfahren.

Dalla und die anderen redeten auf Malina ein, dass sie im Bett warten solle, bis sie Hakon und hoffentlich auch Aud zu ihr brachten. Doch sie schlug die Ratschläge in den Wind. Nichts hielt sie noch im Jarlshaus.

Dalla protestierte nur schwach. Aus Vorfreude, Ketil wieder in ihre Arme zu schließen, konnte sie an kaum etwas anderes denken. Sie hüpfte zwischen den Stützpfosten in der Halle umher und rief Ketils Namen, was angesichts ihrer Leibesfülle recht merkwürdig aussah.

Skjaldar und Eirik halfen der geschwächten Malina aus dem Bett und stützten sie, als sie in ihre Kleider schlüpfte und sich den Fellmantel um die Schultern hängte. Als sie angezogen war, stellte sie fest, dass Asny verschwunden war.

Die Männer führten sie aus dem Haus. Sie stützten sie auch den ganzen Weg vom Jarlshof hinunter, der am Fuß des Adlerfelsens und durch den Thorsspalte genannten Felsdurchbruch und dann weiter zur Siedlung führte. Signy sowie einige Mägde und Knechte folgten ihnen, während der Rabe zum Fjord vorausflog, wo er bald nur noch ein dunkler Punkt inmitten treibender Wolken war. Selten war Malina der Weg so lang vorgekommen.

Bevor sie die Siedlung erreichten, sahen sie, wie das Schiff sich den Landebrücken näherte. Die Mannschaft hatte das Segel bereits eingeholt und die Riemen ausgelegt. Zum ersten Mal beschlich Malina ein ungutes Gefühl. Sie hatte erwartet, Hakon am Vorsteven stehen zu sehen. Aber dort war niemand. Sie überlegte, ob er wohl an den Riemen aushalf oder am Steuerruder stand.

Ihr ungutes Gefühl verstärkte sich, weil der Rabe entgegen seiner sonstigen Gewohnheit nicht auf dem Schiff landete, sondern über dem Mast seine Kreise drehte.

Sie eilten durch die Gassen, wo bereits viele Menschen zum Hafen unterwegs waren, und als sie das Gelände am Ufer des Nid erreichten, wurde aus Malinas Verdacht schreckliche Gewissheit. Das Schiff manövrierte gerade vor einer Landbrücke, bei der Dutzende Menschen warteten und winkten.

Malina bat die anderen, langsamer zu gehen, und sagte: «Er ist nicht an Bord.»

«Woher willst du das wissen?», fragte Eirik.

«Weil ...» Sie musste nicht zu Ende sprechen, denn der Rabe rauschte heran und landete auf Eiriks Schulter.

Auf dem Schiff befanden sich viele Männer, doch Hakon war nicht unter ihnen.

Malina schüttelte Skjaldars und Eiriks Hände ab und ging die letzten Schritte zur Landebrücke ohne ihre Hilfe.

«Das ist nicht gut», hörte sie Skjaldar sagen. «Das ist verdammt noch mal gar nicht gut.»

Malina sah Dalla, die vorausgeeilt war, beim Schiff stehen, wo sie mit hängenden Schultern das Anlegemanöver verfolgte. Gepäckstücke wurden auf die Brücke geworfen, bevor die Rampe ausgelegt wurde und die Mannschaft von Bord ging. Einige Männer wurden stürmisch von ihren Sippen begrüßt.

Ein Mann stand jedoch etwas abseits von den anderen. Er starrte Malina an, bis sie bemerkte, dass er nicht sie meinte, sondern jemanden hinter ihr. Sie hörte Signy aufstöhnen. Ljot hatte ein Schwert gegürtet. Jetzt nahm er seine Sachen, eine Tasche, eine Decke und einen Trinkschlauch, und setzte sich in Bewegung. Als er in ihre Richtung kam, wurde er von Skjaldar angerempelt, der an ihm vorbei zum Schiff lief.

Malina war am Fuß der Brücke stehen geblieben. Neben ihr war Eirik mit dem Raben auf der Schulter, während Signy sich hinter ihnen hielt. Ljot trat vor Malina und grinste, ließ aber Signy nicht aus den Augen. Ihm fehlte ein Schneidezahn. Malina glaubte sich zu erinnern, dass er den Zahn bei der Abreise noch gehabt hatte.

«Das nenne ich eine Begrüßung», sagte er. «Mein Weib holt mich ab, um mich nach Hause zu begleiten.»

Bevor jemand etwas erwidern konnte, wurde Ljot von Skjaldar hart angepackt.

«Wo ist der Jarl?», wollte der Hauptmann wissen.

«Frag doch die anderen», gab Ljot zurück.

«Sie sagen, du sollst erzählen, was vorgefallen ist.»

Ljot verdrehte die Augen.

«Mach deinen Mund auf», fuhr Eirik ihn an.

«Zwei Männer gegen einen, na ja, zumindest ein Mann und ein halber», sagte Ljot, zuckte aber zusammen, als der Rabe einen drohenden Laut ausstieß. «Was soll mit dem Jarl sein? Er ist im Sachsenland geblieben. Sonst wäre er ja wohl hier.»

«Willst du behaupten, ihr seid einfach ohne ihn abgefahren?», knurrte Skjaldar.

«Lass mich in Ruhe, Hauptmann», sagte Ljot. «Die Fahrt war anstrengend. Ich bin hundemüde. Komm zu mir, Weib. Wir gehen heim.»

Er machte einen Schritt auf Signy zu. Doch Malina schob sich vor sie.

«Du gehst nirgendwohin, Ljot Konalsson», zischte Malina.

«Nicht, bevor du alles erzählt hast. Und lass dir nicht jedes Wort aus der Nase ziehen.»

Ljot stieß einen tiefen Seufzer aus und stellte sein Gepäck ab. «Wir haben in Haithabu auf ihn gewartet, auf ihn und den Großen. Dann ging uns das Geld aus, und – hey, Özur und Ref, es stimmt doch, dass wir kein Geld mehr hatten, um die Liegegebühren zu bezahlen. Der verdammte Sachse hat uns aus dem Hafen gejagt.»

Die beiden angesprochenen Männer, Özur und Ref, die ihre Sachen gerade von der Brücke schleppten, nickten.

«Dann hättet ihr woanders auf Hakon warten müssen», sagte Malina.

«Ach ja, Frau, und wo?»

Skjaldar stieß ihn in die Seite. «Es gibt genug Buchten am Slienfjord. Da stimmt doch etwas nicht. Außer dem Jarl und Ketil fehlen Thormar, Nollar, Skeggi und Hrafn. Wenn du nicht sofort auspackst, Bursche, sperre ich dich ein und lass dich hungern, bis die Mäuse dich fressen.»

«Du drohst mir, Schiefmaul? Ich bin ein freier Mann. Als freier Mann werde ich auf meinen Grund und Boden zurückkehren, und mein Weib nehme ich mit. Es ist mir versprochen worden. Komm endlich her zu mir, Frau ...»

Ohne dass Malina sie aufhalten konnte, drängte Signy sich an ihr vorbei und schlug Ljot ins Gesicht. Ihre Hand hinterließ einen roten Abdruck auf seiner Wange.

5.
―◆―

Hammaburg

Der Junge wartete in der von Schnee durchwirbelten Dunkelheit. Die Flocken tanzten vor seinen Augen, bis sie auf dem Boden oder auf den Brettern landeten und sich dort zu dünnen Schichten sammelten. Der Junge hockte zwischen den Bretterstapeln, den Rücken gegen das Holz gelehnt und den Geruch von Kiefernholz in der Nase. In den beiden vergangenen Tagen waren die verkohlten Reste der Kirche fortgeräumt und der Boden geebnet worden, damit der Bau der neuen Kirche beginnen konnte.

Der Junge lauschte den Stimmen der beiden Soldaten, die hinter den Holzstapeln ihre klammen Hände über einer Feuerschale wärmten. Er war nah genug, um ihre Worte in seinem Versteck verstehen zu können. Seit einiger Zeit stritten sich die Männer, ob sie die Befehle missachten und ihren Posten verlassen sollten.

«Niemand wird etwas davon bemerken», sagte der eine. Er hatte eine tiefe Stimme. «Wir kriechen im Geräteschuppen unter. Ich spüre meine Zehen kaum noch. Im Schuppen gibt es Decken, vielleicht sogar Bier. Ich habe beobachtet, wie der Priester ein kleines Fass reingebracht hat.»

«Wir werden Ärger bekommen, großen Ärger», erwiderte eine andere, hellere Stimme. Der Mann schien etwas jünger zu sein. «Wenn Hergeir davon erfährt, prügelt er uns grün und blau.»

«Er wird nichts davon mitbekommen. Hier ist niemand, und der Gefangene wird uns wohl kaum verraten. Lebt er überhaupt noch?»

«Vorhin hat er sich bewegt.»

«Ich frage mich, warum der Erzbischof den Kerl nicht längst hingerichtet hat. Gestern hat er ihm sogar eine Decke gebracht, damit er nicht erfriert ... Warte mal, hast du das Geräusch gehört?»

«Das war nur eine Möwe. Das Feuer ist fast heruntergebrannt. Ich hole neues Holz.»

«Ja, und wenn's ordentlich brennt, verziehen wir uns in den Schuppen. Die Wachen oben auf dem Wehrgang werden das Feuer sehen und glauben, wir stehen uns hier die Beine in den Bauch.»

«Schlag dir das aus dem Kopf! Ich riskiere lieber ein paar abgefrorene Zehen als eine Tracht Prügel von Hergeir.»

Der Junge hörte Schritte durch Pfützen platschen. Die Schritte entfernten sich und kehrten kurz darauf zurück. Holzstücke wurden in die Schale geworfen. Das Feuer knisterte.

Es war bereits die dritte Nacht, in der der Junge sich zum Kirchplatz schlich und auf eine Gelegenheit lauerte, und die schien in dieser Nacht günstiger zu sein als in den Nächten zuvor. Aus dem Gespräch der Soldaten hatte er vorhin herausgehört, dass der Hauptmann krank im Bett lag.

«Also, mir reicht es», maulte der eine Soldat. «Gegen die Kälte hilft auch das Feuer nicht. Ich werde im Schuppen nach dem Bier schauen.»

«Du gibst wohl keine Ruhe ...»

«Kannst ja hier bleiben und allein auf den halbtoten Bastard aufpassen. Aber ich warne dich: Ein Wort zu irgendjemandem, und ich schlage dir die Zähne aus.»

Genervtes Lachen, dann entfernten sich wieder Schritte. Irgendwo knarrte eine Tür. Der zurückgebliebene Soldat grummelte vor sich hin und begann im Selbstgespräch, den anderen Soldaten zu beschimpfen, bis der zurückkehrte und von seiner erfolgreichen Suche berichtete. «Ein ganzes Fass, und es ist noch voll ...»

«Kaltes Bier im kalten Schuppen», maulte der Jüngere.

«Komm schon. Es gibt auch Decken. Allein trinken macht keinen Spaß. Wir wärmen uns drinnen auf und trinken ein paar Becher. Dann schauen wir wieder nach, ob der Kerl endlich erfroren ist.»

«Der Priester wird das fehlende Bier bemerken.»

«Ach was, der hat das Fass schon vor Tagen hergebracht. Vielleicht hat er es längst vergessen.»

«Hm, und du glaubst wirklich ...»

«Bist du ein Mann oder ein ängstliches Weib?»

«Das muss ich mir von dir nicht sagen lassen.»

«Offenbar doch. Du musst noch einiges lernen, wie du durchs Leben kommst. Also, wenn du unbedingt hier bleiben willst, bleib halt hier.»

Wieder entfernten sich Schritte.

Der Junge lauschte angestrengt in die Nacht. Eine Schneeflocke landete auf seiner Nasenspitze. Er schielte und beobachtete, wie sie auf seiner Haut taute. Dann glaubte er zu hören, dass auch der zweite Soldat zum Schuppen verschwand.

Das war die Gelegenheit! Der Junge spannte den Rücken an und zog das Messer unter dem Mantel hervor, ein Schnitzmesser mit einer nur daumenlangen, aber sehr scharfen Klinge. Seine Gelenke knackten, als er sich erhob. Er musste kurz warten und seine Zehen in den Schuhen hin- und herbewegen, ehe das Kribbeln verschwand und er seine Füße wieder spürte. Dann drehte er sich um und schaute über den Bretterstapel zum schneebedeckten Platz.

Der Junge hasste den Winter. Aber es war noch nicht so kalt wie damals, als der Schnee sich mannshoch aufgetürmt hatte. Als alle Wege eingeschneit waren und das Blut in den Schnee tropfte und rot färbte. Sein Herz trommelte. Wie jedes Mal, wenn ihn die schrecklichen Erinnerungen überkamen, atmete er tief ein und wartete, bis er sich wieder auf das konzentrieren konnte, was er tun musste.

Im Schein des Feuers sah er den Gefangenen mit dem Rücken am Glockengerüst lehnen, nur fünf, sechs Schritt entfernt.

Der Junge löste die Fibel und legte den Mantel auf dem Bretterstapel ab. Er durfte nachher nicht vergessen, ihn wieder mitzunehmen. Dann kam er hinter den Brettern hervor und trat auf den Platz. Dabei hinterließen seine Stiefel Spuren im Schneematsch, die unter dem frisch gefallenen Schnee rasch wieder verschwanden.

Der Junge näherte sich dem Gefangenen von hinten. Der Mann bewegte sich nicht. Sein auf die Brust herabgesunkener Kopf war mit Schnee bedeckt. Auch auf der Decke über seinen Schultern hatte sich eine weiße Schicht gebildet. Es schien, als sei er eingefroren. Vielleicht war er bewusstlos, vielleicht schlief er auch nur.

Der Junge schlich bis auf zwei Schritte heran. Er sah eine Schneeflocke auf dem Nacken des Gefangenen landen und überlegte, ihm das Messer einfach von hinten in den Hals zu stoßen. Aber die Klinge könnte zu kurz sein, um den Mann durch einen solchen Stich tödlich zu verletzen. Nein, er musste ihm die Kehle durchschneiden, ganz schnell und sauber, bevor der Gefangene ein Geräusch machte.

Und damit er nicht leiden musste.

Der Junge ließ sich auf die Knie nieder. Die Hose sog sich mit Wasser voll, als er noch näher heranrobbte, bis er direkt hinter dem Gefangenen war. Vorsichtig streckte er die rechte Hand mit dem Messer aus und hob die linke Hand über den Mann. Er musste nur noch den Kopf nach hinten ziehen und die Kehle freilegen. Seine Finger senkten sich auf das verschneite Haar seines

Opfers. Dann griff er zu und ... seine Hand griff ins Leere. Das Messer traf auf keinen Widerstand.

Vor seinen Augen wirbelte Schnee hoch. Die Decke flog durch die Luft.

Der Junge war schnell, war jahrelang trainiert worden, bis ihm jede Bewegung in Fleisch und Blut übergegangen war. Bis sein Körper eine tödliche Waffe war. Doch bevor er realisierte, was vor ihm geschah, war der Gefangene bereits hinter ihm. Die eiskalten Glieder der rostigen Kette drückten hart auf den Hals des Jungen und schnürten ihm die Luft ab.

«Lass das Messer fallen», flüsterte ihm eine raue Stimme ins Ohr.

Der Druck der Kettenglieder wurde fester, und der Junge öffnete seine rechte Hand. Das Messer entglitt ihm und versank im Schneematsch. Der Junge versuchte, einen klaren Gedanken zu fassen. In seine Überraschung mischte sich Wut, weil er den dümmsten Fehler begangen hatte, den ein Krieger machen konnte: Er hatte seinen Gegner unterschätzt.

Der Gefangene zog die Kette, mit der seine Hände gefesselt waren, so fest zusammen, als wolle er dem Jungen den Kopf abreißen. Ihm schwanden die Sinne. Die tanzenden Schneeflocken verschwammen vor seinen Augen. Woher nahm der Gefangene diese Kraft?

«Mach die Ketten los», flüsterte die raue Stimme.

Als der Druck etwas nachließ, schnappte der Junge gierig nach Luft. Da er nicht wusste, was er dem Gefangenen sagen sollte, sagte er nichts. Er hatte gar keinen Schlüssel für die Kettenschlösser. Er wusste ja nicht einmal, wo der Schlüssel war. Vermutlich verwahrte der Hauptmann ihn, oder der Erzbischof.

«Mach die verdammten Ketten los!»

Für einen Augenblick schien es, als würden dem Gefangenen die Kräfte schwinden. Der Junge bekam etwas mehr Luft – und reagierte blitzschnell. Seine Erfahrung sagte ihm, dass er nur diese eine Gelegenheit hatte. Dass nur dieser kurze Moment zwischen Leben und Tod entschied.

Er zog die Schultern zusammen und machte sich dünn. Es gelang ihm, sich im Griff des Gefangenen zu drehen, sodass die Kette ihm nun auf den Nacken drückte und das Gesicht des Gegners direkt vor ihm war. Der Junge schnappte mit den Zähnen nach dessen Kehle. Doch der Gefangene war geistesgegenwärtig genug, um das Kinn herunterzudrücken, sodass der Biss das von struppigem Bart überwucherte Kinn traf. Die Zähne des Jungen bohrten sich durch Haut und Fleisch auf den Unterkieferknochen. Er schmeckte Blut.

Und dann hörte er aufgeregte Stimmen.

Der Druck der Kette verschwand. Jemand zerrte ihn von dem Gefangenen weg. Dann prügelten die beiden Soldaten auf den Gefangenen ein. Der Mann ging zu Boden und krümmte sich, während die Soldaten ihn mit Füßen und Fäusten bearbeiteten.

Der Junge wirbelte herum und lief davon. Seine Schuhe patschten durch Pfützen. Auf den glitschigen Holzbohlen wäre er beinahe ausgerutscht, ehe er über den Weg unterhalb des Burgwalls weiterlief, dann am Tor vorbei und hinein in die dunkle Siedlung, bis er die Fischerhütten und Speichergebäude an der Schiffslandestelle erreichte.

Erst dort blieb er stehen und stützte sich an der Bretterwand einer Hütte ab. Sein Herz raste, seine Augen und Wangen waren feucht vom getauten Schnee, der sich in das salzige Wasser seiner Tränen mischte. Er hatte vergessen, seinen Mantel mitzunehmen.

Dann öffnete er die Tür der Hütte und verschwand darin.

6.
⋅◆⋅

Hammaburg

«Wer hat den Mann so zugerichtet?»

Hakon blinzelte. In seinen Augen brannte gleißende Helligkeit. Er lag in die Decke gerollt am Glockengerüst. Als er das Gesicht verzog, platzte die Wunde an seinem Kinn wieder auf. In seinem Schädel pochten die Schmerzen von den Schlägen, und sein linkes Auge fühlte sich geschwollen an. Es schneite zwar nicht mehr, aber in der Nacht war weiterer Schnee gefallen, der den Platz mit einer weißen Schicht bedeckte.

«Wer war das?», bellte der Erzbischof.

Er stand bei Hakon, hielt aber einen Sicherheitsabstand ein, damit der ihn nicht angreifen konnte.

«Ich nehme an, das waren die beiden Männer, die hier gestern Nacht Wache geschoben haben», erwiderte der Hauptmann. Er war blass. Rotz tropfte aus seiner Nase.

«Wo sind die Kerle?», fragte der Erzbischof.

Der Hauptmann winkte einen Soldaten zu sich, der erklärte: «Sie sind in der Burg, Herr. Gleich nach der Wachablösung sind sie schlafen gegangen.»

«Du da, komm her», rief der Erzbischof zu dem Soldaten. «Sorg dafür, dass die beiden Männer eingesperrt werden, vier Tage, nein, besser gleich eine ganze Woche.»

«Ja, Herr.»

Hakon setzte sich unter Schmerzen auf. Beim Erzbischof standen mehr als ein Dutzend mit Schilden, Schwertern und Lanzen bewaffnete Krieger, einige trugen Kettenhemden. Sie sahen aus, als wollten sie in den Kampf ziehen. Hinter ihnen tauchten Bewohner aus der Siedlung auf, die Steine mitgebracht hatten.

«Schickt die Leute fort», befahl der Erzbischof.

Der Hauptmann rief den Leuten zu, sie sollten verschwinden, es gebe für sie nichts zu sehen. Da waren die Leute jedoch anderer Meinung und machten keine Anstalten, den Platz zu räumen.

«Tötet den Mann endlich», rief jemand aus der Menge.

«Hackt ihn in Stücke», rief ein anderer.

Den Jungen konnte Hakon nirgendwo sehen. Er fragte sich, ob der Junge ihn aus eigenem Antrieb töten wollte oder ob ihm jemand den Befehl dazu gegeben hatte.

Die Leute behandelten Hakon wie Dreck, bewarfen ihn mit Steinen und verlangten, dass man ihm die Gliedmaße abhackte. Sie wollten ihn erniedrigen und wünschten ihm einen qualvollen Tod. Offenbar wussten sie nicht, wer er war, sonst wäre sein Name gefallen. Aber es war unklar, ob sein Name ihnen überhaupt ein Begriff gewesen wäre. Der Nordweg war weit entfernt.

Dennoch verlangten sie seinen Tod. Ja, jeder in diesem lausigen Nest schien seinen Tod herbeizusehen, nur der Erzbischof merkwürdigerweise nicht, obwohl der den besten Grund dafür hatte. Stattdessen hatte er Hakon mit einer Decke versorgt, vor einigen Tagen war das gewesen, nachdem die drei Rogaländer aufgetaucht waren. Hakon hatte Graufells Bluthunde wiedererkannt, und sie ihn ebenfalls.

Er wusste nicht, was die Krieger auf der Hammaburg gesucht hatten, ihn, Hakon, offenbar nicht. Sonst hätten sie ihn mitgenommen oder gleich umgebracht. Was auch immer dahintersteckte, es bedeutete niemals etwas Gutes, wenn der eine Feind sich mit dem anderen Feind zusammentat. Die Rogaländer hatte Hakon seither nicht mehr gesehen, wofür es viele Gründe geben konnte. Vielleicht waren sie tot. Oder sie waren inzwischen abgereist. Aber was hatten sie hier gewollt?

Der Erzbischof ließ Hakon von Soldaten vor der wachsenden Menschenmenge abriegeln. Es schien sich herumgesprochen zu haben, dass auf dem Kirchplatz etwas vor sich ging. Der Hauptmann zog sein Schwert, kam damit zu Hakon und richtete die Klinge auf ihn. Währenddessen holte der Erzbischof einen Schlüssel hervor und öffnete damit das Schloss, mit dem die Ketten am Glockengerüst befestigt waren.

«Kannst du aufstehen?», fragte ihn der Erzbischof.

Hakon erhob sich. Seine Beine fühlten sich weich und kraftlos an. Gestern Nacht hatte er sich selbst gewundert, wie schnell er auf den Angriff des Jungen reagiert hatte, trotz des langen Ausharrens bei Kälte, Regen und Schnee.

Der Erzbischof rief zwei Soldaten heran, damit sie Hakon stützten. Seine Hände und Füße waren noch immer zusammengekettet. Als die Soldaten ihn vom Gerüst fortführten, kam Bewegung in die Menge. Die Leute wollten wissen, wohin man den Gefangenen brachte.

«Geht nach Hause», entgegnete der Erzbischof barsch.

Die Soldaten trieben die Menschen zurück, bis sich eine Gasse zum Bohlenweg beim Burgwall bildete. Als sie Hakon weiterschoben, baute sich ein grobschlächtiger Mann vor ihnen auf. Er hatte nur ein Auge, und seine Glatze war mit verschorften Wunden von der Krätze überzogen. Hakon hatte den Mann fast jeden Tag gesehen. Er war einer der Rädelsführer, die lautstark Hakons Tod forderten.

«Wollt Ihr den Bastard etwa laufen lassen, Herr?», rief er wütend. «Er muss büßen für das, was er getan hat.»

Ein Stein traf Hakon an der Schulter.

«Mach Platz», fuhr der Erzbischof den Glatzkopf an.

Die Soldaten schoben den Mann zur Seite und beeilten sich, Hakon zum Weg zu bringen, wo ein Karren wartete, vor den man ein Pferd gespannt hatte.

Der nächste Stein traf Hakons Oberschenkel. Er strauchelte, doch der Hauptmann packte ihn und schleifte ihn die letzten Schritte zum Karren, auf den er ihn mit Hilfe eines anderen Soldaten warf.

Die Menge drängte hinterher. Die Soldaten hatten Mühe, die Leute davon abzuhalten, den Karren zu stürmen. Offensichtlich scheuten sich die Soldaten, Waffen gegen die eigenen Leute einzusetzen.

Der Erzbischof wandte sich noch einmal an die Menschen: «Der Gefangene wird büßen. Er wird Gottes gerechte Strafe empfangen. Aber nun verschwindet. Geht an eure Arbeit!»

Dann setzte sich der Tross mit dem Karren in Bewegung.

Ein Schneeball war das Letzte, was nach Hakon geworfen wurde, bevor der schwer bewachte Pferdekarren über die Bohlen davonrumpelte. Hakon streckte sich rücklings auf der Ladefläche aus und schaute in den bleigrauen Himmel.

7.

Starigard

Sie kamen auf den ausgetretenen, teilweise von Schnee bedeckten Wegen nur langsam voran. Eine Weile folgten sie stromaufwärts dem Lauf des schmalen Flusses, der bei der Hammaburg in den großen Strom, die Elba, mündete, bis sie sich an einer Weggabelung nach Nordosten wandten. Nachts kamen sie in Gasthäusern oder Gehöften unter und ritten tagsüber über die wenigen mit Holzbohlen befestigten Wege, die von Marschland und Mooren gesäumt wurden. Der Schnee ging in einen beständigen Nieselregen über, der feuchte Kälte brachte. Sie kroch unter Hakons Kleider, während er die Soldaten auf den rutschigen Wegen fluchen hörte.

Am zweiten oder dritten Tag, Hakon hatte längst die Zeit vergessen, wurde er krank. Der Rotz lief aus seiner Nase, und er bekam Fieber. Jedes Loch, durch das der Karren rumpelte, war wie ein heftiger Schlag.

Bald darauf erreichten sie den Limes Saxoniae, das Grenzgebiet zu den Slawenstämmen im Osten. Hier mussten sie die kalten Nächte im Freien verbringen, da es in dem Ödland weder Gehöfte noch Gasthäuser gab.

Hakons Zustand verschlechterte sich zusehends. Er schwitzte und fror zugleich. Der Erzbischof gab ihm weitere Decken und schien ehrlich um seine Gesundheit besorgt zu sein. Als Hakon eines Nachts aus einem Fiebertraum erwachte, sah er den Erzbischof neben dem Karren stehen und beten.

Die flache Landschaft zog mit schier endloser Langsamkeit

vorbei. Irgendwann tauchte zwischen sanft ansteigenden Hügeln eine Burg auf. Hakon konnte sich nicht erinnern, jemals in dieser Gegend gewesen zu sein, nahm aber an, dass sie sich in dem Land befanden, das Wagrien genannt wurde. Malina hatte von dem grenznahen Slawenland erzählt und dass die Wagrier zu einem slawischen Stammesverband, den Abodriten, gehörten, ebenso wie der Stamm der Varnower, von denen Malina abstammte.

Sie überquerten einen Graben über eine Holzbrücke, hinter der der Weg einen Hang hinauf zu einem Burgtor führte. Hier saßen die Sachsen ab. Der Erzbischof redete kurz mit den Torwachen, bevor sie ihre Pferde in den Stallungen zurückließen und der Hauptmann Hakon vom Karren herunterholte.

Hakon konnte sich nicht auf den Beinen halten und musste von zwei Männern gestützt werden, als sie durch das Tor traten. Die Burg war mit einfachen Hütten aus lehmverputzten Wänden und Schilfdächern bebaut. Ein Holzbohlenweg führte die Sachsen und ihren Gefangenen zu einem offenen Platz, an dem ein Palas stand.

Während die Soldaten draußen mit Hakon warteten, verschwand der Erzbischof im Palas. Die Ankunft der Sachsen hatte sich schnell herumgesprochen. In den Gassen tauchten Menschen auf, die sich dem Platz näherten. Die Blicke, mit denen sie die Soldaten bedachten, waren geradezu feindselig, wie Hakon zu erkennen glaubte. Mit einiger Genugtuung bemerkte er, dass die Soldaten enger zusammenrückten. Offensichtlich fühlten sie sich nicht wohl inmitten der schweigenden und starrenden Menschenmenge.

Nach einer Weile öffnete sich die Palastür wieder. Der Erzbischof trat in Begleitung einiger Männer heraus, die mit Schwertern bewaffnet waren. Sie hatten Pelzmäntel übergeworfen und trugen farbige Hosen und Lederstiefel. Schwerter und Kleider wiesen sie als Angehörige der herrschenden Oberschicht aus. Ebenso wie die mit grobgewebten, ungefärbten Wolltuniken, Mänteln, Hosen und leichten Schuhen bekleideten Bewohner der Hütten beäugten die Adligen neugierig den Gefangenen, der von den Sachsensoldaten festgehalten wurde.

Der Erzbischof stellte sich vor die Menge und begann, zu den Slawen in ihrer Sprache zu sprechen. Malina hatte Hakon diese Sprache beigebracht, sodass er die Worte des Erzbischofs verstand, obwohl in seinem Kopf Schmerzen hämmerten.

«Tragt die Nachricht ins Land, dass ich mit den Wagriern ein Fest feiern will», rief der Erzbischof. «Alle Wagrier sollen nach Starigard kommen. Es wird Bier und Essen geben. Und eine Überraschung.»

Er warf einen Seitenblick zu Hakon, der keine Ahnung hatte, was der Erzbischof mit ihm vorhatte. Warum er ihn ausgerechnet nach Wagrien gebracht und nicht längst hingerichtet hatte.

Beim Erzbischof standen jetzt ein junger, glattrasierter Mann in einem Munki-Gewand sowie ein ebenfalls recht junger Mann mit blondem Haar und Bart, der einen Mantel aus Biberpelzen trug.

Der Erzbischof bat die Menschen, in ihre Hütten zurückzukehren, und betonte noch einmal, dass sie gleich morgen aufbrechen müssten, um die frohe Kunde ins Land zu tragen. Dann zogen die Leute murrend ab, als der Erzbischof den Priester und den blonden Mann zu Hakon führte.

«Wer ist das?», fragte der Blonde.

«Das, mein lieber Fürst Sigtrygg, werdet Ihr noch früh genug erfahren», entgegnete der Erzbischof.

Sigtrygg? Das war also der Wagrierfürst. Hakon hatte von ihm gehört. Sigtrygg war ein halber Däne und von hoher Geburt, denn seine Mutter war eine Verwandte des Dänenkönigs Harald Blauzahn und mit Sigtryggs Vater Selibur verheiratet worden.

Allerdings wusste Hakon weder, wie es derzeit um die Beziehungen zwischen Wagriern und Dänen noch zwischen Wagriern und Sachsen bestellt war.

«Ich will wissen, wer der Mann ist», schnaubte der Wagrierfürst. «Ihr seid auf meiner Burg, Erzbischof.»

«Natürlich, und deswegen werde ich Euch in alles einweihen, sobald die Zeit dafür gekommen ist.»

«Ist das vielleicht ein anderer Worlac, den Ihr irgendwo aufgetrieben habt? Ihr wollt Euch wohl wieder lächerlich machen.»

Ohne darauf einzugehen, winkte der Erzbischof Soldaten heran, die Sigtrygg mehrere Kisten und Beutel brachten.

«Nehmt nur, nehmt nur», forderte der Erzbischof ihn auf. «Es sind Geschenke des Kaisers, Räucherfleisch und Trinkschläuche, prall gefüllt mit rotem Frankenwein. Der dürfte ganz nach Eurem Geschmack sein.»

Der Fürst warf einen Blick in einen Beutel und grunzte zustimmend. Dann rief er seine Krieger zu sich, die die Geschenke nahmen und hinter ihm her in den Palas schleppten.

«Sein Geist ist willig, aber sein Fleisch ist schwach», sagte der Erzbischof lächelnd.

Dann führte er die Soldaten und Hakon durch die Gassen zu einem anderen Platz mit einem Gerüst, das dem Glockengerüst auf der Hammaburg ähnelte. Dahinter stand ein einfaches Holzgebäude, zu dem der Priester vorauseilte, die Tür öffnete und die anderen hereinbat. Drinnen entfachte der Priester in einer Feuerstelle die Glut, legte frische Scheite auf und entzündete an den Flammen einige Tranlampen.

Als der Erzbischof sich umschaute, stieß er einen anerkennenden Pfiff aus. Am hinteren Ende des gefegten Raums stand ein mit einem bestickten Tuch bedeckter Altar mit einem Silberkreuz.

«Da hast du ganze Arbeit geleistet, Wago», bemerkte er und

ging zum Altar. «Kein Staub, kein Dreck und ...», er strich versonnen mit den Fingern über einen vor dem Altar stehenden hüfthohen, steinernen Gegenstand, der aussah wie ein zu groß geratener Trinkbecher, «und du hast das Taufbecken wieder aufstellen lassen!»

Der Priester war ihm gefolgt, während er seine Hände wrang und dabei «Ja, Herr, ja, Herr» murmelte.

Der Erzbischof drehte sich abrupt um. «Ich hoffe, Wago, das Taufbecken steht nicht zur Zierde hier. Ich freue mich auf deinen Bericht, welche Fortschritte die Gemeinde seit meinem letzten Besuch gemacht hat.»

Dann wandte er sich an den Hauptmann und die Soldaten. «Aber nun kettet zunächst den Sünder an einen Pfahl und gebt gut auf ihn acht.»

«Herr, wenn ich Euch eine Frage stellen darf», bat der Priester. «Wer ist denn nun dieser Mann, den Ihr nach Starigard gebracht habt? Er sieht krank aus ...»

«Tss», machte der Erzbischof und lächelte hintergründig. «Warum sind alle Menschen bloß so neugierig? Wie ich bereits sagte, er ist ein Sünder – ein Sünder, der den störrischen Wagriern die Allmacht Gottes vor Augen führen wird.»

«Ihr sprecht in Rätseln, Herr.»

«Tue ich das? Hab Geduld, mein lieber Wago, hab Geduld. Du wirst es bald erfahren.»

Der Hauptmann schob Hakon zu einem der Pfosten, die das Dach stützten, und zwang ihn mit einem kräftigen Druck auf seine Schultern zu Boden. Was unnötig war, denn Hakon fühlte sich ohnehin zu schwach, um sich gegen die rüde Behandlung zu wehren. Hinter seinem Rücken rastete das Schloss ein. Hakons Kehle brannte. Doch als er den Hauptmann um Wasser bat, fuhr der ihn an, er solle sein dreckiges Maul halten.

Da schob der Erzbischof den Hauptmann zur Seite, kniete vor

Hakon nieder und hielt ihm einen mit christlichen Motiven verzierten Silberbecher an die Lippen. Der Becher war mit klarem Wasser gefüllt, und während Hakon trank, lächelte der Erzbischof milde.

8.

Hladir

Es war seine Nacht. Die Nacht der Nächte, in der sich alles entscheiden musste. Das spürte Eirik mit jeder Faser seines Körpers und vor allem mit dem Herzen. In dieser Nacht machte er kein Auge zu. Er lag auf dem Rücken neben Malina auf dem Schlafpodest, das ihm ohne Hakon und Aud viel zu groß erschien, und starrte zu den Dachbalken hinauf, die im matten Schein der niedergebrannten Hausfeuer schemenhaft zu erkennen waren.

Alle anderen im Haus schienen endlich zu schlafen. Eirik aber lauschte in die Dunkelheit und hörte die glühenden Scheite knacken und Dalla schnarchen, die mit Signy, den Mägden und Knechten in einem anderen Bett schlief. In den Viehställen im hinteren Bereich des Hauses blökte eine Ziege.

Vorsichtig, um Malina nicht zu wecken, schob er sich unter den Fellen hervor, stellte die nackten Füße auf den kalten Boden und stand auf. Er schlüpfte in Schuhe, Leinenhose und Tunika und legte sich den Fellmantel über die Schultern. Dann schlich er durch die Halle, schob an der Tür den Riegel behutsam zur Seite und trat ins Freie.

Jetzt gab es kein Zurück mehr.

Die Nacht war klar. Sein Herz pochte hart, und vor seinem Mund bildeten sich Atemwölkchen. Der Mond tauchte den Jarlshof in fahles, gespenstisches Licht. Nach dem Sturm war es in den vergangenen Tagen wieder etwas wärmer geworden. Der meiste Schnee war getaut, nur dort, wo er zu Haufen zusammengeschoben worden war, lagen noch schmutzige Reste.

Er ging über den Hof und bemerkte auf dem Wehrgang der Palisade die hellen Punkte, wo sich das Mondlicht auf den Helmen der Krieger spiegelte. Nach der Versammlung hatten einige Bonden überraschend Männer nach Hladir entsandt, die nun die Haustruppe verstärkten. Alles in allem standen zum Schutz der Stadt an die hundert Männer bereit.

Die Bonden überzeugt zu haben, war Malinas Erfolg. Doch die Ankunft der Krieger schien sie kaum wahrgenommen zu haben. Seit das Schiff ohne Hakon zurückgekehrt war, war sie verstummt und gab sich düsteren Gedanken hin. Auch Eirik sorgte sich um seinen Vater und seine Schwester, und natürlich hoffte er, dass Malinas Schwangerschaft ein glückliches Ende finden würde. Wenn das Kind überhaupt noch lebte.

Aber er würde sich nicht verkriechen, er würde handeln.

Skjaldar hatte angeordnet, die Wachposten für die Signalfeuer entlang der Küsten des inneren und äußeren Fjords wieder zu besetzen. Eirik wollte sich freiwillig für den Dienst melden, der wegen der endlosen Warterei auf einsamen, verschneiten Berghöhen nicht gerade beliebt war. Als Sohn des Jarls sah er es als seine Pflicht an, mit gutem Beispiel voranzugehen.

Denn er war ein Krieger, oh ja, und bald schon würde er ein Kriegsherr sein. Sollten sie ruhig kommen, Graufell und seine Schergen. Eirik würde ihnen mit breiter Brust entgegentreten. Er war ein guter Schwertkämpfer, einer der besten in Thrandheim, wie er fand. Hätte er es mit Auds Entführer zu tun bekommen, wäre vielleicht alles anders gekommen. Sein Vater war zwar ein bedeutender Krieger, aber er wurde alt. Er war ein Mann geworden, der sagte, Krieg bedeute Verderben und Tod. Krieg, das seien abgeschlagene Köpfe und vergewaltigte Frauen, das seien Männer, aus deren aufgeschlitzten Bäuchen die Eingeweide quollen, während sie nach ihren Müttern schrien, und Schlachtfelder, auf denen man knöcheltief durch Blut watete.

Das mochte ja sein, dennoch fieberte Eirik seiner ersten Schlacht entgegen. Er hatte noch Träume und wollte zu Ruhm und Ehre kommen. Bald dichteten die Skalden ihre Lieder auf ihn. An den Lagerfeuern würden die Geschichten von seinen Heldentaten die Runde machen.

Eirik, der Sohn des Jarls von Hladir, würde aus dem Schatten seines Vaters treten, und dafür brauchte er eine Frau, die seiner würdig war. Eine Frau, die so anmutig und einzigartig war, dass man ihn im ganzen Norden um sie beneidete. Katla.

Er trat vor die mit Grassoden gedeckte Hütte, in der Katla auf ihren Wunsch hin seit einiger Zeit die Nächte verbrachte. Sie hatte gesagt, sie würde die vielen Menschen im Jarlshaus nicht ertragen.

Er legte ein Ohr an die niedrige Holztür. Dahinter war kein Geräusch zu hören. In Gedanken malte er sich aus, wie sie drinnen schlief, diese wunderschöne Frau. Wie sie ihn in ihre Arme schloss und er sie fest an sich drückte, weil sie erkannte, dass er der richtige Mann für sie war. Der Mann, dem sie sich einfach hingeben musste. Erst vor einigen Tagen hatte sie ihn angelächelt, zwar nur kurz, aber lange genug, dass er es bemerkte. Und sie trug die Kette, die er von seiner Großmutter geerbt und ihr geschenkt hatte. Ein solches Geschenk war bedeutsam, zumal der Jarlssohn es ihr überreicht hatte.

Er stellte sich vor, wie er mit Katla an seiner Seite durch Hladir schritt. Alle anderen Weiber würden bittere Tränen des ewigen Verlusts vergießen, denn nun war er für sie für immer verloren.

Diese Gedanken erfüllten ihn mit Mut und Zuversicht. Er straffte den Rücken, holte tief Luft, hob die Hand und klopfte zaghaft gegen die Tür. Und wartete. Nichts geschah. Also klopfte er erneut, zweimal, dreimal und etwas stärker. Wieder kam keine Reaktion. Da fiel ihm ein, dass sie gar nicht wissen konnte, wer vor ihrer Tür stand.

Er klopfte noch lauter und sagte zu der geschlossenen Tür: «Ich bin es, Eirik.»

«Wer auch sonst?»

Eirik zuckte zusammen. Hinter ihm stand Skjaldar mit einer Fackel in der Hand und grinste sein schiefes Grinsen. In seiner Aufregung hatte Eirik den Feuerschein gar nicht bemerkt.

«Wer sonst sollte mitten in der Nacht einen solchen Lärm veranstalten?», fragte Skjaldar.

«Bist ... du schon lange hier?»

«Lange genug.»

Eirik fühlte sich ertappt. Was er vorhatte, ging nur ihn und Katla etwas an. Er zog sich von der Hütte zurück, doch Skjaldar folgte ihm.

«Ich muss mit ihr reden», erklärte Eirik.

«Natürlich. Reden.»

«Was denkst du denn?»

«Dass du ins Bett gehörst.»

«Ich bin erwachsen.»

«Sollte man meinen. Auch große Männer müssen schlafen.»

«Langweilst du dich, Hauptmann?»

«Jetzt nicht mehr.» Skjaldars Grinsen schien von einem Ohr zum anderen zu wachsen.

«Lass mich in Ruhe, das geht dich nichts an.»

«Dann kannst du ja wieder gegen die Tür hämmern.»

«Nicht, solange du hier herumlungerst. Musst du nicht Wache halten?»

«Genau das tue ich gerade. Ich passe auf, dass du keine Dummheiten anstellst.»

«Dummheiten?» Eirik mochte Skjaldar, doch im Moment ging er ihm gehörig auf die Nerven.

Das Grinsen verschwand. «Junge, diese Frau ist nichts für dich.»

«Ich bin der Sohn des Jarls ...»

«Der sich ein anderes Mädchen suchen sollte», fuhr ihm Skjaldar ins Wort. «Wenn du Spaß haben willst, wirst du bei dieser Frau keinen Erfolg haben.»

«Sie ... liebt mich!»

«Ach ja?»

«Ja! Hast du ihre Kette gesehen? Die habe ich ihr geschenkt. Außerdem lächelt sie mich ständig an.»

«Dann reden wir offenbar von zwei unterschiedlichen Frauen. Die, die ich meine und die in dieser Hütte Unterschlupf sucht, anstatt in deiner Nähe im Jarlshaus zu sein, diese Frau ist so ernst und in sich gekehrt, dass du keine Freude mit ihr haben wirst. Die Frau will keinen Mann, die will ihre Ruhe haben.»

«Und woher weiß der schlaue Skjaldar das?»

«Ich habe Augen im Kopf, Junge. Nur weil die bedauernswerte Signy sich nicht von dir aufs Lager ziehen lassen wollte, musst du nicht gleich der nächstbesten Frau nachstellen, die dein Vater auf den Hof bringt. Warum hältst du dich nicht an diese ... wie war ihr Name? Mardöll? Nun, an das Mädchen, mit dem du im Sommer im Teich gebadet hast?»

«Dir bleibt wohl nichts verborgen?»

«Das ist meine Aufgabe. Also?»

«Also was?», gab Eirik ungehalten zurück.

Der Hauptmann wollte einfach keine Ruhe geben. Eirik schielte zur Hütte, deren Tür noch immer geschlossen war.

«Mardöll ist furchtbar langweilig», sagte er dann.

«Hat aber ordentlich was unter der Tunika.» Skjaldar schnalzte mit der Zunge.

Es ärgerte Eirik, an die peinliche Geschichte mit Mardöll erinnert zu werden. Ihre Brüste waren wirklich kolossal, und auch sonst war sie gut entwickelt. Eirik hatte inständig gehofft, dass niemand mitbekommen hatte, was nach dem Schwimmen geschehen war. Mardöll hatte ihn vom Ententeich unten bei den Felsen in ein Gebüsch gelockt, wo sie sich vor seinen Augen auszog. Auf ihre Aufforderung hin hatte er sich rücklings auf den Boden gelegt. Dann hatte sie ihm ihre Brüste aufs Gesicht gedrückt, bis er zunächst keine Luft mehr bekam und dann niesen musste. Es wollte gar nicht mehr aufhören, und er hatte geniest und gehustet. Als der Anfall vorbei war, war Mardöll verschwunden.

Aber diese Geschichte würde er dem Hauptmann bestimmt nicht auf die Nase binden.

«Mardöll ist vollkommen unerfahren in solchen Dingen», erklärte Eirik beiläufig.

Skjaldar nickte belustigt. «Ist auch besser so. Vergiss nicht, dass der Jarl bereits ein Mädchen für dich ausgewählt hat.»

Eirik stöhnte. Wie sollte er das vergessen? Das Mädchen hieß Asvir. Sie hatte Schielaugen und eine platte Nase, war aber ansonsten ganz niedlich. Es würde aber noch zwei, drei Jahre dauern, bis sie alt genug war, dass man sie zusammenbrachte. Asvir war die Tochter eines Jarls aus dem Land Raumsdal, das im Süden an Thrandheim grenzte. Über Raumsdal regierte ein wankelmütiger König, der mal mit den Throendern, mal mit deren Feinden gemeinsame Sache machte. Durch die Heirat der Kinder wollte Hakon seinen Einfluss in Raumsdal festigen.

«Er kann mir nicht befehlen, wen ich zur Frau nehme», protestierte Eirik. «Er hat doch auch Malina geheiratet – weil er sie liebt und nicht weil es den Throendern Vorteile gebracht hätte.»

«Vorher hatte dein Vater deine Mutter Thora zur Frau genommen, weil es der Wunsch deines Großvaters Sigurd war. Und Auds Mutter Thordis hat der Jarl bestimmt nicht geheiratet, weil dabei so etwas Nebensächliches wie Liebe ausschlaggebend gewesen wäre.»

«Aber er hat jetzt Malina, und ich werde Katla heiraten.»

«Gleich heiraten willst du sie?» Skjaldar schüttelte den Kopf. «Geh wieder ins Bett. Morgen früh wartet ein Haufen Brennholz zum Kleinhacken auf dich.»

«Vorher gehe ich zu ihr.»

Das sollte eigentlich Eiriks letztes Wort in dieser Sache sein. Er hatte genug von Skjaldars Vorhaltungen und Belehrungen und wandte sich ab.

«Dann tu, was du nicht lassen kannst, Junge», hörte er Skjaldar sagen. «Aber ich habe dich gewarnt. Ach, und pass auf, dass du dir die Finger nicht wund klopfst und morgen die Axt nicht halten kannst.»

Eirik blieb stehen. «Wenn sie erfährt, dass ich es bin, wird sie aufmachen.»

«Dafür müsste sie aber in der Hütte sein.»

«Was?»

«Sie hat bei Einbruch der Nacht den Hof verlassen, so wie in jeder Nacht.»

Damit hatte Eirik überhaupt nicht gerechnet. «Und wohin geht sie dann?»

«Das habe ich mich auch gefragt. Vor einigen Nächten habe ich sie unten in der Bucht gesehen.»

Eirik überlegte fieberhaft, was das für ihn bedeutete. «Was macht sie denn in der Bucht?»

Skjaldar zuckte mit den Schultern. «Herumsitzen und aufs Wasser starren. Vielleicht betet sie zu ihren Göttern, welche auch immer das sein mögen.»

«Dann werde ich es herausfinden», sagte Eirik bestimmt.

«Ich hoffe, du lernst aus deinen Fehlern, Junge.»

«Das hätte mein Vater nicht besser sagen können.»

Skjaldar lachte. «Glaubst du etwa, einen solchen Mist könnte ich mir ausdenken?»

Vom Hof ging Eirik zur Palisade, wo zwei Männer ein schmales Tor bewachten. Die Männer hießen Thorodd und Val und dienten seit vielen Jahren in der Haustruppe des Jarls. Als Eirik näher kam, fragten sie nach seinem Namen, erkannten ihn aber gleich darauf und öffneten ihm das Tor.

Der Nachthimmel hatte sich zugezogen. Aber Eirik war den Weg hinunter zur Bucht ohnehin Hunderte Male gegangen. Er hätte ihn auch in absoluter Finsternis gefunden. So erreichte er nach etwa einer halben Meile die Böschung, unter der sich die halbkreisförmige Bucht vor dem schwarzen Wasser abzeichnete.

Er blieb oberhalb der Böschung stehen. Erst als der Mond zwischen Wolkenfetzen auftauchte, sah er den der Küste vorgelagerten Felsbuckel, der die Bucht zur linken Seite abschloss. Der Felsen ragte weit aus dem Wasser. Es würde also noch eine Weile dauern, bis die Flut das Wasser zurückbrachte.

Leichter Wind wehte ihm vom Fjord her ins Gesicht und spielte mit seinem langen Haar. Er roch den Seetang und hörte unter sich Wellen am Strand auslaufen.

Katla konnte er nirgendwo sehen, was jedoch nicht bedeuten musste, dass sie nicht hier war. Es war zu dunkel, um die ganze Bucht zu überblicken. Daher stieg er die Böschung hinab und kam auf den schmalen Sandstreifen, hinter dem sich die mit Geröll übersäte Fläche anschloss, die bis zum Wasser reichte und bei Flut fast vollständig von Wasser bedeckt wurde.

Er wandte sich nach rechts, machte langsam einige Schritte und tastete sich voran, um nicht auf die Steine zu geraten, die unter seinen Füßen verräterische Geräusche machen würden. Er hatte es auch nicht mehr so eilig. Seit dem Gespräch mit Skjaldar hatte er Zweifel, ob er sich wirklich so sicher sein konnte, dass Katla ihn mit offenen Armen empfangen würde. Ja, sie hatte ihm zugelächelt und sein Geschenk angenommen. Dennoch hatten Skjaldars Bemerkungen ihre Spuren hinterlassen.

Eirik war ein paar Schritte gegangen, als die Wolken wieder etwas Mondlicht hindurchsickern ließen. Da sah er die Umrisse einer Gestalt, die nicht weit von ihm entfernt auf einem Stein saß und ihm den Rücken zukehrte. Ihr Gesicht war dem Fjord zugewandt, ihr Haar unter einer Fellkappe verborgen. Über ihren Schultern hing ein Mantel. Vielleicht war es der Mantel, den Malina ihr gegeben hatte.

Auch wenn Eirik das Gesicht nicht erkennen konnte, war er sicher, dass es Katla war. Wer sonst würde hier mitten in der Nacht allein herumsitzen?

Er widerstand dem Drang, geradewegs zu ihr zu gehen, um ihr freiheraus alles zu gestehen, was er sich zurechtgelegt hatte. Seine innige Liebe. Dennoch zögerte er. Was war, wenn sie wirklich ihre Ruhe haben wollte? Wenn er sie erschreckte und gegen sich aufbrachte, weil er ihr nachgeschlichen war?

Er ging in die Hocke, stützte sich mit den Händen im feuchten Sand ab und verhielt sich ganz still, um darüber nachzudenken, was er nun tun sollte. Eine ganze Weile ging er seine Möglichkeiten durch, während sie stocksteif dasaß, bis sie sich mit einem Mal bewegte und aufstand. Sofort machte er sich bereit, sich zur Böschung zurückzuziehen. Doch sie kam nicht in seine Richtung, sondern ging zum Wasser hinunter.

Er hörte ihre Schritte, und dann hörte er noch etwas anderes: ein gleichmäßiges Plätschern. Das waren nicht die Geräusche der Wellen, sondern Ruderschläge.

Die Umrisse eines Boots schälten sich aus der Dunkelheit. In dem Kahn saß ein einzelner Ruderer, der, als er dicht vor dem Ufer war, die Riemen einholte, an Land sprang und das Boot auf den Strand zog. Von der Statur her konnte es nur ein Mann sein.

Katla wartete regungslos ab, bis der Mann zu ihr kam. Sie begannen, sich zu unterhalten, aber so leise, dass von ihren Worten nur ein undeutliches Wispern zu Eirik herüberwehte.

Was hatte das zu bedeuten? Warum ruderte ein Mann allein über den weiten Fjord? Und – verdammt noch mal! – was hatte dieser Kerl überhaupt bei Katla verloren?

Eirik spürte das bittere Gefühl der Eifersucht.

9.
Hladir

Sie nahm den Trinkschlauch in die rechte Hand, hängte den Leinenbeutel über ihre linke Schulter und machte sich auf den Weg. Beim Gehen klopfte der Beutel gegen ihren Rücken. Bevor sie die dunkel aufragende Palisade erreichte, die den Jarlshof umgab, verließ sie den Weg und schlug sich durch Büsche und Unterholz. Ein schmaler Wildpfad führte zwischen Felswänden den Hang hinauf in ein Waldstück. Der Boden war rutschig vom Tauwasser, weshalb sie vorsichtig einen Fuß vor den anderen setzte. Nur Ortskundige kannten diesen Weg, den ihr der Junge gezeigt hatte. Danach war sie allein hierher zurückgekommen und hatte dünne Hanfseile zwischen die Bäume gespannt, um den Weg zu markieren, damit sie ihn auch in stockfinsterster Nacht wiederfand.

Das wäre in dieser Nacht nicht nötig gewesen. Mondlicht schimmerte durch die Wolken und kahlen Bäume bis auf den Boden, aber das hatte sie ja nicht wissen können. Sie hatte befürchtet, jemand könnte die Seile entdecken, sie entfernen und Fragen stellen, was zu ihrer Erleichterung jedoch nicht geschehen war.

Zügig umging sie die Palisade und gelangte schließlich beim Adlerfelsen auf den breiten Weg, der hinunter zur Siedlung führte. Nachdem sie durch das hintere Tor gegangen war, lief sie durch menschenleere Gassen, bis sie unbehelligt das von Kriegern bewachte vordere Tor von Hladir erreichte.

Die Wachen oben beim Jarlshof hätten sich gewundert, dass

sie mit Sachen zurückkehrte, die sie vorher nicht gehabt hatte. Aber die Männer beim Stadttor wussten davon nichts. Sie dienten in der Haustruppe des Jarls, erkannten die Frau wieder und fragten, was sie hier wolle. Sie erklärte, dass sie den Wachen im Hafen Essen und Trinken bringen müsse.

«Ach ja?», sagte einer der Männer. «Es ist ungewöhnlich, dass eine Frau sich nachts allein im Hafen herumtreibt.»

Sie nickte verschämt und erwiderte, Hauptmann Skjaldar habe es ihr bereits am Mittag befohlen. Doch sie habe es vergessen und wolle es nun nachholen, damit der Hauptmann sie nicht bestrafe.

«Mhm», machte der Krieger. «Dann ist es ja schade, dass Met und Brot nicht für uns bestimmt sind. Aber wenn etwas übrig bleibt, würden wir uns freuen, wenn du uns auf deinem Rückweg die Reste mitbringst.»

Sie lächelte und ging weiter zum Hafen, wo Männer Wache schoben, die neu hier waren. Daher rechnete sie damit, dass die nicht so zuvorkommend sein würden. Sie gehörten zu den Throendern, die vor wenigen Tagen in die Stadt gekommen waren und in Hütten und Schuppen auf dem Hafengelände schliefen.

Auf dem Wachposten bei den Vorratsgebäuden und Warenlagern standen fünf Männer. Sie hatte gehofft, es würden nicht so viele sein.

Ein junger Bursche mit Bartflaum auf dem eckigen Kinn baute sich mit einer brennenden Fackel in der Hand vor ihr auf. Er fragte sie nach ihrem Namen und dem Grund für den nächtlichen Ausflug. «Eine Frau gehört um diese Zeit ins Bett – und zwar in mein Bett, wenn ich denn eins hätte», sagte er.

Die anderen Männer standen in einer Nische zwischen zwei Vorratshütten an einer Feuerschale. Sie lachten über den Spruch, und sie lachten noch lauter, als er sagte: «Ein Bett ist gar nicht nötig, um etwas Spaß mit dir zu haben.»

Das hatte sie befürchtet, sich aber darauf vorbereitet. Hoffte sie.

Sie rang sich ein Lächeln ab und erwiderte, darüber könnten sie nachher noch reden.

«Nicht nur reden», sagte der Bursche, während der Fackelschein flackernde Schatten auf sein junges Gesicht zeichnete. Er schien etwa in ihrem Alter zu sein.

Er fuhr sich mit der Zunge über seine Lippen.

Sie betete im Stillen, dass er sich mit ihrem Angebot zufriedengab. Aber er griff nach ihrem Mantel und drückte die Hand auf die Stelle, an der das Herz unter ihrer Brust hart schlug. Sein Griff war fest, und er nickte anerkennend über das, was er unter dem Mantel zu fühlen glaubte. Dann packte er ihre Schulter, kam näher und küsste sie. Sie spürte seine Zunge in ihrem Mund und schmeckte das Bier.

Schnell drehte sie den Kopf zur Seite und sagte, dass sie ihnen Met gebracht habe. Der Hauptmann habe sie damit beauftragt. Die Erwähnung des Hauptmanns reichte, um dem Burschen den Spaß zu verderben. Knurrend ließ er von ihr ab.

Als sie ihm den Trinkschlauch gab, riss er ihn ihr aus der Hand, entkorkte den Lederschlauch und schnupperte am Mundstück. Seine Miene hellte sich wieder auf. «Dann ist dieser Abend ja doch noch für etwas gut», sagte er, nahm einen Schluck Met und reichte ihn an einen der anderen Männer weiter. Der Trinkschlauch war groß und schwer.

Sie hoffte, dass der Met auch für fünf Männer reichte.

Als sie weitergehen wollte, verlangte der Bursche von ihr, den Leinenbeutel vorzuzeigen. «Vielleicht sind da noch mehr köstliche Sachen drin.»

Sie hielt ihm den geöffneten Beutel hin und erklärte, das Brot sei für den nächsten Morgen bestimmt. Weiteres Brot werde nachher noch gebracht.

Damit gab sich der Bursche einstweilen zufrieden, vor allem weil der Honigwein inzwischen die Runde gemacht hatte und wieder bei ihm anlangte.

Er entließ sie, aber nicht ohne ihr auf den Hintern zu klopfen. «Und denk dran, schöne Frau, dass du nachher noch einmal vorbeischaust. Ich muss nachsehen, ob der Inhalt deines Mantels hält, was er verspricht.»

Die Männer lachten wieder, und sie versprach, es zu tun.

Sie machte einige Schritte hinter die nächste Hütte, wo sie stehen blieb und sich mit rasendem Herzschlag an der Wand abstützte. Sie zitterte am ganzen Körper. Der Drang, aus dem Hafen zu verschwinden, wurde fast unerträglich. Ebenso wie der Wunsch, dies alles nicht geschehen zu lassen.

Sie schloss die Augen und atmete einige Male durch, während sie die Männer hinter der Ecke lachen hörte. Dann öffnete sie die Augen wieder.

Vor ihr breitete sich das Hafengelände bis zum Flussufer aus. Im Mondschein glitzerte die von der Strömung gekräuselte Oberfläche in der Mündung des Nid. An den Landebrücken lagen die vier Schiffe. Das große Langschiff des Jarls lag ganz außen zu ihrer rechten Seite, die anderen Schiffe waren zwar etwas kleiner, aber ebenfalls ansehnliche Kriegsschiffe. Eins der Schiffe war vor einigen Tagen ohne den Jarl zurückgekehrt.

Als sie feststellte, dass die Flut das Wasser bereits in den Hafen zurückbrachte, wusste sie, dass ihr nicht mehr viel Zeit blieb.

Am Rand des freien Geländes standen einige Fischerhütten und dahinter die Schuppen. Sie hatte zuvor in Erfahrung gebracht, in welchen Schuppen Männer schliefen und in welchen die Sachen lagerten, die sie brauchte.

Sie lauschte auf die Stimmen der Wachen, während sie das vom Mond beschienene Gelände nach weiteren Kriegern absuchte. Da sie niemanden sah, zwang sie sich weiterzugehen. Ihr Weg führte sie zu einem der weiter hinten gelegenen Schuppen, wo sie auch den Handkarren entdeckte, den sie neulich hier abgestellt hatte. Sie rollte ihn vor den Schuppen, aus dem sie einige Sachen herausholte und auf den Karren legte. Das Gefährt war schwer, und das Holzrad quietschte leise, als sie die Fuhre zum ersten Schiff rollte, wo sie den Karren wieder entlud. Sie arbeitete schnell. Bald begannen ihre Arme und Beine unter den Lasten zu schmerzen. Es dauerte eine ganze Weile, bis alles an seinem Platz war.

Inzwischen war das Wasser in der Flussmündung weiter angestiegen.

Nun holte sie noch den Beutel, den sie beim Schuppen abgestellt hatte, nahm die drei Brote heraus, warf zwei davon weg und biss in das dritte, bevor sie auch das fallen ließ. Dann ging sie mit dem Beutel zu einer Landebrücke und betrachtete ihr Werk.

Wieder regten sich ihre Zweifel, und wieder war sie kurz davor, alles stehen und liegen zu lassen. Einfach fortzulaufen und sich irgendwo zu verkriechen. Noch war es nicht zu spät, das, was geschehen sollte, zu verhindern. Es hing von ihr ab, von ihr allein. Ein Wort in das richtige Ohr geflüstert, und alles würde ganz anders kommen.

Doch sie wischte sich die Tränen aus den Augen und machte weiter.

Sie nahm einige der nach Schwefel stinkenden Klumpen aus dem Beutel und legte sie auf einen der Haufen, die sie auf dem Schiff mit Heu, Holz und Kohle aufgeschichtet hatte. Dann ging sie zum nächsten Schiff, deponierte auch dort die Brandbeschleuniger und machte weiter, bis alle vier Schiffe bereit waren.

Nun brauchte sie nur noch Feuer, und das würde sie von den Wachen holen müssen.

Sie huschte zu den Vorratshütten, blieb hinter der Ecke stehen und lauschte. Es war nichts mehr zu hören. Sie hauchte in ihre Hände. Die Finger waren steif von der Kälte. Dann ging sie um die Ecke herum und vorsichtig weiter bis zu der Stelle, an der die Wachen sie vorhin aufgehalten hatten.

Den ersten Mann fand sie auf dem Weg und kniete neben ihm nieder. Es war der aufdringliche Bursche mit dem Bartflaum. Sie fühlte nichts, als sie ihn betrachtete. Er lag zusammengekrümmt auf den Holzbohlen. Sein Mantel war zurückgeschlagen, seine Hände hatten sich über dem Bauch im hochgezogenen Hemd verkrallt. Beinahe sah er aus, als würde er nur seinen Rausch ausschlafen. Aber die toten Augen waren weit aufgerissen, und sein auf die Seite gefallener Kopf lag in einer stinkenden Pfütze seines Erbrochenen. Die Fackel war neben ihm auf den Weg gefallen und erloschen.

Sie erhob sich und ging zu dem freien Platz zwischen den Hütten, wo die anderen vier Männer lagen. Einer stieß noch röchelnde Laute aus, die anderen bewegten sich nicht mehr. Einem Toten zog sie den Mantel aus, legte ihn sich über die Hände und hob damit die mit glühenden Holzscheiten gefüllte Schale hoch.

Dann brachte sie die Feuerschale zu den Landebrücken. Das Werk war nun fast vollendet. Sie begann bei dem Schiff, das flussaufwärts ganz außen lag, und schleppte die Schale an Bord. Als sie Glut über einen Haufen schüttete, begannen die Schwefelklumpen qualmend zu zischen und zu fauchen. Gleißend helle Flammen loderten auf und fraßen sich durch Heu, Holz und Kohle. So machte sie schnell weiter, bis sie beim vierten Schiff, dem Langschiff des Jarls, angelangt war, als sie die ersten Rufe hörte und sich umdrehte. Das Hafengelände war in dichten Rauch gehüllt. Die ersten beiden Schiffe brannten lichterloh. Beim dritten begannen die Flammen gerade erst ihr zerstörerisches Werk.

Der Feuerschein war auf dem Fjord weithin sichtbar, und die Flut erreichte ihren Höchststand.

Mit einem Mal versagten ihr die Beine. Die Schale in ihren

Händen wurde unendlich schwer. Als sie auf der Landebrücke auf die Knie sank und die fast leere Feuerschale vor sich abstellte, schien sich vor ihren Augen ein Schleier zu lichten. Als würde sie aus einem Albtraum erwachen.

Hinter ihr brach Panik aus. Die Rufe wurden lauter und kamen näher.

Sie ließ den Mantel fallen, hob ihre mit Brandblasen überzogenen Hände und schaute sie an, als gehörten sie jemand anderem. Tränen füllten ihre Augen. Sie hörte eine Stimme. Ihre eigene, verzweifelt schluchzende Stimme.

«Was habe ich getan?»

10.

Hladir

Als Malina erwachte, hörte sie Stimmen und Schritte. Eine Tür fiel zu und wurde wieder aufgerissen. Neben ihr sprang Eirik aus dem Bett. Sie setzte sich auf und erkannte in der dunklen Halle die Umrisse von Menschen, die gestikulierend durcheinanderriefen.

Und sie hörte mehrfach das Wort «Feuer».

Schlagartig war sie hellwach, kroch unter den Fellen hervor und sah jemanden in ihre Richtung laufen.

«Es brennt im Hafen», rief Skjaldar. «Die Wachen vom Adlerfelsen haben ein Feuer gemeldet.»

Malina griff nach einer Tunika aus dicker Schafwolle, als sie innehielt. Sie spürte, wie sich das Ziehen in ihrem Unterleib bemerkbar machte. Seit jener Nacht, in der sie geblutet hatte, waren die Krämpfe nicht mehr aufgetaucht.

Sie sah Skjaldar, der sich mit Eirik und anderen Männern besprach, während sie mit sich rang. Wenn das Kind noch da war, war jede weitere Aufregung eine Gefahr. Doch als Jarlsfrau fühlte sie sich verantwortlich für alles, was in der Stadt geschah. Daher schlüpfte sie in die Tunika, als das Ziehen nachließ, zog Schuhe an und warf sich den Mantel über die Schultern, bevor sie an den Männern vorbei nach draußen huschte.

Vom Jarlshof aus waren der Hafen und die Stadt durch Felsen verdeckt, dafür zeichnete sich ein heller Schein vor dem Nachthimmel umso deutlicher ab. Was auch immer dort unten brannte, es musste ein gewaltiges Feuer sein.

Hinter ihr kamen die Männer auf den Hof, gefolgt von Dalla und den anderen Mägden.

«Geht wieder rein», fuhr Skjaldar die Frauen an. «Wir werden die Wachen verstärken, und ihr bleibt im Haus. Was machst du hier draußen, Malina? Ihr alle müsst sofort zurück ins Haus!»

Malina schüttelte energisch den Kopf.

«Es ist unklar, was dort unten vor sich geht», sagte Skjaldar. «Im Jarlshaus bist du sicher ...»

«Ich werde auf sie aufpassen», fiel ihm Eirik ins Wort. Die Stimme des Jungen zitterte.

Skjaldar wollte etwas erwidern, sah aber ein, dass es keinen Zweck hatte. Daher zuckte er nur mit den Schultern, bevor er zu einer Gruppe Krieger lief, die aus den Nebengebäuden gekommen waren und sich auf dem Hof sammelten.

Eirik, der sein Schwert gegürtet hatte, forderte Malina auf, in seiner Nähe zu bleiben. Unterdessen befahl Skjaldar den Kriegern, Waffen und Rüstungen anzulegen. Das sorgte für Verwirrung, da die Männer meinten, die Waffen würden sie beim Löschen doch nur behindern.

«Macht, was ich euch befehle», bellte Skjaldar. «Ich weiß nicht, was dort unten geschieht. Das Wetter ist ruhig, es gibt kein Unwetter, keine Blitze. Und von allein kann kein Feuer ausbrechen.»

Malina hatte ihn selten so aufgeregt erlebt.

Einige Wachen hatten ihren Posten auf dem Adlerfelsen verlassen und kamen durch das Tor auf den Hof gelaufen. Als Malina hörte, was sie berichteten, schnappte sie zitternd nach Luft. Es waren die Schiffe, die im Hafen brannten.

Skjaldar ließ einige Männer zur Bewachung des Hofs zurück, bevor er sich mit den restlichen Kriegern auf den Weg zum Hafen machte.

Malina schaute nach Eirik, um mit ihm den anderen zu folgen, als sie ihn beim Weg stehen sah. Er starrte mit großen Augen auf den Feuerschein. Als suche er in dem Licht eine Antwort auf die drängende Frage, was dort unten vor sich ging.

Im Hafen von Hladir lagen der Fjordhengst, der *Wolf des Meeres*, das *Brandungspferd* und Hakons Langschiff, der *Wogengleiter*. Jeder Mann, jede Frau und jedes Kind kannte die Namen der Schiffe, an deren Bau viele Menschen beteiligt gewesen waren. Sie hatten Bäume aus den Wäldern geholt, aus den Stämmen Planken gespalten. Hatten nach geeigneten Astgabeln gesucht, aus denen die Dollen gefertigt wurden. Frauen hatten aus Schafwolle Segeltücher gewebt, Schmiede Nägel und Nieten hergestellt, Schiffbauer die Planken zusammengefügt und mit pechgetränkten Hanfseilen abgedichtet. Monate dauerte es, bis ein Schiff seetüchtig war, manchmal noch länger. Die Menschen liebten ihre Schiffe. Sie waren der Stolz eines jeden Heeres und des ganzen Landes, und jeder kannte die Geschichten, die von den Seefahrten mitgebracht wurden, Geschichten von Abenteuern und ruhmreichen Schlachten.

Nun fielen die Schiffe den Flammen zum Opfer.

Als Malina und Eirik den Hafen erreichten, schlug die Hitze ihnen brutal entgegen. Das Gelände war von dichtem Rauch fast vollständig eingehüllt, der Malina in die Augen biss. Sofort drängte sich die Erinnerung an die brennende Berghütte in ihr Bewusstsein.

Überall liefen Menschen umher und versuchten, die Flammen zu löschen. Noch war das ganze Ausmaß der Brände nicht auszumachen, weil weite Teile des Geländes von dichten Rauchwolken verschluckt wurden. Aber Malina glaubte zu erkennen, dass drei der brennenden Schiffe nicht mehr zu retten waren. Mannshoch schlugen die Flammen aus den Rümpfen. Das an der äußeren linken Landebrücke liegende Schiff, der *Fjordhengst*, lag bereits auf der Seite und drohte jeden Augenblick auf den Grund des Nid zu sinken.

Der Rabe schlug die Flügel durch, erhob sich von Eiriks Schulter und verschwand in den Rauchwolken.

«Bleib dicht an meiner Seite», sagte Eirik zu Malina.

Sie arbeiteten sich durch die wogende Menschenmenge weiter nach vorn, als eine Gruppe Männer an ihnen vorbeistürmte. Von irgendwoher waren Skjaldars Kommandos zu hören. Malina blieb stehen, konnte den Hauptmann aber nirgendwo sehen. Als sie sich wieder Eirik zuwenden wollte, war auch der in der Menge verschwunden.

Dann stieß sie mit den Füßen gegen einen am Boden liegenden Eimer. Sie hob ihn auf. Im Boden war zwar ein daumendickes Loch, aber sie schleppte ihn ans Ufer, wo sie sich niederließ und den Eimer mit Wasser vollschöpfte. Er war schwer, doch schließlich gelang es ihr, ihn hochzuziehen, auch weil das Wasser schnell aus dem Loch sickerte.

Links und rechts von ihr kämpften Menschen gegen die Flammen an, als der *Fjordhengst* gurgelnd und schmatzend im Nid verschwand. Die Taue knirschten an der Landebrücke. Holz knackte, und die Flammen verzischten. Die vom gleißenden Feuerschein erhellte Oberfläche schlug über dem Schiff zusammen und begrub es unter sich.

Malina ließ den Eimer sinken. Er war inzwischen leer. Als sie ihn erneut füllen wollte, entglitt der Eimer ihrer Hand und fiel hinunter auf die Steine der Uferbefestigung. Malina verlor den Halt. Der helle Feuerschein drehte sich vor ihren Augen, bevor sie hart auf einen Stein prallte und weiter Richtung Wasser rutschte.

Sie hörte Menschen rufen und den Raben krächzen, der auf ihrem Rücken landete, seine Krallen in ihren Mantel bohrte und versuchte, sie mit kräftigen Flügelschlägen wieder nach oben zu ziehen. Doch sie war zu schwer, rutschte weiter ab und sah das Wasser näher kommen. Es schien sie geradezu anzusaugen. Da wurde sie gepackt und mit einem kräftigen Ruck nach oben gezogen.

«Was machst du denn hier?», herrschte Skjaldar sie an.

Malina drehte sich aus seinem Griff. «Wonach sieht es denn aus?» Sie war selbst überrascht von ihrer heftigen Widerrede und außer sich vor Wut, obwohl sie Skjaldar hätte dankbar sein müssen. «Ich helfe beim Löschen!»

Skjaldars Gesicht war dunkelrot vor Hitze und Anstrengung. Von seiner Stirn rann Schweiß und zog Spuren über seine von Ruß und Asche verschmierten Wangen.

Eirik kam zu ihnen. «Wo warst du, Malina?»

«Bring sie sofort weg von hier», fuhr Skjaldar ihn an. «Wir haben die Wachen gefunden. Sie sind tot, wahrscheinlich vergiftet – alle fünf Männer. Bei dem Feuer hat offenbar jemand nachgeholfen.»

Während Skjaldar zurück zu den brennenden Schiffen lief, wurde Malina von Eirik zu den Fischerhütten geschoben, wo sie sich auf einer Kiste niederließ. Sie konnte sich kaum noch auf den Beinen halten und zitterte am ganzen Körper.

«Du warst plötzlich verschwunden», sagte Eirik und schaute sich um, als suche er etwas.

«Ich ... habe dich nicht mehr gesehen», stammelte sie. Sie wusste nicht, warum sie so merkwürdig reagierte. Gerade eben war sie noch wütend auf Skjaldar, auf Eirik, auf die Schiffe gewesen. Und nun? Nun fühlte sie sich nur noch hundeelend.

«Was?», fragte Eirik abwesend, als habe er ihr gar nicht zugehört. «Ich muss wieder beim Löschen helfen. Versprich mir, dass du hier bleibst und dich nicht von der Stelle rührst.»

Ihr Kopf sank nach vorn in ihre aufgestützten Hände. Sie fühlte sich wie ein dummes, unreifes Mädchen und begann zu schluchzen, während der Lärm aus dem Hafen und die panischen

Rufe der Menschen in ihren Ohren widerhallten, bis sich krächzende Laute in die Geräusche mischten.

Sie schaute auf und wischte sich die Tränen aus den Augen. Eirik war verschwunden, dafür sah sie den Raben auf dem Deckel eines Fasses auf- und abhüpfen, dabei schlug er heftig mit den Flügeln. Dann hob er ab und verschwand bei den Hütten, um gleich darauf zurückzukehren und mit seinem Tanz fortzufahren. Das wiederholte er einige Male, bis Malina verstand, dass er ihr etwas zeigen wollte.

Mit weichen Knien erhob sie sich. Im Hafen war der Rauch dünner geworden. Inzwischen war auch der *Wolf des Meeres* gesunken. Das *Brandungspferd* brannte noch lichterloh. Nur der *Wogengleiter* schien unversehrt zu sein. Die Leute konzentrierten sich darauf, Hakons Schiff mit Wasser zu übergießen, um zu verhindern, dass die Flammen vom *Brandungspferd* übersprangen.

Malina folgte dem Raben in eine schmale Gasse zwischen den Fischerhütten, während der Vogel immer wieder ein Stück vorausflog und dann wartete, bis sie nachkam. So gelangten sie hinter einen Schuppen, wo der Rabe auf einem Haufen Gerümpel landete.

Die Geräusche aus dem Hafen waren hier nur noch gedämpft zu hören. Als Malina sich dem Haufen näherte, glaubte sie, zwischen Kisten, Netzen und Holzresten eine menschliche Gestalt zu erkennen. Sie beugte sich vor und erschrak.

«Was machst du hier?», fragte sie irritiert.

Katla hob das Gesicht und starrte Malina aus leeren Augen an. Da beschlich Malina ein schrecklicher Verdacht. Katlas Lippen öffneten sich. Doch Malina konnte nicht verstehen, was sie sagte. Sie kniete vor der jungen Frau nieder, nahm ihre linke Hand und fragte ernst: «Hast du etwas mit dem Feuer zu tun?»

«Bitte ... töte mich», flehte Katla flüsternd. «Ich schaffe es nicht allein ...»

Ihre Worte fühlten sich an wie ein Schlag ins Gesicht.

«Warum hast du das getan?», stieß Malina aus.

Katla hob die rechte Hand, in der sie ein kleines Messer hielt. Der Ärmel ihrer dreckverschmierten Tunika war mit Blut getränkt.

«Warum?», fuhr Malina sie an.

Doch sie kam nicht dazu, weiter in Katla zu dringen, denn mit einem Mal waren aus dem Hafen andere Geräusche zu hören. Die Rufe wurden lauter, und dann ertönte lautes Gejohle.

«Es ist meine Schuld», sagte Katla.

II.

Hladir, Jarlshof

Die Weiber wollten einfach keine Ruhe geben.
«Zurück ins Haus mit euch», schnauzte Thorodd die Frauen an, die schon wieder zu viert bei der Palisade auftauchten, von der er und Val sie gerade erst fortgejagt hatten. «Ihr habt gehört, was der Hauptmann befohlen hat.»

Die dicke Magd trat vor die murrenden Weiber. Sie hieß Dalla und war so etwas wie die Obermagd des Jarlshofs.

«Mach dich nicht wichtiger, als du bist, Jungchen», sagte sie. «Lass uns endlich durch das Tor. Wir wollen doch nur zum Adlerfelsen rauf.»

Das Weib war gewaltig, fast einen halben Kopf größer als Thorodd, der nicht zu den kleinsten Männern gehörte. Wenn die Magd es darauf anlegte, könnte sie ihn mit bloßen Händen in der Luft zerreißen. Aber Thorodd war ein Krieger, der stolz war, in der Garde des Jarls zu dienen, und bestimmt nicht vor einem Weib einknicken würde.

«Verschwindet», sprang Val ihm bei, der ebenfalls zum Wachdienst abkommandiert war.

Dalla fuchtelte mit dem Zeigefinger vor Thorodds Nase herum. «Öffne das verdammte Tor. Wir wollen sehen, was im Hafen vor sich geht.»

Wie ihm dieses fette Weib auf die Nerven ging! Die hatte ja Haare auf den Zähnen. Aber sie war die Geliebte des riesenhaften Ketil, der ein enger Vertrauter des Jarls war, und mit Ketil legte sich niemand gern an, auch Thorodd nicht. Also deutete er mit dem Daumen über seine Schulter zum Tor des Jarlshofs, von wo aus sie ebenfalls zum Adlerfelsen kommen würden. Doch der Umweg war den faulen Weibern wohl zu weit.

«Geht da lang», sagte Thorodd. «Da sind wir nicht zuständig. Hier kommt niemand raus und niemand rein. Befehl ist Befehl ...»

In dem Moment hämmerte jemand von außen so hart gegen das Tor, dass es gegen Rahmen und Riegel krachte. Thorodd und Val zuckten zusammen.

Dalla verschränkte die Arme vor ihren Brüsten und grinste verächtlich. «Na, hier kommt ja niemand rein und niemand raus.»

«Geht endlich ins Haus», zischte Thorodd. Dann rief er zum Tor: «Wer ist da?»

Er erhielt keine Antwort.

«Wir sollten die anderen Wachen holen», sagte Val.

Thorodd schüttelte den Kopf. Er wollte zunächst nachschauen, wer dort draußen war, und forderte Val auf, auf die Frauen zu achten, bevor er zu der Leiter ging, die zum schmalen Podest hinaufführte, von dem aus man die Außenseite der Palisade im Blick hatte.

«Pass auf, dass du nicht runterfällst», rief Dalla ihm hinterher.

Was glaubst du eigentlich, was wir hier machen?, dachte Thorodd. Wir passen auf euch auf, ihr undankbaren Weiber.

Er erreichte die Plattform, trat an die Brustwehr, schaute hinunter und erstarrte. Der Mond war hinter den Wolken hervorgetreten, und sein fahles Licht spiegelte sich auf einem Meer aus Eisen. Auf Helmen, Lanzenspitzen, Schildbuckeln.

Thorodd kniff die Augen zusammen und öffnete sie gleich wieder. Nein, er hatte sich das nicht eingebildet. Unterhalb der Palisade standen Krieger, still und regungslos standen sie da. Mindestens einhundert Männer. Wahrscheinlich noch mehr.

Thorodd wagte nicht, sich zu bewegen, nicht einmal zu atmen. Er musste runter von der Palisade. Musste die anderen Krieger alarmieren, damit sie sich gegen das wie aus dem Nichts aufgetauchte Geisterheer rüsteten.

«Jungchen, was ist denn da oben los?», rief die Magd unter ihm.

Da kam Bewegung in die lauernde Menge, als die Krieger eine Gasse bildeten, durch die Männer einen dicken Baumstamm schleppten.

Ganz langsam zog Thorodd sich von der Brustwehr zurück. Hoffte, dass ihn die Krieger nicht bemerkt hatten. Hoffte das wirklich. Doch da flog der erste Pfeil. Thorodd sah ihn nicht kommen. Hörte nur das Schnalzen einer Bogensehne und spürte einen stechenden Schmerz in der rechten Schulter.

Er wich zurück, erst einen Schritt und einen zweiten, bevor er ins Leere trat. Der Fall war kurz, und der harte Aufprall presste ihm die Luft aus den Lungen. Blitze zuckten durch seinen Kopf. Über ihm erschien Vals besorgtes Gesicht. Als er den Pfeilschaft aus Thorodds Schulter ragen sah, stürmte er davon und rief nach den anderen Kriegern.

Als Thorodd das Tor krachen hörte, fiel ihm der Baumstamm wieder ein. Mühsam hob er den Kopf und sah die Frauen noch immer in seiner Nähe stehen. «Verschwindet», stieß er aus. «Lauft zum Hafen ... lauft ...»

In dem Moment krachte das Tor erneut. Dann brach es aus den Angeln. Thorodd sah Männer durch die Öffnung stürmen und ließ langsam den Kopf sinken. Die Angreifer kamen auf den Hof. Durch halb geöffnete Augenlider sah er ein Gewirr aus Beinen, Kettenhemden und Schwertklingen an sich vorbeistürmen. Vielleicht nahmen sie an, er sei bereits tot. Ein Stiefel streifte seine Schläfe, ein anderer trat ihm auf die ausgestreckte Hand.

Er biss die Zähne zusammen.

Dann hörte er die Frauen schreien und dachte an die dummen Weiber, die nicht geflohen waren. Das hatten sie nun von ihrem Starrsinn.

Der Strom aus der Toröffnung versiegte.

Thorodd drehte vorsichtig den Kopf. Die Frauen wurden von einigen Kriegern umringt. Er musste kein Seher zu sein, um zu wissen, welches Schicksal ihnen bevorstand.

Hinter ihm erhoben sich laute Stimmen. Die Geräusche von Stahl, der auf Stahl traf, waren zu hören. Doch er wagte nicht, den Kopf in die Richtung zu drehen. Jede Bewegung konnte ihn verraten. Vermutlich stellten sich die von Val alarmierten Krieger den Angreifern entgegen. Aber es waren kaum mehr als dreißig Männer auf dem Hof geblieben, daher dauerte es nicht lange, bis die Kampfgeräusche verebbten und nur noch vereinzelte Schreie an seine Ohren drangen.

Da tauchte beim Tor ein stämmiger, bärtiger Mann auf, der ein langes Schwert in der rechten Hand hielt. Von der Klinge tropfte Blut. Über den Schultern trug er einen langen Fellmantel, der über seiner breiten Brust mit einer Fibel zusammengehalten wurde. Obwohl das Gesicht unter einem Helm mit Nasal verborgen war, bestand kein Zweifel, wer dieser Mann war. Er trug ein langes Kettenhemd, und auf dem mit einem goldenen Kamm gekrönten Helm fing sich das Mondlicht.

Thorodd diente lange genug in der Haustruppe des Jarls, um zu wissen, dass dieser Mann der Feind war. Dass es Harald Graufell war.

Bei ihm stand ein gedrungener Glatzkopf in einer grauen Munkikutte. Um seinen Hals baumelte an einer Kette ein silbernes Kreuz. Der Munki war mit einer Streitaxt bewaffnet, auf deren Schaft ein durchbrochener Axtkopf mit einer kreuzförmigen Aussparung steckte. Nachdem Graufell und der Munki an ihm vorbeigegangen waren, zog Thorodd seine rechte Hand zu sich heran und versuchte, die Schmerzen in seiner Schulter nicht zu beachten. Durch halbgeschlossene Augen beobachtete er, wie der König vor die Weiber trat und sie eingehend musterte. Die Frauen hatten die Köpfe gesenkt und bewegten sich nicht. Doch als ein Mann einer Frau an die Brüste griff, ging die dicke Magd dazwischen. Thorodd bereute, jemals schlecht über Dalla gedacht zu haben, denn sie brachte den Mut auf, den Krieger von der anderen Frau wegzustoßen. Sofort zog der Krieger ein Schwert und hackte die Klinge in Dallas rechte Schulter. Sie schrie auf und krümmte sich vor Schmerzen, bis der Mann ihr in den Bauch trat und sie auf die Knie sank.

Der König beobachtete das Geschehen regungslos. Erst als der Krieger mit dem Schwert zum tödlichen Schlag ausholen wollte, rief der König ihn zurück. Graufell trat, gefolgt von dem Munki, vor Dalla und die anderen Frauen. Der Munki sagte etwas zu ihm in einer Sprache, von der Thorodd annahm, es sei die Sprache der Sachsen, die er nicht verstand.

Daraufhin nickte Graufell und wandte sich an die Frauen: «Sagt uns, ob hier noch weitere Krieger sind.»

Die Frauen schauten zu Boden.

Nur Dalla schaute Graufell an. Sie rang um Fassung, während das Blut an ihrer Schulter ihre helle Tunika dunkel färbte. «Das weiß ich nicht, Herr», sagte sie.

«Das war nicht die Antwort, die ich hören will.»

«Vielleicht, Herr, aber die meisten sind unten im Hafen.» Dalla legte eine Hand an ihre blutende Schulter.

Graufell besprach sich mit dem Munki, bevor er zu Dalla schaute. Dann nickte er. Der Munki trat vor sie und glotzte mit seinen Fischaugen unschlüssig zwischen ihr und der Axt in seiner Hand hin und her, bis er die Waffe hob und sie auf Dallas Kopf niederfahren ließ.

Der Munki schien ungeübt im Töten zu sein. Es gelang ihm

nicht, die Frau mit einem Schlag umzubringen. Sie stieß gellende Schreie aus. Der Axtkopf war seitlich in ihrem Schädel stecken geblieben. Dallas Blut spritzte ihm ins Gesicht, während er sich abmühte, die Axt aus dem Schädelknochen zu ziehen. Als sein zweiter Hieb tiefer in ihren Kopf eindrang, kippte sie vornüber. Der Munki fand offenbar Gefallen an seinem Werk und hackte wie von Sinnen auf ihren leblosen Körper ein.

Thorodd schloss die tränenfeuchten Augen. Er trauerte um Dalla, trauerte mit Ketil über den Verlust dieser tapferen Frau. Er hörte die Mägde weinen, die Krieger lachen und den Munki keuchen. Mit geschlossenen Augen schob Thorodd die rechte Hand weiter über seinen Bauch bis zur Hüfte, wo sein Schwert in der Lederscheide am Gürtel steckte. Der Schwertgriff fühlte sich kalt an. Thorodd wollte nicht sterben. Doch wenn das Schicksal es für ihn vorgesehen hatte, brauchte er sein Schwert ...

«Hier ist einer, der noch lebt», rief jemand in seiner Nähe.

Es war eine Stimme, die so kratzig und hell klang wie die einer alten Frau. Einer sehr alten Frau. Jemand trat ihm gegen die Hüfte. Es war kein fester Tritt, eher ein Stupser mit dem Fuß.

«Warum lebt der noch?», keifte die Stimme.

Thorodd blinzelte. Über ihm stand eine gebeugte, runzelige Frau. Die Alte machte zwar nicht den Eindruck, als könnte sie ein Schwert halten, trug aber eins unter ihrem Fellmantel am Gürtel. Sie zog die Klinge aus der Scheide. Als sie sich über Thorodd beugte, tropfte Speichel aus ihrem Mund auf seine Stirn.

«Muss ich mich um alles selbst kümmern, ihr faulen Schafsköpfe?»

12.
•◆•
Hladir, Hafen

Malina nahm Katla das Messer ab und befahl ihr, sich nicht von der Stelle zu rühren. Sie brauchte Hilfe, um Katla zum Reden zu bringen und herauszufinden, warum sie die Schiffe in Brand gesetzt hatte. Der Rabe blieb bei dem Mädchen, während Malina zu den Landebrücken lief. Über das Hafengelände zogen noch immer Rauchschwaden, und aus dem *Brandungspferd* schlugen Flammen empor. Da zwei der Schiffe bereits gesunken waren und der *Wogengleiter* außer Gefahr war, konzentrierten sich die Löschversuche auf das *Brandungspferd*.

Malina fand Skjaldar an der Landebrücke, wo er auf einer Kiste saß. Er hatte den Helm auf seine Oberschenkel gelegt. Sein Gesicht glühte vor Anstrengung. Als Malina zu ihm kam, wischte er sich mit der rußverschmierten Hand über die Stirn. Der Kampf gegen die Flammen hatte ihm alles abverlangt.

Malina berichtete ihm von Katla, ihrem Wunsch, getötet zu werden, und dem Messer. Erst glaubte sie, er höre ihr gar nicht zu. Doch dann klappte sein schiefer Unterkiefer herunter, seine Augen weiteten sich. Da bemerkte Malina, dass er gar nicht sie ansah, sondern irgendetwas hinter ihr. Sie drehte sich um. Und der Schrecken fuhr ihr in die Glieder.

In der Mündung tauchten Schiffe auf. Brachen wie gespenstische Gestalten aus der Dunkelheit hervor. Zwei Langschiffe, dann ein drittes. Riemenblätter peitschten die im Mondlicht und Feuerschein schimmernde Oberfläche. Schon waren übers Wasser hallende Kommandos zu hören. Die Flammen vom *Bran-*

dungspferd spiegelten sich auf Waffen und Rüstungen. Auf den Vorsteven der Schiffe steckten geschnitzte Drachenköpfe.

An Land löschte jetzt niemand mehr. Alle Blicke richteten sich aufs Wasser. Die Throender waren wie gelähmt, und es dauerte einen Augenblick, bis sie erkannten, dass unmittelbar auf die eine Katastrophe die nächste folgte.

Skjaldar straffte den Rücken, setzte seinen Helm auf und erhob sich. Als er sein Schwert zog, schien seine Erschöpfung wie fortgeblasen. «Zu den Waffen», rief er. «Ergreift eure Waffen. Alle Krieger zu mir – und bringt Frauen und Kinder aus dem Hafen.»

Er wandte sich an Malina: «Und damit meine ich auch dich.»

So lange schon sehnte er die Schlacht herbei, seine erste Schlacht. Er träumte vom klingenden Stahl, von berstenden Schilden und dem Gebrüll aus rauen Kehlen. Von der ungebändigten, wilden Freiheit, die alle anderen Gefühle überlagerte. Eine Freiheit, in der ein Junge zum Krieger wurde. Er war erwachsen, fünfzehn Jahre, und seit er laufen konnte, lernte er den Umgang mit Waffen, mit Übungswaffen aus Holz, später mit scharfen Klingen, dem todbringenden Stahl. Solange er sich erinnerte, wünschte er sich, im Schildwall zu stehen, Aug in Aug mit dem Feind, tosendes Schlachtgewitter in den Ohren.

Doch nun, als es ernst wurde, war die Angst das erste Gefühl, das er verspürte. Eine erbärmliche, kindliche Angst. Er schämte sich dafür, wie er sich nie zuvor geschämt hatte.

Er hörte Skjaldar seinen Namen rufen. Als er sich dem Hauptmann zuwandte, war er erleichtert, dass der ihm befahl, Malina fortzubringen, weil sie sich weigerte, den Hafen zu verlassen. Nein, sie bestand sogar darauf zu kämpfen, während Eirik sich vor Angst fast in die Hose machte.

Unterdessen näherten sich die Schiffe den Landebrücken.

Seit dem Auftauchen der Angreifer waren nur wenige Augenblicke vergangen. Inzwischen waren die meisten Frauen und Kinder, die die Neugier hergetrieben hatte, aus dem Hafen verschwunden. Alle kampffähigen Männer sammelten sich bei Skjaldar, der gerade eben noch den Eindruck gemacht hatte, als kippe er jeden Moment aus den Stiefeln. Nun brüllte er Kommandos und verteilte Männer an die Landebrücken.

Skjaldar war ein Krieger!

Und Eirik? War er nur ein Maulheld? Ein vor Angst erstarrtes Kleinkind, das unter die Tunika seiner Mutter kriechen wollte? Ein Hosenscheißer, der zu feige war, den großspurigen Worten Taten folgen zu lassen?

«Verdammt, Junge – hörst du nicht?», schrie Skjaldar. «Bring sie endlich fort von hier!»

«Gib mir ein Schwert», entgegnete Malina wütend.

Doch als Eirik sie beim Arm nahm, folgte sie ihm widerstrebend. Er zog sie hinter sich her durch die Menge. Im Hafen waren einige Stadtbewohner und etwa siebzig Krieger; die anderen dreißig waren auf dem Jarlshof geblieben. Mehr Männer konnten sie nicht gegen den Feind aufbieten. Wenn die Schiffe voll besetzt waren, standen ihnen gleich mehr als zweihundert Männer gegenüber.

Die Krieger der Haustruppe waren mit Schwertern, Streitäxten und Lanzen bewaffnet. Sie hatten Helme und Schilde, die das Zeichen des Jarls trugen, einen schwarzen Raben auf rotem Grund. Aber nur wenige Männer waren wie Skjaldar mit einem Kettenhemd gerüstet. Die Hauskrieger waren zum Töten ausgebildete Kämpfer. Doch die meisten Throenderkrieger waren Bauernsöhne und Knechte mit Speeren, Beilen, Bögen und Knüppeln, mit Tuniken, Hemden, Mänteln und Fellkappen.

In vielen Gesichtern sah Eirik die Angst, die auch ihn ergriffen hatte.

Die Schwertscheide schlug ihm gegen das Bein, während er

Malina im Laufschritt zu den Hütten brachte. Sie schimpfte vor sich hin, verlangte jedoch nicht mehr nach einer Waffe. Bei den Hütten änderte sich ihr Verhalten. Als begreife sie jetzt erst, was das Auftauchen der feindlichen Flotte bedeutete.

«Lauf weiter zum Jarlshof», ermahnte Eirik sie.

Am Flussufer erreichte ein Schiff eine Landebrücke. Männer sprangen von Bord und wurden von Skjaldars Kriegern mit wütenden Schlägen und Hieben empfangen. Die ersten Männer starben. Eirik hörte ihre Schreie und überlegte ernsthaft, ob er Malina begleiten sollte. Schließlich musste er sie beschützen. Doch da beschlich ihn der Gedanke, Skjaldar könnte genau das geplant haben. Dass er Eirik mit Malina wegschickte, um ihn vom Kampf fernzuhalten.

Das war der Moment, in dem sein Stolz über die Angst siegte. Der Moment, in dem er beschloss, kein Feigling zu sein, sondern lieber in der Schlacht zu sterben, als fortzulaufen.

Ein Stück weiter stromaufwärts landete das zweite Schiff an.

Eirik zog sein Schwert. Es fühlte sich gut an in seiner Hand.

«Verschwinde endlich», fuhr er Malina an.

Doch sie schüttelte den Kopf, und er hatte den Eindruck, sie wolle ihm etwas mitteilen. Sie rang mit sich und sagte dann: «Katla ist hier ... im Hafen.» Kaum hatte sie die Worte ausgesprochen, biss sie sich auf die Unterlippe, als bereue sie ihre Worte.

Er nickte grimmig. Mehr brauchte er nicht zu hören, und er versuchte, den Gedanken an Katla zur Seite zu schieben. Er ahnte längst, dass sie etwas mit den Bränden zu tun hatte. Als er vom Feuer erfahren hatte, war es zunächst nur ein vages Gefühl gewesen. Es war ihm merkwürdig vorgekommen, dass der geheimnisvolle Mann ihr in der Bucht einen Beutel überreicht hatte, bevor er wieder mit dem Ruderboot verschwand. Ein ungewöhnliches Verhalten für einen Geliebten, fand er. Im Hafen hatte er sich dann an den Beutel erinnert. Und dass darin etwas gewesen sein könnte, womit sie die Schiffe in Brand gesteckt und die Wachen getötet hatte – Katla, die stille Frau, der er sein Herz geschenkt hatte.

Und jetzt würde er kämpfen. Gegen den Feind und gegen die Schmach, dass die Frau ihn und alle anderen verraten hatte.

Er ließ Malina stehen, lief hinunter zu den Landebrücken und erreichte das Ufer, als das dritte Schiff, ein an die achtzig Fuß langes Langskip, gegen den Brückenkopf krachte, neben dem der Mast des gesunkenen *Wolf des Meeres* aus dem Wasser ragte.

Die Throender hatten alle Mühe, die Angreifer der anderen beiden Schiffe zurückzuhalten. Nun mussten sie die Verteidigungsreihen ausdünnen. Männer wurden zur mittleren Brücke geschickt, um dort die Angreifer abzuwehren, damit die ihnen nicht in den Rücken fielen.

Man konnte den Kampf im Schildwall hundertmal üben, den Schild in der einen, Schwert oder Axt in der anderen Hand. Hundertmal konnte man das durchspielen, tausendmal. Aber wenn Schläge nur angedeutet wurden, wenn stumpfe Klingen nur Helme treffen durften und wenn die Verletzungen, die man davontrug, blaue Flecken, Schürfwunden oder gebrochene Nasen waren, war das nichts im Vergleich zur grausamen Wirklichkeit. Man konnte all das üben, und das hatte Eirik getan, doch in der Schlacht, der echten Schlacht, kostete eine Unachtsamkeit das Leben.

Und das hier war die Schlacht.

Als Eirik die mittlere Brücke erreichte, traf er dort mit Throendern zusammen, darunter einige Krieger, die sich mit den Bauern zum Kampf aufstellten. Das Kommando führte Fjörnir, ein hochgewachsener, kampferfahrener Krieger mit dunklem Bart und stechendem Blick.

Eirik bestand darauf, in der ersten Reihe zu kämpfen, weswegen Fjörnir ihn an seine Seite nahm. Sechs Männer bildeten die erste Reihe und ließen die Schilde überlappen, die übrigen stellten sich dahinter auf, bevor sie auf die Brücke vorrückten.

Das Langschiff glitt mit der Backbordseite schrammend und kratzend quer zum Ufer am Brückenkopf entlang. Steuerbords versuchten Ruderer, mit Riemen das Schiff in der Strömung zu halten, damit die Angreifer auf die Brücke springen konnten. Noch war der Feind im Nachteil, denn die von Bord springenden Männer mussten sich erst sammeln. Einige von ihnen rutschten auf den vom Löschwasser rutschigen Holzbohlen aus. Daher standen den Verteidigern nicht mehr als ein Dutzend Männer gegenüber, und die hatten sich noch nicht zur Kampfordnung zusammengefunden.

Eirik sah, wie ein Mann einen Speer schleuderte, dessen Spitze sich in Fjörnirs Schild bohrte. Er konnte den Speer nicht abschütteln, ohne die Ordnung der ersten Reihe aufzugeben und dadurch das Leben aller Männer zu gefährden.

«Tötet so viele von ihnen wie möglich», brüllte Fjörnir, während sie weiter vorrückten. «Wir müssen sie daran hindern, an Land zu kommen. Verletzt sie! Verstümmelt sie! Tötet sie! Treibt sie ins Wasser!»

Das war leichter gesagt als getan. Auf dem Schiff kletterten Bogenschützen über Ruderbänke an die Bordwand, legten Pfeile ein und ließen die Sehnen schnalzen. Eirik spürte einen harten Ruck im Handgelenk, als ein Pfeil seinen Schild traf und die Spitze das Lindenholz durchbohrte. Doch die meisten Pfeile sirrten über den Schildwall hinweg, denn das Schlingern des Schiffes erschwerte den Bogenschützen das Zielen.

Dicht vor den Schilden versuchte ein Mann, eine Halteleine um einen Poller zu winden. Dafür musste er jedoch Schild und Axt ablegen, sodass ein Throender aus der zweiten Reihe seine Lanze vorschnellen ließ. Die Eisenspitze bohrte sich unterhalb der Achsel in die rechte Seite des Mannes. Er ging schreiend zu

Boden. Das Tau entglitt seiner Hand. Als die Throender weiter vorrückten, versetzte einer ihm einen Tritt, wodurch er in die Lücke zwischen Brücke und Schiffswand rutschte. Es gelang ihm, sich mit einer Hand am Poller festzuhalten, doch das wogende Schiff krachte gegen die Brücke und zerquetschte den Oberkörper des Mannes wie ein rohes Ei.

Dann stießen die Throender auf die Feinde, die noch immer keine Ordnung gefunden hatten. Schwerter, Lanzen und Äxte zuckten vor und richteten ein Gemetzel an. Blut spritzte. Feinde starben.

Derweil gelang es vier großen Kerlen mit zerzausten Bärten, vom Schiff über das schwankende Dollbord auf die Brücke zu klettern. Ohne auf Verstärkung zu warten, stürmten sie gegen den Schildwall an.

«Haltet die Reihe geschlossen», rief Fjörnir. «Festhalten!»

Einer der Angreifer wurde von einer Lanze aufgespießt, einem anderen der Hals von einer Streitaxt aufgerissen, doch zwei kamen durch. Der Aufprall riss Eirik den Schild beinahe aus der Hand.

«Nimm den Schild runter», befahl Fjörnir und stach mit dem Schwert zu.

Doch er verfehlte den Angreifer, der sich zurückzog, während weitere Feinde auf die Brücke kamen und sich am Brückenkopf sammelten. Sie ließen ihre Schilde überlappen und drangen gegen die Throender vor. Jemand rammte den Schildbuckel gegen Eiriks Schild, der ihm gegen die Brust gedrückt wurde und ihm den Atem raubte. Er wankte, blieb aber stehen. Der Schildwall der Throender hielt. Hielt noch.

Stahl traf auf Stahl, hämmernde Schläge auf Holz und Eisenhelme. Das war es, was Skalden in ihren Heldenliedern den Schwertgesang nannten. Eirik kannte viele Geschichten und Strophen. Er hatte den Dichtern andächtig gelauscht, die sein

Vater ins Jarlshaus lud und gut bewirtete, damit sie ihre Lieder zum Besten gaben.

Er liebte die Geschichten, aber es waren Geschichten.

Direkt vor seinem Schild tauchte ein Feind auf. Der Krieger, der hinter Eirik stand, ließ die Streitaxt niederfahren, die gegen den Helm des Feindes prallte, seitlich abrutschte und dessen Schulter traf. Dem Hieb war die Wucht genommen, sodass der Feind selbst mit einer Axt ausholen konnte. Eiriks Schild splitterte, und er stach seine Klinge in eine Lücke im feindlichen Schildwall. Die Schwertspitze bohrte sich unter dem Helm ins rechte Auge seines Gegners. Eirik legte seine ganze Kraft ins Handgelenk und rammte die Klinge tief in den Schädel. Er drehte die Klinge und zog sie wieder heraus. Dunkle Flüssigkeit quoll aus der Augenhöhle, während der Gegner schrie und brüllte.

Eirik wurde von einem Gefühl gepackt, das wie ein Rausch war. Er wollte vordrängen, um dem Gegner den Rest zu geben, denn der Einäugige stand immer noch. Doch Fjörnir befahl ihm, den Schildwall nicht zu verlassen. Als Fjörnirs Klinge vorschnellte, fuhr sie durch den Bart des Einäugigen und unter seinem Kinn in den Hals. Er kippte um und hinterließ eine Lücke im feindlichen Schildwall. Rasch gab Fjörnir den Befehl zum Vorrücken. So brachen sie in die Menge der Feinde ein, rissen deren Reihen auf und drangen weiter. Die außen stehenden Feinde wurden von der Brücke gedrückt, andere von den Throendern zerhackt, bis die Holzbohlen mit Blut, Wasser und Ruß überzogen waren.

An die siebzig, achtzig Männer waren auf dem Schiff gewesen, die meisten davon noch immer an Bord. Daher war es nur eine Frage der Zeit, bis die Throender die Brücke gegen die Übermacht nicht mehr halten konnten.

Als immer mehr Feinde von Bord kamen, schrie ein Mann hinter Eirik, sie müssten sich zurückziehen. Der Feind sammelte sich erneut beim Schiff am Brückenkopf, und dieses Mal waren die Reihen geordnet. Die Brücke bot Platz für ein halbes Dutzend Männer nebeneinander. Aber jetzt war der Schildwall der Feinde vier Reihen tief und drängte unaufhaltsam vorwärts. Dabei wurden Verletzte und Tote einfach von der Brücke gestoßen.

Der kurze Vormarsch, der kleine Sieg der Throender, fand sein jähes Ende. Obwohl weitere Throender den Rückzug forderten, befahl Fjörnir, die Brücke zu halten, und drohte, jeden umzubringen, der ihre Reihen verließ.

Die Feinde grölten und verhöhnten die Throender. Speere flogen und bohrten sich in Schilde, deren Last größer wurde. Auch Eirik hatte zunehmend Mühe, seinen von zwei Speeren und mehreren Pfeilen durchbohrten Schild zu halten, und als jemand rief, die anderen Throender seien auf dem Rückzug, zerfiel die Ordnung unter dem Jubel der Feinde.

Für einen Augenblick standen nur noch Eirik und Fjörnir den Gegnern gegenüber. Fjörnir stieß einen Fluch aus, dann brüllte er: «Lauf, Junge! Verdammt noch mal – lauf!»

Und Eirik lief.

Es war den Feinden nicht gelungen, den Hafen in einem Handstreich einzunehmen. Viele Angreifer hatten durch das ungestüme Vorgehen mit dem Leben bezahlt. Verletzte und getötete Männer lagen auf den Brücken oder trieben im Strom des Nid. Mit mehr als zweihundert Kriegern hatten die Feinde angegriffen. Gegen diese fast dreifache Übermacht hatten sich die Throender erbittert gewehrt. Aber nun mussten sie den Rückzug antreten.

Als die erste Gruppe vor dem Feind wich, war das das Zeichen für die anderen Throender, ebenfalls die Flucht zu ergreifen. Sie stürmten zum Marktplatz, wo sie sich zusammenfanden. Noch waren etwa fünfzig Throender am Leben, von den Feinden vielleicht hundertdreißig Männer. Doch die Angreifer konnten nun ungehindert ihre Schiffe verlassen und sich am Ufer sammeln, wo sie zwei mächtige Schildwälle bildeten und sich in Richtung der Throender schoben.

Es war aussichtslos, gegen eine solche Übermacht zu bestehen.

Dennoch weigerte Skjaldar sich, die Schlacht verloren zu geben. Er befahl die Krieger in einen drei Reihen tiefen Schildwall, der jedoch nicht gegen die Angreifer vorging, sondern sich langsam zu den Hütten zurückzog.

Eirik hatte Speere und Pfeile aus seinem ramponierten Schild gezogen und wieder einen Platz in der vorderen Reihe in Skjaldars Nähe eingenommen. Er fragte sich, welchen Plan der Hauptmann verfolgte. Ob er überhaupt einen Plan hatte? Hoffte er, zwischen den Gebäuden Deckung zu finden?

Ihre hintere Reihe hatte die Hütten fast erreicht, als Eirik links von sich, wo der Weg zum Stadttor führte, lautes Geschrei hörte. Dann sah er Leute auf das Hafengelände laufen. Es waren Frauen und Kinder, die vorhin geflohen waren und die nun panisch schreiend zurückkamen.

Hinter ihnen tauchten Krieger auf, viele Krieger. Das war ein Heer, ein ganzes verdammtes Heer!

Eirik sah, wie Skjaldar zu den Kriegern starrte, die von den Schiffsbesatzungen mit lautem Jubel begrüßt wurden. Die Throender waren dem Tod geweiht, und Skjaldar gab einen Befehl, der Eirik einen Schlag versetzte.

Jetzt war jeder auf sich allein gestellt.

4. Teil

Winter 969

☙✟❧

Webet, webet Gewebe des Speers,
wo kühner Fechter Banner schreiten!
Lasst ihn sein Leben nicht verlieren!
Walküren lenken der Walstatt Los.

Darraðarljóð. Das Walkürenlied

I.

Starigard

Hakon wurde durch den Lärm geweckt, der von draußen kam. Er hörte Männer aufgeregt rufen und schrille, quiekende Laute eines Tieres, offenbar eines Schweins.

Er setzte sich auf und lehnte den Rücken gegen den Pfosten, an den er gekettet war. Sein Kopf drehte sich, und ihm war entsetzlich übel. Auch wenn er allmählich wieder zu Kräften kam, war er noch geschwächt von der Krankheit.

Die Leute, die ihn gefangen hielten, kümmerten sich um ihn. Sie versorgten ihn mit Wasser und Essen, mit Grütze, Brot und Käse, sogar Fleischbrühe gab man ihm. Er hatte eine Decke gegen die Kälte bekommen. In seiner Nähe brannte immer ein wärmendes Feuer.

Ihm war nicht klar, warum der Erzbischof ihn nicht einfach sterben ließ. Oder ihn selbst tötete, wozu der Munki allen Grund gehabt hätte.

Draußen schwoll der Lärm an. Männer fluchten. In die Rufe mischten sich panische Schweinelaute, die klangen, als wüte dort *gullinborsti*, der Eber des Gottes Frey. Schickte Frey vielleicht seinen Eber mit den goldenen Borsten, um Hakon zu befreien? Gullinborsti konnte schneller als jedes Pferd durch die Luft und übers Wasser laufen, sogar in der Nacht, weil seine Borsten so hell leuchteten, dass sie ihm den Weg wiesen.

Rechts von Hakon bewegte sich ein Schatten, als der junge Pater sich erhob. Wahrscheinlich hatte er vor dem Altar zu seinem Gott gebetet, wie er es ständig tat. Der Pater bekreuzigte sich und ging zu den Soldaten an der Tür, die ebenfalls vom Lärm geweckt worden waren. Die Männer unterhielten sich gedämpft, bevor der Hauptmann zu Hakon kam und prüfte, ob die Ketten fest saßen. Dann ging er zur Tür und verschwand mit anderen Männern nach draußen in die Dunkelheit.

Rufe und Quieklaute wurden leiser, bis sie völlig verstummten.

Die Tür öffnete sich wieder. Der Erzbischof trat ein. Der flackernde Schein des Hausfeuers fiel auf sein Raubtiergesicht. Er schloss die Tür und kratzte sich nachdenklich am Kopf, während sein Blick über den Altar, die Kisten, die Stützpfeiler und schließlich zu Hakon wanderte.

«Es war nur ein Schwein», sagte der Erzbischof lächelnd zu Hakon. «Nur ein Schwein. Das dumme Tier hatte sich losgerissen. Als ob ihm das etwas nutzen würde.» Er lachte trocken.

Hakon schwieg. Was hätte er auch sagen sollen? Dass er hoffte, der Göttereber komme, um ihn zu holen?

Leise vor sich hinpfeifend, kniete sich der Erzbischof ans Feuer und schob frische Scheite in die Glut. Er pfiff auch noch, als er einen Schemel holte und ihn in einigem Abstand zu Hakon aufstellte. Der Schemel knarzte unter dem Gewicht des Erzbischofs. Er wirkte entspannt, legte die schlanken Hände auf die Oberschenkel, richtete den Rücken kerzengerade auf und musterte seinen Gefangenen.

«Es scheint dir besser zu gehen», sagte er dann.

«Ich habe mich niemals so wohl gefühlt», knurrte Hakon.

«Dann ist es ja gut. Ich möchte mich allein und in Ruhe mit dir unterhalten.» Er zog unter seinem Mantel einen Gegenstand hervor. Als Hakon ihn erkannte, musste er schlucken. In der rechten Hand hielt der Munki die von Malina geschnitzte Figur, die er Hakon auf der Hammaburg abgenommen hatte.

«Ich weiß, du hältst mich für einen Unmenschen», sagte er, während seine Finger über die Figur strichen. Seine Stimme klang nicht mehr so feindselig wie auf der Hammaburg, sondern geradezu mitfühlend.

«Du glaubst, ich sei ein Unmensch, der dir und deinem Volk Böses will. Dass wir Christen euch unterdrücken und unseren Glauben aufzwingen wollen.»

Hakon zog es vor zu schweigen. Er hatte keine Ahnung, worauf der Erzbischof hinauswollte. Ihm war nur klar, dass er dem Mann nicht trauen konnte, egal was der sagte.

Der Erzbischof schüttelte den Kopf. «Du irrst dich. Gott ist streng, aber Er will nur das Beste für dich und für alle Menschen auf der Erde. Gott hat auch dich erschaffen, denn wir sind Seine Geschöpfe. Für Ihn hat dein Leben seinen Sinn in der Welt.»

Malinas Figur wechselte von der rechten in die linke Hand.

«Sicher fragst du dich, warum man dich nicht längst umgebracht hat, wie das Volk es verlangt. Du hast Christen getötet. Du hast Gottes Kirche auf der Hammaburg zerstört und Reliquien von unschätzbarem Wert vernichtet. Du lästerst Gott und gibst dich dem Hochmut hin, der Sünde *Superbia*. Dennoch lebst du. Nicht weil ich es so will, sondern weil Gott es so will. Der Herr ist ein Gott der Gnade. Ich weiß, dass das eine Eigenschaft ist, die vielen Nordmännern fremd ist. Mitleid empfinden, verzeihen, Gnade zeigen, all das könnt ihr nicht. Das dürft ihr nicht. Denn die Götzen, die ihr Heiden anbetet und von denen auch viele Wagrier nicht ablassen können, sind Götter des Hasses und der Zwietracht.»

Er nahm die Figur wieder in die rechte Hand, streckte den Arm aus und hielt den geschnitzten Gott übers Feuer. Hakon hielt den Atem an. Der Munki lächelte, als er den erschrockenen Ausdruck auf Hakons Gesicht sah, und steckte die Figur wieder ein.

«Prove», sagte der Erzbischof. «Prove – so nennen die Wagrier diesen vielgesichtigen Götzen, der vier Augenpaare hat, mit denen er in alle Himmelsrichtungen schaut. Prove. Acht Augen.

Woanders nennen die Slawen ihren Hauptgötzen Svantevit. Oder Porenut oder Perun. Auch deine Götzen haben viele Namen, Jarl. Odin, Thor, Loki, Balder, Frey. Glaub mir, mein Sohn, ich kenne all die Namen eurer Götzen.»

Er seufzte. «Es tut mir in der Seele weh, dass die teuflischen Dämonen euch noch immer in ihrem Griff haben. Dass ihr euch von ihnen blenden lasst. Ihr Throender ebenso wie die Wagrier, obwohl sie dem gütigen Kaiser nach Recht und Gesetz zu Treue und Gehorsam verpflichtet sind. Was im Besonderen den Glauben an den Allmächtigen einschließt und heidnische Umtriebe verbietet. Dennoch opfern die Wagrier ihrem Götzen Prove, statt sich dem Gott der Liebe hinzugeben. Sogar ihr Fürst, der wankelmütige Sigtrygg, hat dem alten Glauben nicht entsagt, obwohl er das Gegenteil behauptet und glaubt, ich würde ihn nicht durchschauen.»

Der Erzbischof beugte sich auf dem Schemel vor. «Es ist an der Zeit, den jungen Fürsten und alle andere Menschen in Wagrien von Gottes Güte und Allmacht zu überzeugen. Und dabei wirst du mir helfen, Hakon Sigurdsson.»

Hakon zuckte zusammen. In jeder anderen Situation hätte er den Erzbischof ausgelacht. Der Gedanke, er würde sich zum Handlanger des Christengottes machen, war vollkommen abwegig.

Doch der Erzbischof meinte es ernst. «Ja, mein Sohn, du wirst mich unterstützen, die Wagrier auf den Pfad des rechten Glaubens zu bringen – indem du ihnen ein Beispiel geben wirst, wie groß der Herr ist. Wie groß Seine Liebe ist. Denn wenn Er sogar den Götzendiener Jarl Hakon von Seiner Liebe und Güte überzeugen wird ...»

«Das werde ich nicht tun», stieß Hakon aus.

Die Kettenglieder klirrten, als er unvermittelt die Hände nach oben riss.

«Doch, doch, mein Sohn, genau das wirst du tun», sagte der Erzbischof ruhig. «Morgen ist der Tag, für den ich die Wagrier nach Starigard gerufen habe. Viele Wege sind durch den Schnee, der in den vergangenen Tagen gefallen ist, zwar unpassierbar. Aber die Menschen werden kommen. Alle werden kommen. Zusammen mit den Bewohnern Starigards werden es Hunderte sein. Sie werden Zeuge, wie Jarl Hakon seine Sünden bereut, dafür büßt und durch mich die Taufe empfängt.»

Was redete der Munki für einen Unsinn? «Warum seid Ihr Euch so sicher, dass ich mich zu Eurem Gott bekennen werde?», fragte Hakon.

«Weil der Herr dir deine Sünden vergibt, damit du mit reinem Herzen vor Ihn als deinen Schöpfer treten kannst.»

Hakon rang um Beherrschung. War der Munki wahnsinnig? Wie konnte er glauben, Hakon würde auf das Gerede von Vergebung hereinfallen? So einfältig konnte der Erzbischof nicht sein. Es musste etwas anderes dahinterstecken.

«Ich sehe dir an, dass du an meinen Worten zweifelst», sagte der Erzbischof. «Dennoch wirst du tun, was ich von dir erwarte, weil du tief in deinem Herzen weißt, dass Gott allmächtig ist. Nicht einmal deine Seherin war in der Lage, Seiner Macht zu widerstehen.»

«Asny? Was hat die Seherin damit zu tun? Sie wird niemals vor Eurem Gott kriechen.»

Jetzt schien der Erzbischof überrascht zu sein. «Weißt du denn nicht, dass sie tot ist?»

Da verstand Hakon. Es war, als würde ein Mantel, der vor seinen Augen gehangen und seine Sicht verdeckt hatte, zur Seite gezogen. «Er sollte *sie* töten? Dieser Junge, den Ihr nach Thrandheim geschickt habt, sollte die Seherin töten?»

«Natürlich, und nach allem, was ich erfahren habe, hat Drakulf den Auftrag erledigt.»

«Nein, die Seherin lebt.»

«Warum sagst du das, Jarl? Was erhoffst du dir davon, mich glauben zu machen, Drakulf habe die Seherin nicht getötet?»

«Weil er sie mit einer anderen Frau verwechselt hat. Der Junge hat sie und nicht die Seherin angegriffen und meine Tochter entführt.»

«Deine Tochter? Das war deine Tochter? Dann war sie das Mädchen, mit dem er in dem Gasthaus gesehen wurde?»

«Der Bastard hat Aud umgebracht!»

«Er hat gesagt, das Mädchen sei krank gewesen.»

«Sie wäre nicht krank geworden, wenn er sie nicht verschleppt hätte.»

Trauer und Wut stiegen in Hakon auf wie flüssiges Eisen. Als er an den Ketten zerrte, zuckte der Erzbischof zusammen, bevor er vom Schemel aufsprang und im Raum herumlief wie ein gehetztes Tier.

Nun wurde Hakon klar, warum der Erzbischof so einen Aufwand betrieben und jemanden nach Thrandheim geschickt hatte. Er wollte die Seherin vernichten, weil er sich vor ihrer Macht fürchtete und sie für den Einfluss hasste, den sie auf die Menschen hatte. Und der Hass saß tief. Früher schon hatten der Erzbischof und andere Munkis versucht, Asnys Mutter Velva zu töten. Velva war für sie eine Ausgeburt der Hölle. So wie Asny.

Offenbar war Auds Entführung gar nicht geplant gewesen, überlegte Hakon. Wäre der Erzbischof davon sonst so überrascht gewesen? Der Junge musste ihn belogen haben. Was zumindest die Verwirrung des Erzbischofs erklärte. Und seine Wut.

Er blieb vor einem Stützpfosten stehen und hämmerte mit der Faust dagegen, während er unverständliche Worte murmelte, bis er aufgelöst zum Schemel zurückging. Als er sich niederließ, sah er verändert aus. Der freundliche Ausdruck war aus seinem Gesicht verschwunden. Seine Miene war hart, die Augen zu schmalen Schlitzen verengt, und die verkniffenen Lippen zuckten.

Er richtete seinen Blick auf Hakon. «Erzähl mir, Jarl, wie deine Tochter aussah», befahl er.

«Warum sollte ich Euch von ihr erzählen? Aud ist gestorben, weil Ihr den Kerl nach Thrandheim geschickt habt.» Der Gedanke an Aud schmerzte ihn. Das Ziehen in seinem Magen wurde größer, als er ihren Namen dem Mann gegenüber erwähnte, der für ihren Tod verantwortlich war.

«Drakulf hatte den Auftrag, die Seherin zu töten. Wenn ich dir mehr Glauben schenken sollte als ihm, ist ihm das nicht gelungen. Er hat nämlich behauptet, sie sei verbrannt. Von dem Mädchen wusste ich nichts. Allerdings habe ich einen Verdacht, warum er sie mitgenommen hat. Deswegen muss ich erfahren, wie das Mädchen aussah. Hatte sie strohblondes Haar und sehr helle Haut?»

«Ja.»

Der Erzbischof nickte verstehend. «Und sie war nicht sehr groß, einen Kopf kleiner noch als Drakulf? Ihre Augen waren blau, und auf Nase und Wangen hatte sie auch im Herbst noch Sommersprossen?»

«Ja!» Woher wusste er das alles?

Der Erzbischof sank in sich zusammen und vergrub das Gesicht in den Händen. Für einen Augenblick sah es aus, als würde er weinen, was eine eigenartige Vorstellung war. Doch als er den Blick wieder hob und Hakon anschaute, waren die Augen trocken und der Blick bohrend.

«Damit du das alles verstehst, Jarl, werde ich dir erzählen, was im Winter des Jahres 964 geschah. Ganz Wagrien war von einer dicken Schneeschicht bedeckt. Damals lebte hier ein Priester. Er war Sachse und hieß Rothardt. Ich hatte ihn nach Wagrien geschickt, damit er den Heiden das Wort Gottes predigt.»

Der Erzbischof holte Malinas Figur wieder hervor und betrachtete sie.

«Rothardts Hütte stand bei einem Hügel, nicht weit von Starigard entfernt. Dort beten die Wagrier ihren Götzen Prove an. Dieser Dämon war in jenem Winter in Rothardt gefahren. Der Priester hatte zwei Kinder, eine Tochter und einen Jungen. Der Junge war Drakulf, der damals elf Jahre alt war, seine Schwester war acht. In dem Winter starb die Mutter, woraufhin Pater Rothardt die Kinder allein durchbringen musste. Doch als der Dämon von ihm Besitz ergriff und Rothardt dem Wahnsinn anheimfiel, tötete er das Mädchen und zwang Drakulf, das Mädchen zu essen ...»

Hakons Kehle wurde trocken. Er wusste, worauf der Munki hinauswollte. «Dieses Mädchen, die Tochter des Priesters, sah aus wie Aud.»

Der Erzbischof nickte. «Drakulf wird sich an sie erinnert haben, als er deine Tochter sah. Gott hat dem Jungen eine schwere Prüfung auferlegt, an der auch ich eine gewisse Mitschuld trage.»

Dann erzählte der Erzbischof eine Geschichte, die Hakons Verachtung für ihn noch größer werden ließ. Er fragte sich, warum der Erzbischof ausgerechnet ihm, seinem Feind, davon erzählte. Warum ließ er sich nicht von einem seiner Priester die Beichte abnehmen, wie die Munkis das nannten?

Als der Erzbischof mit seiner Erzählung zum Ende kam, schwieg er einen Moment, bis er sich ruckartig erhob. «Aber das ist Vergangenheit», sagte er. «Die Wege des Herrn sind unergründlich. Wir müssen den Blick nach vorn richten, mein Sohn. Es ist an der Zeit, dass du dich entscheidest.»

Hakon hatte beinahe vergessen, dass der Erzbischof zu Beginn des Gesprächs gefordert hatte, er solle sich taufen lassen.

«Du solltest nicht zu lange darüber nachdenken», sagte er. «Die Nacht ist weit fortgeschritten. Ich werde Pater Wago, Hergeir und die anderen Männer gleich wieder hereinholen, damit sie draußen nicht erfrieren. Also, hör gut zu, Jarl, denn ich werde mich nicht wiederholen. Das Schicksal der Menschen, die dir nahestehen, liegt allein in deiner Hand. Du erinnerst dich sicher an die drei Nordmänner, die auf der Hammaburg waren.»

«Graufells Schlangenbrut.»

«Wenn du sie so nennst, meinetwegen. Der König hatte sie zu mir geschickt, damit sie mich in seinem Namen um kriegerische Unterstützung bitten.»

Das bestätigte Hakons Verdacht, den er schon auf der Hammaburg gehegt hatte. Wenn Graufell sächsische Soldaten brauchte, konnte das nur eins bedeuten.

«Ich habe ihm seinen Wunsch erfüllt und ihm Schiffe und Soldaten geschickt», erklärte der Erzbischof und lächelte wieder. «Du ahnst, was Graufell vorgehabt hat, nicht wahr?»

«Hladir», stöhnte er.

«Sie werden deine Stadt inzwischen eingenommen haben. Während du dich in Nordalbingien herumgetrieben hast, hat Graufell Krieger gesammelt und müsste inzwischen wieder über ein ansehnliches Heer verfügen. Die Nordmänner hatten mir berichtet, dass er auch von anderen Kriegern unterstützt wird.»

Panik kroch von Hakons Zehen über den Rücken in seinen Kopf. Selbst wenn Skjaldar viele Throender zum Wehrdienst zusammengezogen und die Signalfeuer mit Wachen besetzt hatte, würden sie dann gegen ein Heer bestehen können? Schlagartig wurde ihm bewusst, welch schrecklichen Fehler er gemacht hatte. Graufell hatte Karmøy nicht geräumt, weil er vor Hakon geflohen war. Nein, er wollte ihn vom Nordweg fortlocken. Die Ratte hatte das alles geplant. Er hatte die Gelegenheit gewittert, als der Junge Aud zu ihm brachte, und während Hakon im Sachsenland nach Aud suchte, zog Graufell in aller Ruhe ein Heer zusammen.

«Wie viele Krieger hat er?», knurrte Hakon.

«Oh, ich denke, es werden genug sein.» Der Erzbischof zeigte beim Grinsen seine hellen Zähne. Die Irritation über den misslungenen Anschlag auf Asny schien verschwunden. «Doch ich habe ihm nicht nur Soldaten geschickt, sondern auch einen Bischof. Er soll dafür sorgen, dass Graufell deine Sippe verschont, und genau das wird er tun. Es sei denn, du weigerst dich, mir meinen Wunsch zu erfüllen.»

«Ihr seid ein Stück Scheiße!»

Der Erzbischof lachte. «Du begreifst schnell, mein Sohn. Beschimpf mich ruhig, wenn es dir dann besser geht. Aber um es kurz zu machen: Du wirst öffentlich vor den Wagriern deinen Götzen entsagen, deine Sünden bereuen und Gott um Verzeihung anflehen, bevor ich dich in Seinem Namen taufen werde. Wenn du das tust, werde ich Graufell zu gegebener Zeit eine Nachricht zukommen lassen, damit er deine Leute nicht hinrichtet.»

Er hielt die Schnitzfigur wieder über das Feuer. «Wenn du dich aber weigerst, Gottes Segen zu empfangen, werden deine Angehörigen einen grausamen Tod sterben.»

Dann öffnete er die Hand. Die Figur fiel ins Feuer, und Hakon musste mit ansehen, wie die Flammen nach ihr griffen, wie das Holz sich schwarz verfärbte, bevor es verbrannte.

Er rang um Beherrschung. «Woher wollt Ihr wissen, dass ich Eurem Gott nicht wieder abschwöre, sobald ich getauft bin?»

Der Erzbischof schüttelte den Kopf. «Du begreifst wohl doch nicht so schnell, wie ich geglaubt habe. Hast du mir nicht zugehört? Egal, welche Möglichkeit du wählst, es geht nur um das Leben deiner Sippe. Du aber wirst vor deinen Schöpfer treten, entweder als reuiger Sünder oder als störrischer Götzendiener.»

Er kam näher, ohne auf den Sicherheitsabstand zu achten. Hakon hätte nur eine Hand auszustrecken brauchen, um den

Bastard zu ergreifen. Um ihn herunterzuziehen und ihm die Kehle zuzudrücken ...

«Mein Sohn», sagte der Erzbischof, «du wirst in jedem Fall sterben.»

2.

Hladir

Signy Steinolfsdottir durchlebte eine Zeit des Schreckens. Seit Graufell Hladir erobert und sich mit seiner Sippe im Jarlshof eingenistet hatte, fürchtete sie um ihr Leben. Offenbar hatte man sie und die anderen Mägde bislang nur am Leben gelassen, weil man sie für die Hausarbeit brauchte. Und für das Vergnügen.

Seit dem Angriff wurde Signy jede Nacht von Albträumen geplagt, in denen sie mit ansehen musste, wie der Munki mit seiner Axt Dalla tötete. Wie ihm ihr Blut ins Gesicht spritzte und er keuchend und grinsend über ihrer Leiche stand. Signy fühlte sich schuldig an Dallas Tod, die ihr Leben für sie gegeben hatte.

Doch die Albträume waren nicht so schlimm wie die Angst, die sie jeden Morgen nach dem Erwachen ergriff. Denn der Mörder ihrer Eltern war hier, der Schlächter, der sich König nannte. Wenn er in ihre Nähe kam, schlug sie schnell den Blick nieder, während sie Korn mahlte, Brot backte, Essen zubereitete oder Wäsche wusch. Sie lebte in ständiger Angst, er könne sie wiedererkennen. Sie hatte den gierigen Blick, mit dem er sie damals auf dem Brimillhof angeschaut hatte, nie vergessen.

Bislang schien er sich aber nicht an sie zu erinnern. Zumindest ließ er sich nichts anmerken, vielleicht, weil er andere Sorgen hatte. Was ihn bewegte, wusste sie nicht. Sie hatte zwar einen Verdacht, hatte ihn aber bislang nicht darüber reden gehört. Auch nicht mit seiner Mutter, diesem schrecklichen alten Weib.

Nie zuvor war Signy einem so herrischen und unfreundlichen Menschen begegnet wie der Königsmutter Gunnhild. Ihr einziges Vergnügen bestand darin, sich an den Bier- und Metvorräten zu bedienen. Wenn sie betrunken war, schikanierte sie die Bediensteten. Sie lauerte darauf, dass jemand einen Fehler machte und die Arbeit nicht zu ihrer Zufriedenheit erledigte. Dann beschimpfte sie ihr Opfer, peitschte es aus und erfreute sich an dessen Schmerzen.

Nie nannte sie jemanden beim Namen. Signy war für sie nur das *Nattergesicht*. Warum auch immer.

Von den Peitschenhieben hatte sie blutige Striemen auf dem Rücken. Auch an diesem Morgen spürte sie die schlecht verheilten Wunden, als sie vom Lager kroch, um mit der Arbeit zu beginnen.

Die Mägde durften das Jarlshaus nicht ohne Begleitung verlassen. Daher wusste Signy nicht, was unten in der Stadt vor sich ging. Aber es gab Gerüchte, die nichts Gutes verhießen. Bei der Schlacht seien viele Menschen umgekommen, hatte sie gehört. Auch jetzt noch fielen die Besatzer willkürlich über Männer, Frauen und Kinder her. In Hladir war der Tod allgegenwärtig. Was wohl aus Malina, Eirik und den anderen geworden war? Sie hoffte so sehr, dass ihnen die Flucht gelungen war. Zumindest hatte sie nicht gehört, dass man sie bei den Kämpfen im Hafen getötet hatte.

Sie hatte aufgeschnappt, dass der König für heute Bonden aus den Fylki auf den Jarlshof befohlen hatte, weswegen die Bediensteten Vorbereitungen treffen mussten. Viel Brot wurde gebacken, eimerweise Grütze angerührt und die Halle gefegt. Tische und Bänke wurden aufgestellt und Bier und Wein hereingebracht.

Erschöpft vom unruhigen Schlaf, schlich Signy an den Betten entlang, in denen der König, sein Bruder, der Bischof und andere höher gestellte Männer mit Frauen schliefen, die sie aus der Siedlung geholt und in ihre Betten gezerrt hatten.

In der Kochnische legte Signy Scheite in die Feuerstelle. Als die Flammen auflohderten, bemerkte sie, dass am Tisch hinter ihr eine Gestalt saß. Zunächst glaubte sie, es sei eine Magd, die ebenfalls früh auf den Beinen war, bis sie die Stimme hörte.

«Nattergesicht, komm her zu mir.»

Der Schreck fuhr Signy in die Glieder. Die Alte saß auf einem Hocker. Zu ihren Füßen stand neben dem Tisch eine geöffnete Truhe. Als Signy sich der Alten näherte, sah sie, dass die Truhe randvoll mit Kleidungsstücken war. Malina hatte Signy erzählt, dass darin die Kleider einer früheren Herrin des Jarlshofs aufbewahrt wurden. Malina hatte häufig darüber nachgedacht, die Kleider wegzuwerfen oder zu verkaufen, sich aber nicht dazu durchringen können.

Nun hatte Gunnhild die Truhe entdeckt. Ihre Augen leuchteten gierig, während sie in den kostbaren Gewändern wühlte, bis sie eins hervorzog und einen ungewohnten Laut ausstieß. Es klang wie ein entzücktes Juchzen. In den knochigen Händen hielt sie eine wunderschöne rote Tunika aus fein gewebter Schafwolle. Die Borten waren mit Goldplättchen besetzt, die im Feuerschein glänzten.

Gunnhild erhob sich und hielt das Gewand vor sich in die Höhe. Die einstige Besitzerin schien groß und schlank gewesen zu sein. Signy wandte sich beschämt ab, als die Alte die Tunika auf den Tisch legte und sich auszog.

«Hilf mir in die Tunika, Nattergesicht!»

Signy überwand sich und betrachtete die Alte. Ihr Rücken war gebeugt, und von ihren Knochen hingen faltige Hautlappen, in denen kaum Fleisch war. Ihre Brüste sahen aus wie platt gedrückte Trinkschläuche.

«Los, los, mach schon. Zieh sie mir an.»

Signy kämpfte gegen den Ekel an und stülpte ihr die Tunika über Arme und Kopf. Als die Alte unter dem Wollstoff verschwand, verspürte Signy das Verlangen, ihr den Hals umzudrehen.

«Steht mir das, Nattergesicht?»

Gunnhild sah in dem Kleidungsstück aus wie ein lächerlicher Zwerg.

«Es ist etwas zu groß für Euch, Herrin», antwortete Signy leise.

«Das sehe ich selbst, Weib. Deshalb musst du es kürzen, bis es mir passt. Ich will es nachher tragen.»

«Ja, Herrin.»

Die Zeit war viel zu knapp, um das Gewand an die Alte anzupassen. Mindestens einen Tag würde das dauern. Doch Signy hatte keine andere Wahl, wenn sie nicht erneut die Peitsche spüren wollte. Daher machte sie sich sogleich mit Schere, Knochennadel und Faden an die Arbeit. Die Alte nahm ihr gegenüber am Tisch Platz und überwachte jeden Handgriff.

Währenddessen erwachte im Jarlshaus das Leben. Männer lärmten, und Mägde kamen in die Kochnische, um Speisen für die Versammlung vorzubereiten.

Der Morgen und der Vormittag vergingen. Als es der Alten mit der Tunika nicht schnell genug voranging, beschimpfte sie Signy und schlug ihr mit der flachen Hand ins Gesicht. Dann rief sie nach einer Frau, die von den Besatzern mitgebracht worden war. Sie hatte fast schwarze Haut, die noch dunkler als Katlas war.

«Hilf dem hässlichen Nattergesicht», befahl Gunnhild, die inzwischen wieder mit dem Trinken angefangen hatte.

Die dunkelhäutige Frau, die Thurid genannt wurde, nickte stumm und setzte sich zu Signy, woraufhin beide schweigend an der Tunika arbeiteten. Zu zweit kamen sie schneller voran, zumal Thurid eine geübte Näherin war. Als am Abend ein Mann kam, um zu verkünden, dass die Bonden gleich in die Halle geholt werden sollten, war das Gewand fertig. Signy und Thurid zogen es der Alten an, die zufrieden zu sein schien. Zum ersten Mal sah

Signy auf den verkniffenen Lippen den Anflug eines Lächelns, das sofort wieder verschwand, als sie zum Becher griff, ihn leerte und mit einem Knall auf dem Tisch abstellte.

Dann holte Gunnhild eine andere Kiste, öffnete sie und nahm etwas heraus. Signy stockte der Atem, als sie sah, dass es die Schädeldecke eines von Haaren, Haut und Fleischresten gesäuberten Menschenkopfs war.

Die Alte streichelte den Schädel und sagte: «Heute werde ich mit Tryggvi trinken.»

Die Halle füllte sich mit Männern, die aus den Throender-Fylki angereist waren. Signy erkannte den einen oder anderen wieder. Sie wirkten ernst und verschlossen. Niemand nickte ihr zur Begrüßung zu. Signy und Thurid wurden eingeteilt, den Tisch zu bedienen, an dem Graufell mit seiner Sippe, dem Bischof und Männern aus dem Gefolge des Königs saß.

Signy und Thurid schleppten Fleisch, Brot und harten Käse heran und stellten Krüge mit Met auf dem Tisch ab. Die neuen Herrscher ließen sich mit den Speisen aus der Vorratskammer des Jarls bewirten, während die Throender mit dünnem Bier, Skyr und Grütze abgespeist wurden.

Am Tisch grinste der Bischof selbstgefällig und spielte mit einem Kruzifix. Der Königsbruder, der Ragnar hieß, warf Signy aufreizende Blicke zu. Sie erschauerte, als er ihr seine angefeilten Zähne zeigte.

«Schenk mir ein», schnarrte Gunnhild. Sie saß neben dem König, der in Hakons Hochstuhl Platz genommen hatte.

Den Schädelknochen hatte Gunnhild auf einem Gestell abgelegt, damit er nicht umkippte. Signy versuchte, nicht daran zu denken, was für ein Gefäß es war, in das sie den Met goss.

Da bemerkte sie aus den Augenwinkeln, wie sie von einem Mann in der Halle angestarrt wurde. Vor Schreck hätte sie beinahe Met verschüttet. Ihre Nackenhaare stellten sich auf. Sie musste sich nicht umdrehen, um zu wissen, dass es Ljot war.

«Pass auf, Nattergesicht», fauchte Gunnhild.

Als Signy den Krug abstellte, war der Schädelbecher bis an den Rand gefüllt. Ihre Hand begann zu zittern. Auch der König sah sie an.

Sie wollte nur noch fort und sich in einem tiefen Loch verkriechen. Weit weg von diesen bösen Menschen. Als der König sich wieder abwandte, nutzte sie die Gelegenheit, um sich zurückzuziehen. Sie blieb bei Thurid in der Nähe des Königstischs stehen, wo sie sich bereithalten mussten, um für Nachschub zu sorgen.

Ljots Blick war noch immer auf sie gerichtet. Endlich überwand sie sich und schaute ihn an. Sie durfte sich ihre Angst nicht anmerken lassen. Ljot hatte sich fein zurechtgemacht, trug saubere Kleidung und saß aufrecht neben seinem Vater. Dem alten Konal waren die Anstrengungen der Reise vom Buvikahof über die verschneiten Wege nach Hladir anzusehen.

In der Halle herrschte angespannte Stille, als der König sich vom Hochstuhl erhob. Er war mit einem blauen Leinenhemd bekleidet. Darüber trug er einen mit Schneefuchspelz besetzten Mantel, der von einer großen Ringfibel zusammengehalten wurde.

Nur das Knacken der Holzscheite in den Feuerstellen war zu hören.

So wie die meisten Menschen in der Halle konnte sich auch Signy nicht der strengen Ausstrahlung des Königs entziehen. Er stand leicht vorgebeugt, die Fäuste auf dem Tisch abgestützt. Er war ein hochgewachsener Mann, sein Bart unter dem Kinn zum Zopf geflochten und seine Miene hart und unbewegt, während er den Blick über die erstarrten Throender wandern ließ.

An den Wänden standen zwei Dutzend Krieger aus seiner

Haustruppe. Sie waren mit Kettenhemden und Helmen gerüstet und mit Schwertern bewaffnet. Die Bonden hatten hingegen vor der Halle jedes noch so kleine Messer abgeben müssen.

«Ich denke nicht, dass ich mich vorstellen muss», begann der König. «Ihr wisst, wer ich bin, und ihr wisst, warum ich euch gerufen habe.»

Er hob sein Trinkhorn und wartete, bis die Throender nach den Bechern griffen.

«Zunächst werden wir auf die Männer trinken, die einst über Thrandheim herrschten. Also trinkt, Throender. Trinkt auf meinen Vater Eirik Blutaxt. Und trinkt auf seinen Vater Harald Schönhaar.»

Graufell setzte das Horn an, während die Bonden am schalen Bier nippten und Gunnhild den Met aus der Knochenschale trank wie eine Verdurstende.

Als Signy ihr nachschenken wollte, zischte sie: «Das Zeug schmeckt wie Pisse.»

«Du hättest den Schädel auswaschen sollen», knurrte der König ungehalten.

«Da klebt kein Rest von Tryggvis verkommenem Hirn mehr drin.»

Graufell wandte sich wieder an die Throender. «Nun trinkt auf mich – auf euren alten und neuen Herrscher!»

Noch immer wagte niemand, etwas zu sagen. Signy konnte den Gesichtern ansehen, dass kein Throender sich hier wohlfühlte.

«Schwört ihr mir eure Treue?», donnerte Graufell.

Einige Bonden nickten oder murmelten in ihre Bärte. Aber die meisten Throender saßen einfach schweigend da. Graufells Miene verfinsterte sich. Er wiederholte die Frage, woraufhin das Gemurmel lauter wurde, bis ein Mann rief: «Ja, Herr. Ich schwöre Euch Treue, Herr!»

Signy stöhnte innerlich. Der Rufer war Ljot, dessen Wangen vor Eifer glühten. Der alte Konal bedachte seinen Sohn mit einem wütenden Blick.

«Ich werde das Erbe meiner Ahnen antreten», fuhr Graufell fort. «Mein Erbe – das sind alle Gewässer in den Ländern am Nordweg, mit allen Fischen und Robben. Das sind alle Ländereien mit allem, was darauf wächst. Das sind die Wälder und das Wild, das darin lebt. Eure Höfe, Throender, stehen auf meinem Grund und Boden. Euer Vieh grast auf meinen Weiden. Eure Netze und Angeln fangen meine Fische in meinen Seen, Flüssen und Fjorden. Viele Jahre habt ihr mir die Abgaben verweigert, die mir dem Gesetz nach zustehen. Nennt ihr das gerecht? Nennt ihr es gerecht, wenn euer König und seine Sippe hungern, während ihr euch an seinem Eigentum vergreift?»

Graufell zeigte auf einen Mann, der an einem Tisch links von ihm saß. «Nenn mir deinen Namen!»

«Oddi Halfdansson», erwiderte der Mann, der nicht glücklich zu sein schien, mit einem Mal im Mittelpunkt zu stehen.

«Ich erinnere mich an deinen Namen», sagte der König. «Und ich frage dich: Was würdest du machen, wenn ein Mann in dein Haus eindringt, dir Gewalt antut und sich an deinen Vorräten bedient, ohne dich zu fragen? Wenn er sich zu deinem Weib legt? Und wenn er dann noch Silbermünzen von dir verlangt, weil ihm dein Essen nicht schmeckt und dein Weib zu hässlich ist? Was würdest du dann machen, Oddi Halfdansson?»

Oddi rutschte auf der Bank hin und her. «Ich ... würde ihn wohl töten, Herr ...»

«Ja, du würdest den Mann töten. Und dazu hättest du alles Recht, Oddi. Was sollte mich also davon abhalten, euch allen die Köpfe abzuschlagen, weil ihr mich um mein Eigentum betrogen habt?»

Oddi rang um Worte. Doch Graufell schien von ihm gar keine

Antwort zu erwarten. Stattdessen legte er den Kopf tief in den Nacken und schaute zum Dachstuhl hinauf, als sei dort oben die Antwort auf seine Frage zu finden, irgendwo zwischen den mit Schwalbenkot überzogenen Balken.

Als er den Kopf wieder senkte, nickte er einem Krieger bei der Eingangstür zu. Signy hatte gehört, dass der finstere Kerl Höskuld hieß und Graufells Haustruppe anführte. Signy hatte vor wenigen Tagen mit ansehen müssen, wie Höskuld sich an einer Magd verging, während Gunnhild ihn dabei anfeuerte.

Höskuld verschwand durch die Tür nach draußen und kehrte kurz darauf mit Kriegern zurück in die Halle. Sie brachten ein halbes Dutzend gefesselte Gefangene mit, die sie zum König führten. An den Tischen erhob sich lautes Gemurmel, woraufhin die Krieger die Hände an die Waffen legten. Jeder Protest der Throender würde im Keim erstickt werden.

Die Gefangenen mussten sich hinknien. Sie waren schrecklich zugerichtet, ihre bleichen Gesichter mit blauen Flecken und schlecht verheilten Wunden überzogen. In ihren dünnen, zerrissenen Kleidern froren sie vom Warten im Schnee.

«Nun, Oddi, was meinst du?», fuhr der König fort. «Habe ich das Recht, diese Leute zu bestrafen? Diese Männer wollten mich daran hindern, mir mein Eigentum zurückzuholen.»

Oddi war kreidebleich geworden. «Ich weiß nicht ...»

Signy hatten einige der Gefangenen vor dem Angriff auf dem Jarlshof gesehen. Sie gehörten zu den Männern, die Hladir bewacht hatten. Höskuld trat mit gezogenem Schwert hinter einen Gefangenen und drückte ihm die Klinge an den Hals.

Graufell wandte sich an die Throender: «Schwört ihr mir Treue und Gehorsam?»

Deutlich mehr Bonden stimmten ihm jetzt zu. Die Angst stand ihnen in die Gesichter geschrieben, denn die Gefangenen waren vermutlich ihre Söhne oder Knechte.

«Schwört ihr, alle Abgaben zu zahlen, zu denen ich euch verpflichte?», rief Graufell.

Viele Bonden taten es, doch dann hob ein Mann eine Hand und bat ums Wort. Signy wusste, dass er ein Vertrauter des Jarls gewesen war.

Der König zog die Augenbrauen zusammen, nickte dann aber.

«Wie hoch werden die Abgaben sein?», fragte der Bonde.

«Geirröd Asbjörnsson», erwiderte Graufell mit gespieltem Lächeln. «Sag du mir, welche Höhe berechtigt wäre?»

«Üblich ist der zehnte Teil ...»

«Ein Zehnt?», donnerte Graufell. «Ein Zehnt? Nach allem, was ihr mir angetan habt? Ich werde die Hälfte verlangen von allem, was ihr erwirtschaftet.»

Die Unruhe nahm zu. Als einige Bonden sich zu lauten Protesten hinreißen ließen, zogen die Krieger die Waffen.

Graufells rechte Faust krachte auf den Tisch. «Die Hälfte von dem, was ihr erntet, was ihr jagt, was ihr fischt und was ihr mit Handel verdient. Und von dem, was euch bleibt, zahlt ihr die Hälfte an die Lehnsmänner, die Verwalter, die ich über jedes Fylke einsetzen werde.»

«Wenn wir so hohe Abgaben entrichten müssen, wird für uns und unsere Sippen nichts bleiben», erwiderte Geirröd.

«Dann werdet ihr härter arbeiten müssen. Ich fordere nicht zu viel, immerhin lasse ich euch euer Leben. Über jedes der acht Fylki werde ich einen Mann aus euren Reihen als Verwalter einsetzen. Gibt es jemanden unter euch, der sich freiwillig meldet, um mir zu dienen?»

In der Halle wurde es still.

Graufell schien damit gerechnet zu haben, dass niemand sich vor seinen Nachbarn als Verräter bloßstellen wollte, daher fügte er hinzu: «Die Verwalter werden unter meinem Schutz stehen.

Jeder, der ihnen den Gehorsam und die Zahlung der Abgaben verweigert, wird mit dem Tode bestraft. Ein Angriff auf einen Lehnsmann ist ein Angriff auf mich. Also?»

«Ich stehe Euch zu Diensten», rief jemand.

Signy fuhr es kalt über den Rücken, als sie Ljot aufspringen sah. Um die hasserfüllten Blicke der anderen Throender schien er sich nicht zu scheren.

«Wie ist dein Name?», fragte Graufell.

«Ljot Konalsson vom Buvikahof.»

Graufell nickte. «Dann fehlen noch sieben weitere Männer.»

Doch außer Ljot wollte sich niemand melden. Nachdem Graufell einen Moment gewartet hatte, sagte er: «Ich gebe euch bis morgen früh Zeit. Wenn sich bis dahin nicht genug Freiwillige finden, müssen die Gefangenen sterben.»

Er winkte Ljot zu sich, der einen Platz an der Tafel des Königs einnehmen sollte. Doch als Ljot sich erhob, um nach vorn zu kommen, fuhr eine heisere Stimme durch die Halle: «Verräter!»

Ljot blieb stehen und drehte sich zu seinem Vater um, der aufgestanden war und den knochigen Zeigefinger auf seinen Sohn richtete. «Ich enterbe dich, du Verräter!»

«Halt deinen Mund, Vater ...»

Graufell fuhr Ljot ins Wort: «Lass den Alten sprechen. Jeder Mann soll das Recht haben, seine Meinung vorzubringen.»

Er wandte sich an Konal. «Konal vom Buvikahof, wir haben uns lange nicht mehr gesehen. Du bist ein zäher Bursche. Nicht vielen Männern ist es vergönnt, so alt zu werden. Was spricht dagegen, dass dein Sohn deiner Sippe Ansehen verschafft und sie reich macht? Er wird mir treu dienen, nicht wahr, Ljot?»

«Das werde ich tun, Herr.»

«Er ist eine Schande für jeden Throender», fauchte Konal. «Ich verstoße ihn von meinem Hof.»

Signy hatte die Konalssippe nie ausstehen können, doch die Standhaftigkeit des Alten beeindruckte sie. Wie offenbar auch die meisten Throender, denn viele Männer nickten Konal aufmunternd zu. Die Zustimmung ebbte jedoch schnell ab, als Graufell seinen Hauptmann Höskuld losschickte, der den Alten zum König schleifte.

Graufell trat hinter dem Tisch hervor und ging zu Ljot, der irritiert wirkte. Er schien geradezu Mitleid mit seinem Vater zu haben. Was eine Gefühlsregung war, die Signy ihm nie zugetraut hätte.

«Der Junge ist ein Verräter», schnaubte Konal. «Ich verfluche ihn, er ist nicht länger mein Sohn, wenn er ...»

Höskuld brachte ihn mit einem Faustschlag ins Gesicht zum Schweigen. Blut tropfte aus Konals Nase und färbte den Bart dunkelrot.

«Tötet ihn», rief Gunnhild. Ihre Augen waren glasig. Aus ihren Mundwinkeln rannen Speichel und Met über das borstige Kinn.

Graufell schaute erst seine Mutter und dann Konal an, der die Hände auf sein blutiges Gesicht drückte und undeutliche Worte nuschelte. Da nahm Graufell einem Krieger das Schwert ab und reichte es Ljot, der es zögernd entgegennahm.

«Du hast gehört, was sie fordert», sagte Graufell.

«Ich soll ...», stammelte Ljot.

«Töte ihn!»

Ljots Blick flackerte, während er das Schwert in der Hand wog, als halte er zum ersten Mal eine solche Waffe. Konal ließ die Hände sinken und schaute seinen Sohn an, dessen Blick wieder hart geworden war.

«Gewährt Ihr mir einen Wunsch, Herr?», fragte Ljot.

Graufell hob fragend die Augenbrauen. «Welchen Wunsch, Bursche?»

«Wenn ich tue, wozu Ihr mich auffordert, gebt Ihr mir dann das Weib, dessen rechtmäßiger Ehemann ich bin? Gebt Ihr mir die Tochter des Bonden Steinolf?»

Er richtete den Blick auf Signy, die innerlich zu Eis erstarrte.

«Steinolfs Tochter?», entgegnete Graufell. «Daher kam mir das Mädchen bekannt vor.»

«Sie wurde mir versprochen», erklärte Ljot. «Doch Jarl Hakon hat sie mir genommen.»

«Jarl Hakon?» Graufell spie den Namen aus.

Signy versuchte, ihr Zittern zu unterdrücken. Die Angst floss wie Eiswasser durch ihren Körper. Sie war eine rechtlose Gefangene des Königs, konnte sich aber nichts Schlimmeres vorstellen, als mit Ljot gehen zu müssen. Sie bemerkte Thurids mitfühlenden Blick. In dem Moment ging der dicke Bischof zu Graufell und besprach sich leise mit ihm.

Anschließend wandte Graufell sich wieder an Ljot: «Du sollst das Weib haben, wenn du mir die geflohene Sippschaft des Jarls bringst.»

Er deutete auf Konal. «Und jetzt töte deinen Vater!»

3.

Starigard

Als im Morgengrauen die erste Helligkeit durch die Wolkendecke sickerte, wartete Adaldag auf dem Platz beim Fürstenpalas auf die Wagrier. Der Erzbischof schlug fröstelnd die Arme vor der Brust zusammen. Er trug nur einen dünnen Mantel über dem liturgischen Gewand, das er für das bevorstehende Ereignis angelegt hatte.

Vor dem Gebäude waren auf dem Platz ein Podest mit einem Galgen sowie ein Gatter errichtet worden. Am Galgen lehnte eine Strohpuppe, die so groß wie ein ausgewachsener Mann war. Der Platz und die Gassen, die zum Burgtor führten, waren zwar gestern Abend vom Schnee geräumt worden, aber inzwischen war Neuschnee gefallen.

In der Nacht nach dem Gespräch mit dem Jarl hatte Adaldag kein Auge zugetan. Er war wütend auf Drakulf, der ihn schamlos belogen hatte. Er musste ihn dafür zur Rechenschaft ziehen. Aber das hatte Zeit. Zunächst gab es Wichtigeres zu erledigen, und Adaldag war zuversichtlich, dass der Jarl auf das Angebot eingehen würde. Der Mann war, das musste Adaldag ihm zugestehen, trotz allem ein Ehrenmann, der es nicht zulassen würde, dass man seine Leute tötete, nur weil er sich der Taufe verweigerte.

In Gedanken malte Adaldag sich aus, wie sich die Nachricht der wundersamen Christwerdung eines hartnäckigen Götzenanbeters in den Ländern des Ostens verbreitete. Wie die Slawen – egal ob Wagrier, Varnower, Abodriten oder Kessiner – scharenweise zu den christlichen Priestern strömten. Wie sie dem großen Gott huldigten, denn Er hatte sogar Jarl Hakon Sigurdsson zum Christentum bekehrt.

Natürlich würde Adaldag dafür sorgen, dass Kaiser Otto davon erfuhr. Das wäre endlich eine gute Nachricht nach den Niederlagen, die Adaldag hatte einstecken müssen. Ja, eigentlich gab es heute keinen Grund, sich Sorgen zu machen. Um Drakulf, diesen kleinen Lügner, konnte er sich später kümmern.

Als es allmählich heller wurde, waren Schritte auf dem frisch gefallenen Schnee zu hören. Adaldag straffte den Rücken und richtete sich zu voller Größe auf, als eine Gruppe Wagrier aus einer Gasse heranstapfte. Wie beiläufig öffnete er die kreuzförmige Fibel und legte den Mantel ab, um sich den Menschen in seiner bischöflichen Pracht zu zeigen.

Er war mit einem roten, kegelförmigen Überwurf, einer Kasel, bekleidet, über der er das Pallium, ein aus weißer Wolle gewebtes und mit schwarzen Kreuzen verziertes Band, angelegt hatte. Unter der Kasel trug er ein knöchellanges, weißes Gewand sowie eine Stola mit Fransenquasten und eine weiße Leinentunika, die bis hinunter auf seine Pontifikalschuhe aus dunkelbraunem Kalbsleder reichte.

Die Leute beobachteten ihn. Zunächst waren es etwa ein Dutzend Männer, Frauen und Kinder, doch es dauerte nicht lange, bis weitere Menschen hinzukamen, die neugierig zu Adaldag schauten, der vor dem Viehgatter stand. Es war alles vorbereitet. Der Galgen mit einem festen Strick war errichtet worden, die Strohpuppe stand bereit, und vom Gatter aus führte ein umzäunter Gang zu einem Schuppen am Rand des Platzes.

Adaldag nickte allen Neuankömmlingen freundlich zu, obwohl niemand seinen Gruß erwiderte. Störrisches Pack! Pater Wago hatte berichtet, dass er in Starigard bislang weitgehend auf Ablehnung gestoßen war. In die Gottesdienste verirrte sich nur eine Handvoll greiser Wagrier.

Aber das würde sich von heute an ändern.

Adaldag schaute in den wolkenverhangenen Himmel, aus dem es wieder schneite. Flocken wirbelten umher und legten sich auf Schafwollmäntel und Fellmützen. Rasch wuchs die Menschenmenge an, unter die sich jetzt auch Krieger mischten. Den Fürsten konnte Adaldag nirgendwo entdecken, bis die Palasttür sich öffnete.

Sigtrygg wurde von einem Dutzend Stammesführer begleitet, die er auf Adaldags Drängen zu diesem Anlass auf die Burg geladen hatte, damit die frohe Kunde in alle Winkel Wagriens getragen wurde. Sigtrygg und die anderen Männer stapften an Stallungen und Nebengebäuden vorbei zum Weidenzaun, der das Anwesen umgab.

Schnell ging Adaldag ums Gatter herum zur Treppe, die auf das Podest führte, wo er Sigtrygg mit einem strahlenden Lächeln begrüßte. Doch als Reaktion erntete er nur ein mürrisches Nicken. Adaldag ließ sich nicht aus der Ruhe bringen und bat Sigtrygg, als Erster hinaufzusteigen, bevor er ihm folgte.

Der Tag war nicht mehr fern, an dem der lausige Slawenfürst dankbar sein würde, überhaupt neben Adaldag stehen zu dürfen.

Sigtryggs Laune schien mit jedem Moment schlechter zu werden. «Wann verratet Ihr mir endlich, warum Ihr diesen Aufwand betreibt?»

«Gleich, mein lieber Sigtrygg», erwiderte Adaldag. «Gleich werde ich Euch und allen Wagriern die frohe Botschaft verkünden.»

«Frohe Botschaft? Ich hatte erwartet, zuvor in Eure Pläne eingeweiht zu werden. Ihr seid im Land der Wagrier, falls Ihr das vergessen haben solltet.» Sigtrygg deutete auf die Menschenmenge vor dem Gatter. «Stattdessen lasst Ihr mich und alle anderen im Ungewissen.»

Eine Schneeflocke schwebte auf Adaldags Wange und taute auf seiner erhitzten Haut. Er schaute zu der Gasse links von ihm, wo jetzt wie verabredet Hergeir mit dem Jarl, Pater Wago und einigen Soldaten wartete. Dann schob der Hauptmann den Jarl vor sich her durch die Menge. Die Leute wichen zur Seite und bildeten eine Gasse, durch die Hergeir mit den anderen zum Podest kam.

Beim Auftauchen des Gefangenen verebbte das Gemurmel in der Menge. Der Jarl war mit Sklaveneisen an Händen und Füßen gefesselt. Den Kopf hielt er so tief gesenkt, dass sein mit struppigem Bart überwuchertes Kinn auf der Brust lag. Er hatte eine fast demütige Haltung eingenommen, die Haltung eines reuigen Sünders. Eines Büßers.

Die sächsischen Soldaten sicherten das Gatter unten gegen die Menge ab, um zu verhindern, dass allzu Neugierige die Zäune eindrückten, wenn sie einen Blick auf den Gefangenen erhaschen wollten.

«Das ist auch nicht Worlac», rief ein Mann und bekam dafür vereinzelt höhnisches Gelächter. Niemand hatte vergessen, wie der Erzbischof den falschen Mann hinrichten wollte.

Adaldag wartete, bis Hergeir den Jarl aufs Podest gebracht hatte. Dann hob er die linke Hand mit dem Pontifikalring aus purem Gold und einem Edelstein und rief: «Nein, dieser Mann ist nicht der Mörder Worlac. Der Mord an Bischof Egward ist bis heute ungesühnt. Dennoch wird der Mörder seiner Strafe nicht entgehen. Niemand entgeht dem gerechten Urteil des Herrn.»

Die letzten Worte richtete Adaldag an den Jarl, der am Rand des Podests stand. Der Jarl hatte den Kopf etwas angehoben und die geröteten Augen auf die Zuschauer gerichtet, auf die Bauern, Handwerker und Fischer mit ihren Frauen, Kindern und dem Gesinde. An die hundert Menschen waren gekommen.

«So wie Worlac hat auch dieser Mann sich an Gott, dem Allmächtigen, versündigt. Der Mann ist ein schlimmer Feind und Lästerer des Herrn. Er tötet unschuldige Christen, um sie seinen Götzen zu opfern, die die Brut des Teufels sind ...»

«Sagt endlich, wer der Mann ist», brauste Sigtrygg auf. «Oder ich lasse die Sache beenden und den Platz räumen. Ihr haltet die Menschen von ihrer Arbeit ab. Und mich vom wärmenden Hausfeuer.»

Adaldag ließ den Fürst reden. Er war überzeugt, dass Sigtrygg niemanden fortschickte. Wie alle anderen brannte auch er darauf zu erfahren, wer der Gefangene war.

«Wer dieser Mann ist, möchte Euer Fürst wissen», rief Adaldag. «Ich werde es euch sagen: Dieser Mann stammt aus einem fernen Land, weit oben im Norden. Es ist das Land Thrandheim am Nordweg. Ein Land, in dem schreckliche Götzen die Herzen der Menschen vergiften, so wie es einst bei den Wagriern war. Doch wir haben den Wagriern den Segen des Gottes der Gnade und der Güte gebracht. Allerdings haben bislang nur wenige von euch ihre Augen geöffnet, um die Wahrheit zu erkennen und zu empfangen ...»

«Warum schleppt Ihr einen Nordmann nach Starigard?», rief jemand dazwischen.

«Weil ich euch vor Augen führen werde, dass weder die Götzen der Nordmänner noch die der Slawen die mächtigsten Götter sind. Denn das ist Christus, der Herr! Dieser Mann hier ist ein berüchtigter Seeräuber, ein Brandschatzer und Kirchenschänder. Ich denke, einige von euch haben seinen Namen gehört. Dieser Mann ist Hakon Sigurdsson, der Jarl von Hladir, den man auch den dunklen Jarl nennt.»

Unten steckten die Leute die Köpfe zusammen. Einige zeigten aufgeregt auf den Jarl, vereinzelt wurde sein Name gerufen. Sigtrygg und die Stammesführer rückten näher.

Erleichtert stellte Adaldag fest, dass der Jarl den Wagriern bekannt war und hierzulande offenbar Respekt und Bewunderung genoss. Die Taufe eines solche Heiden würde die gewünschte Wirkung bei den Wagriern erzielen. Ob der Jarl sich nur taufen ließ, um das Leben seiner Leute zu retten, war einerlei. Was zählte, war das Ergebnis: das Zeichen, das Adaldag an die Wagrier sandte. Und je mehr die Wagrier den Götzenanbeter verehrten, desto beeindruckter würden sie gleich sein.

«Der Jarl von Hladir», fuhr Adaldag fort, «hat Menschen bei lebendigem Leib die Herzen herausgerissen. Er hat dunkle Dämonen angebetet, das Blut braver und gläubiger Männer getrunken und deren Frauen und Töchter vergewaltigt. Er hat so viele Sünden begangen und Schuld auf sich geladen wie kein zweiter Mensch auf Gottes Erde.»

Er richtete den Bischofsstab wie eine Lanze auf den Jarl. «Und dennoch wird er nun seine Sünden bereuen und Buße tun. Ja, er wird durch mich die Taufe empfangen, denn die Güte des Herrn ist unermesslich. Er wird euch, Menschen aus Wagrien, ein Beispiel für die Macht des Herrn Jesus geben, dem auch ihr euch zuwenden werdet. Denn nur ein Gott, der so stark ist wie Er, vermag es, einen solchen Mörder und Sünder zu heilen.»

Ein Raunen ging durch die Menge. Die Soldaten hatten zunehmend Mühe, die Leute vom Gatter fernzuhalten.

Adaldag winkte Pater Wago zu sich, der einen Krug mit Weihwasser mitgebracht hatte.

«Warum sollte sich ein Mann wie der Jarl von Euch taufen lassen?», fragte Sigtrygg.

Die Überraschung war ihm ebenso anzumerken wie den Stammesführern und den Menschen unten auf dem Platz.

«Weil er Gottes Wahrheit erkannt hat und seine Sünden bereut», erwiderte Adaldag.

Er befahl dem Jarl, sich niederzuknien. Doch der blieb einfach stehen, den Blick auf die Menge gerichtet.

«Knie nieder», zischte Adaldag.

Wieder reagierte der Heide nicht.

«Der Jarl hat wohl doch keine Lust, sich Eurem Gott zu unterwerfen», rief jemand.

Adaldag versuchte, den Mann, der das gerufen hatte, in der Menge auszumachen, sah jedoch in eine Mauer aus grimmigen Gesichtern. Schnell winkte er Hergeir zu sich. Der Hauptmann eilte herbei und versetzte dem Jarl einen Fausthieb in den Rücken. Der Jarl zuckte zwar zusammen, blieb aber stehen, bis Hergeir ihn bei den Schultern packte und auf die Knie zwang.

Adaldag schäumte vor Wut, als er sich über ihn beugte. «Ich dachte, wir hätten uns verstanden. Du musst den Götzen entsagen und Gott um Vergebung anflehen. Ich stehe zu meinem Wort, dass deine Leute verschont werden. Oder willst du riskieren, dass die Throender getötet werden? Und dass du bei lebendigem Leib gefressen wirst?»

Der Jarl machte noch immer keine Anstalten, auf Adaldags Forderungen einzugehen. Stattdessen hob er langsam den Kopf und schaute Adaldag an. Der Blick war hart und voller Hass. Und ungebrochen. Adaldag war verwirrt. Woher nahm der Jarl diese Widerstandskraft? Der Mann musste körperlich ausgezehrt sein, am Ende seiner Kräfte, ein Wrack, das dem Tode geweiht war, so oder so.

In der Menge wurden Rufe laut. Adaldag hörte jemanden spotten, der Christengott sei wohl doch nicht so mächtig.

Da wirbelte er zu Hergeir herum und zischte: «Gib den Befehl, die Bestien rauszulassen.»

Der Hauptmann winkte zwei Soldaten beim Schuppen zu. Daraufhin öffneten sie eine Luke, bevor sie schnell hinter den Zaun sprangen.

Im Schuppen krachten laute Stöße von innen gegen die Bretterwände. Grunzen und Geschrei hoben an, dann schoss ein dunkler, borstiger Schatten durch die geöffnete Luke in die Umzäunung. Der Keiler blieb lauernd stehen, geblendet von der plötzlichen Helligkeit nach Tagen in Dunkelheit. Vor Mund und Schnauze bildeten sich in der kalten Luft Atemwolken. Das Schwein ruckte mit dem Kopf, als hinter ihm zwei weitere Keiler ins Freie drängten.

Es waren die größten Eber, die Adaldag je gesehen hatte, und sie waren hungrig. Er hatte die Tiere dem Bauern Plivnik abgekauft, sie in den Schuppen sperren lassen und ihnen seither nichts mehr zu fressen gegeben. Jetzt waren sie wütend und scharrten unter dem Schnee nach Fressbarem. Als sie nichts fanden, schwoll das Grunzen zum wütenden Knurren an, und sie setzten sich langsam Richtung Gatter in Bewegung.

Auf dem Platz war es still geworden. Die Menschen in den ersten Reihen versuchten, vom Gatter zurückzuweichen. Doch die Leute dahinter blieben stehen und reckten die Köpfe.

Mit einer Mischung aus Faszination und Abscheu verfolgte Adaldag, wie die Bestien sich durch den umzäunten Gang dem Gatter beim Podest näherten. Sie waren so hässlich wie Ausgeburten der Hölle, mit ihren geschwungenen Hauern, die aus den Unterkiefern ragten und scharf und spitz wie Messer waren. Die Ohren hingen ihnen über die kleinen, dunklen Augen. Aus ihren Mäulern spritzte Schaum, während sie ins Gatter stürmten. Der Zaun krachte, als ein Keiler sich dagegenwarf und nach den Beinen eines Soldaten schnappte, der gerade noch zurückweichen konnte.

Der Hunger machte die Tiere rasend. Als ein Keiler einen anderen angriff und ihm mit den Hauern beinahe die Flanke aufriss, ließ Adaldag Hergeir die Strohpuppe holen und hinunter ins Gatter werfen. Sofort stürzten sich die Tiere auf die Puppe, rammten ihre Schnauzen hinein, rissen etwas heraus und zermalmten es. Stroh wirbelte auf, und Blut und Gedärme spritzten umher. Um dem Schauspiel mehr Nachdruck zu verleihen, hatte Adaldag zuvor alte Fische in die Strohpuppe stecken lassen, über die die Schweine sich jetzt gierig hermachten.

«Schau sie dir gut an», sagte Adaldag zum Jarl, der am Rand des Podests kniete. Direkt unter ihm hatten die Keiler binnen weniger Augenblicke die Strohpuppe und die Fische zerfetzt. Doch das bisschen Fischfleisch konnte ihren Hunger nicht stillen.

«Ich habe dir gesagt, dass du auf jeden Fall sterben wirst», erklärte Adaldag. «Die Wagrier müssen sehen, dass kein Mensch, der so schwere Sünden begeht, Gottes Rache überlebt. Aber ich gewähre dir eine große Gnade: Du kannst wählen, ob du am Galgen stirbst – oder dort unten im Gatter. Denn wenn du nicht tust, was ich verlange, werfe ich dich den Bestien zum Fraß vor. Einen unehrenhafteren Tod kann sich kein Mann vorstellen: Du wirst von Schweinen zerfetzt!»

Doch der Jarl schien ihm gar nicht zuzuhören. Sein Blick war auf einen Mann gerichtet, der auf der anderen Seite des Gatters aufgetaucht war. Er trug einen dicken Mantel und eine Fellkappe. Sein rundes, grinsendes Gesicht war gerötet. Dann öffnete er den Mund und rief Adaldag etwas zu, das der wegen des Lärms der Schweine erst beim zweiten Mal verstand.

«Lass den Jarl laufen, Munki», rief der Mann in der Sprache der Nordmänner.

Adaldag glaubte, nicht richtig zu hören, und wechselte einen Blick mit Hergeir, der eine Hand an den Schwertgriff legte. Sigtrygg, die Stammesführer und überhaupt die meisten Menschen auf dem Platz schienen den Mann da unten noch nicht bemerkt zu haben, als der seine unverfrorene Forderung wiederholte.

«He, Munki, lass den Jarl laufen», rief er und griff in einen Beutel, der über seiner Schulter hing. Er holte etwas daraus hervor und hielt es in die Höhe.

Adaldag stockte der Atem. Es war eine mit Elfenbeinschnitzereien und Gold verzierte Schatulle. Beim Allmächtigen – das war die verloren geglaubte Schatulle mit den Reliquien des heiligen Lazarus!

Bevor Adaldag Hergeir zurückhalten konnte, hatte der bereits die Soldaten beim Gatter alarmiert. Sie wandten sich dem Mann zu, der in aller Ruhe die Schatulle aufklappte und das kleine Kästchen hervornahm, das er ebenfalls öffnete. Adaldag entfuhr ein tiefer Seufzer, als er darin die kleinen Fingerknochen auf dem roten Samt liegen sah. Doch was machte der Kerl? Er hielt das Kästchen über den Zaun.

Währenddessen näherten sich ihm die Soldaten mit gezogenen Schwertern.

«Halt die Soldaten zurück», keuchte Adaldag.

Hergeir sah ihn erstaunt an, gab dann aber den Befehl weiter. Die Soldaten blieben stehen.

Inzwischen hatte auch Sigtrygg bemerkt, dass da unten etwas Ungeplantes vor sich ging. Adaldags Nackenhaare stellten sich auf, als er hörte, wie der Fürst seine Krieger herbeirief. Aber nicht etwa, um den Mann mit den Reliquien festnehmen zu lassen.

«Was fällt Euren Soldaten ein, die Waffen auf *meiner* Burg zu ziehen?», schnaubte Sigtrygg.

«Aber sie richten die Waffen nicht gegen Wagrier», entgegnete Adaldag. «Kennt Ihr den Mann da unten? Wer ist das? Ein Nordmann?»

Doch Sigtrygg brüllte außer sich vor Wut, dass die Sachsen sofort ihre Waffen abgeben müssten.

Auch Adaldag verlor die Beherrschung. «Wie redet Ihr mit Eurem Erzbischof? Wagrien steht unter der Verwaltung des sächsischen Kaisers.»

Sein Herz raste. Innerhalb weniger Augenblicke hatte sich die Situation gedreht. Eben noch hatte er den Triumph vor Augen gehabt. Nun drohte ihm erneut ein Rückschlag. Daher beschloss er zähneknirschend, dem Fürsten gegenüber klein beizugeben, um zu retten, was noch zu retten war.

Er wandte sich an seine Soldaten, die von Wagrierkriegern umringt wurden. Der Mann mit den Reliquien stand ungerührt am Gatter und hielt die Knochen über den Zaun, hinter dem die Keiler sich gegenseitig angriffen.

«Nehmt eure Waffen weg ...», rief Adaldag den Soldaten zu.

Doch dann verschlug es ihm die Sprache, als er sah, wie der Mann das Kästchen leicht drehte, sodass die Knochen auf eine Seite rutschten. Wer zur Hölle war das? Es war nicht der falsche Mönch, den der Jarl aus der Schmiede befreit hatte, denn der war ein Riese, und dieser Mann hier war deutlich kleiner. Dennoch musste er irgendetwas mit dem Jarl zu tun haben.

«Wer bist du?», rief Adaldag dem Mann in der Sprache der Nordmänner zu. Er nahm den Blick nicht vom Kästchen, das immer weiter kippte – und dann fielen die Knochen heraus. Sofort schnappte ein Schwein danach, und die unschätzbar wertvollen Reliquien verschwanden im geifernden, mit Schleim verschmierten Maul.

Adaldag stieß einen Schrei aus und ruderte hilflos mit den Armen. Dabei fiel der Bischofsstab ebenfalls ins Gatter, wo er von den Schweinen zertreten wurde.

Die ganze Situation entglitt ihm zusehends. Er wollte gerade Sigtrygg auffordern, Krieger ins Gatter zu schicken. Sie sollten die Schweine töten und ihnen die Mägen aufschlitzen, um nach den Knochen zu suchen. Allerdings war unklar, welcher Eber die Knochen gefressen hatte. Die Tiere sahen ja alle gleich aus.

Doch da geriet die Menschenmenge plötzlich in Hektik. Rufe und Schreie wurden laut, und dann roch auch Adaldag den Rauch.

Aus einer Hütte schlugen Flammen durch das Dach. Sofort breitete sich Panik aus. Die Menschen, die eben noch gebannt an Adaldags Lippen gehangen hatten und Zeugen werden sollten, wie er dem Jarl die Taufe abtrotzte, stürmten auseinander. Sie suchten nach Eimern und anderen Gefäßen, um das Feuer zu löschen und zu verhindern, dass es in der dicht bebauten Burg auf benachbarte Gebäude übergriff.

Als Adaldag wieder zu dem Nordmann schaute, war der verschwunden. Für einen kurzen Moment war er versucht, die schrecklichen Ereignisse für einen bösen Traum zu halten, als mit einem Mal ein Stein an seinem Kopf vorbeiflog. Hinter ihm schrie Pater Wago auf. Der Stein hatte ihn getroffen, er blutete aus der Nase.

Adaldag suchte in der Menge nach dem Steinewerfer. Doch im Durcheinander aus schreienden und umherlaufenden Menschen im dichter werdenden Rauch war es unmöglich, den Täter auszumachen.

Dann flogen von irgendwoher weitere Steine. Sigtrygg und die Stammesführer flohen vom Podest. Ein Stein traf Adaldags Schulter. Er duckte sich, um sich hinter dem Jarl zu verbergen. Wenn die Angreifer zu ihm gehörten – wovon auszugehen war –, würden sie ihn wohl kaum bewerfen. Doch bevor Adaldag sich verstecken konnte, drehte der Jarl sich um und riss die zusammengeketteten Hände hoch.

Kalte, harte Finger legten sich um Adaldags Hals.

Er wollte Hergeir zu Hilfe rufen, brachte jedoch nur ein Krächzen zustande. Blindlings schlug er nach dem Jarl, der immer fester zudrückte. Adaldag traf ihn am Kopf und schlug erneut zu, bis der Griff sich ein wenig lockerte.

Hergeir stürmte heran. Er rammte seine Faust ins Gesicht des Jarls, der den Halt verlor und zu den Schweinen ins Gatter stürzte.

4.

Starigard

Hakon fand sich zwischen zerwühltem Schnee, Stroh und stinkenden Fischresten wieder. Und zwischen den borstigen Leibern hechelnder und sabbernder Schweine. Zunächst waren die Keiler verschreckt auseinandergelaufen, jetzt sammelten sie sich, senkten die Köpfe in seine Richtung und schnauften angriffslustig. Sie witterten Hakon, witterten sein Fleisch. Er musste wieder an Gullinborsti denken, den man auch *sliðrugtanni* nannte, den Eber mit den gefährlichen Hauern. Spielten die Götter ein hinterhältiges Spiel mit ihm? Hatte Frey sich etwa mit dem Christengott verbündet?

Der Keiler links von Hakon ging als Erster zum Angriff über, fletschte die Zähne und setzte seinen massigen Körper in Bewegung.

Schnell riss Hakon seine Füße hoch, als das Schwein ihn ansprang. Die zwischen den Füßen gestraffte Kette grub sich ins aufgerissene Maul und sperrte die Kiefer weit auseinander. Schaum und Speichel sprühten in sein Gesicht, und der Keiler stieß wütende Laute aus. Hakon spannte die Beine an, um das Schwein auf Abstand zu halten, doch es war zu stark und schob ihn über den Boden vor sich her auf die anderen beiden Schweine zu. Eins schnappte nach Hakons Kopf. Die scharfen Hauer fuhren dicht an seiner Schläfe vorbei, als das Schwein mit einem Mal in der Bewegung erstarrte und einen kläglichen Laut ausstieß. Aus seinem Rücken ragte der Schaft eines Speers.

Dann hörte Hakon etwas gegen den Zaun krachen und hinter

dem aufgespießten Schwein zerbrechen. Ein hünenhafter Mann drang ins Gatter ein. Selten hatte Hakon sich über Ketils Anblick so gefreut wie in diesem Moment. Ketil stieg über den zuckenden Keiler hinweg und packte mit beiden Händen das andere Tier, das sich an Hakons Fußfessel verbissen hatte. Ketil riss dem Schwein die Kette aus dem Maul und warf den Keiler über den Zaun.

Das noch lebende Schwein rannte hinterher durch den zerbrochenen Zaun, wo beide Schweine in die Menge rasten. Menschen schrien. Jetzt mussten sie nicht nur gegen die Flammen ankämpfen, sondern sich auch vor den scharfen Hauern in Sicherheit bringen. Leute warfen ihre Eimer weg, rempelten sich an, mehrere Menschen kamen zu Fall, und mittendrin tobten die Keiler und schnappten nach allem, was sich bewegte.

Ketil half Hakon hoch. Seine Beine schmerzten vom Kampf gegen das Schwein. Aber er konnte stehen und sich, wenn auch nur langsam, auf den zusammengeketteten Füßen bewegen.

Über ihm keifte der Erzbischof. Hakon konnte nicht alles verstehen, hörte aber heraus, dass der Munki ihm alle erdenklichen Höllenstrafen an den Hals wünschte.

Da sprang er ans Podest. Die Kette zwischen seinen Handgelenken klirrte auf den Holzbrettern, als er nach den Füßen des Erzbischofs griff. Doch der wich zurück und stieß gegen den Pater, der hinter ihm hockte. Der Erzbischof stolperte und fiel rücklings auf die Bretter.

Hakon wollte den Versuch, ihn in seine Gewalt zu bringen, schon aufgeben und sich zurückziehen, als Ketil neben ihm auftauchte. Er bekam zwar nicht den Erzbischof, aber dafür den Pater an einem Bein zu fassen und zerrte ihn ins Gatter herunter.

«Greif dir den Erzbischof», rief Hakon.

Doch der zog sich weiter zurück. Sie würden ihn nur erreichen, wenn sie auf das Podest stiegen, auf dem in diesem Moment der Hauptmann mit Sachsensoldaten auftauchte.

«Wir müssen weg von hier», rief Hakon.

«Mit dir bin ich noch nicht fertig, Munki», brüllte Ketil den Erzbischof an.

Dann warf er sich Hakon über die linke Schulter, während er den Pater an der rechten Hand hinter sich her aus dem Gatter schleifte.

Beim Zaun wurden sie von vier Männern erwartet: Hakons Ziehbruder Skeggi sowie Nollar, Hrafn und der Däne Thormar, der vorhin dem Erzbischof mit den Knochen einen gehörigen Schrecken eingejagt hatte. Hakon hatte die Fingerknochen damals aus der Kirche der Hammaburg mitgehen lassen und dann verloren, als er sich von Ketil getrennt hatte. Offenbar hatte Ketil sie eingesteckt. Eine gute Entscheidung. Denn für den Erzbischof schienen sie von großem Wert zu sein.

Der Erzbischof schrie ihnen hinterher und stieß Verwünschungen aus. Währenddessen machten der Hauptmann und einige Soldaten kehrt, liefen vom Podest und dann an der Außenseite des Gatters entlang.

Hakons Krieger hatten Waffen. Sie hatten sie den Sachsen abgenommen, die vorhin das Gatter bewacht hatten und nun im Schnee lagen. Ob sie noch lebten, war nicht zu erkennen.

«Zum Tor», rief Skeggi und schwenkte ein Schwert.

Skeggi und Thormar schnappten sich den vor Angst erstarrten Pater und liefen los. Nollar, Hrafn und Ketil mit Hakon über der Schulter stürmten voran durch die Menge. Kurz bevor sie in eine Gasse eintauchten, hörte Hakon noch einmal eins der Schweine schreien. In den engen Gassen waren überall Menschen unterwegs. Ketil und Hrafn stießen sie zur Seite und bahnten sich den Weg bis zum Tor, das von mehreren Wagrierkriegern bewacht wurde. Offenbar hatte sich noch nicht herumgesprochen, was sich beim Fürstenpalas ereignet hatte, sodass sie das Tor ungehindert passieren konnten.

Sie rannten den Wall hinunter und an der Siedlung vorbei. Als sie die Brücke über den Bach erreichten, tauchte oben beim Tor der Hauptmann mit den Sachsensoldaten auf.

Nach einer Weile kamen sie an einem Waldstück vorbei, in dem Skeggi und Thormar verschwanden. Kurz darauf kehrten sie mit Schwertern zurück, die sie in einem alten Fuchsbau versteckt hatten, bevor sie am Morgen auf die Burg gelangt waren. An Waffen mangelte es ihnen also nicht.

Es gelang Thormar, mit seiner Axt zunächst Hakons Fuß- und dann die Handketten mit kräftigen Hieben durchzuschlagen. Endlich konnte er wieder allein gehen und die Arme frei bewegen. Allerdings saßen die Eisenmanschetten noch immer an den Hand- und Fußgelenken fest. Darum mussten sie sich später kümmern. Seit der Flucht aus der Burg hatten sie zwar keine anderen Menschen mehr gesehen, aber sicher folgten ihnen die Sachsen.

Skeggi band dem Pater ein Seil um den Hals und zog ihn hinter sich her. Den ganzen Tag liefen sie über verschneite Wege, auf denen sie zunehmend schwerer vorankamen, bis sie vor Einbruch der Dunkelheit auf eine Scheune stießen, in der sie die Nacht verbringen wollten. Durch herausgefallene Bretter zog der Wind herein, und das Dach des morschen Gebäudes ächzte unter der dicken Schneeschicht. Immerhin hatten sie ein Dach über dem Kopf.

Während Thormar, Skeggi, Nollar und Hrafn sich damit beschäftigten, feuchtes Heu und Holz anzuzünden, machte Ketil sich an Hakons Fesseln zu schaffen. Nach mehreren Versuchen gelang es ihm, die Eisenmanschetten aufzubrechen.

Irgendwann brachten sie das Feuer zum Brennen. Während sie warteten, dass es größer wurde, gingen Ketil, Thormar und Nollar zu dem Pater, den sie an einen Pfosten gefesselt hatten.

«Wir sollten ihn töten», knurrte Ketil. «Er wird uns nur aufhalten. Außerdem ist jeder Munki weniger ein Munki weniger.»

Nollar nickte eifrig.

«Bitte verschont mich», jammerte der Pater.

«Was sollen wir denn deiner Meinung nach mit dir anstellen?», fragte Thormar. «Sollen wir dich laufen lassen, damit du den verdammten Erzbischof auf unsere Spur setzt?»

«Ich werde euch nicht verraten», stieß der Pater aus. «Das schwöre ich euch im Namen ...»

Er verstummte, als Thormar ihm mit der Streitaxt drohte. «Und ich schwöre, dass ich dir deinen verdammten Munkischädel einschlage.»

«Kommt zum Feuer», rief Hakon.

Thormar dachte nicht daran und hob die Axt, aber Ketil stieß ihn von dem Pater weg. «Du hast gehört, was der Jarl gesagt hat, Däne.»

«Fass mich nicht an, Riese», schnaubte Thormar.

Skeggi, der neben Hakon am Feuer saß, beugte sich zum Jarl. «Der Däne macht nur Ärger.»

«Darüber reden wir später», sagte Hakon und wartete, bis Ketil, Thormar und Nollar zum Feuer gekommen waren.

«Lass mich den Schleimschiss töten, Jarl», knurrte Thormar. Sein Gesicht glühte vor Aufregung. «Ich hack den Munki in Stücke.»

«Halt den Mund», fuhr Ketil ihn an. «Der Jarl gibt wieder die Befehle, an die du dich zu halten hast.»

Thormar warf Ketil einen zornigen Blick zu, zuckte aber nur mit den Schultern und legte die Axt vor sich auf dem Boden ab.

Hakon ging nicht weiter auf den Streit ein. Er bedankte sich bei den Männern für die Rettung und wollte dann wissen, was sich in Haithabu ereignet hatte. Er erfuhr, dass Ljot sich mit zwei anderen Männern über Hakons Anordnungen hinweggesetzt und Bockos Wut auf sich gezogen hatte, weil sie nachts bei Huren in einem Gasthaus gewesen waren.

«Daraufhin hat Bocko uns eine letzte Frist gesetzt», sagte Skeggi, «und als die abgelaufen war, tauchte er mit Soldaten im Hafen auf. Er hat gedroht, das *Brandungspferd* zu beschlagnahmen und uns gefangen zu nehmen, wenn wir Haithabu nicht sofort verlassen. Ich, also wir ...», er zeigte auf Nollar, Hrafn und Thormar, «haben beschlossen, in Haithabu auf dich zu warten, während die anderen das Schiff zurückbringen sollten.»

«Dann ist Ljot also wieder in Hladir», sagte Hakon nachdenklich.

«Wenn niemand den Bastard unterwegs über Bord geworfen hat», warf Nollar ein.

«Verdient hätte er es», knurrte Thormar.

«Nachdem man dich gefangen genommen hat, bin ich nach Haithabu gelaufen», erzählte Ketil. «Dort habe ich die vier getroffen. Wir sind dann zurück zur Hammaburg, um dich zu befreien. Doch als wir ankamen, hatte der Munki dich bereits verschleppt.»

«Wir haben uns umgehört», fuhr Skeggi fort. «Aber niemand schien zu wissen, wohin man dich gebracht hat.»

«Wie habt ihr es herausgefunden?», fragte Hakon.

«Der Schmied», antwortete Ketil. «Ich habe mich an den Mann erinnert. Der schien nicht der beste Freund des Erzbischofs zu sein.»

«Da Ketil sich nicht in der Siedlung sehen lassen konnte, weil man ihn wiedererkannt hätte, hat er uns den Schmied beschrieben», erklärte Skeggi. «Wir haben uns auf die Lauer gelegt und ihn abgepasst.»

«Ich hatte nicht den Eindruck, dass der Schmied die Burg ungehindert verlassen darf», warf Hakon ein. «Der Mann schien dort gegen seinen Willen festgehalten zu werden.»

«Deshalb mussten wir ein bisschen nachhelfen», erklärte Nollar. «Er tauchte in Begleitung von zwei Soldaten auf dem Markt auf, wo sie eine Lieferung Eisenerz entgegennehmen wollten. Da haben wir uns den Schmied in einem unbeobachteten Moment geschnappt und ihn ein wenig verhört.»

«Du hättest den Mann sehen sollen, Jarl», sagte Hrafn. «Wie der sich gefreut hat, als er erfuhr, dass wir nach dir suchen. Da hat er uns verraten, wohin man dich gebracht hat. Er scheint dich wirklich zu verehren. Geradezu beschworen hat er uns, dass wir dich retten müssen.»

Hakon erinnerte sich, wie der Schmied ihn angefleht hatte, für ihn zu den Göttern zu beten. «Und die Soldaten haben nicht gemerkt, dass der Schmied verschwunden war?»

«Er wird ihnen eine glaubwürdige Ausrede aufgetischt haben», erwiderte Skeggi.

Dann fasste er kurz zusammen, wie sie nach Wagrien gezogen waren und hofften, rechtzeitig nach Starigard zu kommen. Allerdings habe der Schmied ihnen nicht sagen können, was der Erzbischof mit Hakon vorhatte.

«Der Munki hat wohl niemanden in seinen Plan eingeweiht», sagte Hakon.

Nun war er an der Reihe und berichtete von den drei Nordmännern, die zur Hammaburg gekommen waren, um den Erzbischof um Soldaten für Graufell zu bitten. Die anderen folgten Hakons Ausführungen mit wachsendem Entsetzen, während er erzählte, was er vom Erzbischof erfahren hatte: dass Graufell Hladir eingenommen und gedroht habe, Hakons Sippe und alle anderen Menschen, die ihm nahestanden, töten zu lassen, wenn Hakon sich nicht taufen ließ.

«Ich bring ihn um», zischte Thormar. «Ich bring den Saukerl um!» Er griff nach der Axt und wollte aufspringen, um sie dem Pater in den Schädel zu hacken.

Doch Ketil hielt ihn zurück. «Hat der Jarl gesagt, dass du den Pater töten sollst?»

Missmutig knurrend blieb Thormar beim Feuer sitzen.

Skeggi fragte: «Woher weiß der Erzbischof, dass Graufell in Hladir ist? Der Munki kann nach der kurzen Zeit noch keine Nachrichten von dort erhalten haben. Wenn es überhaupt einen Angriff gegeben hat. Außerdem hast du Skjaldar nach Hladir geschickt. Der wird sich vom alten Graufell nicht so einfach überrumpeln lassen.»

«Dennoch besteht die Möglichkeit», wandte Hakon ein.

«Dann sollten wir so schnell wie möglich nach Hladir zurückkehren», sagte Ketil, dem die Sorge um Dalla anzusehen war.

Ein zustimmendes Nicken wanderte ums Feuer.

Doch Hakon starrte in die zuckenden Flammen und wandte ein: «Wie wollt ihr nach Hladir kommen? Bei dem Wetter fährt kein Schiff mehr.»

«Dann bleibt uns wohl nichts anderes übrig, als uns irgendwo zu verkriechen und auf günstigeres Wetter zu warten», sagte Ketil.

«Das kann Monate dauern», warf Skeggi ein.

«Hast du eine bessere Idee?», knurrte Ketil.

Skeggi zuckte mit den Schultern, und sie hingen eine Weile schweigend ihren Gedanken nach, bis Hakon aufstand. Er fühlte sich unendlich müde und kaum noch in der Lage, einen klaren Gedanken zu fassen. Aber als die anderen erwartungsvoll zu ihm aufschauten, wurde ihm bewusst, dass er noch nicht schlafen konnte. Nicht ohne ihnen mitzuteilen, welchen Plan er gefasst hatte. Sie hatten ihr Leben riskiert, um ihn zu retten. Sie waren seine Gefährten. Seine Gefolgsmänner.

Er rieb sich die brennenden Augen und sagte: «Wir machen es so, wie Ketil vorgeschlagen hat. Wir warten ab.»

«Abwarten?», knurrte Thormar. «Und uns die Ärsche abfrieren?»

«Wo willst du denn warten?», fragte Skeggi. «Hier in Wagrien sitzt uns der Erzbischof im Nacken.»

«Wir gehen zu den Dänen.»

«Zu den Dänen?», entgegnete Skeggi. «Zu den lausigen dänischen Missgeburten?»

«Pass auf, was du sagst, Dicker», schnaubte Thormar und drohte mit der Faust.

«Skeggi hat recht», warf Nollar ein. «Bei den Dänen könnte es zu gefährlich sein. Der Dänenkönig ist Graufells Verbündeter.»

«Ja», sagte Hakon, «und deswegen werden wir zu ihm gehen.»

Er sah in die verwirrten Gesichter, bevor er sich abwandte und eine Decke ausrollte. Morgen würde er ihnen den Plan erklären, dachte er noch.

Dann schlief er ein.

Am nächsten Morgen wurde Hakon von lauten Stimmen geweckt. Durch die in den Wänden klaffenden Löcher sickerte Tageslicht herein. Er fühlte sich wie gerädert, war aber wenigstens nicht mehr so müde. Als er sich aufrichtete, sah er Ketil und Thormar beim Pater stehen.

Thormar fuchtelte mit seiner Axt herum. «Der Munki muss sterben.»

«Das wird er, wenn der Jarl es befiehlt», entgegnete Ketil.

Auch Nollar, Hrafn und Skeggi wurden von dem Lärm geweckt. Skeggi sprang als Erster hoch und schrie Thormar an: «Raus mit dir, Däne. Ich will dich nicht mehr sehen!»

«Du drohst mir, Skeggi?», entgegnete Thormar.

«Das tue ich. Wenn du nicht endlich deinen Mund hältst, stirbst du schneller als der Munki.»

«Hört auf zu streiten.» Hakon trat zu ihnen. «Und bindet den Pater los.»

Die anderen drehten sich zu ihm um.

«Was hast du mit ihm vor?», wollte Ketil wissen.

«Ihn laufen lassen», erwiderte Hakon, was für noch mehr Verwirrung sorgte. «Wir haben ihn mitgenommen, falls der Erzbischof uns seine Soldaten hinterherschickt. Doch nun brauchen wir den Pater nicht mehr.»

Da niemand Anstalten machte, den Pater zu befreien, nahm Hakon ein Messer und schnitt das Seil selbst durch.

«Das ist doch ... Irrsinn», stieß Thormar aus.

«Der Mann ist unsere Geisel», rief Ketil.

«Er würde uns nur aufhalten, wie du selbst festgestellt hast», entgegnete Hakon.

«Es tut mir leid, Jarl», sagte Ketil, «aber in dem Fall hat der Däne recht. Das ist Irrsinn.»

Hakon zog den am ganzen Leib zitternden Pater hoch und schob ihn durch die Scheune nach draußen. Es hatte inzwischen aufgehört zu schneien. Hakon blinzelte. Die Sonne am klaren Himmel tauchte das unter einer Schneedecke verborgene, flache Land in gleißende Helligkeit.

«Ich danke Euch, Herr», stammelte der Pater.

Hakon zeigte in die Richtung, aus der sie gestern gekommen waren. «Geh zurück nach Starigard. Geh zum Erzbischof und sag ihm, dass ich ihn töten werde, wenn er nicht verhindert, dass den Menschen in Thrandheim Leid angetan wird. Dass ich ihn jagen und töten werde, und wenn er mich tötet, wird mein Geist ihn jagen. Hast du mich verstanden, Munki?»

Der Pater nickte. Als die anderen Männer aus der Scheune kamen, lief er los. Sie schauten ihm hinterher, bis er hinter einem Waldstück verschwunden war.

5.

Geirröds Hof

Eisige Böen fauchten um die Scheune. Durch Ritzen zwischen den morschen Brettern zog es ins Innere des Gebäudes, in dem Malina auf dem kalten Boden hockte, während in ihren Armen der Junge starb. Sein Name war Sighvat. Er war kaum älter als Eirik. Seine Sippe lebte in den Bergen nördlich des Thrandheimfjords. Sighvats Vater hatte ihn nach Hladir geschickt, als Malina um Verstärkung für die Bewachung der Siedlung gebeten hatte.

Nun hatte der Feind Hladir eingenommen.

Und Sighvat starb.

Der Atem des Jungen ging langsam und flach, durchsetzt mit gelegentlichen Schnaufern, die stoßweise aus seiner Kehle drangen. Bei der Schlacht im Hafen war ihm von einem Speer die linke Schulter durchbohrt worden, wodurch er viel Blut verloren hatte.

Nachdem Skjaldar eingesehen hatte, dass der Feind übermächtig und die Schlacht verloren war, hatte er etwas getan, was er inzwischen zutiefst bereute: Er hatte den Befehl gegeben zu fliehen. Wegzurennen. Wie Hasen.

Die Reihen der Verteidiger waren nach den ersten Kämpfen deutlich ausgedünnt gewesen, und als die zweite Welle der Angreifer aus Richtung der Stadt heranstürmte, waren die Throender um ihr Leben gelaufen und hatten Hladir panikartig verlassen.

In dem Durcheinander, in dem Männer, Frauen und Kinder

schrien und die Feinde wahllos auf ihre Opfer einschlugen und den Boden des Hafengeländes in ein Meer aus Blut und Eingeweiden verwandelten, war es Malina, Skjaldar, Eirik, Katla und einigen Kriegern gelungen, sich den Weg freizukämpfen. Dabei war Sighvat schwer verletzt worden, doch Skjaldar hatte ihn mitgenommen.

Im Schutz der Dunkelheit waren sie dem Nid stromaufwärts gefolgt, bis sie sich in die Berge schlugen. Sie hatten überlebt, doch der Preis war hoch, viel zu hoch. Malina konnte nicht zulassen, dass noch einer von ihnen starb, auch wenn ihre Hoffnung, Sighvats Leben zu retten, mit jeder seiner krampfartigen Zuckungen schwand. Sie musste mit ansehen, wie zwischen seinen Lippen schaumiges Blut hervorquoll. Vor der Flucht hatte sie den Jungen nicht gekannt. Nun war er für sie zu einem Symbol des Niedergangs geworden.

Wenn er starb, würden sie alle sterben!

Seit einigen Tagen versteckten sie sich in der Scheune auf dem Hof des Bonden Geirröd, der zum Zeitpunkt des Überfalls nicht in Hladir gewesen war. Er hatte Malina einen seiner Söhne und einen Knecht geschickt, die beide bei der Schlacht ums Leben gekommen waren. Geirröd trauerte um die Opfer, hatte Skjaldar, Malina, Eirik und den anderen Flüchtlingen aber keine Vorwürfe gemacht, sondern sie aufgenommen und mit warmer Kleidung und Essen versorgt.

Doch sie konnten nicht lange auf dem Hof bleiben. Geirröd hatte erfahren, dass Graufell Späher ins Land geschickt hatte, die eines Tages auch Geirröds Hof durchsuchen würden.

In den Boden der Scheune war eine Grube eingelassen, in der Geirröds Sippe eigentlich Vorräte aufbewahrte. Sie hatten die Kisten, Körbe und Fässer ins Wohnhaus geschafft und die Grube mit Brettern zugedeckt.

Tagsüber hielten sie sich in der Scheune auf. Die Männer lösten sich mit der Wache ab und behielten die verschneite Umgebung rund um den Hof im Blick. Wenn Unbekannte sich dem Hof näherten, versteckten sie sich in der Grube. So wie vor einigen Tagen, als ein Trupp Krieger auf den Hof geritten kam. Sie hatten sich überall umgeschaut, das Versteck jedoch nicht entdeckt. Wie Malina später von Geirröd erfuhr, waren die Krieger durch die Gegend gezogen, um den Bonden eine Nachricht von Graufell zu überbringen. Die Throender mussten nach Hladir kommen, wo der neue Herrscher eine Versammlung abhielt.

Am Tag darauf war Geirröd aufgebrochen. Seither warteten sie auf seine Rückkehr.

Malina fuhr aus ihren Gedanken auf, als ein scharfes Keuchen aus Sighvats Kehle entwich. Sein Kopf lag in ihrem Schoß, während sie das blasse Gesicht streichelte. Der Körper bäumte sich kurz auf, bevor er wieder in sich zusammenfiel.

Jemand kam zu Malina und ließ sich ihr gegenüber nieder. «Wie geht es ihm?», fragte Katla leise.

Malinas Hals war wie zugeschnürt.

«Wird er sterben?», fragte Katla. Tränen schimmerten in ihren Augen.

«Nein. Er wird wieder gesund!»

Malina zitterte. Der Wind pfiff durch die Ritzen. Ein Feuer konnten sie in der Scheune nicht machen, weil der Rauch sie verraten würde.

Katla legte ihren Wollumhang ab und breitete ihn über Sighvat aus.

«Es geht zu Ende mit ihm», sagte Eirik, als er hinter Katla auftauchte und ihr eine Hand auf die Schulter legte.

Malina wollte ihm widersprechen, fand jedoch keine Worte und streichelte weiter Sighvats Gesicht.

Daraufhin ließ Eirik sich neben Katla nieder, die Malina einen scheuen Blick zuwarf.

Malina hatte Katla gehasst für das, was sie getan hatte. Durch ihren Verrat hatte sie den Feinden den Weg in den Hafen geebnet. Die brennenden Schiffe hatten viele Krieger vom Jarlshof fortgelockt. So hatte Graufell es von Anfang an geplant, als er Katla auf Karmøy zurückgelassen hatte.

Nach der Flucht hatte sie Malina und Eirik unter Tränen berichtet, warum sie die Throender verraten hatte. Verraten musste. «Graufell hat gedroht, meine Mutter zu töten, und er hätte es getan. Sie ist seine Sklavin. Er hat mich mit ihr gezeugt. Er macht mit ihr, was er will. Euch zu verraten, war das Schlimmste, was ich je getan habe. Dennoch konnte ich nicht anders. Er hatte mich in der Hand.»

«Ein Leben im Tausch gegen das Leben so vieler Menschen?», hatte Malina wütend gefragt. Sie war nicht bereit, Katla zu verzeihen.

«Ich bereue es zutiefst und kann verstehen, warum ihr mich dafür hasst. Ich hasse mich ja selbst dafür. Ihr würdet mir einen Gefallen tun, wenn ihr mich tötet. Ich selbst schaffe es nicht.»

Malina hatte sich daran erinnert, wie Katla sich im Hafen mit dem Messer verletzt hatte und glaubte ihr, dass es ihr leidtat. Dass sie wusste, welch große Schuld sie auf sich geladen hatte. Malina hatte anschließend lange mit Eirik darüber gesprochen, und sie hatten beschlossen, Katla eine Gelegenheit zu geben, sich zu bewähren. Was hauptsächlich Eiriks Wunsch war, denn seine Liebe zu dem Mädchen war trotz allem wieder entflammt.

Er hatte Malina angefleht, nur Skjaldar von dem Verrat zu erzählen, den anderen Kriegern gegenüber aber zu schweigen. Eirik hatte ihr verziehen. Er war überzeugt, der Feind hätte den Hafen ohnehin eingenommen, womit er vielleicht recht hatte. Vielleicht auch nicht.

Eirik beugte sich vor und berührte Sighvats Hals, um den Puls zu fühlen. Erst jetzt fiel Malina auf, dass sie keine Atemzüge mehr hörte. Eirik schüttelte den Kopf und schloss Sighvats Augen. Doch als er ihn aufnehmen wollte, hielt Malina ihn fest umklammert.

Seufzend wandte Eirik sich an Katla. Bevor er jedoch etwas sagen konnte, drang Skjaldars Stimme durch die Scheune.

«Geirröd kommt zurück!»

Da ließ Malina zu, dass man Sighvats Leiche fortnahm. Sie wurde im hinteren Bereich auf einen Karren gelegt und unter einer Decke verborgen.

«Geirröd ist mit den Knechten, die ihn begleitet haben, ins Haus gegangen», erklärte Skjaldar und befahl die Männer zu den Gucklöchern an die Scheunenwände, damit sie die Umgebung des Hofs im Auge behielten, falls Geirröd verfolgt wurde.

Es verging einige Zeit. In der Scheune breitete sich Dunkelheit aus. Schließlich reichte Katla Malina eine Hand, um ihr beim Aufstehen zu helfen, dann zogen sie die Bretter zur Seite. Die Grube war etwa drei Fuß tief. Man konnte darin nur liegen oder mit eingezogenem Kopf sitzen. Gegen die Kälte war der Boden mit einer Schicht aus Reisig, Stroh und Schaffellen gepolstert.

Malina und Katla sammelten die in der Scheune verteilten Trinkschläuche und Essensvorräte zusammen und legten die Sachen in der Grube für die Nacht bereit. Malina fühlte sich noch immer wie betäubt. Sie konnte und wollte nicht wahrhaben, dass Sighvat gestorben war.

Und sie musste an das ungeborene Leben in ihrem Leib denken. An das Kind, das sie sich so lange gewünscht hatte und von dem sie nicht wusste, ob es noch da war oder nicht. Ob es überhaupt noch lebte. Sie tastete nach der Wichtniere, die an einem Lederband um ihren Hals hing. Das Geschenk der Seherin. Es war schon einige Zeit her, seit sie das Ziehen im Unterleib das letzte Mal gespürt hatte.

«Ein Mann verlässt jetzt das Haus», sagte Skjaldar. Er sprach gerade so laut, dass seine Stimme nur in der Scheune zu hören war. «Er hat eine Fackel dabei und noch etwas anderes. Ich glaube, es ist Geirröd, kann ihn aber nicht genau erkennen. Haltet eure Waffen bereit.»

Auf der Flucht hatten die Krieger die meisten ihrer Waffen mitnehmen können. Sie stellten sich links und rechts vom Scheunentor mit Beilen und Schwertern auf.

Malina und Katla waren am Rand der Grube stehen geblieben. In der Scheune war es so still, dass von draußen die im Schnee knirschenden Schritte zu hören waren.

Katla tastete nach Malinas Hand, und sie nahm sie.

Skjaldar hatte alle eindringlich gewarnt, niemandem zu trauen, nicht einmal Geirröd. Graufell werde eine hohe Belohnung auf die Geflohenen aussetzen, und bei Geld setze der Verstand der Menschen aus.

Jemand klopfte zweimal ans Tor, bevor eine kurze Pause entstand und es erneut zweimal klopfte.

«Ich bin es – Geirröd», sagte eine Stimme. «Ich komme jetzt rein.»

Der Riegel wurde von außen zur Seite geschoben. In der Toröffnung erschien im Fackelschein Geirröds hochgewachsene Gestalt. Hinter ihm wurde das Tor wieder zugezogen. Als Geirröd die Männer bat, ihm zu folgen, setzten sie sich am Rand der Grube zusammen. Der Bonde hatte einen mit Bier gefüllten Eimer mitgebracht und verteilte das Bier mit einer Schöpfkelle in Becher. Da es im Wohnhaus über dem Feuer angewärmt worden war, tat es Malina gut, etwas anderes in den Magen zu bekommen als kaltes Wasser. Während sie trank, lauschte sie Geirröds Bericht, was sich in Hladir zugetragen hatte.

«Graufell wohnt mit seiner Sippe, den Heerführern und Sachsen im Jarlshaus. Er verlangt sehr hohe Abgaben von uns. Über jedes Fylke will er einen Verwalter aus den Reihen der Throender einsetzen. Dieser verschlagene Mistkerl. So sät er Misstrauen.» Geirröd lachte bitter. «Ratet mal, wer sich sofort freiwillig als Verwalter gemeldet hat.»

«Mir ist nicht nach raten zumute», knurrte Skjaldar.

«Natürlich. Entschuldigt bitte. Ljot Konalsson konnte es kaum erwarten, für seinen neuen Herrn die Abgaben einzutreiben. Und er hat sogar seinen eigenen Vater erschlagen, weil Graufell es von ihm verlangt hat.»

«Er hat den alten Konal umgebracht?», sagte Skjaldar kopfschüttelnd.

«Der verdammte Vatermörder», raunte ein Krieger, der Kalf hieß.

«Ja, und Ljot wollte das Mädchen haben, das der Jarl vor ihm in Schutz genommen hatte.»

«Signy!» Malina ballte vor Wut die Hände zu Fäusten. Sie war zwar erleichtert zu hören, dass Signy noch lebte, aber nun würde sie Ljot ausgeliefert sein, wenn er sie in die Hände bekam. «Hat Graufell sie ihm gegeben?», fragte sie.

«Noch nicht», erwiderte Geirröd. «Aber er wird sie bekommen, wenn er euch findet. Der Hundesohn wird sich so schnell wie möglich auf die Suche machen. Graufell hat gedroht, jeden hinzurichten, der euch bei der Flucht hilft. Er hat eine Belohnung von zwei Pfund Silber auf eure Köpfe ausgesetzt, und drei Pfund, wenn euch jemand lebend ausliefert.»

Skjaldar pfiff leise durch die Zähne. Malina dachte, dass eine so hohe Belohnung ein wahres Wettrennen auslösen musste. Zwei oder drei Pfund Silber, das war viel Geld, für das man Ochsen, Pferde oder Sklaven kaufen konnte.

«Es tut mir leid, euch das sagen zu müssen», fuhr Geirröd fort. «Aber ihr seid in Thrandheim nicht sicher. Glaubt mir, ich würde mein Leben dafür geben, euch zu helfen. Ihr seid die Einzigen, die noch Widerstand gegen Graufell und seine Bande leisten können. Für die meisten Throender geht es nur noch ums nackte Überleben. Ihr müsst versuchen, den Winter zu überstehen. Wenn wieder Ruhe eingekehrt ist, werde ich euch unterstützen, die Throender, die noch einen Funken Ehre im Leib haben, für einen Aufstand zu gewinnen – und wenn es mich meinen Hintern kostet. Das bin ich euch und Jarl Hakon schuldig.»

Bei der Erwähnung von Hakons Namen zog sich in Malinas Brust etwas zusammen. Die Ungewissheit über sein Schicksal nagte wie eine hungrige Ratte an ihren Eingeweiden. Sie schaute zu Eirik, der Geirröds Bericht schweigend lauschte. Wie so häufig erkannte sie Hakons Züge in seinem jungen Gesicht.

«Wir werden deinen Hof morgen früh verlassen», sagte sie schließlich.

Geirröd, der gerade das letzte Bier ausschenkte, hielt in der Bewegung inne. Dann nickte er. Er sah betrübt aus. Malina konnte sich nicht vorstellen, dass der Bonde das Mitgefühl nur spielte. Aber sie erinnerte sich auch an Skjaldars Warnung.

«Wisst ihr, wohin ihr gehen werdet?», fragte Geirröd.

Malina wechselte mit Skjaldar einen Blick. Der Hauptmann schüttelte den Kopf und sagte: «Es ist besser, wenn du nichts davon erfährst, Geirröd. Je weniger Menschen Bescheid wissen, umso geringer ist die Gefahr, dass Graufell uns auf die Spur kommt. Der Bastard ist nicht dumm, und seine Munkis verstehen sich aufs Foltern.»

Geirröd nickte nachdenklich. «Da hast du recht, Skjaldar. Ihr dürft niemandem trauen. Nicht einmal mir und meinen Leuten. Wir werden noch heute Nacht Vorräte für euch zusammenpacken. Ihr könnt auch unsere Schneeschuhe haben, die euch den Marsch erleichtern werden. Wir haben reichlich davon und werden die Schneeschuhe und die Vorräte in den Anbau neben der Scheune stellen.»

Er zeigte in eine Ecke, die im Dunkeln lag. «Zwischen dem Anbau und der Scheune gibt es einige lose Bretter. Wenn ihr sie wegnehmt, kommt ihr von hier aus an die Sachen.»

Malina dankte dem Bonden, dann erzählte sie ihm, dass Sighvat vorhin seinen Verletzungen erlegen war. Geirröd versprach, ihn am nächsten Tag zu bestatten.

Die Fackel war fast heruntergebrannt, als Geirröd sich spät in der Nacht von ihnen verabschiedete. Sie zogen sich in die Grube zurück, rückten die Bretter drüber zurecht und legten sich schlafen, um Kraft für den bevorstehenden Marsch zu sammeln.

Malina lag auf dem Rücken, beide Hände auf der Stelle ihres Bauches, unter der sie das ungeborene Leben vermutete. Und sie schwor bei sich, dass sie überleben musste. Für Aud und für Hakon. Und für sein Kind.

Als Malina aufwachte, fühlte sie sich so betäubt, dass sie noch nicht lange geschlafen haben konnte.

«Hört ihr das?» Das war Eiriks in der Dunkelheit flüsternde Stimme.

«Da sind Pferde», erwiderte jemand leise.

Jetzt vernahm auch Malina die schnaubenden Geräusche.

«Wir müssen nachschauen, was da los ist», flüsterte Eirik.

Skjaldar hatte sich bereits aufgesetzt. Vorsichtig schob er über sich einige Bretter beiseite. Schwaches Licht drang in die Grube, woraus Malina schloss, dass der Morgen bereits angebrochen war.

Skjaldar hatte gerade den Kopf durch die Lücke gesteckt, als er ihn sofort wieder einzog und die Grube verdeckte.

«Das Scheunentor steht offen, und davor sind Männer», flüsterte er. «Es sind bewaffnete Krieger, mindestens ein Dutzend.»

Malinas Herz pochte bis zum Hals. Links und rechts von ihr raschelten Stroh und Reisig, als die Männer nach ihren Waffen tasteten. Dann hörten sie über sich Schritte und Stimmen in der Scheune. Sie hielt die Luft an. Der Herzschlag hämmerte ihr in den Ohren.

Die Schritte näherten sich. Die Bretter über der Grube knarrten bedrohlich. Durch die Ritzen rieselte Staub auf Malinas Gesicht. Jemand lachte, und dann glaubte sie, Geirröds Stimme zu hören.

«Du kannst mir glauben, Ljot, hier ist niemand.» Er sprach Ljots Namen laut und scharf aus, vielleicht als Warnung an Malina und die anderen direkt unter ihm.

Wieder lachte jemand. «Du lügst, Bauer. Das sehe ich dir an. Ich glaube dir kein Wort. Du hast doch immer mit dem Jarl und seiner Brut gemeinsame Sache gemacht.»

«Ach ja? Siehst du hier irgendwo jemanden?»

Da fiel Malina Sighvats Leiche auf dem Karren ein. Vor Schreck presste sie die rechte Faust vor ihren Mund und biss sich auf die Knöchel.

«Wir sind dir gefolgt, gleich nachdem du Hladir verlassen hast, Geirröd. Ich habe deinen Hof beobachtet und gesehen, wie gestern Nacht jemand mit einer Fackel hier reingegangen ist. Wo sind die Leute?»

Das Holz knarrte und knackte. Irgendwo fiel polternd etwas zu Boden. Offenbar durchsuchten die Krieger die Scheune.

«Du nennst mich einen Lügner? Ausgerechnet du, der seinen eigenen Vater getötet hat? Lass mich dir einen Rat geben. Verlass das Land, solange du noch Gelegenheit dazu hast. Kein Throender wird jemals vergessen, was du getan hast. Wenn du Graufell nicht mehr von Nutzen bist, lässt er dich fallen. Dann wird man dich zur Rechenschaft ziehen ...»

«Hier ist nichts, nur Gerümpel und Werkzeug», rief eine Stimme aus den Tiefen der Scheune.

«Von dir brauche ich keinen Rat, Geirröd. Ich werde den Brimillhof bekommen und reich sein. Daran wird mich niemand hindern. Auch du nicht. Also, wo versteckt sich die Bande?»

«Sie sind nicht hier.»

«Nein? Vielleicht hilft es ja deinem Gedächtnis auf die Sprünge, wenn ich dir sage, dass unser König denjenigen ungeschoren davonkommen lässt, der ihm die Geflohenen ausliefert.»

Es entstand eine kurze Pause, in der Stiefel über die Grube trampelten. Wieder rieselte Staub auf Malina herab. Schnell hielt sie sich die Nase zu, um nicht niesen zu müssen.

«Selbst wenn ich wollte, kann ich dir nicht sagen, wo die Leute sind. Ich weiß es nicht.»

«So? Weißt du, Geirröd, ich konnte dich noch nie leiden. Es wird mir ein Vergnügen sein, dir dein verlogenes Maul zu stopfen. Du hast dich immer für etwas Besseres gehalten. Auf uns Robbenfischer schaust du nur mit Verachtung. Für dich sind Leute wie wir der letzte Dreck. Aber damit ist es jetzt vorbei. Jetzt brechen andere Zeiten an. Jetzt herrscht König Harald, und ich diene ihm.»

«Wenn du mich tötest, werden ihm meine Abgaben fehlen.»

«Na und? Es gibt genug andere Bonden. Ich kann dein weibisches Geschwätz nicht mehr hören. He, habt ihr auch hinten in den Ecken nachgeschaut? Was soll das heißen, da ist nichts? Ich will, dass ihr alles gründlich absucht.»

«Wo nichts ist, können deine Männer auch nichts finden.»

«Halt den Mund!»

Ein Dröhnen durchfuhr die Grube, als jemand mehrfach mit dem Stiefel hart auf die Bretter trat. «Warum hast du den Boden deiner Scheune damit ausgelegt?»

«Damit das Heu auf dem Boden nicht schimmelt.»

«Ich kann hier nirgendwo Heu sehen.»

«Hör zu, Ljot. Du musst mir glauben, dass ich nicht weiß, wo die Leute stecken. Ich habe Frau und Kinder zu versorgen und einen Hof zu bewirtschaften. Denkst du, ich wäre so dumm, das Leben meiner Sippe zu gefährden?»

Wieder entstand eine Pause.

«Gut! Dann nehmen wir uns jetzt deine anderen Gebäude vor.» Ljot lachte trocken. «Ich weiß genau, dass das Lumpenpack hier irgendwo steckt.»

Das Holz knarrte. Schritte entfernten sich.

Malina atmete tief ein und dankte im Stillen den Göttern, dass Ljot wieder verschwand. Dann fiel das Scheunentor mit einem Knall zu, und von außen wurde der schwere Riegel vorgeschoben.

Die Anspannung in der Grube löste sich in einem allgemeinen leisen Seufzen auf. Dennoch wagte niemand, ein Wort zu sagen. Vielleicht hatte Ljot Späher in der Scheune zurückgelassen.

Malina spürte, wie sich Katlas Brüste gegen ihren Rücken drückten. Das Mädchen zitterte und konnte nur schwer ein Schluchzen unterdrücken. Hin und wieder hörte Malina gedämpfte Stimmen, die aber von außerhalb der Scheune zu kommen schienen. Die Zeit verstrich quälend langsam und dehnte sich schier ins Unendliche, als irgendwann jemand die Stille nicht mehr ertrug. Es war Kalf, der so leise flüsterte, dass Malina ihn kaum verstehen konnte.

«Wir müssen nachschauen, ob noch einer von den Bastarden in der Scheune ist ...»

«Psst!», machte Skjaldar. «Hört ihr das Knistern?»

Malina strengte ihre Ohren an, dann hörte auch sie die Geräusche. Ein eiskalter Schauer fuhr ihr über den Rücken. Es klang wie Feuer, wie brennendes Holz.

Skjaldar stieß einen unterdrückten Fluch aus, hob vorsichtig eins der Bretter über sich an und spähte durch den Spalt. Tageslicht drang in die Grube, und noch etwas. Rauch!

«Verdammt», stieß er aus, ohne auf die Lautstärke seiner Stimme zu achten. «Sie haben die Scheune über uns in Brand gesetzt.»

Da verlor Kalf die Beherrschung. Er sprang auf und brach mit Kopf und Schultern durch die Bretter, die krachend zur Seite fielen. Dann sprang er mit dem Beil in der Hand aus der Grube.

«Bleib hier, du Narr», zischte Skjaldar.

Doch Kalf hörte ihn nicht mehr, und Skjaldar setzte ihm nach.

Als Malina aus der Grube schaute, sah sie den Rauch durch die Scheune ziehen. Vorn beim Tor fraßen sich die Flammen bereits durch die Wände. Etwa auf halber Strecke zum Tor rang Skjaldar mit Kalf am Boden.

Panik überkam Malina. Zu gut erinnerte sie sich daran, wie sie in Asnys brennender Hütte beinahe umgekommen wäre.

Inzwischen war es Skjaldar gelungen, Kalf zu überwältigen und ihn niederzudrücken.

«Das ist genau das, was sie wollen», stieß Skjaldar keuchend aus. «Sie wollen uns raustreiben, damit wir ihnen vor die Waffen laufen.»

«Lieber sterbe ich mit dem Beil in der Hand, als hier drinnen zu verbrennen», gab Kalf zurück.

Malina und die anderen kletterten aus der Grube. Über ihnen stand das Dach an mehreren Stellen in Flammen, als ein brennender Balken herunterkrachte und einen Mann zu Boden riss. Sofort sprangen Eirik und ein Krieger, der Bersi hieß, zu ihm, traten den Balken zur Seite und drückten die Flammen auf der Kleidung des Mannes aus.

Skjaldar half Kalf auf die Beine, der wieder zur Besinnung gekommen zu sein schien.

Der Hauptmann scheuchte die Leute zurück zum Rand der Grube und legte mahnend einen Finger an die Lippen. «Wenn

Geirröd uns nicht verraten hat, können sie nicht wissen, ob wir wirklich hier drin sind. Das verschafft uns etwas Zeit ...»

«Und was willst du damit anfangen?», fragte Kalf und unterdrückte mühsam einen Hustenanfall.

«Was weiß ich», stieß Skjaldar aus. «Denkt nach! Verdammt – denkt nach!»

Noch war der Rauch nicht so dick wie damals in Asnys Hütte, aber Malinas Augen begannen zu brennen, und jeder Atemzug schmerzte in ihrer Lunge. Sie bemühte sich, flach zu atmen. Als hinten in der Scheune ein weiterer Balken tosend und Funken sprühend vom Dach krachte, fiel ihr ein, was Geirröd gesagt hatte.

«Wir können versuchen, durch den Anbau rauszukommen. Geirröd wollte doch Vorräte und Schneeschuhe bereitstellen. Er hat gesagt, dort seien einige Bretter ...»

Bevor sie den Satz beendet hatte, waren Skjaldar und andere Männer schon auf dem Weg dorthin. Malina, Eirik und Katla folgten ihnen. Im hinteren Bereich der Scheune war der Rauch nicht so dicht wie beim Tor.

Als Malina am Karren vorbeikam, sah sie, dass die Decke, die über Sighvats Leiche gelegen hatte, zur Seite gezogen war. Offensichtlich hatten Ljots Männer den Toten doch entdeckt. Das erklärte, dass Ljot so plötzlich behauptet hatte, er wolle in den anderen Gebäuden suchen. Er hatte sie nur in Sicherheit wiegen wollen.

Die Männer hatten inzwischen die losen Bretter entdeckt. Während sie sie aus der Wand rissen, hoffte Malina, dass hinter der Scheune keine feindlichen Krieger lauerten.

Kurz darauf hatten sie ein ausreichend großes Loch in die Wand gebrochen. Doch als Eirik hindurchschlüpfen wollte, hielt Skjaldar ihn zurück.

«Du hast eine Frau, auf die du aufpassen musst, Junge», sagte er und zog sein Schwert.

Dröhnendes Krachen fuhr durch die Scheune. Beim Tor brachen Stücke der Bretterwand in sich zusammen und rissen einen Teil des Dachs herunter. Tageslicht flutete die vom Rauch erfüllte Scheune.

Skjaldar duckte sich ins Loch und verschwand im Anbau, in dem es hell wurde, als er eine schmale Tür öffnete und nach draußen trat. Kalf und andere Krieger folgten ihm. Dann war Malina an der Reihe und stolperte durch die Kammer über mit Proviant gefüllte Beutel und Schneeschuhe ins Freie.

Bersi, der vor Malina war, rutschte im Schnee aus, fiel hin. Malina stürzte über ihn und landete mit dem Gesicht voran im Schnee, der auf ihrer erhitzten Haut brannte. Sofort rappelte sie sich wieder auf und sog gierig die frische Luft ein. Eine Mauer aus aufgeschichteten Feldsteinen war etwa dreißig Schritt entfernt. Dahinter fiel das Gelände in eine weite, mit Schnee bedeckte Senke ab.

Auch Bersi stand wieder und wandte sich nach links, wo lautes Geschrei zu hören war.

Malina sah Skjaldar, Kalf und andere Männer gegen vier Krieger kämpfen, die offenbar zu Ljots Truppe gehörten und an der Rückwand Feuer legen wollten. Sie hatten brennende Fackeln und Eimer in den Händen und schienen von dem Angriff überrascht, sodass sie ihre Schwerter nicht hatten ziehen können. Diesen Vorteil nutzten Skjaldar und seine Männer aus. Sie hackten und stachen mit Beilen und Schwertern auf die Feinde ein, bis das Blut den Schnee rot färbte.

«Lauft», brüllte Skjaldar. «Lauft! Lauft!»

Da hörte Malina Rufe, als weitere Krieger mit Speeren, Streitäxten und Schwertern um die Ecke der Scheune gelaufen kamen. Bei ihnen war Ljot.

Malina und die anderen folgten Skjaldar Richtung Steinmauer. Hinter der Scheune war der Schnee nicht geräumt worden, sodass sie bis zu den Knien darin versanken. Sie hielten einen kleinen Vorsprung, weil auch die Verfolger sich durch den Schnee kämpfen mussten.

Da zischte ein Pfeil an Malina vorbei. Vor ihr brach Kalf zusammen. Zwischen seinen Schultern ragte aus dem Mantel der gefiederte Pfeilschaft hervor. Malina wollte stehen bleiben, um Kalf aufzuhelfen, doch Skjaldar stieß sie weiter und versuchte selbst, Kalf am Arm hochzuziehen.

Das Gebrüll der Verfolger in den Ohren, erreichte Malina die hüfthohe Steinmauer, über die sich die Krieger warfen. Eirik wartete dort auf Malina. Katla war bereits auf der anderen Seite der Mauer. Ein Pfeil flog dicht an ihrem Kopf vorbei.

Eirik packte Malina und warf sie über die Mauer. Dabei schlug sie sich das rechte Knie an, bevor sie sich auf der anderen Seite in einer Schneewehe wiederfand. Als Katla ihr hochhalf, sah Malina die Verfolger näher kommen. Noch waren sie etwa zwanzig Schritt entfernt.

Skjaldar kam mit Kalf, den er hinter sich herschleifte, als Letzter an die Mauer.

Oben bei der Scheune sah Malina den Bogenschützen stehen, der gerade einen Pfeil auf die Sehne legte, den Bogen spannte und auf Skjaldar zielte. Malina wollte ihn warnen, doch aus ihrer Kehle drang nur ein heiseres Krächzen. Der Bogenschütze schoss, und der Pfeil bohrte sich in Skjaldars linken Oberschenkel. Er wankte und musste Kalf loslassen, der versuchte, sich selbst aufzurichten, aber gleich wieder zusammenbrach.

«Haut ab», brüllte Skjaldar mit schmerzverzerrtem Gesicht. Er griff nach dem Pfeil und brach den Schaft ab. «Verschwindet!»

Malina war wie erstarrt. Sie konnten Skjaldar nicht zurücklassen.

Die anderen stolperten und rutschten bereits den Hang hinunter in die Senke. Malina hörte Eirik nach ihr rufen. Sie drehte sich um und sah, wie er versuchte, durch den Schnee wieder den Hang zu ihr hinaufzukriechen.

Skjaldar humpelte auf die Mauer zu, hinter der Malina noch immer stand.

«Bring dich in Sicherheit», schrie er.

An der Mauer warf er sein Schwert auf die andere Seite und zog sich der Länge nach auf die Steine. Malina griff nach seinem Mantel und zerrte ihn zu sich.

Malina sah, wie der Bogenschütze wieder anlegte.

Skjaldar kam keuchend auf die Füße. «Ich habe gesagt, du sollst verschwinden», fuhr er Malina an, nahm das Schwert in die rechte Hand und wandte sich den Feinden zu. «Ich halte sie auf, bis ihr genug Vorsprung habt.»

Und dafür wollte er mit seinem Leben bezahlen.

Nach der Flucht aus dem Hafen hatte er Malina erzählt, dass er sich niemals verzeihen würde, die Schlacht verloren gegeben und damit viele Menschen dem Stahl der Feinde überlassen zu haben. «Ich hätte bis zum Schluss kämpfen müssen», hatte er mit erstickter Stimme gesagt. Als Malina fragte, warum er überhaupt mit ihnen geflohen sei, hatte seine Antwort sie zu Tränen gerührt: «Weil der Jarl sein Kind in den Armen halten soll, das du ihm schenken wirst.»

«Ich gehe nur, wenn du mitkommst», sagte Malina jetzt.

Da gab er ihr einen Stoß vor die Brust. Malina verlor den Halt und rutschte den Hang hinunter. Sie hob den Kopf aus dem Schnee, sah, wie Skjaldar zusammenzuckte, als er an der Schulter von einem Pfeil getroffen wurde. Doch er wich nicht von der Stelle, sondern schrie seinen Hass auf den Feind heraus und forderte die Verfolger auf, zu ihm zu kommen. Währenddessen versuchte er, nach dem Pfeil zu greifen. Doch er erreichte ihn nur mit einer Hand, sodass er den biegsamen Schaft nicht abbrechen konnte.

Von links kamen nun Männer in Skjaldars Richtung. Es war Geirröd mit drei anderen Männern, vielleicht seine Söhne oder Knechte. Sie hatten Speere und Beile dabei. Im ersten Moment sah es aus, als wollten sie Skjaldar angreifen, doch dann schlossen sie zu ihm auf und richteten die Waffen gegen die Angreifer.

Die gegnerischen Reihen prallten an der Mauer aufeinander. Skjaldar, Geirröd und seine Leute hieben und hackten mit den Waffen über die Steine hinweg nach den Gegnern, die doppelt so viele waren. Die Mauer bot Skjaldar und den anderen Schutz, durch den sie die Feinde eine Weile auf Abstand halten konnten. Bis die ersten Speere flogen. Ein Speer traf einen jungen Mann, ein zweiter bohrte sich so tief in Geirröds Hals, dass die Eisenspitze im Nacken wieder hervortrat. Der Bonde kippte um und bewegte sich nicht mehr.

Das Letzte, was Malina von dem ungleichen Kampf mit ansehen musste, war, wie Skjaldar einem Gegner über die Mauer hinweg das Schwert in den Hals trieb, sodass dessen Kopf zur Seite abknickte wie ein gebrochener Ast. Doch sofort waren andere Krieger da, gegen die Skjaldar sich erbittert zur Wehr setzen musste.

Malina erinnerte sich, dass Skjaldar einmal zu Hakon gesagt hatte: «Wenn wir sterben, Jarl, dann mit dem Schwert in der Hand. An einem schönen Tag soll es sein, an dem die Vögel singen und die Sonne scheint, damit die Valkyrjar uns gleich finden, um uns nach Walhall zu bringen ...»

Heute schien keine Sonne. Sangen keine Vögel. An diesem Tag war der Himmel dunkel.

Malina spürte, wie jemand ihre Füße packte, bevor sie durch den Schnee den rutschigen Hang hinunter in die Senke gezogen wurde. Dort erst ließ Eirik sie los. Sie sprang auf und spürte die Schmerzen im Knie, das sie sich an der Mauer angeschlagen hatte.

«Wir dürfen ihn nicht zurücklassen», schrie sie Eirik an.

Der Junge holte aus, schlug ihr mit der flachen Hand ins Gesicht und machte dabei ein Gesicht, als bereite ihm der Schlag größere Schmerzen als ihr.

«Wenn wir jetzt nicht fliehen, stirbt Skjaldar umsonst», fuhr er sie an. «Dann sterben wir alle!»

Malina schien es, als erwache sie aus einem bösen Traum, wusste jedoch sogleich, dass der Albtraum noch lange nicht vorbei war. Dann nickte sie. Mit den Geräuschen schreiender Männer und harter Schläge von Stahl, der auf Stahl trifft, in den Ohren folgte sie Eirik auf der anderen Seite der Senke einen Hang hinauf, wo Katla und die anderen auf sie warteten. Dann liefen sie weiter auf einen Wald zu, der sich finster und bedrohlich am Fuß der Berge vor ihnen erhob.

6.

Nordalbingien

Hakon zog mit seinen Gefährten durch tief verschneites Land Richtung Westen, bis sie nach einigen Tagen das Niemandsland zwischen Sachsen und Wagriern erreichten. Der Limes Saxoniae war keine befestigte Grenze, wie das Danewerk, das die Jütländische Halbinsel abriegelte. Die Grenze der Sachsen war ein spärlich besiedelter Streifen Ödland, der mehrere Meilen breit und ein immer wieder hart umkämpftes Gebiet war. Obwohl schon seit einigen Jahren Ruhe herrschte zwischen den Stämmen der Abodriten und den Sachsen, waren noch immer Zeugnisse vergangener Schlachten zu erkennen. Die niedergebrannten Höfe waren im Winter zwar unter Schnee begraben, aber hier und da ragten verkohlte Balken wie mahnende Finger aus der weißen Decke.

Der Marsch durch die einsame Winterlandschaft war beschwerlich. Auf den verschneiten Wegen versanken die sechs Männer bis zu den Knien, manchmal bis zu den Hüften in Schneewehen. Seit ihrer Flucht aus Starigard war zwar kein Schnee mehr gefallen, aber ein eisiger Wind fegte vom Ostmeer über das flache Land. Er ließ die Welt erstarren, als sei der Fimbulwinter hereingebrochen, eine Folge von drei Wintern ohne Sommer, die die Ragnarök einleiteten. Im Fimbulwinter kam der Schnee aus allen Himmelsrichtungen und brachte strengen Frost und kalte Stürme. Der einzige Vorteil des eisigen Wetters war, dass die Soldaten des Erzbischofs mit den gleichen Bedingungen zu kämpfen hatten, sollten sie die Verfolgung tatsächlich aufgenommen haben. Reiten war kaum möglich, und das verschaffte Hakon einen Vorsprung.

Unerbittlich trieb er die Männer an, obwohl sie unter der Kälte litten. Die wenigen Vorräte waren bald aufgebraucht. Vor allem die klaren Nächte waren qualvoll. Es gab keine Gebäude, in denen sie unterkommen konnten, sodass sie die Nächte im Freien verbringen mussten, wo sie durch dünne Decken und ihre wenigen Kleider kaum vor der beißenden Kälte geschützt waren. Es dauerte nicht lange, bis sie Frostbeulen bekamen, die entsetzlich juckten und ihnen den Schlaf raubten.

An einem Abend – sie hatten das Grenzland bereits hinter sich gelassen – sahen sie in dem von Sachsen beherrschten Nordalbingien eine Rauchfahne, die senkrecht in den sich verdunkelnden Himmel stieg. Der Rauch wies auf ein bewohntes Gehöft hin. Die Männer beknieten Hakon, bei den Bewohnern um Unterkunft und Essen zu bitten, und er sah ein, dass seine Gefährten am Ende ihrer Kräfte waren. Schlimm hatte es Hrafn erwischt, der ohnehin kaum Fleisch auf den Knochen hatte. Schon am Morgen war er nicht mehr ansprechbar gewesen und musste von Ketil getragen werden.

«Wenn Hrafn nicht bald was zwischen die Zähne bekommt, stirbt er», mahnte Ketil.

Daher führte Hakon die Männer zum Gehöft, wo sie sich in der Nähe auf die Lauer legten und auf die Nacht warteten. Als der Mond aufging und das Gelände in ein Meer aus fahlem Licht tauchte, verließen sie die Deckung. Das Anwesen war von einer Feldsteinmauer umgeben und bestand aus einem Langhaus sowie einigen Nebengebäuden und Schuppen. Beim Näherkommen hörte Hakon irgendwo eine Ziege meckern. Unter ihren Stiefeln knirschte der Schnee. Sonst waren keine Geräusche zu hören.

Hakon schickte Thormar, Nollar und Ketil, der Hrafn auf seiner Schulter trug, auf die Seite des Wohnhauses, wo sie sich unter dem tief heruntergezogenen Dach bereithalten sollten. Dann trat er mit Skeggi vor die Tür.

Hakon klopfte an. Es dauerte nicht lange, bis eine männliche Stimme von drinnen in der Sprache der Dänen fragte, wer dort sei. Auch wenn das Gebiet unter sächsischer Verwaltung lag, waren die meisten Bewohner hier Dänen. Der Slienfjord, an dessen westlichem Ende Haithabu lag, konnte nicht weit entfernt sein.

«Mein Name ist Eyvind Arnarsson», sagte Hakon. «Bei mir ist Ragi Oleifsson. Wir haben uns verlaufen und bitten um ein Nachtlager und Essen.»

«Woher kommt ihr?», fragte die Stimme. Sie klang ungehalten. Niemand ließ sich gern in einer Winternacht stören, schon gar nicht von Fremden, deren Absichten unklar waren.

«Aus Haithabu», erwiderte Hakon.

«Dann geht dorthin zurück», sagte die Stimme. «Wir haben kaum genug für uns selbst.»

Hakon wechselte einen Blick mit Skeggi.

«Wir haben Geld», rief Skeggi. «Wir bezahlen euch.»

«Silbergeld?»

«Ja!»

«Wie viel?»

«Es sollte genug sein für ein Lager und etwas Brot.»

Eine Weile geschah nichts. Als Hakon bereits befürchtete, die Bewohner hätten sich zurückgezogen, wurde die Tür von innen entriegelt und geöffnet. In dem Spalt erschienen ein älterer Mann und hinter ihm zwei jüngere Männer, fast noch Knaben. Vielleicht die Söhne des Alten. Alle drei hatten Beile in den Händen, der Alte zudem eine Fackel.

Er musterte Hakon und Skeggi im Feuerschein. «Seid ihr bewaffnet?»

«Nein», log Hakon.

«Zeigt mir die Münzen», forderte der Bauer sie auf.

«Erst wollen wir uns aufwärmen.»

Das Gesicht des Alten verfinsterte sich. Er schien zu ahnen, dass etwas faul war, hatte den entscheidenden Fehler aber bereits begangen, indem er die Tür geöffnet hatte.

«Ich will die Münzen sehen», schnaubte der Alte und drohte mit dem Beil. «Für Bettler haben wir nichts.»

«Warum bist du so unfreundlich?», fragte Hakon.

«Es ist viel Gesindel unterwegs, Bursche. Zeigt mir eure Münzen. Dann geben wir euch einen Platz in der Scheune und bringen euch Brot. Ins Haus kommt ihr mir nicht. Ihr seht aus wie verlauste Herumtreiber.»

«Ihr bekommt die Münzen, wenn wir uns aufgewärmt haben», beharrte Hakon.

Der Alte machte einen Schritt in seine Richtung, die Jungen hielten sich dicht bei ihm. Sie drehten die Köpfe nach links und rechts, um nachzuschauen, ob noch mehr Gesindel herumlungerte.

Hakon schlug seinen Mantel zurück und klopfte auf die Ledertasche an seinem Gürtel. «Die Münzen sind in meiner Tasche. Aber meine Finger sind so steif gefroren, dass ich die Tasche nicht öffnen kann.»

«Das ist die dümmste Ausrede, die ich jemals gehört habe», knurrte der Alte angriffslustig.

Die drei Männer hatten sich mittlerweile mehrere Schritte von der Tür entfernt. Zu weit, um sich schnell genug in Sicherheit bringen zu können.

«Das mag ja sein», erwiderte Hakon. «Aber eine bessere Ausrede ist mir nicht eingefallen.»

«Willst du mich für dumm verkaufen?», fuhr der Alte ihn an.

Er machte einen weiteren Schritt auf Hakon zu und holte mit dem Beil aus. Doch Hakon wich zur Seite, und der Hieb verfehlte ihn. Schnell stieß er einen Pfiff aus, woraufhin Ketil, Nollar und

Thormar aus dem Schatten hervorkamen. Einer der Jungen war so närrisch, mit dem Beil nach ihnen zu schlagen, woraufhin Thormar ihm das Beil mit der Streitaxt aus der Hand schlug. Der Junge schrie auf, das Beil fiel zu Boden. Blut tropfte in den Schnee.

«Ihr verdammten Bastarde», schrie der Alte, verstummte aber sofort, als Ketil ihn in den Würgegriff nahm. Beil und Fackel entglitten seinen Händen und fielen in den Schnee, wo die Fackel zischend verlosch. Ketil hob ihn so hoch, dass seine Füße über dem Boden zappelten.

«Weißt du nicht, was sich gehört, Bauer?», schnaubte Ketil ihm ins Ohr. «Du kennst doch den Spruch, oder? Wärme wünscht, der vom Wege kommt. Mit Kost und Kleidern erfreue den Wanderer.»

Er stieß den Alten zu Skeggi hin, der ihn mit einem Tritt zur Tür beförderte. Dann trieben sie ihn und die Jungen ins Haus. Als die Männer eintraten, wurden sie von angenehmer Wärme empfangen. Sie kamen in eine geräumige Halle, in der mit Stroh und Reisig gepolsterte Schlafpodeste, Bänke, Tische und ein Webstuhl standen. An den Wänden hingen Felle, und über dem Hausfeuer köchelte Suppe in einem eisernen Topf.

Frauen und Kinder drängten sich in der hintersten Ecke. Die Kinder weinten, und die Frauen zitterten vor Angst. Ein Knabe umklammerte mit beiden Händen ein Holzschwert. Hakon spürte, wie sich sein knurrender Magen zusammenzog, als er unter den Kindern ein Mädchen entdeckte, das etwa so alt zu sein schien wie Aud und eine Tunika trug, die ihrer Kleidung ähnelte. Wie kläglich war er doch gescheitert, dachte er. Er hatte versagt, hatte seine Tochter nicht gerettet, wie er es geschworen hatte – sich selbst und den anderen. Und er hatte die Götter angefleht, dem hilflosen Mädchen beizustehen. Doch anstatt seine Tochter nach Hladir zu bringen, zog er wie ein abgerissener Räuber durch die Gegend und überfiel Bauern.

Ein Knall riss ihn aus seinen Gedanken. Ketil hatte Hrafn geholt, den Riegel vor die Tür geschoben und legte nun Hrafn auf einem der Betten ab. Thormar, Skeggi und Nollar scheuchten die Bauern zu ihren Weibern in die Ecke, wo sich eine dunkelhaarige Frau um den blutenden Jungen kümmerte und dessen Wunde mit Leinenfetzen verband.

Hakon forderte die Leute auf, Essen zu bringen, auch Bier könne nicht schaden. Dann ging er zu Ketil und half ihm, Hrafn, der sich kaum noch regte, aus den klammen Kleidern zu befreien.

Unterdessen rückten die Frauen einen Tisch zurecht und brachten Brot, Grütze, Sauermilch und Bier. Hakon füllte eine Holzschüssel mit Grütze und versuchte, Hrafn damit zu füttern. Doch der brachte keinen Bissen herunter.

«Lass ihn schlafen», sagte die dunkelhaarige Frau, die den Jungen versorgt hatte.

Sie war zu Hakon ans Bett getreten und schien etwa so alt wie Malina zu sein. Sie hatte einen klaren Blick und trug saubere Kleidung. Mit sanftem Druck schob sie Hakon weg, setzte sich neben Hrafn und fühlte seine Stirn.

Hakon ließ sie nicht aus den Augen, während er bei den anderen auf einer Bank Platz nahm und endlich selbst zum Essen kam. Er aß Käse und Brot, das er in Grütze einweichte, und trank dazu Sauermilch und leichtes Bier. Er gab acht, die Sachen nicht herunterzuschlingen. Sein Magen war nicht mehr an feste Nahrung gewohnt, nachdem sie tagelang nur aufgetautes Schneewasser getrunken hatten.

Nach dem Essen übernahmen Hakon und Skeggi die erste Wache, damit die Bauern nicht flohen und Hilfe holten. Nollar, Thormar und Ketil legten sich zu Hrafn, während Hakon und Skeggi schweigend ins Feuer starrten und lauschten, wie die Frauen leise Lieder sangen, um die Kinder zu beruhigen.

Am nächsten Morgen ging es Hrafn etwas besser. Er war zwar

noch angeschlagen, aber Hakon entschied, dass sie weiterziehen mussten. Er dankte der Frau für die Hilfe und musste Thormar zur Ordnung rufen, der darauf bestand, alle Bauern zu töten, damit sie sie nicht an die Sachsen verrieten. Dann packten sie Vorräte, Decken und frische Kleidung ein und setzten ihren Marsch fort.

Vor ihnen lag noch ein langer Weg, der sie nach einigen Meilen zunächst an den Slien führte. Der Fjord war zugefroren und das Eis mit einer Schneeschicht bedeckt. Da Ketil der Schwerste von ihnen war, testete er das Eis. Als es sein Gewicht aushielt, überquerten die Gefährten mit kurzem Fußmarsch das sonst nur mit einem Boot zu überwindende Gewässer.

Und so kamen sie in das Land, das von einem Mann regiert wurde, der seit jeher Hakons erbitterter Feind war und sich dem gekreuzigten Christengott vor die Füße geworfen hatte. Harald Blauzahn war der Sohn des alten Gorm, der einst mit harter Hand das Reich geeint und die Stämme auf Jütland unter seine Herrschaft gezwungen hatte. Aber Blauzahn verteidigte nicht nur dieses Erbe, sondern er wollte die Macht über alle Länder am Nordweg. Dabei stand er in Konkurrenz zu seinem Neffen Harald Graufell, der ebenfalls für sich in Anspruch nahm, rechtmäßiger Herrscher über den Norden zu sein. Mal kämpften die beiden Könige miteinander, dann wieder gegeneinander. Nach allem, was Hakon wusste, war das Verhältnis der beiden Männer seit geraumer Zeit nicht das beste. Und das musste er ausnutzen.

Wie in Wagrien und Nordalbingien war auch auf Jütland das Leben in Eis und Schnee erstarrt. Das mit Hügeln überzogene Land lag dort, wo Wälder gerodet worden waren, im gleißenden Sonnenlicht vor ihnen.

Es dauerte nicht lange, bis die Vorräte der Bauern aufgezehrt waren und die Gefährten erneut Hunger litten. Sie wurden von juckenden Frostbeulen geplagt, und in den Nächten biss die Kälte in ihre Knochen, wenn sie sich in Bodensenken oder hinter Bäumen zusammenkauerten. An Feuer war nicht zu denken, denn das Holz war feucht. Sie mussten alles vermeiden, was Aufmerksamkeit auf sie lenken konnte.

Nachdem sie sich einige Tage durch verschneite Felder und Wälder geschlagen hatten, stießen sie auf einen Weg, der mit aus dem Schnee ragenden Holzstangen markiert war. Hakon hoffte, dass es der Heerweg war, der von der Hammaburg im Süden über Jelling bis in den Norden Jütlands führte. Auf dem Weg kamen sie nun schneller voran. Es spielte ihnen in die Hände, dass die Gegend im Winter nahezu verlassen war.

Dennoch mussten sie jetzt besonders vorsichtig sein. Sie stießen auf Spuren von Menschen, Tieren und Karren. Nicht alle Dänen verkrochen sich in ihren Häusern. Hin und wieder sahen sie Gehöfte oder Siedlungen. Über den Hütten stieg Rauch auf, und der Drang, sich an einem Feuer zu wärmen, wurde mit jedem Schritt nach Norden größer. Zumal Hrafns Zustand sich wieder verschlechterte.

Als sie an einem Morgen auf dem Heerweg einen Fjord passierten, geschah es. Hrafn fiel um. Er stürzte einfach mit dem Gesicht voran in den Schnee und bewegte sich nicht mehr. Er kam auch nicht wieder zu sich, als sie ihn mit Schnee abrieben und dann in Decken wickelten, um seinen ausgezehrten Körper zu wärmen. Da er jedoch noch atmete, nahm Ketil ihn auf seinen Rücken, auf dem sie Hrafn wie auf einem Packpferd festbanden.

Am Abend lagerten sie in einer Senke, die von bewaldeten Hügeln gesäumt wurde und durch die ein teilweise mit Eis überzogener Bach strömte. Obwohl es nicht mehr weit zur Wehrburg von Jelling, einem Hauptsitz des Dänenkönigs, sein konnte, ließ Hakon die Männer Holz suchen. Mit Einbruch der Dunkelheit schichteten sie Zweige und Äste auf. Nach mehreren Versuchen fing das feuchte Holz Feuer. Sie setzten Hrafn vor die lodernden

Flammen. Nollar und Thormar hielten ihn fest, damit er nicht umkippte.

In der Nacht wechselten sie sich ab, auf Hrafn aufzupassen. Doch als Hakon am nächsten Morgen nach kurzem Schlaf erwachte, musste er feststellen, dass ihre Bemühungen umsonst gewesen waren. Das Leben war aus Hrafn gewichen. Hakon ballte vor Wut die klammen Hände zu Fäusten. Alles war umsonst gewesen, sein Vorhaben war von vornherein zum Scheitern verurteilt. Der Angriff auf Karmøy. Die Suche nach Aud. Die Rettung in Starigard. Der Marsch durch Eis und Kälte. Hrafns Tod.

Doch hatte er eine Wahl gehabt?

War es nicht sein Schicksal, dem Weg zu folgen, den die Götter wiesen? Auch wenn der Weg ins Verderben führte? Wenn am Ende seines Weges die Totengöttin Hel mit ihren spitzen Zähnen und dem nie versiegenden Hunger auf Menschenfleisch lauerte? Und wenn dort nicht Odin, der Göttervater, in Walhall auf den siegreichen Krieger wartete, um ihn mit Gold, Speisen und den nie endenden Freuden zu belohnen?

Schon lange fuhr in diesem Winter kein Schiff mehr, das sie nach Hladir bringen konnte. War es daher nicht besser, auf irgendeinem Hof Unterschlupf suchen, um auf das Ende des Winters zu warten? Aber was würde geschehen, wenn Eis und Schnee tauten, wenn die Flüsse, Fjorde und Meere wieder befahrbar wurden und die ersten Schiffe in See stachen? Dann würde ein Schiff den Befehl des Erzbischofs nach Hladir bringen. Dann würde sich Graufell an den Throendern für Hakons Flucht rächen.

Aber er war nicht bereit, sie ihrem Schicksal zu überlassen. Nein, er würde alles unternehmen, um dem Erzbischof zuvorzukommen und Malina und Eirik und alle anderen aus Graufells Händen zu befreien.

«Jarl!»

Jemand rief nach ihm. Hakon blickte von Hrafns Leiche auf,

die er beim heruntergebrannten Feuer abgelegt hatte. Ketil und die anderen schauten zum Weg, der sich nicht weit von ihrem Lager entfernt über die Hügel zog.

Dann sah auch Hakon die Reiter kommen.

Es waren mehr als ein Dutzend Krieger, die die Gefährten längst entdeckt hatten. Ihre Pferde konnten auf dem glatten Untergrund nur traben, dennoch war es zu spät, um zu fliehen.

Hakon rief die Männer zu den Waffen und gürtete sein Schwert. Sie hatten die Waffen den weiten Weg mitgeschleppt und bislang nur auf dem Gehöft gegen die Bauern einsetzen müssen. Doch das hier waren Krieger, die mit Schilden, Speeren, Schwertern und Streitäxten bewaffnet waren.

An der Spitze des Trupps ritt auf einem schwarzen Pferd ein Mann, der unter dem Fellmantel ein Kettenhemd und auf dem Kopf einen mit Gold beschlagenen Helm trug, auf dem sich das Licht der Morgensonne spiegelte. Der Krieger bot einen prächtigen Anblick. Wie ein Kriegsherr, der nicht in friedlicher Absicht kam.

7.

Jelling

Die Krieger ritten den Weg hinunter zur Brücke, die hundert Schritt vom Lager entfernt über den Bach führte. Dort saßen sie ab und sammelten sich.

Hakon zählte fünfzehn Krieger.

«Ob es Blauzahns Männer sind?», überlegte Skeggi. «Jelling muss ganz in der Nähe sein.»

«Sie tragen nicht sein Banner», erwiderte Hakon. «Sie tragen überhaupt kein Banner.»

«Warum sollten sie? Das ist hier sein Land.»

«Das hält einen König nicht davon ab, sich mit seinem Banner zu schmücken.»

«Und wenn der Erzbischof die Männer geschickt hat?»

Hakon schüttelte den Kopf. Dass der Erzbischof dahintersteckte, hielt er für unwahrscheinlich. Starigard war weit weg, und sollte der Erzbischof inzwischen auf die Hammaburg zurückgekehrt sein, hätten seine Soldaten es nicht so schnell hergeschafft.

Hakon stand mit den anderen bei Hrafns Leiche am Feuer, während der Goldhelm seine Krieger zusammenrief. Um zum Lager zu gelangen, mussten sie durch die mit einer tiefen Schneeschicht bedeckte Senke. Ihre Pferde würden mit den Läufen darin versinken. Daher nahmen zwölf der Krieger die Schilde von den Sätteln und zogen zu Fuß los, während die anderen drei bei den Pferden zurückblieben.

Hakon schaute hinter sich und schätzte die Entfernung zu einem Hügel ab, an dem das Gelände zu einem mit dichtem Buschwerk gesäumten Waldrand anstieg. Etwa fünfzig Schritt. Also konnten sie den Hügel erreichen, bevor die Krieger sie einholten. Aber was dann? Die Männer des Goldhelms waren vermutlich ausgeruht und hatten vor dem Ausritt gegessen, während Hakon und seine Leute seit Tagen nichts zwischen die Zähne bekommen hatten.

«Was sollen wir machen, Jarl?», fragte Nollar unsicher.

Gute Frage, dachte Hakon. Verdammt gute Frage. «Wer von euch fliehen will, sollte das jetzt tun.»

«Vielleicht hören wir uns erst einmal an, was die Männer von uns wollen», sagte Nollar.

«So, wie die aussehen, wollen die nur eins – uns töten», knurrte Skeggi.

«Dann müssen wir kämpfen», sagte Hakon.

«Wenn du kämpfst, Jarl, bin ich an deiner Seite», sagte Ketil. «Und wenn es sein muss, sterbe ich an deiner Seite.»

«Du sprichst vom Sterben, Riese?», entgegnete Thormar. «Dann gib acht, dass du dir nicht in die Hose scheißt. Wenn wir kämpfen, töten wir die Bastarde.»

«Es sind mehr als doppelt so viele Männer wie wir», gab Ketil zurück.

«Der Däne glaubt wahrscheinlich, er sei stark genug, um es mit zehn Männern aufzunehmen», sagte Skeggi. «Vielleicht sind es ja seine Freunde?»

«Denkst du, ich würde mich mit einem Saukerl wie dir abgeben, wenn ich auch nur einen einzigen Freund in diesem verlausten Land hätte?», sagte Thormar.

«Wenn du hier keinen Freund hast, wo dann?», entgegnete Skeggi.

Hakon rief die Streithähne zur Ruhe, während die Krieger in die Senke kamen und sich am Bachlauf näherten.

«Kommt her, ihr Eiterbeulen», rief Thormar und schwenkte seine Axt. «Ich hacke euch in Stücke und pisse auf euch!»

«Er kann es nicht erwarten zu sterben», knurrte Skeggi.

Hakon nickte. Ihre Aussichten, den Tag lebend zu beenden, schienen nicht groß zu sein. «Wir laufen zum Hügel und sammeln uns am Waldrand», befahl er. «Auf dem abschüssigen Gelände sind wir im Vorteil.»

Dann hastete er los. Sein Herz raste, und die kalte Luft stach in seinen Lungen, während er bis zu den Knien im Schnee versank. Das Laufen forderte ihm die letzten Kräfte ab. Nollar überholte ihn und erreichte als Erster den Hang, dicht gefolgt von Hakon, Ketil und Skeggi. Sie schleppten sich den Hügel hinauf, zu einem mit Dornen besetzten Busch.

Hakon rang um Atem, auch die anderen keuchten. Da bemerkten sie, dass Thormar fehlte. Hakon sah den Dänen durch den Schnee stolpern. Er hatte erst die Hälfte der Strecke hinter sich gebracht, als die Angreifer schon den Lagerplatz erreichten, wo die Decken und Hrafns Leiche lagen und von der Feuerstelle dünner Rauch aufstieg.

«Will der Däne auf seine Freunde warten?», stieß Skeggi aus.

«Sieht so aus, als ob mit seinem rechten Fuß was nicht stimmt», bemerkte Ketil.

Tatsächlich kroch Thormar mehr, als dass er lief.

Die Angreifer waren beim Lager stehen geblieben, wo der Goldhelm Hrafns Leiche mit dem Fuß anstieß, bevor er sein Schwert zog. Hakon entfuhr ein wütendes Knurren, als der Goldhelm die Klinge niederfahren ließ und Hrafn den Kopf abschlug. Er hob den Kopf an den Haaren auf und reckte ihn triumphierend in die Höhe. Seine Krieger jubelten.

«Was für ein Held», sagte Ketil. «Lässt sich dafür feiern, dass er einem toten Mann den Kopf abschlägt.»

Dann rückten die Angreifer weiter vor.

Thormar hatte die Axt hinter seinem Rücken in den Gürtel geschoben. Er krabbelte auf allen vieren und versank bis zur Brust im Schnee.

«Wir müssen ihn holen», sagte Hakon.

«Und wenn das eine Falle ist?», erwiderte Skeggi.

Doch Hakon war schon unterwegs. Als er Thormar erreichte, waren die Angreifer nicht mehr weit entfernt. Schnee wirbelte vor ihren Beinen auf. Hakon hörte sie rufen und lachen. Er versuchte, Thormar an den Schultern hochzuziehen, doch der Däne war schwer, und Hakons Finger waren steif von der Kälte.

«Ich habe mir den Fuß verdreht», stöhnte Thormar.

Obwohl Hakon ihn unterhakte, kamen sie zu langsam voran. Das Gebrüll der Angreifer wurde lauter, aber Ketil lief den beiden entgegen und half, den Dänen den Hang hinaufzuschleifen, wo Skeggi und Nollar warteten. Sie alle machten in ihren zerlumpten Kleidern und zerkratzten Gesichtern sicher keinen wehrhaften Eindruck auf die Angreifer.

«Kannst du stehen?», fragte Hakon.

Thormar nickte verkniffen und zog die Streitaxt aus dem Gürtel.

Wenige Schritte vor dem ansteigenden Gelände hielten die Angreifer an und stellten sich in einer Reihe auf, vor die der Goldhelm trat. Er war eine beeindruckende Erscheinung. Er war ein großer Mann mit breiten Schultern, über denen ein Mantel aus Bärenfell hing. Der goldene Helm schimmerte im blassen Morgenlicht. Das Gesicht mit dem hellen Bart lag hinter dem Nasal im Schatten. Seine Schwertklinge war an die drei Fuß lang und die Parierstange mit Gold verziert. Auch an seinen Handgelenken glitzerten Goldreifen, und über dem Kettenhemd hing ein schweres Silberkreuz.

«Der Bastard ist ein Munki», schnaubte Ketil.

«Kennst du den Mann, Thormar?», fragte Hakon.

«Nie gesehen.»

«Du lügst doch», fuhr Skeggi ihn an. «So einen Mann muss man kennen. Das ganze Gold! Dafür würde ich mir zehn Weiber kaufen und mich bis ans Ende meiner Tage verwöhnen lassen.»

Thormar stützte sich auf den Schaft seiner Axt und schwieg, was bei einem so redseligen Mann etwas heißen wollte.

«Wer seid Ihr?», rief Hakon dem Goldhelm zu.

Der Mann lachte nur und warf ihnen Hrafns Kopf entgegen, der mit dem Gesicht nach oben im Schnee landete. Dann schob der Goldhelm sein Schwert in die Scheide und ließ sich von einem Krieger einen Speer geben.

«Der Bastard will mit uns spielen», sagte Hakon und überlegte, ob sie versuchen sollten, in den Wald zu fliehen. Allerdings müssten sie dann Thormar zurücklassen, der mit dem verletzten Knöchel zu langsam war.

Unten am Hang jubelten die Krieger und hämmerten gegen die Schilde, als der Goldhelm begann, mit dem Speer im Schnee auf- und abzustapfen, bis er mit einem Mal stehen blieb. Die Goldreifen glitzerten an seinem Handgelenk. Und dann schleuderte er plötzlich den Speer.

«Duckt euch», rief Hakon und ließ sich der Länge nach hinfallen. Er landete mit dem Gesicht im Schnee neben Hrafns Kopf und hörte jemanden schreien. Als er aufschaute, sah er Nollar wanken, mit beiden Händen den Speerschaft umklammernd, der aus seiner Brust ragte. Dann fiel er um.

Ketil stieß ein ohrenbetäubendes Wutgebrüll aus.

Da hörte das Schildhämmern auf. Die Angreifer hatten sich umgedreht und schauten zum Weg, auf dem die zurückgebliebenen Krieger riefen und mit den Armen ruderten. Der Goldhelm richtete den Blick wieder auf Hakon, zeigte auf ihn und spuckte aus, bevor er mit seinen Kriegern durch aufwirbelnden Schnee davonlief.

Hakon sprang zu Nollar, zog ihm den Speer aus der Brust und warf ihn hinter dem Goldhelm her. Doch die Angreifer waren schon zu weit entfernt. Der Speer landete im Schnee, während die Gegner weiterliefen, als würden sie von einem Schwarm Hornissen verfolgt. Bei der Brücke saßen sie auf, gaben den Pferden die Sporen und ritten in die Richtung davon, aus der sie gekommen waren.

«Ich habe das feige Pack in die Flucht gebrüllt», sagte Ketil ohne Freude.

Auch den anderen war nicht zum Lachen zumute. Nach Hrafn hatten sie nun auch Nollar verloren.

Da kamen aus Norden andere Krieger über den Heerweg geritten. Mindestens vier, fünf Dutzend Männer. Hakon sah bei ihnen ein Banner wehen und erkannte das Zeichen wieder.

8.

Jelling

Drei Dutzend Krieger nahmen die Verfolgung des Goldhelms und seiner Leute auf. Der Rest der Truppe saß bei der Brücke ab und stapfte zum Hang, an dem Hakon mit seinen Gefährten wartete. Sie hatten das Ziel ihrer Reise erreicht.

«Haben wir gerade Glück oder Pech?», fragte Ketil.

«Es gibt kein Glück», erwiderte Hakon. «Das Schicksal bestimmt über unser Leben und unseren Tod.»

«Sollten wir nicht trotzdem verschwinden, solange wir noch können?», warf Skeggi ein.

«Was wird dann aus ihm?» Hakon deutete auf Thormar, der sich hingesetzt und den rechten Stiefel ausgezogen hatte. Der Knöchel begann sich zu verfärben und anzuschwellen.

Thormar fluchte vor sich hin. «Ich hacke mir den verdammten Fuß ab.»

«Sollen wir uns wegen dem Dänen von Dänen abschlachten lassen?», knurrte Skeggi.

«Und dir Schafskopf hacke ich den Hals durch», fauchte Thormar.

Die Dänen kamen auf zwanzig Schritt heran, bevor sie am Fuß des Hangs stehen blieben. Ein Mann mit rotem Zopfbart legte die Hände als Trichter um den Mund und forderte sie auf, vom Hügel herunterzukommen.

Thormar stöhnte, als er den Stiefel wieder über den verletzten Knöchel zog. Ketil half ihm auf und stützte ihn, während sie Hakon und Skeggi den Hang hinunter folgten.

Der Rotbart empfing sie mit grimmigem Blick. Er war ein stämmiger Mann mit einem runden Gesicht. Der Kamm seines Helms war mit einem Eberzeichen verziert. Er streckte den Bauch raus und hakte die Daumen hinter den Gürtel. Offenbar hielt er es nicht für nötig, bei dem Haufen abgewrackter Gestalten das Schwert zu ziehen.

«Was habt ihr Bettnässer hier verloren?», schnauzte er sie an.

«Wir sind von den Männern angegriffen worden, die deine Leute gerade verfolgen», erklärte Hakon.

«Woher soll ich wissen, dass ihr nicht zu ihnen gehört?»

«Hätten sie dann zwei von uns getötet?»

Der Rotbart zuckte mit den Schultern. «Vielleicht haben die beiden es verdient. So wie ihr auch. Ihr seht aus wie Herumtreiber, und Herumtreiber machen Ärger.»

«Wir haben einen langen Marsch hinter uns, um deinem König einen Besuch abzustatten, und bislang keine Gelegenheit gehabt, uns zu waschen und frische Kleider anzuziehen.»

«*Was* wollt ihr? Zu König Harald? Der hat Wichtigeres zu tun, als sich mit verdrecktem Geschmeiß abzugeben.» Der Rotbart lachte verächtlich, war aber offenbar doch neugierig, denn er fragte: «Woher kommt ihr?»

«Das ist eine lange Geschichte.»

«Dann fass dich kurz, Bursche.»

«Ich werde die Geschichte deinem König erzählen.»

«Du hast ein vorlautes Maul, Kerl. Nenn mir deinen Namen.»

Hakon überlegte, ob er nicht erst Blauzahn verraten sollte, wer er war, entschied sich aber dagegen. Er wollte den Rotbart nicht reizen. «Meine Name ist Hakon Sigurdsson.»

Er konnte sehen, wie es in dem Dänen arbeitete, bis der schließlich sagte: «Nie gehört.»

«Du weißt nicht, wer der Jarl von Hladir ist?», warf Ketil ein.

«Der Jarl von Hladir?», knurrte der Rotbart. «Wollt ihr mich für dumm verkaufen? Der da sieht aus wie ein stinkender Bettler. Der Jarl soll das schwarze Haar bis zum Hintern tragen, aber das von diesem Narr hier ist kurz. Warum behauptet ihr so einen Unsinn?»

«Hast du doch gerade gesagt», sagte Skeggi leise. «Weil du dumm bist.»

Der Rotbart schien es nicht gehört zu haben. «Ich glaube dir kein Wort, du Ratte. Der Jarl hat sich in Thrandheim verkrochen. Außerdem hat er einen Raben. Ich sehe hier aber keinen Raben, nur vier verlauste, stinkende Gestalten, die sich über mich lustig machen.»

Hakon zuckte mit den Schultern. «Glaub es oder glaub es nicht. Ich habe eine Nachricht für deinen König. Sie betrifft seinen Neffen Harald Graufell. Und es könnte sein, dass dein König sehr ungehalten wird, wenn du verhinderst, dass er diese Nachricht erhält.»

Der Rotbart kratzte sich nachdenklich unter dem Helm über den Augenbrauen. Dann zog er sich mit einem anderen Mann zurück und besprach sich mit ihm. In dem Moment kehrten die Krieger auf dem Heerweg zurück. Da forderte der Rotbart Hakon und seine Gefährten auf, ihm zu folgen.

«Und was geschieht mit unseren Freunden?», fragte Hakon.

«Die Krähen werden sie fressen», knurrte der Rotbart.

«Nein, wir müssen sie bestatten!» Hakon konnte die Leichen unmöglich einfach so zurücklassen.

«Entweder ihr kommt sofort mit, oder der König wird euch nicht empfangen.»

Der Königshof von Jelling war die größte Wehranlage im Dänenreich. Sie war einst von Gorm dem Alten gebaut und von seinem Sohn Harald Blauzahn erweitert worden. Die Anlage stand im Hinterland, etwa zehn Meilen von der Ostmeerküste entfernt, wo sie vor Angriffen von See geschützt war. An diesem bitterkalten Wintertag pfiff der Wind über die weitläufigen, zwölf Fuß hohen Palisaden. Tausende Bohlen aus Eichenholz waren dafür in den Boden gerammt worden. Die Palisaden, die an jeder Seite fünfhundert Schritt maßen, wiesen mehrere Abschnitte mit hellen Bohlen auf, wo sie erst vor kurzem ausgebessert worden waren. Krieger patrouillierten auf den Wehrgängen, hinter denen Dächer von Langhäusern emporragten. Nun sah Hakon, der niemals zuvor in Jelling gewesen war, auch die Kuppen der bekannten Grabhügel, deren Ausmaß von außen nur zu erahnen war.

Der Rotbart führte Hakon und seine Gefährten zu einem schmalen Tor auf der Nordseite, wo sie warten mussten, bis ihnen geöffnet wurde. Der Rotbart ging voran durchs Tor. Hakon folgte ihm mit Skeggi und Ketil, die den humpelnden Thormar in die Mitte genommen hatten.

Im Innern der vom Schnee geräumten Wehranlage standen Dutzende Zelte, was zu dieser Jahreszeit ungewöhnlich war. Als Hakon überall gerüstete und schwer bewaffnete Krieger sah, die sich im Kämpfen übten, fragte er sich, warum Blauzahn ein Heer zusammengezogen hatte. Plante er womöglich einen Krieg gegen die Sachsen?

In der Anlage gab es nur wenige befestigte Langhäuser. Drei der mit Holzschindeln gedeckten Gebäude, die von einer Art überdachtem Umgang umgeben waren, standen unterhalb der Palisaden. Dort waren sie vor feindlichem Pfeilbeschuss geschützt und dienten der Leibgarde und dem Gesinde des Königs als Unterkunft.

Und über allem thronten die beiden mehr als dreißig Fuß hohen Grabhügel, die wie eine Demonstration grenzenloser Macht wirkten.

«Welcher Riese hat denn diese Haufen geschissen?», knurrte Ketil und ließ beinahe Thormar fallen.

Auch Hakon konnte sich der Ehrfurcht nicht erwehren, die ihn beim Anblick der Grabhügel beschlich. Sie waren von hellen Steinen umgeben, die man in Form eines Langschiffs in den Boden gesetzt hatte, das sich über die gesamte Länge der Wehrburg erstreckte. Das Schiff hatte Gorm, der im vorderen Hügel bestattet worden war, und seine Frau Tyra im hinteren Hügel nach Walhall gebracht. Aber das war zu Zeiten gewesen, als hier noch keine Munkis herrschten. Denn Schiffsgräber waren ein alter Brauch, und es war den Munkis anscheinend bislang nicht gelungen, Blauzahn dazu zu bewegen, das Götterschiff zu beseitigen.

«Schlaft nicht ein», rief der Rotbart.

Hakon und seine Gefährten wurden an den Steinsetzungen entlang zum Königspalas zwischen den Grabhügeln gebracht. Dort ließ der Rotbart sie von Kriegern bewachen, bevor er im Palas verschwand, vor dem zwei Runensteine standen. Den kleineren der beiden Steine hatte Gorm einst seiner Frau Tyra gewidmet, die eine in den Stein gemeißelte Inschrift als *Stolz Dänemarks* bezeichnete.

Der zweite Stein war noch größer, fast zehn Fuß hoch. Blauzahn hatte das Denkmal nicht nur seinen Eltern gewidmet, sondern sich in seiner Überheblichkeit auch selbst darauf verewigt. Die Inschrift machte Hakon wütend. Blauzahn rühmte sich damit, nicht nur Dänemark, sondern alle Länder am Nordweg für sich gewonnen und die Dänen zu Christen gemacht zu haben. Dazu prangte auf dem bunt bemalten Stein eine Figur des gekreuzigten Jesus.

«Aufgeblasener Bastard ...», sagte Hakon, verstummte jedoch, als er einen dürren Mann vor eine Hütte treten sah. Der magere Mann mittleren Alters trug ein Christenkreuz am Lederband um den Hals und war mit einer dunkelgrauen Munkikutte bekleidet. Sein breites Gesicht erinnerte Hakon an eine Erdkröte.

Er hatte befürchtet, dass sich an Blauzahns Hof Munkis eingenistet hatten, die seinen Plan durchkreuzen könnten. Dennoch würde er sein Vorhaben nicht aufgeben. Dafür war er nicht nach Jelling gezogen und hatte zwei Männer verloren.

Er wandte den Blick von dem Munki ab, um dessen Aufmerksamkeit nicht auf sich zu ziehen.

Kurz darauf kam der Rotbart aus dem Palas, winkte Hakon zu sich, verwehrte Ketil, Skeggi und Thormar aber den Zutritt. Hakon bat sie, sich zu fügen, ließ sich nach Waffen durchsuchen und dann in eine von Hausfeuern und Trankerzen matt erhellte Halle führen. Im schummrigen Licht sah er an den Wänden kostbare Felle, bestickte Tücher sowie Schilde, Schwerter, Lanzen und Äxte hängen. Die Stützbalken waren mit verschlungenen Tier- und Dämonendarstellungen verziert.

In die prächtige Halle hätte das Jarlshaus zweimal hineingepasst.

Als er tiefer hineingeführt wurde, waren klapperndes Geschirr und gedämpfte Stimmen zu hören. Die Luft war stickig vom Rauch. Es roch nach Schweiß und anderen Ausdünstungen der Männer, die an einem langen Tisch zusammensaßen.

Als Hakon den Dänenkönig nach langer Zeit wiedersah, pochte sein Herz schneller. Jetzt würde sich herausstellen, ob sein Vorhaben nicht vollkommen irrsinnig war. Hakon war kein Mann großer Worte und langwieriger Verhandlungen. Doch nun musste er seine Worte geschickt wählen, um Blauzahn zu überzeugen.

Der König thronte auf dem Hochsitz am Kopfende des Tischs. Bei ihm saßen etwa ein Dutzend Männer. Auf dem Tisch dampfte gebratenes Fleisch, dessen Geruch sich mit dem von gebackenem Brot und geräuchertem Fisch mischte. Hakons Magen knurrte wie ein grimmiger Wolf.

Als er vor den Tisch geführt wurde, unterbrachen die Männer ihr Mahl.

Blauzahn war tief im Hochstuhl versunken. Er war alt, hatte

an die sechzig Jahre auf den Knochen. In der rechten Hand hielt er ein mit Silber beschlagenes Trinkhorn. Die Finger seiner linken, mit dicken Goldringen besetzten Hand lagen locker auf der Lehne. Die Schmuckstücke glänzten wie Odins Ring *draupnir*, der von Zwergen geschmiedet worden war.

Während die anderen Männer Hakon neugierig betrachteten, blieb die Miene des Königs ausdruckslos, wenn nicht gelangweilt. Sein faltiges Gesicht war gerötet, sein heller Bart zum Zopf geflochten, der ihm auf der roten Tunika über die Brust hing. Helle Augen starrten Hakon unter den buschigen Augenbrauen an. Blauzahn mochte älter sein, als viele Männer wurden, aber sein Blick war durchdringend und wachsam.

Hakon verachtete den Hurensohn, der sich von Munkis mit Weihwasser bespritzen ließ und die Länder am Nordweg beherrschen wollte. Nie zuvor war er ihm so nah gekommen, und seine Abneigung wuchs mit jedem Atemzug, den der Abschaum in die Halle hauchte.

Ohne Hakon aus den Augen zu lassen, nahm der König einen Schluck aus dem Trinkhorn, sagte aber noch immer nichts, nachdem er es wieder abgesetzt hatte. Er begann, sich mit einem fingerlangen, goldenen Ohrlöffel Schmalz aus den Ohren zu pulen, und schnippte den Dreck weg, bevor er den Löffel wieder an seinem Gürtel befestigte.

Hakon wartete ungeduldig, als etwas gegen sein Bein schlug. Vor ihm war ein Knabe mit einem Holzschwert in der Hand aufgetaucht. Der Bursche glotzte Hakon überheblich an, bis er ausholte und erneut zuschlug.

Hakon wich nicht aus, denn das hätte ihm nur das Gelächter der Männer eingebracht. Der Jarl, der vor einem Kind Angst hatte.

«Ich bringe dich um», keifte der Bengel.

«Das wirst du nicht tun, Svein!» Aus dem hinteren Hallenbereich kam eine Frau von etwa dreißig Jahren gelaufen.

«Ich muss ihn töten, Mutter», sagte der Knabe. «Vater hat gesagt, der Mann ist unser Feind und außerdem ein stinkender Erdwurm.»

Hakon wusste nicht, wie viele Frauen Blauzahn hatte. Aber es war gut möglich, dass diese Frau hier diejenige war, die von Slawen abstammte. Ihr Name war ihm entfallen, aber er hatte gehört, dass Blauzahn mit einer Slawin einen Sohn namens Svein gezeugt hatte. Die Frau zog den Jungen am Ohr fort und ignorierte sein Wutgeheul.

Der König nahm einen weiteren Schluck, bevor der Stuhl unter seinem Gewicht knarrte, als er sich nach vorn an den Tisch beugte und mit der goldbesetzten Hand eine wegwerfende Geste machte. «Kindergerede», sagte er. «Du behauptest also, der Jarl von Hladir zu sein?»

«Das behaupte ich nicht nur.»

«Dann kannst du es sicherlich beweisen?»

«Nur, indem ich Euch etwas mitteile, was kaum ein anderer Mann wissen kann.»

«Fass dich kurz.» Blauzahn nickte in die Tischrunde. «Wir haben uns um wichtigere Angelegenheiten zu kümmern, als uns von einem Nordmann die Zeit stehlen zu lassen.»

Hakon verlagerte sein Gewicht vom rechten aufs linke Bein. Er fühlte seine Erschöpfung, aber da ihm niemand einen Sitzplatz anbot, musste er wohl im Stehen reden. Er begann, von Graufells Überfall auf den Brimillhof und dem missglückten Gegenschlag auf Karmøy zu berichten. «Euer Neffe hatte die Insel geräumt und sich irgendwo in den Fjorden verkrochen.»

«Was sollte daran falsch sein, einen Hof zu überfallen und Throender zu töten? Er ist euer König. Wenn ihr ihm Abgaben verweigert, hat er das Recht, euch zu bestrafen. Ihr seid verpflichtet, ihm wie auch mir Abgaben zu zahlen, doch auch ich habe lange nichts mehr aus Thrandheim erhalten.»

«Seid Ihr Euch sicher?»

Die buschigen Augenbrauen hoben sich. «Was meinst du damit?»

«Ob Ihr bestimmt wisst, dass wir Euch keine Abgaben bezahlt haben. Vielleicht haben sie Euch bloß nicht erreicht.»

«Willst du behaupten, Graufell behält die Abgaben für sich?»

Hakon bewegte den Kopf vage hin und her. «Es ist lange her, dass Ihr am Nordweg nach dem Rechten geschaut habt, König Harald. Und niemand sollte Euren Neffen besser kennen als Ihr.»

Die Augenbrauen sackten wieder nach unten, aber mehr als ein verächtliches Schnauben kam nicht aus Blauzahns Mund.

«Graufell herrschte zuletzt über das Rogaland und das Hördaland», sagte Hakon. «Doch anders als in Thrandheim, wo die Böden fruchtbar sind, fiel dort im Herbst des letzten Jahres die Ernte so schlecht aus, dass die Menschen kaum Vorräte anlegen konnten. Viele Menschen litten Hunger. Dennoch hat Euer Neffe ihnen alles weggenommen, um seine eigenen Kammern zu füllen und seinen Reichtum zu mehren. Es würde mich wundern, wenn davon auch nur eine einzige Münze in Eurem Palas angekommen ist.»

Blauzahns grimmiges Schweigen bestätigte Hakon, dass seine Vermutung richtig war.

Graufells hartnäckige Weigerung, seinen Onkel als Gesamtherrscher anzuerkennen, hatte in der Vergangenheit zu heftigen kriegerischen Auseinandersetzungen geführt. Und diese Rivalität musste sich Hakon zunutze machen, um den Dänenkönig für den Plan zu gewinnen.

«Die Menschen haben sich gegen Euren Neffen erhoben», fuhr er fort. «Aus purer Verzweiflung haben sie ihr Leben aufs Spiel gesetzt, ihn bekämpft und schließlich verjagt. Deswegen musste er sich nach Karmøy zurückziehen.»

«Graufell ist ein kleingeistiger Schleimscheißer, genau wie

meine zänkische Schwester Gunnhild, wenn das stinkende Weib überhaupt noch lebt.»

«Vermutlich erfreut sie sich bester Gesundheit.»

«Das Weib ist unverwüstlich.»

«So wie Euer Neffe.»

Blauzahns Faust krachte auf den Tisch. «Ich bin mit schlechter Laune aufgewacht, die sich über den Tag nicht gebessert hat. Und nun kommt ein Mann daher, der aussieht wie ein Strauchdieb, aber behauptet, der Jarl von Hladir zu sein, und mir von Dingen berichtet, die meine Laune noch schlechter machen.»

Hakons Herz hämmerte. Er spürte, dass er nah dran war, Blauzahn von der Gefahr zu überzeugen, die ihm durch seine Verwandten drohte, und ihn dazu zu bewegen, Graufell den Krieg zu erklären. Um Feuer mit Feuer zu vernichten. Ein Feind durch den anderen Feind. Das war ein riskanter Plan, der genauso gut nach hinten losgehen und sich gegen Hakon selbst richten konnte. Aber vom Gelingen hing das Überleben der Throender ab. Und Hakons Überleben.

In dem Moment flog die Tür des Palas auf. Eilige Schritte waren zu hören.

Als Hakon über die Schulter nach hinten schaute, sah er die Erdkröte mit wehender Kutte näher kommen. Ausgerechnet jetzt! Der Munki konnte alles verderben. Er huschte zum Tisch, warf Hakon einen hasserfüllten Blick zu und verneigte sich dann in Blauzahns Richtung.

«Herr, ich habe gerade erfahren, wer dieser Mann ist», stieß er atemlos aus. Seine Stimme klang seltsam hoch, irgendwie weibisch.

«Ach ja?», knurrte Blauzahn und trank.

«Der Mann ist der Jarl von Hladir. Ihr wisst schon, der Teufelsanbeter und Christenschänder, der den seligen Bischof Poppo ...»

«Ich weiß, wer der Mann ist.»

Dem Munki quollen die Augen aus den Höhlen. «Dann müsst Ihr ihn in Eisen legen lassen.»

«Warum?»

«Warum? Weil er ...»

«Ich unterhalte mich mit ihm.»

«Herr, mit Satansgezücht kann man nicht reden wie mit Menschen. Das ist Ungeziefer, das man beseitigen muss.»

«Dann schlage ich vor, dass Ihr ihn zum Zweikampf herausfordert, Bischof Regimbrand.»

«Ich soll ... mit ihm kämpfen?»

«Vor allem sollt Ihr mir aus dem Licht gehen», donnerte Blauzahn. «Setzt Euch an den Tisch. Esst Brot und Käse und betrinkt Euch. Aber haltet den Mund. Ich muss mit ihm reden. Und nachdenken.»

Als der Bischof zu Hakon schaute, hatte der den Eindruck, der Munki wolle ihm die Augen auskratzen. Doch weder stürzte er sich auf Hakon, noch setzte er sich zu den Männern an den Tisch. Stattdessen zog er sich in den Schatten hinter einem Stützpfosten zurück und lauerte.

Hakon fluchte innerlich. Die Kröte würde jedes weitere Wort mit anhören.

Blauzahn rief nach Met, den eine Sklavin ihm aus einem Krug ins Trinkhorn nachschenkte. Dann brütete er eine Weile vor sich hin, bevor er fragte: «Wo hält sich mein Neffe gegenwärtig auf?»

«Er soll Hladir angegriffen und Thrandheim erobert haben.»

Am Tisch steckten die Männer tuschelnd die Köpfe zusammen. Die Nachricht schien sie zu überraschen.

«In Hladir?», murmelte Blauzahn. «Graufell ist in deiner Stadt? Warum bist du dann hier? Bist du geflohen?»

Hakon straffte den Rücken. Es musste die Ereignisse nun

so darstellen, dass sie ihm nicht als Nachteil ausgelegt werden konnten. «Da wir Graufell auf Karmøy nicht angetroffen haben, bin ich zu den Sachsen gefahren, um dort nach ihm zu suchen.»

«Du warst bei den Sachsen?», fragte Blauzahn. «Die werden dich kaum mit offenen Armen empfangen haben.»

Bevor Hakon etwas erwidern konnte, rief die Stimme aus dem Schatten: «Erzbischof Adaldag hat eine Belohnung auf seinen Kopf ausgesetzt!»

Hakon war überzeugt, dass das eine Lüge war, sonst hätte er schon auf der Hammaburg vom Kopfgeld erfahren müssen, als der Erzbischof ihn in seiner Gewalt hatte. Von der misslungenen Hinrichtung in Starigard konnte der Munki noch nicht erfahren haben. Oder doch?

Blauzahn wurde hellhörig. «Wie hoch ist die Belohnung?»

«Das weiß ich nicht, Herr», erwiderte der Munki. «Aber sie wird nicht gering sein. Schlagt ihm den Kopf ab, und ich bringe ihn dem Erzbischof.»

«Ich werde darüber nachdenken», sagte Blauzahn, bevor er sich wieder an Hakon wandte: «Also, Jarl, was hast du bei den Sachsen erreicht?»

Da Hakon herausfinden musste, wie es um das Verhältnis zwischen Dänen und Sachsen bestellt war, entschloss er sich, die Wahrheit zu sagen, auch wenn der Munki zuhörte. «Der Erzbischof hat sich mit Eurem Neffen verbündet. Er hat ihm Soldaten geschickt, mehrere Schiffsmannschaften. Mit deren Hilfe hat Graufell Hladir eingenommen. Er will seine Macht ausweiten und Eure Position im Norden schwächen …»

«Eben hast du noch behauptet, Graufell habe keinen Rückhalt. Woher weißt du von einem solchen Bündnis?»

«Der Erzbischof hat mir davon erzählt.»

Der Munki stieß einen keuchenden Laut aus, und für den Moment verschlug es sogar Blauzahn die Sprache.

«Ich war sein Gefangener», fuhr Hakon fort. «Er hat mich nach Wagrien verschleppt, um mich in Starigard hinzurichten.»

«Was ihm offensichtlich nicht gelungen ist.»

«Heiliger Herr Jesus!» Der Munki trat aus dem Schatten. «Der Satansdiener wurde vom Erzbischof zum Tode verurteilt, Herr. Hört Ihr denn nicht? Ihr müsst ihn in Ketten legen und dem Erzbischof ausliefern. Das ist Eure Pflicht vor Gott und dem Kaiser.»

Hakon holte Luft. Er hatte sich weit vorgewagt, indem er vom Erzbischof und von Starigard berichtet hatte. Seit er den Königshof von Jelling betreten hatte, lag sein Leben in der Hand des Königs. Nun würde sich entscheiden, was sein Leben noch wert war.

Der Munki ging erneut zum Tisch, wo er den König mit eindringlichen Blicken beschwor. «Es ist Eure Pflicht, Herr, ihn dem Erzbischof zu übergeben.»

Da tauchte die Frau wieder auf, die den Knaben fortgebracht hatte. Es war nicht üblich, dass eine Frau sich in die Gespräche von Männern einmischte, aber das kümmerte sie offenbar nicht, denn sie fragte neugierig: «Warum wollte der Erzbischof den Jarl denn ausgerechnet in Starigard hinrichten?»

Jetzt fiel Hakon ihr Name wieder ein. Das musste Tove sein, die Tochter des Fürsten Mistivoj vom Stamm der Abodriten, zu deren Verbund die Wagrier gehörten. Was ihr Interesse an Starigard erklärte.

«Er wollte die Wagrier von der Macht seines Christengottes überzeugen», antwortete Hakon. «Er hatte mich vor die Wahl gestellt, dass ich mich entweder taufen lasse oder von Schweinen gefressen werde.»

Am Tisch erhob sich lautes Gelächter. Auch über Blauzahns mürrisches Gesicht huschte der Anflug eines Lächelns. «Auch das ist ihm wohl nicht gelungen», bemerkte er trocken.

«Herr», zeterte der Munki. «Legt den Mann in Ketten. Der

Erzbischof wird sich Euch gegenüber erkenntlich zeigen, wenn Ihr den Gotteslästerer ...»

«Nein», schnitt Blauzahn ihm das Wort so barsch ab, dass der Munki zurückwich und gegen Tove stieß, die ihn mit kühlem Blick weiter in den Schatten trieb.

Blauzahn trank und seufzte und trank, bevor er sich an Hakon wandte. «Du behauptest also, dass er meinem Neffen Soldaten geschickt hat, damit der deine Stadt erobert. Kannst du dir vorstellen, dass auch das meine Laune nicht hebt?»

Als Hakon zustimmend nickte, erhob sich am Tisch ein junger Kerl und bat ums Wort. Er war ein magerer Mann mit einem Wieselgesicht, vielleicht siebzehn oder achtzehn Jahre alt. Sein helles Haar war zum Zopf geflochten. Hakon konnte sich nicht erinnern, ihn schon einmal gesehen zu haben.

Blauzahn gestattete ihm das Wort.

«Nicht nur die Sachsen unterstützen Harald Graufell», sagte er. «Er schart auch im Norden Anhänger um sich. Bevor ich nach Jelling reiste, wollte ich Verwandte in den Ostlanden besuchen und mit meinem Vater Gudröd Björnsson zusammenkommen. Ihr wisst, dass unser Verhältnis nicht das beste ist. Dennoch hat es mich getroffen, als ich feststellen musste, dass der alte Gudröd nicht mehr am Leben ist. Ragnar Eiriksson, einer der Gunnhildssöhne, hat ihn erschlagen. Und das hat er auch mit Tryggve Olavsson getan. Es heißt, dass Ragnar mit Graufells Hilfe über die Ostlande herrschen will.»

Am Tisch wurde es still, bevor Blauzahn losdonnerte: «Warum weiß ich davon nichts? Warum hat mir niemand davon berichtet, dass im Norden die Könige fallen wie die Fliegen?»

Die Nachricht überraschte auch Hakon. Der Überfall auf Tryggve und Gudröd, mit denen er erst im Frühjahr das Bündnis gefestigt hatte, musste sich während seiner Abwesenheit ereignet haben.

Der junge Mann war also Gudröds Sohn. Kein Wunder, dass Hakon ihn nicht erkannt hatte, denn er hatte ihn das letzte Mal gesehen, als der noch ein Knabe war. So wie viele andere Männer hieß er Harald und wurde nach der Provinz in den Ostlanden *der Grenländer* genannt.

«Ich hätte Euch natürlich davon erzählt, Herr», sagte der Grenländer vorsichtig. «Aber Ihr habt mir keine Gelegenheit dazu gegeben. Bislang drehten sich alle Gesprächen nur um ... um die andere Bedrohung.»

«Mein Neffe hat also wieder eine Streitmacht», sagte Blauzahn. «Er dehnt seine Herrschaft aus, wodurch er für die Dänen zur Gefahr wird.»

Die Schlüsse, die der König zog, spielten Hakon in die Hände. Sosehr er um Tryggve und Gudröd trauerte, so stiegen seine Hoffnungen, Blauzahn auf seine Seite zu ziehen.

«Wir müssen Eurem Neffen Einhalt gebieten», sagte der junge Grenländer.

Als Blauzahn nickte, triumphierte Hakon innerlich.

Doch seine Hoffnungen währten nur kurz, denn der König verkündete: «Bevor ich mich um meinen Neffen kümmern kann, muss ich zunächst die andere Sache ausräumen.»

Hakon war entsetzt. Graufells Vernichtung duldete keinen Aufschub. Er musste aus Hladir vertrieben werden, bevor der Erzbischof Boten zu ihm schickte ...

«Ich habe erfahren», sagte Blauzahn, «dass du bei Jelling angegriffen worden bist.»

Es dauerte einen Moment, bis Hakon begriff, dass er gemeint war.

«Hörst du schlecht, Jarl? Du bist mit deinen Begleitern angegriffen worden, oder nicht?»

Hakon nickte, sagte aber nichts. Er brachte keinen Ton heraus, zu tief saß die Enttäuschung. Wenn er Blauzahn nicht überzeugen konnte, gegen seinen Neffen vorzugehen, waren Malina, Eirik und alle anderen verloren.

«Beschreibe mir die Angreifer», forderte Blauzahn ihn auf.

«Es waren vermutlich Dänen. Ihr Anführer trug einen goldenen Helm.»

Wieder schlug Blauzahn mit der Faust auf den Tisch. Laut. «Das war er! Der Schweinehund wagt sich immer dichter heran. Ich beglückwünsche dich, Jarl. Du hattest die Ehre, die Bekanntschaft mit Harald Knutsson zu machen, und kannst von Glück reden, überhaupt noch am Leben zu sein. Der Bastard ist der schlimmste Mörder, der seit langem auf Jütland sein Unwesen getrieben hat.»

«Harald Knutsson?», fragte Hakon.

«Er ist der Sohn meines verstorbenen Bruders Knut Gormsson. Viele Jahre war er auf *viking*. Ich hatte gehofft, die Göttin Rán hätte ihn längst auf den Meeresgrund geholt. Dann tauchte er im Sommer auf – und verlangt seither die Hälfte des dänischen Reichs.»

Die letzten Worte brüllte Blauzahn. Als Tove ihm beruhigend eine Hand auf die Schulter legte, stieß er sie weg und warf das Trinkhorn auf den Tisch, sodass der Met sich über einige Männer ergoss.

Hakon hatte von Knutsson gehört, dem Wikinger, der in Northumbrien, Mercien, Irland und an der friesischen Küste geplündert und Reichtum erworben hatte. Nicht ohne Grund nannte man ihn Gold-Harald. Das erklärte auch, warum sich so viele Krieger in Jelling aufhielten: Blauzahn hatte ein Heer zusammengezogen, um ihn zu bekämpfen.

«Diese Natter wagt es, meine Herrschaft in Frage zu stellen», schnaubte Blauzahn und sprang auf. «Niemand hat jemals an meinen Vater Gorm die Forderung gestellt, König im halben Dänenreich zu werden.»

Seine rechte Hand zitterte, als er sie in Richtung des Schattens ausstreckte, in dem sich der Munki versteckte. «Wo ist Euer Gott, Bischof? Wo ist Euer verdammter Gott, wenn ich ihn brauche?»

«Blasphemie», schrie der Munki und trat ins Licht.

«Halt dein Maul und bete.»

«Aber das habe ich getan.»

«Und warum schickt Gott den Hundesohn nicht in die Hölle?»

«Weil ...»

«Warum?»

«Ich werde erneut für Euch beten, Herr.»

«Raus mit Euch! Verschwindet! Und betet. Betet, bis Euch die Zähne aus dem Maul fallen. Wenn der allmächtige Gott Gold-Harald nicht vernichtet, werde ich die alten Götter um Hilfe bitten. Und Euch, Bischof, lasse ich am nächsten Baum aufhängen.»

Als der Munki an Hakon vorbeihuschte, zischte er: «Das ist deine Schuld, Götzenanbeter. Das ist alles deine Schuld. Du hast ihn verzaubert.»

Dann fiel die Tür krachend hinter ihm zu.

Als Blauzahn in den Stuhl zurücksank, breitete sich bedrückendes Schweigen in der Halle aus. Niemand wagte, etwas zu sagen, während Blauzahn vor sich hinbrütete und an einem neuen Trinkhorn nippte, das man ihm gebracht hatte.

«Warum stehst du hier noch herum, Jarl?», fragte er nach einer Weile. «Du hast genug erfahren, um zu wissen, warum die Sache mit Graufell warten muss. Geh! Nimm deine Männer und geh! Verschwindet aus Jelling, verschwindet aus meinem Reich. Ich gebe dir eine Woche. Wenn ihr dann noch angetroffen werdet, wird man euch töten. Geh mir aus den Augen.»

Hakon kochte innerlich vor Wut. Auf Blauzahn. Auf Graufell. Auf diesen Gold-Harald. Doch er ging nicht, noch nicht. Er holte Luft und sagte: «Eine letzte Frage möchte ich Euch stellen, Herr. Und Euch einen Vorschlag machen.»

Blauzahn fuhr wütend hoch, überlegte es sich aber offenbar anders und nickte. «Aber ich will nichts mehr von Graufell hören, Jarl. Kein Wort.»

«Warum tötet Ihr Gold-Harald nicht einfach?»

«Ich würde es tun, bei den Göttern, das würde ich tun. Nichts liegt mir näher, als dem Dreckfresser die Eingeweide rauszureißen und meinen Hunden zum Fraß vorzuwerfen. Aber er hat viele Männer um sich geschart. Es gibt nicht wenige Dänen, die meinen, Gold-Harald habe wegen seiner königlichen Abstammung ein Anrecht auf die Hälfte des Reichs. Wenn ich ihn einfach so töte, ziehe ich den Zorn vieler Dänen auf mich. Beantwortet das deine Frage?»

«Ja.»

«Dann gewähre ich dir einen letzten Satz.»

Blauzahns Kiefer mahlten, während sein Blick auf Hakon gerichtet war. Der Rotbart trat neben ihn und legte die Hand an den Griff seines Schwerts.

Und Hakon machte einen Vorschlag: «Ich töte Gold-Harald für Euch.»

9.
In den Bergen von Thrandheim

Auf der Flucht vor Ljot irrten sie tagelang über tief verschneite Berge, überwanden Pässe und kämpften sich durch Täler mit dichten Wäldern. Der einzige Mann, der den Weg zu dem Ort, den sie suchten, kannte, war Skjaldar, doch der hatte sein Leben für sie gegeben. Nun mussten sie die Höhle ohne seine Hilfe finden, denn nur dort würden sie Unterschlupf finden, um den harten Winter zu überstehen.

Einer der älteren Krieger behauptete zwar, er könne sich an die an einem Berghang gelegene Höhle erinnern. Aber seine Erinnerungen waren zu vage, und so kamen sie auf ihrer Suche über Bergkämme und an Steilhängen entlang, ohne die Höhle zu finden.

Malinas Verzweiflung wurde noch größer, als am dritten Tag der Flucht die Unterleibsschmerzen zurückkehrten. Sie schrie, schlug um sich und wälzte sich im Schnee. Es brauchte die vereinten Kräfte von Eirik, Katla und Bersi, um sie zu bändigen. Dann verlor sie das Bewusstsein.

Als sie erwachte, schwebte über ihr eine abstoßende, dämonische Fratze. In Malinas Ohren dröhnten Kreischlaute, die die stickige Luft erfüllten. Panik ergriff sie, obwohl sie versuchte, sich einzureden, dass es nur ein Traum war. Dass sie in einem bösen Albtraum gefangen war.

Der Dämon hatte den Körper einer abgemagerten Frau, deren Knochen unter den flachen Brüsten gegen die Haut drückten.

Das Haar war mit einer schmutzig grauen Schicht überzogen, das Gesicht weiß wie Kalk und der ausgezehrte Körper mit bunten Mustern überzogen.

Das knochige Wesen stieß schrille Laute aus, bevor es die rechte Hand hob. Darin hielt es eine Messerklinge, auf der sich die Flammen eines Feuers spiegelten. Malina wollte sich wehren, sich schützen, konnte aber die Arme nicht bewegen, denn sie waren hinter ihrem Rücken gefesselt und drückten hart auf eine Steinplatte.

Als sie an sich herunterschaute, stellte sie fest, dass sie nackt war. Nur die Wichtniere hing am Lederband um ihren Hals. Dann sah sie, wie die andere Hand des Dämons zwischen ihren gespreizten Oberschenkeln verschwand. Und sie sah die gespannten Seile, mit denen ihre Fußgelenke festgebunden waren.

Befand sie sich in einer Höhle? In einer schmalen, flachen Höhle?

Das Messer senkte sich und berührte die Haut zwischen ihren Brüsten, bevor es langsam Richtung Bauch gezogen wurde. Die Messerspitze ritzte ihre Haut, aus der winzige Blutstropfen quollen.

Malina schrie, doch das Messer glitt weiter, bis es oberhalb der Scham abgesetzt wurde. Daraufhin zog das Wesen die Hand zwischen ihren Schenkeln hervor und schnupperte an den Fingern, bevor es sich mit dem Messer in die Handfläche schnitt. Es hielt die blutende Hand über Malinas Bauch. Das heruntertropfende Blut mischte sich mit ihrem Blut.

Malina schwitzte und zitterte. Bei der Vorstellung, der Dämon wolle ihr den Leib aufschneiden, um das Kind herauszuholen, drohte sie, ohnmächtig zu werden. Doch das Messer war verschwunden. Nur die Hand war noch da. Und das Blut.

Da drangen Stimmen an ihre Ohren. Laute, aufgeregte Stimmen. Aus den Augenwinkeln sah sie schemenhafte Gestalten in der Höhle auftauchen. Eine Gestalt sprang den Dämon an und versetzte ihm einen Faustschlag ins Gesicht. Der Dämon landete rücklings auf dem Felsboden.

Wie aus dem Nichts schoss ein Schatten zwischen den Felsen hervor, landete vor dem Dämon auf dem Boden, flatterte heftig mit den Flügeln und stieß heisere Krächzlaute aus. Es war ein Vogel, ein Rabe. Es schien, als verteidige er den Dämon, und als sich die andere Gestalt zu Malina umdrehte, erkannte sie, dass es Eirik war.

Malina glaubte, aus dem Traum zu erwachen. Doch der Rabe krächzte noch immer, auch das dämonische Wesen war noch da. Und dann sah sie Katla und einige Krieger, die sie von den Fesseln befreiten.

Eirik hatte ein Sax gezogen, das er auf den Dämon richtete, als Malina begriff, dass es Asny war. Ja, es war die Seherin. Der Rabe hüpfte vor ihr herum und hackte mit dem Schnabel nach Eirik. Bei den Göttern, was geschah hier? Der Vogel kannte Eirik von klein auf. Warum stellte er sich gegen ihn?

Und warum hatte die Seherin sie mit dem Messer verletzt? War sie wahnsinnig geworden? Oder war es Malina, die wahnsinnig war?

Als sie sich aufsetzte und die schmerzenden Handgelenke rieb, drehte sich ihr Kopf. Der dünne Blutstrom auf ihrem Bauch war versiegt.

Sie sah, wie die Seherin sich auf ihre Ellenbogen stützte, und hörte Eiriks bebende Stimme.

«Warum hast du das getan?»

Die Seherin erhob sich und bewegte sich geschmeidig wie eine Katze in Eiriks Richtung, der vor ihr zurückwich, die Klinge noch immer auf sie gerichtet.

«Willst du Malina töten?», rief er.

Die Seherin stand vor ihm, das Messer, mit dem sie Malina

und sich selbst geschnitten hatte, wieder in der rechten Hand. Von der anderen Hand tropfte noch immer Blut.

Ihre Stimme klang wie ein Peitschenhieb. «Willst du mich töten, Junge?»

«Ich ... nein ...» Beim Zurückweichen stieß er mit den Kniekehlen gegen die Steinplatte, auf der Malina saß.

«Ihr habt mich gebeten, sie zu heilen», zischte die Seherin. «Und nichts anderes habe ich getan.»

«Indem du ihr den Bauch aufschneidest?»

«Eirik», sagte Malina. «Sie hat mich kaum verletzt.»

Die Gedanken mussten sich wie durch dichten Nebel zu ihr durchkämpfen, bis ihr allmählich bewusst war, was geschehen war.

«Wir haben dich schreien gehört», erklärte Eirik. «Und als wir herkamen, hatte sie das Messer in der Hand. Und du blutest. Sie wollte ... ich dachte, sie wollte dich töten.»

«Nein, sie hat es gut gemeint.» Malina stellte die Füße auf dem kalten Steinboden ab.

«Ich lasse dich nie wieder allein mit ihr», protestierte er.

«Sei kein Narr, Junge», sagte die Seherin. «Wenn das Kind in ihrem Leib gestorben ist, weil Odin es als Opfer verlangt, muss es aus ihr heraus. Sonst vergiftet es sie.»

Gestorben? Das Kind war gestorben? Malina dachte an die Geschichte, in der Odin von einer Frau ein Opfer verlangte, weil sie ihn um Hilfe beim Bierbrauen bat. Dafür verlangte Odin ihr ungeborenes Kind. Als sie es dem Göttervater versprach, spuckte er in den Kessel, und es wurde das beste Bier, das man jemals getrunken hatte. Doch Malina hatte Odin nicht um Hilfe gebeten, nur Prove. Aber ihr Gott würde auf ein so grausames Opfer nicht bestehen. Hoffte sie.

«Du wolltest sie aufschneiden», rief Eirik.

Die Seherin antwortete nicht. Sie starrte ihn aus ihren geschminkten Augen an, bevor sie sich abwandte, eine Tunika vom Boden aufhob und sie anzog. Dann schlüpfte sie in ihre Schuhe und legte den Katzenfellmantel über ihre knochigen Schultern. Als sie mit den Fingern schnippte, flog der Rabe auf ihre Schulter. Was ein verstörender Anblick war.

Bevor sie die Höhle verließ, drehte sie sich noch einmal zu Malina um und sagte: «Wenn Odin verfügt, dass dein Kind stirbt, werde ich dich aufschneiden müssen.»

Dann verschwand sie in der Dunkelheit.

Malina saß mit Eirik und Katla am brennenden Feuer in einer Höhle, die die Ausmaße eines großen Saals hatte. Die Krieger schliefen auf Fellen und Decken. Malina erfuhr, dass sie die Höhle erst vor einem Tag gefunden hatten. Der Rabe hatte sie und die anderen aufgespürt und zum Eingang geführt, der hinter verschneiten Felsen verborgen war. Sie war die ganze Zeit bewusstlos gewesen, und als sie auf die Seherin trafen, hatten sie sie angefleht, Malina zu helfen.

Was die Seherin getan hatte. Oder zumindest versucht hatte.

«Ich habe nicht geahnt, was sie mit dir machen würde», sagte Eirik leise und warf einen verstohlenen Blick zur Seherin, die abseits der anderen auf einem mit Fellen gepolsterten Lager saß. Sie hatte die Beine über Kreuz gelegt, die Augen geschlossen und die Hände im Schoß abgelegt.

Die Flammen zauberten flackernde Schatten auf die Felswände. Bei Asnys Lager führten stufenartige Felsen zu einem erhöht liegenden Plateau hinauf, von dem aus man in die kleine Höhle kam, in die sie Malina gebracht hatte.

«Wir mussten dich mit ihr allein lassen», erklärte Katla.

Malina legte eine Hand auf ihren Bauch und hoffte, etwas zu spüren, eine Bewegung, irgendetwas, das ihr Hoffnung geben konnte. Aber da war nichts.

«Wie lange versteckt sie sich schon in der Höhle?», fragte sie.

«Dazu hat sie nichts gesagt», sagte Eirik. «Wahrscheinlich schon eine ganze Weile. Ich habe abgenagte Knochen gefunden, und ...» Er brachte den Satz nicht zu Ende, sondern stocherte mit einem Stock in der Glut, bis Funken aufflogen.

«Sie scheint keine Vorräte zu haben», erklärte Katla. «Zumindest haben wir nichts gefunden.»

«Dann werden wir jagen müssen», erwiderte Malina.

Eirik schüttelte den Kopf. «Hier oben lebt kaum Wild.»

«Wenn es Knochen gibt, muss es auch Tiere geben», entgegnete Malina.

«Ja ... ich bin mir nicht ganz sicher», flüsterte Eirik heiser. «Aber die Knochen scheinen nicht von Tieren zu stammen. Sie sehen anders aus als die Knochen der Tiere, die wir auf dem Jarlshof geschlachtet haben.»

Die Seherin saß noch immer regungslos da. Malina musste an das Skelett vor der Berghütte denken. Ein Schauer fuhr über ihren Rücken, als habe eine eiskalte Hand sie berührt.

«Wir haben uns etwas überlegt», sagte Eirik nach einer Weile und wechselte einen Blick mit Katla. «Der alte Krieger, der uns zur Höhle führen sollte, meinte, dass sie nur eineinhalb Tagesmärsche von Hladir entfernt sei.»

Malina glaubte, nicht richtig gehört zu haben. «Du willst doch nicht nach Hladir gehen, oder?»

«Wir könnten uns reinschleichen», sagte Katla.

«Nein», stieß Malina aus. «Ich will euch nicht auch noch verlieren.»

Sie musste an Skjaldar denken. Wie er sich Ljot und den Kriegern entgegengestellt hatte. Und zurückgeblieben war.

«Hast du eine bessere Idee?», entgegnete Eirik.

«Ja. Wir versuchen, Tiere zu jagen, und wenn es nur ein Hase sein sollte ...»

Er beugte sich vor und berührte sie sanft am Arm. «Es kann Tage dauern, bis wir genug Wild erlegt haben, von dem alle satt werden. Wir werden vorsichtig sein, Malina, sehr vorsichtig. Das verspreche ich dir.»

«Vorsichtig?», fuhr Malina auf. «Wenn du mir etwas versprechen kannst, Eirik, dann, dass ihr hierbleibt und wir gemeinsam darüber nachdenken, wie wir an Nahrung kommen.»

Eirik verlegte sich wieder darauf, mit dem Stock in der Glut zu stochern. Auch Katla schwieg.

Irgendwann schlief Malina ein. Als sie später aufwachte, waren Eirik und Katla verschwunden.

10.

Hladir

Die Peitsche zischte durch die Winterluft und riss eine blutige Strieme in die Haut. Der Rücken des Opfers war von Blut überströmt. Der Mann stand – oder besser hing – an einem Pfahl, den man auf dem Jarlshof in die gefrorene Erde getrieben hatte. Oben auf dem Pfahl war ein Brett befestigt, an das die Hände des Mannes gefesselt waren, sodass es aussah, als wolle er sich ergeben.

Wieder landete die Peitsche klatschend auf seinem Rücken. Blut spritzte in den festgetretenen Schnee. Da der Mann keinen Laut mehr von sich gab, befürchtete Graufell schon, seine Mutter habe den Mann totgeschlagen. Gunnhild hatte sich in einen regelrechten Wahn geprügelt. Auf ihrer faltigen Stirn glänzten Schweißtropfen. Aus den Mundwinkeln tropfte Speichel. Sie mochte alt sein, steinalt und zahnlos und nach Pisse stinken, doch ihre Peitschenhiebe waren hart wie die eines Mannes.

Er vermutete, dass es Hass und Verbitterung waren, die Gunnhilds Kräfte entfachten. Hass und Verbitterung bestimmten ihr Leben und Handeln, seit ihr Mann Eirik Blutaxt, der König von Northumbrien, vor fast fünfzehn Jahren sein Leben verloren hatte. Sie war eine Frau von hoher Geburt, die Tochter des alten Dänenkönigs Gorm und seiner Frau Tyra, und sie war die Schwester des Dänenkönigs Harald Blauzahn.

Graufell sehnte den Tag herbei, an dem Gunnhild ihren Bruder die Peitsche spüren ließ.

Die königliche Herkunft sah man der aufgedrehten Frau nicht

an, während sie keuchend und speichelsprühend zuschlug, bis Graufell beschloss, die Sache zu beenden. Er griff nach ihrer Hand und nahm ihr die Peitsche weg.

«Gib sie mir zurück», schrie sie. «Ich bringe ihn um! Ich schlage dem Bastard das Fleisch von den Knochen!»

«Nein», knurrte Graufell.

Einige der Männer, die das Schauspiel beobachteten, lachten. Andere murrten und forderten, Gunnhild solle weitermachen. An die hundert Männer waren an diesem Morgen auf den Jarlshof gekommen, der nun Graufells Königspalas war. Er sah Heerführer der Rogaländer, außerdem seinen Bruder Ragnar und dessen Mörderbande sowie einige Sachsen, die mit dem fetten Bischof Iring angereist waren. Sogar aus Irland waren Männer gekommen und verstärkten das Heer.

Bischof Iring trat zu Graufell. «Übergebt ihn mir», bat er. «Ich weiß, wie man Menschen dazu bringt, ihre bestgehüteten Geheimnisse preiszugeben. Glaubt mir, König Harald, damit kenne ich mich besser aus als jeder andere Mann hier. Es wäre mir ein Vergnügen ...»

Iring rieb sich die schweißnassen Hände, während er dicht an Graufell herantrat und die Stimme dämpfte. «Außerdem bin ich, ebenso wie Ihr, daran interessiert, von dem Mann Antworten zu erhalten. Wie Ihr wisst, verlangt der Erzbischof, dass Ihr Euch die Länder im Norden unterwerft und von allen heidnischen Umtrieben säubert. Und vergesst nicht die Belohnung, die Adaldag Euch in Aussicht gestellt hat. Vergesst nicht das Schwert.»

Wie sollte Graufell *nicht* daran denken?

Er ließ den Bischof stehen und ging zu dem Mann, der mit nach oben gestreckten Armen in den Fesseln hing. Die Striemen hatten sich in sein Fleisch gegraben. Das herablaufende Blut tränkte die Hose und färbte den Schnee zu seinen Füßen rot. Aus der linken Schulter ragte ein gefiederter Pfeil.

Graufell kannte den Namen des Mannes und wusste, dass er ein harter Hund war. Aber auch harte Hunde starben, und bevor sie verreckten, wollten sie nur eins: ein verdammtes Schwert in der Hand halten, damit Allvater Odin sie in seine Halle aufnahm. Ein Wunsch, den auch Graufell nachvollziehen konnte. Das Streben nach endlosen Gelagen, Schlägereien und Schlachten, nach Gold, Fleisch, Met und Weibern war ihm nie fremd geworden. Im Gegenteil. Trotz des neuen Glaubens, den er angenommen hatte, haderte er mit dem Christengott. Wovon der Bischof natürlich nichts wissen durfte. Graufell brauchte den Christengott.

Vor allem brauchte er Männer wie Erzbischof Adaldag, auf dessen Unterstützung er angewiesen war. Er brauchte auch diesen Iring, der seine Tage mit Fressen und Saufen herumbrachte und bei jeder Gelegenheit die Weiber besprang wie ein brünstiger Eber, den man in ein Gatter voller Sauen setzte. Wenn der Bischof fertig war, bat er den Herrn um Vergebung für die Sünden und rechtfertigte sie als Akt der Unterwerfung heidnischer Umtriebe. Offenbar verzieh Gott ihm jedes Mal, denn bislang hatte ihn noch kein Blitz getroffen.

Und Graufell brauchte den Gott für die geheimnisvolle Waffe, von der der Bischof ihm erzählt hatte. Ein Schwert mit einer Klinge, die ihren Träger unsterblich machte. Gehärtet mit Menschenblut. Geschmiedet aus den Nägeln des ans Kreuz geschlagenen Herrn Jesus und aus bestem Stahl, im Beisein betender Munkis, die eine göttliche Kraft in diese Waffe psalmodierten.

Seit der Bischof ihm von der Klinge erzählt hatte, musste Graufell jeden Tag und jede Nacht daran denken. Ein solches Schwert würde ihn unbesiegbar und zum mächtigsten Herrscher im Norden machen. Mit der Kraft der Klinge würde er alle Länder am Nordweg unter seine Herrschaft zwingen und unermesslich reich werden. Er würde ein Heer aufstellen, wie es nie zuvor eins gegeben hatte. Und dann würde er ins Reich der Dänen eindringen. Mit dem Schwert Gottes in der Hand würde er seinem Onkel den Wanst aufschlitzen und auf seine Eingeweide spucken.

Doch zuvor musste er den Dreckskerl hier zum Reden bringen. Wenn der überhaupt noch lebte.

Graufell steckte die Peitsche hinter seinen Gürtel und baute sich vor dem Mann auf, dem das Kinn auf die Brust gesunken war. Er hatte ein halbes Dutzend von Graufells besten Kriegern umgebracht, bevor man ihn überwältigen konnte. Sie hätten ihn getötet, wenn dieser Ljot sich nicht daran erinnert hätte, dass ein lebender Geflohener mehr Silber einbrachte als ein toter.

Sie hatten ihm den Bart abgeschnitten, wodurch das schiefe Gesicht noch mehr zur Geltung kam. Der zertrümmerte Kiefer, der falsch zusammengewachsen war.

Der Mann hieß Skjaldar. Er war der Hauptmann des Jarls. Jeder Heerführer konnte sich glücklich schätzen, einen solchen Mann in den eigenen Reihen zu haben. Obwohl Graufell den Mann hasste, wie er alles hasste, was mit dem Jarl in irgendeiner Verbindung stand, musste er doch eingestehen, dass er den Hauptmann achtete.

«Wie lange willst du noch leiden?», fragte er ihn.

Die Augenlider des Hauptmanns hoben sich, und die aufgeplatzten Lippen bewegten sich. «Woher ... willst du wissen, dass ich leide?»

«Weil ich es dir ansehe.»

«Und ich sehe einen dreckigen Hühnerschiss.»

Graufell lachte freudlos, bevor er ausholte und dem Hauptmann mit der Faust so hart ins Gesicht schlug, dass dessen Kopf zur Seite geschleudert wurde. Er hustete und spuckte einen blutigen Schleimklumpen aus.

«Ich könnte dich erlösen», bot Graufell an.

«Ja, indem du mir aus den Augen gehst und mich den schönen Tag genießen lässt.»

«Den schönen Tag wirst du nicht überleben.»

«Natürlich nicht.»

«Es sei denn, du erzählst mir endlich, was ich von dir wissen will.»

Der Hauptmann verzog das Gesicht zu einer gequälten Grimasse. Es sollte wohl ein Grinsen sein.

«Wenn du mir verrätst, wo die Leute sind, mit denen du geflohen bist, werden deine Wunden versorgt. Du wirst ein freier Mann sein.»

Der Hauptmann bekam einen Hustenanfall und krümmte sich in den Seilen.

«Wirst du reden?»

«Ja», japste der Hauptmann.

Ein Kribbeln durchfuhr Graufell, auch wenn er Zweifel hegte, dass der Hauptmann tatsächlich dazu bereit war.

Gunnhilds Stimme gellte über den Hof. «Was ist mit dem Mistkerl? Gib mir meine Peitsche zurück. Mir wird langweilig.»

«Rede», zischte Graufell.

Der Hauptmann richtete sich auf. «Ich werde dir sagen, wo sie sind», keuchte er. «Sie sind in deinem dreckigen Hintern. Du musst nur tief genug hineingreifen, dann wirst du sie finden. Oder lass dir von deinem Munkifreund darin herumwühlen ...»

Graufell ballte die rechte Hand zur Faust. Aber er schlug nicht noch einmal zu, sondern zuckte nur mit den Schultern und wandte sich ab. Als er die Peitsche aus dem Gürtel zog, stimmte auf einem der umliegenden Dächer ein Rabe einen krächzenden Gesang an.

II.

Hladir

Eirik lag ausgestreckt auf dem flachen Scheunendach und schaute hinunter in den Jarlshof. Rechts neben ihm lag Katla, und etwas weiter links von ihm hüpfte der Rabe am Dachrand krächzend auf und ab. Hoffentlich gab der Vogel bald Ruhe, bevor das Geschrei die Aufmerksamkeit der Leute da unten auf sich zog.

Eiriks Magen zog sich zusammen, als er sah, wie Graufell sich hinter Skjaldar stellte und mit der Peitsche ausholte. Das alte Weib zeterte, es sei ihre Peitsche, und sie wolle den Mann totschlagen. Doch er ließ das Leder auf Skjaldars Rücken klatschen.

Eiriks Augen füllten sich mit Tränen, die über seine Wangen rannen und auf die Bretter tropften. Skjaldars Rücken sah aus wie ein matschiger Fleischklumpen.

Früher war Eirik gern auf die Scheune geklettert. Hakon hatte ihm das zwar verboten, aber der Ausblick entschädigte für das schlechte Gewissen. Auch an diesem Morgen konnte man von hier aus weit in die Ferne schauen. Die Sonne stand über den Bergen und ließ die Oberfläche des Fjords glitzern wie flüssiges Silber. Es wehte nur leichter Wind, der die Geräusche der Peitschenhiebe zum Dach hinauftrug. Ja, auch heute sah die Welt von hier oben so friedlich aus, als seien die Götter milde gestimmt gewesen, während sie dieses Land schufen.

Katlas Hand schob sich tröstend über seinen Rücken hinauf in den Nacken.

Eirik kannte Skjaldar, solange er denken konnte. Er war immer da gewesen. Hatte ihm den Umgang zunächst mit dem

Holzschwert und später mit der Stahlklinge beigebracht. Hatte ihm erklärt, wie man einen Speer als Hieb- und als Stichwaffe verwendete und wie man einen Schild halten musste, um Schläge abzuwehren.

Skjaldar hatte aus ihm einen Krieger gemacht, und er hatte es nicht verdient, auf eine so niederträchtige und unehrenhafte Art zu sterben. Von einem tollwütigen Bastard zu Tode gepeitscht.

Aber Eirik konnte ihm nicht helfen. Niemand konnte ihm mehr helfen. Und er dachte, dass es für Skjaldar besser gewesen wäre, auf Geirröds Hof getötet zu werden.

Als Eirik gestern in der Dunkelheit mit Katla durch eine unbefestigte Stelle in der Palisade in die Stadt geschlichen war, war er überzeugt gewesen, dass Skjaldar nicht mehr lebte. Nicht, nachdem er gesehen hatte, wie Skjaldar gegen eine Übermacht kämpfte.

Zwei Tage waren vergangen, seit Eirik und Katla sich aus der Höhle geschlichen hatten. Sie waren noch nicht lange unterwegs, als der Rabe ihnen nachgeflogen kam. Eirik wurde nicht schlau aus dem Vogel, der sich kurz zuvor noch gegen ihn gestellt hatte, um die Seherin zu beschützen.

Der Rabe hatte sie durch die Berge nach Hladir geführt, wo Eirik das alte Loch in der Palisade wiederfand, das die Besatzer zum Glück nicht ausgebessert hatten. Und wahrscheinlich wären sie, beladen mit Vorräten, längst wieder auf dem Weg in die Höhle. Doch der alte Harek, aus dessen Haus sie Essen stehlen wollten, hatte sie erwischt, wie sie Räucherfleisch, Eier, Brot und Säcke mit Bohnen und Getreide in Körbe füllten. Eirik kannte Harek von früher. Als der alte Mann ihn erkannte, verflog sein Zorn. Er schenkte ihnen so viele Vorräte, wie Eirik und Katla tragen konnten.

Und Harek erzählte ihnen, dass Skjaldar auf dem Jarlshof gefangen gehalten wurde.

Eher hätte Eirik sich alle Finger abgebissen, als nicht wenigstens zu versuchen, ihn zu befreien. Sie hatten die Nacht in Hareks Haus verbracht und sich im Morgengrauen zum Jarlshof geschlichen. Doch es war unmöglich, an Skjaldar heranzukommen.

Nun mussten Eirik und Katla mit ansehen, wie er starb. Wie er von der Peitsche zerfetzt wurde. Wie die Krieger da unten lachten und jeden Hieb bejubelten. Wie Graufell die Peitsche schließlich in den Schnee schleuderte und brüllte: «Werft den Dreckskerl auf den Misthaufen. Die Krähen und Raben sollen ihm die Augen ausstechen und seine verlogene Zunge rausreißen. Die Maden und Würmer sollen ihm das Fleisch von den Knochen fressen!»

Dann stapfte er zum Jarlshaus, gefolgt von einem fetten Munki und der alten Frau. Auch die Menschenmenge auf dem Hof zerstreute sich. Einige Männer bespuckten Skjaldar, der noch eine Weile an dem Pfahl hängen gelassen wurde, bis man ihn losschnitt und hinter das Jarlshaus schleifte. Er hinterließ eine rote Spur im Schnee.

Eirik dachte an die Vorräte, die sie in einem Geräteschuppen unterhalb der Palisade versteckt hatten. Sie konnten das Scheunendach nicht verlassen, bevor es dunkel geworden war. Und dann dachte er, dass er dem treuen Freund etwas schuldig war. Dass Hakon genauso handeln würde.

Er drehte den Kopf zu Katla, die mit Tränen in den Augen zum Jarlshaus starrte. «Ich hasse ihn», stieß sie gepresst aus. «Ich hasse den Mann, der mich gezeugt hat.»

Dann schaute sie Eirik an. Auf ihrem Gesicht lag ein Ausdruck, den er nicht deuten konnte, als sie sagte: «Wir werden deinen Freund mitnehmen.»

Sie warteten auf die Nacht. Vom hinteren Scheunendach aus konnten sie im Mondschein den Abfallhaufen sehen, auf den man Skjaldars Leiche geworfen hatte. Und den Schatten des Raben, der zum Jarlshaus geflogen war.

Auf dem Hof waren die Stimmen der Krieger zu hören, die das Anwesen bewachten. Aber Eirik war hier aufgewachsen. Er kannte jedes Gebäude, jeden Stein und jeden Busch. Er wusste, wo man sich verstecken konnte, wenn man nicht gesehen werden wollte. So gelangten sie unbemerkt von der Scheune zu einem Schuppen, in dem Eirik den alten Handkarren fand, dessen Rad sie im Sommer repariert hatten.

Katla hielt die Tür auf, und Eirik rollte den Karren hinaus und weiter hinter das Jarlshaus. Er stellte ihn am Misthaufen ab und atmete tief durch. Sein Herz hämmerte vor Wut und Trauer.

Katla ergriff seine Hand.

Der Rabe kam angeflogen und ließ sich mit einem gurrenden Laut auf dem Karren nieder.

Aus der Nähe betrachtet, war es noch viel schlimmer. Skjaldars blutiger Rücken hob sich dunkel vor dem teilweise mit Schnee bedeckten Abfallhaufen ab. Er war nur mit einer Hose bekleidet, sein Gesicht zur Seite gedreht. Die Arme waren ausgestreckt. Als Eirik sich über ihn beugte, sah er den Pfeil aus der Schulter ragen.

Eine Ratte huschte zu seinen Füßen davon. Dann hörte er Männerstimmen. Sie mussten sich beeilen.

Er nahm Skjaldar an den Handgelenken, Katla die Füße. Der Hauptmann war groß und schwer. Daher schleiften sie ihn mehr, als dass sie ihn zum Karren trugen. Sie schwitzten, und vor ihren Mündern dampfte ihr keuchender Atem, als sie Skjaldar auf die Ladefläche wuchteten.

Eirik hatte vor, die Leiche durch das Palisadentor hinter dem Jarlshaus fortzuschaffen, bevor sie ihn irgendwo bestatten und dann die Vorräte holen würden.

Er wollte gerade den Karren anheben, als Katla ihn zurückhielt.

«Gibt es eine Möglichkeit, unbemerkt in das Haus zu gelangen?», flüsterte sie.

Er schaute sie irritiert an. «Nein. Drinnen wimmelt es von Feinden.»

«Es sind nicht nur Feinde.»

Da verstand Eirik, was sie meinte. «Willst du deine Mutter da rausholen?»

Allein der Gedanke war irrsinnig. Sie hatten die Gunst der Götter schon genug strapaziert. Jederzeit konnten Krieger um die Ecke kommen.

«Ich will nicht, ich *muss* es tun», flüsterte Katla. «Sie hat mich immer vor ihm beschützt. Wenn er sie mit Fäusten schlug, mit Füßen trat oder andere böse Sachen mit ihr machte, hat sie nie an sich gedacht, sondern sich nur um mich gesorgt. Ich bin jetzt alt genug, um ihr etwas zurückzugeben. Ich dachte, er hätte sie längst umgebracht, weil ich mit euch geflohen bin. Doch als ich sie vorhin gesehen habe, war mir klar, dass ich alles versuchen muss, um sie von ihm wegzuholen. So, wie du dich um deinen Freund Skjaldar kümmerst.»

Eiriks Hals war wie zugeschnürt. Es war Irrsinn. Dennoch nickte er und ging mit ihr zur Hintertür des Jarlshauses. Er zeigte ihr, wie man die innen verriegelte Tür auch von außen öffnen konnte. Zwischen den Brettern war ein Spalt, der so schmal war, dass ein Kinderfinger hindurchpasste. Oder der Finger einer jungen Frau. Früher hatte Eirik sich häufig auf diese Weise Zutritt verschafft, wenn er sich aus dem Haus geschlichen hatte, während die anderen schliefen. Inzwischen waren seine Finger zu groß. Aber Katlas Finger passte in den Spalt. Es gelang ihr, den Riegel zur Seite zu schieben.

Die Tür war kaum geöffnet, da war sie schon dahinter verschwunden. Er hatte keine Ahnung, wie sie es anstellen wollte, ihre Mutter zwischen den anderen Leuten zu finden.

Während er beim Karren ungeduldig auf ihre Rückkehr wartete, legte er die Hand ans Schwert. Die Waffe zu spüren, beruhigte seine Nerven ein wenig. Von irgendwoher waren wieder Stimmen zu hören. Und dann hörte er den Raben unterdrückte Warnlaute ausstoßen. Zunächst glaubte er, der Vogel wolle ihn vor Kriegern warnen, konnte jedoch nirgendwo welche sehen.

Als der Rabe erneut krächzte, schaute Eirik auf den Karren – und sein Herz setzte einen Schlag aus. Hatte Skjaldars Arm sich nicht gerade bewegt? Eirik hielt vor Aufregung die Luft an. Die Geschichten der Draugr, der Wiedergänger, kamen ihm in den Sinn. Ruhelose Untote machten keinen Unterschied zwischen Freund und Feind.

Skjaldar lag auf der rechten Seite. Der linke Arm hing über den Rand. Seine Hand berührte beinahe den Schnee. Und da sah Eirik es wieder. Die Finger zuckten.

Er zog das Schwert aus der Scheide und hielt den Atem an. Konnte man einen Untoten ein zweites Mal töten?

Skjaldars Finger zuckten. Das Zucken übertrug sich auf den Arm, der hin- und herpendelte, während der Rabe auf dem Rand des Karrens herumhüpfte, als wolle er einen alten Freund begrüßen. Aber das war nicht möglich! Skjaldar musste tot sein. Sein Körper war nicht mehr warm gewesen. Eirik überwand sich, beugte sich über ihn und sah, wie seine Brust sich leicht hob und senkte.

Eirik war so aufgeregt, dass er die beiden Männer zu spät bemerkte, die um die Ecke des Jarlshauses kamen. Erst als er eine laute Stimme hörte, fuhr er herum.

«Was machst du da, Junge?»

Sie kamen näher.

«Der will den toten Mann stehlen», sagte einer.

Eirik zog sich vom Karren zurück. Seine Schwerthand zitterte. Der Rabe war verschwunden.

«He, sieh doch, der Bursche ist bewaffnet», rief der andere.

Sie zogen ihre Schwerter.

«Wer bist du?», wollte einer wissen.

Sie waren noch etwa fünf Schritte entfernt. Ihre Helme schimmerten im Mondlicht.

«Lass dein Schwert fallen, Junge. Und dann legst du dich ganz langsam auf den Boden.»

Wenn Eirik sich den beiden ergab, war er so gut wie tot. Daher beschloss er, den beiden etwas vorzuspielen, um Zeit zu gewinnen. Er ließ sich auf die Knie sinken.

«Wirf dein Schwert weg!»

Eirik legte es neben sich in den festgetretenen Schnee.

Die Männer richteten die Klingen auf Eirik, der noch immer nicht wusste, was er tun sollte. Da trat einer der Männer gegen Eiriks Schwert, das so weit davonrutschte, bis es nicht mehr in seiner Reichweite lag.

«Und nun sagst du uns, wer du bist ...»

In dem Moment schoss der Rabe herab, landete auf dem Helm des Kriegers, der dichter bei Eirik stand, und hackte mit dem Schnabel nach dem Gesicht. Dabei versuchte der Rabe, sich auf dem Helm festzukrallen, rutschte jedoch ab. Doch er hatte den Mann mit einigen Schnabelhieben getroffen. Der Mann stieß einen gellenden Schrei aus, der auf dem ganzen Hof zu hören sein musste, als der andere Krieger mit der Faust nach dem Raben schlug. Der Vogel schlug die Flügel durch und flog auf.

Eirik tastete nach seinem Schwert, konnte es aber nicht finden. Dann hörte er einen dumpfen Schlag. Einer der Männer fiel zu Boden wie ein gefällter Baum. Hinter ihm stand Katla mit einer Holzschaufel in den Händen. Bei ihr war eine dunkelhäutige Frau.

Der vom Raben verletzte Krieger glitt im Schnee aus, wälzte sich hin und her und hielt die Hände vors Gesicht gepresst. Eirik schnappte sich das Schwert, das der bewusstlose Mann verloren hatte, und rammte es dem anderen Krieger in die Brust. Der Krieger zuckte einige Male, bevor sein Körper erschlaffte.

Durch die geöffnete Tür des Jarlshauses drangen Stimmen.

Schnell nahm Eirik den Karren und schickte Katla und ihre Mutter voraus zum unbewachten Tor. Katla schob den Riegel zur Seite. Die beiden Frauen ließen Eirik mit dem Karren hindurch, bevor sie ihm nach draußen folgten. Von dem Weg dahinter war unter der Schneedecke nichts zu sehen. Bereits nach wenigen Schritten blieb das Karrenrad im tiefen Schnee stecken.

Panik überkam Eirik. Sie hatten es so weit geschafft, hatten Skjaldar und Katlas Mutter herausgeholt, doch nun drohte alles am Schnee zu scheitern.

«Wir können versuchen, ihn zu tragen», schlug Katlas Mutter vor.

Sofort nahm Eirik seinen Mantel ab und legte ihn über Skjaldars ausgekühlten Oberkörper. Dann schleppten sie ihn zu dritt hinaus. Ohne Pause liefen sie, bis die Konturen der Palisade und der Dächer von der Dunkelheit verschluckt wurden. Offenbar folgte ihnen noch niemand. Als Eirik die Flocken auf seinem Gesicht spürte, war er noch nie so froh über Schnee gewesen. Das helle Gestöber nahm ihnen zwar die Sicht, verdeckte aber auch ihre Spuren.

Es schneite die ganze Nacht hindurch, und als es allmählich heller wurde, sah Eirik durch den Flockenwirbel die dunklen Umrisse von Felsen vor ihnen auftauchen. Er fühlte sich unendlich müde, als sie sich unterhalb einer Felswand in den Schnee fallen ließen.

Da erinnerte er sich an die Vorräte, die er vergessen hatte. Er hörte die beiden Frauen weinen und sah, wie sie sich umarmten und festhielten, bevor er vor Erschöpfung zusammenbrach.

12.

Ribe

Der König gewährte Hakon nicht lange, um sich auszuruhen. Zwei Tage nach dem Gespräch im Königspalas sollte er nach Ribe aufbrechen. Es hieß, dass Gold-Harald sich in der alten Handelssiedlung festgesetzt hatte und von dort zu Raubzügen ausrückte.

Der Vorschlag, Gold-Harald zu töten, war ein spontaner Einfall gewesen, ein Gedankenblitz in einem Moment, in dem Hakon die Hoffnung eigentlich verloren hatte. Da wollte er nur noch raus aus dem Palas. Doch er hatte nichts mehr zu verlieren und sich von dem Einfall hinreißen lassen.

Manchmal waren solche Einfälle gut, manchmal waren sie einfach dumm und führten zu Tod und Verderben. Und Hakon war nicht der Einzige, der die zweite Möglichkeit für wahrscheinlicher hielt. Auch seine Gefährten hatten Gold-Harald gesehen, der wie ein Berserker Hrafns Leiche geköpft und Nollar einen Speer in die Brust geschleudert hatte. Der Mann verstand zu kämpfen. Und zu töten.

Wie er zu Gold-Harald vordringen, ihn umbringen und anschließend mit heiler Haut zurück nach Jelling gelangen sollte, wusste Hakon auch an diesem Morgen nicht. Er hatte mit Ketil, Skeggi und Thormar besprochen, was sich im Palas ereignet hatte. Und dass er Gold-Harald töten musste, um den Streit zwischen Blauzahn und seinem Neffen zu beenden, weil der Dänenkönig Hakon sonst nicht im Kampf gegen Graufell unterstützen würde.

Die Gefährten waren von der Idee zunächst nicht angetan gewesen. Die Aussichten auf Erfolg waren zu gering. Hakon hatte keinen Plan, außerdem bestand Blauzahn darauf, Ketil, Skeggi und Thormar als Geiseln zu behalten. Alle drei würden sterben, wenn Hakon nach der knapp bemessenen Frist von einer Woche nicht zurückkehrte. Dennoch gab es keine andere Möglichkeit, damit Blauzahn gegen seinen Neffen in die Schlacht zog. Falls er sich später an die Abmachung halten würde. Doch darüber konnte Hakon sich Gedanken machen, sobald er Gold-Haralds Kopf hatte.

Er bekam ein Kurzschwert, einen Mantel aus Otterfell, eine Fuchsfellmütze und ein gesatteltes Pferd sowie ein Dutzend Krieger der königlichen Leibgarde unter Führung des Rotbarts zum Geleit mit auf den Weg. Der Trupp verließ die Wehranlage und wandte sich auf dem verschneiten Heerweg nach Süden.

Schneidend kalter Wind trieb dunkle Wolken vom Nordmeer über Jütland, die tief über das flache Land jagten und neuen, mit harten Körnern durchsetzten Schnee brachten, der wie Nadelstiche auf Hakons Gesicht brannte.

Als sie die Holzbrücke beim Bach erreichten, bat Hakon den Rotbart, kurz zu halten. Der Rotbart schaute sich nach Spuren um, konnte in dem frischen Schnee aber keine entdecken und zuckte dann mit den Schultern.

«Geht von deiner Zeit ab», murmelte er und zog fröstelnd den Fellmantel vor der Brust zusammen.

Hakon fand Hrafns enthauptete Leiche unter einer Schneedecke an dem Bachufer, an dem sie gelagert hatten. Die Dänen beobachteten vom Heerweg aus, wie Hakon sich im Schneegestöber abmühte, den steif gefrorenen Körper erst zum Hügel und dann den Hang hinaufzuziehen. Am Waldrand legte er ihn dort ab, wo er Nollar unter dem Schnee vermutete. Er grub mit den Händen, und als er auf die Leiche stieß, stellte er fest, dass Vögel die Augen ausgepickt hatten. Anschließend suchte er Hrafns Kopf, legte ihn zum Rumpf und häufte dann mit den Händen Schnee über die Leichen, den er festklopfte, bis ein kleiner fester Hügel entstanden war.

Hakon arbeitete schnell und schwitzte trotz der Kälte. Als er fertig war, ließ er sich erschöpft auf die Knie sinken und versprach, dass er wiederkommen und seine Freunde, die ihm das Leben gerettet hatten, unter einem Erdhügel bestatten würde. Das war das Mindeste, was er für sie tun konnte.

«Ich komme zurück, hört ihr?», wiederholte er, dieses Mal lauter. Er spürte, wie Schneeflocken auf seinen Lippen tauten. «Ich komme zurück. Wenn ich euch gerächt habe.»

Die Nacht verbrachten sie auf einem Gehöft, dessen Bewohner ihnen mit Misstrauen begegneten. Erst als der Rotbart ihnen vorwarf, sie würden mit Gold-Harald gemeinsame Sache machen und ihnen drohte, den Hof mitsamt den Leuten in Brand zu stecken, wurden Speisen und Getränke aufgetischt. In der Nacht räumten die Bauern und das Gesinde für die Reisenden die Betten und legten sich zum Schlafen auf den harten Boden.

Am nächsten Morgen zogen sie in aller Frühe weiter. Ohne Eis und Schnee dauerte der Ritt nach Ribe keine zwei Tage. Doch im Winter kam der Tross nur langsam voran.

Je näher sie Ribe kamen, umso nervöser wurden die Krieger. Der Rotbart ließ Kundschafter vorausreiten. Es wurde immer wahrscheinlicher, dass ihnen Gold-Haralds Krieger begegneten. Doch bis zum Abend stießen sie auf keine feindlichen Krieger, und nach der zweiten Nacht auf einem Gehöft erklärte der Rotbart Hakon den weiteren Weg. Ohne ein Wort des Abschieds machten die Dänen kehrt und zogen in die Richtung davon, aus der sie gekommen waren.

Von nun an war Hakon auf sich allein gestellt. Wenigstens

flaute der Schneesturm ab. Gegen Mittag ritt Hakon durch eine stille, verlassene Winterlandschaft nach Südwesten. Als er vor Einbruch der Abenddämmerung auf einer Anhöhe bei einem Waldstück hielt, sah er zwischen schneebedeckten Feldern und Äckern Ribe.

Nach Norden und Westen sicherten ein Graben und ein halbkreisförmiger Wall mit einer hölzernen Palisade die Handelssiedlung, über deren Dächern die Rauchfahnen der Hausfeuer in den stillen Abendhimmel stiegen. Auf der anderen Seite wurde die Siedlung durch einen zugefrorenen Fluss begrenzt, der sich durch flaches Land bis zur Mündung ins Nordmeer schlängelte, wo die Sonne glutrot verschwand.

Während Hakon nach bewaffneten Männern Ausschau hielt, überlegte er noch einmal, wie er nah genug an Gold-Harald herankommen konnte. Er konnte die Siedlung umgehen und versuchen, sich über den zugefrorenen Fluss und an den Wachen vorbei in die Siedlung zu schleichen. Und dann? Wie sollte er Gold-Harald finden? Der Mann befand sich im Krieg und war vermutlich von Kriegern umgeben.

Seit dem Aufbruch in Jelling waren drei Tage vergangen. Somit war fast die Hälfte der Frist verstrichen. Wenn er für den Rückweg weitere drei Tage einplante, blieben ihm noch zwei Nächte. Und ein Tag. Was verdammt wenig Zeit war.

Er konnte auch den direkten Weg nehmen und die Wachen beim Walltor bitten, ihn zu Gold-Harald zu bringen.

Welchen Weg auch immer er wählte, er musste auf die Gunst der Götter vertrauen. Doch als er hinter sich Stimmen und die Geräusche von Pferden hörte, wusste er, dass die Götter bereits eine Entscheidung getroffen hatten.

Er drehte sich im Sattel um und sah vier Reiter in seine Richtung kommen. Schnell löste er die Lederscheide vom Gürtel und warf sie mitsamt Schwert in das Wäldchen. Doch die Scheide prallte gegen einen Baum und fiel keine zehn Schritt entfernt in den Schnee. Da er nicht mehr die Zeit hatte, die Waffe besser zu verstecken, wendete er das Pferd und wartete.

Zwei der Männer waren mit Schwertern, die anderen beiden mit Speeren und Äxten bewaffnet. Alle vier trugen Helme und Mäntel. Hakon vermutete, dass sie nach feindlichen Kriegern suchten und annahmen, gerade einen entdeckt zu haben. Der Anführer war ein kräftiger Mann mit breiten Schultern. Sein Blick war grimmig. Ein dunkler Bart verdeckte sein halbes Gesicht. Unter dem Helm waren nur die Augen zu sehen.

Die Pferde schnauften und trampelten, als sie Hakon umringten. Der Anführer zielte mit dem Speer auf Hakons Brust. «Wer bist du, und was hast du hier zu suchen?»

«Ich will zu eurem Herrn», sagte Hakon unumwunden. «Man hat mir gesagt, sein Name sei Harald Knutsson.»

Die Krieger lachten.

«Du willst in Haralds Dienste treten?», fragte der Anführer.

Hakon überlegte, ob er den Mann bei dem Angriff in der Senke gesehen hatte, konnte sich aber nicht erinnern.

«Ich muss ihm eine Botschaft überbringen. Von seinem Onkel Harald Gormsson.»

Das verschlug den Kriegern für einen Augenblick die Sprache.

«Von Blauzahn?», entgegnete der Anführer dann. «Was hat er denn zu sagen?»

«Die Nachricht ist für Harald Knutsson bestimmt.»

«Jeden Tag wollen Männer zu Gold-Harald. Wenn wir jeden Tölpel zu ihm bringen würden, würde er zu nichts anderem mehr kommen, als sich von Spinnern wie dir die Ohren abkauen zu lassen.»

«Ich habe eine wichtige Botschaft für ihn.»

«Und wenn ich dir nicht glaube?» Der Anführer trieb sein Pferd auf Hakon zu. Die Speerspitze kam näher.

«Dann werden die Skalden dich verhöhnen als den Narren, der verhindert hat, dass sein Herr ein König wird.»

«Willst du dich über mich lustig machen?»

«Das habe ich nicht gesagt.»

«Du hast ein vorlautes Mundwerk, Bursche.»

«Und eine Nachricht für Blauzahns Neffen.»

Die Dänen wechselten Blicke, bevor der Anführer Hakon befahl abzusitzen.

«Bist du bewaffnet?», fragte der Anführer.

Hakon schüttelte den Kopf. Er schlug den Fellmantel auseinander und hoffte, dass keiner der Dänen hinter den Bäumen nachschaute.

«Der Mann kommt mir bekannt vor», sagte ein Krieger mit hagerem, bartlosem Gesicht. Er schien recht jung zu sein. «Ich glaube, ich habe ihn vor einigen Tagen bei Jelling gesehen, bevor Blauzahns Männer uns vertrieben haben.»

«Mhm», machte der Anführer, stieg von seinem Pferd ab und musterte Hakon aus der Nähe. «Kann sein. Oder auch nicht.»

Er rammte den Speer mit dem unteren Ende in den Schnee. Hakon glaubte für einen Augenblick, der Mann wolle ihm eine Hand reichen, als er ausholte und Hakon mit der Faust ins Gesicht schlug.

«Zieh deine Sachen aus!»

Hakon schmeckte Blut auf der Zunge. Seine Lippe war aufgeplatzt, und er fragte sich, welches böse Spiel die Götter da mit ihm spielten.

«Ich habe gesagt, du sollst dich ausziehen!»

Der nächste Schlag traf Hakon im Bauch. Er würgte und musste sich übergeben. Die Krieger lachten, nur der Junge blieb ernst und sagte: «Vielleicht spricht er die Wahrheit, Thorgeir. Vielleicht hat er wirklich eine wichtige Nachricht für Gold-Harald.»

«Wer hat dich gefragt, Ragi?», fauchte der Anführer.

Er schlug Hakon die Fuchsfellkappe vom Kopf und riss ihm den Mantel von den Schultern.

«Tunika, Hemd, Hose, Stiefel – zieh alles aus», befahl er. «Sonst breche ich dir alle Knochen und lass dich hier liegen und erfrieren.»

Hakon blieb nichts anderes übrig, als dem Mann zu gehorchen. Als er schließlich nackt und vor Kälte bibbernd vor ihm stand, begann der Däne, seine Kleider zu durchwühlen.

«Er hat nicht einmal ein Messer», sagte er. «Nur ein Wahnsinniger oder ein Dummkopf reitet ohne Waffen durch die Gegend, oder jemand, der ...»

Da hörte Hakon eine andere Stimme: «Was machst du da, Thorgeir?»

Bei den Pferden tauchte ein magerer Mann in einer Munkikutte aus dickem Wollstoff auf. Über seiner Brust hing ein Christenkreuz.

«Er behauptet, eine Nachricht für Gold-Harald zu haben», antwortete der Mann, der Thorgeir hieß. Seine Stimme klang nun zurückhaltender.

«Und deshalb reißt du dem armen Kerl die Kleider vom Leib?», schimpfte der Munki und wandte sich an Hakon: «Wie lautet die Botschaft?»

«Sie ist für Gold-Harald bestimmt», erklärte Hakon mit klappernden Zähnen und schlang die Arme um seinen Oberkörper.

«Er behauptet, die Nachricht stamme von Blauzahn», warf Thorgeir ein.

«Von Blauzahn?», entgegnete der Munki ungläubig. «Stimmt das?»

«Das habe ich ihn auch gefragt.» Thorgeir zog den Speer aus dem Schnee. «Er besteht darauf, mit Gold-Harald zu sprechen. Nur mit ihm.»

«Kannst du es beweisen, mein Sohn?», fragte der Munki.

«Nein», erwiderte Hakon. «Aber wenn er hört, was ich zu sagen habe, wird er wissen, dass ich die Wahrheit sage.»

«Wie lautet dein Name?» Der Munki musterte Hakon aufmerksam.

«Eyvind Ragnarsson.»

Der Munki nickte nachdenklich. «Gib ihm die Kleider zurück, Thorgeir. Und dann bringt ihr ihn nach Ribe.»

Die Götter treiben arglistige Spiele, dachte Hakon, während er sich ankleidete. Nun trieben sie ihren Spott so weit, dass sie ihm einen Munki zu Hilfe geschickt hatten.

Die Kirkja von Ribe war bis auf den letzten Platz besetzt. Hakon wurde bei der Tür von Thorgeir und Ragi bewacht. Vor ihnen drängten sich Männer, Frauen und Kinder in dem Holzgebäude, das der Kirche auf der Hammaburg ähnelte, bevor Hakon sie niedergebrannt hatte. Die Menschen hörten in der zum Schneiden stickigen Luft dem Munki zu, der ihnen am Altar in salbungsvollen Worten von der Geburt des heiligen Jesus in einer Scheune erzählte. Der Munki war jetzt gekleidet wie der Erzbischof in Starigard, mit rotem Obergewand und darüber einem weißen Band, und er hatte einen Bischofsstab.

Hakon hielt Ausschau nach Gold-Harald oder nach einem Mann, der Gold-Harald sein könnte, denn er hatte dessen Gesicht bei dem Angriff nicht erkennen können. Irgendwo hier musste er sein. Warum sonst hätte der Munki darauf bestanden, dass Hakon in die Kirkja gebracht wurde?

Thorgeir traute Hakon nicht und hatte ihn eindringlich gewarnt, er werde ihm den Hals umdrehen, wenn er sich seinem Befehl widersetzte. Daher stand Hakon ganz still bei der Tür und wartete, dass der Munki mit seiner Predigt zum Ende kam. Doch die Geschichte des Herrn Jesus zog sich hin, bis der Munki einen Kelch mit Wein herumreichen ließ, aus dem jeder Mann, jede Frau und jedes Kind einen kleinen Schluck nehmen durfte. Als der Gottesdienst vorbei war, entdeckte Hakon einen Mann, der offenbar, von den anderen Menschen verdeckt, vor dem Altar gekniet hatte. Als er sich erhob, überragte er alle anderen in der Kirkja. Sein blondes Haar war ordentlich gekämmt und so lang, dass es ihm über die Schultern auf den Rücken fiel.

Bevor er sich zur Tür wandte, schob Thorgeir Hakon aus der Kirche, wo sie unter einem Strohdach warteten, während die Menschen aus der Kirche kamen. Schließlich trat der Munki heraus und dann, als Letzter, der große Blonde.

Sollte er tatsächlich Gold-Harald sein, sah er anders aus, als Hakon ihn sich vorgestellt hatte. Dieser Mann hier lächelte und wirkte umgänglich. Auch sein Bart war ordentlich gekämmt. Er trug einen Mantel aus feinem, rot gefärbtem Stoff, der an der Schulter mit einer goldenen Fibel zusammengesteckt war. Darunter war er mit einer hellblauen Tunika und einer gelben Hose bekleidet, die über den vor Fett glänzenden Lederstiefeln mit Gamaschenbändern verschnürt war.

«Ist das Harald Knutsson?», fragte Hakon.

«Wer sonst?», schnaubte Thorgeir. «Und jetzt halt den Mund.»

Der Bischof besprach sich mit Gold-Harald und zeigte auf Hakon. Für einen kurzen Moment verschwand das Lächeln aus Gold-Haralds Gesicht. Er nickte einige Male ernst, bevor er wieder lächelte und dann in Hakons Richtung kam.

Hakon spannte die Muskeln an. Unzählige Male war er in Gedanken durchgegangen, auf welche Weise er Gold-Harald töten konnte. Nun stand sein Opfer abwartend vor ihm, und er hatte nicht einmal ein Messer.

«Du hast also eine Nachricht von meinem Onkel.» Seine Stimme klang nicht unfreundlich. «Die letzte Nachricht, die ich von ihm erhielt, lautete, dass er meinen Kopf auf eine Lanze spießen und vor das Tor von Jelling stellen will.»

«Er hat mich zu Euch geschickt, damit ich Euch ...»

«Psst!», machte Gold-Harald. «Darüber sprechen wir später. Alles zu seiner Zeit. Wie lautet dein Name?»

«Eyvind Ragnarsson.»

Gold-Harald lachte leise. «Ja, richtig. Bischof Ortho hat es mir ja gerade gesagt. Du musst entschuldigen, Eyvind Ragnarsson.»

Er betonte den Namen auf eine Weise, die Hakon nicht behagte.

«Ich habe im Moment viel um die Ohren», erklärte Gold-Harald. «Da wird man leicht vergesslich. Doch nun ...» Er nickte dem Bischof zu. «Nun soll dieser Mann, der Eyvind heißt, mit uns essen und trinken und den heiligen Tag des Herrn Jesus feiern.»

In der Halle des größten Hauses von Ribe wimmelte es von Menschen. Hakon wurde an einen Tisch nicht weit entfernt von Gold-Haralds Hochsitz gesetzt. Bedienstete schleppten Schüsseln mit Waschwasser für die Hände sowie Fleisch, Fisch und Brot heran, und es gab starkes Bier. Das Essen war nicht zu vergleichen mit der dünnen Grütze und dem schalen Øl, das Hakon in Jelling bekommen hatte.

Thorgeir saß Hakon gegenüber und ließ ihn nicht aus den Augen. Als man ihm ein Messer zum Zerschneiden des Fleischs hinlegte, langte der Hauptmann sofort über den Tisch und nahm ihm das Messer weg. Ein älterer Mann am Tisch bemerkte es, zeigte mit dem Finger auf Hakon und fragte, wer er sei.

«Er behauptet, dass er Eyvind Ragnarsson heißt», antwortete Thorgeir.

«Ist das nicht sein Name?»

«Was weiß ich denn?», knurrte Thorgeir.

Hakon war so angespannt, dass er keinen Appetit verspürte, obwohl der vom dampfenden Fleisch aufsteigende Geruch eine

Qual für jeden hungrigen Mann bedeutete. Dennoch zwang er sich zu essen, um sich seine Unruhe nicht anmerken zu lassen.

«Trink mit uns, Eyvind», rief der Alte lachend und klopfte mit der linken Hand auf das Christenkreuz, das über seiner Brust hing. «Wir feiern den Herrn Jesus, und wir feiern den neuen König der Dänen. Wenn wir Blauzahn zum alten Gorm in den Grabhügel geschickt haben, werden bessere Zeiten für die Dänen anbrechen.»

Auch andere Männer am Tisch starrten Hakon an. Daher nahm er seinen Becher und trank dem Alten zu. Das Bier schmeckte süffig.

«Wir trinken auf Harald Knutsson», rief der Alte und drehte sich zu Gold-Harald um: «Auf dich, Harald – unseren König!»

Gold-Harald lächelte auf seinem Hochsitz und prostete dem Alten zu, woraufhin die ganze Halle immer wieder Gold-Haralds Namen rief und ihn als neuen König der Dänen pries.

Hakon hatte den Eindruck, dass es Gold-Harald unangenehm war, von den Leuten verehrt und gefeiert zu werden. Je länger er den Männern zuhörte, umso größer wurden seine Zweifel, ob die schlimmen Geschichten, die er in Jelling gehört hatte, der Wahrheit entsprachen. Was Hakon sah und hörte, erweckte in ihm das Bild eines aufstrebenden Herrschers, der von seinen Anhängern geliebt wurde. Und nach dem vierten oder fünften Bier ertappte er sich bei dem Gedanken, dass ein Gold-Harald vielleicht die bessere Wahl für die Dänen wäre als der herrsch- und prunksüchtige Blauzahn.

Zugleich erinnerte er sich an den Mann, der wie ein Berserker Hrafns Leiche geköpft und Nollar getötet hatte. Das ergab kein stimmiges Bild. Dennoch musste der Krieger mit dem Goldhelm derselbe Mann sein, der jetzt freundlich mit den Menschen redete und für jeden ein offenes Ohr und ein gutes Wort zu haben schien.

Auch Thorgeir wurde zunehmend betrunkener. Irgendwann beugte er sich auf die Arme gestützt und mit glasigen Augen über den Tisch zu Hakon und lallte: «Davon kannst du dem stinkenden Furz Blauzahn erzählen.»

Der Alte neben ihm war ebenfalls so betrunken, dass er sich kaum auf der Bank halten konnte und lachte gerade über einen Witz, den irgendjemand gemacht hatte, als er verstummte und Hakon wie eine böse Erscheinung anstarrte.

«Was hat Eyvind mit Blauzahn zu schaffen?», fragte er.

Thorgeir glotzte den Alten an.

«Rede, Krieger! Was hat er mit Blauzahn zu schaffen?»

«Er hat gesagt, Blauzahn habe ihn mit einer Nachricht zu Harald geschickt», sagte Thorgeir.

«Du kommst von Blauzahn?», stieß der Alte aus und brüllte dann über den Tisch: «Der Mann hier gehört zu Blauzahn!»

Schlagartig wurde es in der Halle still. Alle Blicke richteten sich auf Hakon. Mit einem Mal bewarf ihn jemand mit einem abgenagten Schweineknochen, der gegen seine Schulter prallte und vor ihm auf den Tisch fiel.

«Er ist ein Späher», rief ein Mann, und ein anderer forderte: «Tötet ihn! Tötet den Bastard!»

In der Halle brach ein ohrenbetäubender Lärm los. Die Männer forderten Hakons Tod. Ihre ganze Wut auf Blauzahn schien sich nun auf ihn zu richten. Die Dänen hatten ihre Waffen draußen lassen müssen, wie es bei Gelagen Brauch war, damit die Betrunkenen im Streit nicht mit Schwertern und Äxten aufeinander losgingen. Doch sie hatten Fleischmesser. Von einem Tisch hinter Thorgeir sprang ein bulliger Kerl mit wildem Bart und rot angelaufenem Gesicht auf.

Mit dem Messer in der rechten Faust wankte er in Hakons Richtung. Da packten die Männer, die links und rechts von Hakon saßen, ihn bei den Armen, drehten sie ihm auf den Rücken und drückten ihn mit Oberkörper und Kopf auf die Tischplatte. Der Schweineknochen presste sich schmerzhaft in seine Wange. Die Griffe waren so fest, dass Hakon keine Möglichkeit hatte, sich zu wehren. Er erwartete, von der rasenden Meute niedergemacht zu werden, als das Gebrüll verebbte und der Druck auf seine Arme nachließ.

«Niemand tötet ihn, bevor ich nicht mit ihm gesprochen habe», hörte er Gold-Haralds Stimme hinter sich.

Wutschnaubend zogen die Dänen sich an ihre Tische zurück.

Hakon richtete sich auf und drehte sich auf der Bank um.

«Komm mit», befahl Gold-Harald ihm und forderte Thorgeir auf, ihm ebenfalls zu folgen.

Der Hauptmann kam um den Tisch herum, bevor er Hakon durch die zornige Menge hinter Gold-Harald her nach draußen schob. Dort rief Gold-Harald Krieger zu sich und schnallte sein Schwert um. Sie marschierten durch verwinkelte Gassen zu einer Hütte, vor der die Krieger ihre Wachposten bezogen, während Gold-Harald mit Hakon und Thorgeir hineinging. Hakon musste auf einem Schemel Platz nehmen, bewacht von Thorgeir, der sich hinter ihm aufbaute. Gold-Harald zog sein Schwert aus der Scheide. Im Schein des Hausfeuers schimmerten Schriftzeichen auf der Klinge. Solche Schwerter wurden von Franken geschmiedet, mit Namen wie Ulfberht oder Ingelrii versehen und kosteten ein Vermögen.

«Ich wollte eigentlich erst morgen mit dir reden», sagte Gold-Harald. «Da Thorgeir sein vorlautes Maul jedoch nicht halten konnte, müssen wir die Angelegenheit sofort erledigen. Du hast erlebt, wie aufgebracht die Dänen sind, Eyvind. Also, sag mir, welche Nachricht mein Onkel für mich hat.»

In Hakons Kopf überschlugen sich die Gedanken. Wenn er ein falsches Wort sagte, würde Gold-Harald ihn töten. Daher musste er es darauf ankommen lassen und alles in die Waagschale werfen. Gold-Harald war kein Mann, dem man etwas vorspielen konnte. Er beschloss, das Naheliegende zu sagen: die Wahrheit. «Mein Name ist nicht Eyvind Ragnarsson.»

Thorgeir knurrte verhalten, doch Gold-Harald nickte und sagte: «Hättest du etwas anderes behauptet, wärst du jetzt ein toter Mann, Hakon Sigurdsson.»

«Woher wisst Ihr, wer ich bin?», erwiderte Hakon überrascht.

Gold-Harald schob die Klinge in die Scheide zurück. «In Jelling gibt es Männer, deren Ohren für mich hören. Und mein Bote war schneller als du und die Krieger, mit denen mein Onkel dich hergeschickt hat.»

Hakon hatte mit vielem gerechnet, aber nicht damit, dass der Mann ihn erwartet hatte. Dass der Mann, der jetzt sein Lächeln wiedergefunden hatte, offenbar über alles Bescheid wusste, was im Königspalas von Jelling besprochen worden war.

Thorgeirs Grummeln nach zu urteilen, war er nicht eingeweiht gewesen.

«Auch Blauzahn wird Männer dafür bezahlen, dass sie ihn über alles, was in Ribe geschieht, auf dem Laufenden halten», sagte Gold-Harald. «Daher musste ich mit dir allein sprechen. Ich habe Vorkehrungen getroffen, dass in dieser Nacht und morgen niemand Ribe verlassen wird, ohne dass ich davon erfahre.»

Gold-Harald zog einen zweiten Schemel heran und setzte sich Hakon gegenüber. «Dennoch haben wir nicht viel Zeit. Wie du weißt, hat mein Onkel ein Heer zusammengezogen. Er hätte mich längst angegriffen, wenn der Winter nicht so früh gekommen wäre.»

Hakon nickte. Ihm war noch nicht klar, was die neue Situation für ihn und vor allem für seinen Plan bedeutete. Er musste sich Klarheit über Gold-Haralds Rolle in dem ganzen Durcheinander verschaffen. «Darf ich Euch eine Frage stellen?», sagte er daher.

«Natürlich.»

«Warum habt Ihr uns bei Jelling angegriffen?»

«Ich habe euch für Blauzahns Männer gehalten. Wir waren unterwegs, um Krieger anzuwerben. Die meisten Bauern fürchten einen Krieg. Doch wir brauchen ein schlagkräftiges Heer, um gegen meinen Onkel bestehen zu können. Sobald der Schnee taut, wird er angreifen.»

Gold-Haralds Offenheit überraschte Hakon. Was führte der Mann im Schilde? «Warum habt Ihr mich nicht getötet, als ich nach Ribe gekommen bin?»

Gold-Harald kratzte sich im hellen Bart. Auf seiner Brust schimmerte das silberne Kruzifix. «Diese Frage kann ich dir nicht beantworten. Als ich erfahren habe, du würdest herkommen, um mich umzubringen, damit mein Onkel dir im Kampf gegen Graufell beistehet, wollte ich dich töten. Aber das Leben hat mich gelehrt, nicht übereilt zu handeln, auch wenn du bei Jelling einen anderen Eindruck gewonnen hast. Nenn es eine Eingebung. Oder eine göttliche Fügung.»

Er tippte gegen das Silberkreuz. «Etwas, vielleicht der Herrgott, hat mir gesagt, dass du lebend wichtiger für mich bist, Jarl Hakon. Für mich. Und für das, was ich tun muss.»

«Blauzahn stürzen?»

«Ich bin nicht so habgierig wie er. Ich bestehe nur auf die Hälfte des Reichs. Nachdem er meinen Vater Knut Gormsson im Streit um die Herrschaft aus dem Land gejagt hatte, musste ich mein Leben fern der Heimat verbringen. Ich habe viele Jahre in Irland gelebt, Raubzüge unternommen, Kriege geführt und bin zu einigem Reichtum gelangt. Davon wirst du gehört haben, auch davon, was für ein Barbar ich sei. Doch die Iren haben mich aus dem Land gejagt. Deswegen bin ich zurückgekehrt, um im Land meiner Ahnen zu leben. Um hier zu leben, Hakon, nicht um zu regieren. Ich wollte keinen Streit mit meinem Onkel, aber er sieht in jedem Verwandten eine Bedrohung. Er hätte keine Ruhe gelassen, bis ich entweder tot oder vertrieben wäre. Also habe ich beschlossen, das Erbe meines Vaters einzufordern und einen Krieg zu führen.»

Nach einer kurzen Gedankenpause fügte er hinzu: «Wenn es sich nicht vermeiden lässt.»

Gold-Harald sprach mit ruhiger Stimme, und Hakon konnte sich nicht gegen das Gefühl wehren, dass er ihn verstand, dass er ihm mehr zugetan war als Blauzahn. Dass er ihn vielleicht sogar mochte, trotz allem, was Gold-Harald Nollar und Hrafn angetan hatte.

Und dann kam Hakon eine Idee, wie er Gold-Harald für seine Ziele einspannen konnte. Im Moment war es nur ein vager Gedanke, aber es war eine Möglichkeit. «Blauzahn wird nie zulassen, dass Ihr die Hälfte des dänischen Reichs bekommt.»

«Natürlich nicht.»

«Aber Ihr seid ein Herrscher, der es verdient hat, ein Land zu regieren. Ein Krieg gegen Euren Onkel würde das dänische Reich in Not und Elend stürzen. Er klammert sich an die Macht und hat viele Männer, die ihm folgen. Ein Krieg würde die Dänen entzweien und den Hass über mehrere Generationen entfachen. Alles, was der Reichseiniger Gorm geschaffen hat, wäre dem Untergang geweiht. Und ein geschwächtes Reich ist eine leichte Beute für die Feinde der Dänen.»

«An wen denkst du dabei?»

«Ihr wisst selbst, wen ich meine.»

«Gunnhild?»

«Ja. Sie und ihre Söhne Harald Graufell und Ragnar dehnen ihre Macht am Nordweg aus. Sie haben Thrandheim erobert und die Herrscher der Ostlande Tryggve Olavsson und Gudröd Björnsson umgebracht. Daher möchte ich Euch einen Vorschlag machen, wie Ihr an Ländereien kommt, in denen Ihr leben und herrschen könnt, ohne Krieg gegen Euren Onkel führen zu müssen.»

Gold-Harald hatte die Neugier gepackt. «Rede!»

Hakon deutete hinter sich. «Wir sollten das Weitere unter vier Augen besprechen.»

«Ich kann Euch mit dem Mann nicht allein lassen», protestierte Thorgeir.

Gold-Harald erhob sich, schob ihn zur Tür und befahl ihm, draußen zu warten. Als er wieder auf dem Schemel saß, hörte er aufmerksam zu, während Hakon ihm seinen Plan erklärte. Daraufhin schwieg Gold-Harald eine Weile. Hakon befürchtete schon, er würde ablehnen, bis in den Augen seines Gegenübers ein listiges Leuchten aufblitzte.

Dann sagte der Mann, den er töten wollte: «Wir werden es versuchen.»

13.
....

Jelling

Der nächste Morgen brachte einen klaren Tag. Als die Dämmerung die Nacht aus Ribe vertrieb, gingen Hakon und Gold-Harald zusammen mit einigen Kriegern und dem Bischof in die Feierhalle. Bevor sie nach Jelling aufbrechen konnten, mussten sie die Dänen überzeugen. Denn ohne die Zustimmung der Stammesführer und freien Bauern konnte Gold-Harald nicht mit seinem Onkel verhandeln.

Gold-Harald hatte den Bischof, der Ortho hieß, in den Plan eingeweiht, und der hatte sofort zugestimmt. Ihm sei daran gelegen, die dänische Mark ohne weiteres Blutvergießen zu befrieden, sagte er.

In der Halle stank es nach kaltem Rauch, Schweiß und Erbrochenem. Männer lagen auf Schlafpodesten, andere schliefen mit den Köpfen auf den Tischen oder kreuz und quer auf dem Boden, wo sie in der Nacht betrunken zusammengebrochen waren. Bischof Ortho schüttelte angewidert den Kopf. Die Feier zu Ehren und Gedächtnis des Herrn Jesus war in ein wildes Besäufnis ausgeartet.

Sie stiegen über schnarchende Männer, bis Gold-Harald sich in der Mitte der Halle aufstellte und Diener losschickte, um die Männer zu wecken. Es dauerte eine Weile, bis die Männer wieder an den Tischen saßen und darauf warten, mit Essen und Bier bewirtet zu werden, um das Gelage fortzusetzen. Schließlich hatten sie erst gestern damit angefangen, und ein ordentliches Gelage dauerte drei Tage.

Hakon bemerkte die argwöhnischen Blicke, die die Dänen ihm zuwarfen. Als Gold-Harald von dem Plan berichtete, entglitten ihnen die Gesichtszüge.

«Du willst auf die Herrschaft verzichten?», rief ein Mann, dessen aufgedunsenes Gesicht von Pockennarben entstellt war. «Willst du uns für dumm verkaufen, Harald? Wir haben uns dir angeschlossen, damit du Blauzahn stürzt, und nicht, damit du dir Land am Nordweg nimmst.»

«Das ist Verrat», brüllte ein anderer Mann. Er begann, mit seinen Fäusten auf den Tisch zu hämmern, und viele Stammesführer und Bonden taten es ihm nach.

Gold-Harald hatte Mühe, durch den Lärm mit seinen Worten zu ihnen durchzudringen. Daher ließ er Essen und Bier auftischen. Als die Dänen sich darüber hermachten, sich mit Brot und Käse vollstopften und dazu Bier tranken, sagte er: «Ihr werdet keine Nachteile haben. Im Gegenteil, ich werde mich dafür einsetzen, dass ihr entlohnt werdet, wenn ihr dem Friedensschluss zustimmt.»

Die Dänen steckten tuschelnd die Köpfe zusammen. Hakon glaubte, dass einige Männer einem Frieden offenbar doch etwas abgewinnen konnten. Es entstanden heftige Diskussionen, die noch erhitzter geführt wurden, nachdem Gold-Harald gesagt hatte: «Ihr werdet meinem Plan zustimmen *müssen*. Denn ihr braucht mich. Außer meinem Onkel bin ich der Einzige auf Jütland, der ein Anrecht auf den Thron hat.»

Dann gingen sie nach draußen, wo sie eine ganze Weile warteten, bis die Dänen, satt und leicht angetrunken vom morgendlichen Gelage, vor die Tür kamen.

Der Pockennarbige stapfte durch den Schnee zu ihnen und sagte: «Wir haben abgestimmt. Die meisten Männer sind dafür, dass du mit Blauzahn verhandelst, Harald. Aber wir stellen Bedingungen: Blauzahn darf uns nicht bestrafen und muss uns die

Abgaben für ein halbes Jahr erlassen. Das entspricht den Verlusten, die wir durch die Kriegsvorbereitungen hatten.»

Hakon zweifelte, ob Blauzahn sich tatsächlich auf den Handel einlassen würde. Aber darüber konnte er sich später Gedanken machen. Denn diese Dänen zu überzeugen, war nur ein kleiner Schritt gewesen. Das größte Stück Arbeit lag noch vor ihnen. In Jelling.

Nachdem sie die Pferde gesattelt und den Proviant verstaut hatten, verließen sie Ribe und ritten nach Nordosten. Gold-Harald nahm Thorgeir und ein Dutzend Krieger mit, außerdem hatte er Bischof Ortho gebeten, ihn zu begleiten.

Der Schnee lastete schwer auf den Bäumen und drückte die Äste tief herunter. Die Wege waren aber passierbar, und die Götter schienen milde gestimmt zu sein. Der Ritt verlief ohne Zwischenfälle. Bereits am Nachmittag des dritten Tags erreichten sie die Brücke, an der Gold-Harald Hakon angegriffen hatte.

Er bemerkte, wie Gold-Harald zu dem Hügel schaute, an dem er Nollar getötet hatte. Hakon versuchte, in Gold-Haralds Miene zu lesen, hoffte auf eine Reaktion, auf ein Zeichen des Bedauerns, das es Hakon leichter machen würde, ihm zu verzeihen. Als Gold-Haralds Blick teilnahmslos blieb, flammte die Wut in Hakon wieder auf. Er erinnerte sich an das Versprechen, das er Nollar und Hrafn gegeben hatte: dass er sie rächen würde. Doch er schob den Gedanken beiseite. Jetzt musste er Ketil, Skeggi und Thormar auslösen und seine Leute in Hladir retten.

Sie zogen an den hohen Palisaden der Wehrburg entlang, bevor sie sich von Norden dem Tor näherten, wo ihre Ankunft bereits bemerkt worden war. Etwa zwei Dutzend Krieger mit Lanzen, Speeren und Äxten hatten auf dem Wehrgang Stellung bezogen. Gold-Harald ließ seine Truppe zweihundert Schritt vor der Wehranlage halten. Hakon ritt mit Bischof Ortho weiter.

Als sie das Tor erreichten, tauchte der Rotbart an der Brustwehr auf.

«Richte deinem König aus, dass sein Neffe Harald Knutsson mit ihm verhandeln will», rief Hakon.

Der Rotbart glotzte ihn und den Bischof ungläubig an, dann schirmte er die Augen gegen die tief stehende Sonne ab und blinzelte dorthin, wo Gold-Harald mit seinen Kriegern wartete.

«Der König will nicht verhandeln», entgegnete er. «Er will seinen Kopf. Wenn du dich nicht an die Abmachung hältst, Nordmann, sterben deine Freunde.»

«Warum ist der König nicht daran interessiert, einen Krieg zu verhindern?», fragte Hakon.

Da ertönte ein Schrei. Bischof Regimbrand drängte auf dem Wehrgang nach vorn und rief: «Der Götzenanbeter lügt. Er will den König in eine Falle locken ...»

Er verstummte, als er Bischof Ortho sah, und fragte dann: «Was macht Ihr bei dem Heiden? Wisst Ihr nicht, wer der Mann ist?»

«Er ist mir bekannt», antwortete Ortho. «Eines Tages wird Gott über ihn richten, für das, was er den Christen angetan hat. Aber nun macht etwas Sinnvolles, Regimbrand, und setzt Euch dafür ein, dass der König seinen Neffen anhört.»

Der Munki besprach sich auf dem Wehrgang mit dem Rotbart, bevor er sich wieder an Hakon und Ortho wandte und wissen wollte, ob Gold-Harald und seine Krieger bewaffnet seien.

Hakon überließ Ortho die weiteren Verhandlungen, denn dessen Wort hatte hier mehr Gewicht. Es war zwar befremdlich, das Schicksal in die Hände eines Munkis zu legen. Aber die Verhandlungen durften nicht gefährdet werden. Wenn Blauzahn jetzt beschloss, Gold-Harald anzugreifen, würde der fliehen und von seinen Friedensabsichten abrücken. Vermutlich für immer.

«Sie haben Waffen», erklärte Ortho. «Aber sie tragen keine

Rüstungen. Niemand wird eine Waffe gegen den König erheben. Das schwöre ich bei Gott.»

«Bei Gott?», raunte Regimbrand.

Der Rotbart schüttelte ungläubig den Kopf, bevor er von der Palisade verschwand. Kurz darauf wurde das Tor geöffnet. Krieger kamen heraus, mindestens drei Dutzend. Der Rotbart führte sie an.

Ortho saß vom Pferd ab und stellte sich den Kriegern entgegen. Hakon kam nicht umhin, den furchtlosen Munki zu bewundern.

«Harald Knutsson hat ein Dutzend Männer», erklärte Ortho. «Zur Verhandlung kann der König ebenso viele Krieger mitbringen ...»

«Ihr habt uns nichts zu sagen, Bischof», schnauzte der Rotbart ihn an, legte die Hand an den Griff seines Schwerts und zog die Klinge halb aus der Scheide.

Da eilte Regimbrand herbei, um den Rotbart zu besänftigen. Doch der gab dem Munki einen Stoß vor die Brust, sodass er im Schnee ausglitt und jammerte: «Du erhebst die Hand gegen einen Diener Gottes?»

«Wenn du mich an meiner Arbeit hinderst, werde ich noch etwas ganz anderes erheben.» Dann wandte der Rotbart sich an Ortho. «Bringt den Mann her. Er soll selbst sagen, was er will.»

Ortho schüttelte den Kopf. «Wir erwarten König Harald unten bei der Brücke. Wenn er bis Sonnenuntergang nicht erscheint, ist die letzte Möglichkeit vertan, den Streit friedlich zu lösen.»

Der Rotbart spuckte in den Schnee.

Ortho fuhr ungerührt fort: «Alle Dänen werden dann erfahren, dass es Blauzahn war, der den Frieden leichtfertig aufs Spiel gesetzt hat.» Mit einem Seitenblick auf Regimbrand fügte er hinzu: «Und ich werde dafür sorgen, dass auch der Kaiser davon erfährt.»

Er wandte sich ab, stieg aufs Pferd und ritt davon. Hakon folgte dem Munki, der ihm nicht nur bei Ribe das Leben gerettet hatte, sondern dafür sorgte, dass die Hoffnung weiterlebte.

Er fragte sich, welchem Gott er dafür danken sollte.

An der Brücke schichteten sie Äste zu einem Haufen auf. Es dauerte eine Weile, bis das feuchte Holz brannte und die Flammen loderten. Als die Dunkelheit sich über das schneebedeckte Land legte, tauchten auf dem Heerweg Blauzahns Reiter auf. Ein Dutzend Männer. An diese Bedingung hatte er sich also gehalten.

Hakon spürte die Anspannung im ganzen Körper. Auch Gold-Harald und Ortho hatten kaum ein Wort gesprochen, seit sie Jelling den Rücken gekehrt hatten. Es barg ein Risiko, die Verhandlung in der Nacht abzuhalten, weil Blauzahn so die Gelegenheit hatte, in der Dunkelheit weitere Krieger unbemerkt heranzuführen.

Die Reiter saßen ab. Als sie sich dem Feuer näherten, sah Hakon, dass die Krieger mit Waffen, Kettenhemden und Helmen gerüstet waren. Der König aber trug nur eine Fellkappe und unter dem Pelzmantel eine blaue Leinentunika, die zum Vorschein kam, als er seinen Mantel mit den von Goldringen glitzernden Händen auseinanderschlug. An seinem Gürtel hing ein Schwert. Der König und sein Gefolge blieben einige Schritte vor dem Feuer stehen, wo Hakon, Ortho, Gold-Harald und dessen Krieger warteten.

Der Bach gurgelte, und im Feuer zischte Feuchtigkeit aus den Ästen. Vor Blauzahns halb geöffnetem Mund bildeten sich Atemwölkchen. Neben ihm standen Regimbrand und der Rotbart.

Eine Weile belauerten sich beide Parteien, bis Gold-Harald einen Schritt auf Blauzahn zuging. Er neigte kurz den Kopf und sagte dann: «Es freut mich, dass Ihr auf mein Angebot eingegangen seid, König Harald.»

«Angebot?», knurrte Blauzahn. «Welches Angebot?»

«Das Angebot zu einem Gespräch.»

«Halt mich nicht mit unnützem Geschwätz auf. Sag, was du zu sagen hast, oder ich zertrete dich wie eine Laus. Denn das bist du, eine lästige Laus in meinem Pelz, die sich mit meinem Blut vollsaugt. So wie dein Vater es getan hat. Knut war eine Schande für die Dänen. Ich habe ihn aus dem Land gejagt, auf das du Anspruch erhebst.»

Gold-Haralds Kiefer zuckten. Aber er blieb ruhig und zeigte auf Hakon. «Ich denke, der Jarl sollte für mich sprechen. Mir würdet Ihr doch kein Wort glauben. Außerdem war das, was wir Euch unterbreiten wollen, letztlich seine Idee.»

Blauzahns Blick glitt zu Hakon, der sich bislang zurückgehalten hatte und nun überraschend in den Mittelpunkt gerückt wurde.

Er gab sich einen Ruck. «Ihr habt von Eurem Vater ein großes Reich geerbt, König Harald. Es erscheint mir und Eurem Neffen ratsam, dass Ihr dieses Reich auch weiterhin allein regiert.»

Blauzahns buschige Augenbrauen zogen sich zusammen. «Will er nach Irland zurückkehren?»

«Nein. Aber Ihr könnt ihm ein anderes Reich geben, das er regieren kann und für das er Euch Abgaben zahlen wird.»

«Was soll das für ein Reich sein? Das einzige Land, das ich ihm gewähre, ist gerade groß genug für sein Grab.»

«Warum gebt Ihr ihm kein Land am Nordweg?»

«Am Nordweg? Was redest du für einen Unsinn? Dort regieren andere Hurensöhne, die mir seit Jahren die Abgaben verweigern.»

Dennoch schien sich Blauzahns Miene ein wenig aufzuhellen. Offenbar überdachte er das Angebot, durch das er die Herrschaft ohne weiteres Blutvergießen behalten konnte.

Doch dann sagte er: «Du bist einfach zu durchschauen, Jarl. Du willst, dass ich Gunnhild und ihre Söhne angreife, damit du wieder über Thrandheim regieren kannst. Nichts anderes interessiert dich.»

«Wäre es verwerflich, wenn das meine Absicht ist? Ihr schließt mit Gold-Harald ein Bündnis und vernichtet die Gunnhildssöhne. Dann setzt Ihr mich als Euren Verwalter über Thrandheim und Gold-Harald über die Ostlande ein. Ich gebe Euch mein Wort, künftig alle Abgaben zu zahlen.»

Damit du Bastard noch reicher wirst und an deinen Schätzen erstickst, fügte Hakon in Gedanken hinzu.

«Auch ich gebe Euch mein Wort», sagte Gold-Harald. «Ich will keinen Krieg führen, bei dem Hunderte, vielleicht Tausende Dänen sterben.»

«Die Dänen?», schnaubte Blauzahn. «Von welchen Dänen sprichst du? Von den treulosen Nattern, die dir Treue geschworen haben? Die mich stürzen wollen?»

Aus dem im Dunkeln liegenden Wald war ein Geräusch zu hören. Es klang, als sei Schnee von einem Baum gefallen. Vielleicht war er von einem Ast heruntergerutscht, der unter dem Gewicht nachgegeben hatte. Oder war ein Mann dagegengestoßen?

Hakon wechselte einen Blick mit Gold-Harald. Hatte er das Geräusch ebenfalls gehört?

Gold-Harald wandte sich wieder an seinen Onkel. «Ja, viele Dänen haben mir Treue geschworen. Und sie würden gegen Euch kämpfen. Aber sie werden die Waffen strecken, wenn ich es ihnen sage. Dafür fordern sie, dass Ihr sie nicht bestraft und für ein halbes Jahr auf die Abgaben verzichtet ...»

«Was redest du da?», fuhr Blauzahn auf. «Sie wollen straffrei ausgehen, obwohl sie mir in den Rücken gefallen sind?»

«Euer Neffe spricht nicht die Wahrheit», zischte Regimbrand. «Ebenso wenig wie der Götzenanbeter. Der Jarl hat sie alle mit einem bösen Zauber belegt. Sie wollen Euch vom Thron stürzen, König. Sie wollen die Macht ...»

«Haltet Euren Mund», fuhr Ortho Regimbrand an. «Es sollte Euer höchstes Streben sein, für Gottes Frieden auf Erden einzutreten, statt Hass und Zwietracht zu säen.»

Die Munkis maßen sich mit scharfen Blicken. Hakon hätte es kaum für möglich gehalten, dass Christenmänner sich stritten. Als er Regimbrand beobachtete, bemerkte er, dass der Rotbart den Kriegern hinter sich mit einer leichten Handbewegung ein Zeichen gab.

Die Männer kamen näher.

Und dann geschah das, was Hakon befürchtet hatte. Schritte waren zu hören. Schritte, die durch Schnee liefen. Von überall her traten Krieger vor die dunklen Baumreihen. Dutzende Männer. Sie waren mit Äxten, Lanzen, Schwertern und Schilden bewaffnet.

In dem Moment, als Hakon sie vorrücken sah, brachen in ihm alle Dämme, hinter denen die Anspannung der vergangenen Wochen sich gestaut hatte. Er dachte an Aud, die sterben musste, weil er nicht in der Lage gewesen war, sie zu beschützen. Und er dachte an Malina, Eirik, Skjaldar und Ketil und alle anderen Menschen, deren Leben von ihm abhing.

Sie waren verloren, wenn Hakon verlor.

Er sah nur einen Ausweg, der ihn dorthin führte, wo Odin wohnte. Nach Walhall, in die mit Speeren und Schilden gedeckte Halle der Gefallenen. Er würde im Kampf sterben und den König mitnehmen, wenn die Valkyrjar auszogen, um sie einzusammeln. Es gab keinen Frieden. Es würde niemals Frieden geben. Es gab nur Verrat und Krieg.

Da Hakon selbst keine Waffe trug, griff er nach Gold-Haralds Schwert, das er aus der mit Leder überzogenen Holzscheide zog. Bevor Gold-Harald ihn daran hindern konnte, glitt die Klinge aus der innen mit Fell verkleideten Scheide und lag überraschend leicht in der Hand, als Hakon auf Blauzahn zusprang.

Der Gesichtsausdruck des Königs gefror zu Eis.

Bischof Regimbrand sprang kreischend zur Seite. Bevor der Rotbart reagieren konnte, war Hakon bei Blauzahn und richtete die Klinge auf dessen Hals. Er musste ihn durchbohren, musste ihm den Stahl in den Körper treiben.

Doch er hielt inne. Die Klingenspitze schwebte eine Handbreit vor Blauzahns Kehle.

Für einen kurzen Moment glaubte Hakon in Blauzahns erstarrtem Gesicht zu sehen, wie die Fassade des mächtigsten Mannes der nördlichen Welt Risse bekam. Wie sie bröckelte wie eine alte Lehmwand. Wie dahinter ein verletzbarer Mensch zum Vorschein kam, der nicht allein nach Reichtum und Macht strebte, sondern ein Mensch mit Gefühlen war.

Und Hakon erinnerte sich daran, wie der alte Mann im Palas es genossen zu haben schien, dass seine Frau Tove ihn berührte. Bevor er ihre Hand wegschlug. So schnell wie damals wurde die Miene auch jetzt wieder hart, bis darin nur noch Hass und Wut lagen.

Der Rotbart brüllte unterdessen Befehle, woraufhin die aus den Wäldern stürmenden Krieger anhielten. Sie waren nur wenige Schritte vom Feuer entfernt.

«Ihr werdet sterben, König», sagte Hakon. Seine rechte Hand zitterte. Das Zittern übertrug sich auf die leichte Klinge. Es war ein hervorragendes Schwert, das die Götter ihm in die Hände gespielt hatten und das nun über das weitere Schicksal entscheiden sollte.

Blauzahn rang um Fassung. «Wenn du mich tötest, Jarl, dann werdet ihr alle sterben, du, Knutsson, deine Freunde. Alle!»

«Ihr hattet von Anfang an vor, uns zu töten.»

Blauzahns Blick zuckte zum Rotbart, der sprungbereit und mit der Hand am Schwert darauf lauerte, dass Hakon einen Fehler machte.

«Du verkennst mich, Jarl», sagte Blauzahn mit bemüht ruhiger Stimme. «Woher sollte ich wissen, ob die Krieger meines Neffen nicht ebenfalls im Hinterhalt lauern? Warum sollte ich dem Mann trauen, der mir den Krieg erklärt hat?»

Ein Schatten tauchte neben Hakon auf. Es war Ortho, dem das Entsetzen ins Gesicht geschrieben stand. «Wenn Ihr Eurem Neffen nicht glaubt, König, dann glaubt wenigstens mir. Unser Angebot ist aufrichtig. Das sage ich nicht, weil Euer Neffe auf mein Betreiben den Glauben an Gott angenommen hat. Euer Neffe spricht die Wahrheit. Er verzichtet auf alle Ansprüche, obwohl sie ihm durch seine hohe Geburt zustehen.»

Die Klinge glänzte im Feuerschein. Hakons Hand zitterte noch immer. Da sah er, wie sich die Gesichtszüge des Königs glätteten.

Er nickte.

14.

Jelling

Im Königspalas von Jelling musste Hakon sich dieses Mal nicht mit einem Stehplatz begnügen. Mit seinen Gefährten Ketil, Skeggi und Thormar saßen er, Gold-Harald und Bischof Ortho am Tisch des Königs, der seit der Auseinandersetzung an der Brücke kein Wort mehr gesagt hatte. Auch jetzt, in der von Lärm erfüllten Halle, ließ seine harte Miene nicht erkennen, ob er bereute, in den Handel mit seinem Neffen eingewilligt zu haben. Obwohl er die Dänen vor einem Krieg im eigenen Land bewahrt hatte, musste es sich für ihn wie eine Niederlage anfühlen. Denn der Vorschlag war nicht von ihm gekommen, sondern von seinem verhassten Neffen.

Die gleich nach der Ankunft im Palas aufgestellten Tische und Bänke waren bis auf den letzten Platz gefüllt. Mägde und Sklavinnen tischten Essen und Bier auf. Doch als Blauzahn sich schwerfällig aus seinem Hochstuhl hochdrückte, verebbten die Gespräche. Zwischen den buschigen Augenbrauen zeichnete sich eine tiefe Zornesfalte ab, während sein Blick über die Tische wanderte. Speisen und Getränke waren aufgetragen worden, aber bislang hatte niemand etwas davon angerührt.

«Dieser Mann ist der Sohn meines Bruders Knut Gormsson», dröhnte seine Stimme durch die Halle. Er zeigte auf Gold-Harald. «Dieser Mann verzichtet auf seine ohnehin unberechtigten Ansprüche auf die Hälfte des Reichs.»

Aus dem anhebenden Gemurmel schloss Hakon, dass die Neuigkeit sich noch nicht überall herumgesprochen hatte.

«Stattdessen strebt er nun die Herrschaft über die Ostlande am Nordweg an», sagte Blauzahn.

Das Gemurmel wurde lauter.

Blauzahn schaute Harald den Grenländer an, dessen Vater Gudröd Björnsson von Graufells Bruder Ragnar getötet worden war. Der wieselgesichtige Grenländer rutschte unruhig auf der Bank hin und her.

«Ja, auch du, Harald Gudrödsson, hast wegen deiner Abstammung einen Anspruch auf diese Länder», fuhr Blauzahn fort. «Und diese Ansprüche mögen berechtigter sein als die meines Brudersohns ...»

«So ist es», rief der Grenländer. Die Männer an seinem Tisch nickten zustimmend, schwiegen aber, als der König sie mit einem finsteren Blick bedachte.

«Daher werden wir die Länder zu gegebener Zeit aufteilen», sagte Blauzahn. «Auch der Grenländer soll nicht leer ausgehen.»

Ein anderer Mann bat ums Wort. «Ich nehme an», sagte er, «dass die Männer, die jetzt über diese Länder herrschen, etwas dagegen haben werden, dass Ihr die Ostlande aufteilt, Herr.»

«Natürlich werden die Gunnhildssöhne etwas dagegen haben», knurrte Blauzahn.

«Und wie wollt Ihr sie vom Gegenteil überzeugen?», fragte der Mann.

«Darüber werden wir später reden», entgegnete Blauzahn.

Hakon sah dem alten König an, dass er noch nicht wusste, wie das Problem zu lösen war. Aber um den Frieden im eigenen Land zu wahren, blieb ihm nichts anderes übrig. In den vergangenen Tagen hatte Hakon sich auch über diese Frage den Kopf zerbrochen und glaubte, auf eine Lösung gekommen zu sein. Bislang hatte er mit niemandem darüber gesprochen.

Doch das würde er gleich tun.

Blauzahns ausweichende Antwort besänftigte die Männer

nicht. Im Gegenteil erhob sich lautes Stimmengewirr, als der Alte sich wieder in seinen Hochstuhl sinken ließ. Erst als er sein mit Silber verziertes Trinkhorn erhob, wurde es etwas ruhiger. Endlich konnten die Männer mit Essen und Trinken beginnen. Während sie zulangten, brannten heftige Diskussionen auf zwischen Männern, die Blauzahns Vorhaben ablehnten, und jenen, die es befürworteten. Viele waren zwar erleichtert, keinen Krieg im eigenen Land zu führen. Aber eine Auseinandersetzung mit den Gunnhildssöhnen würde ebenfalls zu hohen Verlusten führen.

«Wir müssen die Dänen überzeugen, dass es zu ihrem Vorteil ist, wenn wir die Gunnhildssöhne vernichten», sagte Gold-Harald.

«Ach ja?», gab der König zurück. «Und wie will mein schlauer Neffe sie davon überzeugen? Wenn jemand einen Vorschlag hat, soll er sprechen.»

Da beugte Hakon sich zum König vor. «Wer sagt denn, dass wir die Gunnhildssöhne am Nordweg angreifen müssen?»

«Willst du die Schlangenbrut höflich bitten, auf ihre Herrschaft zu verzichten?», entgegnete Blauzahn höhnisch.

«Ja», sagte Hakon und erntete irritierte Blicke. Damit hatte er gerechnet.

«Graufell würde sich eher selbst entmannen, als auf seine Herrschaft zu verzichten», entgegnete Blauzahn und riss mit fettigen Fingern Fleisch von einem Knochen. «Er ist nicht so ein Weichling wie der Mann, der neben dir sitzt, Jarl.»

Gold-Harald zuckte zusammen. Seine Faust ballte sich um das Messer, aber er ging nicht auf die Beleidigung ein. Der Friede zwischen den beiden Männern war brüchig.

Gold-Harald wandte sich an Hakon: «Du solltest uns in deinen Plan einweihen.»

Hakon nickte und dämpfte die Stimme, damit das Gesagte an diesem Tisch blieb. Aber die Sorge war unbegründet, denn die

Männer an den anderen Tischen waren mit Essen und Trinken beschäftigt. Das Gesinde kam kaum nach, mit Bier gefüllte Eimer heranzuschleppen, aus denen mit Schöpfkellen die Becher nachgefüllt wurden.

«Bietet Graufell Land im dänischen Reich an», sagte Hakon zum König.

«Bist du närrisch, Jarl? Ich soll dem Hundesohn dänischen Grund und Boden geben? Dann bin ich keinen Schritt weiter als mit Knuts Sohn.»

«Ihr sollt Graufell das Land nicht geben, sondern ihn mit dem Angebot herlocken. Schickt Boten zu ihm mit der Nachricht, dass Ihr ihm Land und Lehen geben wollt. Ladet ihn ein herzukommen. Erzählt ihm, Ihr würdet ein großzügiges Gelage zu seinen Ehren abhalten, weil Ihr des Krieges überdrüssig seid. In vielen Ländern am Nordweg war die Ernte schlecht. Euer Land hingegen ist reich an Nahrung. Es gibt gute Böden für Getreide. Die Gewässer sind gefüllt mit Fischen und die Wälder voller Wild. Das wird Gunnhild und ihre Söhne überzeugen. Ein solches Angebot können sie sich nicht entgehen lassen. Und dann erschlagen wir die ganze Sippe.»

«Graufell war mein Ziehsohn», entgegnete Blauzahn. «Der Kerl saß als Knabe auf meinem Schoß. Wenn ich meinen Kniesasse töte, ist das eine böse Tat. Man wird mir vorwerfen, ihn hintergangen zu haben.»

«Nein, die Dänen werden sagen, es ist besser, einen Nordmann zu töten als einen Dänen wie Gold-Harald. Sie werden sagen, dass Ihr Euch einen klugen Plan ausgedacht habt ...»

«Und wenn er misslingt, werde ich erzählen, dass du mir diesen Floh ins Ohr gesetzt hast.»

Hakon zuckte mit den Schultern. «Das ist Eure Entscheidung. Aber er wird nicht misslingen.»

Er versuchte, überzeugend zu klingen, obwohl ihm bewusst

war, dass der Plan Unsicherheiten barg, vor allem die Frage, ob Graufell ihn nicht durchschauen würde.

Blauzahn stieß einen Seufzer aus, trank aus seinem Horn und knurrte dann: «Ich werde darüber nachdenken.»

Damit war das Gespräch vorerst beendet.

Thormar zog eine junge Magd auf seinen Schoß. Niemand hatte einen Einwand, dass er ihr unter die Tunika langte, während er von angeblichen Ruhmestaten prahlte. Die Feier dauerte bis tief in die Nacht. Als Hakon mit Ketil, Skeggi, Gold-Harald und Bischof Ortho, der erschreckend nüchtern war, zum Gesindehaus wankte, kam Thormar kaum hinterher. Sein Knöchel schmerzte wohl noch immer, aber vor allem war er so betrunken, dass er sich auf die junge Frau stützen musste. Vor der Tür erbrach er sich in einen Schneehaufen, ließ die Frau aber auch dann nicht los, als Ketil und Skeggi ihn packten und ins Haus schleiften.

Als Hakon ihnen folgen wollte, hielten Gold-Harald und Ortho ihn zurück.

«Du hast gut gesprochen, Jarl», lobte Gold-Harald. «Und du kennst Graufell besser als die meisten Männer hier. Glaubst du wirklich, dass er auf den Schwindel hereinfällt?»

«Nein, aber ich hoffe es.»

Gold-Harald wechselte einen langen Blick mit Ortho. Offenbar hatten die beiden etwas besprochen, wovon Hakon nichts wusste.

«Erfolg oder Misserfolg könnten auch davon abhängen, wer Graufell die Botschaft überbringt», sagte Gold-Harald dann.

«Vermutlich», erwiderte Hakon. «Ich selbst werde das wohl kaum tun können.»

«Es sollte jemand sein, dessen Wort ein gewisses Gewicht hat.»

«An wen denkt Ihr dabei?»

«An mich. Ich biete mich für die Aufgabe an. Sobald die Gewässer wieder schiffbar sind, kann ich in See stechen.»

Hakon schüttelte den Kopf. «Graufell könnte Euch töten. Aber wir brauchen Euch hier, damit Ihr die Dänen, die Euch Treue geschworen haben, überzeugt, Eurem Onkel zu folgen.»

Eine Böe rauschte durch die Wehrburg zum Gesindehaus und warf Gold-Harald das blonde Haar ins Gesicht, sodass es davon verdeckt wurde. Er fuhr sich durch die Strähnen und fragte: «Fällt dir denn jemand ein, der sich dafür besser eignet, Jarl?»

5. Teil

Winter – Frühjahr 970

❦

Nun ist Schrecken rings zu schauen:
Blutige Wolken ziehen am Himmel;
rot ist die Luft von der Recken Blut,
denen unsre Lose zum Leid fielen.
Spornt die Rosse zu raschem Lauf!
Mit bloßen Schwertern schwingt euch davon.

Darraðarljóð. Das Walkürenlied

I.
˙◆˙

Ribe

Hakons Ungeduld wuchs mit jedem Tag, an dem Schnee und Eis nicht wichen und er zur Untätigkeit verdammt in Ribe an der Nordmeerküste festsaß. Inzwischen war der letzte Wintermonat *einmánuðr* angebrochen. Mit Ketil, Skeggi und Thormar sowie Gold-Harald hatte Hakon noch das Julfest in Jelling gefeiert, bevor sie nach Ribe zurückgekehrt waren. Blauzahn hatte ihnen nicht angeboten, länger an seinem Königshof zu verweilen, was Hakon recht gewesen war. Er zog Gold-Haralds Gesellschaft vor und war erleichtert, den launischen Dänenkönig nicht länger in der Nähe zu haben.

In Ribe verbrachte Hakon viel Zeit mit Gold-Harald. Der hatte ihn als Zeichen der Verbundenheit wie einen Ehrengast sogar auf seinem Pferd aufsitzen lassen, als sie an einem sonnigen Wintertag zur Küste geritten waren. Wenn sie abends im Palas bei Bier und Essen zusammensaßen, erzählte Gold-Harald von Heerfahrten und Raubzügen an den Meeresküsten und vom Leben in Irland und seiner Sehnsucht nach der Heimat seiner Ahnen auf Jütland. Hakon hörte aufmerksam zu. Er konnte Gold-Harald gut verstehen.

An einem Abend erzählte Hakon ihm von dem Schwur, den er Nollar und Hrafn gegeben hatte. «Die beiden Männer haben mir das Leben gerettet, und ich hatte geschworen, den Mann umzubringen, der Hrafns Leiche geschändet und Nollar getötet hat.»

Daraufhin schwieg Gold-Harald, bis er sagte: «Ich hätte es

meinen Freunden auch geschworen und verstanden, wenn du versuchst, den Schwur zu erfüllen. Da du den Winter über jedoch reichlich Gelegenheiten hast verstreichen lassen, glaube ich nicht, dass du sie noch immer rächen willst.»

«Ich töte meine Freunde nicht.»

«Auch nicht, wenn ein Freund eine schwere Schuld auf sich geladen hat?»

«Du betest den Christengott an. Daher solltest du besser wissen als ich, was es bedeutet zu verzeihen.»

«Könntest du einem Mann wie Graufell verzeihen?»

«Nein.»

«Aber du verzeihst mir?»

«Das habe ich beschlossen und werde versuchen, es Nollar und Hrafn zu erklären, wenn ich sie in der Halle des Allvaters wiedersehe.»

«Was hoffentlich noch lange dauern wird, Jarl Hakon.»

Daraufhin hatte Gold-Harald Met bringen und Hakon aus seinem mit Gold beschlagenen Horn trinken lassen. Sie tranken, als säßen sie in Walhall zusammen, wo sie wie Einherjar mit dem Met verköstigt wurden, das aus dem Euter der Ziege Heiðrun in so großen Mengen floss, dass damit eine gewaltige Kriegerschar bei Laune gehalten wurde.

Als sie später betrunken waren, zog Gold-Harald die Klinge aus der mit Fell gefütterten und mit Leder verkleideten Holzscheide und legte das Schwert auf den Tisch. In die Klinge waren Schriftzeichen und ein Kreuz eingelegt, die im Feuerschein matt schimmerten.

V L F B E R H + T.

Der Name Ulfberht, so sagte man, wies auf einen fränkischen Schmied hin. Die Fertigung der kostbaren Klingen unterlag der Geheimhaltung, weswegen viele billige Nachahmungen dieser Klingen im Umlauf waren. Doch dieses Schwert, davon war Hakon überzeugt, war keine Fälschung, und es gab viele Männer, die diesen Klingen Zauberkräfte zusprachen.

Mit diesem Schwert hätte er Blauzahn beinahe getötet.

«Ich möchte, dass du das Schwert als Geschenk annimmst», sagte Gold-Harald.

Hakon war schlagartig nüchtern. «Niemand verschenkt so eine Klinge.»

«Ich tue es, wie du siehst.»

Hakon hatte es die Sprache verschlagen. Wollte Gold-Harald ihm das Schwert als Blutgeld für Hrafn und Nollar geben?

«Wenn es dir lieber ist, kannst du mir das Schwert zurückgeben, nachdem du Graufell damit den Kopf abgeschlagen hast», sagte Gold-Harald lachend.

Und dann lachten sie beide und schworen sich Treue und Freundschaft und tranken, bis der Morgen graute und Hakon sich in die Hütte schleppte, in der er und seine Gefährten untergebracht worden waren.

Das war vor etwa einer Woche gewesen. Seither hatte er Gold-Harald nicht mehr zu Gesicht bekommen. Er fragte sich, ob der Freund sich vielleicht ärgerte, von Odins Met benebelt das kostbare Schwert verschenkt zu haben. Er nahm sich vor, ihm das Geschenk tatsächlich zurückzugeben, wenn die Gunnhildssöhne vernichtet und die Throender befreit waren.

Als er an diesem Morgen erwachte, hörte er von draußen ein lang ersehntes plätscherndes Geräusch, das ihn sofort aus dem Bett trieb. Ketil, Thormar und Skeggi schliefen noch. Um sie nicht zu wecken, schlich er leise an ihren Lagern vorbei zur Tür. Als er sie öffnete, hätte er beinahe einen Freudenschrei ausgestoßen.

Es taute! Wasser tropfte ihm vom Strohdach ins Haar, das über den Winter um fast eine Fingerlänge nachgewachsen war.

Dass die Witterung sich ändern und Eis und Schnee vertreiben würde, hatte sich seit Tagen angekündigt. Nun hatte der Wind über Nacht endlich so mildes Wetter gebracht, dass das Tauwasser von den Bäumen und Dächern floss, sich auf dem Boden in schmutzigen Pfützen sammelte und die Gassen in matschige Pfade verwandelte.

Hakon schlüpfte in seine Stiefel, gürtete das neue Schwert und lief durch die Siedlung zum schmalen Fluss, der sich an Ribe vorbei und dann in weiten Kehren durch Wiesen und Äcker zur Küste schlängelte. Er war länger nicht mehr bei der Anlegestelle gewesen und überrascht, dass es dort nach Teer roch. Die Schiffe waren bereits aus den Bootshäusern geholt und Männer damit beschäftigt, Planken mit Werg abzudichten.

Gold-Harald besaß mehrere Schiffe, von denen das größte und prächtigste ein Langskip mit dem Namen *Seefalke* war, dessen obere Planken außenbords rot und gelb bemalt waren. Es hatte dreißig Ruderbänke, sechzig Riemenpaare und bot Platz für eine achtzigköpfige Besatzung.

Hakon ließ den Hafen hinter sich, ging weiter zum Palisadentor und stapfte dann durch matschigen Schnee am Fluss entlang, in dem sich Eis an die Ufer krallte oder in kleinen Schollen Richtung Küste trieb, die er nach einem ausgedehnten Fußmarsch erreichte. Der Wind brauste von der See heran. Da niemand in der Nähe war, der Hakon stören konnte, breitete er die Arme aus und ließ sich vom böigen Wind Gischt und Regenwasser ins Gesicht werfen, während die Wellen zu seinen Füßen ausrollten.

Er betete zu den Göttern, rief den Kriegsgott Odin an und bat auch Thor um Hilfe. Dann schloss er die Augen und ließ die Ereignisse der vergangenen Monate vor sich ablaufen. Der misslungene Angriff auf Karmøy und die Reise zur Hammaburg. Wie er gefangen genommen worden war und später vom Erzbischof in Starigard hingerichtet werden sollte. Wie seine Gefährten ihn gerettet und zwei seiner Männer dafür mit dem Leben bezahlt hatten. Und wie er die Dänen davor bewahrt hatte, sich in einem Krieg im eigenen Land zu zerfleischen.

So viel war geschehen. Nun, nach so langer Zeit, konnte er sich endlich seiner Trauer hingeben, während der Wind an seinen Kleidern zerrte und das Donnern der Wellen in seinen Ohren dröhnte.

Er dachte an Aud, an den Verlust seiner Tochter und seine vergebliche Suche nach ihr. Mit der Aussicht, dass die Meere für die Schifffahrt wieder frei wurden, konnte er endlich die schweren Gefühle zulassen, die er lange unterdrückt hatte. Er spürte, wie sehr er Aud vermisste, wie er sich nach Malina und Eirik sehnte und nach seinen Freunden und Weggefährten in Hladir, nach Skjaldar und Asny. Auch der Rabe fehlte ihm.

Und wie das Verlangen nach Rache in ihm brannte.

Als er die Augen wieder öffnete und den Blick auf die tosenden, von weißen Schaumkämmen gekrönten Wellen und auf die flachen, grasbewachsenen Inseln, die dem Festland vorgelagert waren, richtete, hatten Gischt und Regen seine Kleider durchnässt.

Er wandte sich ab.

Auf dem Rückweg kam ihm etwa auf halber Strecke jemand entgegen. Er erkannte Ketils große Gestalt, der ihm schon von weitem entgegenrief: «Die Wachen haben mir erzählt, dass sie dich in diese Richtung haben gehen sehen. Du musst nach Ribe kommen. Blauzahns Boten sind eingetroffen.»

Hakon nickte nur. Wenn Blauzahn seine Boten schickte, konnte das nur eins bedeuten.

Hakon lief so schnell, dass Ketil kaum hinterherkam. Vor Gold-Haralds Palas bewachten zwei Männer ein halbes Dutzend Pferde, vermutlich die Pferde der Boten. Andere Männer, die zu Gold-Haralds Leibgarde gehörten, standen vor der Tür des Palas. Als sie Hakon und Ketil kommen sahen, stellten sie sich ihnen in den Weg.

«Ihr werdet erwartet, Jarl», sagte einer der Krieger. «Aber nur Ihr.»

«Ich gehöre zu ihm», protestierte Ketil.

Doch der Wachposten schüttelte den Kopf. Daher bat Hakon Ketil, draußen auf ihn zu warten, bevor er in die von Hausfeuern und Tranlampen erhellte Halle trat.

Am Tisch, an dem Hakon mit Gold-Harald geredet und gezecht hatte, saßen nun mehrere Männer. Einige von ihnen waren Krieger, die er in Jelling gesehen hatte. Außerdem saßen dort Bischof Ortho, Gold-Harald und dessen Hauptmann Thorgeir sowie einige der höhergestellten Krieger seiner Leibgarde.

Gold-Harald saß aufrecht in seinem Hochstuhl. Als er Hakon sah, nickte er nur kurz in seine Richtung und wies ihm einen Platz am Tisch zu. Die Männer tranken Bier. Als Hakon sich auf die Bank zwischen den Bischof und einen Krieger schob, stellte eine Sklavin ihm einen Becher hin und schenkte aus einem Krug Bier ein. Die Stimmung schien angespannt zu sein. Als er genauer hinschaute, sah er einen gefiederten Pfeil vor Gold-Harald auf dem Tisch liegen.

Ein Kribbeln lief ihm über den Rücken. Endlich war es so weit!

Mit den Boten hatte Blauzahn einen Kriegspfeil geschickt, wie er zu wichtigen Männern getragen wurde. Der Kriegspfeil war das Wahrzeichen für das Kriegsaufgebot, denn die Dänen mussten nun ein Heer ausheben.

Hakon hatte sich den ganzen Winter über gefragt, ob der König an dem Plan, seinen Neffen Graufell in einen Hinterhalt zu locken, festhielt. Der Kriegspfeil war der Beweis, dass der König Wort hielt, und das ließ Hakon Hoffnung schöpfen. Auch wenn der Feind mit großer Mannschaft kommen sollte, würde er gegen ein Heer der Dänen nicht bestehen können. Es würde vielleicht eine Schlacht geben, in der viele Männer sterben würden. Doch Hakon zweifelte nicht, dass die Dänen siegreich daraus hervorgehen würden.

Er liebte den Krieg nicht, wie andere Männer es taten, wenn sie prahlten, von Odin auserwählt worden zu sein, bevor sie sich auf dem Schlachtfeld vor Angst in die Hosen machten. Nur ein Narr liebte den Krieg. Nur ein Narr konnte es nicht erwarten, dass die Gegner ihm die Arme und Beine abhackten und den Bauch aufschlitzten, bis die Gedärme sich über den Boden ergossen. Aber Hakon musste sich dem Krieg stellen, um den Feind zu vernichten.

Bevor der Feind ihn vernichtete.

Der Anführer der Boten, ein gedrungener Mann mit hellem Bart und starrem Blick, der Asbjarn hieß, erklärte Hakon, dass sie auf ihn gewartet hatten. Er berichtete, dass Blauzahn viele Boten ausgesandt hatte, die die Kriegspfeile in alle Teile des dänischen Reichs trugen.

«Wo werden wir Graufell angreifen?», fragte Hakon ungeduldig.

Asbjarn machte eine abwehrende Handbewegung. «Dazu kommen wir gleich. Zunächst muss ich wissen, ob Ihr, Harald Knutsson, noch immer bereit seid, Graufell die Botschaft des Königs zu überbringen.»

Die Blicke richteten sich auf Gold-Harald, der sich vorbeugte, die mit Gold- und Silberreifen behängten Unterarme auf den Tisch stützte und einen flüchtigen Seitenblick auf Ortho warf.

«Natürlich bin ich bereit», sagte er dann. «Und Bischof Ortho wird mich begleiten.»

Asbjarns Stirn legte sich in Falten. «Ihr wollt einen Geistlichen mitnehmen?»

«Graufell ist Christ. Wer sollte ihn von meiner Aufrichtigkeit besser überzeugen können als ein Mann Gottes?»

Asbjarn musterte den Bischof. Auch Hakon war nicht sicher, ob es eine gute Idee war, den Bischof mitreisen zu lassen. Doch Ortho nickte bestätigend. Es schien, als wolle er etwas sagen, doch sein Mund blieb geschlossen, und als er lächelte, wirkte es gequält.

Asbjarn fragte: «Wann könnt Ihr aufbrechen?»

«Wir wollen so schnell wie möglich in See stechen», antwortete Gold-Harald.

«Dann werde ich Euch nun erklären, was Ihr zu tun habt. Aber zuvor soll ich Euch noch einmal im Namen des Königs versichern, dass er sein Wort halten und Euch gute Länder am Nordweg geben wird. Ihr werdet Graufell also folgende Botschaft überbringen: Wenn es das Wetter zulässt, muss er sich, von heute an gerechnet, in spätestens vier Wochen bei der Siedlung Hals, wo der Limfjord ins Ostmeer mündet, einfinden. Dort wird der König ihn empfangen, mit ihm das Friedensbündnis schließen, alle Unstimmigkeiten beseitigen und ihm Land und Lehen im Dänenreich geben.»

«Das sollte nicht schwer zu merken sein», sagte Gold-Harald. «Sonst noch etwas?»

«Nachdem Ihr Graufell das Angebot überbracht habt, werdet Ihr nach Hals kommen, um dem König zu berichten, wie sein Neffe es aufgenommen hat.»

Gold-Harald nickte.

«So wenig Männer wie möglich dürfen in den Plan eingeweiht werden», fuhr Asbjarn fort. «Daher darf niemand außer den Männern an diesem Tisch erfahren, dass wir Graufell und seine Bande mit Stahl erwarten werden und nicht mit Met und Speisen. Nun hängt es von Euch ab, Harald, und von Bischof Ortho, dass Graufell den Köder schluckt.»

«Das versteht sich von selbst», erwiderte Gold-Harald. Die Armreifen klimperten, als er sich unter dem hellen Bart kratzte.

«Bevor Ihr abreist, werdet Ihr heute noch Boten zu den Dänen schicken, die Euch Treue geschworen haben. Jeder Hof in dieser Gegend muss bewaffnete Männer stellen. Sie sollen sich in Ribe sammeln, bevor die Streitmacht an den Limfjord zieht.»

«Die Leute werden fragen, gegen wen sie kämpfen sollen», warf Hakon ein.

«Das erfahren sie früh genug», entgegnete Asbjarn. «Im Moment brauchen die Dänen nur zu wissen, dass der König den Aufmarsch befiehlt und jedem Krieger eine großzügige Belohnung verspricht. Außerdem erlässt er allen freien Bauern die Abgaben einer Jahreshälfte.»

Hakon pfiff durch die Zähne. Ein solches Angebot sollte die Dänen überzeugen. Blauzahn schien die Auseinandersetzung mit Graufell tatsächlich ernst zu nehmen.

«Und Ihr, Jarl Hakon», fuhr Asbjarn fort, «habt Euch in spätestens sieben Tagen in Jelling einzufinden. Der König will Euch bei sich haben, wenn er das Heer an den Limfjord führt.»

Nachdem alles Wichtige besprochen war, tranken sie eine Weile, bevor die meisten Männer sich zurückzogen. Nur Hakon blieb am Tisch sitzen und betrachtete Gold-Harald, der gedankenversunken in den Becher starrte.

«Bist du von unserem Plan nicht mehr überzeugt?», fragte Hakon.

Gold-Harald schaute auf. «Der Eindruck trügt, mein Freund. Aber ich kann nicht verhehlen, dass ich darüber nachdenke, was geschieht, wenn Graufell uns durchschaut.»

«Er wird dich töten. Und den Bischof und alle Männer, die dich nach Hladir begleiten.»

«Ich würde also weder über die Länder im Norden herrschen, die Blauzahn mir versprochen hat, noch könnte ich meinen Anspruch im dänischen Reich verwirklichen ...»

Er verstummte, schüttelte dann jedoch den Kopf, hob den

Becher und prostete Hakon zu. «Das sind dumme, trübe Gedanken», sagte er. «Ich bin überzeugt, dass der Plan aufgeht, und möchte dir noch einmal danken, dass du mir verziehen hast, obwohl ich einen deiner Gefährten getötet und die Leiche des anderen geschändet habe.»

«Wir trinken auf unsere Freundschaft.»

Und das taten sie.

«Trag das Schwert in Ehren», sagte Gold-Harald. «Es soll dir den Sieg über den Mann bringen, der nun auch mein Feind ist.»

Hakon nahm die Scheide vom Gürtel, zog die Klinge heraus und legte beides zwischen ihnen auf den Tisch. Gold-Haralds linkes Augenlid zuckte, während sein Blick über die Klinge glitt.

«Ich werde sie mit Graufells Blut röten», sagte Hakon, «und mit dem Blut jedes Mannes, der sich ihm anschließt.»

«So soll es sein, mein Freund.»

Als Hakon den Palas verließ, hatte die Dämmerung eingesetzt. Während er über die vom Tauwasser aufgeweichten Wege stapfte, schmatzte der feuchte Boden unter seinen Stiefeln, und er hörte aus dem Hafen die hämmernden Geräusche der Bootsbauer, die Gold-Haralds Schiff für die Ausfahrt vorbereiteten.

2.

Limfjord

Am nächsten Morgen brachen sie auf. Hakon und seine Gefährten hätten noch einige Tage bei Gold-Harald bleiben können, ohne die von Blauzahn gesetzte Frist zu verpassen. Aber zwischen Hakon und Gold-Harald war alles gesagt worden, was gesagt werden musste, und daher hielt ihn nichts mehr in Ribe.

Während Gold-Haralds Krieger ausschwärmten, um den Dänen die Nachricht vom Heeresaufmarsch zu überbringen, wandte Hakon sich mit seinen Gefährten nach Nordosten. Auf den aufgeweichten Wegen kamen die Pferde langsamer voran als im Winter, und sie erreichten erst am Abend des dritten Tages die Brücke bei Jelling. Das Tauwasser hatte den Bach ansteigen lassen. Als Hakon absaß, floh eine Ente schnatternd unter der Brücke hervor und ließ sich im strömenden Wasser davontreiben.

Er schaute über die kaum noch mit Schnee bedeckte Senke zum Hang, auf dem der Schneehaufen sich über schmutzig brauner Erde erhob. Sie banden die Pferde bei der Brücke an eine Erle, bevor sie über die feuchte Wiese zum Hang gingen. Als sie näher kamen, flogen Krähen auf. Aus dem Schneehaufen ragte ein Bein hervor. Die Vögel hatten die Hose zerfetzt und Löcher bis auf die Knochen in das bis vor kurzem noch gefrorene Fleisch gehackt.

Thormar zupfte sich am Bart. «Eine Schaufel wäre gut.»
«Du hast ein Messer und kräftige Hände», knurrte Ketil.
Sie begannen, im aufgeweichten, von Wurzeln durchsetz-

ten Erdboden neben dem Schneehaufen eine etwa einen Fuß tiefe Grube auszuheben, bevor sie Nollar und Hrafn unter dem Schneehaufen hervorholten. Von den Leichen stieg ein übler Geruch auf. Beim Versuch, sie in die Grube zu ziehen, löste sich Nollars linkes, von Vögeln zernagtes Bein vom Rumpf. Sie legten das Bein ebenso wie Hrafns Kopf mit ins Grab. Dann warfen sie die ausgehobene Erde über die Leichen, holten weitere Erde, die sie zu einem Hügel anhäuften und mit den Händen festklopften.

Nachdem die Leichen bestattet worden waren, standen die Gefährten einen Moment lang schweigend vor dem Grab. Hakon wollte etwas sagen, doch sein Hals war wie zugeschnürt. Erst als Ketil, Thormar und Skeggi ihn fragend ansahen, überwand er sich.

«Ihr habt mir das Leben gerettet, Nollar und Hrafn. Dafür bin ich euch zu Dank verpflichtet. Obwohl ich euch nicht gerächt habe, bin ich überzeugt, dass der Allvater euch ... in seine Halle aufnimmt ...» Seine Stimme stockte.

«Und dass es dort Weiber gibt, mit denen ihr euren Spaß habt», sagte Thormar.

Hakon war erleichtert, die Rede nicht allein halten zu müssen. Seine Gedanken waren nicht nur bei Nollar und Hrafn, er dachte auch an Aud, die er nicht hatte bestatten können.

«Warum Weiber?», sagte Ketil. «An Odins Tafel soll es gut und reichlich zu essen geben, habe ich gehört.»

Thormar schaute zu Ketil auf. «Du kriegst das Essen und ich die Weiber.»

Skeggi seufzte genervt.

«Und den alten Skeggi werden wir ordentlich verprügeln», sagte Thormar.

«Pass auf, dass ich dir nicht gleich die Nase breche», entgegnete Skeggi. «Wir stehen am Grab unserer Freunde, und ihr denkt an Weiber und Essen.»

«Woran auch sonst, du Klugscheißer?», stieß Ketil aus.

Thormar und Ketil mussten lachen. Ihr Gelächter klang so befreiend, dass schließlich auch Skeggi mit einstimmte.

Hakon lachte nicht. Er hob den Blick und sah einen Raben mit wildem Flügelschlag unter den Wolken dahinjagen. Dann wandte er sich ab. Die anderen folgten ihm durch die Senke zu den Pferden. Sie nahmen die Zügel von der Erle, saßen auf und ritten nach Jelling.

Sie ritten in den Krieg.

In der Wehranlage wimmelte es von Männern, die nach Jelling gekommen waren, wo sie in Zelten und den Langhäusern schliefen. Jeden Tag trafen weitere Krieger ein.

Hakon bekam Blauzahn erst am Tag vor dem Abmarsch zu Gesicht. Der König war in der Bucht von Velje gewesen, um das Ausbessern seiner Schiffe zu überwachen. Seine Flotte setzte sich aus sechs Langschiffen sowie sechs kleineren Schiffen zusammen, die mit etwa sechshundert Kriegern nach Norden zur Mündung des Limfjords fuhren.

Währenddessen führte Blauzahn ein Heer mit weiteren eintausend Kriegern über Land nach Norden. Unterwegs schlossen sich ihnen weitere Männer an, die ihre verstaubten Schilde von den Wänden ihrer Häuser genommen hatten, meist einfache Kleidung trugen und mit Beilen, Speeren, Bögen und Pfeilen ausgerüstet waren. Die Krieger aus Blauzahns Haustruppe hatten hingegen Helme und Kettenhemden und waren mit Schwertern, Streitäxten und Lanzen bewaffnet. Der Tross wurde von Sklaven und Dienern begleitet, die auf Handkarren Fässer mit Bier und Körbe mit Essen mitführten.

Hakon und seine Gefährten ritten im Gefolge des Königs, der wenig redete und mürrisch dreinblickte. Er hatte sie mit Rüstungen und Waffen ausstatten lassen. Hakon trug neben Gold-Haralds Schwert noch ein Kurzschwert und ein Messer an seinem Gürtel und war mit Helm und Ringbrünne gerüstet.

Er war angetan wie ein Kriegsherr, und Rüstung, Waffen und die Größe des Heeres hätten ihn zuversichtlich stimmen müssen. Doch seit dem Abschied von Gold-Harald hatte ihn ein bedrückendes Gefühl ergriffen, eine Unruhe, die nicht vergehen wollte. Gold-Harald musste inzwischen längst in Hladir eingetroffen sein. Daher rief Hakon die Götter an und bat sie um Unterstützung, während Ketil, Skeggi und Thormar beste Laune hatten und sich mit den Geschichten ihrer Heldentaten gegenseitig übertrafen.

Das Heer zog über die mit Hügeln durchsetzte Landschaft und erreichte nach etwa einer Woche den langen Fjord, der die jütländische Halbinsel vom Nordmeer bis zum Ostmeer durchschnitt. Mittlerweile war das Heer auf zweitausend Mann angewachsen und kam wegen der vielen Fußkrieger nur langsam voran. Nun sammelte es sich am südlichen Ufer des Fjords, wo Schiffe von umliegenden Höfen bereitlagen, mit denen das Heer das Gewässer überqueren würde.

Hakon ließ den Blick über den Fjord schweifen, der in der Abendsonne glitzerte und an dieser Stelle von Sandbänken durchzogen und daher leicht zu passieren war. Im Westen teilte eine kleine Insel das Gewässer. Unterhalb der Uferböschung, auf der er stand, lagen die Fischerboote, die kaum mehr als sechs Männer zugleich aufnehmen konnten, und einige größere Kähne. In einem solchen Schiff, das man Byrding nannte, war Platz für bis zu zwanzig Männer. Dennoch würde es eine Weile dauern, alle Männer, Pferde, Zelte, Karren und das Kriegsgerät zum anderen Ufer zu bringen. Daher schlug das Heer zunächst am Südufer Zelte auf, lud Packpferde und Karren ab und entzündete Feuer, an denen die Leute nach dem langen Marsch beisammensaßen.

Noch am Abend begannen die ersten Krieger, mit Pferden und

Gepäck den Fjord zu überqueren. Es wäre weniger aufwendig gewesen, das Heerlager südlich der Fjordmündung aufzuschlagen. Doch der Plan des Königs sah vor, Graufell in einen Hinterhalt zu locken, wofür die Nordseite mit den dichten Wäldern bei der Siedlung Hals geeigneter war.

An den Landestellen brannten Feuer, deren Flammen den Schiffsführern den Weg wiesen. Da es fast windstill war, pendelten die Boote die ganze Nacht mit voller Ladung hin und leer wieder zurück.

Hakon und seine Gefährten setzten am nächsten Morgen über und marschierten anschließend weiter zu einer kleinen Siedlung, bei der das Heer sich sammelte. Dort schlugen sie ihr Zelt im Lager unterhalb eines Hügels auf.

Das Gräberfeld auf dem Hügel von Lindholm Høje war mit Steinsetzungen übersät, auf denen die Bewohner der Gegend ihre verstorbenen Angehörigen verbrannten, bevor sie deren Überreste in Urnen bestatteten. Bei vielen Gräbern waren die Steine in Form von Schiffen zusammengesetzt, in denen die Toten auf ihre letzte Reise geschickt worden waren.

Während Ketil, Thormar und Skeggi sich daranmachten, ein Feuer zu entzünden, sah Hakon, wie Bischof Regimbrand zwischen den Zelten herumspazierte. Auf dem Marsch von Jelling hierher hatte Hakon auf eine Gelegenheit gelauert, den Bischof allein anzutreffen. Doch er war dem König nicht von der Seite gewichen. Nun waren weder Blauzahn noch der Rotbart oder irgendein anderer Krieger der Leibgarde zu sehen. Der Munki war ganz allein.

Hakon folgte dem Bischof aus dem Heerlager und dann über einen Trampelpfad hinauf zum Gräberfeld. In den Wipfeln hoher Pappeln, Buchen und Eichen krächzten Dutzende Raben, die Totenvögel, die die Gräber belagerten wie die Valkyrjar ein Schlachtfeld.

Hakon schlich an den Munki heran, der am Rand des Gräberfelds stehen geblieben war und sich murmelnd über heidnische Umtriebe ausließ. Als Hakon sich räusperte, drehte Regimbrand sich um und wollte sich sogleich davonmachen.

Hakon stellte sich ihm in den Weg.

«Lasst mich durch, Jarl», fauchte der Bischof.

«Nicht bevor ich eine Antwort auf meine Frage bekommen habe.»

«Ich kann mich nicht erinnern, dass Ihr mir eine Frage gestellt hättet.»

«Seid Ihr den ganzen Winter über in Jelling gewesen?»

Regimbrand schien die Frage zu überraschen. «Was geht Euch das an?»

«Beantwortet meine Frage.»

«Warum sollte ich das tun? Ihr habt mir nichts zu befehlen. Ihr seid ein Gotteslästerer und Christenmörder. Ihr huldigt den alten Dämonen. Ich weiß, was Ihr einst mit Bischof Poppo ...»

Hakon schlug seinen Umhang aus dunkel gefärbter Schafwolle zur Seite und legte wie beiläufig eine Hand an das Schwert. Er spürte den mit Leder umwickelten Griff und hätte in diesem Moment nichts lieber getan, als die Klinge dem Bischof in den Bauch zu stoßen.

Regimbrand riss die Augen auf. «Ja, ich war in Jelling. Den ganzen Winter über.»

Hakon betrachtete ihn. Sprach er die Wahrheit? «Ihr seid also nicht zur Hammaburg gereist, um Eurem Erzbischof zu erzählen, was der König plant?»

Regimbrand wischte sich mit einer Hand über die Stirn. «Es sollte Euch nicht entgangen sein, Jarl, dass wir einen strengen Winter hatten. Eine solche Reise ist gefährlich.»

«Gibt es jemanden, der bezeugen kann, dass Ihr Euren Hintern nicht aus Jelling fortbewegt habt?»

«Fragt doch den König.»

Der Munki schwitzte, obwohl es kühl war. Als Hakon zur Seite trat, zog er zugleich das Schwert eine Handbreit aus der Scheide. Regimbrand wollte loslaufen, zögerte jedoch, als er die Klinge herausgleiten sah.

«Ihr erhebt Eure Waffe gegen mich», stieß er aus.

Hakon ließ die Klinge zurückfahren, und der Munki huschte an ihm vorbei und lief davon, als säßen ihm die Dämonen des Gräberfelds im Nacken.

Hakon spürte sein Herz bis zum Hals schlagen. Was war nur los mit ihm? Beinahe hätte er den Bischof getötet und damit den Zorn des Königs auf sich gezogen. Er lehnte sich mit dem Rücken an eine Pappel. In den Baumkronen über ihm krächzten die Raben. Er musste aufpassen, die Kontrolle über sich nicht zu verlieren. Das Warten machte ihn noch wahnsinnig.

«Du hättest den Munki töten sollen.»

Er fuhr herum und sah Ketil, Thormar und Skeggi zwischen den Bäumen näher kommen.

«Eine günstigere Gelegenheit wird sich nicht so schnell wieder bieten», sagte Ketil.

Hakon schüttelte den Kopf. «Er war nicht auf der Hammaburg.»

«Aber er ist ein Munki», schnaubte Thormar. «Er wird dich verraten. Wenn Blauzahn erfährt, dass du ihn bedroht hast, werden wir Ärger bekommen.»

Einen weiteren Tag dauerte es, bis das Heer übergesetzt hatte. Erst dann zog es zur Mündung weiter, wo die Siedlung Hals in einer flachen, dicht bewaldeten Gegend lag. Das Heer schlug sein Lager bei einem Wald auf, der die Zelte verdeckte, sodass sie vom Fjord aus nicht gesehen werden konnten. Zwischen den Zelten drängten sich die Menschen. Das Heerlager wuchs schnell. Mittlerweile waren an die viertausend Krieger dem Kriegsaufruf des Königs gefolgt.

Auch die königliche Flotte wurde von weiteren Schiffen verstärkt, bis vierzig Schiffe hinter einer Kehre aufs flache Ufer gezogen worden waren. Von dort konnten sie schnell zu Wasser gebracht und zur Mündung gerudert werden, um Graufell anzugreifen. Falls das nötig sein sollte.

Bislang verlief alles nach Plan. Eigentlich lief es fast zu glatt, und Hakons Unruhe wollte nicht weichen. Mittlerweile waren gut vier Wochen seit Gold-Haralds Abreise verstrichen. Damit war er längst überfällig, denn vier Wochen war die Frist, nach der Graufell in Hals hätte eintreffen sollen. Jeden Tag war jetzt also mit Gold-Haralds Rückkehr aus Hladir zu rechnen. Wenn er denn kam.

So vergingen die Tage in quälender Langsamkeit, bis an einem Abend der rotbärtige Hauptmann mit einigen Kriegern bei Hakons Zelt auftauchte. Die Dämmerung setzte gerade ein. Thormar und Skeggi stritten sich um die letzten Münzen, die sie bei Huren durchbringen wollten, während Ketil mit einem Stock in der Glut stocherte.

Der Rotbart baute sich breitbeinig vor ihnen auf, schob die Daumen hinter den Gürtel und sagte: «Der König erwartet den Jarl.»

Hakon war Blauzahn nicht mehr begegnet, seit sie den Limfjord erreicht hatten. Sein erster Gedanke war, dass der König ihn für die Sache mit dem Bischof zur Rechenschaft ziehen wollte. Als er sich erhob, standen auch Ketil, Thormar und Skeggi auf.

«Wir werden den Jarl begleiten», sagte Ketil.

«Habt ihr nichts Besseres zu tun?», entgegnete der Rotbart.

«Vor Langeweile in der Nase bohren können wir genauso gut beim König», erwiderte Thormar.

Das Zelt des Königs stand auf einer Anhöhe am Rand des Heerlagers und wurde von Kriegern der Leibgarde bewacht. Der Rotbart ging mit Hakon und seinen Gefährten in das geräumige Zelt, dessen Boden mit Ochsenhäuten und Fellen ausgelegt war. An einem langen Tisch unterhielten sich mehrere Männer. Beim Näherkommen sah Hakon, wie der Bischof auf den König einredete. Er bereute, die Kröte am Gräberfeld nicht getötet zu haben. Doch dann unterbrach der König den Bischof mit einer herrischen Geste und wandte sich an einen jungen Mann.

Hakon stockte der Atem. Da saß tatsächlich der Wagrierfürst Sigtrygg und grinste breit.

«Was macht dieser Mann in Eurem Zelt?», fragte Hakon.

«Er hat unser Heer mit vier Schiffen verstärkt», erwiderte Blauzahn.

«Er ist ein Vasall des Sachsenkaisers.»

«Und er konnte uns interessante Neuigkeiten über Euch berichten», warf Regimbrand ein.

«Setz dich zu uns, Jarl», forderte Blauzahn ihn auf.

«Nein!» Hakon würde sich nicht zu dem Mann an den Tisch setzen, der zugelassen hatte, dass er beinahe von Schweinen gefressen worden wäre.

«Wir Dänen pflegen gute Beziehungen zu den Abodritenstämmen», erklärte Blauzahn. «Meine Frau Tove ist die Tochter des Abodritenfürsten Mistivoj, und Sigtryggs Vater Selibur war mit einer Frau aus meiner Sippe verheiratet. Wie du siehst, Jarl, ist Sigtrygg ein halber Däne. Er hat mir versichert, dass er bedauert, was dir in Starigard widerfahren ist.»

Hakon dachte nicht daran, dem König zuzustimmen. «Der Mann hat dem Erzbischof erlaubt, in seiner Burg eine Kirche zu errichten.»

«Ja, so ist das mit den Munkis», sagte Blauzahn leichthin. «Reicht man ihnen die Hand, fressen sie einem den Arm ab.»

Regimbrand zuckte zusammen. Der hochmütige Ausdruck verschwand aus seinem Gesicht. «Was wollt Ihr damit sagen, König Harald?»

Blauzahn ging auf die Frage nicht ein, sondern gab das Wort an Sigtrygg weiter.

«Erzbischof Adaldag hat von mir verlangt, Euch mit meinen Kriegern zu jagen», sagte Sigtrygg. «Wie Ihr bemerkt haben dürftet, habe ich das nicht getan ...»

«Weil wir seinen Priester als Geisel mitgenommen hatten», entgegnete Hakon.

Sigtrygg schüttelte den Kopf. «Eher hätte der Erzbischof den Priester geopfert, als Euch laufen zu lassen.»

«Ihr wollt behaupten, Ihr hättet Euch seinem Befehl verweigert?»

«So ist es.»

Regimbrand war blass geworden. «Das ist ungeheuerlich! Ich werde Adaldag davon berichten ...»

Blauzahns Faust krachte auf den Tisch. «Das Einzige, das Ihr tun werdet, Regimbrand, ist, den Mund zu halten.»

Hakon glaubte, seinen Ohren nicht zu trauen. Er wechselte einen Blick mit Ketil, Thormar und Skeggi. War der König irrsinnig geworden? Ihm musste doch klar sein, dass Regimbrand dem Erzbischof bei der erstbesten Gelegenheit davon erzählen würde. Und Hakons Erstaunen wurde noch größer, als Sigtrygg erklärte, er selbst habe in Starigard einem Bischof namens Egward den Schädel eingeschlagen, woraufhin Adaldag ganz Wagrien nach dem Mörder habe absuchen lassen.

Regimbrand japste wie ein Dorsch auf dem Trockenen, während er sich bekreuzigte.

«Mein Vater Selibur hat sich von den Sachsen einschüchtern lassen», erklärte der junge Fürst. «Aber ich dulde die Besatzer nicht länger in Wagrien.»

«Verrat», fuhr Regimbrand auf. «Ihr müsst das sofort unterbinden, König Harald. Der Wagrier probt den Aufstand gegen Kaiser und Kirche ...»

Er brachte den Satz nicht zu Ende, denn Blauzahn rammte ihm die Faust ins Gesicht. Durch die Wucht wurde der Bischof nach hinten von der Bank geschleudert. Gelächter erfüllte das Zelt. Sofort war der Rotbart beim Bischof und zog ihn auf die Füße. Er blutete aus der Nase.

Blauzahn wedelte mit der rechten Hand, als wolle er eine lästige Fliege verscheuchen. «Gib acht, dass sein Blut meine Felle nicht besudelt.»

Todesangst zeichnete sich auf Regimbrands Gesicht ab. Er begriff, was ihm drohte. Die Augen quollen ihm aus den Höhlen, als der Hauptmann ihm die Hände um den Hals legte und die Kehle zudrückte. Der Bischof zappelte und keuchte, während er versuchte, die Hände des Hauptmanns wegzuziehen. Doch der Soldat war zu stark. Am Tisch jubelten die Männer und lachten über den sterbenden Bischof, bis er blau angelaufen war und sich nicht mehr bewegte. Dann schleifte der Hauptmann die Leiche vom Tisch weg und legte sie in einer Ecke des Zelts ab.

«Die Zeit ist gekommen, um klare Verhältnisse zu schaffen», erklärte Blauzahn dem verdutzten Hakon. «Regimbrand hat fortwährend versucht, mich vom Kampf gegen Graufell abzubringen, weil der vom Erzbischof mit Geld und Soldaten unterstützt wird. Regimbrand war eine Gefahr für unsere Sache. Ich hätte daher nichts dagegen gehabt, wenn du mir die Arbeit schon bei Lindholm Høje abgenommen hättest, Jarl.»

Am Tisch rückten die Männer zusammen, um für Hakon und seine Gefährten Platz zu schaffen. Met wurde aufgetischt, während Blauzahn erzählte, er gedenke durch Graufells Vernichtung so mächtig zu werden, dass er sich aus dem Joch der Sachsen befreien könne. «Ich werde über die Dänen herrschen und über alle Länder am Nordweg.»

Dann tranken sie und verfluchten alle Sachsen und ihre Munkis. Hakon brauchte eine Weile, bis er glauben konnte, was Blauzahn ihm erzählte. Doch schließlich durchströmte ihn eine Zuversicht, auf die er gar nicht mehr zu hoffen gewagt hatte. Er hörte Blauzahn und alle anderen Männer am Tisch die alten Zeiten preisen, in denen Odin herrschte und Thor die Feinde mit seinem Hammer Mjöllnir zerschmetterte.

Irgendwann ging Blauzahn zu einer Truhe und nahm daraus einen Thorshammer hervor, ein einfaches, kleines Schmuckstück aus Silber, in dessen Ränder Vertiefungen eingestanzt waren. Er reichte Hakon den Thorshammer an einem Lederband, das Hakon sich um den Hals legte.

Berauscht vom Met, waren alle der Meinung, dass die alten Götter bald wieder über die Welt herrschten. Wenn Gold-Harald nur bald eintraf.

Am nächsten Morgen wurde ein Schiff gesichtet.

Hakons Schädel dröhnte vom Met, als der Lärm ihn weckte. Bevor er einen klaren Gedanken fassen konnte, ob er Blauzahns wundersame Abkehr vom Christengott nicht doch nur geträumt hatte, rüttelte Ketil ihn an der Schulter.

«Steh auf, Jarl. Das Schiff trägt sein Banner.»

Hakon blinzelte in die trübe Helligkeit. «Welches Schiff?»

«Gold-Haralds Schiff.»

Hakon war schlagartig wach, kroch unter den Fellen hervor und sprang auf, was ihm sein Kopf mit einem wütenden Hämmern dankte. Schnell trank er etwas Wasser, gürtete das Schwert und legte den Mantel um.

«Woher weißt du von dem Schiff?», fragte Hakon.

Ketil sah übermüdet aus. «Jemand hat das gerade gerufen.»

Thormar steckte den Kopf ins Zelt. «Das Schiff nimmt schon Kurs auf Hals. Beeilt euch!»

Sie liefen durch das Heerlager, vorbei an Feuerstellen, Taschen, Sätteln und Kriegern und hasteten dann über den Pfad, der durch ein kahles Gehölz zu der Siedlung führte. Als sie den Wald hinter sich ließen, sah Hakon auf dem Fjord den *Seefalken* mit Gold-Haralds Banner am Mast. Sein Herz schlug heftig vom Laufen, aber vor allem vor Aufregung. Der Freund lebte und hatte Wort gehalten!

Auf einer Wiese an der Uferböschung hatten sich Dutzende Leute versammelt, um das Schiff in Empfang zu nehmen. Das Segel war bereits eingeholt worden, und das Schiff glitt von Riemen angetrieben Richtung Ufer.

Hakon drängte durch die Menge nach vorn. Ketil, Thormar und Skeggi waren ihm dicht auf den Fersen, bis sie die mit Gras bewachsene Böschung erreichten. Sie sprangen auf das Ufer, das an dieser Stelle mit einer Schicht angespülter Algen und Seetang bedeckt war.

Hakon sah Gold-Harald, der sich mit der linken Hand am Vorsteven des *Seefalken* abstützte, und winkte ihm. Doch Gold-Harald hob nur schwach eine Hand. Der *Seefalke* war noch drei Schiffslängen entfernt, als ein Ruck durch das Schiff ging. Der Kiel hatte sich auf den sandigen Grund gesetzt. Gold-Harald wurde gegen den Steven geschleudert und hätte beinahe den Halt verloren. Sein Gesicht war dunkelrot angelaufen.

«Was ist denn mit ihm los?», fragte Ketil irritiert. «Sieht nicht so aus, als würde er sich über das Wiedersehen freuen.»

«Das gefällt mir gar nicht», sagte Thormar.

Hakon berührte den Griff des Schwerts. Die Wellen vom aufgelaufenen Rumpf schwappten am Ufersaum über seine Stiefel.

«Wer weiß, was Graufell mit ihm gemacht hat», sagte Thormar.

«Vielleicht hat er ihn auf seine Seite gezogen», warf Skeggi ein.

Hakon schüttelte den Kopf. «Hätte Gold-Harald sich darauf eingelassen, wäre er nicht allein hergekommen.»

Als auf dem *Seefalken* niemand Anstalten machte, von Bord zu gehen, trat hinter Hakon der König mit dem Rotbart und anderen Heerführern in den Schlick.

«Warum bleibt er auf seinem verdammten Schiff?», fragte Blauzahn, dessen faltigem Gesicht man die Nachwirkungen des nächtlichen Gelages ansah. Er gab dem Rotbart ein Zeichen, der die Hände als Trichter um den Mund legte und Gold-Harald lauthals aufforderte, mit seinen Männern von Bord zu gehen und an Land zu kommen.

Doch Gold-Harald schüttelte den Kopf und verzog das Gesicht, als bereite ihm jede Bewegung Schmerzen.

«Dann müssen wir wohl zu ihm», sagte Hakon und schnallte den Gürtel mit der Schwertscheide ab, damit die Klinge nicht nass wurde. Er gab sie Thormar, dem er auftrug, mit Skeggi an Land zu bleiben.

«Warte, Jarl», forderte Blauzahn ihn auf und besprach sich kurz mit dem Rotbart, der daraufhin Bogenschützen ans Ufer holte.

Die Vorsichtsmaßnahme behagte Hakon nicht. Der König schien nervös zu sein. Wenn Gold-Harald irgendetwas Verdächtiges unternahm, würde Blauzahn nicht zögern, das Schiff unter Beschuss zu nehmen.

«Wenn Ihr Eurem Neffen nicht traut, König», sagte Hakon, «solltet Ihr lieber an Land bleiben. Lasst mich mit ihm reden.»

Blauzahn schüttelte den Kopf und legte seinen Fellumhang ab. «Ich muss erfahren, was ihm in Hladir widerfahren ist.»

Hakon stieg ins kalte Wasser und watete zum *Seefalken*. Ketil, Blauzahn und ein halbes Dutzend seiner Krieger folgten ihm, während die Bogenschützen am Ufer Pfeile auf die Sehnen legten.

Als Hakon auf wenige Schritte herangekommen war, reichte ihm das Wasser bis über die Knie. Auf dem Schiff waren weitere Männer an den Vorsteven gekommen, auch Bischof Ortho und Hauptmann Thorgeir waren unter ihnen, die allesamt ungesund aussahen. Gold-Haralds Augen waren geschwollen, das blonde Haar hing ihm in fettigen Strähnen in die Stirn.

«Ich freue mich, dich zu sehen, Harald», rief Hakon.

Gold-Harald lächelte schwach. «Und ich würde dir gern sagen, dass die Freude ganz auf meiner Seite ist.»

«Warum kommst du nicht an Land, damit wir unser Wiedersehen feiern?», fragte Hakon.

«Was sollen die Spielchen?», schnaubte Blauzahn. «Erwartest du, dass wir auf dein Schiff klettern?»

«Davon rate ich Euch ab, Onkel. Ihr solltet Euch von uns fernhalten. Gott hat uns mit einer fürchterlichen Krankheit geschlagen. Mehrere Männer sind bereits gestorben, viele andere erkrankt.»

Oben an Bord machten sie Platz. Ein Mann wurde herangeschleppt, der so elend aussah, als stehe er an der Schwelle zum Tode.

«Verdammter Dreck», rief Ketil.

«So ist es», entgegnete Gold-Harald. «Der Dreck fließt uns nur so aus dem Hintern.»

«Sie haben die Scheißerei», raunte Ketil.

Instinktiv wichen die Männer im Wasser vom *Seefalken* zurück. Die Krankheit war gefährlich. Man bekam heftigen, manchmal sogar blutigen Durchfall. Sie verbreitete sich schnell und raffte ganze Heere dahin.

«Wo ist Bischof Regimbrand?», wollte Ortho wissen. «Wir brauchen jeden Christen, der Gott um Hilfe für uns bittet.»

«Regimbrand?», knurrte Blauzahn. «Ich werde ihm Bescheid geben. Ihr müsst mit eurem Schiff sofort von hier verschwinden.»

«Die Mannschaft ist geschwächt, Onkel», sagte Gold-Harald. «Wir haben es kaum hergeschafft.»

Blauzahn kratzte sich am Bart, bevor er über den Fjord ins Landesinnere zeigte. «Schlagt eure Zelte unterhalb des Heerlagers auf und haltet mindestens eine Meile Abstand. Sorgt dafür, dass eure Mannschaft niemandem zu nahe kommt.»

Gold-Harald nickte dankbar.

«Wie habt ihr euch die Krankheit eingefangen?», fragte Blauzahn.

Gold-Harald zuckte mit den Schultern. «Vielleicht war das Trinkwasser schlecht. Als die ersten Männer krank wurden, haben wir alle Vorräte über Bord geworfen. Wir brauchen unbedingt frisches Wasser, bevor wir verdursten, und Essen ...»

Blauzahn schickte Männer zum Ufer zurück, damit sie Trinkschläuche holten. Dann fragte er: «Könnte Graufell dahinterstecken?»

«Das kann ich mir nicht vorstellen», sagte Gold-Harald.

«Wie hat er auf unser Angebot reagiert?», fragte Hakon, der seine Neugier nicht zurückhalten konnte. Er musste wissen, was in Hladir geschehen war.

Gold-Harald rang sich ein Lächeln ab. «Er wird kommen.»

«Und wann?», fragte Blauzahn.

«Bald, vielleicht in einer Woche. Es war nicht leicht, ihn zu überreden. Doch die Aussicht auf Land und Lehen hat ihn schließlich überzeugt, im Gegensatz zu Eurer Schwester Gunnhild, die uns nicht glauben wollte. Sie hat gedroht, uns zu töten, was Graufell ihr gerade noch ausreden konnte. Aber er wird nicht allein kommen, sondern mit fünf vollbesetzten Schiffen.»

Blauzahn lachte trocken. «Der Hurensohn könnte zehn Schiffe aufbieten, und wir wären ihm überlegen.»

Hakon platzte mit einer Frage heraus, die er Gold-Harald eigentlich unter vier Augen stellen wollte. Wann sich dazu eine Gelegenheit bieten würde, war nun jedoch völlig unklar. «Hat Graufell bei seinem Angriff auf Hladir Gefangene gemacht? Ich meine, hast du Gefangene gesehen?»

«Du fragst wegen deiner Frau und deines Sohns. Ich habe gehört, sie seien geflohen.»

«Dann leben sie also noch?»

«Das weiß Graufell nicht. Er nimmt es an, oder besser: Er befürchtet es. Er lässt nach ihnen suchen, konnte sie aber bislang nicht finden. Und da ist noch etwas, was du wissen solltest, Hakon. Ich hoffe, du hast das Schwert dabei, das ich dir geschenkt habe.»

Hakon nickte.

«Du wirst es brauchen», sagte Gold-Harald. «Graufell hat ein Schwert, von dem es heißt, in den Stahl seien Nägel geschmiedet worden, mit denen der Herr Jesus ans Kreuz geschlagen wurde. Heilige Männer sollen den Stahl geweiht haben und unter dem Griff Fußnägel des Heilands als Reliquien befestigt haben. Man nennt es das *Schwert Gottes!*»

Hakon berührte den Thorshammer. Seine Kehle war trocken. Niemals zuvor hatte er von einem solchen Schwert gehört, aber der Gedanke gefiel ihm nicht.

«Auch ich habe ein gutes Schwert», erwiderte er.

Gold-Harald nickte. «Das hast du, mein Freund. Möge es deiner Rache gute Dienste erweisen.»

3.
⋅◆⋅
Limfjord

In der Nacht war ein heftiger Regenschauer niedergegangen. Nun dampfte im Zwielicht des frühen Morgens Nebel aus feuchten Wiesen und waberte in Schwaden über den Fjord. Unter Hakons Stiefeln schmatzte der mit Wasser getränkte Boden, während er am Ufer entlang in Richtung der Mündung marschierte. Obwohl es allmählich heller wurde, verschluckte der Nebel alle Konturen der Landschaft.

Er hatte die ganze Nacht kein Auge zugetan und sich von einer Seite auf die andere gewälzt, während Ketil, Thormar und Skeggi schnarchten, dass die Zeltbahnen bebten. Am Abend hatten die drei reichlich Bier gekippt, da sie meinten, Gold-Haralds Rückkehr sei ein guter Grund zum Feiern. Doch dafür hätte wohl auch jeder andere Grund herhalten müssen, denn die Männer waren von derselben Anspannung ergriffen wie alle Krieger im Heerlager.

Das Warten auf den Feind zermürbte sie.

Hakon gingen Gold-Haralds Worte nicht aus dem Kopf, und das, was der Freund berichtet hatte, ließ Hakons Sorgen nicht kleiner werden. Malina, Eirik und die anderen hatten zwar fliehen können. Aber das musste nicht bedeuten, dass sie noch lebten.

Doch was hatte er eigentlich erwartet? Dass sie Graufells Gefangene waren, wie es der Erzbischof behauptet hatte? Der Munki hatte ihn angelogen, was nicht verwunderlich war. Hakon hatte schon damals vermutet, dass die Drohung nur ein Vorwand war, damit er auf die schwachsinnige Forderung mit der Taufe hereinfiel, um Odin, Thor, Frey und allen anderen Göttern zu entsagen.

Was das Schicksal seiner Sippe und Freunde anging, war Hakon also nicht klüger als vorher.

Er erreichte die Mündung eines Grabens, der sich durch sumpfige Wiesen schlängelte. Einige hundert Schritt weiter landeinwärts führte eine bewachte Holzbrücke über den schmalen Bachlauf. Blauzahn hatte angeordnet, dass sich alle Krieger im Lager bereitzuhalten hatten. Nach Gold-Haralds Worten war es zwar unwahrscheinlich, dass Graufell in den nächsten Tagen aufkreuzte, aber Blauzahn wollte jederzeit für einen Angriff gerüstet sein.

Die Wachen an der Brücke würden Hakon also Fragen stellen. Doch er hatte im Moment keine Lust, mit jemandem zu reden. Er war vorhin aus dem Zelt gekrochen und hatte seine schnarchenden Freunde zurückgelassen, weil er mit seinen Gedanken allein sein wollte. Und mit dem Schwert.

Es war beruhigend, die Klinge an der Seite zu haben. Er fragte sich, was es mit dem geheimnisvollen Schwert auf sich hatte, das Graufell angeblich besaß. Ein Schwert Gottes? Was sollte das sein? Die Vorstellung, dass der Feind ein solches Schwert hatte, behagte Hakon nicht, obwohl er sich nicht vorstellen konnte, dass eine mit dem Segen jammernder Munkis geschmiedete Klinge gegen sein Schwert bestehen würde.

Hakon hätte gern mehr über das Schwert erfahren. Aber Gold-Harald hatte sein Lager in einiger Entfernung aufgeschlagen. Es wäre verheerend, wenn die Krankheit sich ausbreitete und das dänische Heer schwächte.

Natürlich bestand die Möglichkeit, dass der Feind Gold-Haralds Mannschaft absichtlich verseuchtes Wasser mitgegeben hatte. Vielleicht hatte Graufell gar nicht vor, sich mit seinem Onkel friedlich zu einigen, weil er das ganze Reich haben wollte.

Allmählich gewann die aufgehende Sonne an Kraft. Der noch immer dichte Nebel wirkte in der nahezu windstillen Luft wie eine undurchdringliche Schicht aus leuchtendem Rauch. Zu Hakons linker Seite waren die Umrisse von Hütten zu sehen. Rasch marschierte er an Hals vorbei, bis sich nach einer Weile die Konturen eines Wäldchens aus dem Dunst schälten.

Hier war ganz in der Nähe auf einem Hügel ein mit Signalhörnern ausgestatteter Wachposten eingerichtet worden. Da das Heerlager recht weit von der Küste entfernt lag, gab es zwischen dem Hügel und dem Lager weitere Wachposten mit Hörnern, sodass ein Signal von Posten zu Posten weitergegeben werden konnte, bis es das Lager innerhalb weniger Augenblicke erreichte und das Heer alarmierte.

Hakon folgte einem Wildpfad, der zwischen Waldrand und einem Schilffeld zur Küste führte. Dort wollte er sich einen ruhigen Platz suchen, wo er ungestört seinen aufgewühlten Gedanken nachhängen und aufs Wasser schauen konnte, wenn der Nebel sich verzog.

Er war zuvor schon einige Male auf der Landspitze gewesen und fand den Weg im Nebel wieder, bis er auf den hellen Stein beim Schilffeld stieß. Darauf ließ er sich nieder und spürte die Kälte des Steins durch die Hose auf seine Haut kriechen. Hinter ihm erwachte das Leben in den Bäumen. Während Vögel zum vielstimmigen Gesang anhoben, ließ Hakon sich noch einmal den Plan durch den Kopf gehen, den er sich mit Blauzahn zurechtgelegt hatte.

Der Erfolg hing davon ab, dass Graufell ahnungslos in den Hinterhalt laufen würde. Nach Gold-Haralds Worten hatte der Feind den Köder geschluckt. Sobald dessen Schiffe auftauchten und das Heer alarmiert war, würde Blauzahns Flotte zu Wasser gelassen. Blauzahn würde bei der Siedlung warten, prächtig herausgeputzt im königlichen Gewand würde er dort stehen, umgeben von einer kleinen Abordnung ranghoher Dänen. Sein Banner würde wehen, wenn er seinen Neffen empfing. Graufell würde an Land gehen, und dann würde die Falle zuschnappen. In den Wäldern bei Hals würden zweitausend Krieger lauern, während die Flotte mit weiteren zweitausend Männern hinter der Kehre hervorkam, um den Fluchtweg übers Wasser abzuschneiden.

Alles war vorbereitet, um den Feind zu vernichten. Was fehlte, war der Feind.

Zu seinen Füßen hörte Hakon etwas rascheln. Eine Maus huschte zwischen Schilfhalmen zum Ufer, wo ein Gegenstand von plätschernden Wellen umspielt am Wassersaum lag. In dem trüben Licht sah es aus wie ein gewölbter, schwarzer Stein. Doch als Hakon durch das Schilf ans Ufer stieg, stellte er fest, dass es der Kadaver eines angeschwemmten Seehunds war. Das Tier musste schon länger tot sein. Es war verwest, die eingefallene Haut ledrig und schwarz. Vogelschnäbel hatten tiefe Löcher in den Kadaver gerissen. Aus den klaffenden Kiefern ragten kleine weiße Zähne, von denen sich einige gelöst hatten und in den Seetang gefallen waren.

Hakon beobachtete, wie die Maus an einem Zahn schnupperte, während er sich an eine Geschichte erinnerte, die sein Vater Sigurd ihm vor vielen Jahren erzählt hatte. Darin war es um Seehunde gegangen, die ihr Fell ablegten und sich in wunderschöne Frauen verwandelten. Hakon hatte den Namen der Wesen vergessen. Doch sie ähnelten offenbar jenen Geistern, die Malinas Volk *víly* nannte und die ihre Opfer ins Wasser lockten, um sie zu ertränken. Es waren hinterhältige, böse Wesen, die nicht das waren, was sie vorgaben.

Die Maus hörte die Stimmen zuerst. Sie schaute auf, ließ den Zahn fallen und flitzte davon.

Sofort duckte Hakon sich neben den Kadaver ins Schilf und spähte über die Halme hinweg zum Waldrand, der im Nebel wie eine dunkle Wand wirkte. Vielleicht waren es die Stimmen der Wachen des nahegelegenen Postens.

Da drang mit einem Mal ein Schrei durch den Nebel.

Hakon tastete nach dem Schwertgriff, als bei den Bäumen die schattenhaften Gestalten von vier oder fünf Männern auftauchten. Sie blieben bei dem Stein stehen und unterhielten sich leise. Es schien, als würden sie nach etwas suchen.

Hakon fragte sich, ob er sich ihnen zu erkennen geben sollte. Es würde ihnen merkwürdig vorkommen, wenn sie entdeckten, wie der Verbündete ihres Königs sich wie ein Dieb im Schilfgras versteckte.

Die Krieger hatten Schwerter und Äxte. Warum streiften sie mit gezogenen Waffen umher? Hakon hatte kein Geräusch gemacht, zumindest keines, das sie auf dem Posten hätten hören können.

Er wollte gerade aufstehen, als die Männer es mit einem Mal eilig hatten.

Wind war aufgekommen, der durch das Schilffeld rauschte und den Nebelschleier lichtete. Die Konturen der Bäume zeichneten sich nun deutlicher ab. Hakon sah die Männer über den Pfad davonlaufen, auf dem er gekommen war, und wartete, bis sie im Nebel verschwanden.

Das Verhalten der Krieger war rätselhaft. Neugierig lief Hakon durch das Schilf zum Waldrand zurück und dann weiter zum Hügel mit dem Wachposten. Vom Fuß des Hangs aus war der Unterstand schemenhaft zu erkennen, die Wachen jedoch nicht.

Eine schlimme Vorahnung beschlich Hakon, während er den Hügel hinaufstieg und auf Geräusche lauschte. Doch in seinen Ohren rauschte nur der zunehmende Wind. Als er die Hügelkuppe erreichte, blieb er abrupt stehen.

Seine Befürchtung wurde zur Gewissheit.

Im plattgetretenen Gras lagen die Leichen von fünf Männern.

Drei Kriegern waren die Kehlen durchgeschnitten worden. Offenbar hatten sich nur die anderen beiden gewehrt, bevor auch sie niedergestreckt wurden. Einem Mann war der Kopf beinahe abgetrennt worden, in der Brust des anderen klaffte eine tiefe Wunde.

Hakons Hände ballten sich zu Fäusten, als ihm klarwurde, dass vermutlich die Männer, die er unten beim Schilffeld gesehen hatte, die Wachen getötet hatten. Das erklärte zumindest, warum sie es so eilig hatten. Doch warum hatten sie die Wachen umgebracht?

Eine Böe fuhr in Hakons Gesicht. Der Wind frischte auf. Als er sich erhob, sah er, dass der Nebel sich über dem Meer aufgelöst hatte.

Und dann sah er etwas, das ihm das Blut in den Adern gefrieren ließ. Schiffe! Da waren Schiffe! Eine Flotte, eine verdammte Flotte! Dutzende Schiffe. Sie hatten dunkle, rote oder rot-weiß gestreifte Segel gehisst, kreuzten vor der Küste gegen den ablandigen Westwind und näherten sich auf breiter Front der Fjordmündung.

Es war unmöglich, die genaue Anzahl festzustellen, dafür waren es zu viele Schiffe. Hakon schätzte, dass es an die sechzig waren. Er verfluchte die Götter, die sich offensichtlich auf die Seite der Feinde geschlagen hatten.

Es dauerte einen Augenblick, bis er sich von dem Anblick losreißen konnte, während sich in seinem Kopf die Gedanken drehten und ihm das Ausmaß seiner Entdeckung bewusst wurde.

Seine Finger zitterten, als er einem toten Krieger das Signalhorn vom Gürtel riss, es an die Lippen setzte und hineinstieß. Der nächste Wachposten war eine halbe Meile landeinwärts bei Hals eingerichtet worden. Bis dorthin war das Warnsignal zu hören. Hakon stieß ein zweites und drittes Mal ins Horn, hörte aber keine Erwiderung, was nur bedeuten konnte, dass auch die anderen Wachen ausgeschaltet worden waren.

Währenddessen näherten die Schiffe sich unaufhaltsam der Mündung. Noch waren sie nicht nah genug, dass Hakon die an den Masten wehenden Banner erkennen konnte. Aber es konnte nur Graufell sein, der diese Flotte führte.

Unbändiger Zorn packte Hakon. Und Panik. Er musste das Heer warnen!

Ein Reh floh mit hohen Sprüngen über Büsche und Gräser, bevor es ins knackende Unterholz brach, als Hakon daran vorbeilief. Krähen, Möwen und andere Vögel flogen auf. Er hörte ihre schimpfenden, schrillen Laute. In seinen Ohren rauschte das Blut. Sein Herz raste, und seine Brust stach, als werde sie von Nadeln durchbohrt.

An der Stelle, wo bei Hals der zweite Wachposten eingerichtet worden war, standen mehrere Leute, wahrscheinlich Dorfbewohner. Zwischen ihnen lagen die Leichen der Wachen.

Hakon drehte sich beim Laufen um. Noch waren in der Mündung keine Schiffe zu sehen. Der Wind hatte weiter zugenommen, auf dem Fjord bildeten sich Schaumkronen auf den Wellenkämmen. Auch wenn die Flotte gegen den ablandigen Wind schwerer vorankam, würde es nicht lange dauern, bis sie die Mündung erreichte und angriff. Und die Dänen niedermachte.

Wenn Hakon es nicht rechtzeitig ins Heerlager schaffte.

Die Krieger, die die Wachposten getötet hatten, waren nirgendwo zu sehen. Denkbar war, dass sie in der Nacht an Land gekommen waren, um die Wachen zu töten, und sich nun irgendwo versteckten. Aber es gab auch eine andere Möglichkeit, die Hakon noch weniger gefiel. Dennoch gärte der Verdacht in ihm. Ein schrecklicher Verdacht.

Er rannte an der Siedlung vorbei, dann weiter durch den Wald, bis zwischen kahlen Bäumen endlich die Ausläufer des Zeltlagers auftauchten. Am Waldrand hielt er an. Sein Herz hämmerte. Der erste Versuch, ein Warnsignal ins Horn zu stoßen, brachte nur einen kläglichen Laut hervor.

Das Zelt, über dem das Banner des Königs wehte, war noch ein gutes Stück entfernt. Davor standen mehrere Männer. Auch überall zwischen den anderen Zelten waren Krieger unterwegs. Vermutlich richteten sie sich auf einen weiteren Tag des Abwartens ein, ahnungslos, während der Feind näher rückte.

Hakon biss die Zähne so fest zusammen, dass es schmerzte. Dann holte er Luft, und ein durchdringender Laut dröhnte aus dem Horn. Im Heerlager unterbrachen Männer ihre Beschäftigungen, beim Königszelt drehten die Leute sich in Hakons Richtung.

Er stieß erneut ins Horn, zweimal, dreimal, viermal.

Das Horn war das verabredete Signal. Jeder im Lager wusste, was es bedeutete. Jetzt kam Bewegung in die Krieger. Blauzahn hatte angeordnet, dass kein Mann sich weiter als einen Schritt von seinen Waffen entfernen durfte. Daher würde es nur wenige Augenblicke dauern, bis das Heer gefechtsbereit war.

Wenn es dafür nicht schon zu spät war.

Beim Königszelt gestikulierten die Männer. Einige liefen davon, vermutlich um ihre Truppen zu sammeln. Hakon glaubte, auch den König zu sehen, der in seine Richtung zum Waldrand schaute.

Er ließ das Horn sinken und rannte los. Stürmte zwischen Zeltreihen hindurch, vorbei an Kriegern, die Schwerter und Pfeilköcher gürteten, Schilde, Beile, Streitäxte, Bögen und Speere aus den Zelten holten.

«Er kommt», rief Hakon in vollem Lauf. «Der Feind kommt!»

Der König erwartete ihn mit fragender Miene. Er hatte die Daumen hinter den Gürtel unter dem ausladenden Bauch gesteckt und sagte: «Na endlich. Dann werden wir ihm einen gebührenden Empfang bereiten.»

«Er hat ... eine ... Flotte», stieß Hakon keuchend aus.

Auf Blauzahns Stirn bildeten sich tiefe Falten. Er wechselte Blicke mit den Heerführern. Harald der Grenländer stand bei ihm, auch Sigtrygg und einige andere waren noch da.

«Wie viele Schiffe hat er zusammengezogen?», fragte Blauzahn ungläubig.

«Ich habe sie nicht zählen können», erwiderte Hakon, «vielleicht sechzig Schiffe.»

Das verschlug dem König die Sprache. Sein Bart zitterte, als sein Unterkiefer herunterklappte. «Willst du mich zum Narren halten, Jarl? Das ist unmöglich. Du musst dich getäuscht haben. Oder bist du betrunken? Woher soll Graufell so viele Schiffe haben?»

«Ich weiß nur, was ich gesehen habe», entgegnete Hakon so scharf, dass der König zusammenzuckte. «Sie kreuzen vor der Küste und werden bald in den Fjord einlaufen. Irgendwer hat unsere Wachposten getötet.»

Dem König war anzusehen, wie er nachdachte und nach einer Erklärung suchte, die Hakons Behauptung haltlos machte. Aber er fand keine Erklärung und war als Kriegsmann erfahren genug, um das Unerwartete in Betracht zu ziehen.

«Dann hat er also mehr Schiffe als wir», stellte er nüchtern fest. «Wesentlich mehr Schiffe.»

Überall im Lager waren laute Stimmen und Rufe zu hören. Die Krieger warteten auf die Befehle des Königs. Doch der sah aus, als grübelte er, wie er mit der Situation umgehen sollte. Dann traf er einen Entschluss: «Wenn Graufell so viele Schiffe hat, müssen wir auf unsere Flotte verzichten und ihm an Land entgegentreten. Was denkst du, Jarl, wie viele Krieger Graufell hat?»

«Es waren Langschiffe dabei, aber ich nehme an, dass unser Heer stärker ist.»

Das Dänenheer war auf eine Stärke von gut viertausend Kriegern angewachsen. Hakon hielt es für unwahrscheinlich, dass Graufells Flotte ausschließlich aus Langschiffen bestand, die mit achtzig Kriegern bemannt werden konnten. Niemand hatte je von so vielen Langschiffen gehört. Außer vielleicht ein übermütiger Skalde, der in seinen Heldenliedern von unvorstellbaren Flotten sang. Wahrscheinlicher war es, dass auch kleinere Schiffe darunter waren, die dreißig oder vierzig Männer aufnehmen konnten.

«Wir bemannen unsere Flotte nicht», erklärte Blauzahn den Heerführern. «Stattdessen ziehen wir das Heer bei der Landestelle an der Siedlung zusammen. Die Krieger werden sich in Wäldern verstecken, bis ich den Befehl zum Angriff gebe.»

Dann wartete Blauzahn, bis die Heerführer davongeeilt waren, bevor er zu Hakon sagte: «Mein Neffe scheint den Plan durchschaut zu haben. Oder könnte es sein, dass er mit der Flotte nur Eindruck schinden will?»

«Das glaube ich nicht.»

Hakon hätte dem König gern eine andere Antwort gegeben. Aber dass Graufell mit einer so großen Flotte auftauchte, konnte nur bedeuten, dass man sie verraten hatte. Doch er wollte dem König von seinem Verdacht noch nicht erzählen. Nicht, bis er Gewissheit hatte, die er aber nur bekommen würde, wenn er Gold-Harald aufsuchte. Doch dafür war jetzt keine Zeit.

Nun galt es, eine Schlacht zu schlagen. Eine Schlacht, die über das Schicksal der Welt im Norden entscheiden würde.

4.

Limfjord

Hakon fand Ketil, Skeggi und Thormar beim Zelt, wo sie in voller Rüstung auf ihn warteten. Sie trugen Kettenhemden und Helme. Ketil und Skeggi hatten Schwerter gegürtet. Thormar zog es vor, mit seiner Streitaxt in den Kampf zu ziehen.

«Geht es endlich los?», fragte Ketil.

Thormar schlug mit der rechten Faust in seine linke Hand, dass es laut klatschte. «Wir mästen Odins Wölfe mit dem Fleisch unserer Feinde. Heute werden die Raubtiere keinen Hunger leiden.»

Offenbar war die Nachricht über die Größe der feindlichen Flotte nicht bis zu diesem Teil des Lagers vorgedrungen. Daher erzählte Hakon von seiner Beobachtung und von seinem Verdacht, während Skeggi ihm half, das Kettenhemd überzuziehen. Dann setzte er den Helm auf und nahm einen Schild und einen Speer.

«Du glaubst wirklich, Gold-Harald hat uns verraten?», fragte Skeggi.

«Habt ihr eine bessere Idee?»

«Vielleicht hat er nur schlecht gelogen, weswegen Graufell ihn durchschauen konnte», sagte Ketil, klang aber selbst nicht überzeugt.

Hakon schüttelte den Kopf. «Dafür ist zu viel Zeit verstrichen, bis Gold-Harald aus Hladir zurückkehrte. Ich vermute, er hat in Hladir abgewartet, während Graufell seine Flotte zusammengezogen hat. Dann sind sie gemeinsam aufgebrochen. Gold-Harald ist das letzte Stück vorausgefahren, und die anderen haben irgendwo gewartet. Vielleicht bei der Insel Læsø, die einige Seemeilen nordöstlich der Fjordmündung im Ostmeer liegt.»

Je mehr Hakon von dem erzählte, was er sich überlegt hatte, desto wahrscheinlicher erschien ihm der Verrat. «Gold-Harald hat uns die Krankheit nur vorgespielt, um einen Grund zu haben, sein Lager abseits aufzuschlagen. Weil er uns in Sicherheit wiegen wollte, hat er behauptet, es würde noch eine Weile dauern, bis Graufell kommt. In der letzten Nacht hat er dann seine Krieger losgeschickt, damit sie die Wachposten töten. Und damit Graufell uns überrennen kann.»

Thormar spuckte auf den Boden. «Was ihm beinahe gelungen wäre.»

Das Heer hatte das Zeltlager inzwischen weitgehend geräumt und zog durch den Wald nach Osten, zur Siedlung Hals. Nur fünfzig Krieger wurden eingeteilt, um die Wachposten bei der Flotte zu verstärken.

Der Fjord war dunkel von Schiffen, auf denen die Segel eingeholt und die Riemen ausgelegt worden waren. Vor den Schiffen schäumte das Wasser. In der Mündung konnten sie nicht unter Segeln gegen den Wind kreuzen, ohne Gefahr zu laufen, sich gegenseitig über den Haufen zu fahren. Daher mussten die Männer sich in die Riemen werfen, um gegen den Westwind anzukämpfen, der die Schiffe Richtung Meer drückte. Dennoch schob die Flotte sich der Landestelle unterhalb der Siedlung Hals entgegen.

Dort stand Blauzahn mit einigen Heerführern und etwa hundert Kriegern am Ufer, so wie es ursprünglich geplant gewesen war. Es sollte den Anschein erwecken, der König erwarte den Neffen friedlich und in allen Ehren.

Blauzahn war mit seinen prächtigsten Sachen angetan. Er

trug einen mit Gold beschlagenen Helm und über dem Kettenhemd einen roten Mantel und bemühte sich augenscheinlich um eine aufrechte Haltung.

Hakon versteckte sich mit den Gefährten in der Nähe des Ufers hinter einem Haufen Steine, die die Bauern von den Feldern gesammelt hatten.

Mittlerweile waren die ersten Schiffe bis auf eine Viertelmeile an die Landestelle herangekommen. An den Dollborden hingen in den Halterungen bunt bemalte Schilde, und als Hakon die Zeichen auf einigen Bannern erkannte, blieb ihm die Luft weg.

«Sachsen», zischte er. «Der Bastard hat sich mit Sachsen verbündet.»

Deshalb hatte Graufell in kurzer Zeit so viele Schiffe aufbieten können. Hakon glaubte, auch Banner von Jarlen aus dem Rogaland und Raumsdal zu erkennen, die sich offenbar von Graufells erstarkter Macht hatten beeindrucken lassen. Sie folgten ihm in den Krieg gegen die Dänen, weil sie die Gelegenheit sahen, endlich die Herrschaft des unbeliebten Dänenkönigs zu beenden.

Je näher die Flotte kam, umso deutlicher wurde ihr ganzes Ausmaß.

«Mein Vater hat versucht, mir das Zählen beizubringen», murmelte Thormar in seinen Bart. «Aber für so viele Schiffe reicht das nicht aus.»

«Hätte mich gewundert, wenn du weiter als bis drei zählen könntest», knurrte Ketil.

«Na und? Dann töte ich eben drei von den Drecksskerlen, bevor ich mit dem Zählen wieder von vorn anfange.»

«Wenn du das dreimal gemacht hast, sind das mindestens zehn», warf Skeggi ein.

«Neun», verbesserte ihn Ketil.

«Sind ja fast zehn, du klugscheißender Munki», gab Skeggi zurück.

«Es sind mindestens sechzig Schiffe», sagte Hakon, der die Größe der feindlichen Flotte von hier besser einschätzen konnte.

«Wir haben nur vierzig Schiffe», sagte Ketil, «aber dafür mehr Krieger.»

Hakon berührte den Thorshammer und bat die wankelmütigen Götter um Hilfe bei der bevorstehenden Schlacht, während er zu den Wäldern schaute, die sich jenseits der Siedlung und der Äcker erstreckten. Das Dorf war in aller Eile geräumt und die Bewohner waren fortgebracht worden, was zu heftigen Protesten führte. Die Bewohner befürchteten, dass ihre armseligen Hütten bei der Schlacht dem Erdboden gleichgemacht werden würden.

Bemerkenswert schnell war das Heer vom Lager hergeführt worden. Nun lauerten viertausend Dänen mit den verbündeten Wagriern im Unterholz. Offenbar hatten die Heerführer ihre Krieger gut im Griff, denn die kahlen Wälder wirkten still und verlassen. Nirgendwo war eine Bewegung zu erkennen, und obwohl die Sonne schien, blitzte nirgendwo ein Helm oder eine Stahlklinge verräterisch auf.

Blauzahns Plan war aus der Not heraus geboren. Er würde so tun, als erwarte er seinen Neffen. Wenn der an Land ging, würde das Dänenheer aus den Wäldern brechen. Der Plan war ebenso einfach, wie der Erfolg ungewiss war. Gewiss war nur: Bevor die Sonne ihren höchsten Stand erreichte, würde es Hunderte Tote geben. Auf beiden Seiten. Eine solche Schlacht forderte unweigerlich viele Opfer, die im Pfeil- und Speerhagel und im Schwertersturm der Schildwälle starben. Heute würden die Valkyrjar reiche Ernte einfahren.

«Was haben diese Hurensöhne vor?», hörte er Ketil fragen, und als er wieder zum Fjord schaute, geschah dort etwas Merkwürdiges.

Ein Schiff hatte sich aus der Flotte gelöst.

Hakon stieß einen bitteren Fluch aus, als er das Langschiff erkannte. Es war sein Schiff, der *Wogengleiter*, an dessen Mast Graufells Banner wehte, zwei gekreuzte Äxte auf blutrotem Grund.

«Die Natter bringt dir dein Schiff zurück», merkte Ketil trocken an, aber niemand lachte.

Auf den Vorsteven des *Wogengleiters* war ein Drachenkopf gepflanzt worden, ein aus Holz geschnitzter, bunt bemalter Dämonenschädel, der mit gefletschten Zähnen die Feinde verhöhnte. Und am Steven, an dem Hakon so häufig gestanden hatte mit dem Fahrtwind im Haar und der Gischt auf der Haut, stand jetzt Graufell.

Der *Wogengleiter* näherte sich der Landestelle, bevor die Fahrt mit den Riemen abgebremst und das Schiff mit der Steuerbordseite zum Ufer ausgerichtet wurde. Die anderen Schiffe blieben zurück. Ihre Riemen wurden mit verminderter Kraft durchgezogen. Dadurch kam die Flotte in Wind und Strömung beinahe zum Stillstand.

Der Feind wartete. Wartete auf irgendetwas.

Über den Fjord und das Land hatte sich eine unangenehme Stille gelegt. Nur das Rauschen des Windes war zu hören, aber keine Vögel, keine Stimmen.

Hakon sah, wie Graufell den Männern an Bord des *Wogengleiters* mit der Hand ein Zeichen gab. Daraufhin stellten die Männer sich auf die Ruderbänke hinter den Schilden und drehten sich mit den Rücken zum Ufer, bevor sie ihre Hosen herunterzogen und sich vorbeugten.

«Sie zeigen uns ihre dreckigen Ärsche», knurrte Ketil.

Da zog Graufell ein Schwert. Es war ein gewaltiges Schwert. Als er die Klinge in die Höhe hielt, fing sich gleißendes Sonnenlicht auf dem Stahl und ließ ihn erstrahlen, als gehe von dem Schwert eine göttliche Kraft aus. Das musste das Schwert sein, von dem Gold-Harald gesprochen hatte. Und vor dem er Hakon gewarnt hatte, warum auch immer er das getan hatte. Das

Schwert Gottes! Geschmiedet mit dem Eisen der Nägel, mit denen der Sohn des Christengottes ans Kreuz geschlagen worden war.

Hakon begann, vor Zorn und Aufregung zu zittern.

Es schien eine Ewigkeit zu dauern, bis Graufell die Klinge in die Scheide zurückschob, die Seeleute ihre Hosen wieder hochzogen und die Riemen ins Wasser tauchten. Aber Graufell kam nicht näher. Stattdessen bewegte sich der *Wogengleiter* vom Ufer weg. Auf einigen Schiffen wurden die Masten niedergelegt, um sie aus dem Wind zu nehmen.

Da verstand Hakon. Graufell wollte die Dänen gar nicht angreifen.

Der *Wogengleiter* nahm Fahrt auf, was das Signal für die Flotte war, die fast die gesamte Mündung ausfüllte. Überall wurden die Riemen kräftig durchgezogen. Die Kommandos der Schiffsführer hallten bis ans Ufer, als die Flotte landeinwärts nach Westen weiterfuhr.

Und Hakon wurde klar, welchen gerissenen Plan der Feind verfolgte. Das Reich der Dänen war so gut wie verloren.

Er sprang hinter dem Steinhaufen hervor, hörte noch Ketil nach ihm rufen, doch er rannte los. Unter seinen Stiefeln spritzte das Wasser aus Pfützen. Als er die Böschung hinunter zum König sprang, wäre er beinahe auf der rutschigen Schicht aus Algen und Schlick ausgerutscht. «Euer Neffe hatte nie vor, Euch anzugreifen!»

Blauzahn und die anderen Männer drehten sich zu ihm um. Hakon blickte in eine Mauer aus ratlosen, wütenden Gesichtern.

«Er wird Eure Flotte vernichten», stieß Hakon aus. «Dann wird er weiter nach Lindholm Høje fahren und die Furt abriegeln. Bevor Euer Heer einen anderen Weg findet, um den Fjord zu überqueren, wird Graufell Jelling und alle anderen Wehr-

-burgen besetzt haben. Euch bleibt nur der nördliche Zipfel Jütlands.»

«Woher willst du das wissen, Jarl?», brüllte Blauzahn, zog sein Schwert und richtete es auf ihn.

«Weil jeder Mann mit Verstand das tun würde. Gold-Harald wird Graufell berichtet haben, wie stark Euer Heer ist und dass Eure Flotte kleiner ist als seine. Nur ein Narr würde Euch an Land angreifen ...»

«Willst du damit sagen, dass Gold-Harald uns verraten hat?»

«Ja.»

«Und das soll ich dir glauben?», fragte der König. «Ich hätte dich längst töten sollen, schon damals, als du in Jelling aufgetaucht bist. Du warst es, der meinen Neffen hergelockt hat.»

«Wir haben nur eine einzige Möglichkeit, ihn aufzuhalten», sagte Hakon.

Blauzahn kochte vor Wut. «Rede, Kerl – und wenn du wieder so einen schwachsinnigen Einfall hast, schlage ich dir den Kopf ab und schicke ihn meinem Neffen.»

5.

Limfjord

Zweitausend Dänenkrieger liefen durch die Wälder nach Westen. Schwertkrieger, Speerkrieger, Axtkrieger, Bogenschützen. Hakon, Ketil, Skeggi und Thormar bewegten sich mit den anderen, so schnell es ging, wenn zweitausend bewaffnete Männer in voller Rüstung durch das Unterholz brachen, über Wurzeln und herabgefallene Äste stolperten und durch Sümpfe und Morast wateten. Über die Marschwiesen am Ufer des Fjords wären sie zwar schneller vorangekommen, aber die Wälder schützten sie vor den Blicken des Feindes, dessen Schiffe sich gegen den Wind in die gleiche Richtung kämpften.

Das Heer gönnte sich keine Pause. Bald darauf erreichte es die jenseits der Biegung angelandeten Schiffe, bei denen nur einige Dutzend Krieger zurückgelassen worden waren und die somit leichte Beute für die Angreifer geworden wären.

Graufell würde, davon war Hakon überzeugt, annehmen, sein Onkel wolle sein Heer zusammenhalten. Nur ein Narr würde sich einer übermächtigen Flotte entgegenwerfen.

Und dieser Narr war Hakon.

Bei der Stelle, wo die Schiffe mit niedergelegten Masten am Ufer lagen, war von den Feinden noch nichts zu sehen.

Man ließ die Schiffe zu Wasser bringen und bemannen. Rufe hallten über das Ufer, und Wasser spritzte auf, als die Männer zu den Schiffen wateten und an Bord kletterten. Es gab Schiffe aller Größen, Karfis von siebzig, achtzig Fuß Länge und schmale, wendige Snekkjas. Sogar Schuten waren dabei, die eigentlich zum Fischfang genutzt wurden, und vier Langschiffe, von denen das prächtigste und größte der *Seehengst* war. Blauzahns Langschiff war ein Drachenschiff, ein *dreki*, dessen Steven aber heute kein Drachenkopf zierte, denn es brachte Unglück, die Geister im eigenen Land zu beschwören.

Der *Seehengst* sollte die Flotte anführen. Mit Ketil, Thormar und Skeggi watete Hakon zum Schiff, das man eine halbe Schiffslänge weit ins flache Wasser geschoben hatte, bis der Kiel aufschwamm. Doch als Hakon sich an Deck zog, trat ihm der Rotbart entgegen.

«Auf diesem Schiff führe ich das Kommando, im Namen des Königs», drohte er. Seine Augen funkelten unter dem Helm mit dem Eberkamm.

Blauzahn hatte darauf bestanden, dass der Rotbart das Heer anführte. Dagegen war Hakon auf die Schnelle kein schlüssiges Argument eingefallen. Zumal die Wut des Königs sich nicht gelegt hatte, während Hakon ihm erklärt hatte, wie sie Graufell aufhalten konnten. Ihn *vielleicht* aufhalten konnten.

«Siehst du hier irgendwo den König?», entgegnete Hakon.

«Du hast auf diesem Schiff nichts zu suchen ...»

Da drängte Hakon sich an dem Krieger vorbei, der vor Wut aufheulte und sein Schwert ziehen wollte. Doch Ketil schlug ihm mit der Faust so hart gegen das Kinn, dass der Rotbart zwischen die Ruderbänke geschleudert wurde. Hauskrieger des Königs, die dem Hauptmann unterstanden, sprangen auf, hielten sich aber zurück, als Ketil und Skeggi ihre Schwerter zogen und Thormar die Axt hob.

«Das Schiff steht jetzt unter meinem Kommando», rief Hakon. «Das Schiff und die ganze Flotte! Legt euch in die Riemen und rudert nach Osten, wenn ihr nicht wollt, dass die Nordmänner und Sachsen euer Land besetzen.»

Die Männer murrten, sahen jedoch ein, dass es besser war, in dieser verfahrenen Situation keinen Aufstand zu proben. Sie alle hatten die Flotte des Feindes gesehen, seine Stärke, und wussten, welche Bedrohung von ihr ausging.

Hakon nahm dem Rotbart den Eberhelm ab und tauschte ihn gegen seinen Helm aus. Wie vermutet, passte ihm der Helm, und er hoffte, dass der Eber ihm die nötige Kampfkraft verleihen würde. Dann kletterte er mit seinen Gefährten über die Ruderbänke nach vorn zum Steven. In den Bereichen hinter dem Vorsteven, die man in der Seeschlacht *söx* nannte, fanden die Hauptkämpfe statt, wenn die Fronten aufeinanderstießen. Hier standen die besten und tüchtigsten Kämpfer. Jeder Mann, der etwas auf sich hielt, wollte ein *stafnbúi*, ein Mann am Steven, sein.

Riemen tauchten ins Wasser. Der *Seehengst* nahm schnell Fahrt auf und hielt auf die in den Fjord ragende, bewaldete Landspitze zu, hinter der sich irgendwo der Feind näherte.

Die Planken zitterten unter Hakons Füßen. Mit der rechten Hand stützte er sich am Steven ab und griff mit der linken nach dem Thorshammer. Dann legte er den Kopf in den Nacken und schaute in den Himmel, wo der Wind, der jetzt der stärkste Verbündete der Dänen war, die Wolken über die Schiffe hinweg nach Osten jagte.

Hakon betete zu den Göttern, bat Thor, der Donner und Blitz, Wind und Regen lenkte, den scharfen Wind nicht einschlafen zu lassen, damit nicht alles verloren war. Die Schlacht. Das Dänenreich. Hladir. Und Malina, ja, wahrscheinlich auch Malina.

«Rudert», hörte er Ketil die Männer anschreien. «Rudert! Rudert!»

Die Dänen warfen sich in die Riemen. Auch von den anderen Schiffen hallten Kommandos über das Wasser. Das Gelingen des Plans hing davon ab, dass sie Graufell möglichst nah bei der Siedlung aufhielten. Alles hing davon ab.

Noch hatte Hakon die Überraschung auf seiner Seite. Und

den Wind, der ihnen noch treu blieb, sodass die Schiffe schnell vorankamen.

Aber waren die Götter wirklich auf ihrer Seite? Hakon wusste, dass Odin, der oberste Kriegsgott, der eines Tages die Schlacht gegen die Midgardschlange führen würde, ihm zuschaute. Dass die Valkyrjar ihre glänzenden Rüstungen übergestreift hatten und sich bereithielten, weil sie bald reiche Ernte halten würden. Dass Odin den Blick aus seinem einen Auge auch auf den Feind richtete, der zwar mit Drachenköpfen, aber auch mit dem Segen und dem Schwert des Christengottes kam. Hätte Hakon die Zeit gehabt, hätte er dem Allvater geopfert, hätte Odin das gegeben, was immer er verlangte. Nun konnte er nur eins in die Opferschale legen: sein eigenes Leben.

Der *Seehengst* setzte sich an die Spitze der Dänenflotte. Die Riemen wurden hart durchgezogen und schlugen das aufgewühlte Wasser schaumig.

Hakon wusste, dass viele Krieger Angst hatten und ihr Mut spätestens dann vergangen war, als die feindlichen Schiffe in der Mündung aufgetaucht waren. Viele Dänen waren Bauern, Handwerker und Fischer, die nie zuvor im Schildwall gekämpft hatten und den Schwertlärm nur aus Erzählungen kannten.

Und er wusste, dass viele von ihnen das Ende dieses Tages nicht erleben würden.

Das Land zog an ihnen vorbei, die Wälder, die Marschwiesen und die Landspitze, bevor sich der *Seehengst* um die Biegung schob. Schwäne zogen über sie hinweg, am Ufer flogen Möwen auf. Vor dem Steven öffnete sich der Blick auf den Fjord, der sich von hier aus etwa eineinhalb Meilen bis zur Mündung erstreckte.

Und dann sahen sie den Feind. Die gewaltige Flotte, deren Spitze nur etwa zehn, zwölf Schiffslängen entfernt war. Der *Wogengleiter* fuhr vorneweg. Sie fuhren in Reihen zu vier, fünf Schiffen, und das Ende der Flotte war nicht auszumachen.

Die Nordmänner und Sachsen kämpften gegen den Wind an. Es dauerte nicht lange, bis sie die Dänen bemerkten. Als auf einigen Schiffen das Rudern eingestellt wurde und sie den nachdrängenden Schiffen in die Quere kamen, entstand eine erhebliche Unordnung.

Hakon gab der Mannschaft des *Seehengsts* den Befehl, die Fahrt zu verlangsamen, damit die anderen Schiffe aufschließen konnten. Er hoffte, dass unter den Dänen genug erfahrene Krieger waren, die in Seeschlachten gekämpft hatten und wussten, was zu tun war.

Und so schien es zu sein.

Acht Dänenschiffe kamen zusammen und legten sich in eine Reihe nebeneinander. Taue wurden von Schiff zu Schiff geworfen und die Steven zusammengebunden, sodass ein Bollwerk aus Rümpfen entstand, das beinah die halbe Breite des Fjords einnahm und es dem Feind unmöglich machte, daran vorbeizukommen. Und während die Dänen dem Feind entgegentrieben, suchte der noch nach einer Gefechtsordnung.

Da der Wind gegen die Nordmänner und Sachsen drückte, konnten sie nicht einfach ihre Fahrt unterbrechen, um ihre Schiffe zusammenzubinden und sich ihrerseits zur Schlacht zu rüsten. Graufell war sich seiner Sache zu sicher gewesen und hatte sich von dem Angriff überrumpeln lassen. Dennoch musste er wissen, dass seine Flotte den Dänen überlegen war. Und dass er sie dank der Übermacht über kurz oder lang vernichten würde.

Hakon sah, wie Graufell den *Wogengleiter* zum nördlichen Ufer abschwenken und von vier anderen Schiffen überholen ließ. Die vier Snekkjas waren die Vorhut. Sie trugen Graufells Banner und sollten die Dänen in Kämpfe verwickeln, während Nordmänner und Sachsen sich dahinter zur Schlachtordnung zusammenfinden konnten.

«Verdammter Feigling», fluchte Hakon.

«Hast du geglaubt, dass er uns in die offenen Arme fährt?», entgegnete Ketil.

«Nicht geglaubt, aber gehofft.»

«Den Gefallen tut der Hund dir nicht. Der wird sich zurückfallen lassen und abwarten, bis andere für ihn die Drecksarbeit erledigt haben.»

Die Vorhut der Nordmänner näherte sich, während dänische Bogenschützen sich bereit machten. An den Vorsteven der miteinander verbundenen Schiffe nahmen Krieger Aufstellung, legten Pfeile auf die Sehnen und spannten die Bögen.

Hakon hob den rechten Arm. Die Bogenschützen warteten auf sein Zeichen.

Währenddessen zogen die Nordmänner die Riemen hart durch. Noch waren sie gut vier Schiffslängen entfernt. Wasser spritzte auf, gurgelte um die Riemenblätter. Noch drei Schiffslängen. Pfeilschussweite.

Da senkte Hakon den Arm – und die Schlacht begann.

Sehnen schnalzten und klatschten gegen Bogenschäfte. Die gefiederten Boten des Todes hoben sich schräg in die Luft, bevor sie sich auf dem höchsten Punkt ihrer Flugbahn senkten, um dann wie ein tödlicher Hagelschauer auf die Nordmänner niederzuprasseln.

Die Nordmänner ließen die Riemen fallen und griffen nach Schilden. Doch viele Männer, die zu langsam waren, wurden getroffen. Stahlspitzen bohrten sich in Schädel, Hälse, Bäuche und andere ungeschützte Körperteile. Sterbende und verletzte Männer wankten, von Pfeilen gespickt wie Igel, über die Planken und fielen über Bord. Andere wurden von ihren Leuten ins Wasser geworfen, um Platz zu schaffen für die Bogenschützen, während die Dänen eine Salve nach der anderen abschossen.

Ein geübter Bogenschütze konnte mehrere Pfeile binnen weniger Augenblicke abschießen und zugleich in der Luft haben.

Den Pfeil aus dem Kalbslederköcher ziehen, die Sehne spannen, zielen und schießen war eine Bewegung, die einem Krieger in Fleisch und Blut überging.

Die Köcher leerten sich schnell. Zu schnell. Daher befahl Hakon, den Beschuss einzustellen. Inzwischen waren die Fronten nur noch zwei Schiffslängen voneinander entfernt. Mindestens die Hälfte der Nordmänner der Vorhut war verwundet oder tot. Doch die Dänen mussten Pfeile sparen, denn die größere Gefahr lauerte hinter den vier angreifenden Snekkjas.

«Schilde», brüllte Hakon. «Schilde! Schilde!»

Als der dänische Pfeilhagel versiegte, gelang es den Nordmännern, ebenfalls Pfeile abzuschießen. Stahlspitzen hämmerten auf die eisernen Schildbuckel der Dänen, bohrten sich in die Lindenplanken der Schilde. Doch die Antwort der Nordmänner war schwach, und dann töteten die dänischen Pfeile noch mehr Angreifer.

Ein führerloses Schiff der Nordmänner krachte gegen die Dänenfront und kippte auf die Seite. Ein Schwall Wasser ergoss sich in den Rumpf, in dem mit Pfeilen durchbohrte Leichen schwammen, bevor das Schiff sank und Tote und Verletzte mit in die Tiefe riss.

Unterdessen trieb der Wind die Dänen weiter nach Osten, wo die feindliche Flotte zum Stillstand gekommen war und ihre erste Reihe bereit machte.

Ein harter Ruck fuhr durch den *Seehengst*, als ein Leichenschiff gegen den Bug getrieben wurde. Planken kratzten und schabten am Steven, bis das Schiff kippte und die bleigrauen Fluten gurgelnd und schmatzend über ihm zusammenschlugen und es sein Grab auf dem Grund des Fjords fand.

Der Feind hatte zehn Schiffe in Gefechtsordnung aufgestellt. Die Steven waren ebenfalls durch Seile verbunden, damit die Front ein starres Gebilde war, während an den Außenseiten

Männer versuchten, mit den Riemen das Abtreiben ihres Walls zu verhindern.

Die feindlichen Linien näherten sich. Hakon sah, wie die Nordmänner ihre Bogenschützen in Stellung brachten. Das erste Gemetzel, der schnelle, kleine Sieg über die Vorhut, war nur ein Vorgeschmack gewesen. Die eigentliche Schlacht begann jetzt.

Aber Hakon befahl den Bogenschützen, noch keine Pfeile zu verschießen. Sein Befehl wurde von Schiff zu Schiff weitergegeben. Pfeile waren kostbar, und im ersten Gefecht hatten sie bereits zu viele verloren. Auch der Feind wartete ab, lauerte auf die günstige Gelegenheit, wenn die Fronten nah genug waren und die Pfeile ihre Ziele erreichten.

In den Söx duckten die Bogenschützen sich hinter die Bordwände. Einige hielten Schilde hoch, während die Feinde sie beschimpften und verhöhnten.

Hakon hatte sich etwas zurückgezogen. Mit der rechten Hand hielt er den Schild über seinen Kopf und in der linken den Speer. Bald würde die Zeit der Speere kommen. Und dann die Zeit der Schwerter und Äxte.

Noch immer erhob sich kein Pfeil in die Luft. Angespannte Stille machte sich auf dem *Seehengst* und den anderen Dänenschiffen breit. Hakon hörte den Wind rauschen und Wellen gegen den Rumpf klatschen.

Als er sich umdrehte, sah er Ketil, Thormar und Skeggi hinter ihm. Alle drei hatten ihre Helme aufgesetzt und hielten sich Schilde über den Kopf, so wie alle anderen Krieger sich unter Schilde verkrochen hatten. Sogar der Rotbart, dessen Gesicht von Ketils Fausthieb mit getrocknetem Blut verschmiert war und der seither keinen Ton mehr von sich gegeben hatte.

Sie alle warteten. Und beteten. Der Wind heulte um Masten, fegte über Schilde, Helme, Speerspitzen und Bögen. Und die Götter ließen ihn wehen.

Wie eine schwimmende Insel schob der Wind den zusammengeballten Haufen aus Schiffsleibern dem Feind entgegen. Hinter der ersten dänischen Reihe drängten sich andere Schiffe ihrer Flotte. Die meisten Schiffe fanden sich beim südlichen Flussufer zusammen, wie Hakon es befohlen hatte. Denn das war ein wichtiger Teil seines Plans.

Hakon stellte fest, dass sie die Biegung mittlerweile ein gutes Stück hinter sich gelassen hatten. Was bedeutete, dass sie der Siedlung Hals einige hundert Schritt näher gekommen, aber noch immer zu weit davon entfernt waren.

«Pfeile», rief jemand. «Sie schießen!»

Hakon duckte sich unter seinen Rundschild und sah am Rand vorbei, wie Pfeile sich auf breiter Front in den von Wolkenfetzen durchsetzten, blassblauen Himmel erhoben. Es mussten Hunderte Pfeile sein, die noch nicht den Wendepunkt ihrer Flugbahn erreicht hatten, als der Feind schon die nächste Salve hinterherschickte.

«Geht in Deckung», brüllte Hakon. «Haltet eure Schilde fest!»

Und dann hagelte ein Schauer aus Eisenspitzen und gefiederte Schäften auf sie nieder. Links und rechts von Hakon schrien Männer. Neben ihm brach ein junger Kerl zusammen, der so dumm gewesen war, seinen Schild sinken zu lassen, um besser sehen zu können. Ein Pfeil hatte sich in sein rechtes Auge gebohrt und war in den Schädel eingedrungen. Der Schild fiel polternd auf die Planken, während der Däne schrie und schrie und von weiteren Pfeilen getroffen wurde.

«Bleibt unter den Schilden», rief Hakon.

Doch viele Dänen starben im Pfeilhagel. Hakon musste warten, bis die Nordmänner und Sachsen einen Teil ihrer Pfeile verschossen hatten.

Er spürte im Handgelenk die harten Stöße der Pfeile, die seinen Schild trafen, vom Schildbuckel abprallten oder deren Spitzen sich dicht über seinem Kopf durchs Lindenholz bohrten und den Schild schwer machten.

Ohrenbetäubender Lärm erfüllte den *Seehengst*. Verletzte und sterbende Männer brüllten ihre Schmerzen heraus. Andere riefen die Götter an, riefen sich Mut zu, verfluchten die Feinde und trieben sich gegenseitig an, den Pfeilsturm durchzustehen.

Aus den Augenwinkeln sah Hakon, wie ein Pfeil sich in die Schulter eines Dänen bohrte. Der Mann machte den Fehler, den Schild zur Seite zu nehmen, woraufhin ein weiterer Pfeil seinen Hals traf. Blut sprudelte wie eine Fontäne aus der Wunde. Er schrie und jammerte und stürzte auf die Planken, wo er sich in seinem Blut wälzte und den Pfeilschaft mit beiden Händen umklammerte, als wolle er sich die mit Widerhaken besetzte Spitze aus dem Hals ziehen.

Hakon fing einen Blick von Thormar ein, der neben dem Sterbenden stand. Als er ihm zunickte, zog Thormar, der die Streitaxt hinter sich in den Gürtel geschoben hatte, mit der freien Hand sein Kurzschwert. Mit dem Schild über dem Kopf kniete er neben dem Dänen nieder und erlöste ihn mit einem Schnitt von seinen Qualen.

Hakon glaubte, Thormar dabei lächeln zu sehen.

Als der feindliche Pfeilhagel dünner wurde, rief Hakon nach den Bogenschützen. Die Sehnen schnalzten, Pfeile zischten und sirrten durch die Luft. Der feindliche Beschuss versiegte, weil die Gegner sich nun ihrerseits unter die Schilde ducken mussten.

Die Dänen nutzten die Pause, um ihre Verletzten nach hinten zu anderen Schiffen zu bringen. Andere Krieger kletterten auf den vorderen Schiffswall, um Verletzte und Tote zu ersetzen und die erste Reihe zu verstärken. Und die Dänen sammelten Pfeile ein. Dutzende waren auf dem *Seehengst* gelandet. Sie zogen die Pfeile aus Planken, Ruderbänken und Leichen und füllten damit die Köcher ihrer Bogenschützen auf.

Die Fronten waren kaum noch zwei Schiffslängen voneinander entfernt. Nun starben im dänischen Pfeilhagel Nordmänner und Sachsen, während andere Schiffe rudernd gegen ihren Schiffswall drückten. Sie wollten vermeiden, dass der Wind sie Richtung Meer zurücktrieb – doch genau das musste Hakon erreichen.

Die Dänen konnten den Feinden noch eine Weile widerstehen. Bald würde sich jedoch die Überlegenheit der Nordmänner und Sachsen auszahlen. Bevor das geschah, musste Hakon den Feind so weit wie möglich über den Fjord zurückdrängen.

Als die gegnerischen Stevenreihen noch eine Schiffslänge voneinander entfernt und die meisten Pfeile verschossen waren, rief Hakon die Speerkrieger an die Vorsteven, wo die Bogenschützen ihnen die Plätze freimachten.

Hakon drängte mit Ketil an den Steven. Der Hüne war einer der größten und stärksten Männer und sein Speer lang und schwer. Nur wenige Männer konnten solche Speere auf diese Entfernung als tödliche Waffe einsetzen. Hakon sah in Ketils Blick, dass er es kaum erwarten konnte, endlich in den Kampf einzugreifen, ihm selbst ging es genauso. Bislang waren sie zum Warten verdammt gewesen.

Doch nun kam die Zeit der Speere.

Während die Feinde noch warteten, dass die Dänen näher kamen, um keine Speere zu verschwenden, holte Ketil aus. Er schleuderte den Speer auf ein feindliches Schiff, wo es den Schildrand eines Kriegers mit einer solchen Wucht traf, dass der Schild kippte und die eiserne Spitze sich in die Brust des Mannes bohrte. Er wurde zurückgeschleudert und riss eine Lücke. Schnell gab Hakon Ketil seinen Speer, und Ketil tötete einen zweiten Mann.

Als die Fronten noch eine halbe Schiffslänge entfernt waren, antworteten die Nordmänner und Sachsen. Auf beiden Seiten entbrannte ein Speergewitter, in dem sich die eisernen Spitzen in Leiber und Schilde bohrten. Andere Speere prallten von Schildbuckeln ab, fielen ins Wasser oder schlitterten über die Planken, wo sie eingesammelt und in die Söx gebracht wurden.

«Kommt her, ihr Bastarde», brüllte Ketil und warf einen weiteren Speer. «Ich spieße euch auf. Ich ramme euch die Speere in die Hintern und brate euch daran über eurem Höllenfeuer ...»

Hakon spürte den harten Ruck im Handgelenk, als sich ein Speer in seinen Schild bohrte. Das Gewicht lastete auf dem Schild, aber die Speere kamen in so rascher Folge, dass er den Schild oben halten musste. Währenddessen schleuderte Ketil Speer um Speer und riss Lücken in die feindlichen Reihen. Der Hüne steigerte sich in den Rausch. Den Kampfrausch. Den Blutrausch.

Als die gegnerischen Schiffe noch etwa zwei Riemenlängen entfernt waren, wurden die Speerwürfe durch Steine unterstützt. Faustgroße Steine prasselten auf Schiffdecks, Schilde, Helme und Köpfe nieder. Blut spritzte, und schrille Schreie erfüllten die Luft.

«Zurück», schrie Hakon.

Der Zeitpunkt war gekommen, um die Front zu verlagern.

Er zog Ketil vom Steven weg. Thormar und Skeggi folgten ihnen. Als sie sich mittschiffs unter die Schilde duckten, zeigte Hakon zu den Schiffen, die an der rechten Flanke dicht bei den feindlichen Drachenköpfen lagen.

«Wir schlagen uns zur Außenseite durch», erklärte Hakon.

Ein Speer streifte seinen Schild, rutschte über Planken und unter Ruderbänken hindurch, bis er neben einer Leiche liegen blieb, wo er sofort von einem Dänen aufgesammelt wurde.

«Was willst du da?», fragte Skeggi. «Der Kampf ist hier nicht schlechter als dahinten.»

Hakon erklärte ihnen, was er vorhatte, und die Gefährten nickten zustimmend. Sie kletterten von Schiff zu Schiff und arbeiteten sich zur rechten Flanke vor, als die ersten Steven der Schiffswälle aufeinanderkrachten und das blutige Handwerk mit Speeren, Langäxten und Schwertern fortgeführt wurde.

Auf den Schiffswällen drängten sich kämpfende Meuten hinter den Steven. Mit gnadenloser Härte hackten und hieben die Gegner über die Bordwände aufeinander ein, während die hinteren Reihen sie durch Speer- und Steinwürfe unterstützten. Besonders wagemutige Krieger wollten sich Odins Gunst erkämpfen, indem sie versuchten, auf ein gegnerisches Schiff zu gelangen. Doch die Reihen waren noch zu geordnet. Hakon sah einen Mann zwischen zwei Schiffen hängen. Er hatte seine Streitaxt hinter den Steven des feindlichen Schiffs gehakt, um sich daran hinüberzuziehen. Doch die Nordmänner hackten mit Beilen nach ihm und zerfetzten ihm den Rücken. Der Däne schrie und brüllte, während seine Leute versuchten, ihn an den Beinen zurückzuziehen.

Da glaubte Hakon für einen kurzen Moment zwischen den Kriegern auf einem gegnerischen Schiff einen schmächtigen Kämpfer zu sehen, einen Jungen, der seine Klinge geschickter führte als andere. Aber er konnte sich auch täuschen.

Er arbeitete sich weiter vor. Während er von einem Schiff aufs nächste kletterte, schaute er hinauf in den Himmel, an dem die Wolken nach Osten jagten. Der Wind hielt unvermindert an, und Hakon dankte den Göttern dafür.

Auf den Schiffen waren viele Männer tot oder so schwer verletzt, dass sie nicht mehr kämpfen konnten. Die Planken waren mit Blut bedeckt. Dänen brachten Leichen und Verwundete nach hinten ins Heck zur Nachhut.

Da spürte Hakon einen dumpfen Aufprall, und ein heftiger Schmerz zuckte in seinem linken Bein auf. Der Stein, der ihn getroffen hatte, fiel auf die Planken. Hakon humpelte weiter. Seine Gefährten waren dicht hinter ihm.

Als er das vorletzte Schiff erreichte, zog er einen Dänen zu sich, der dort mit Schild und Beil auf seinen Einsatz wartete. «Wer führt den Befehl über dieses Schiff?», rief er gegen den Lärm aus Schreien und krachenden Waffen an.

Der Däne blutete aus Nase und Mund. Als er die Lippen öffnete, sah Hakon, dass ihm beide Schneidezähne ausgeschlagen worden waren. Der Mann nuschelte undeutlich, während er auf einen bulligen, mit Kettenhemd und Helm gerüsteten Krieger zeigte, der sich mit einer Streitaxt am Steven abarbeitete.

Hakon schickte Skeggi zu dem Schiffsführer. «Erklär ihm, was er tun soll. Er muss die Halteseile kappen und das Schiff abschwenken lassen. Wir greifen ihre Flanke von der Seite an und führen dann einen Teil unserer Flotte daran vorbei. Hast du verstanden? Er soll sich genau daran halten.»

Auch an den Flanken tobten heftige Kämpfe. Doch es wurde nicht so stark gefochten wie im mittleren Bereich, wo sich die meisten Kräfte konzentrierten. Wenn es einer Seite gelang, eines der Schiffe in der Mitte einzunehmen, konnte der Feind von dort aus den gegnerischen Wall aufsprengen. Angesichts der zahlenmäßigen Überlegenheit der Nordmänner und Sachsen war es nur eine Frage der Zeit, bis ihnen das gelang.

Hakon durfte keine Zeit verlieren.

Zusammen mit Thormar und Ketil kletterte er auf das ganz außen liegende Schiff, wo Thormar denselben Befehl an den Schiffsführer weitergab, während Hakon mit Ketil zum Heck lief. Beim Hintersteven lauerten eine dänische Snekkja sowie weitere Dänenschiffe.

Neben Hakon krachte ein Speer aufs Deck, als er den Dänen auf den hinteren Schiffen zurief, sie sollten sich zum Kampf bereit machen. Er schaute zum Bug, wo an den Vorsteven der beiden äußeren Dänenschiffe gerade die Halteseile gekappt wurden, wie er es befohlen hatte. Er trieb die Dänen zur Eile an, die von der Snekkja und anderen Schiffen zu Hakon an Bord sprangen, bis die beiden vom Wall gelösten Schiffe voller Krieger waren.

Die Männer verteilten sich auf die Ruderbänke, bevor Hakon das Kommando gab. Die beiden Schiffe nahmen Fahrt auf und bewegten sich zunächst einige Ruderschläge seitlich von der feindlichen Front weg.

«Und jetzt – greift an! Tyr habe uns, Tyr und Odin», schrie Hakon den Schlachtruf.

Von den Riemen angetrieben, schossen die Dänenschiffe vor und krachten mit den Vorsteven in die Flanke eines feindlichen Schiffes, an dem die Fahne eines Rogaländer-Jarls wehte. Die Dänen warfen Enterhaken an Seilen auf das andere Schiff, auf dem Panik ausbrach. Die Feinde durchschauten Hakons Absicht und bemerkten ihren Fehler, zu viele Kräfte in der Mitte der Front zusammengezogen zu haben. Bevor der Feind jedoch Nachschub an Bord holen konnte, griffen die eisernen Enterhaken hinter Dollborde und Ruderbänke. Dänen sprangen an Deck des Rogaländerschiffs. Und das Gemetzel begann.

Hakon hatte Ketil und Thormar an seiner Seite, als sie an Bord des feindlichen Schiffs kamen. Es war ein Karfi, der kleiner als die Dänenschiffe war. An Bord leisteten noch etwa dreißig kampftüchtige Rogaländer erbittert Gegenwehr. Doch immer mehr Dänen kletterten auf den Karfi und drängten die Feinde zum Bug zurück, während Schwerter, Äxte und Speere auf sie niederfuhren und ein Blutbad anrichteten, Hände, Arme und Beine abhackten und Schädel spalteten.

Schließlich hatte sich ein Pulk von einem Dutzend Rogaländer beim Hintersteven zusammengezogen. Der Feind brachte andere Schiffe zum Karfi. Doch sie waren noch zu weit entfernt, um ihren Leuten zu Hilfe zu eilen, und mussten gegen den scharfen Wind rudern. Auch von dem Schiff, das neben dem Karfi lag, kam keine Unterstützung, denn die Krieger wurden durch andere Kämpfe gebunden.

Hakon merkte, dass die Landestelle bei Hals nur noch wenige hundert Schritt entfernt war. Keine halbe Meile mehr.

Er hielt Ausschau nach Skeggi, den er jedoch nirgendwo sehen konnte. Dann rückten die Dänen vor, während Thormar sich mit seiner Axt hinter ihnen bereithielt. Die Rogaländer waren zumeist junge, verunsicherte Kerle, denen vermutlich ein leichter Sieg über die Dänen und reiche Beute versprochen worden war. Aber nun wurden sie in die Enge getrieben.

Hakon rammte seinen Schildbuckel gegen die Feinde. Thormar schwang seine Axt über Hakon hinweg nach einem gegnerischen Schild, hakte den Axtkopf ein und zog den Schild mit einem Ruck nach unten. Dahinter tauchte das Gesicht eines Mannes von etwa dreißig Jahren mit hellem Bart auf. Hakon erkannte in dem Mann Sokkni Thrim wieder, einen Jarl aus dem Rogaland. Sokkni war eine elende Kröte, die schon früher mit Graufell gemeinsame Sache gemacht, sich dann aber von ihm abgewandt hatte.

«Du kämpfst wieder für Graufell», brüllte Hakon ihn an.

Doch Sokkni sagte nichts, sondern starrte Hakon nur mit offenem Mund an. Vermutlich hatte Graufell ihm nicht erzählt, dass der Jarl von Hladir auf Seiten der Dänen kämpfte. Doch dann blitzten Sokknis Augen auf. Er ließ sein Schwert vorschnellen. Hakon parierte den Schlag mit seinem Schild, bevor er Sokkni für den Verrat bezahlen ließ.

Sokkni zog und zerrte an seinem Schild. Doch Thormar drückte es mit der Axt nach unten. Hakons Klinge zuckte vor, bohrte sich über dem Kettenhemd in Sokknis Hals und trat im Nacken wieder heraus. Sokkni spuckte Blut und Speichel. Hakon zog das Schwert zurück. Es lag gut in der Hand und war schneller zu führen als jedes andere Schwert, mit dem er gekämpft hatte.

Mit einem ohrenbetäubenden Schrei warf Ketil sich wie ein

Berserker in die Lücke der feindlichen Reihe. Sein Schild stieß so hart gegen einen Krieger, dass der zu Fall kam und dabei andere Männer mit zu Boden riss. Zugleich tötete Ketil einen Mann mit einem Schwerthieb. Nun fielen auch die letzten Rogaländer unter dem Schwertsturm der Dänen. Die Planken waren rutschig von Blut und Gedärm der Feinde, die Todesqualen herausschrien.

Unterdessen hatten Dänen das Halteseil des Karfi gekappt. Sie hatten das Schiff erbeutet. Bevor der Feind Verstärkung heranführte, ließ Hakon die Riemen auslegen, und sie ruderten dem Feind entgegen. Hinter ihnen kamen in rascher Folge mehrere Dänenschiffe an der Flanke des feindlichen Schiffswalls vorbei. Die Dänen griffen den Feind nun massiv von der Südseite an, um ihn mit Hilfe des Windes Richtung Nordufer zu drängen.

Wo in den Wäldern zweitausend Dänenkrieger lauerten.

6.

Limfjord

Durch die Verlagerung des Schwerpunkts der Seeschlacht auf die südliche Flanke drohten die Schiffswälle auseinanderzufallen. Das bedeutete, dass der Feind im Kampf Schiff gegen Schiff bald seine Übermacht ausspielen konnte. Hakon hatte zwar einen weiteren Sieg errungen, doch der war nichts wert, wenn sie die Feinde nicht schnell genug zum Nordufer treiben konnten.

Die Dänen führten immer mehr Schiffe an die Südflanke. Mit einem Mal krachte der von Hakon erbeutete Karfi gegen ein anderes Schiff, das deutlich größer war. Steven knackten, Planken knirschten. Der Aufprall war so hart, dass Hakon nach vorn gegen Ketil geschleudert wurde, der sich an einer Ruderbank abstützte. Andere Männer glitten auf den glitschigen Planken aus und fielen hin. Als Hakon sich aufrappelte, erkannte er, gegen welches Schiff sie geprallt waren.

Es war der *Seefalke*. Am Mast flatterte das Banner mit dem blutroten Christenkreuz auf goldenem Grund, das Banner des Mannes, der Hakon einst bei Jelling angegriffen hatte. Damals war Gold-Harald sein Gegner gewesen, jetzt war er es wieder.

Gold-Harald hatte etwa siebzig, achtzig Männer auf dem Langschiff und damit fast doppelt so viele, wie an Bord des Karfi waren.

Gold-Haralds Krieger warfen Enterhaken, die sich auf dem Karfi festkrallten. Seile spannten sich knirschend. Als ein Däne beim Steven ein Seil durchzuschneiden versuchte, wurde er von einem Enterhaken an der Schulter getroffen. Das Seil straffte sich, riss den Dänen von den Füßen, und der Haken zog ihn gegen die Bordwand. Eine eiserne Kralle hatte sich in sein Schulterblatt gebohrt und nagelte ihn an die Planken. Der Mann schrie und brüllte, während die Kräfte, die an dem Seil zerrten, ihn zu zerreißen drohten.

Hakon hastete zwischen den Ruderbänken nach vorn, stieß Männer zur Seite, zog sein Schwert und schlug damit nach dem Seil, das mit einem Knall barst. Doch für den Dänen kam jede Hilfe zu spät. Er sank auf die Planken und blieb leblos liegen.

Die Feinde hatten mehrere Enterhaken befestigen können, an denen sie den Karfi zum *Seefalken* zogen. Beim Vorsteven standen jene Männer, die gestern noch hundeelend ausgesehen hatten. Jetzt lachten sie und verfluchten Hakon, Blauzahn und alle Dänen, die ihnen folgten. Dabei waren sie selbst Dänen, jene vom König abgefallenen Dänen, die sich unter Gold-Harald ein besseres Leben erhofften und die nun ihren Landsleuten nach dem Leben trachteten.

Beim Vorsteven standen auch, geschützt von Schildkriegern, Gold-Harald, Bischof Ortho sowie Hauptmann Thorgeir. Sie beobachteten Hakon.

Mit welchen Hilfsmitteln Gold-Harald sich gestern so zurechtgemacht hatte, dass Hakon ihm die vorgetäuschte Krankheit abgenommen hatte, war unklar. Heute sah Gold-Harald wieder aus wie das blühende Leben. Wie ein Kriegsherr. Sein Kopf war gekrönt mit dem goldverzierten Helm, und um die Schultern trug er über dem polierten Kettenhemd einen hellen Mantel, der mit einer großen Spange befestigt war.

Allein seine Kriegsausstattung war so wertvoll, dass davon die Menschen in einem Dorf mehrere Jahre leben könnten, ohne einen Finger zu rühren. Nur ein Narr zog mit solch prächtigem Gewand in eine Schlacht. Nur ein Narr würde dadurch die Aufmerksamkeit aller Gegner, die auf Beute aus waren, auf sich ziehen. Ein Narr oder ein Mann, der überzeugt war, dass er siegen würde.

Der *Seefalke* war noch eine halbe Schiffslänge vom Karfi entfernt und Gold-Haralds Blick fest auf Hakon gerichtet.

Wut stieg wie bitterer Gallensaft in ihm auf. «Was hat er dir für deinen Verrat versprochen?», rief er, Gold-Haralds Schwert in der rechten Hand.

«Mehr, als mein Onkel mir jemals hätte geben können», erwiderte der Mann, den Hakon seinen Freund genannt hatte.

«Daran wirst du keine Freude haben.»

«Das liegt nicht mehr in deiner Hand, Hakon. Dieser Krieg ist eine Angelegenheit zwischen mir und meinem Onkel. Er wollte mich um mein Erbe bringen. Hast du wirklich geglaubt, dass ich mich dem vertrockneten Alten beuge? Erinnerst du dich, was er mir gesagt hat? Dass er mir nur so viel Land gibt, wie ich für mein Grab benötige. Ergib dich mir, Hakon. Werde mein Gefangener. Dann sorge ich dafür, dass du mit deinem Leben davonkommst.»

Ketil und Thormar kamen zu Hakon. Auch Skeggi war wieder aufgetaucht. Er blutete aus einer Wunde am Hals, aber es schien kein tiefer Schnitt zu sein.

«Ich hoffe, du glaubst dem Verräter kein Wort», knurrte Ketil. Sein Gesicht war von den Blutspritzern der Männer überzogen, die er getötet hatte. «Der Bastard lügt, wenn er das Maul aufmacht.»

Hakon wandte sich an Gold-Harald. «Graufell wird nicht zulassen, dass du mich verschonst.»

«Doch, das wird er. Es war eine meiner Bedingungen, als ich ihm von eurem Plan erzählt habe, mein Freund.»

Gold-Harald beugte sich zu Thorgeir und sagte etwas zu ihm.

Währenddessen trieben die Schiffe weiter nach Osten ab. Von überall her war Kampflärm zu hören. An der Front bei den

Schiffswällen wurde noch immer hart gefochten. Die Schiffe am hinteren Ende der feindlichen Flotte waren beinahe bis auf Höhe der Landestelle zurückgetrieben. Vermutlich war unter ihnen auch Graufell, die feige Ratte.

Die Landestelle selbst war verwaist. Auch die Siedlung wirkte wie ausgestorben. Das konnte bedeuten, dass Blauzahn und seine Heerführer sich in den Wäldern versteckten und darauf warteten, dass die Schiffe an Land kamen. So, wie es geplant war. Es konnte aber auch etwas anderes bedeuten, und der Gedanke bereitete Hakon Sorgen.

Eine Böe brauste über den Fjord, ließ die dümpelnden Schiffe schaukeln und fuhr in Hakons dunkles Haar. Unterdessen waren weitere Dänenschiffe vorbeigezogen, die den Feinden den Weg abschneiden und sie ans nördliche Ufer treiben sollten.

«Der Schleimschiss hat dich *mein Freund* genannt», knurrte Ketil.

«Ergib dich, Hakon», rief Gold-Harald. «Ich schwöre dir, dich ziehen zu lassen, wohin du willst. Was, glaubst du, wird Blauzahn mit dir tun? Er wird dich fallenlassen ...»

Hakon spürte das Gewicht der Klinge in seiner rechten Hand. Ohne sich umzudrehen, sagte er leise zu Thormar: «Gib den Dänen auf den anderen Schiffen ein Zeichen. Sie sollen mehr Krieger zum Karfi bringen.»

Thormar verschwand zum Heck.

«Wir haben nicht mehr viel Zeit, um über dein Schicksal zu verhandeln», rief Gold-Harald und zeigte auf Bischof Ortho. «Gott ist mein Zeuge, dass ich die Wahrheit spreche.»

«Und die Götter sind meine Zeugen», murmelte Hakon bei sich. Er schaute vorsichtig über die Schulter zurück. Thormar stand zwischen anderen Kriegern am Hintersteven, als sich zwei Schiffe aus der vorüberziehenden Dänenflotte lösten und Kurs auf den Karfi nahmen.

«Und wenn Gold-Harald wirklich die Wahrheit spricht?», warf Skeggi ein.

«Dann hätte er früher damit anfangen sollen», erwiderte Hakon.

Er hob das Schwert. Im Sonnenlicht schimmerten die auf der Klinge eingravierten Schriftzeichen: V L F B E R H + T

Er ließ die Klinge niederfahren und kappte ein weiteres Enterseil.

In dem Moment wichen Gold-Harald, Ortho und Thorgeir vom Steven des *Seefalken* zurück, um Bogenschützen Platz zu machen.

«Schilde», rief Hakon. «Geht in Deckung! Schilde!»

Er warf sich hinter die Bordwand und hob den Schild. Ketil sprang gerade noch rechtzeitig zu ihm, denn schon prasselten Pfeile auf den Karfi nieder. Hakon hörte Männer schreien und sah unter dem Rand seines Schildes, wie Skeggi noch an derselben Stelle stand und dann zu schwanken begann. Ein Pfeil hatte sich in seine rechte Wange gebohrt und war in den Kopf eingedrungen. Es schien, als wolle Skeggi etwas sagen. Die Lippen bewegten sich, und ein Blutstrom schwappte in seinen Bart, bevor er nach vorn über das Dollbord kippte und aus Hakons Blickfeld verschwand.

«Verdammter Narr», stieß Ketil aus. «Warum ist er stehen geblieben?»

Hakon hatte keine Antwort auf die Frage. Vielleicht war die Verletzung, die Skeggi aus dem Kampf davongetragen hatte, doch schlimmer gewesen. Er fluchte. Er hatte Skeggi gekannt, seit sie Kinder waren, und er war ein Mann gewesen, dem er vertraut hatte.

Auf dem Karfi war es den meisten Dänen gelungen, sich vor dem Pfeilhagel in Sicherheit zu bringen. Sie duckten sich unter Ruderbänke und Schilde, kauerten an den Bordwänden oder hatten die Leichen getöteter Krieger über sich gezogen.

Die Enterseile knirschten, dann erschlafften sie, was bedeutete, dass Gold-Haralds Schiff näher kam.

«Mach dich bereit», zischte Hakon.

«Ich bin immer bereit, mit dir zu sterben, Jarl», erwiderte Ketil.

«Ja», sagte Hakon, «aber nicht jetzt. Noch nicht jetzt.» Er umklammerte den Schwertgriff und spürte, wie sich das harte Leder in seine Hand schmiegte. Gold-Haralds Schwert.

Erst waren Schreie und kratzende Geräusche zu hören, dann krachte und splitterte es, als ein gewaltiger Ruck den Karfi erbeben ließ. Planken bebten und barsten. Hakon wurde durch den Stoß nach vorn geschleudert. Er wirbelte herum und sah über sich den Vorsteven des *Seefalken* aufragen. Und er sah die feindlichen Krieger, die brüllten und mit den Waffen drohten.

Hakon sprang auf, den Schild in der linken, das Schwert in der rechten Hand. Ketil war dicht bei ihm. Dänen stürmten heran, während die Feinde brüllten und gegen ihre Schilde hämmerten, harte Fratzen, grimmige, wütende, hasserfüllte Fratzen.

Und dann kamen sie auf den Karfi.

Hakon war überzeugt, dass irgendwo auf diesen Schiffen Männer waren, die der Dichtkunst mächtig waren. Die einen Tropfen des Skaldenmets abbekommen hatten, den Odin verschüttet hatte, nachdem er ihn dem Riesenmädchen Gunnlöd gestohlen hatte. Diese Männer würden ihre Lieder auf diese Schlacht dichten. Sie würden die Schlacht und die ruhmreichen Taten großer Männer besingen.

Auf dem Karfi war es zu eng für einen Schildwall. So hieben und hackten die Gegner blindlings aufeinander ein. Ihre Schreie und Kampfgeräusche erfüllten die Luft. Hakon hielt Ausschau nach Gold-Harald, sah ihn aber nirgendwo. Er ließ die Klinge vorschnellen, die in das Kettenhemd eines Angreifers fuhr. Eine Ringbrünne sollte Hiebe und Schläge abwehren, aber Schwertspitzen waren so geformt, dass sie Kettenpanzer aufbrechen konnten. Die Spitze von Hakons Klinge sprengte die Kettenglieder. Er spürte, wie sie unter dem Druck seines Handgelenks nachgaben, und verstärkte den Druck. Die Klinge glitt durch das Eisen, dann durch Haut, Fleisch und Rippenknochen in die Brust des Gegners. Hakon drehte die Klinge, rammte dem Gegner zugleich den Fuß in den Magen und stieß ihn von sich fort. Durch die Wucht des Tritts wurde der Mann gegen einen anderen geschleudert. Beide stürzten auf die Planken. Als der noch lebende Mann wieder aufstehen wollte, sprang Ketil vor, hackte auf ihn ein und trennte ihm den Kopf vom Rumpf.

Überall spritzte Blut. Männer stolperten über die Leichen der Rogaländer, wateten durch Blut und rutschten aus.

Hakon wehrte Schläge mit dem Schild ab. Eisen dröhnte und krachte, Stahl biss in Glieder und Knochen. Ihm stieg der Geruch der Schlacht in die Nase.

Die Skalden würden später von tapferen Recken singen, vom Schwertlärm und heldenhaften Kämpfern. Aber den Gestank der Angst, von Blut, Erbrochenem und Fäkalien, den konnte kein Skalde in seinen hochtrabenden Strophen einfangen. Auch nicht den Lärm der Verwundeten, der Sterbenden, die wie Kinder schrien, während ihnen die Därme aus den aufgeschlitzten Bauchhöhlen quollen. Während sie Zähne ausspuckten. Während sie ihre abgehackten Gliedmaßen suchten.

Die Angreifer waren in der Überzahl und drängten Hakon und seine Leute immer weiter zurück. In dem Tumult sah er Gold-Harald an Bord des Karfi springen. Sein Blick war auf Hakon gerichtet. Bei ihm war Ortho, der ein silbernes Kreuz in die Höhe hielt und unablässig den Christengott beschwor. «Vernichtet die Heiden», keifte er. «Die Ungläubigen sind die Saat des Teufels. Vernichtet sie!»

«Schöne Freunde hast du», sagte Thormar.

Er hatte sich durch die eigenen Reihen zu Hakon und Ketil vorgearbeitet und hackte mit seiner Streitaxt nach dem Kopf eines Mannes, dessen Helm den Schlag jedoch abfing.

«Wo bleiben die Dänen?», brüllte Hakon.

Doch die Antwort gab nicht Thormar, sondern eines der von ihm gerufenen Dänenschiffe, das gegen den Karfi krachte. Planken ächzten, und Holz splitterte. Aus handbreiten Rissen sprudelte Wasser in den Rumpf, wo es sich mit Blut und Gedärmen zu einer schmutzigen Brühe vermischte.

Die Dänen waren schlau genug gewesen, den Karfi am Vorsteven zu rammen, sodass sie nun hinter Gold-Haralds Kriegern waren. Hakon und seine Leute waren inzwischen fast bis an den Hintersteven zurückgewichen, wo sie mit dem Mut der Verzweifelten kämpften.

Der Aufprall des Dänenschiffs hatte viele Krieger von den Füßen gerissen, was Hakon im Gewühl Luft verschaffte. «Vorrücken», rief er seinen Kriegern zu.

Sie drängten gegen den Feind, der nun an zwei Fronten kämpfen musste. Hakon sah, wie Gold-Harald, sein Hauptmann Thorgeir und ein Dutzend Krieger sich den Dänen zuwandten, die von dem neuen Schiff auf den Karfi sprangen. Gold-Harald tötete einen Dänen mit wuchtigen Schwerthieben, dann einen zweiten und einen dritten, während Ortho den Christengott anrief und bei jedem gefällten Gegner einen schrillen Jubelschrei ausstieß.

Inzwischen hatte noch ein zweites Dänenschiff festgemacht, sodass beide Seiten ebenbürtig waren.

Hakon musste sich zwingen, sich auf die Männer zu konzentrieren, die ihm gegenüberstanden. Alles in ihm drängte nach vorn zum Steven, wo Gold-Harald kämpfte, wo der Mann kämpfte, der ihn verraten hatte und mit dessen Klinge Hakon Schilde spaltete und Muskeln und Sehnen durchtrennte.

Hakon dachte an das Schwert Gottes, das Graufell angeblich besaß, und fragte sich, was ein solches Schwert gegen seine eigene Klinge ausrichten konnte. War es nicht sein Schwert, das göttlich war? Das ihn zu einem unbesiegbaren Kämpfer machte? Und er schlug und hieb weiter, während der Blutrausch ihn in Gold-Haralds Richtung trieb.

Der Kampf im engen Rumpf des Karfi war ein einziges Chaos. An eine Schlachtordnung war nicht zu denken. Gold-Haralds Krieger ließen sich weiter zurückfallen, als Hakon mit seinen Männern vorrückte und Spanten für Spanten Raum zurückgewann. Das vom Blut gerötete Wasser im Kiel stieg ihm mittlerweile bis an die Waden. Mit einem Mal hörte er Gold-Haralds Stimme über das Schiff gellen. Er befahl den Rückzug.

Das trieb Hakon an, noch härter zu kämpfen. Vor ihm stolperten Feinde über Leichen. Hakon und Ketil ließen die Klingen niederfahren. Thormars Axt spaltete Schädel und zerhackte Gliedmaßen. Immer schneller arbeiteten sie sich durch die Reihen der zurückweichenden Feinde.

Gold-Harald durfte nicht entkommen. Er kämpfte zwar noch immer gegen Dänen, hatte sich aber schon bis zum Steven zurückgezogen und machte Anstalten, auf den *Seefalken* zu klettern.

Hakon schob das Schwert in die Scheide, riss einem Dänen den Speer aus der Hand und schleuderte ihn auf Gold-Harald. Doch der reagierte blitzschnell und schützte sich mit dem Schild, von dem der Speer abgelenkt wurde und sich in Orthos Bauch bohrte. Der Bischof brach zusammen und bewegte sich nicht mehr.

«Lass mir den Hauptmann», knurrte Ketil, stieß einen markerschütternden Schrei aus und walzte wie ein Bär durch die Reihen der Feinde, die nun in heilloser Panik versuchten, vom Karfi runter zurück auf den *Seefalken* zu kommen. Dabei stolperten viele Männer oder glitten aus und wurden ein leichtes Opfer der Dänen.

«Dein Freund will fliehen», brüllte Ketil.

Hakon bückte sich, tastete im blutigen Wasser nach irgendetwas, das er als Wurfgeschoss nutzen konnte, bekam einen Stein zu fassen und schleuderte ihn auf den Steven, wo Thorgeir gerade aufs Dollbord stieg, um Gold-Harald hinaufzuhelfen. Der Stein prallte gegen Thorgeirs Helm, der dadurch verrutschte und ihm die Sicht raubte. Thorgeir kippte in den Karfi zurück und riss Gold-Harald mit sich.

Hakon trieb seine Gefährten und die Dänen an. Sie schoben die Feinde wie eine Bugwelle vor sich her durch das ansteigende Wasser über den Karfi. Als Gold-Harald und Thorgeir auf die Füße kamen, wurden sie von den Dänen eingekreist.

Thorgeir stellte sich vor seinen Herrn. Doch Ketil drang gegen ihn vor und hieb mit seinem Schwert so hart auf ihn ein, bis die Klinge des Hauptmanns der Wucht der Schläge nicht mehr standhielt und eine Handbreit über der Parierstange brach. Ketil stieß ihm das Schwert in den Hals, packte ihn und warf ihn über Bord.

Da ließ Gold-Harald Schild und Schwert sinken. Der mit Goldfäden durchsetzte Umhang und das Kettenhemd waren mit Blutspritzern überzogen. Er sah müde aus. Doch als Hakon vor ihn trat und ihn aufforderte, das Schwert fallen zu lassen, holte er damit aus und schlug nach Hakon, der jedoch ausweichen konnte. Mit einem gewaltigen Hieb stieß er Gold-Harald das Schwert durch das Kettenhemd in den Bauch und zog die Klinge wieder heraus.

Gold-Harald entglitten die Gesichtszüge. Schwert und Schild fielen polternd neben ihm auf die Planken. Ungläubig schaute er an sich herab, sank auf die Knie, die Hände vor den Bauch gepresst. Helles Blut quoll durch seine Finger. Sein Kampf war vorbei. Es schien eine Ewigkeit zu dauern, bis er den Blick hob und Hakon anschaute.

«Bring das Schwein um», stieß Thormar aus.

Gold-Haralds Gesicht verzog sich zu einer grinsenden Grimasse. «Ja, bring mich um, mein Freund. Töte mich! Aber siegen wirst du niemals.»

Die beiden Schiffswälle hatten sich inzwischen aufgelöst. Auf einigen Schiffen tobten noch heftige Kämpfe, andere trieben, gefüllt mit Leichen, führungslos nach Osten ab. An der Landestelle hatten mehrere Schiffe festgemacht, wo die Feinde ihre Kräfte am Fjordufer unterhalb der Siedlung zusammenzogen. Sie mussten ihre Verletzten versorgen, mussten sich sammeln, bevor sie einen erneuten Vorstoß nach Westen wagen konnten.

Hakons Blick wanderte nach Osten, wo sich über dem Meer dunkle Wolken wie Gebirge auftürmten. Der Wind hatte nachgelassen. Thor würde ihn drehen und ein Unwetter aufziehen lassen.

«Du wirst niemals siegen, Jarl», wiederholte Gold-Harald.

«Bist du dir sicher?», entgegnete Hakon.

«Graufell ist zu stark, und der Mann, dem du dienst, wird nicht kommen.»

«Woher willst du das wissen?»

Da sprach Gold-Harald den Gedanken aus, vor dem Hakon sich fürchtete: «Dein König ist abgezogen. Sein Heer marschiert nach Westen, während du versuchst, uns aufzuhalten …» Er verzog das Gesicht und hielt sich den Bauch, aus dem das Blut hervorsprudelte. «Es ist das Einzige, was der alte Bastard tun kann. Er hat euch geopfert, um vor Graufell an der Furt bei Lindholm Høje zu sein. Doch Blauzahn wird mit dem Fußheer nicht schnell genug vorankommen. Graufell wird die Furt vor ihm erreichen, das Land besetzen, und dann kann der alte Knochen hier oben am Daumen lutschen.»

«Davon wirst du aber nichts mehr mitbekommen», fuhr Ketil ihn an.

«Das mag sein ... aber der Gedanke, dass mein Onkel verloren hat, erfüllt mich ... mit Freude.» Gold-Harald hustete und versuchte sich erneut an einem Grinsen. Das Blut tropfte von seinen Fingern.

Das Wasser, das aus den Rissen sprudelte, war weiter angestiegen.

Die meisten Dänen waren zurück auf die anderen Schiffe gestiegen, um den Feinden nachzusetzen. Beide Seiten hatten Schiffe verloren, doch die Flotte der Norweger und Sachsen war noch immer stärker.

«Jarl, der Kahn hier wird bald sinken», rief Thormar.

Eins der Dänenschiffe lag noch neben dem Karfi.

Doch Hakon schüttelte den Kopf und fragte Gold-Harald: «Warum hast du mir von Graufells Schwert erzählt?»

«Was denkst du denn? Um dich zu warnen! Aber du hast es nicht verstanden. Deine Rache hat dich blind und taub gemacht. Sonst hättest du begriffen, dass Graufell ein solches Schwert nur von den Sachsen haben kann und dass ...», ein weiterer Hustenanfall schüttelte ihn, «und dass die Sachsen ihn unterstützen.»

«Nein, ein solcher Narr bist du nicht», sagte Hakon. «Warum solltest du die Dänen erst verraten und sie dann warnen?»

«Nicht die Dänen, dich wollte ich warnen.»

«Bring den Bastard endlich um», schnaubte Thormar. «Ich kann sein Gerede nicht mehr hören.»

Gold-Harald drehte den Kopf zu ihm. «Wie lautet dein Name, Krieger? Ich fürchte, ich habe ihn vergessen.»

«Halt dein Maul! Mein Name geht dich nichts an.»

Gold-Harald schaute wieder zu Hakon. «Du kannst nicht gewinnen. Du hast bereits alles verloren. Ich konnte dir gestern nicht die Wahrheit sagen. Dein Weib, dein Sohn, die Seherin – sie sind alle tot. Graufell hat sie nach der Schneeschmelze aufgespürt und ...»

«Du lügst», fuhr Hakon ihn an.

«Lass mich dir etwas zeigen, damit du mir glaubst ...»

«Wir müssen von dem Kahn runter, Jarl», warf Ketil ein. Das Wasser stand ihm bis zu den Knien.

«Was willst du mir zeigen?» Hakons Stimme zitterte.

Gold-Harald nahm die blutigen Hände vom Bauch und öffnete eine Ledertasche an seinem Gürtel, aus der er eine kleine Figur nahm. Es war das geschnitzte Abbild eines Götzen mit vier Gesichtern wie die Figur, die Malina Hakon mitgegeben und die der verdammte Erzbischof ins Feuer geworfen hatte.

Hakon hatte das Gefühl, als ziehe sich ein eiserner Gürtel über seiner Brust zusammen. «Woher hast du sie?»

«Graufell hat die Leichen nach Hladir bringen lassen ...»

«Nein!»

«Glaub, was du glauben willst, mein Freund. Aber gewähre mir eine letzte Bitte. Gib mir das Schwert, das ich dir geschenkt habe. Ich will es halten, wenn du mich tötest.»

Etwas stieß gegen Hakons linkes Bein. Es war die im Kielwasser treibende Leiche des Bischofs. Hakon riss dem Munki das Silberkreuz vom Hals und warf es Gold-Harald hin.

«Das verfluchte Kreuz kannst du haben!»

«Der Glaube an den Christengott bedeutet mir nichts mehr.» Gold-Harald hob die rechte Hand mit der Götzenfigur. «Gib mir das Schwert, Hakon. Oder ich werfe das, was dir von deiner Frau noch bleibt, über Bord.»

«Halt ihn fest», befahl Hakon.

Ketil nahm Gold-Harald den Helm vom Kopf, packte das lange Haar und zog den Kopf daran nach unten, sodass der Nacken freilag.

Als Ketil nach Gold-Haralds Hand mit der Figur greifen wollte, rief Hakon: «Nein! Er wird sie ins Wasser werfen.»

Hinter Hakon knackten Planken. Das Schiff hatte Schlagseite

bekommen. Immer schneller drang das Wasser in den Rumpf ein.

«Kommt endlich rüber», rief ein Däne von dem Schiff, das beim Karfi wartete.

Hakon machte einen Schritt auf Gold-Harald zu. «Gib mir die Figur.»

«Erst das Schwert.»

Die vom Wasser überfluteten Planken bebten unter Hakons Füßen. Da drehte er das Schwert, hielt es Gold-Harald mit dem Griff voran hin, und der nahm das Schwert in die linke Hand.

«Danke», hörte Hakon ihn sagen.

Dann sah er die Figur über Bord fliegen. Zugleich wechselte Gold-Harald blitzschnell das Schwert in die rechte Hand und stieß von unten mit der Klinge nach Hakon, verfehlte ihn jedoch. Ketil, der noch immer Gold-Harald festhielt, warf Hakon sein Schwert zu. Hakon fing es am Griff auf. Doch bevor er Gold-Harald töten konnte, führte der einen weiteren Hieb aus und traf Thormar, der zu Hilfe eilen wollte. Die Klinge bohrte sich in Thormars rechten Oberschenkel. Rasch holte Gold-Harald erneut aus und schlug nach Ketil, der zurückweichen und ihn loslassen musste.

Hakon trat nach Gold-Harald und traf ihn mit dem Stiefel hart am Kinn, wodurch er mit dem Kopf gegen den Vorsteven geschleudert wurde.

Und dann sank das Schiff.

7.

Limfjord

Sie retteten sich auf das Dänenschiff, denn Rán hatte ihre Netze bereits nach ihnen ausgeworfen. Aber die Göttin bekam sie noch nicht. Stattdessen holte Rán sich Gold-Harald. Der Karfi versank in den gurgelnden Fluten, und die Ägirstöchter, die Wellen, schlugen über dem Schiff zusammen, saugten es schmatzend ein und rissen Gold-Harald mit in die Tiefe.

Und mit ihm das Schwert.

Die Dänen zogen Hakon, Ketil und Thormar an Bord einer Snekkja und legten Thormar, dessen Wunde stark blutete, auf eine Ruderbank. Ketil machte sich sogleich daran, das Bein oberhalb der Wunde mit einem Lederriemen abzubinden.

«Und was machen wir jetzt, Jarl?», fragte Ketil, nachdem er Thormar versorgt hatte und zu Hakon an den schneckenförmigen Steven trat.

Weitere Dänenschiffe schlossen zu ihnen auf. Noch waren etwa dreißig der vierzig Schiffe fahrtüchtig. Die anderen Schiffe dümpelten mit Leichen beladen führerlos dahin oder waren die Beute von Rán und ihren hungrigen Töchtern geworden, die an diesem Tag volle Netze einholten. Auch Blauzahns *Seehengst*, auf dem Hakon die Schlacht begonnen hatte, war nirgendwo zu sehen.

Die Kämpfe hatten die Reihen der Dänen ausgedünnt. Jetzt ließen sie ihre Schiffe auf dem Fjord treiben, während Graufells Flotte sich an der Landestelle sammelte.

Der Wind hatte gedreht und schob dunkle Wolken vom Meer

über die Küste auf das Festland. Der Himmel verdunkelte sich zusehends. Doch bevor die Wolken die Sonne verschluckten, sah Hakon im Wald hinter der Siedlung etwas aufblitzen.

«Du fragst, was wir jetzt machen?», sagte er. «Jetzt holen wir uns Graufell.»

Ketil, dieser bärenhafte Mann, sah erschöpft aus. Mit beiden Händen stützte er sich am Steven ab und stöhnte. «Gold-Harald hat recht gehabt», sagte er. «Die Rache macht dich blind und taub. Graufell hat noch immer mehr Schiffe als wir und ...»

Er stockte, dann rief er: «Bei den Göttern Asgards – sie sind ja doch noch da!»

Die Dänen stießen Jubelschreie aus. Thormar stützte sich auf die Ellenbogen, um das Ufer sehen zu können. «Ich sag's doch, Jarl. Diese Schlangenbrut Gold-Harald lügt, wenn er das Maul aufmacht.»

«Das hoffe ich», erwiderte Hakon gedankenverloren. Er dachte nicht an die Dänenkrieger, die in breiter Front aus den Wäldern hervorbrachen, sondern an die Truhe im Jarlshaus, in der Malina einige ihrer aufwendig geschnitzten Götterfiguren aufbewahrte. Er hoffte, dass Gold-Harald ihn nur hatte hinhalten wollen, indem er behauptete, Malina sei getötet worden.

Er drehte sich zu den Dänen auf dem Schiff um und schaute in müde und vom Kampf gezeichnete Gesichter. Aber das Auftauchen ihres Heeres verlieh ihnen neuen Mut und neue Kräfte. Sie nahmen die Plätze auf den Ruderbänken ein und warfen sich in die Riemen. Wellen klatschten gegen den Bug, als das Schiff Kurs auf die Landestelle nahm. Dort stürmten zweitausend Krieger über die Wiesen zum Strand am Fjordufer, wo unter den Nordmännern und Sachsen Panik ausbrach. Ein Teil der Männer wollte zurück zu den Schiffen fliehen, um über das Wasser zu entkommen, andere richteten Schilde und Waffen gegen das nahende Heer.

Beim Steven lagen Waffen, die die Dänen ihren Feinden abgenommen hatten. Hakon wählte aus dem Haufen ein Schwert aus. Es hatte eine gewöhnliche Eisenklinge, die zwar in die Lederscheide an seinem Gürtel passte, aber schwerer und unhandlicher war als die, die Gold-Harald zu Rán mitgenommen hatte. Doch wenn es zum Spiel der Götter gehörte, dass Hakon dem Schwert Gottes mit einer schlichten Klinge gegenübertreten musste, blieb ihm nichts anderes übrig, als sich auf ihr Spiel einzulassen.

Auf dem flachen, grünen Landstrich zwischen den Wäldern, der Siedlung und dem Fjordufer wimmelte es von Männern. Dänen überwanden die Böschung und rollten wie eine Flutwelle über die Feinde hinweg. Wie entfesselt schlugen die Dänen zu. Sie waren ausgehungert, hatten aus ihren Verstecken tatenlos mit ansehen müssen, wie ihre Landsleute niedergemacht wurden. Zunächst schien es, als würden die Dänen mit den von der Seeschlacht ausgelaugten Nordmännern und Sachsen leichtes Spiel haben. Binnen weniger Augenblicke metzelten sie viele Feinde nieder, deren Leichen die Uferlinie säumten.

Währenddessen schoben andere Männer Schiffe ins Wasser. Doch die Dänen näherten sich ihnen auf dem Fjord. Als die ersten Dänenschiffe die Fliehenden erreichten, rammten sie die Steven in deren Flanken. Riemen brachen wie trockene Äste. Rudermänner, die die Riemen nicht rechtzeitig losgelassen hatten, wurden durch die Luft geschleudert oder von herumwirbelnden Riemen erschlagen. In ihrer Panik versuchten viele Feinde, ans Land zurückzukehren, wo sie von einem Pfeilhagel empfangen wurden.

Zwei Schiffen gelang es, durch die dänischen Reihen zu entkommen. An den Masten wehten Banner mit Christenkreuzen, wahrscheinlich waren es Sachsen. Die Dänen hatten nicht genug Schiffe, um alle Feinde zu verfolgen. Als die beiden Sachsenschiffe an der Snekkja vorbeizogen, sah Hakon auf einem der Schiffe einen schmalen, rothaarigen Jungen stehen.

Er hatte sich nicht getäuscht. Auds Mörder war bei der Schlacht dabei gewesen und fuhr jetzt keine zwei Schiffslängen entfernt davon. Der Junge stand regungslos auf dem schaukelnden Schiff, die rechte Hand am Dollbord, und starrte zu Hakon herüber.

Er war versucht, dem Steuermann zu befehlen beizudrehen, um die Sachsen zu verfolgen, deren Schiffe hart gegen den stürmischen Ostwind ankämpften. Es war ein Wetter, bei dem nur Lebensmüde sich aufs Meer wagten.

Aber dann verwarf Hakon den Gedanken. Er musste Graufell haben.

Während die Snekkja sich dem Ufer näherte, hielt Hakon Ausschau nach dem Feind. Er glaubte, dessen Banner bei der Böschung wehen zu sehen. Dort hatten die Feinde einen breiten Schildwall gebildet, der von mehreren Dänengruppen bedrängt wurde.

Hakon befahl der Mannschaft der Snekkja, sich nicht am Kampf gegen die feindlichen Schiffe zu beteiligen, sondern das Land anzusteuern. Sie zogen die Riemen durch. Er hörte den Wind rauschen und am Bug das Wasser gurgeln. Sturmböen fuhren ihm ins Haar.

Noch war der Kampf nicht vorbei, und die Götter schickten ihr Schlachtenwetter.

Der Kiel der Snekkja bohrte sich aus vollem Schwung in den Grund. Beim Aufprall wurde Thormar übers Deck geschleudert. Er schrie vor Schmerzen, aber vor allem vor Wut, weil er kämpfen wollte und die Verletzung ihn im Kampfgetümmel behindern würde. Hakon und Ketil halfen ihm auf und gaben ihm seine Streitaxt. Sie bewaffneten sich mit Schilden, sprangen ins knietiefe Wasser und brachten Thormar an Land, wo er auf eigenen Füßen stehen musste.

Sie kamen am *Wogengleiter* vorbei, den man auf den Strand

gezogen hatte und auf dessen Vorsteven Graufell einen in den Farben Rot, Gelb und Blau bemalten Dämonenschädel gepflanzt hatte. Während der Himmel sich öffnete und sich aus dunklen Wolken ein Regenschauer ergoss, der die mit Blut getränkte Erde aufweichte, warfen die drei Gefährten sich in den Kampf.

Sie kämpften und töteten, hackten sich mit Dänen durch die Reihen der Feinde. Sie schlugen mit Schwertern und Streitäxten eine Schneise, bis sie zu einem dänischen Schildwall gelangten, sich einreihten und darin zu Graufell vordrangen.

Da war es. Da war das Schwert Gottes, wie Gold-Harald es genannt hatte, weil angeblich die Nägel des gekreuzigten Jesus in den Stahl geschmiedet und seine Fußnägel unter dem Griff versteckt worden waren. Was eine gute Geschichte für ein Schwert war. Eine Geschichte, die nichts mit der Wahrheit zu tun haben musste, aber gut genug war, um Angst und Schrecken zu verbreiten. Als Hakon Graufell mit dem Schwert kämpfen sah, lief ihm ein Schauer über den Rücken. Jetzt brauchte er Gold-Haralds Klinge, denn Graufell kämpfte tatsächlich wie ein Gott, wie ein Kriegsgott. Er war nicht so groß wie Ketil, aber größer als viele andere Männer. Er trug ein Kettenhemd und einen Helm mit Nasal, unter dem sein grauer Bart hervorquoll.

Graufell hatte sechzig oder siebzig Krieger um sich geschart, darunter einen fetten Munki, der eine Axt mit durchbrochenem Kopf schwang. Die Krieger wüteten unter den Dänen, Graufell in der zweiten Reihe hinter den Schilden, über die er die Klinge durch die von Regen und Sturmwind gepeitschte Luft hieb. Er schlug zu, als würde seine Hand von etwas Unsichtbarem geführt, das dem Schwert eine unbezwingbare Schlagkraft verlieh. Graufell zertrümmerte Helme, spaltete Schilde und Schädel, schlitzte Kehlen und Bäuche auf.

Hakons Schild war von feindlichen Hieben eingerissen. Doch er hatte keine Zeit, sich einen neuen Schild zu suchen, und musste mit zerfetztem Schild und einfacher Eisenklinge gegen den Feind vorgehen. Über Schilde und Helme hinweg sah er Graufell, der auf Dänen eindrosch. Die Klinge war mit Blut verschmiert und sah auf die Entfernung kaum anders aus als andere Klingen. Doch in dem Moment war es Hakon einerlei, ob die Klinge aus Nägeln des gekreuzigten Jesus oder einem Stahl wie Gold-Haralds Schwert geschmiedet worden war.

In diesem Moment war Hakon vom Hass auf den Feind beseelt. Er wollte Rache.

Der Schildwall zog sich wie ein Gürtel aus Holz und Eisen immer enger um Graufell zusammen. Dänenkrieger bestürmten die Feinde von allen Seiten. Jeder getötete oder verwundete Krieger wurde gleich darauf durch neue Männer ersetzt.

Hakon kämpfte mit Ketil in der ersten Reihe. Hinter ihnen schwang Thormar die Streitaxt, hakte sie hinter Schildränder und riss Lücken in den Wall, durch die Hakons und Ketils Klingen fuhren und Männer töteten.

Vor Hakon tauchte ein stämmiger Nordmann auf, mit geflochtenem, dunklem Bart und feurigen Augen, in denen der Irrsinn zu brennen schien. Hakon war nicht klar, ob der Mann ihn erkannte, aber er schrie und lachte und bleckte die Zähne, die er angefeilt und in deren Rillen er eine schwarze Paste geschmiert hatte. Der Mann kämpfte mit einer langstieligen Axt, die er auf Hakon niederfahren ließ und so seinen Schild spaltete, der in der Mitte entzweibrach. Sogleich holte der Kerl erneut mit der Axt aus. Hakon versuchte, ihn mit dem Schwert zu erwischen, doch er verfehlte ihn. Als die Axt erneut niederging, traf sie Hakons linke Schulter. Das Kettenhemd fing den Hieb auf, aber die Wucht schien Hakon fast den linken Arm abzureißen.

Da wurde Hakon von Ketil zur Seite gedrängt. Der Hüne warf sich dem Mann entgegen und fing den nächsten Axthieb mit seinem Schild ab. Hakon spürte brennende Schmerzen in der Schulter, Blut tränkte sein Hemd, doch er schlug weiter mit dem Schwert zu. Dieses Mal traf seine Klinge die rechte Hand des Berserkers und trennte sie vom Unterarm ab. Der Kerl wich zurück. Blut sprudelte aus dem Armstumpf. Er warf seinen Schild fort, zog mit der linken Hand ein Kurzschwert und stürmte erneut nach vorn. Dabei drängte er andere Nordmänner weg. Ketil und Hakon reagierten schnell, sprangen zur Seite und ließen ihn zwischen sich hindurchlaufen – zu Thormar, der den richtigen Moment abpasste, um dem Berserker seine Dänenaxt in die Halsbeuge zu hacken. Der Mann wankte und stolperte zwei Schritte zurück, bevor Hakon ihn tötete, indem er ihm das Schwert in die Seite stieß.

In ihrem eingeschlossenen Schildwall leisteten die Nordmänner erbitterten Widerstand. Allerdings erschwerten Leichen und Verwundete aus den eigenen Reihen ihnen zunehmend den Kampf. Sie mussten über die am Boden liegenden Männer steigen. Dabei stolperten Krieger und rissen Lücken in die Verteidigungslinie.

Im dänischen Schildwall drängte Hakon mit seinen Gefährten erneut gegen die Feinde vor. Vor ihm schrie ein einäugiger Krieger, er werde Hakon die Kehle aufschlitzen, als mit einem Mal Hörner erklangen, deren Laute durch Sturmwind und Kampfgetöse dröhnten. Fortwährend wurden Hörner geblasen, bis die Signale zu den kämpfenden Männern am Ufer durchdrangen.

Über Schildränder und durch das Gewirr schlagenden Stahls sah Hakon den König mit mehreren Heerführern oberhalb der Böschung stehen. Er machte Ketil und Thormar darauf aufmerksam. Auch andere Dänenkrieger schauten irritiert zum König, bevor sie von den Nordmännern zurückwichen.

Als die Hörner verklangen, breitete Blauzahn die Arme aus wie ein Munkipriester bei der Predigt. Eine Sturmböe ließ seinen roten Mantel aufwallen, der an seiner Schulter mit einer goldenen Ringfibel befestigt war. Unter den Heerführern war auch der Rotbart, den Hakon zuletzt auf dem *Seehengst* gesehen hatte. Sein Helm, den vorher Hakon getragen hatte, war eingedellt, das Kettenhemd an mehreren Stellen aufgeplatzt. Er blutete aus einer Wunde auf der Wange.

Als die Kämpfe abflauten, legte Blauzahn die Hände trichterförmig um den Mund und rief: «Harald, Sohn meiner Schwester Gunnhild, beende das Töten! Viele Männer sind an diesem Tag gestorben. Zu viele Männer. Leg dein Schwert nieder!»

Inmitten des Schildwalls standen bei Graufell der fette Munki mit der Axt und ein Mann, der sich an eine Lanze mit Graufells Banner klammerte, als sei es das Letzte, was er jemals halten würde. Was vermutlich auch so war.

Graufell schaute zur Böschung, während der Regen auf ihn niederprasselte. Er atmete keuchend aus offenem Mund und war von Kopf bis Fuß mit Schlamm und dem Blut seiner Gegner beschmiert. Noch bildeten etwa fünfzig Krieger einen engen Kreis um ihn, der letzte Rest des stolzen Heeres, mit dem er an den Limfjord gekommen war, um das Reich seines Onkels zu erobern.

Die Dänen zogen sich weiter von den Feinden zurück. Blauzahn hatte auf der Böschung Bogenschützen aufmarschieren lassen. An die drei Dutzend Männer legten Pfeile auf die Nordmänner an. Graufell war dem Tode geweiht, ergeben wollte er sich dennoch nicht.

«Leg dein Schwert nieder», befahl Blauzahn und wartete auf eine Antwort seines Neffen.

Doch der sagte nichts, sondern rang um Atem und starrte zur Böschung.

Überall ruhten jetzt die Waffen. Nirgendwo am Ufer oder auf dem Fjord wurde noch gekämpft. Verletzte Männer wälzten sich in Blut, Eingeweiden, Sand und grünem Algenschlick. Viele Angreifer, die nicht rechtzeitig geflohen waren, hatten sich ergeben und knieten mit hinter den Köpfen verschränkten Händen vor Dänenkriegern, die ihre Waffen auf sie richteten. Langsam dämmerte den Dänen, dass sie als Sieger aus dieser Schlacht hervorgingen.

Regen trommelte auf Helme und Schilde. Verletzte keuchten und stöhnten. Der Wind fauchte. Aber niemand sagte ein Wort. Alle, egal ob Dänen, Nordmänner oder Sachsen, warteten auf Graufells Reaktion, bis Blauzahn die Geduld verlor und den Bogenschützen ein Zeichen gab. Die Krieger schossen eine Salve auf den eingekesselten Schildwall ab. Pfeile zischten durch die Luft und bohrten sich in Schilde, Beine, Arme und Hälse. Männer stürzten und rissen weitere Lücken in den Schildwall, die schnell wieder geschlossen wurden. Auch der Bannerträger wurde von Pfeilen getroffen. Als er umkippte, fing Graufell die Lanze auf und hielt sie aufrecht. An ihm waren die Pfeile vorbeigeflogen, als sei er von einem unsichtbaren Schutzwall umgeben.

Hatte ihn der Zauber des Schwerts geschützt?, fragte Hakon sich. Oder wollte Blauzahn seinen Neffen etwa verschonen?

Der fette Munki hatte sich hinter Graufell vor den Pfeilen versteckt. Nun kam er aus der Deckung und sprach hektisch auf ihn ein, bis Graufell ihm einen harten Stoß vor die Brust versetzte und der Munki zwischen die Leichen fiel.

Hakon, Ketil und Thormar standen bei einer Gruppe dänischer Krieger, zwanzig Schritt vom feindlichen Schildwall entfernt.

Da endlich erhob Graufell die Stimme: «Was bietest du mir an, wenn ich die Waffen strecke?»

«Der Bastard glaubt wirklich, er könne Forderungen stellen», knurrte Ketil.

«Er wird ein paar ordentliche Schläge auf den Kopf bekommen haben», erwiderte Thormar gepresst. Er versuchte zwar, sich nichts anmerken zu lassen, musste sich aber auf den Schaft seiner Axt stützen, weil die Wunde an seinem Oberschenkel wieder stark blutete.

«Tötet sie», riefen einige Dänen, und andere stimmten ein: «Tötet die Nordmänner!»

«Was bietest du mir an?», fragte Graufell erneut.

Seine Krieger wurden unruhiger. Noch hielten sie die Reihen um ihren König geschlossen, aber vielen Männern war anzusehen, dass sie Schilde und Waffen niederlegen und sich ergeben wollten, in der irrigen Hoffnung, mit dem Leben davonzukommen.

Natürlich gab es sie, die Krieger, die nichts sehnsüchtiger erwarteten, als den Tod in der Schlacht zu finden, um zu den Einherjar zu gehören und von den Valkyrjar für Walhall erwählt zu werden. Aber so, wie es aussah, war im Moment Graufell der einzige Mann, der sich nicht an sein irdisches Leben klammerte. Obwohl der Bastard Christ war.

«Tötet die Nordmänner», brüllten die Dänen.

Blauzahn beriet sich mit seinen Heerführern, bevor er sich an seinen Neffen wandte. Hakon glaubte, seinen Ohren nicht zu trauen, als der König rief: «Ich biete dir freies Geleit. Du kannst gehen und die Männer mitnehmen, die mit dir gekämpft haben.»

Er wollte die Feinde ziehen lassen? Er wollte den Mann ungeschoren davonkommen lassen, der ihn vom Thron stürzen wollte? Dessen Heer Hunderte Dänen getötet hatte?

«Du wirst nach Karmøy zurückkehren», fuhr Blauzahn fort, «und du wirst keine Abgaben von den Schiffen am Inneren Seeweg verlangen. Du wirst die Insel nie mehr verlassen, bis zu deinem Tod ...»

Ketil schüttelte angewidert den Kopf. «Wenn einer zu viele Schläge auf den Kopf bekommen hat, dann wohl Blauzahn.»

«Das ist mein Angebot, wenn du dein Schwert niederlegst», schloss Blauzahn.

Da blitzte in Hakons Kopf ein Gedanke auf: War der Dänenkönig in den Bann von Zauberkräften des Schwerts geraten?

«Freies Geleit für mich und meine Männer?», entgegnete Graufell. Er schien überrascht zu sein, als könne er das Angebot selbst nicht glauben.

«Ergib dich – oder du stirbst», rief der König.

Hakon schob das Schwert in die Scheide. Seine Hand zitterte vor Wut, als er einem Dänenkrieger dessen Speer aus der Hand riss, sich damit in Bewegung setzte und über den aufgewühlten, schlammigen Boden Richtung Schildwall stapfte. Die Schulterwunde blutete, aber es war die linke Schulter, die er nicht brauchen würde. Als die Nordmänner ihn kommen sahen, als sie sein mit Dreck und Blut beschmiertes und von kurzen, dunklen Strähnen umrahmtes, zur zornigen Grimasse verzerrtes Gesicht sahen, hoben sie ihre Schilde kurz an, doch nur, um sie sogleich wieder sinken zu lassen. Und dann zur Seite zu weichen.

Graufell schaute zur Böschung und bemerkte nicht, wie Hakon näher kam.

Er stieg über die Leiche des Mannes mit den angefeilten Zähnen. Der einäugige Krieger starrte ihn entgeistert an. Und trat vor ihm zurück. Hakon war, während er sich den Feinden näherte, zu keinem klaren Gedanken fähig. Er sah nur Graufell. Sah nur den Feind. Sah das Schwert in dessen rechter Hand am leicht angewinkelten Arm. Sah den Verrat und die Not und das Elend, das Graufell gebracht hatte.

Hakon hörte das Blut in seinen Ohren rauschen, wie die Quelle Hvergelmir unter der Weltesche Yggdrasil. Hörte die Götter lachen. Hörte Odin, der ihn antrieb, ihn aufforderte weiterzugehen, um zu vollenden, was er schon vor langer Zeit hätte tun müssen. Der ihn mit der Aussicht auf einen Platz an seiner Tafel lockte, mit Met aus goldenen, nie versiegenden Hörnern.

Hakons Blick war fest auf Graufell gerichtet, als er an zurückweichenden Nordmännern vorbei ins Innere des mit Leichen übersäten Schildwalls ging. Der Speer hob sich wie von selbst in seiner Hand. Niemand hielt ihn auf.

Graufell, der mit der rechten Seite zu Hakon stand, hatte ihn noch immer nicht bemerkt.

Wie aus weiter Ferne drang Blauzahns Stimme zu Hakon durch. Der König rief ihm zu, stehen zu bleiben, drohte, ihn zu töten. Die Bogenschützen legten auf Hakon an.

Da drehte Graufell sich zu ihm um. Das Schwert zuckte in seiner Hand. Doch schon holte Hakon aus und warf den Speer. Er war nur fünf Schritte entfernt. Der Speer schoss in gerader Flugbahn auf Graufell zu, der das Schwert hochriss, doch nicht schnell genug. Hakon hatte die ganze Kraft seines Arms in den Wurf gelegt. Die eiserne Spitze bohrte sich unterhalb des rechten Schlüsselbeins in Graufells Brust. Das Kettenhemd mochte den Aufschlag gedämpft haben, abwehren konnte es den Speer nicht.

Durch die Wucht des Speeres wurde Graufell zurückgeschleudert. Die Lanze entglitt ihm, und das Banner fiel auf einen Leichenhaufen. Aber er behielt das Schwert in der Hand.

Hakon kam näher, während Blauzahn seinen Namen rief. Doch die Worte des Königs gingen unter in den Jubelrufen der Dänen. «Töte ihn! Töte ihn!»

Wie ein Narwalzahn ragte der Speerschaft aus Graufells Brust hervor. Es bereitete ihm sichtlich Schmerzen, das Schwert anzuheben, dennoch gelang es ihm. Hakon zog sein Schwert aus der Scheide und parierte mit der Eisenklinge, als Graufell nach ihm schlug. Er mochte schwer verwundet sein, aber der Hieb hätte Hakon die Klinge beinahe aus der Hand gerissen.

«Töte ihn», brüllten die Dänen.

Die Stimme des Königs war nicht mehr zu hören.

Graufell schlug erneut zu. Hakon wich der zischenden Klinge aus und hieb mit seinem Schwert nicht nach Graufell, sondern nach dem Speer. Als er den Schaft traf, wurde Graufell daran zur Seite geworfen, drehte sich um die eigene Achse und wankte kurz, bevor er über den Munki stolperte, der sich zwischen die Leichen duckte.

Graufell lag nun rücklings über dem Munki. Noch immer hielt er das Schwert fest in der Hand. Er richtete die Klinge auf Hakon, der ihn langsam umkreiste. Graufell musste sich mitdrehen, um die Klinge gegen Hakon zu richten.

Da bewegte der Munki sich unter Graufell, um ihn von sich wegzudrücken, wodurch der zur Seite rutschte. Hakon nutzte seine Gelegenheit und schlug mit der Eisenklinge Graufells Schwerthand ab. Die Klinge fiel zu Boden. Blut pumpte aus dem Stumpf. Graufell griff mit der linken Hand zum Speer, um sich den Schaft aus der Brust zu ziehen und ihn als Waffe gegen Hakon zu richten.

«Töte ihn! Töte ihn!»

Die Rufe hallten in Hakons Ohren wider, als er das mit den Nägeln des gekreuzigten Gottes geschmiedete Schwert aufnahm, die abgetrennte Hand vom Griff löste und Graufell die Klingenspitze auf das Kettenhemd über der linken Brust setzte.

Graufells Hand rutschte vom Speerschaft ab. «Ich ergebe mich», keuchte er. «Hörst du, Jarl, ich ergebe mich dem König...»

Hakon legte beide Hände um den Schwertgriff und stützte sich mit dem Oberkörper darauf. Er spürte, wie Kettenglieder nachgaben. Spürte, wie Eisenringe aufsprangen. Wie die Klinge in Graufells Brust fuhr. Er legte sein ganzes Gewicht auf das Schwert. Die Klinge durchbohrte Graufells Herz, und er trieb den

Stahl bis zur Parierstange durch Graufells Körper in den unter ihm schreienden Munki.

Hakon lag fast auf Graufell. Er roch den stinkenden Atem aus dessen Mund, aus dem die Luft zischend entwich wie aus einem geplatzten Schweinemagen. Er starrte in Graufells Augen und hielt den Griff des Schwerts fest umklammert.

«Jetzt kannst du dich ergeben», flüsterte er.

8.

Limfjord

Am Abend nach der Schlacht gingen Hakon und Ketil von Bord des *Wogengleiters*, den sie begutachtet und festgestellt hatten, dass das Schiff seetüchtig war. An Land nahmen sie Thormar in ihre Mitte und stützten ihn auf dem Weg nach Hals. Ketil hatte zunächst Thormars Wunde verbunden und das Bein mit einem abgebrochenen Speerschaft geschient, bevor er sich um Hakons Wunde gekümmert hatte.

Vom Fjordufer wehte ihnen dunkler Rauch entgegen. Am Nachmittag hatten Dänen trockenes Brennholz aus der Siedlung herbeigeschafft, weil das Holz in den Wäldern feucht vom Regen war. Den getöteten Feinden hatten die Sieger Waffen, Gürtel, Fellkappen und Taschen abgenommen, hatten ihnen Kleider und Schuhe ausgezogen und alles in der Siedlung zusammengetragen. Später würden die Beutestücke gesichtet und unter den Siegern aufgeteilt werden, ebenso wie die erbeuteten Schiffe. Die Bonden, die Schiffe verloren hatten, sollten dabei zuerst bedacht werden.

Die Leichen der Feinde wurden auf Scheiterhaufen gelegt und mit den Schilden der Besiegten bedeckt. Dann wurde das Holz angezündet. Bevor das verwesende Fleisch Ungeziefer anlockte und Krankheiten sich verbreiten konnten, mussten die Toten verbrannt werden. Jetzt loderten die Leichenfeuer. Schwarzer Rauch stieg weithin sichtbar in den Abendhimmel auf und verbreitete den Geruch des Todes.

Ihre eigenen Leute, die in der Schlacht auf den Schiffen und am Land ihr Leben gelassen hatten, bestatteten die Dänen oder bereiteten die Leichen für den Heimtransport auf die Höfe vor, wohin auch gefangene Nordmänner und Sachsen als Sklaven gebracht wurden.

Skeggi konnte Hakon nicht mitnehmen, der war bei Rán geblieben. Er hatte Skeggi von klein auf gekannt. Es tat ihm in der Seele weh, dem Freund und Ziehbruder den letzten Dienst nicht erweisen und ihn ehrenhaft bestatten zu können.

Die Gefangenen konnten sich noch glücklich schätzen. Viele der lebend überwältigten Feinde waren enthauptet und ihre Köpfe auf Speere gespießt worden, die nun am Fjordufer aufragten und dort stehen würden, bis Vögel ihnen die Augen ausgepickt hatten und das Fleisch von den Knochen gefault war. Die Schädel waren ein Opfer für die Götter und verhöhnten die Feinde, die sich anmaßten, in das Land einzufallen.

Jenseits der Landestelle, an der die Schiffe zu Dutzenden dicht an dicht lagen, kreisten Möwen über den Opferstangen und stritten mit Krähen um die besten Brocken. Auch Raben waren gekommen, die Totenvögel, die Vögel der Götter, und labten sich am Fleisch. Hakon dachte, dass, wenn der Allvater Odin nicht selbst Zeuge der Schlacht gewesen sein sollte, ihm die Raben vom Sieg der Dänen über das Heer der Nordmänner und Sachsen berichteten.

Ihr Weg führte Hakon, Ketil und Thormar zu einer großen Scheune, die Blauzahn für die Dauer seines Aufenthalts in Hals beschlagnahmt hatte. Vor dem Tor drängten sich Hunderte Menschen. Drinnen war es warm, laut und stickig. Hausfeuer brannten. Man hatte alle Tische und Bänke, die in der Siedlung aufzutreiben waren, in der Scheune und auf dem Platz davor aufgestellt.

Als Hakon von den Dänen erkannt wurde, begannen sie ihm zuzujubeln. «Hakon Jarl», riefen sie. Denn so nannten sie ihn jetzt, als sei der Jarl Teil seines Namens. Alle waren der Meinung, so solle der Bezwinger ihrer Feinde von nun an heißen.

Die Dänen bildeten eine Gasse und ließen ihn und seine Gefährten in die überfüllte Scheune vorgehen. Von allen Seiten empfing er Glückwünsche. Männer versuchten, Graufells Schwert zu berühren, das in der Scheide an Hakons Gürtel hing.

Hakon nahm die Aufmerksamkeit, die ihm zuteilwurde, mit gemischten Gefühlen zur Kenntnis. Es behagte ihm nicht, im Mittelpunkt des Interesses zu stehen.

Er wollte nur eins: so schnell wie möglich nach Hladir zurückkehren.

Doch seine Hoffnung, in der Scheune unbehelligt zu einem Platz zu kommen, erfüllte sich nicht. Als er eintrat, verstummten alle Gespräche. Zunächst erhoben sich die Männer beim Eingang, dann auch fast alle anderen.

«Hakon Jarl», riefen die Dänen. «Hakon Jarl!»

Sie feierten ihren Helden, feierten Hakon; nur ein Mann feierte ihn nicht.

König Harald Blauzahn versank in seinem Hochstuhl. Er saß bei den Heerführern, unter denen der Rotbart und Harald der Grenländer waren. Auch Sigtrygg, der Wagrierfürst, saß dabei. Hakon jedoch wurde vom König mit finsteren Blicken bedacht, während man ihn, Ketil und Thormar durch das Gedränge zu einem Tisch in der Nähe der Königstafel brachte.

Blauzahn nahm den Blick auch nicht von Hakon, nachdem er mit seinen Gefährten die zugewiesenen Plätze eingenommen hatte.

«Auf dem Hochstuhl solltest eigentlich du sitzen, Jarl», knurrte Ketil. «Wer hat den Dänen denn zum Sieg verholfen? Etwa der Rotbart oder der Grenländer? Oder der König, der sich in einem Fuchsbau verkrochen und an Regenwürmern gelutscht hat, während du die Flotte geführt hast?»

«Lass gut sein», entgegnete Hakon. «Ich habe nicht damit gerechnet, dass wir überhaupt geladen werden.» Dass der König ihm keinen Platz an seiner Seite einräumte, war ein deutliches Zeichen, dass Hakon in Ungnade gefallen war.

Seit er Graufell getötet hatte, hatte Blauzahn kein Wort mit ihm gesprochen. Es war fraglich, ob der König sich noch an die Abmachung halten würde, die sie in Jelling getroffen hatten und die ihm die Herrschaft über die Länder am Nordweg gab. Doch die Dänen feierten Hakon, und Blauzahn ließ sie gewähren, ließ sie den Mann feiern, der seinen königlichen Befehl missachtet hatte.

Für einen Augenblick wandten die Dänen sich wieder ihren Gesprächen zu, aßen Brot, Käse und Fleisch, tranken Bier und Met. Stolz zeigten sie ihre Wunden vor, prahlten mit gewonnenen Zweikämpfen und schwärmten von Ruhmestaten ihrer gefallenen Verwandten und Freunde. Man war sich einig, dass Odins Halle sich an diesem Tag ebenso schnell füllte wie die Scheune. Frauen der Dorfbewohner, Diener und Sklavinnen schleppten Getränke heran, füllten Becher und Trinkhörner und tischten Speisen auf.

Doch dann, während Blauzahn schweigend an seinem Trinkhorn nippte, sagte ein Däne: «Zeig uns das Schwert, Hakon Jarl!» Daraufhin forderten auch die anderen Dänen, die geheimnisvolle Klinge zu sehen. Nach der Schlacht hatte es die wildesten Gerüchte gegeben. Graufell habe mit dem Schwert mindestens einhundert Dänen erschlagen, unbesiegbar sei er gewesen, weil der Christengott höchstselbst das Schwert geführt habe. Einige Männer wollten gar wissen, dass der Sohn des Christengottes nur aus dem einen Grund ans Kreuz genagelt worden war, um den Eisennägeln göttliche Kraft zu verleihen und damit das Schwert zu schmieden.

Da die Dänen keine Ruhe gaben, willigte Hakon schließlich

ein. Er erhob sich, zog das Schwert aus der Scheide und hielt es in die Höhe. Jubel brandete auf.

Flackernder Feuerschein spiegelte sich auf dem zweischneidigen Stahl. Die aus verflochtenen Eisendrähten geschmiedete Klinge schimmerte in den Farben des Regenbogens. Es war in der Tat ein wundervolles Schwert, dessen Klinge mit einer flachen Hohlkehle versehen war, sodass sie breit und lang und trotzdem leicht war. In Knauf und Parierstange waren Gold und gezwirnte Silber- und Kupferdrähte eingelegt.

«Hakon Jarl», riefen die Dänen. Einer der Männer schrie: «Zeig uns die Fußnägel des Christengottes!»

Sogar der König vergaß das Trinken und beugte sich im Hochstuhl vor.

«Mach schon, Jarl», sagte Ketil. «Ich will die dreckigen Fußnägel auch sehen.»

«Ja, zeig sie her», bekräftigte Thormar. «Die Weiber werden mir zu Füßen liegen, wenn sie erfahren, dass der Mann mit dem Zauberschwert mein bester Freund ist.»

«Ich dachte, deine verfluchte Axt ist dein bester Freund», knurrte Ketil.

«Ein Mann kann zwei gute Freunde haben, Munki.»

«Dann bin ich ja erleichtert, dass du mich nicht dazu zählst.»

Die Dänen schlugen mit Fäusten auf die Tische und riefen: «Hakon Jarl – zeig uns die heiligen Fußnägel.»

Es wurde still in der Scheune, als Hakon begann, mit einem Messer den Griff zu lösen. Die Dänen reckten die Hälse. Unter dem Leder wurde die blanke Eisenangel sichtbar. Doch alte Fußnägel gab es keine, stattdessen entdeckte Hakon, als er das Schwert im Feuerschein wendete, Zeichen, die auf beiden Seiten in die abgeflachte Angel geschlagen worden waren.

Hakon stockte der Atem. Diese Zeichen hatte er an einem angeblich vom Christengott geweihten Schwert nie erwartet. Das waren keine christlichen Zeichen, das waren Runen: Auf jeder Seite prangte eine Rune, die mit dem Herrn Jesus so wenig zu tun hatte wie Weihwasser mit Met.

Es war die Rune des einhändigen Kriegsgottes Tyr!

Hakons Mund wurde trocken. Wer auch immer diese Klinge geschmiedet hatte, hatte offenbar nicht im Sinn gehabt, ihrem Träger die Kraft des Christengottes zu verleihen.

«Dieses Schwert», sagte er in die angespannte Stille hinein, «dieses Schwert ist nicht das Schwert des Christengottes. Es ist das Schwert der Götter. Unserer alten Götter!»

Nach einem Moment atemlosen Schweigens brachen die Dänen in Jubel aus. Sie hämmerten mit Fäusten, Bechern und Messergriffen auf die Tische und priesen den Tag der siegreichen Schlacht. Priesen Hakon Jarl. Verhöhnten die Munkis und ihren schwachen Gott, der nicht einmal ein eigenes Schwert hatte. Hakon gab es seinen Gefährten. Ketil und Thormar betrachteten staunend die Zeichen und die Klinge, bevor sie das Schwert an die Dänen weiterreichten, die es ebenfalls berühren wollten.

Aus den Augenwinkeln sah Hakon, wie Blauzahn sich aus dem Hochstuhl erhob, die Fäuste auf dem Tisch abstützte und sich leicht nach vorn beugte. Sein grauer Bart zitterte, und wenn das flackernde Licht Hakon keinen Streich spielte, dann lächelte der König.

Als die Nacht lange hereingebrochen war, war Hakon es irgendwann leid, dieselbe Geschichte immer wieder zu erzählen, sodass er es dankbar Thormar überließ. Der schmückte die Erzählung mit allerlei Wundertaten aus, um seine eigene Rolle bei der Seeschlacht und insbesondere beim Kampf gegen Graufell auf eine nahezu göttliche Stufe zu heben.

«Natürlich wusste ich, dass es kein Schwert des Christengottes ist», berichtete er den Männern, die sich um seinen Tisch drängten. «Daher habe ich dem Jarl auch geraten, den Schleimschiss Graufell anzugreifen, während ich selbst den Kriegsgott Tyr beschwor und ihm opferte, indem ich mir einen glühenden Spieß in den Schenkel rammte, ohne dabei auch nur den geringsten Schmerz zu spüren.»

«Woher hattest du da unten am Fjord einen glühenden Spieß?», fragte jemand.

Die Antwort darauf hörte Hakon nicht mehr. Er war in Gedanken in Hladir. Je mehr er über das Schicksal seiner Verwandten und Freunde grübelte, umso nachdenklicher und stiller wurde er. Und umso schlechter wurde seine Laune, und umso mehr trank er.

Von einem Krieger, der in Graufells Truppe gekämpft hatte, hatte er erfahren, dass niemand wusste, was mit Malina und den anderen geschehen war, nachdem sie vor Graufell geflohen waren. Einmal seien sie angeblich beinahe gefasst worden, bevor sich ihre Spur endgültig verloren habe. Hakon war geneigt, dem Mann, der um sein Leben gebettelt hatte, mehr Glauben zu schenken als Gold-Harald. Malinas Tod war also ebenso gelogen, wie Gold-Haralds Freundschaft eine einzige Lüge gewesen war. Dennoch war er es gewesen, der Hakon von dem Schwert erzählt und die Aufmerksamkeit überhaupt erst auf den Griff gelenkt hatte.

Hakon wurde nicht schlau aus dem Mann, der ein Bündnis mit seinem Onkel geschlossen und sich dann mit dem Feind eingelassen hatte. Ob er den Verrat von Anfang an geplant hatte? Und hatte er Hakon tatsächlich warnen wollen? Hakon würde es wohl nie erfahren. Die Antworten hatte Gold-Harald mit auf den Grund des Fjords genommen.

Eine laute Stimme riss Hakon aus den Grübeleien. Blauzahn hatte sich erhoben, in der Hand das mit Met gefüllte Horn.

Ketil knuffte Hakon in die Seite. «Bist du eingeschlafen?»

«Vielleicht.»

«Du solltest Blauzahn zuhören.» Ketils Blick war glasig.

Auch Hakon war nicht mehr nüchtern. Er sah den König schon doppelt.

In der Scheune waren die Gespräche verstummt. Sogar Thormar hielt den Mund. Er hatte sich eine junge Frau, vielleicht eine Dienstmagd, auf den Schoß gezogen.

«Der Alte hat deinen Namen genannt», sagte Ketil.

«Will er mich rauswerfen?», fragte Hakon.

«Das wird er nicht wagen. Für die Dänen bist du ein verdammter Held.»

«Das ist mir egal.»

«Bist du betrunken?»

«Was macht das für einen Unterschied?»

Er hörte Blauzahn von Abmachungen und Zugeständnissen sprechen, während er mit dem Trinkhorn auf Harald den Grenländer zeigte, der kerzengerade neben Blauzahn saß und aussah, als schwelle ihm der Kamm wie bei einem eitlen Gockel.

«... verleihe ich Harald, Sohn des Gudröd, die Königswürde über die Vingulmark, Vestfold und Agdir», sagte Blauzahn. «Dort soll Harald von nun an herrschen mit allen Rechten und Pflichten, die seine Verwandten hatten ...»

Dann wanderte das Trinkhorn in Hakons Richtung.

«Hör zu, Mädchen, jetzt kommt's», schnarrte Thormar, nahm seine Hand von ihren Brüsten und griff nach seinem Becher. «Jetzt erfährst du, was für ein Mann mein Jarl ist.»

«Harald Graufell Eiriksson war der Sohn meiner Schwester Gunnhild», fuhr Blauzahn mit einer Stimme fort, die vom Met getrübt war. Aber vielleicht bildete Hakon sich das nur ein.

«Harald Eiriksson war mein Ziehsohn, mein Kniesasse. Daher wollte ich ihn mit dem Leben davonkommen lassen. Er sollte ein erbärmliches Dasein in der Verbannung fristen. Ein so ehrloses Leben in Armut ist grausamer als der Tod, den der Jarl ihm geschenkt hat.»

Die Blicke richteten sich auf Hakon. Als er sich umschaute, bemerkte er beim Scheunentor zwei Gestalten, deren Gesichter unter tief herabgezogenen Kapuzen verborgen waren, obwohl die Feuer die Scheune aufgeheizt hatten wie eine Schwitzhütte. Oder sah er schon wieder doppelt? Er kniff die Augen zusammen. Als er sie wieder öffnete, waren die Gestalten verschwunden.

«Dennoch werde ich mich gegenüber jenem Mann, Hakon Sigurdsson, den man nun Hakon Jarl nennt, erkenntlich zeigen», hörte er den König sagen. «Die Königswürde soll ihm verwehrt bleiben, aber die anderen getroffenen Abmachungen sollen eingehalten werden, obwohl er sich meinem Befehl widersetzt hat. An diesem Tag, der ein großer Tag für alle Dänen ist, setze ich den Jarl als Herrscher über Rogaland, Hördaland, Sogn, den Fjordgau, Sunmoer, Raumsdal und Nordmoer und natürlich Thrandheim ein.»

Die Dänen tranken auf Hakon.

«Der Jarl wird alle Landabgaben für sich behalten, was er bislang ohnehin getan hat. Dadurch soll ein erneuter Streit zwischen Dänen und Nordmännern vermieden werden. Das geschlossene Bündnis wird beibehalten. Die Dänen werden den Menschen am Nordweg beistehen, so wie die Nordmänner uns im Kriegsfall mit Männern, Waffen und Schiffen beistehen.»

Die Männer im Saal tranken erneut.

Hakons Hand verkrampfte sich auf dem Tisch um seinen Becher.

«Hast du nicht gehört, Jarl?», raunte Ketil. «Er verlangt keine Abgaben.»

«Aber er will unsere Krieger, und die wird er bald brauchen.»

«Bei den Göttern, Jarl, wenn man dir eine Handvoll Goldstücke hinhält, suchst du darin zuerst nach dem Krümel Dreck ...»

«Durch die Schlacht hat er sich die Sachsen wieder zu Feinden gemacht.»

«Siehst du, Mädchen», hörte Hakon Thormar sagen. «Der Jarl ist reich, und dann bin ich es auch. Ich bin sozusagen sein Bruder und Ratgeber.»

Thormars Hand schob sich unter der Tunika zwischen ihre Beine, woraufhin das Mädchen schnell sagte: «Ich muss arbeiten, mein Vater ...»

«Hab dich nicht so – du wirst meine Braut, weißt du, ich nehm dich mit nach Hladir.»

«Halt den Mund, Däne», knurrte Ketil. «Siehst du nicht, dass der Jarl nachdenkt. Was werden wir nun tun, Hakon?»

«Wir fahren nach Hladir.»

«Und wann brechen wir auf?»

Das Mädchen wand sich auf Thormars Schoß wie ein Aal, während er versuchte, ihr schmatzende Küsse aufs Gesicht zu drücken.

«Morgen früh», antwortete Hakon. «Ich werde den König um eine Mannschaft bitten und dann mit dem *Wogengleiter* ...»

In dem Moment nahm er einen Schatten wahr, der sich hinter der Bank in seine Richtung schob. Er dachte, es sei ein Diener, und drehte sich etwas zur Seite, um ihm den Becher zum Nachfüllen hinzuhalten, als er in der linken Schulter einen stechenden Schmerz spürte, wo die Axt des Einäugigen ihn getroffen hatte.

Er wirbelte herum, sah die Faust mit dem Messer, das bis zum Heft in seiner Schulter steckte. Und begriff, dass das Messer in seinem Nacken stecken würde, wenn er sich nicht bewegt hätte. Das Gesicht des Messerstechers war unter einer Kapuze verborgen. Aber Hakon war sofort klar, wer ihn töten wollte. Als der Junge das Messer aus der Schulter zog, um erneut anzugreifen, warf Hakon sich nach hinten. Eine sinnvollere Gegenwehr fiel ihm in seinem von Bier und Met benebelten Kopf nicht ein. Er prallte mit dem Rücken gegen den Jungen und brachte ihn zu Fall.

Der Junge versuchte, sich unter ihm zu befreien. Er musste verrückt geworden sein, wenn er das nicht längst war. In der Scheune waren Hunderte Männer, da würde er nie lebend herauskommen. Aber vielleicht hatte er das auch gar nicht vor. Der Junge wand sich unter Hakon, der versuchte, sich zu ihm umzudrehen, um die Messerhand greifen zu können. Da stach der Junge erneut zu und erwischte Hakons linke Hand, mit der er das Messer abwehrte.

Dann war Thormar da und plumpste wie ein prall gefüllter Getreidesack auf Hakon und den Jungen und begrub beide unter sich. Er schob Hakon zur Seite und bekam den Jungen zu greifen, dem er die Hand mit dem Messer so hart auf den Rücken drehte, dass es zu Boden fiel.

Hakon kam auf die Füße. Die Kapuze war dem Jungen vom Kopf gerutscht, während er in Thormars Griff zappelte. Von allen Seiten eilten Männer herbei. Krieger richteten Schwerter auf den Jungen.

Hakons Kopf drehte sich, während er versuchte, seine Gedanken zu ordnen. Er hatte eine Schlacht gewonnen, seinen Erzfeind Graufell getötet, und jetzt wäre er beinahe von Auds Mörder hinterrücks erstochen worden, während ein von Göttern geschmiedetes Schwert nutzlos in der Scheide an seinem Gürtel baumelte.

«Ich brauche ihn lebend», stieß er keuchend aus.

9.
·•·

Limfjord

Die Kröte hat Aud sterben lassen», schnaubte Ketil. Er stapfte auf den Jungen zu und ballte die Hände zu Fäusten, diese verdammt großen Fäusten, die einen ausgewachsenen Mann mit einem Schlag ins Reich der Hel beförderten.

Hakon stellte sich ihm in den Weg. «Lasst mich allein mit ihm.»

Der Junge saß in einem Geräteschuppen in der Nähe der Scheune, wo er an einen Stützpfosten gekettet worden war. Die Krieger, die ihn hergebracht hatten, hatte Hakon bereits fortgeschickt. Nun wollte er, dass auch Ketil und Thormar verschwanden.

«Wir müssen den Bettnässer töten», fauchte Ketil. «Ich reiße ihn in Stücke und verfüttere seine Eingeweide an die Schweine, und seinen Schädel spieße ich auf eine Lanze ...»

«Ich hab gesagt, ihr sollt mich mit ihm allein lassen.» Hakon wandte sich ab und steckte die Fackel, die er aus der Scheune mitgenommen hatte, in eine Halterung am Stützpfosten.

«Komm schon, Munki», sagte Thormar, der, um sein Bein zu entlasten, bei der Brettertür an der Wand lehnte. «Der Jarl wird seine Gründe haben. Außerdem muss ich das Mädchen wiederfinden.»

Ketil beachtete Thormar nicht. «Die kleine Kröte wollte dich umbringen, Jarl, und das nicht zum ersten Mal. Mit dem lass ich dich nicht allein. Der bringt's fertig und befreit sich aus den Ketten, der ist doch wahnsinnig.»

Doch Hakon zeigte auf die Tür, bis Ketil schließlich schnaubend davonschob. Thormar humpelte hinter ihm her. Als die Tür zugefallen war, zog Hakon einen verstaubten Schemel vor den Jungen und setzte sich. Bislang hatte er keinen Ton gesagt, weder in der Feierscheune noch danach. So wie Hakon ihn einschätzte, würde er auch weiterhin nichts sagen, zumindest nicht freiwillig.

An den mit Spinnweben überzogenen Schuppenwänden lehnten Schaufeln, Sensen, Beile und Handpflüge. Auf Hängeborden lagen allerhand Sicheln, Messer und andere Geräte, mit denen man, wenn man sie richtig einsetzte, jeden zum Reden bringen konnte.

Hakon verabscheute den Jungen und würde nichts lieber tun, als ihn zu töten. Aber er brauchte ihn. Noch brauchte er ihn.

Er konnte sich zusammenreimen, wie der Junge vom Schiff herunter und zur Scheune gekommen war. Seine Kleider waren durchnässt und die Stiefel mit Schlamm beschmiert. Entweder war das Schiff gekentert, oder er war von Bord gesprungen, als es die Mündung passierte, und dann an Land geschwommen.

Hakon beugte sich auf dem Schemel vor, stützte die Ellenbogen auf die Oberschenkel und verschränkte die Hände. Er verspürte ein unangenehmes Ziehen in der linken Schulter. Es war nur ein kleines Messer und die Wunde nicht tief. Doch der Stich wäre tödlich gewesen, wenn er Hakons Genick getroffen hätte.

Er betrachtete den Jungen, der auf seine ausgestreckten Füße starrte und in Gedanken ganz woanders zu sein schien. Die Frage, warum er ihn töten wollte, stellte Hakon ihm nicht. Antworten hätte er sowieso keine erhalten. Er musste anders vorgehen, denn mit Druck kam er bei dem Burschen nicht weit.

Daher sagte er in der Sprache der Sachsen: «Liska ist ein schöner Name für ein Mädchen. Ich glaube, Liska war ein wundervolles Kind.»

Die Worte zeigten die erhoffte Wirkung. Der Junge schreckte

wie aus einem bösen Traum hoch und starrte Hakon mit offenem Mund an.

«Liska muss ein schlaues Kind gewesen sein», fuhr er fort. «Ich verstehe die Sprache, mit der du aufgewachsen bist, die Sprache, die die Wagrier und andere Abodritenstämme sprechen. Und Liska bedeutet Fuchs, von dem man sagt, er sei ein schlaues Tier.»

Er vermied es, den Jungen direkt anzuschauen, sah ihn aber gierig nach Luft schnappen.

«Deine Mutter ist zu früh gestorben. Daher musste euer Vater euch allein durchbringen, dich und deine Schwester, bis der Winter kam. Der schreckliche Winter. Ich weiß, dass du Schnee hasst. Dass du dann an Blut denken musst. Das Blut, das rot in den Schnee tropft. Ihr Blut, Liskas Blut.»

Hakon hörte Kettenglieder rasseln. Der Junge knetete seine Finger, als wolle er sie sich einzeln ausreißen. Um sich Schmerzen zuzufügen. Um sich nicht erinnern zu müssen.

Obwohl Hakon ihn hasste für das, was er Aud angetan hatte, glaubte er, sich in ihn hineinversetzen und fühlen zu können, wie ihm zumute sein musste. Hakon hatte mit ansehen müssen, wie seine erste Frau Thora, Eiriks Mutter, umgebracht wurde. Viele Jahre war das her, aber seitdem war kein Tag vergangen, an dem er nicht daran denken musste. Das bekam er nicht aus dem Kopf, niemals.

Auch bei dem Jungen hatte das Schicksal grausam zugeschlagen. Das hatte Hakon vom Erzbischof erfahren. Die ganze Geschichte hatte der Munki ihm erzählt.

«Es war kalt in jenem Winter», sagte Hakon. «So kalt, dass die Vögel auf den Bäumen erfroren. Du warst elf Jahre alt, Liska war acht.»

So alt wie Aud, dachte er.

«Eure Vorräte waren aufgebraucht. Die Menschen auf der

Burg haben euch nichts gegeben, nicht einmal Abfälle, mit denen sie ihre Schweine füttern. Die Wagrier haben deinen Vater, den Christenpriester, abgelehnt. Als du mit dem leeren Eimer in eure Hütte heimkamst, hat dein Vater geweint, weil er wusste, dass ihr verhungern müsst. Auch deine Schwester hat geweint, vielleicht hat sie geahnt, was geschehen würde ...»

«Hör auf», rief der Junge. Er hatte die Hände zum Kopf gehoben, um sich die Ohren zuzuhalten. Aber die Eisenfessel zwischen seinen Händen war zu kurz, als dass er beide Ohren zugleich erreichen konnte.

«Als du am nächsten Morgen aufgewacht bist, war Liska fort. Da hast du dir noch keine Sorgen gemacht, weil sie oft früher aufstand als du. Dann hast du gehört, wie jemand in der Kochnische hantierte. Und du hast es gerochen, das Essen. Das Fleisch!»

Der Junge stieß einen gequälten Laut aus und jammerte wie ein geprügelter Hund.

«Dein Vater hat aus dem Kessel über dem Feuer Brühe in deine Schüssel geschöpft, eine Brühe mit Fleischstücken. Du bist fast wahnsinnig geworden vor Hunger, aber du musstest warten, denn die Brühe war kochend heiß. Du hast gepustet und gepustet. Dann hast du die Hände deines Vaters gesehen, das Blut ...»

«Hör auf», kreischte der Junge. «Hör auf! Hör auf!» Er riss an den Ketten, trat mit den Füßen nach Hakon. Doch der Schemel war zu weit entfernt.

«Dein Vater hat behauptet, ein verendetes Wildschwein im Wald gefunden zu haben. Ich vermute, du hast ihm geglaubt. Dann hast du die Brühe heruntergeschlungen. Die Brühe mit den Fleischstücken. Hast du dich nicht gewundert, wo Liska ist? Wo das kleine Mädchen ist, dessen Haut weiß wie Schnee und Haar blond wie Gold war?»

So blond wie Auds Haare waren, dachte Hakon. Ihr Bild tauchte vor seinem inneren Auge auf, das Bild seiner Tochter, die spielte und lachte und neckte und sich am Leben erfreute. Bei den Gedanken verkrampften sich seine Hände. Er biss die Zähne zusammen, bis es weh tat.

Dann sagte er: «Dein Vater hat behauptet, Liska sei in den Wald gegangen, um Holz zu suchen. Allein. Im tiefsten Winter, in dem sogar die Vögel tot von den Bäumen fallen. Doch du hast dich nicht gewundert. Weil du Hunger hattest. Dann hast du ihre Sachen gefunden, ihre Kleider und ihre Schneeschuhe. Hast du es da gewusst? Oder erst, als du im Anbau hinter der Hütte das blutverschmierte Beil gefunden hast?»

Der Junge hatte die Beine an seine Brust gezogen, den Kopf zwischen die Knie gepresst und stieß wimmernde Laute aus.

Hakon hob die Stimme an: «Er hat sie getötet. Dein Vater hat Liska erschlagen. Hat sie in Stücke gehackt und sie gegessen. Und du hast Liska gegessen.»

Warum der Erzbischof ihm damals die Geschichte in aller Ausführlichkeit erzählt hatte, war Hakon bis heute unklar. Vielleicht hatte der Erzbischof sein Gewissen erleichtern wollen, indem er es dem Mann gegenüber aussprach, den er hinrichten wollte. Den er den Schweinen zum Fraß vorwerfen wollte.

«Dein Vater wurde zum Menschenfresser, und dafür musste er büßen. Dafür hat der Erzbischof ihn aufhängen lassen. Dafür – und weil dein Vater ein Geheimnis hütete, von dem nur der Erzbischof wusste.»

Der Junge hatte die Ohren noch immer zwischen den Knien. Aber Hakon war überzeugt, dass er ihm zuhörte. Weil er ihm zuhören musste.

«Dein Vater war sein Sohn – er war der Sohn des Erzbischofs», sagte Hakon.

Langsam hob der Junge den Kopf. Das Gesicht glänzte feucht von Tränen.

«Der Erzbischof ist dein Großvater. Er ist ein Geistlicher von

Amt und Würden. Daher durfte niemand wissen, dass er es mit einer Frau getrieben hat. Dass er gesündigt hat, wie die Christen es nennen. Dass er ein Kind gezeugt hat, er, der sein Leben seinem Gott geweiht hat. Er hat mir erzählt, dass er bis heute bereut, das Kind, deinen Vater, nicht gleich nach der Geburt getötet zu haben. Stattdessen hat er ihn in ein Kloster gebracht und zum Priester ausbilden lassen. Doch als dein Vater sich ebenfalls mit einer Frau einließ, hat er ihn fortgeschickt, nach Starigard, wo du auf die Welt kamst. So wie Liska, die tot ist. So tot wie Aud, meine Tochter.»

Der Junge starrte ihn an, starrte und starrte. Sein Blick war verändert, war weicher geworden.

«Von dir möchte ich nur eins wissen», sagte Hakon. «Ich möchte, dass du mir sagst, wo meine Tochter ist. Wo das Mädchen geblieben ist, das dich an Liska erinnert hat. Sie ist tot, aber ich möchte sie nach Hause bringen ...»

Er schluckte schwer und berührte das blanke, kalte Eisen des Schwerts. «Ich möchte das, was von ihr geblieben ist, den Menschen bringen, die sie geliebt haben. Vielleicht verstehst du das.»

Der Mund des Jungen öffnete sich, als wolle er nach Luft schnappen, und dann hörte Hakon ihn sagen: «Sie ist nicht tot ... vielleicht ... lebt sie noch.»

10.

Buvikahof

Die Morgendämmerung versteckte sich hinter dicken Wolken, während Signy an der offen stehenden Hintertür des Buvikahofs Getreide mahlte. Die Mühlsteine schabten und kratzten übereinander, als sie mit einem Mal aus der Halle ein Geräusch hörte. Sie nahm die mit Mehl verstaubten Hände von der Mühle und wischte sie an der Schürze ab. Ihre Finger zitterten.

Er kam zurück.

Sie hörte seine Schritte und dass er etwas auf dem Tisch ablegte, bevor er sich in seinen knarrenden Hochstuhl setzte. Dann war nichts mehr zu hören.

Sie lauschte und erwartete, dass er nach Essen und Bier rief. Doch nichts geschah. Im Haus war es vollkommen still. Seit die letzten Mägde und Knechte den Buvikahof fluchtartig verlassen hatten, waren Signy und Ljot die einzigen Bewohner. Alöf, Ljots alte Mutter, war im Winter gestorben, nachdem sie erfahren hatte, dass ihr Sohn seinen Vater erschlagen hatte. Sie hatte ihn dafür verflucht. Dann war sie tot umgefallen. Einfach so.

Signy hatte Alöf darum beneidet und fragte sich jeden Tag, warum sie selbst nicht die Kraft aufbrachte, sich umzubringen oder fortzulaufen. Vielleicht, weil sie es als Verrat gegenüber ihrer eigenen Sippe empfinden würde, obwohl außer ihr niemand mehr lebte. Aber es gab noch immer den Brimillhof. Es gab die Gräber ihrer Eltern und Brüder und die Erinnerungen an Steinolf, ihren Vater, und an ihre Mutter Herdis und ihre Brüder Bödvar und Fafnir.

Außerdem – wohin hätte Signy fliehen können? Auf den Nachbarhöfen fürchteten sich die Menschen vor Ljot, ja, in ganz Thrandheim zitterten sie vor ihm. Wer hätte den Mut aufgebracht, Signy zu verstecken? Niemand. Ljot stand in Diensten des Königs, der sie Ljot zum Eheweib gegeben hatte, obwohl er Malina nicht erwischt hatte. Dafür hatte er damals den armen Skjaldar gefangen.

Die Hochzeit war noch nicht lange her und Ljot mittlerweile ein reicher Mann. Er war vom König als Verwalter über das Fylke eingesetzt worden. Ljot hatte die Aufgabe sehr ernst genommen und Nachbarn, die versuchten, die hohen Abgaben zu umgehen, verraten. Graufell verlangte die Hälfte von allem, was die Menschen mit Fischfang, Jagdzügen, Viehzucht oder Markthandel erwirtschafteten. Und an jeder Abgabe verdiente Ljot mit.

Zur Hochzeit hatte er Sippen aus der Nachbarschaft eingeladen. Fässer mit Bier und Met waren bereitgestellt worden. Tagelang hatten die Mägde Essen vorbereitet, die Halle geschmückt und gefegt. Doch dann war niemand gekommen. Niemand wollte etwas mit dem Vatermörder und Günstling der Besatzer zu tun haben. Nicht einmal der König selbst oder wenigstens irgendwelche Abgesandten waren gekommen.

Den ganzen Tag hatte Ljot auf Konals Hochstuhl gehockt und gewartet. Signy musste bei ihm sitzen, gekleidet in eine helle Tunika und einen prächtigen Umhang. Im Haar hatte sie einen Kranz aus Trockenblumen getragen. Irgendwann hatte er angefangen zu trinken, während das Essen über dem Feuer verbrannte und in den Kesseln verkochte. Er hatte geschwiegen und getrunken, während Signy bei ihm bleiben musste, bis er irgendwann mit dem Kopf auf der Tischplatte eingeschlafen war. Signy hatte die Mägde und Knechte ins Bett geschickt und den Göttern gedankt, dass Ljot sie in dieser Nacht nicht anfassen würde.

Da noch immer nichts von ihm zu hören war, erhob Signy

sich von der Getreidemühle und betrachtete ihre zitternden Finger. Dann atmete sie tief ein und ging in die Halle.

Er saß mit dem Rücken zu ihr. Sein Haar war zu einem Zopf zusammengebunden. In seinem Nacken glitzerten Schweißtropfen. Als sie neben ihn trat, schien er sie nicht zu bemerken, sondern hielt den Blick auf einen Leinenbeutel gerichtet, der vor ihm auf dem Tisch lag.

Signy verachtete den Mann mehr als alles andere, und es erfüllte sie mit Genugtuung, ihn so verbittert zu sehen, mit verhärmten Gesichtszügen und blutunterlaufenen Augen.

«Willst du Bier?», fragte sie.

Er schüttelte den Kopf, ohne sie anzuschauen.

«Willst du Essen?»

Wieder schüttelte er den Kopf. Es wunderte sie, dass er weder Hunger noch Durst hatte. Vor drei Tagen war er fortgeritten, ohne ihr zu sagen, wohin. Das war nicht ungewöhnlich, manchmal blieb er eine Woche weg und erzählte nie, was er in der Zeit tat. Eigentlich wollte Signy das gar nicht wissen. Vielleicht beobachtete er die Nachbarn, oder er ging zu den Huren in Hladir. Was Signy nur recht wäre.

Er hatte sie nur ein paarmal angefasst, nachdem er sie auf den Buvikahof gebracht hatte. Ganz steif hatte sie sich gemacht, die Augen geschlossen und gewartet, bis er fertig war. Doch bald hatte er das Interesse an ihr verloren. Signy betete jede Nacht, dass sie seine rauen Hände nicht auf ihrer Haut spüren musste.

Als sie sich abwandte, um wieder zur Getreidemühle zu gehen, packte er sie hart am Handgelenk und zog sie auf die Bank am Tisch.

«Wir werden den Hof verlassen», sagte er mit belegter Stimme, als bereite ihm das Sprechen Mühe.

Signy starrte ihn an. «Den Hof verlassen ... warum?»

«Weil der König tot ist.»

Signy schlug sich eine Hand vor den Mund, um ihre Freude nicht herauszuschreien.

«Das gefällt dir, nicht wahr?», knurrte er. «Allen Ratten in diesem Land gefällt das.»

«Was ist denn geschehen?»

«Der verdammte Jarl soll ihn getötet haben.»

«Hakon lebt?», stieß Signy aus.

Es fiel ihr schwer, ihre Erleichterung zu verbergen. Hätte sie doch nur gewusst, was geschehen war! Dann hätte sie Ljots Abwesenheit genutzt, um fortzulaufen. Sie dachte fieberhaft nach, was sie tun konnte. Sie musste Ljot ablenken, bevor er sie zwang, ihn zu begleiten.

«Es gab eine Schlacht mit den Dänen, und sie haben gesiegt», sagte er. «Der Jarl hat Graufell umgebracht. Als ich in Hladir war, haben die alte Gunnhild und ihre Leute gerade ihre Sachen zusammengepackt. Wir können auch nicht in Thrandheim bleiben. Daher habe ich Vorbereitungen getroffen, damit wir noch heute aufbrechen können.»

Als er die rechte Hand nach dem Beutel ausstreckte, bemerkte Signy die Erde und den Ruß auf seinen schmutzigen Fingern. Er zog den Beutel zu sich heran und öffnete ihn, hielt jedoch inne, als durch die angelehnte Haustür von draußen ein Geräusch in die Halle drang. Aber es war nur das Krächzen eines Vogels. Vielleicht eine Krähe oder ein Rabe.

Signy dachte an die offene Hintertür und wollte sich mit der Entschuldigung davonstehlen, ihre Sachen zu packen, als Ljot den Beutel umdrehte und der Inhalt polternd auf den Tisch fiel. Es waren eine Halskette, ein Messer mit langer Klinge und ein silberner Armreif.

Signy rang um Luft, als sie die Sachen erkannte und ihr bewusst wurde, was das bedeutete.

«Du hast ... das Grab ...», stieß sie aus.

«Stell dich nicht so an, Weib. Sie sind tot und brauchen die Sachen nicht mehr, wir aber werden leben ...»

Er kam nicht dazu, den Satz zu beenden. Signy schlug ihm mit der Faust ins Gesicht.

Als er sich zu ihr drehte, rann ein Blutfaden aus seiner Nase. Sie rechnete damit, dass er sie schlagen würde, doch er sagte nur: «Ich werde meinen Hort ausgraben. Dann verschwinden wir von hier ...»

«Du hast das Grab meiner Eltern geschändet», schrie sie. «Du bist reicher als viele andere Männer – weil du ihnen die Abgaben abgenommen hast. Trotzdem bist du so gierig, dass du meine Eltern bestiehlst, du Dreckskerl!» Ihre Angst verwandelte sich in Zorn. Doch als sie erneut zuschlagen wollte, fing er ihre Faust mit einer Hand ab, und er gab ihr einen Stoß, sodass sie nach hinten von der Bank kippte.

Er stand auf und stellte sich über sie. «Ich habe dir befohlen zu packen. Wenn du dich weigerst, mit mir zu kommen, bringe ich dich um ...»

Sie hielt die Hände schützend über ihren Kopf und erwartete seine Schläge, als eine andere Stimme an ihre Ohren drang.

«Wohin willst du denn gehen, Ljot Konalsson?»

Er schaute auf, und ihm entglitten die Gesichtszüge. Signy drehte sich im Liegen zur Haustür und sah sie dort Leute stehen, viele Leute. Einer von ihnen trat vor die anderen. Es war der Sohn des Jarls. Er hatte ein Schwert in der Hand, auf seiner Schulter saß der Rabe. Hinter ihm stand das dunkelhäutige Mädchen, Katla, auch sie war bewaffnet, so wie alle anderen Leute, die jetzt in die Halle drängten.

«Du hättest den Brimillhof nicht in Brand stecken sollen, Ljot», sagte Eirik. «Wir wären gleich nach Hladir weitergezogen, wenn wir den Rauch nicht gesehen hätten.»

«Der Hof gehört mir!» Ljots Stimme überschlug sich fast. An

seinem Gürtel steckte ein Schwert in der Lederscheide. Doch er wagte offenbar nicht, es herauszuziehen.

Als Eirik näher kam, stieß der Rabe ein schauerliches Krächzen aus. Hinter ihnen tauchten noch mehr Leute auf. Signy glaubte, Krieger aus der Haustruppe des Jarls wiederzuerkennen, auch Hauptmann Skjaldar, der sich auf einen Stock stützte. Aber da waren auch Männer von Nachbarhöfen, und alle waren bewaffnet.

Eirik schien um Jahre gealtert zu sein. Die jungenhaften Züge waren aus seinem Gesicht verschwunden. Er wirkte hart und entschlossen.

Ljots rechte Hand bewegte sich zum Schwert, dann zog er es langsam aus der Scheide. Und ließ es zu Boden fallen, bevor er vor Eirik niederkniete und sagte: «Bring es hinter dich.»

Eirik wog das Schwert in seiner Hand, als eine andere Stimme zu hören war und Malina durch die Menschenmenge nach vorn kam. Sie drückte ein in Felle gewickeltes Bündel an ihre Brust.

«Das Thing wird über Ljots Leben entscheiden», sagte sie. «Von nun an sollen wieder Recht und Gesetz in Thrandheim herrschen.»

Da begann das Bündel in ihren Armen zu schreien.

II.

Hammaburg

Die mondhelle Nacht legte sich über die Siedlung und die mit Palisaden bewehrten Erdwälle der Hammaburg. Nur mühsam gelang es Hakon, seine Ungeduld zu zügeln, als sie von Bord eines sächsischen Handelsschiffs auf die Landebrücke stiegen.

Es war eine angenehme Frühlingsnacht. Im Schilf zirpten Grillen. Stechmücken umschwärmten die drei Gestalten, die von der Brücke über den schlammigen, bei Ebbe trockengefallenen Uferstreifen hinauf zu der Siedlung gingen. Fischschuppen glitzerten in den Netzen, die auf Gestellen zum Trocknen aufgehängt worden waren.

Den allgegenwärtigen Fischgeruch nahm Hakon kaum wahr. Sein Blick war auf den Rücken des Jungen gerichtet, der einige Schritte vor ihm und Ketil in einer Gasse zwischen den Hütten verschwand und dann nach rechts abbog. Während sie einer Gasse folgten, die sich bis zur Hammaburg zog, lauschte Hakon auf Geräusche. Auf Schritte oder Stimmen von Soldaten, die nachts durch die Siedlung streiften und Fragen stellen könnten, die Hakon ihnen nicht beantworten würde. Er hatte das Tyr-Schwert gegürtet und würde es einsetzen, wenn sich ihnen jemand in den Weg stellte.

Der Junge zog beim Gehen den Kopf zwischen die hängenden Schultern, als drücke ihn eine schwere Last nieder. Ketil hatte darauf gedrungen, dem Jungen einen Strick um den Hals zu legen, damit er nicht fortlief, sobald sie die Hammaburg erreichten, doch Hakon hielt das für unnötig. Der Junge würde nicht fliehen.

Nicht, nachdem er erfahren hatte, dass der Erzbischof ihn sein Leben lang belogen hatte.

Gleich am Morgen nach der Siegesfeier hatte Hakon den König um ein Schiff gebeten. Mit dem *Wogengleiter* konnten sie nicht zur Hammaburg fahren, ohne neugierige Blicke auf sich zu ziehen. Der König hatte ihm einen Byrding und eine Mannschaft gegeben, die Hakon, Ketil und den Jungen über den Limfjord nach Westen zum Nordmeer brachte und dann an der dänischen Küste entlang bis zur Mündung des Flusses Elba. Dort waren sie an Bord des Handelsschiffs gegangen, das in Salz eingelegte Heringe geladen hatte.

Thormar hatten sie in Hals zurückgelassen, weil er sie mit seiner Beinverletzung nur aufgehalten hätte. Sie würden ihn dort abholen, ihn und den *Wogengleiter*, nachdem Hakon herausgefunden hatte, ob etwas dran war, was der Junge behauptet hatte: dass Aud vielleicht noch lebte. Was der Junge damit meinte, hatte Hakon nicht erfahren. Es konnte vieles bedeuten oder auch gar nichts. Aber er spürte mit jeder Faser seines Körpers, dass er sich beeilen musste. Dass ihm die Zeit davonlief.

Nachdem der Junge das gesagt hatte, war er wieder in stumpfsinniges Schweigen verfallen. Kein Wort war mehr aus ihm herauszubekommen, nicht in Hals und auch während der Fahrt nicht. Nun schlich er durch die Siedlung, gefolgt von Hakon und Ketil, die die Hände an den Schwertgriffen hatten.

Als sie sich dem Ende der Gasse näherten, hinter der der Burgwall aufragte, merkte Hakon, dass Ketil unruhiger wurde. Der Junge brauchte nur den Mund aufzumachen und um Hilfe zu rufen, schon würde es hier von Soldaten wimmeln. Oben auf dem Wehrgang der Hammaburg fing sich Mondlicht auf Helmen und Lanzenspitzen.

Doch als sie auf den Weg unterhalb des Walls stießen, wandte der Junge sich nicht nach links zum Burgtor, sondern nach rechts zum Ufer, das sie kurz darauf erreichten. Im Mondschein erkannte Hakon die Stelle beim Fluss wieder, an der Ketil ihm damals erzählt hatte, dass Aud nicht mehr lebte. Er spürte, wie sich seine Nackenhaare aufstellten, als er den Jungen zu einer Hütte gehen sah, die nicht weit von der Stelle entfernt war. Das windschiefe Gebäude war mit Haufen von Unrat umgeben. Alte Bretter, Fässer und zerfetzte Netze lagen herum. In Fischkisten vergammelten Fischreste. Das Reetdach war mit Moos, Flechten und Unkraut überwuchert.

Hakon wechselte einen Blick mit Ketil, bevor sie an dem Gerümpel vorbei hinter dem Jungen herschlichen, der bei der Hütte auf sie wartete. Er hob die rechte Hand, und Hakon fuhr zusammen, als der Junge laut gegen die Tür klopfte, kurz wartete und erneut klopfte.

Hakon schaute zur Burg und zur Siedlung. Dort schien niemand die Geräusche gehört zu haben. Doch als sich in der Hütte noch immer nichts regte, trat der Junge mit dem Fuß so hart gegen die Tür, dass sie nach innen aufschlug und gegen die Wand krachte, was in Hakons Ohren dröhnte wie ein Gewitterdonner. Der Lärm musste die halbe Siedlung aufgeweckt haben.

Er bekam keine Gelegenheit abzuwarten, ob der Krach Soldaten angelockt hatte, denn der Junge verschwand schon in der Hütte. Hakon trat hinter ihm ein und sah im matten Licht, dass der Boden übersät war mit Trinkschläuchen, Bechern und Schalen, in denen verschimmelte Essensreste klebten. Ein stechender Gestank stieg ihm in die Nase, eine Mischung aus Fäkalien, Schweiß und Erbrochenem.

An den Wänden waren mit Seilen Hängeborde befestigt. Es gab einen kleinen Tisch, eine Kochstelle, und in einem mit fauligem Stroh gepolsterten Bett schnarchte ein Mann. Er schlief auf dem Bauch, vollständig bekleidet in zerschlissenen Sachen, den Kopf zur Wand gedreht.

Der Junge stellte sich vor das Bett und stieß mit der Hand gegen die Schulter des Mannes, der jedoch weiterschnarchte. Erst als der Junge ihm mit der flachen Hand gegen den Hinterkopf schlug, begann der Mann, sich stöhnend zu bewegen.

Hakon zog das Schwert. Ketil hatte seins bereits in der Hand.

Der Mann grunzte und knurrte, drehte sich vom Bauch auf die Seite, hob den Kopf und öffnete die verquollenen Augen. Er schien alt zu sein. Das fleckige Gesicht war von tiefen Furchen durchzogen und sein dünner heller Bart mit Essensresten verklebt. Der Mann sah so erbärmlich aus, wie er stank.

Er setzte sich auf dem Bett auf und schaute den Jungen an. Hakon und Ketil schien er noch nicht bemerkt zu haben.

«Was willst du hier?», knurrte er ungehalten.

Als der Junge schweigend auf das Bett deutete, zuckte der Alte mit den Schultern und sagte: «Bist lange nicht hier gewesen. Mir ist das Geld ausgegangen. Hättest mir mehr davon geben sollen. Und jetzt verschwinde, ich will schlafen.»

Sein Blick fiel auf Hakon und Ketil. «Was sind das für Kerle?», schnarrte er. Seine Stimme klang jedoch nicht mehr so abweisend, sondern vorsichtig, fast ängstlich. «Was wollt ihr hier? Verschwindet. Verschwindet alle!»

Da drehte der Junge sich zu Hakon um, die Hand noch immer auf das Bett gerichtet. Seine Stimme war nur ein Flüstern, als er sagte: «Sie ist hier.»

Mehr brauchte er nicht zu sagen.

Hakon ließ das Schwert fallen und stürzte sich auf den Alten. Packte ihn am Hemd und zerrte ihn vom Bett runter auf den Boden, wogegen der Alte lautstark protestierte. Doch Ketil schleuderte ihn in eine Ecke, bevor er mit Hakon das Bett von der Wand zog.

Ein heiserer Laut drang aus Hakons Kehle, als an der Stelle, wo das Bett gestanden hatte, mehrere Bretter auftauchten. Schnell zogen sie die Bretter zur Seite, unter denen sich ein etwa zwei Schritt breites, in den Boden gegrabenes Loch auftat. Hakons Herz trommelte, als er sich darüberbeugte und ihm ein scharfer Geruch wie aus einer Jauchegrube in die Nase stieg. Hinter ihm fiel polternd etwas um, aber er achtete nicht darauf. In dem Loch war es zu dunkel, um etwas erkennen zu können. Er langte hinunter und musste sich tief hinabbeugen, bis seine Finger gegen einen Widerstand stießen. Es fühlte sich an wie rauer Leinenstoff. Als er ihn betastete, glaubte er, unter dem Stoff einen Arm oder ein Bein zu fühlen.

«Aud?», stieß er aus. «Aud? Hörst du mich?»

Keine Antwort.

Er ließ seine Finger über den kleinen Körper gleiten und umfasste ihn vorsichtig an der Stelle, wo er die Beine vermutete. Ketil nahm die Schultern. Dann hoben sie das Kind aus dem Loch und legten es auf dem Boden ab.

Das Mondlicht reichte aus, um Hakon Gewissheit zu geben. Es war Aud!

Er beugte sich über sie und berührte das zarte, mit Schmutz überzogene Gesicht.

«Wasser», rief er. «Holt Wasser! Bei den Göttern – sie lebt!»

Doch als er sein Ohr auf ihre linke Brust legte, war darunter kein Herzschlag zu hören. Oder war er taub, weil das Blut zu laut in seinen Ohren rauschte? Ihm war, als bohre sich eine glühende Klinge tief in seine Brust. Aud war so klein, so unglaublich klein, so zart und schwach.

Seine Augen füllten sich mit Tränen. War er so weit gegangen und hatte sein Land dem Feind ausgeliefert, nur um sie sterben zu sehen?

Er nahm den mit Wasser gefüllten Becher, den Ketil ihm reichte. Er hörte, dass Ketil etwas sagte, seine Stimme klang aufgeregt. Aber Hakon hörte ihn nicht. Vorsichtig hob er Auds

Kopf an und hielt den Becher an ihre schmalen Lippen. Doch die Lippen bewegten sich nicht. Das Wasser rann über ihr Kinn, hinunter auf ihren Hals, wo es feuchte Spuren auf der dreckverschmierten Haut hinterließ.

«Aud», rief Hakon. Seine Stimme überschlug sich. «Aud, wach auf!»

Wieder sagte Ketil etwas und rüttelte an Hakons Schulter.

«Ihr verdammten Götter», stieß Hakon aus. «Lasst sie nicht sterben, ihr verdammten Götter! Sie hat so lange durchgehalten ...»

«Hakon, verflucht», rief Ketil so laut, dass er fast schrie. «Sie sind fort, weggelaufen, der Alte, und der Junge auch. Er hat dein Schwert mitgenommen. Wir müssen abhauen, bevor die Soldaten ...»

In dem Moment glaubte Hakon zu sehen, wie Auds Augenlider sich bewegten, wie sie leicht flackerten, wie die verklebten Wimpern zuckten. Aber Aud öffnete ihre Augen nicht. Verdammt – sie lebte! Musste leben!

Von draußen waren Stimmen zu hören.

Da hob Hakon seine Tochter auf. Nahm sie in seine Arme, drückte den zerbrechlichen Körper behutsam an seine Brust und hielt ihn fest. Ganz fest.

12.

Hammaburg

Adaldag legte den Federkiel neben das Pergament auf den Tisch, stützte die Ellenbogen auf die Tischplatte mit der Bienenwachskerze und drückte mit den Handballen gegen seine Augäpfel. Als er die Hände wieder wegnahm, öffnete er die brennenden Augen und schaute hinauf zum Palasdach, durch das an einigen Stellen Tageslicht schimmerte.

Die ganze Nacht hatte er über dem Schreiben an den Kaiser gebrütet, hatte um die richtigen Worte und Formulierungen gerungen, die seine eigene Rolle in der verfahrenen Geschichte in ein günstigeres Licht rückten. Schließlich war er verantwortlich für die christliche Mission in den Nordländern, und was diese Mission betraf, war sie zu einer einzigen Katastrophe geworden.

Aber das musste der Kaiser ja nicht erfahren, zumindest nicht so deutlich.

Stattdessen berichtete Adaldag vom heldenhaften Kampf der Sachsen und den mit ihnen verbündeten Nordmännern gegen die Dänen. Er berichtete vom Erstarken dunkler Mächte und heidnischer Dämonen, die wie eine alles vernichtende Flutwelle über die braven Christen hereingebrochen waren und die Länder des Nordens und sogar Teile der von den Slawen besiedelten Länder im Osten erfasst hatten. Das Reich des Guten, der Sachsen und Christen, sei in erheblicher Gefahr, hatte Adaldag geschrieben. Eine Gefahr, die es erfordere, dass der Kaiser Krieger schicken möge, um das Böse zu bekämpfen.

Das Schwert erwähnte er mit keinem Wort, ebenso wenig die

von den Schweinen gefressenen Reliquien des heiligen Lazarus, die nicht wieder aufgetaucht waren, obwohl er die Tiere eigenhändig ausgeweidet hatte.

Draußen auf dem Hof erwachte das Leben. Als jemand gegen die Tür klopfte, rief er: «Herein!»

Hergeir betrat die Halle und kam an den Tisch. «Was soll denn nun mit der Leiche geschehen, Herr?»

Adaldag seufzte. Es tat ihm leid um den Jungen, der vor einigen Nächten in die Burg gestürmt war. Wie ein Irrer hatte er sich aufgeführt. Als die Torwachen ihn nicht hereinließen, hatte er sich gewaltsam Zutritt verschafft, indem er einen nach dem anderen tötete. Mit dem Schwert, das Adaldag zu Ehren des Herrn hatte schmieden lassen. Ja, der Junge war ein außerordentlicher Kämpfer, was er Adaldag zu verdanken hatte. Was der Junge tatsächlich auf der Hammaburg wollte, hatte Adaldag nicht erfahren. Es war Hergeir schließlich gelungen, den Jungen zu überwältigen. Sie hatten Drakulf in Ketten gelegt und eingesperrt. Noch in derselben Nacht hatte Adaldag ihn aufgesucht, aber der Junge hatte geschwiegen. Es war Adaldag nicht gelungen, auch nur ein einziges Wort aus ihm herauszubekommen.

Wahrscheinlich war er endgültig dem Wahnsinn anheimgefallen.

Gestern Abend hatte Adaldag dann die traurige Nachricht erhalten, dass der Junge in seinem Gefängnis gestorben war. Einwirkungen durch äußere Gewalt waren nicht festgestellt worden. Vielleicht hatte er einfach das Atmen eingestellt. Oder, was Adaldag für wahrscheinlicher hielt, Gott hatte mit dem Jungen, der der Sünde entsprungen war, Gnade vor Recht ergehen lassen und ihn zu sich geholt.

«Wir können seine Leiche nicht auf dem Friedhof bestatten», antwortete Adaldag. «Das würde im Volk Fragen aufwerfen, doch es gibt Fragen, die nicht gestellt werden sollten. Legt ihn auf einen Karren und versteckt ihn unter Decken, damit niemand die Leiche sieht. Später am Nachmittag bringen wir sie dann ins Moor.»

Hergeir wandte sich zum Gehen, zögerte jedoch.

«Was willst du noch?», fragte Adaldag, der sich wieder dem Schreiben an Kaiser Otto widmen wollte.

«Herr, der Schmied ist verschwunden.»

Adaldag stöhnte. «Wie ist das möglich?»

«Ich weiß es nicht, Herr. Niemand hat bemerkt, wie er die Hammaburg verlassen hat, aber er ist einfach nirgendwo zu finden. Und ...»

«Ja?»

Hergeir schluckte vernehmlich. «Und das Schwert ist mit ihm verschwunden.»

Adaldag wollte aufbrausen, wollte Hergeir anbrüllen, ihn zur Rechenschaft ziehen und befehlen, nach dem Schmied zu suchen. Doch er war zu müde. Er hatte Kopfschmerzen, und seine Augen brannten. Daher winkte er nur ab und schickte den Hauptmann fort.

Und er dachte, dass das Schwert kein großer Verlust war. Denn ein Schwert Gottes – konnte es das überhaupt geben?

Epilog

Hladir

Ihr sehnsüchtiges Warten fand ein Ende, als Eirik in die Halle stürmte und rief: «Er kommt! Vater kommt nach Hause!»

Malina verscheuchte den Raben vom Bett, in dem ihr Kind schlief. Der Rabe protestierte krächzend, flog dann aber auf und verschwand durch die offen stehende Tür nach draußen. Dabei nahm er die tote Maus mit, mit der er das Kind hatte füttern wollen.

Malina hüllte das Kind in Decken. Dann nahm sie es in die Arme, bevor sie mit Signy, Katla und ihrer Mutter Thurid aus dem Haus und den Weg hinunter lief. Auf Höhe des Adlerfelsens sah Malina das Schiff auf den Hafen in der Mündung des Nid zusteuern.

Ihr Herz hämmerte vor Aufregung.

Als sie den Hafen erreichten, machte der *Wogengleiter* gerade an einer Landebrücke fest. Die Ankunft des Jarlsschiffs hatte sich schnell herumgesprochen. Von überall her strömten die Menschen zusammen. Nachdem eine Rampe ausgelegt worden war, sah Malina Skjaldar über die Brücke zum Schiff humpeln, von dem die ersten Männer herunterkamen, beladen mit Truhen, Körben und anderen Sachen.

Hakon konnte sie nirgendwo sehen, und doch musste er auf dem Schiff sein.

Dann sah sie Ketils Kopf aus dem Gewühl am Schiff hervorragen. Auch er hatte Malina entdeckt. Als er ihr zuwinkte und nach Dalla rief, zog sich ihr Magen zusammen. Sie war erleichtert, dass Skjaldar es war, der ihn zur Seite nahm und mit ihm sprach, woraufhin Ketils Gesichtsausdruck sich schlagartig veränderte.

Endlich entdeckte sie Hakon. Er stand in der Menge bei Thormar, der sich auf seine Streitaxt stützte. Hakons Haar war kürzer als früher und stand ihm wirr vom Kopf ab. Sein Blick war auf das Hafengelände gerichtet. Sein Gesicht zeigte keine Freude, sondern war wie in Stein gemeißelt. Er reagierte nicht, als der Rabe mit lautem Krächzen vom Himmel herabstürzte, bevor er dicht über Hakons Kopf abdrehte und auf der Mastspitze des *Wogengleiters* landete.

Hakon setzte sich in Bewegung. Auf der Landebrücke traten die Menschen vor ihm zur Seite, als er sich in Malinas Richtung schleppte.

In ihren Armen begann sich der Säugling zu regen. Malina flüsterte aufgeregt: «Gleich wirst du deinen Vater kennenlernen.»

Die Menge teilte sich – und dann stand er vor ihr. Sie wollte seinen Namen rufen, doch er schien durch sie hindurchzuschauen. Sie sah, dass er etwas auf den Armen trug, ein in Leintücher gewickeltes Bündel in der Form eines kleinen menschlichen Körpers.

Hakons Miene war wie zur Faust geballt, als er vor ihr stehen blieb, ohne das Kind in Malinas Armen zu bemerken. Seine Lippen bewegten sich. Sie hörte ihn sagen: «Ich habe meinen Schwur nicht erfüllt ...»

Da begann das Kind zu schreien, und Hakon senkte den Blick.

Aud wurde auf dem Gräberfeld beim Jarlshof bestattet. Sie kleideten das Mädchen in eine Tunika, die aussah wie jene, die Aud getragen hatte, als sie zu Asnys Berghütte unterwegs waren. Damals, als alles begonnen hatte. Weil Malina ein Kind haben wollte.

Über Auds Leiche streuten sie frisch gepflückte Frühlingsblumen und gaben ihr ihre liebsten Spielzeuge mit auf die Reise, ein Holzschwert und ein kleines, aus Esche geschnitztes Boot. Die Seherin trennte sich von einem Bernsteinamulett, das die Göttin Freyja darstellte und das Asny dem Mädchen an jenem Tag hatte schenken wollen.

Hunderte Menschen waren aus Hladir und den Fylki gekommen, um Abschied von Aud zu nehmen. Es war ein windiger Tag, an dem die Luft nach Blumen und Gräsern duftete. Es war ein Tag, an dem Aud über die Wiesen getanzt wäre.

Malina stellte sich neben Hakon, der auf die Leiche seiner Tochter schaute, bis er den Blick hob und ihn über den Fjord wandern ließ und weiter zu den von der Sonne beschienenen Bergen, über deren Gipfeln sich dunkle Wolken zusammenballten.

«Es wird Regen geben», hörte Malina ihn sagen.

Dann nahm er ihr die kleine Aud ab, die in seinen Armen so winzig und hilflos aussah, und das kleine Wesen lächelte ihn an.

«Die Götter bringen Regen», sagte er zu seiner Tochter, «und sie werden dunkle Stürme wehen lassen.»

Nachwort

Dann sandte der Dänenkönig Boten nach Norwegen zu König Harald Graufell. Sie überbrachten nun ihre Botschaft, dass der Dänenkönig Harald seinen Ziehsohn Harald Graufell einlüde, von ihm die Lehen, die er und seine Brüder früher dort in Dänemark gehabt hätten, neu zu empfangen. Sie wollten sich in Jütland treffen.

Aus Snorris Königsbuch

Es ist kalt, windig und regnerisch an diesem Tag im Frühjahr 2015. Ungemütlich. Fröstelnd stehe ich im Hafen der beschaulichen Ortschaft Hals im Norden Dänemarks und blicke nach Osten, dorthin, wo der Limfjord in die Ostsee mündet. Versuche, mir vorzustellen, wie es vor mehr als eintausend Jahren hier ausgesehen haben könnte. Wenn vom Meer eine Flotte naht. Wenn ihr die gegnerischen Schiffe aus Westen entgegenkommen. Wenn die Fronten aufeinandertreffen und eine Seeschlacht entbrennt. Schiff gegen Schiff. Mann gegen Mann.

Man weiß nur wenig von den Ereignissen, die sich um das Jahr 970 hier abgespielt haben oder besser: die sich hier abgespielt haben könnten. Denn was damals tatsächlich geschah, ist ungewiss. Eine der wenigen Quellen, die darauf Bezug nimmt, ist die vom Isländer Snorri Sturlusson verfasste *Heimskringla*, das Buch der norwegischen Könige (übertragen von Felix Niedner, Ausgabe Thule, 1922). Allerdings hat der isländische Politiker, Dichter und Geschichtsschreiber Snorri die *Heimskringla* nach Meinung einiger Wissenschaftler erst im 13. Jahrhundert nach mündlichen Überlieferungen aufgeschrieben – also viele Jahre nach den Ereignissen.

Snorri schildert in der *Heimskringla* die Auseinandersetzungen, Fehden und Kämpfe zwischen Dänen und Norwegern, die sich oft auch untereinander spinnefeind waren. So soll um das Jahr 970 ein gewisser Harald Knutsson, genannt Gold-Harald, von seinem Onkel, dem Dänenkönig Harald Blauzahn Gormsson, die Hälfte des dänischen Reichs verlangt haben. Das ging dem Dänenkönig natürlich gehörig gegen den Strich. Da kam ihm der Norweger Jarl Hakon gerade recht, der vor seinem Widersacher Harald Eiriksson, genannt Graufell oder Graumantel, geflohen war. Hakon fand bei Blauzahn Unterschlupf, und der Jarl verstand es offenbar geschickt, die dänischen Machtkämpfe zu seinen Gunsten zu nutzen und die Kontrahenten gegeneinander auszuspielen.

Ich habe mir erlaubt, die von Snorri geschilderten Ereignisse für meine Geschichte abzuwandeln. Er erzählt zwar von wechselnden Bündnissen und Intrigen von Jarl Hakon, Blauzahn und Gold-Harald. Aber in der *Heimskringla* fällt Graufell auf die List herein und kommt nichts ahnend mit drei Schiffen nach Hals. Dort wird er von Gold-Harald getötet, der wiederum von Jarl Hakon überwältigt wird. Bei Snorri heißt es: «Harald aber wurde gefangen genommen, und Hakon ließ ihn an den Galgen hängen.»

Was sich damals genau ereignet hat, ist im Dunkel der Geschichte versickert. In Hals erinnert heute eine aus einem etwa vier Meter hohen Baumstamm geschnitzte Skulptur an Gold-Harald. Der Text auf der Schautafel verweist auf eine Textstelle in der – wohl ebenfalls von Snorri verfassten – *Egils Saga*, die den Hintergrund knapp zusammenfasst, von dem mein Roman *Das Schwert der Götter* inspiriert ist: «Zu der Zeit gab es in Norwegen großen Unfrieden und Kämpfe zwischen Jarl Hakon und den Eirikssöhnen, und sie trieben sich abwechselnd aus dem Lande. König Harald Eiriksson fiel im Süden in Dänemark, bei Hals am Limfjord, er war verraten worden. Damals kämpfte er gegen

Harald Knutsson, den man Gull-Harald nannte, und gegen Jarl Hakon.» (Egils Saga, herausgegeben und aus dem Altisländischen übersetzt von Kurt Schier, Diederichs, 1996)

Die Recherchereise durch Jütland im Frühjahr 2015 führte mich auch nach Ribe, wo heute ein nachgestelltes Wikingerdorf (Ribe VikingeCenter) steht. Original erhalten sind hingegen die Steinsetzungen von Lindholm Høje bei Aalborg am Limfjord. In Jelling werden die einst gewaltigen Holzpalisaden mit weißen Säulen nachempfunden, die das Ausmaß von Harald Blauzahns Wehrburg anschaulich machen. Dort stehen auch die berühmten Runensteine sowie die beiden Grabhügel, in denen Gorm der Alte und seine Frau Tyra bestattet worden sein sollen.

In den vergangenen Jahrzehnten sind viele Anlagen entstanden, in denen das Leben im Frühmittelalter erlebbar wird. Häufig werden die Anlagen durch Ausstellungen in Museen begleitet. Ich möchte, neben den oben erwähnten Stätten, einige Orte nennen, die ich für die Recherchen meiner historischen Romane besucht habe. Dazu gehören in Schleswig-Holstein das Wikinger-Museum Haithabu sowie das Oldenburger Wallmuseum (Starigard/Oldenburg in Holstein) mit dem noch vorhandenen alten Burgwall. In Mecklenburg-Vorpommern bietet das Archäologische Freilichtmuseum Groß Raden einen Einblick in das Leben der alten Slawen. Im polnischen Wolin wurde eine Slawen- und Wikingersiedlung errichtet. Und im Wikingerschiffsmuseum Roskilde (Vikingeskibsmuseet) in Dänemark werden die Überreste der einst bei Skuldelev versenkten, heute weltberühmten Schiffe ausgestellt – faszinierende Zeugnisse der alten Schiffbaukunst.

Bei der Schilderung der Hammaburg musste ich mich an literarischen und visuellen Darstellungen orientieren. Das Archäologische Museum Hamburg hat dazu eine Ausstellung präsentiert und in einem Projekt die Entwicklung der alten Hammaburg virtuell rekonstruiert. Für einen Autor historischer Romane ist das eine gute Hilfe, um sich in verschwundene Orte einzufühlen. Das gilt auch für Darstellungen wie das Modell der alten Burg Starigard im Oldenburger Wallmuseum.

Wer sich an den Handlungsorten umschauen möchte, findet auf meiner Homepage www.axelsmeyer.de Fotos der Recherchereisen. Weitere Informationen gibt es auch auf meiner Facebook-Seite www.facebook.com/axelsmeyerautor.

Geschöpft habe ich zudem aus literarischen Quellen wie den Isländersagas. Der Traum von dem Kobold, den Gunnhild im Roman erzählt, wird beispielsweise in der «Erzählung vom furchtsamen Thorstein» erwähnt (Isländersagas, Band 4, herausgegeben von Klaus Böldl, Andreas Vollmer und Julia Zernack, S. Fischer, 2011). Die Einleitungszitate stammen aus dem *Walkürenlied* (Die Edda, übertragen von Felix Genzmer, Diederichs, 1997). Es gehört nicht zu den Götterliedern, sondern nimmt auf die Schlacht von Clontarf (Irland) im Jahr 1014 Bezug und ist in der *Njals Saga* überliefert worden. Es ist ein Gesang von zwölf Walküren, die auf einem Webstuhl aus menschlichen Därmen, Schwertern, Speeren und Schädeln das Schicksal der Krieger weben. Bei der Schlacht trafen die Iren auf ein Wikingerheer, sodass es mit der Handlung des Romans eigentlich nichts zu tun hat – wenn man es ganz genau nehmen will.

Einblicke in die Welt der alten Götter, Wikingerschiffe, Schlachten, historischen Persönlichkeiten und das Alltagsleben bietet Fachliteratur von Autoren und Herausgebern wie Klaus Böldl, Herbert Jankuhn, Peter Sawyer, Kurt Schier, Rudolf Simek und Karl W. Struve, um nur einige zu nennen. Und falls einer Leserin oder einem Leser die gefräßigen Schweine bekannt vorkommen sollten, so sei gesagt, dass Belletristikautoren wie Thomas Harris und Simon Beckett ähnliche Ungetüme auf ihre Protagonisten losgelassen haben.

Auch gibt es hervorragend gestaltete Kataloge zu Ausstellungen, etwa zum *Mythos Hammaburg* oder der großen Wanderausstellung *Die Wikinger*, die vor einiger Zeit in Kopenhagen, London und Berlin gezeigt wurde. Von einem Ausstellungsstück habe ich mich beispielsweise für den eigenwilligen Zahnschmuck von Graufells Bruder Ragnar inspirieren lassen, bei dem jeder Zahnarzt heutzutage wohl die Hände über dem Kopf zusammenschlagen würde: ein Männerschädel mit dekorativ angefeilten Zähnen. Was sicher eine äußerst schmerzhafte Prozedur war.

In der Wikinger-Wanderausstellung wurden auch mehrere Ulfberht-Klingen gezeigt. Vermutlich verstanden sich damals nur wenige Schmiede auf die Kunst, diese Luxus-Schwerter herzustellen, die mit Inschriften wie V L F B E R H + T oder V + L F B E R H + T versehen waren. Solche Klingen konnten sich nur reiche Krieger leisten. Aber Produktpiraterie ist kein Phänomen der Neuzeit, wie sich an den billigen Kopien zeigt, die von den Ulfberht-Klingen im Umlauf waren. Ärgerlich oder im schlimmsten Fall tödlich war es, wenn einem Kämpfer das teure Schwert im Kampf zerbrach, weil es nur eine minderwertige Nachbildung war.

Ortsnamen

Bei der Schreibung der Handlungsorte in diesem Roman habe ich mich weitgehend an die für das 10. Jahrhundert in Nordeuropa überlieferten Namen gehalten. Als eine Grundlage diente dabei das unter anderem von Rudolf Fischer herausgegebene Buch Namen deutscher Städte. Eine weitere Quelle war die Karte Deutschland im Jahr 1000 aus G. Droysens Werk Allgemeiner Historischer Atlas, etwa für die damalige Schreibung der Flussnamen. Bei den Orten und Bezirken in Norwegen habe ich mich an der von Kurt Schier kommentierten Egils Saga orientiert.

Wenn eine historische Benennung nicht möglich oder meiner Meinung nach irreführend war, habe ich gegenwärtige Namen verwendet, etwa für Haithabu, das ich korrekterweise Hedeby (oder altnordisch Heiðabýr) hätte nennen müssen.

Orte im 10. Jahrhundert

Brema – Bremen
Dierkow – Slawensiedlung
(heute Stadtteil von Rostock)
Halberestat – Halberstadt
Hals – Hals, Siedlung am Limfjord
Hammaburg – Hamburg
Hladir – Lade
(heute Stadtteil von Trondheim)
Jumne – Wolin
(Übereinstimmung nicht gesichert)
Jelling – Jelling

Kaupang – alter Handelsplatz
(beim heutigen Larvik)
Lidandisnes – Lindesnes
Lindholm Høje – heute: Gräberfeld bei Aalborg
L'ubici – Lübeck
Lundene – London
Magathaburg – Magdeburg
Nordalbingien – Nordelbien
Ögvaldsnes – Avaldsnes
Quidilingaburg – Quedlinburg
Reric – Groß Strömkendorf
Ribe – Ribe
Starigard – Oldenburg in Holstein
Wolygast – Wolgast

Gewässer/Inseln

Elba – Elbe
Egidora – Eider
Hedinsey – Hiddensee
Nordmeer – Nordsee
Odera – Oder
Ostmeer – Ostsee
Pyana – Peene
Rujana – Rügen
Uznojim – Usedom
Varnowa – Warnow
Wesera – Weser

Danksagung

Zunächst möchte ich mich bei Ihnen, liebe Leserin und lieber Leser, bedanken, dass Sie das Buch gekauft und – im günstigsten Fall – bis zum Ende durchgelesen haben. Ich hoffe, dass Ihnen der Roman gefallen hat. Mein Dank geht auch an die vielen Rezensentinnen und Rezensenten, die ihre Meinung über meine Werke in Blogs, auf den Seiten von Internethändlern, Onlineforen oder wo auch immer veröffentlichen. Wer mag, kann mir seine Meinung gern auch per E-Mail über meine oben angegebene Homepage zukommen lassen.

Ich danke dem Geschäftsführer des Oldenburger Wallmuseums, Stephan Meinhardt, für den Rundgang durch die Ausstellung sowie Christopher Glöde und Werner Mathey für den Buchtrailer zu *Das Schwert der Götter*.

Bei der Realisierung des Romans haben mich wieder viele Menschen unterstützt. Ganz herzlich möchte ich mich bei euch bedanken, die ihr viel Zeit damit zugebracht habt, das Manuskript nach Fehlern zu durchforsten. Meine kritischen und langjährigen Erstleser waren Birgit Borloni, Dörte Rahming und Thomas Reinecke. Sehr wertvoll waren die fachkundigen Anmerkungen zum mittelalterlichen Leben von Ingo Ludwig, Saeta Godetide und Skjaldar Arwedson, der im Roman wieder bereitwillig die Rolle als Hakons Hauptmann übernommen hat, ebenso wie Thormar, der seine Daneaxt für den Jarl schwingt.

Mein großer Dank gilt zudem der Lektorin Grusche Juncker vom Rowohlt Verlag und der Redakteurin Katharina Rottenbacher, die mit ihrem unbestechlichen Blick fürs Detail dem Manuskript den letzten Schliff gegeben und so manche Unstimmigkeit herausgefischt hat.

Axel S. Meyer bei rororo

Das Buch der Sünden

Das Lied des Todes

Das Schwert der Götter

Das weiße Gold des Nordens

Das für dieses Buch verwendete Papier ist FSC®-zertifiziert.